Jancis Robinson
Confissões de uma amante de vinhos

JANCIS ROBINSON
CONFISSÕES DE UMA AMANTE DE VINHOS

DBA

Em memória de WvS, KvS e EHL

Título Original
Confessions of a Wine Lover

Editor
Alexandre Dórea Ribeiro

Editora Executiva
Andrea M. Santos

Assistente Editorial
Gustavo Veiga

Projeto Gráfico
Emanuel Della Nina (Estúdio DBA)

Diagramação
Débora Setton (Estúdio DBA)

Tradução
Júlio Gurgel
Luiz Horta

Revisão
Maria Alice S. Almeida Ribeiro
Regina Stocklen

Pré-impressão
Prata da Casa

Impressão
Prol Gráfica

Foto da capa
Ingram Publishing / Getty Images

Copyright © 1997 by Jancis Robinson

Reservados todos os direitos dessa obra. Proibida toda e qualquer reprodução desta edição por qualquer meio ou forma, seja ela eletrônica, mecânica, seja fotocópia, gravação ou qualquer meio de produção, sem permissão expressa do editor.

Impresso no Brasil, 2008

Sumário

	Introdução	9
I	Dois produtores de vinho: um conto	11
II	O líquido mágico – nascimento de uma amante de vinhos	28
III	Virando especialista em vinhos	45
IV	Os primeiros dias de noites encharcadas de vinho	57
V	A velha maneira de negociar vinhos	71
VI	Degustação às cegas	85
VII	Primeiros passos mundo afora de uma sedenta viajante	93
VIII	A sedenta operadora de turismo	105
IX	Minha própria marca impressa	118
X	Firmemente à deriva	128
XI	Um novo mundo para os vinhos	136

XII	Um passo em direção à respeitabilidade	153
XIII	O vinho na telinha	175
XIV	Uma maratona de degustações, e um 1787	191
XV	Tentando domar o vinho	212
XVI	Divertimentos	232
XVII	A revolução dos vinhos e a minha adega	244
XVIII	Fincando raízes na terra natal	267
XIX	descobrindo o estômago da França	286
XX	Algumas garrafas muito especiais	300
XXI	Livre de amarras	321
XXII	cinqüentenários	348
XXIII	Escrevendo sobre vinhos	358
XXIV	Vin Fin	372
	Posfácio	377

Introdução

Custo a crer que haja interesse suficiente no Brasil por minhas memórias profissionais, a ponto de justificar sua edição em português. Para alguém que passou seus primeiros dezoito anos num vilarejo de 45 habitantes (sem lojas, igreja ou vinho, só uma ou duas fazendas) é incrível que eu tenha suficiente reputação como especialista em vinhos para que o que escrevi chame a atenção de alguém noutro hemisfério, do outro lado do oceano. Mas talvez não devesse me surpreender tanto.

Num dia de 2001, em que experimentamos colocar *online* o meu site www.jancisrobinson.com, abrimos acidentalmente o processo de assinaturas, ainda em teste. Na meia hora desse acontecimento apareceram três assinantes, um dos quais era do Brasil, o que então pareceu de um exotismo inusitado.

Através desse site acabei por fazer várias amizades com brasileiros, dentre eles o tradutor desta edição do meu livro, Luiz Horta, que na minha única e rápida visita ao Brasil, foi um guia atento e bastante agradável, pois além de me dar várias dicas valiosas sobre onde me hospedar e comer nos seus cantos favoritos da Europa (todos ibéricos), apresentou-me ao editor Alexandre Dórea, num almoço bem gostoso, de onde surgiu o convite para que este livro saísse em português.

Infelizmente não tenho como saber sobre a fidelidade desta tradução ao meu inglês por vezes tortuoso, mas tenho extrema confiança num tão dedicado estudante de idiomas.

Espero que os brasileiros se divirtam lendo sobre a vida de alguém que, quase acidentalmente, teve a grande sorte de participar de modo modesto de uma das mais impressionantes revoluções nos hábitos de nossa época, a democratização do consumo de vinhos e o crescimento dramático da produção da bebida por toda parte, inclusive no próprio Brasil.

E espero conhecer melhor o Brasil no futuro.

Jancis Robinson
Londres, novembro de 2006

I
Dois produtores de vinho: um conto

François Mitjavile nasceu em 1948, numa família que na França é sinônimo de transporte rodoviário. Os caminhões Mitjavile cruzam todas as estradas da França, de norte a sul; os calendários da Mitjavile pendem em escritórios espalhados pelo país afora. Quando ele atingiu a idade apropriada, queriam que fosse dirigir a filial inglesa da companhia, em Leeds, no norte da Inglaterra; mas, aos 26 anos, descobriu uma coisa que fez seu coração bater muito mais forte. Por essa razão, e por sua extrema dedicação, há outro mundo no qual o nome Mitjavile é importante: o mundo do vinho.

François é interessante por ser um dos primeiros exemplos de um fenômeno que vem revolucionando a maneira como tal mundo funciona, melhorando de forma dramática a qualidade de seu produto. Até bem pouco tempo, o cultivo da uva e a feitura de vinho eram consideradas atividades destinadas somente aos de pouca educação. A aristocracia e a alta burguesia podiam até obter grandes lucros com o vinho produzido em suas terras, mas nem sonhariam em envolver-se fisicamente no processo de produção. A imagem do vinho na França era a de um combustível para camponeses. O vinho era basicamente uma bebida rude, feita e consumida em grandes quantidades por velhos camponeses, grosseiros e de boinas. Os jovens eram estimulados a buscar profissões ou carreiras em escritórios de edifícios executivos, onde algo sofisticado como um uísque *single malt* animaria suas vidas sociais. Mas, nos últimos vinte anos, tanto na França como em boa parte do mundo ocidental, isso mudou muito. Do mesmo modo como um certo desconforto pela vida urbana (especialmente nas cidades do norte da França) tornou-se generalizado, a vida de um vinicultor foi ganhando ares de nobreza. O vinho é mais associado a algo artesanal, e saber apreciá-lo passou a ser considerado uma forma de arte.

Em toda a França, bem como no resto do mundo, pessoas que em outras épocas ganhariam a vida em ocupações mais condizentes com seu perfil de educação de elite estão se voltando para a produção de vinhos de forma apaixonada. Alguns deles são movidos por uma visão bucólica, que certamente incorpora o que se chama "estilo de vida". Tendem a produzir vinhos decentes, mas não excitantes. Uns poucos são motivados por dinheiro; seus vinhos são em geral piores. Mas há aqueles movidos pela simples mágica de estar em tanta sintonia com seus terrenos que conseguem extrair deles o melhor vinho possível.

Como todos esses entusiastas auto-impulsionados, François Mitjavile é bastante solitário. Até bem pouco tempo, junho de 1994, quando o visitei pela última vez – o nome de sua propriedade então já bem conhecido pelos amantes de Bordeaux do mundo todo –, ainda não havia indicação alguma sobre que desvio tomar nas pequenas estradas vicinais de Saint-Emilion para chegar ao Château Le Tertre Roteboeuf. E nada na modesta sede da fazenda, que parecia ter sido jogada no meio de um pomar cheio de grama alta, urtiga e figueiras, indicava que tivesse qualquer coisa a ver com vinho, muito menos com um dos vinhos mais procurados. A residência de Mitjavile é de fato uma das poucas, pouquíssimas, dentre milhares de modestas sedes de fazendas na Meca turística que é Saint-Emilion, a *não* exibir seu status de château vinícola. Mas, com apenas 2 mil caixas de vinho para vender a cada ano (1999, depois que comprei a minha), isso talvez não seja tão surpreendente. Seja lá como for, como me explicou, quer ter bastante liberdade para trabalhar seus vinhedos e seus vinhos, e tempo livre suficiente para receber adequadamente um grupo reduzido de verdadeiros *amateurs de vin*.

Isso é, de certa forma, estranho, porque está na cara que ele gosta mesmo é de conversar. Um homem profundo e consciente, pode falar quase sem tomar fôlego com um entusiasmo indisfarçável e sorriso fácil. Mas, na verdade, o que ele diz não é uma conversa, aproximando-se mais daquilo a que os franceses chamam *réflexions*; nada de construções mentais cheias de polimento e criatividade, mas verdadeiras idéias com muita ação embutida. Típico desse discurso é ele dizer, com orgulho, que os entusiastas do "Tertre" são inconformistas. Eis uma das quatro razões que enumera para jamais ter se apresentado (algo bem extraordinário), e provavelmente jamais se apresentar, para ser classificado como membro da elite oficial de Saint-Emilion, os Grands Crus Classés. As outras razões incluem o fato de que já há bastante gente que ama o Tertre, pois é provavelmente o único Saint-Emilion de primeira linha – além do Ausone e Cheval Blanc, hoje em dia (talvez devêssemos acrescentar também Valandraud) – a ser todo vendido logo que aparece. Ele ainda acrescenta que o fato de não ostentar a palavra mágica "Classé" nos rótulos faz com que realmente tenha que fazer todo ano um vinho que seja bom o suficiente para ser vendido apenas por sua qualidade.

Tinha telefonado para ele, enquanto filmava na região, e ele mostrou-se claramente satisfeito com o fato de que eu só poderia visitá-lo à noitinha. "Je suis bête", admitiu candidamente, um tolo em sua devoção ao trabalho. Cheguei naquela hora em que o sol morno começava a tornar longas as sombras de seu Volvo bem rodado. Notei que seu cabelo tinha agora muito mais fios brancos que da última vez em que nos vimos, mas que, mesmo assim, tal qual sua mulher de faces rosadas Miloute, continua a ter o mesmo rosto maravilhoso, sem marcas, de uma pessoa que vive ao ar livre. Com a moldura de seu cabelo cacheado, seu longo lábio superior e pestanas relaxadas, seu rosto me fez lembrar outra vez de Chico, o irmão Marx com chapéu, embora o humor de François seja irônico e nada chegado ao pastelão. Ele me mostrou orgulhoso como, desde minha última visita, deram uma geral na aparência da sede da fazenda, uma construção simples, usando argila e cal tiradas do vinhedo, e o quão melhor tinha ficado, se comparado com a areia e cal da construção anexa.

A casa fica num canto do cume em que Saint-Emilion foi construída há muitos séculos e todos os visitantes sentem-se naturalmente atraídos a atravessar o pomar e olhar para fora, por sobre o anfiteatro de vinhedos de François, em direção à planície do Dordogne, naquele momento banhada pela luz dourada de um entardecer tardio de verão. Ele contou, com orgulho, como aquela pequena parcela de terra abençoada, que pertencera à família de sua mulher por anos, até que eles passassem a se ocupar dela, incluía também agora uma parte privilegiada, bem no centro de seu vinhedo, que até bem pouco tempo era de um primo. É uma vista maravilhosa! Lembrei-me de quando, na minha primeira visita, François, sem preocupar-se com clichês, descreveu-a como "um pedaço real do paraíso, apenas a um quilômetro da cidade de Saint-Emilion". Desta vez me contou, com um sorriso nos lábios, que quando seu filho Henri tinha pesadelos, ele o trazia até aqui para que a paisagem o acalmasse. Posso imaginá-los facilmente, banhados pelo luar, aguardando para ser desenhados por Edward Ardizzone.

Já que não visitava Tertre Rotebouef havia dez anos, François fez um relato entusiástico do que ocorrera; nada sobre elogios e prêmios, mas sobre o quão mais bem organizadas estão as coisas agora. "O vinhedo é como um carro de corrida" explica, cheio de entusiasmo, "uma máquina bem lubrificada, com uma equipe de mecânicos bem treinados, devotados e confiáveis, principalmente marroquinos, que tinham sido originalmente ensinados a cultivar os vinhedos sob o ponto de vista da quantidade e não da qualidade". Atualmente François se sente mais um professor que um fazedor.

Os Mitjavile estão aqui desde 1975, mais ou menos a mesma época em que comecei a me envolver com vinhos. Visitei-os em meados da década de 1980, quando a propriedade ainda era relativamente desconhecida. Lembro-me dele me perseguindo, quando estava indo embora, gritando: "Mas me diga, qual você *preferiu*? O 1983 ou o 1985?" Logo em seguida o poderoso crítico americano Robert Parker começou a falar dele e Tertre se tornou um *succés fou* comercial, produzindo vinhos maravilhosamente concentrados, com predominância de Merlot, sempre tirados de colheitas de baixa produtividade, com um risco perigoso de colheitas demasiado tardias e, à medida que crescia a renda dos Mitjavile, com maiores proporções de barricas de carvalho novo. O vinho já foi descrito como um Pomerol de Saint-Emilion, mas não consigo imaginar François aprovando essa banalidade. O que ele vem tentando fazer é colocar numa garrafa a essência de seu privilegiado anfiteatro de vinhedos da face sul, colinas que tiveram suas uvas plantadas ainda no tempo dos romanos.

Em 1988, quando Tertre finalmente parecia seguro do ponto de vista financeiro, François resolveu arriscar tudo num negócio que poderia dar em falência total. Ele se apaixonara pelo potencial de outro vinhedo, o Château Roc de Cambes, na parte mais inóspita de Côtes de Bourg, em declives que terminavam no estuário do Gironde, sob predominante influência atlântica. Organizar e restaurar essa segunda propriedade foi, para os Mitjavile, uma 'Grande Aventura Comercial', que envolveu bancos, mais empregados e tudo mais que se possa imaginar. Os custos de produção em Roc eram superiores aos de Tertre, explicou, mas o preço do vinho não chegava nem perto. Embora agora pudesse comprar 100% de barris novos para Tertre, não conseguia justificar a necessidade deles além de 50% para Roc que, ele admitia, com tudo que ainda havia por fazer lá, estava longe de ser um carro de corrida bem afinado – na verdade, parecia-se mais com um velho Volvo.

Uma vez que já tinha provado que um grande Saint-Emilion não precisa vir de um vinhedo classificado oficialmente, decidiu tomar a si a tarefa de convencer as pessoas que Roc tinha um *terroir* tão bom quanto o Tertre, mesmo estando tecnicamente numa apelação bem inferior.

Enquanto caminhávamos pelo terreno até o pequeno celeiro que funciona como sua vinícola, começou a falar dos muitos de seus amigos que se tornaram doutores. "Eles trabalham até as seis", dizia (ao contrário dele, que parece passar a maior parte de suas noites no escritório que fica no meio da casa), "de modo que têm muito mais tempo para ler do que eu, mas, sinceramente, acho que tenho uma percepção muito melhor do mundo, porque tive que mergulhar fundo nele para administrar os meus negócios. Agora sei como lidar com dinheiro, como plantar, como executar tarefas de processamento, embalagem, como vender, como lidar com as pessoas, todo tipo de coisa!" Ele parece encantado – como uma pessoa que descobre uma nova escola de arte ou literatura – com o conceito de que o seu vinho não depende apenas da Natureza e dele próprio, mas de uma rede complexa de comércio, finanças e de outras pessoas. Tive que me lembrar de John Dunkley, que abandonou uma bem-sucedida carreira em publicidade em Londres, na década de 1970, e comprou a propriedade de Chianti Classico Racine em 1970, chamando minha atenção para o fato de que tal atividade oferecia uma das raras oportunidades de envolver uma pessoa em todos os aspectos de produção e vendas, do solo até o consumidor.

Enquanto nos preparávamos para degustar os vinhos de 1993 de François, contidos em um número muito maior de barris do que me lembrava da minha primeira visita, ele me perguntou apressadamente: "O que você prefere, Jancis? Degustar no *chai* ou ao ar livre? Sim, eu também gosto muito de degustar ao ar livre. Os da safra de 1985, por exemplo, têm muito a ganhar com a aeração extra que o ar livre proporciona." Para ser sincera, pareceu-me haver pouco espaço para nós dois, mais taças e pipetas, na minúscula adega.

O Roc 1993 exalava especiarias e fruta ultramadura, mas tinha taninos meio duros e bastante óbvios no paladar. Encantou-me o quão suave e harmônico o Tertre 93 parecia em comparação. "A *cave* do Roc fica na margem do rio, muito mais fria, atrasa a maturação; já, aqui, a *cave* mais quente praticamente trabalha o próprio vinho. Em muitas safras, o Roc vai durar mais que o Tertre. Mas seus taninos são mais duros e ainda preciso entender o porquê. Preciso domar o Roc", falou, quase para si mesmo.

Em tom de brincadeira, sugeri que, se ele fosse Robert Mondavi, na Califórnia, encontraria a resposta através de uma série de microvinificações experimentais, variando diferentes fatores a cada experimento. François me olhou, sarcástico. "Puf! Há pesquisadores para esse tipo de coisa; mas sou um praticante, e pequeno demais." Tive a impressão de que, se por um lado a maior parte dos produtores de vinho – e decerto praticamente todos com uma reputação como a dele – são absolutamente conscientes da sua importância e posição no mundo do vinho, François Mitjavile realmente trabalha quase que exclusivamente para se satisfazer e aos seus objetivos, mais do que para ganhar pontos e alcançar preços altos.

À medida que escurecia, fomos falando de seus planos para Roc e sobre as metas que se tinha imposto para o Tertre. Eram dez da noite quando ele pegou uma garrafa de Tertre 1985, tirada de uma pequena pilha num canto da adega ("a que você gostou tanto na sua última visita, me lembro bem – e que, concordo, é a mais atraente da década"), antes de entrarmos para saborear um jantar tardio. "Temos uns horários atrasados por aqui", Miloute sorriu, como que se desculpando.

Os Mitjavile fazem suas refeições numa sala quadrada, perfeitamente proporcionada, com paredes de um azul Monet vivo, com grandes janelas que vão do chão ao teto, de ambos os lados da casa. Havia um grande armário repleto de porcelana colecionada com carinho. O jovem Henri, então com uns sete anos de idade, e Nina, no final da adolescência, se juntaram a nós, em torno da mesa com uma linda toalha de linho branco toda trabalhada. Henri parecia aborrecido, pois preferia estar explorando sua nova descoberta, a televisão. Tinham me avisado pelo menos umas quatro vezes sobre a simplicidade desse lanche. Havia quatro diferentes pratos, naquela frugal refeição: sopa fria de tomates; antepastos, inclusive folhas picantes de alcaparras e pasta de berinjela; grossas fatias de salmão defumado com batatinhas doces cozidas nas próprias cascas; e um *chèvre* e um *brebis*, queijos de verão no auge da perfeição, com pão rústico de casca crocante.

Não foi surpresa saber que seu filho mais velho, Louis, então com vinte e poucos anos, também estava envolvido com vinhos, trabalhando mundo afora para o "flying winemaker" Jacques Lurton, baseado em Bordeaux. Agora está de volta, exercendo a mágica Mitjavile no vizinho Château Bellefont-Belcier. Em Tertre Roteboeuf seria difícil escapar da contaminação benigna pelo fanatismo vinícola.

François é extremamente modesto no que se refere a seus talentos como vinicultor. "Minha primeira grande safra foi 1978, e comecei a fazer vinhos interessantes em 1981. Eu aprendia rápido, mas no princípio não tinha talento algum. Aprendi bastante trabalhando dois anos em Figeac e depois disso foi como seguir uma receita. Uma vez que você conheça bem o seu ofício e tenha a técnica integrada como um reflexo, começa a trabalhar usando a sensibilidade."

Fez uma pausa, tentando refinar seus pensamentos. Franzindo a testa, prosseguiu: "quem faz vinhos não é criativo como um pintor. Não se pode fazer tudo que se quer. Só se consegue fazer aquilo que a fruta que seu solo produziu lhe permite. A coisa mais importante é entender o que está à sua disposição."

Nina estava pronta para dormir. Ela beijou os pais nas duas faces e seguiu Henri para a cama. Lembrei-me do meu longo dia e levantei-me para ir embora. Mas François ainda tinha um ar pensativo e notei que ele ainda queria fazer uma *réflexion*. "Sabe", disse sorrindo, "muita gente se surpreendeu que eu, sem qualquer formação anterior, tenha começado a produzir vinhos interessantes tão rapidamente. Acho que foi porque tinha tanto receio de minha própria ignorância, que minha curiosidade e ansiedade foram extremas, se comparadas às de pessoas que foram criadas numa propriedade vinícola."

*

Poucos dos produtores de vinho dessa nova geração de fanáticos pela busca da qualidade com quem cruzo mundo afora seguiram os passos dos pais na adega. O equivalente toscano de François Mitjavile, por exemplo, Paolo De Marchi, com seu rosto corado, nasceu numa família de advogados do norte da Itália. Apaixonou-se pela agricultura em geral e pela vinicultura em particular quando passava as férias de verão na fazenda da avó, aos pés das colinas alpinas acima de Turim. Quando chegou à propriedade toscana que tem sido sua vida por mais de vinte anos, Isola e Olena eram apenas um monte de construções desordenadas, algo entre uma fazenda arruinada e um vilarejo abandonado. Do mesmo modo que François, teve que começar seus vinhedos do nada. Foi só em meados da década de 1980 que começou a sentir alguma segurança financeira, e só lá pela metade da década de 2010 estará com confiança suficiente para reformar sua própria casa.

Esses vinicultores movidos a paixão raramente dirigem vinícolas luxuosas dotadas de equipamento caro. Dany Gatenbein produz seu vinho num velho estábulo suíço que parece saído de *Heidi*. Hätsch Kalberer ficou conhecido por usar uma foice no Fromm Vineyard, também de propriedade suíça em Marlborough, Nova Zelândia. O Dr. Bailey Carrodus, um tesouro nacional australiano (ainda que pareça mais um reitor de Oxford), fermenta seu concentrado tinto Yarra Yering em latões de chá de aço. No sul da França, no Minervois, a família de Daniel Domergue e Patricia Boyer vive num só quarto, para poder se dar ao luxo de uma máquina de desengaço e um fax, para se manterem informados sobre os detalhes de rotulagem exigidos pelos importadores americanos. E no ambiente glamouroso da Califórnia, Paul Draper destoa tanto pelo jeito caipira de sua vinícola, a Ridge Vineyards, bem acima de Palo Alto, quanto pelo caráter geográfico que dá aos seus Zinfandel e Cabernets, vinhos que vem engarrafando antes mesmo de François Mitjavile.

As conquistas de Draper e de mais uma meia dúzia de artesãos do vinho no estado vinícola americano são ainda mais notáveis por ser a Califórnia um lugar tão curioso para se produzir vinho. Não por qualquer desvantagem natural – o lugar é abençoado – mas por ser *tão* dominado por uma só companhia de origem italiana, como tantas outras empresas californianas, a Gallo.

Esse nome assombrou meus encontros com o vinho no lugar que se tornaria minha casa fora de casa, desde minha primeira visita, no verão de 1969. Mesmo naquela época, anos antes de ter qualquer ligação profissional com vinhos, lembro-me de ter sido surpreendida pelo absurdo intrínseco e pela perspicácia de marketing dos nomes dos dois produtos mais vendidos pela empresa, misturas medíocres etiquetadas Gallo Hearty Burgundy [Borgonha Profundo] e Gallo Mountain White Chablis [Chablis Branco da Montanha].

Quanto mais aprendia sobre vinho, mais percebia quão pouco sabia dos Gallo. Pois, apesar de todo seu poder, eram muito discretos. Discrição é comum em negócios de família, mas, no caso, se tratava, e ainda se trata, da maior companhia vinícola do mundo, produzindo, só para citar um exemplo, vinte vezes mais vinho que toda a operação mundialmente famosa, sedenta de conquista do mundo, de Robert Mondavi. Nestes anos todos, que eu saiba, os Gallo só receberam no seu vasto domínio produtivo – com sede em Modesto, no extremo norte do Vale Central, a planície quente que acolhe cerca de 80% dos vinhedos da Califórnia e uns 2% de sua imagem pública – uns poucos figurões da grande imprensa. A Marvin Shanken foi concedida uma audiência, para uma entrevista generosa para a sua *Wine Spectator*. Sabia que Hugh Johnson os tinha visitado e que várias vezes os Gallo tinham se hospedado em sua casa. Mas sua obsessão por discrição é tão grande, que recusaram o pedido de Hugh para usar sua enorme biblioteca, quando pesquisava para sua grandiosa história do vinho.

No início dos anos 1990, entretanto, houve sinais de que mesmo os Gallo perceberam que demasiados segredos não estavam em sintonia com o *ethos* do mercado de vinhos no final do século 20. Agora que o mercado doméstico parecia estar encolhendo, os irmãos Gallo entravam pesado na exportação, mirando a Grã-Bretanha, um dos mercados em expansão mais evidentes, onde fizeram a mais pródiga e glamourosa campanha publicitária jamais vista para vinhos, que custou algo em torno de 6 milhões de dólares. (Os Gallo na verdade não desembolsaram tudo isso, tendo persuadido o Departamento de Agricultura dos Estados Unidos, de forma astuta, a patrocinar a campanha.)

Certamente foi isso – sua ambição por ampliar suas vendas na Grã-Bretanha – que fez com que eu recebesse, no início de 1995, um convite inesperado para visitá-los na Califórnia, na minha próxima viagem para lá. Coincidentemente meu marido e eu tínhamos um compromisso em São Francisco, para receber um prêmio que tinha ganhado pela edição do *Oxford Companion to Wine*. Ficamos bastante intrigados com a idéia de fazer essa rápida viagem de um dia. Razão pela qual nos vimos, numa manhã do final de abril de 1995, atravessando a Golden Gate rumo ao norte, numa compridíssima limusine, escoltados por dois típicos executivos da Gallo. Os dois somavam exatos quinze meses de experiência na empresa. "Confesso que não sou um cara muito entendido de vinhos", um deles admitiu, afundado, sem gravata, no banco de veludo cor-de-vinho.

Nessa época, os Gallo já não eram de fato um plural. A empresa tinha sido fundada imediatamente após o fim da Lei Seca, por Ernest Gallo, um gênio do marketing, com seu irmão mais novo, Julio, tomando conta da produção. Julio tinha morrido há pouco tempo, num acidente numa das fazendas da família e, portanto, tinha ficado ainda mais óbvio que a enorme empresa era dirigida por um homem só (daí a mudança da cúpula de executivos): Ernest Gallo, safra 1909.

A razão principal para nossa visita, no que dizia respeito a ele, era exibir a nova propriedade vinícola Gallo em Sonoma, já famosa por produzir um Cabernet de 50 dólares, um passo e tanto para uma empresa que construíra sua fortuna vendendo vinho de garrafão, mesmo que a produção da tal fazenda-modelo não representasse mais do que uma gota no oceano de vinho que a Gallo produzia a cada ano. O velho Rancho Frei estava sendo escancaradamente preparado para ostentar a cara pública da Gallo; ficava num canto lindo e sossegado do norte de Sonoma – ou Não-Napa, como diz Gallo. Naquele momento, no entanto, ainda não havia quaisquer indícios externos de uma conexão com Gallo, apenas uma plaquinha de madeira no portão em que se lia "Dry Creek Road 3387", alguns tanques e blocos de concreto que obviamente tinham sido enfiados nessa cena bucólica há bem pouco tempo.

Fomos apresentados a Matt e Gina Gallo, filhos de Bob, filho de Julio. Dentre os "G3s" (como são conhecidos os vinte netos), eles são os mais sintonizados com a verdadeira qualidade do vinho. O grandalhão e expansivo Matt, graduado em ciências políticas, nos mostrou a propriedade. "Provavelmente vocês estão familiarizados com o estilo de gestão Gallo", afirmou confiante, "em que literalmente movemos montanhas, mudando o solo e redesenhando a paisagem. Vejam, queremos ter vinhedos na montanha, porque são melhores, mas não queremos que as montanhas ultrapassem os 15%. Então, retiramos a camada superior do solo, armazenamos num canto do vinhedo, tapamos as valas com ela e cortamos tudo. Aí colocamos a camada de volta e fazemos o sistema de drenagem. Este ano, a erosão foi um problema. Mudar o contorno tornou possível o uso de colhedeiras, não que as usemos muito, mas queremos ter a opção. Estamos mapeando os diferentes solos para adequar as mudas e as varietais."

Escalamos a encosta por uma estrada cada vez mais barrenta, passando por carvalhos viçosos, uvas-ursinas e medronheiros de casca vermelha, papoulas da Califórnia de cor laranja, lupinos silvestres de cor púrpura, e morangos silvestres, todos explodindo sob o sol brilhante da primavera, provas evidentes de uma promessa, muito alardeada, de fazenda orgânica (numa versão bastante conveniente).

Chegamos a uma clareira de tirar o fôlego de tão bonita que, numa inspeção mais detalhada, mostrou ser o lugar onde estavam guardadas o que pareciam ser *dúzias* de escavadeiras. Sou péssima para chutar números acima de cem, em particular com relação a dinheiro, mas não pude deixar de pensar que mais dígitos estavam envolvidos nesse pequeno rancho do que em qualquer outra vinícola que jamais tivesse visitado.

O que foi confirmado quando descemos para os galpões de concreto, planejados para ser a vinícola e o depósito de barricas, domínios de um enólogo tão agradável quanto seu nome, Marcello Monticelli, antigo empregado da empresa. Certamente ajuda bem ser italiano na

Gallo. De um lado estavam pilhas e mais pilhas de barricas novas, ainda embaladas no plástico em que fizeram sua longa viagem desde o *crème de la crème* da tanoaria na França. E era evidentemente apenas o começo. "Tenho certeza que você vai dar um jeito de colocar 60 mil barris aqui, não é Marcello?" disse Matt, com aquela segurança que fundos ilimitados trazem. (Os Gallo tinham que encomendar um tamanho especial de barricas para atingir essa meta.) Pensei em como esse investimento fora do comum poderia ser dividido entre, digamos, 2 mil dos mais talentosos produtores de vinho franceses – e, ainda assim, eles teriam mais barricas novas que o necessário. Sabia que o recém-descoberto exército de tanoeiros da Califórnia já estava salivando só de pensar nas amplas possibilidades comerciais abertas pelo súbito compromisso da Gallo com a qualidade – e isso era em escala pequena perto do que veríamos em Modesto!

Para nossa surpresa, o pedido de visitar o quartel-general da empresa tinha sido acatado e, além disso, tínhamos sido convidados para almoçar com o grande homem em pessoa. Um helicóptero da Gallo, extremamente confortável, foi chamado às pressas, para levar Nick, eu, Gina e os dois executivos cada vez mais supérfluos, por sobre o Napa Valley e pelo delta do Sacramento até Modesto, transformando duas horas e meia de estrada num vôo revelador de 45 minutos. Fácil constatar como qualquer pessoa com acesso a vistas aéreas da preparação de vinhedos da Califórnia, seus plantios e replantios, e dos danos da filoxera, já estava em grande vantagem sobre os seus rivais.

Gina, uma moça concentrada e de voz profunda, era claramente apaixonada pelo vinho. Ela até mesmo me sondou sobre as chances de concorrer ao exaustivo exame para obter o título de Mestre em Vinho, em Londres, algo que tomei como uma verdadeira devoção ao tema (nessa época, ela não estava noiva, nem era casada). Fiquei surpresa por sua sinceridade, um estilo bem diferente do G1 ainda vivo. "Há um grande preconceito quanto ao nome Gallo em relação a vinhos de qualidade", admitiu com realismo louvável. Um dos executivos acordou nessa hora, ao perceber que uma declaração potencialmente traiçoeira havia sido emitida e acrescentou ameaçadoramente "Ernest disse que não teria graça alguma fazê-lo *sem* usar o nome Gallo". Ernest certamente fez o diabo para adquirir direitos exclusivos sobre o uso do nome Gallo, enfrentando o longo processo da cooperativa de Chianti Classico para seguir usando o seu Gallo Nero [galo negro], até mesmo entrando numa disputa judicial com seu próprio irmão mais novo, quando este tentou usá-lo na sua produção de queijos.

Ficamos em silêncio quando nos aproximamos de Modesto, rodopiando sobre algumas das grandes casas modernas da família, construídas em jardins que mais pareciam parques, então fomos pousando no centro da propriedade, assustando os pavões quando aterrisamos no gramado bem cuidado, bem em frente ao edifício principal, um monumento às corporações dos anos 1960. Subimos juntos uma escadaria ao estilo de Washington – perfeita para tirar fotos e para despedidas de chefes de estado – chegando a um amplo hall de entrada, completo com todos os detalhes, fontes e pinturas murais. À medida que Gina nos conduzia até um painel de madeira aparentemente impenetrável no canto esquerdo do fundo do salão, uma coisa muito estranha aconteceu. O painel pareceu abrir-se com a aproximação de Gina, e nossos executivos onipresentes desapareceram, sugados ou tragados, simplesmente se desintegrando nos escritórios do baixo clero, enquanto penetrávamos no santuário íntimo, um conjunto de grandes escritórios, mais uma sala de jantar, onde ficam os próprios Gallo.

Ernest nos aguardava, garboso, animado, com óculos e muito bem informado sobre meu trabalho. Fomos direto para o almoço, com dois dos G2s, o pai de Gina, Bob, e o filho de Ernest, David, e começou a inquisição.

Minha intenção era entrevistar o fundador da dinastia, mas não foi o que aconteceu. Apesar de seus sérios problemas de audição, Ernest queria arrancar o máximo que pudesse de nós, e dar o mínimo possível em troca. Enquanto saboreávamos nossos pimentões vermelhos marinados, perguntei-lhe por que tinha decidido concentrar-se em exportações. Para dar a oportunidade ao resto do mundo de tomar seus vinhos maravilhosos, é claro. Então, quando ele esperava que os negócios na Grã-Bretanha se tornassem rentáveis? "Rentáveis?", ele repetiu, e parou, mastigando longamente e pensando nessa palavra explosiva. "Nunca atuamos por lucros na nossa vida, em lugar algum. Estamos no negócio por prazer." Bob e David deram risinhos obedientemente. "Sabe? Como nunca cobramos o que nosso vinho vale, não temos a imagem que as pessoas acham que merecemos", Ernest acrescentou no seu estilo claro e inexpressivo.

Mal tínhamos começado a saborear o segundo dos quatro pratos, um ravióli feito por Maureen, a cozinheira do escritório, quando ele "virou a mesa" e fomos longamente sabatinados sobre como os vinhos californianos eram vistos na Inglaterra, em relação aos do Chile, Austrália, França e África do Sul. A comunicação era dificultada por sua audição ruim e houve muita repetição e explicações feitas pelo filho e pelo sobrinho, ainda assim, ele tirou bem mais de nós que nós dele. As perguntas iam da nossa opinião sobre a comida do Claridge's, onde sempre se hospeda em Londres ("hotel muito satisfatório, com um padrão de serviço bem elevado"), até a evolução dos *pubs*, o exame de Mestre em Vinho, o mercado de sidra britânico e o desempenho do representante geral do vinho californiano em Londres.

Num determinado momento, o mordomo George foi instruído a buscar uma garrafa de uma das novas sidras produzidas por eles (os Gallo têm tantas plantações de maçãs quanto vinhedos) e logo eu tinha em minhas mãos a Hornsby's Draft Cider (feita "na melhor tradição dos melhores bares da Europa", de acordo com o rótulo). Ernest planejava lançá-la na Inglaterra e queria me usar para fazer pesquisa de mercado. Tentei dirigir a ele uma pergunta factual, direta, sobre sua doçura. "Alguns acham que é doce, outros, não", foi sua típica resposta enigmática.

Nas duas horas que se seguiram, fomos encorajados a prestar a ele uma intensa consultoria sobre como os vinhos Gallo poderiam se sair melhor na Grã-Bretanha. Não aprendi praticamente coisa alguma, exceto que ele é uma pessoa extraordinária, com uma visão concentrada. Obviamente conhece até o avesso do mercado americano, mas não tem nenhum interesse em coisas que não beneficiem a Gallo diretamente. Por mais que Robert Mondavi – a antítese extrovertida de Gallo – tentasse, nunca conseguiria levar Ernest a cooperar ao nível da indústria, o que foi desastroso, quando o sentimento anti-álcool esteve no auge nos Estados Unidos.

Não que o Senhor Gallo ficasse trancado em casa. Acabara de voltar do Vietnã do Norte. Férias? Hum... hum... meio a meio. E todos os três homens Gallo pareciam demasiado bem informados sobre o Chile, para uma empresa que continua negando ter qualquer interesse em investir no exterior. Ernest me assegurou que, embora muitos vinhos chilenos parecessem bons quando degustados *in situ*, uma vez de volta a Modesto e degustados lado a lado com os vinhos Gallo da Califórnia já não pareciam tão bons.

Os G2s tiveram permissão de tomar a frente da conversa por algum tempo, com perguntas capciosas sobre a Grã-Bretanha. "Como nos vêem lá?" perguntou Bob Gallo (sua filha Gina quase não falou durante toda a refeição, exceto para traduzir alguns de nossos anglicismos). Fui evasiva, murmurando algo sobre a visibilidade de seus anúncios e coisa e tal, mas ele não engoliu. "Não, não, no que se refere às pessoas, quero dizer." Ah, bom. O bom e velho Nick veio em meu socorro. "Acho que vocês são vistos como o grande desconhecido", disse, cheio de dedos.

David Gallo queria saber minha posição sobre qual era o maior fator na qualidade do vinho, se o responsável pelo vinhedo ou o enólogo, uma pergunta momentosa para o maior comprador de uvas do mundo. "Será que o vinhedo é o verdadeiro produtor de vinhos ou a influência do enólogo deve prevalecer, se ele escolhe usar mais ou menos carvalho, mais ou menos contato com as cascas e determinar o resultado final do estilo do vinho?" Tive a nítida impressão de que ele preferia a segunda opção.

O único momento em que Ernest ficou realmente animado foi quando descrevemos os aspectos caóticos da divulgação genérica dos vinhos italianos na Grã-Bretanha, quando o dinheiro só aparece no último mês do ano fiscal e é todo gasto num banquete absurdamente pródigo e sem nenhum efeito prático nas vendas. "Nem sei porque estou rindo", gargalhou, "meu pai nasceu na Itália."

Ele demonstrou um interesse especial por Hazel Murphy, a mulher que tanto tinha feito para impulsionar as vendas e a visibilidade do vinho australiano na Grã-Bretanha. Soube depois que ele já tinha conhecido o "Dínamo Humano" Murphy, e que uma vez tentara agendar um encontro com ela entre vôos no aeroporto de Heathrow. Seu subordinado não acreditou quando ela disse que, trabalhando para o governo da Austrália, não havia razão para o encontro. "A senhora está perdendo a oportunidade de conhecer o Sr. Ford da indústria do vinho", disseram a ela.

O onipotente Sr. Ford da vinicultura, como sói acontecer com muitos magnatas, tinha a mais mandona das secretárias. Mais ou menos a partir do momento em que nos serviram o Estate Cabernet 1991, ela passou a abrir a porta da pequena e cada vez mais sufocante sala de jantar a cada minuto, para lembrar Ernest de seu próximo compromisso. Finalmente nos separamos, eu me sentindo frustrada por não ter conseguido saber o que Ernest Gallo pensava realmente, e ele por não ter conseguido extrair mais informações de mim.

Bob Gallo – um homem de produção, como o fora seu pai Julio – foi bastante detalhista ao nos conduzir num *tour* pelo lugar, tendo recrutado pelo caminho dois de seus enólogos. Do céu já tínhamos visto o número de linhas férreas necessárias para que Gallo expedisse seus produtos, mas a cada novo fato nossos queixos caíam mais ainda. Eles têm sua própria frota de caminhões, fazem suas próprias etiquetas e embalagens, suas fornalhas produzem *mais de 2 milhões de garrafas por dia,* alguns dos tanques têm capacidade para 1 milhão e meio de litros, embora tudo pareça bem antiquado. Basicamente se tratava de uma fábrica de vinho. Há muito já tinham superado a capacidade do local, limitado pela cidade e por dois rios, de modo que toda sua uva era processada noutro local, mas os porões ainda estavam lotados de velhos tonéis de madeira, com um design estranho, feito por eles mesmos.

Sempre quis saber por que muitos de seus vinhos tintos eram tão ácidos e perguntei a um dos enólogos se eles tinham o hábito de fazer a segunda fermentação, a malolática, que os tornaria mais suaves. "Malolática rotineira para nós é um oximoro, Jancis", foi uma das coisas mais intrigantes que jamais me disseram, aliado ao fato de como guardam uma dúzia de exemplares de cada partida engarrafada na sua adega particular, seis tampadas com rolha de cortiça tradicional e seis, com tampinhas metálicas. Para pesquisas, sempre usam uma garrafa com tampinha metálica, "porque é muito mais confiável".

Também nos contaram que dez dos vinte G3s já trabalham na empresa familiar, mas que Gina era a que tinha mais "cabeça para a enologia". Imaginem aqueles jantares de família. E o que acontece quando Ernest faz uma de suas piadas...

Mais tarde fiquei pensando em Gina e seus companheiros G3s. Em alguns aspectos, são o que mais se aproxima na Califórnia de nossa

Família Real, carregados de ambos, responsabilidades e possibilidades, mas no momento atados pelos desejos e decisões da atual cabeça reinante na família. Gina me pareceu a Princesa Anne dos Gallo, batalhadora, pouco afetada e com grande potencial para a dedicação – e absolutamente consciente de como os resultados do trabalho podem se encaixar de forma real no resto do mundo.

Portanto, este é um conto sobre dois produtores de vinho, impulsionados por histórias e forças totalmente distintas, mas finalmente seguindo numa mesma direção. Fácil perceber qual dos dois chegou mais longe, fazendo as maiores mudanças nos seus objetivos. No entanto, é ele quem tem o caminho mais longo a percorrer.

II
O LÍQUIDO MÁGICO – NASCIMENTO DE UMA AMANTE DE VINHOS

O que foi que deu início a tudo isso?

Talvez alguns genes impermeáveis ao álcool herdados de minha avó paterna. Aos 88 anos, ouviu no rádio que muito gim fazia mal à saúde. Então, nos seus restantes dez anos de vida, passou a beber uísque.

Ou seria uma herança mais romântica e cultural de meu bisavô por parte de mãe? James Forfar Dott possuía um pedaço de floresta francesa, uma tanoaria a seu lado e um depósito no cais de Bordeaux. Um escocês descendente dos Huguenotes, ao comprar esse ousado empreendimento, deve ter sentido a mesma espécie de atração subconsciente pelo que fora outrora a pátria-mãe, que eu senti quando morei pela primeira vez na França. O negócio principal da tanoaria, que seus filhos descreviam vagamente como "barris e galpões", era o de fornecer engradados para o comércio britânico de arenque na costa leste. A família descambava de Brighton e ia passar as férias de verão numa casa de aparência fria, conhecida como Château Dott, com vista para a estação ferroviária ao lado da tanoaria. A visita de *les Anglais* era considerada um acontecimento razoável naquela vila minúscula ao sul de Limoges. Enquanto James dirigia seus negócios do seu escritório pintado de marrom e verde, bem no centro financeiro de Londres, conhecido como "The City", seus investimentos franceses ficavam confiados ao Sr. Reynolds, um expatriado resmungão. Sua mulher francesa, segundo meu primo distante David Chaundy, relevava seu mau gênio dizendo, "pelo menos ele é fiel".

O primo David visitava os velhos depósitos em Bordeaux, no ano de 1954, levando seus pais (inclusive a mais velha das quatro irmãs de James) para suas estimadas férias em Torremolinos na Espanha, então ainda uma diminuta vila de pescadores. A burocracia francesa tinha travado a venda daqueles galpões de telhados carcomidos, mesmo tendo James morrido mais de vinte anos antes e esta ser uma última tentativa de cortar os laços que cruzavam o canal. Alguns dos muitos advogados e despachantes que consultaram lembravam-se bem de James Dott e todos o descreveram como "un homme honnête", que fez seus sobreviventes ponderarem sobre os demais.

Em três ou quatro décadas, as tanoarias em geral, e a feitura de barris de carvalho francês, em particular, iriam se tornar a peça mais charmosa e financeiramente interessante da engrenagem que movia o comércio mundial de vinhos. E, se esses laços familiares se tivessem mantido, eu certamente não teria dedicado tantos centímetros de colunas ridicularizando a veneração aparentemente sem limites de produtores de vinho emergentes por caros barris de carvalho novo e chamado a atenção para os lucros de seus fornecedores.

Mas consegui passar minhas primeiras quatro décadas de existência ignorando esse naco da história familiar, dezoito anos dos quais totalmente ignorante de vinhos sob qualquer forma.

Os importadores de vinho da Grã-Bretanha no pós-guerra eram negligentes e foi somente no início dos anos 1970 que começamos a baixar a guarda para essa bebida tão intensamente estrangeira. Mesmo a vida de sólidas famílias de classe média como a nossa, nas décadas de 1950 e 60, esbarrava em vinhos só em ocasiões muito especiais. A cerveja era a bebida preferida, não só no *pub* local, The Drover's Rest, mas também na adega do figurão local. À medida que comer fora começou lentamente a se firmar como um hábito, alguns fazendeiros locais mais aventureiros contavam sobre "cinco pratos por 3 *bobs* – ofertado!" Nós sabíamos o suficiente para esnobar os outros que bebiam Sauternes espanhol como um lubrificante adocicado para acompanhar a carne. Mesmo o resto da limitada seleção de vinhos disponíveis na Grã-Bretanha da metade do século 20 não era menos asquerosa. De um modo geral, eles recendiam às substâncias químicas que os engarrafadores, num estágio bem longínquo de qualquer vinhedo, na vasta cadeia que envolvia a distribuição, enfiavam no vinho para evitar que tivesse cores estranhas, ficasse turvo ou efervescente.

Não é de se estranhar que tão poucos de meus caros compatriotas tivessem grande entusiasmo por vinhos, tampouco que eu prestasse tão ínfima atenção a eles, enquanto crescia num vilarejo de 45 habitantes no Eden Valley da Cumbria (igualmente lindo, mas bem mais frio que a versão homônima sul-australiana, uma das regiões vinícolas notoriamente "frias" daquele país).

Os remédios para dor de cabeça outrora vendidos como vinhos na Grã-Bretanha já pertencem a uma outra era, mas uma era que terminou há apenas uns vinte anos. Seu perecimento deve menos ao fato de ter me tornado adulta e mais à rápida e impressionante evolução do mundo do vinho depois dos anos 1970. Sem me dar conta, testemunhei bem de perto uma das mudanças de comportamento social mais notáveis do final do século 20, a popularização (em alguns setores, a quase divinização) do vinho – e da comida.

A comida, e minha relação com ela, é a verdadeira base do meu amor pelo vinho. Imagine a cena: adolescente, estudante do ensino médio, morando no campo, mas inerentemente urbana, ligada em moda, que vivia dependendo de um serviço de ônibus irregular para chegar ao bar e à loja mais próximos (que deprimente, posso escutar minha filha mais velha resmungando). Twiggy é o paradigma nacional. Nosso caso de estudo, aos dezessete anos, descobre as calorias. E resolve que está gorda – há gordurinha localizada demais a ser espremida num modelito tamanho dez de tomara-que-caia da Richards Shops – e começa a controlar a sua ingestão de calorias. É divertido. Matemática mais força de vontade igual a menos quilos. Muitos quilos a menos. Na verdade, foram cerca de doze em cinco semanas (pois nossa adolescente é bastante determinada), e o corpo fica tão fraco que a mente também fraqueja. Começa a divagar sobre se as frutas ingeridas durante uma caminhada continham mais calorias que as queimadas na caminhada. Sabe que comida tirada dos pratos alheios e sobras de comida não têm caloria alguma. Não vê contradição alguma no conceito de beleza esquelética. Posso entender muito bem como as anoréxicas encolhem até seu peso infantil, embora tenha tido a sorte de ter parado bem antes disso. Infelizmente não consigo me lembrar nem de quando e nem do porquê, mas meus pobres pais devem ter ficado horrorizados. Entre abril e junho de 1967, passei de uma atleta razoavelmente talentosa e robusta para uma versão encolhida e fraca, de olhos fundos. Pálida, fantasmagórica e magérrima, mas – com muito mais sorte do que muita gente – ainda vivíssima.

Toda essa tormenta física teve um efeito colateral determinante e decisivo. É óbvio que tudo de que nos privamos exerce um efeito fascinante sobre nós. Tornei-me uma cozinheira obsessiva, devorava receitas ao invés de calorias. Fazia as coisas mais extraordinárias, sempre improvisando com o que havia na despensa, armários e numa geladeira que vibrava, chamada Coldrator, uma vez que, pelo nosso isolamento, só podíamos comprar itens de *in*conveniência, trazendo grandes e pesadas sacolas no ônibus. Enfiava esses pratos esquisitos nos meus pais e no meu irmão James e, pelo menos no período de "murchamento", me vangloriava por não comê-los de maneira alguma.

O efeito disso a longo prazo foi que adquiri um interesse duradouro e uma paixão por comida. Por sabores, texturas, pelas combinações entre eles, pelo estímulo mental e conforto físico que trazem. Portanto, era de se esperar que, uma vez exposta a eles, experimentasse os mesmos sentimentos pelo companheiro fundamental da comida, a comida líquida, o vinho.

O primeiro vinho a que fui exposta como ser independente, quer dizer, como não-dependente dos meus pais, foi bastante horrível, mas me ensinou uma lição preciosa. Quando finalmente terminei o colégio, num dia de julho de 1968, tomei um ônibus noturno para Londres, onde, tremendo de nervosa expectativa, comecei uma longa jornada de trem e pelo mar até Grosseto na costa toscana. Tinha arranjado um emprego de verão como camareira no então mais caro hotel da Itália, Il Pelicano, perto de Porto Ercole no Monte Argentario. Tinha descoberto essa exótica vaga de trabalho por intermédio de amigos de meu pai que tinham uma *villa* pouco adiante do hotel, na estrada de arrepiar os cabelos pela costa, e que conheciam os donos escoceses-americanos. Já que as garotas nativas preferiam trabalhar na fábrica de tomates enlatados, os Graham passaram a recrutar camareiras através dos classificados do *The Times* de Londres. A cada primavera, publicavam umas poucas linhas de brutal sinceridade na seção "Há vagas": "Trabalho duro, turno longo, pagamento irrisório", começava assim. Disseram que receberam, naquele ano, duzentas respostas, mas que alguns tinham desistido na última hora. Pois aqui estava eu, uma pálida inglesa do norte, sentada num trem incrivelmente quente e lento, chamado misteriosamente de *espresso*, prestes a começar minha vida profissional recebendo cerca de quatro libras por semana.

Graças ao meu estado pós-anoréxico, fui logo apelidada de *La Grissina* pela equipe, predominantemente italiana, que trabalhava nesse luxuoso edifício de vinte apartamentos. O trabalho *era* duro. Os turnos *eram* longos. As condições não eram propriamente *simpáticas*. As três (das cinco) escravas-arrumadeiras britânicas, que não tinham arranjado (ainda) rolos com moços italianos e suas famílias, tinham que dividir um quarto escuro e minúsculo, cuja única virtude era um terraço pequeno, com vista para um canto da varanda onde era servido um *buffet* para os hóspedes, nas noites de sábado. Se estávamos convenientemente de flerte com algum dos garçons (nada ousado demais, porque eles ficariam horrorizados, acostumados que estavam apenas aos modos das moças nativas superprotegidas, que trabalhavam na fábrica de tomates enlatados), eles trariam, secretamente, o que sobrasse das comidas do *buffet* para nós. Lembro-me de pedaços de torta de chocolate e pãezinhos fofos, que pareciam muito mais refinados que os pesados pães sem sal servidos em fatias sem nada, acompanhando as refeições dos empregados. "Sergio, Sergio, *burro, per favore*", sussurrávamos da nossa penumbra de segunda classe, desesperadas por algo tão inusitado e nórdico, como uma pequena porção de manteiga branca cremosa.

Enquanto os hóspedes deixavam montes de comida intocada em seus pratos, acompanhados de saladas cuidadosamente preparadas, com crustáceos variados, legumes e verduras, entre *vitello tonnato* e *calamari fritti*, as refeições dos empregados consistiam basicamente de massa e os produtos da fábrica de enlatados, embora me lembre bem do quão ricamente exótico para mim parecia o cheiro de pimentões grelhados naquela época. Mas a bebida que forneciam é que seria bastante pedagógica para mim. Podíamos beber tanto do vinho tinto pesadão que nos era oferecido junto com as refeições quanto quiséssemos. Mas, se eu quisesse beber a confiável água mineral engarrafada, garantia de não comprometer a minha flora intestinal, tão protegida contra violações por mediterrâneos de sangue quente quanto as moças de Porto Ercole, teria que pagar por ela.

Era o oposto dramático do sistema de valores em que me criara. Ainda hoje minha mãe tampa outra vez e guarda cuidadosamente todo o resto de vinho que fica nas garrafas abertas, mesmo que seja menos de dois centímetros lá no fundo. Vinho, afinal de contas, é uma coisa cara, importada, sobre a qual recaem pesados impostos; a água cai do céu, pura e simplesmente, com uma freqüência deprimente, se você mora no norte da Inglaterra.

De repente percebi que, para milhões de pessoas que vivem em países como a Itália, a França, a Espanha, Portugal e a Argentina, onde o vinho é produzido em grandes quantidades e vendido a preços muito baixos, ele não era algo envolvido numa bruma mística e carregado de simbolismo social, mas apenas uma bebida comum, de todo dia. Uma bebida que se encontra em qualquer lugar, barata e na qual bactérias perigosas tendem a ser devidamente destruídas pela combinação de acidez e álcool.

Foi maravilhoso. Comecei a vislumbrar um mundo onde era possível tratar o vinho de forma relaxada. Talvez fosse até possível eliminar as aspas quase audíveis que acompanhavam a palavra na Grã-Bretanha dos anos 1960, uma prática quase automática que servia para atestar o reconhecimento do fato de que o vinho era uma substância exótica, associada à falta de boas maneiras, às loucuras das férias, à informalidade e aos distúrbios gástricos.

O vinho para o *staff* do hotel Pellicano vinha em grandes *fiaschi* cobertos de palha, que eram reutilizados várias vezes para transportar o tinto da região do tanque da cooperativa até a nossa mesa, situada debaixo de um toldo no pátio da cozinha. O cheiro meio passado, avinagrado, que pairava sobre ele, agora sei bem, era um sinal claro de superexposição ao ar e ao calor. A produção do outono anterior devia ter estado no seu auge de frescor quando saiu dos tanques de fermentação no começo do ano, quando as temperaturas eram mais baixas e havia menos riscos de eliminar elementos vitais no seu sabor. Quando eu o provei, nos dias sufocantes de julho e agosto, já tinha perdido muito de sua atraente juventude, mas ainda assim era bem diferente dos líquidos manipulados à exaustão que eram vendidos como vinho na Grã-Bretanha.

Além de ter sido apresentada a vinho *potencialmente* vivaz, um líquido outrora vibrante, que não tinha passado por dezenas de mãos de intermediários mesquinhos, fui apresentada na Itália a toda uma nova gama de cores. Minhas roupinhas de tons pastéis da Liberty pareciam pálidas à luz brilhante do Mediterrâneo. Compreendi porque os hóspedes do Pellicano (que incluíam Charlie Chaplin e família, um dos Getty, que escorregou 25 mil liras, uma fortuna incalculável, para a minha mão, no meu segundo dia de trabalho, e a rainha da Holanda) usavam rosa-choque, roxos e laranjas de Emilio Pucci e coisas do gênero. Não entendia por que tantos deles se desfaziam de seus bens, quer deixando mantas de seda na lata de lixo, quer atirando-as para nós ou simplesmente deixando-as para trás. Quando parti em setembro, levei uma mala cheia de roupas extravagantes, que pareceram tão bizarras em Cumbria quanto minha capa de chuva sintética tinha parecido na Toscana.

Pouco depois de trocar o sol penetrante pela suave garoa cinza, usei o que tinha sobrado das minhas gorjetas no Pellicano e levei, orgulhosa, meus pais para jantar no Sharrow Bay, no Lake District, um membro de uma nova raça chamada hotéis campestres, antes de ser levada estrada abaixo (ou teria sido acima?), rumo a Oxford, com um imenso baú de roupas.

Foi num pequeno dormitório de estudantes em St. Anne, então a mais moderna das cinco faculdades femininas de Oxford, que tive um contato apropriado com o vinho ou, melhor dizendo, com o conhecimento sobre vinhos, que é uma coisa bem diferente de beber. (Uma das três perguntas que escolhi, dentre as treze apresentadas no exame de admissão de Oxford, era uma discussão sobre o tema: "Bebedeira em casos comuns não deve ser passível de interferência legislativa").

A palavra "connoisseur" [especialista] não é atraente. Recende a exclusivismo, preciosismo e elitismo. Mas há uma qualidade muito peculiar ao *connoisseur* de vinhos em relação aos entusiastas do vinho e aos enochatos. Pensei, durante anos, que se tratasse de uma palavra francesa, mas, evidentemente, o termo equivalente em francês é "connaisseur" e os franceses são sábios o suficiente para saber que poucos deles realmente conhecem, ou *connaisent*, vinhos. Eles usam uma expressão muito mais atraente e positiva, *amateur de vin*, amante de vinho. Todos os especialistas são amantes de vinho, mas nem todo amante é um especialista.

A especialização não é um atributo necessário para apreciar vinhos. É perfeitamente possível apreciar vinhos imensamente, sem entendê-los realmente. Mas um especialista vê cada vinho individualmente, com sua história, contextos sociológicos e geográficos, e é verdadeiramente sensível às suas possibilidades. A especialização é um conceito meio fora de moda. Muitos entusiastas do vinho atualmente vêem cada vinho como algo a ser julgado, e não apreciado. Eles colocam a responsabilidade de dar-lhes uma experiência de arrepiar na garrafa, e não em quem saca a rolha dela para apreciá-lo e elogiá-lo. Os especialistas, ao contrário, se esforçam para abrir cada garrafa num determinado estágio de sua evolução em que vai brilhar. Eles servem o vinho na temperatura que mais exalte suas virtudes e minimize seus defeitos (um excelente Bordeaux tinto jovem ou um Cabernet Sauvignon tem um gosto bastante horrível quando servido frio, sem comida, por exemplo). Ao invés de procurar a garrafa mais cara que possam comprar, preferem encontrar um prazer especial em combinar vinhos específicos com situações, pessoas, comidas ou climas específicos.

Tenho plena consciência de que essas estranhas criaturas, os especialistas, que deixam sua conduta ser dirigida claramente por experiências anteriores, podem soar um tanto preciosistas, talvez suspeitamente esnobes. Mas a diferença entre eles e, digamos, os regidos pelo protocolo ou pela etiqueta, é que eles fazem o que fazem pela razão única e louvável, sensorial e egoísta, de maximizar o prazer. Não há absolutamente nada de errado com amantes do vinho que simplesmente despejam o vinho com gosto descuidado garganta abaixo. Há ocasiões em que é assim, e somente assim, que funciona. Mas aqueles que não encontram um meio-termo, que sempre ignoram a história que cada vinho tem para contar, privam-se de boa parte do potencial prazer que acompanha cada garrafa. Como eu ainda iria aprender, um vinho é bem mais que um simples líquido.

Eu, a propósito, me considero uma especialista, em algumas noites (e na maior parte dos dias). E uma amante dos vinhos, todas as noites, às vezes, uma amante ardente demais. "Especialista em vinhos", bem como "expert em vinhos" são expressões que não faço questão que sejam usadas em relação a mim. Soa demasiadamente exibicionista. Na verdade, acharia complicado gostar de alguém que se descrevesse como "especialista". Como "intelectual" ou "prodígio", termos que perdem o valor quando usados em causa própria.

Entretanto, a pessoa que me apresentou ao conceito de vinho como uma entidade intelectual era um verdadeiro especialista, com todo o ascetismo discretamente paradoxal que isso implica. Alison Forbes cursava um ano na minha frente na St. Anne. Ela estudava os clássicos. Eu estava envolvida numa coisa meio híbrida, um curso novíssimo e estranho, criado para aproximar as artes, as ciências, a matemática e a filosofia. Não tenho certeza de como Alison e eu nos conhecemos; acho que tínhamos a mesma orientadora de Ética (que, dois anos antes, teria sido Iris Murdoch). Alison era uma pessoa original em muitos aspectos, sendo muito mais alta e intelectual que o estudante padrão de Oxford, mas, para mim, o que mais me fascinava nela era o fato nada comum de que, tendo nascido (apenas) nos anos 1940, tivesse sido educada para ser uma especialista em vinhos. Seu pai, um médico de Devon, estava entre as poucas dezenas de pessoas que tinham se associado à Sociedade dos Vinhos, durante ou logo depois da guerra (nos anos 1990, esse número chegaria perto de 10 mil novos membros a cada ano). Como todo médico bem informado, ele fez questão que seus filhos fossem educados de modo a gostar de apreciar vinhos com moderação. Recebiam golinhos da bebida desde bem pequenos, junto com recomendações para que prestassem atenção nas suas características e origens, a se crer no que dizia Alison.

Uma das minhas mais remotas memórias de aprendizado sobre vinhos era estar em High Street, olhando a vitrine de G. T. Jones, na época o principal comerciante de vinhos em Oxford, ouvindo Alison recitar seu mantra sobre os alemães: "Vidros verdes para os do mosel, marrons para os renanos".

Ela me avisava com antecedência quando ia abrir uma meia garrafa disto ou daquilo – e o que comemoraria, e/ou com que comida a acompanharia – antes de me dar uma prova e algumas instruções. Ela tinha encontrado uma discípula bem aplicada. Alison Forbes acabou trabalhando para a Penguin e foi viver na Itália, portanto, suponho que o vinho nunca tenha deixado a sua vida. Devo muito a ela.

Ela conhecia alguém que conhecia alguém que era membro de um grupo de degustação de vinhos em Oxford. Perguntaram-me por que não me associei. Nunca tinha sequer me passado pela cabeça. Como tantos outros aspectos de Oxford, na verdade, como tantos outros aspectos da vida sofisticada do sul, um grupo como aquele parecia demasiadamente exclusivo e cheio de glamour para que eu me encaixasse nele. Vinda de uma escola de província em que tirar nota alta era considerado um feito e de uma escola para moças onde se formavam professoras primárias, que mandava em média uma única aluna por ano para Oxbridge (a safra de 1956 tinha produzido a escritora Margaret Forster, que escreveu coisas semelhantes sobre como se sentiu em Somerville), sempre me senti um peixe fora d'água, como se estivesse lá por algum erro extremamente fortuito. Anos depois vim a saber que, se tivesse reunido toda a coragem e entrado para a Sociedade de Vinhos da Universidade de Oxford, teria conhecido, uma década antes, os que viriam a ser meus colegas escritores sobre vinhos, Oz Clarke e Charles Metcalfe. Mas, iria me sentir tão menos confiante do que eles, que provavelmente teria abandonado o vinho para sempre.

Como sempre acontece, minha epifania vinícola aconteceu de forma mais privada, nas circunstâncias para as quais o vinho é feito, com um bom jantar. Como tantos outros amantes de vinhos, antes e depois de mim, meu caso de amor foi detonado por uma única garrafa de Borgonha tinto, extraordinária e ainda hoje memorável. Mesmo que você tenha passado anos bebendo vinhos comuns, comerciais, com vários níveis de qualidade, basta dar uma cheirada e tomar um gole de alguma coisa de classe totalmente diferente para entender que o vinho é capaz de atingir bem mais que seu nariz e garganta; é capaz de chegar ao cérebro, ao coração e, algumas vezes, também à alma. Simplesmente se percebe que há *mais* de tudo num vinho indiscutivelmente fino. Isso pode ser provado cientificamente extraindo toda a água do vinho e constatando que ele deixa muito mais resíduo (o extrato seco do vinho) numa placa de Petri que o deixado pela mistura comercial mais insípida. Tal demonstração entretanto é desnecessária; basta ver como seus sentidos vibram e seu coração dispara, e notar que se trata de uma experiência completamente diferente do que tomar um vinho comum. Talvez os dois atributos mais significativos num grande vinho sejam o leque de diferentes cheiros que exala (tão variados que os iniciados chamam de "bouquet", em oposição ao simples "aroma" dos vinhos básicos mais jovens) e o espaço de tempo em que o sabor permanece na sua boca, mesmo depois de engolido, a "duração" do vinho.

Durante anos venho argumentando que os vinhos caros não são exatamente uma extravagância, porque um gole de um deles dura muito mais que o de um barato. Descobri que meu instinto me leva, ao tomar um vinho inferior, a beber mais para ver se realmente tem tão pouco gosto. Nas duas últimas décadas, a distância que separa os vinhos básicos dos especiais diminuiu bastante, mas quando provei minha garrafa seminal, era enorme.

No início dos anos 1970, os bebedores de vinho sabiam bem menos e exigiam menos também. Havia alguns produtores muito talentosos (mesmo tendo muito menos formação que seus pares de hoje em dia), mas a maioria dos vinhos comerciais eram transportados a granel, misturados à vontade e depois engarrafados de qualquer maneira – boa parte disso se devendo ao fato de que ninguém reclamava. Lembro-me que, pela maior parte da década de 1970, a única preocupação que tinha era que o cheiro do vinho não fosse desagradável.

As falhas na elaboração daqueles vinhos eram freqüentes. Os vinhos brancos estavam quase sempre mortos, pela exposição ao oxigênio, que os escurecia até uma cor de ouro fosco, deixando-os com aromas desanimadores, sem graça, oxidados como Jerez, principalmente os de regiões mais quentes, em que as uvas começavam a fermentar bem antes de chegar à cantina. Os tintos de países quentes vinham freqüentemente com cores mais vivas e profundas, mas com os mesmos cheiros avinagrados associados à volatilidade. Os vinhos brancos de então eram, em geral, muito mais doces que atualmente, e lances de enxofre eram acrescentados para impedir que o conteúdo de açúcar fermentasse de maneira explosiva na garrafa – de modo que os brancos comumente eram "temperados" com um ranço acre do dióxido de enxofre excessivo.

Naquele tempo, quase toda garrafa disfarçava uma outra coisa. Mais de 10 milhões de garrafas de vinho cipriota, resinoso e grosseiro, com uma etiqueta dizendo Emva Cream, eram vendidas disfarçadas de Jerez. Longas garrafas marrons, com rótulos dourados que prometiam Lutomer Riesling (sempre pronunciado naqueles dias como "Raiseling"), fingiam ser vinhos renanos da Alemanha, o que ainda dava algum status na época, quando os vinhos finos alemães alcançavam os mesmos preços que os grandes Bordeaux tintos. Na verdade, o *best seller* deles, da marca Lutomer, era uma mistura de vinho fresco, leve e barato vindo da Eslovênia, no norte da Iugoslávia, brutalizado no transporte marítimo até as Docklands (que ainda funcionavam como docas) em Londres, onde recebia pesados acréscimos de concentrado de uvas comuns, para adoçá-lo, e doses ainda maiores de enxofre para aquietá-lo (foram necessários muitos anos de pelejas para que os alemães conseguissem convencer as autoridades em Bruxelas a reservar o uso exclusivo do termo "Riesling" às suas uvas, que nada tinham a ver com as que hoje chamamos, adequadamente, de Lasskirizling da Eslovênia. E foram tão eficientes nesse *lobby*, que levei anos para perceber que não havia nada de intrinsicamente errado com o "outro Rizling". Ele apenas não era alemão. A Áustria produz alguns surpreendentes Welschriesling, sim, do outro tipo).

Nos dias que precederam a entrada da Grã-Bretanha no Mercado Comum Europeu, garrafas dos vinhos tintos mais básicos eram adornadas com rótulos pseudomedievais para que parecessem com algum Borgonha de estirpe. Em geral, continham grande porcentagem de tintos do norte da África. Mas, naquela época, mesmo os originais continham essa adição (muitos anos mais tarde, no início dos anos 1980, quando o editor do *The Sunday Times* teve a idéia equivocada de me mandar até Sète, então o principal porto de comércio de vinhos no Mediterrâneo, para investigar alguma possível guerra vinícola ou pelo menos farejar algum tipo de escândalo, lembro-me de ter ficado chocada com os nomes descarados de algumas ruas da beira das docas, como Quai d'Alger [Cais da Argélia], por exemplo).

Depois de 1973, quando Edward Heath conseguiu que nossos papéis para entrar na Comunidade fossem assinados – no que foi ajudado por um pouco de Claret 1955, oferecido aos céticos franceses na Embaixada Britânica em Paris –, todos acreditamos que o principal benefício seria que o vinho se tornaria tão barato na Inglaterra quanto era na França;

por outro lado, não era mais tão fácil para os comerciantes ingleses continuar a designar por nomes famosos, como Pommard e Nuits-Saint-Georges, distintas garrafas (freqüentemente com conteúdo saído dos mesmos tanques). Pois eram nomes de lugares. O que significava que o sistema de Appellation Contrôlée e, portanto, a lei européia, passava a defender seu uso. Os engarrafadores britânicos (muito mais numerosos que hoje em dia) tiveram que colocar a imaginação para trabalhar um pouco. As iluminuras medievais continuaram, mas os nomes tinham que ser mais criativos, mesmo que letrinhas miúdas informassem que se tratavam de meros *Vins de Table*, vinho regional francês de baixa qualidade. Meu favorito era o quase perfeito na enganação, um Côte de Villages, amplamente disponível em toda a Grã-Bretanha no final dos anos 1970, através da maior cadeia de hotéis do país.

Não é de se surpreender que minha garrafa seminal de Borgonha tinto tenha me causado tamanha impressão. Na época, eu tinha um namorado tão chegado às comidas e bebidas quanto eu (e, naqueles anos puritanos, lembro-me bem, isso era desprezado como "um tanto de boa vida"). Seu simpático pai, um professor alemão, era muito generoso, o que significava que comíamos fora muito mais que o normal, e me tornei colunista de restaurantes para a revista *Isis* (mesmo assim não foi esta minha primeira missão jornalística, tendo escrito e ilustrado um artigo incisivo sobre moda para *The Cumberland News*, quando tinha dezesseis anos). A garrafa do Borgonha tinto da revelação foi consumida num restaurante nas cercanias de Oxford.

O Rose Revived era famoso naquele tempo em Oxford, não apenas pelo nome bonito, mas por uma comida bem respeitável para a época, uma época que poderia ser gastronomicamente definida por *pâte* de peixe defumado e pato com laranja. Uma expedição a um lugar tão "afastado" de Oxford quanto Newbridge, por volta de 1970, dava a nós, estudantes, um sentimento de verdadeira descoberta. O que íamos experimentar naquela tarde ensolarada de verão no campo era a libertação sofisticada das apressadas refeições noturnas no refeitório da universidade.

Suponho que tenha sido David que tenha pedido o Chambolle-Musigny, Les Amoureuses 1959, não me lembro. Só sei que apareceu num canto da mesa, numa daquelas cestinhas rangentes esquisitas, que servem para deixar que os sedimentos não sejam movidos no fundo da garrafa. É provavel que hoje eu implicasse com as taças pesadonas. E também sei atualmente que a coisa mais importante no rótulo de um Borgonha é o nome do produtor (tão distintas suas capacidades de fazer vinhos, até o dia de hoje), mas, naquela época, eu pensava que era o nome do vinho o que mais importava. Devia ser um vinho importado e engarrafado por Averys, de Bristol, uma empresa com sólida reputação no estilo de Borgonha robusto que estava então na moda. Na época, Averys ainda era uma empresa predominantemente familiar, dirigida pelo idiossincrático Ronald Avery.

O estilo de Borgonha da Averys era de cor profunda, muito encorpado, com forte aroma e voluptuoso. Não é à toa que tenha causado tamanha impressão. Aqui estava um vinho que pedia evidente atenção.

Devo ter me lembrado das instruções de Alison para cheirar, ou ter "sensações olfativas" do vinho, antes de tudo, pois fui tomada por um perfume adocicado e límpido, tão mais vívido e verdadeiro, mais terreno que elaborado, do que qualquer vinho que jamais tivesse passado na minha frente. Não era um vinho dífícil de apreciar, nada da seca austeridade dos velhos Bordeaux tintos que tinha conhecido nos jantares organizados ocasionalmente para dar aos alunos uma noção das riquezas ocultas nas adegas da universidade. Este era caloroso, carnudo, cada gole me envolvia mais, embora fosse quase impossível descrevê-lo. Duvido que tenhamos tentado discutir o vinho, além de babar e emitir sons agradáveis. Afinal, apenas os profissionais são forçados a tentar transformar em palavras tais sensações essencialmente viscerais.

Claro que não me levantei da mesa com a determinação de me tornar uma jornalista de vinhos, mas aquele vinho específico me fez compreender que essa bebida pode melhorar a vida em aspectos muito mais nobres e avançados que seu simples teor alcoólico. Além de excitar os sentidos de maneira única, os melhores vinhos expressam um lugar, uma pessoa e um determinado momento no contínuo da história.

Passar uma temporada com o professor alemão Werner von Simson na sua casa da planície perto de Interlaken, escolhida pela vista de tirar o fôlego do Eiger, da Jungfrau e do monge, ou Mönch, protegendo, perpetuamente nevado, a virgem contra o ogro na Bernese Oberland, abriu meus olhos para outras possibilidades do vinho, e também para novas formas de apreciar música. Esse advogado muito respeitado internacionalmente seguia a tradição alemã de beber cerveja ou água, durante a refeição da noite, e depois sentar-se ouvindo música, no seu caso Mozart e Schubert, num toca-discos que para mim tinha um som cristalino, com uma garrafa de vinho ao lado. Ele guardava suas garrafas favoritas num armarinho de madeira, para distingui-las dos litros de Fendant e Dôle que eram comprados para abastecer seus cinco filhos e *entourage*. A grande maioria de seus vinhos eram exemplares dos produzidos no Vale do Mosela, essências delicadas e frutadas, um gosto que desde então compartilho. Tais vinhos, muitas vezes com simples oito graus de álcool, são de sabor cortante, perfeitos para tomar aos pouquinhos e sem comida, enquanto se ouve música ou se lê (pois, por alguma razão, parece muito equivocado comer enquanto se ouve música de maneira adequada, provavelmente por causa da mastigação, que interfere no ritmo).

Muitos anos depois, me dava enorme satisfação levar-lhe algumas garrafas das melhores dinastias do Mosela, como Prüm e von Schubert, sempre que o visitávamos, e à sua esposa doente, no seu apartamento londrino. A cada garrafa, ele contava a mesma piada, sobre o visitante a quem serviam vinho no próprio vinhedo, cuja parte engraçada era a frase: "Receio que não viaje muito bem". E soltava risinhos involuntários.

Não posso ser a única pessoa formada em Oxford que lamenta não ter aproveitado melhor o conteúdo das melhores adegas das faculdades. Naqueles dias, as garrafas menos raras de algumas das pouquíssimas adegas no mundo que foram preservadas de maneira relativamente constante desde a Idade Média, estavam disponíveis para os alunos a preço de custo praticamente, que era muito baixo. Era, na verdade, um período em que inflação tinha a ver apenas com os pneus de nossas bicicletas, e não com economia. Nenhum de nós podia acreditar que um Bordeaux tinto (que os britânicos sempre chamaram de Claret) de boa procedência, que estava à venda por 25 *shillings* (cerca de dois dólares) em 1970, algum dia nos pareceria ridiculamente barato a esse preço.

A pobre faculdade de St. Anne, fundada recentemente, em 1952, não podia oferecer nada mais interessante que uma cestinha de Jerezes, a bebida que os orientadores serviam durante suas reuniões com seus pupilos, para amortecer os sentidos, enquanto ouviam os alunos lendo seus ensaios. Mas, sob algumas faculdades mais antigas, havia um tesouro medieval, no qual poderia ter me enfiado através de amigos que estudavam nelas (não teria sido nada difícil convencer alguém a cooperar, pois as mulheres gozavam de uma vantagem social tremenda naquele momento, uma vez que o número de alunos do sexo masculino nas faculdades para rapazes era muito maior).

Uma das primeiras tarefas que me impus, quando já escrevia sobre vinhos, foi investigar a lendária adega da All Souls, uma faculdade de enorme fama entre os alunos, pois só recebia acadêmicos de grande poder profissional. Fui devidamente ciceroneada pelo homem responsável pela adega, o mordomo-chefe Walter Quelch (que parecia saído diretamente de um romance de Iris Murdoch). Para ser sincera, até então, nunca tinha visto (e até hoje não vi) tamanha quantidade de vinhos de altíssima qualidade maduros ou em plena maturação; caixas e caixas de *premiers crus* 1961, alinhadas na escuridão abobadada dos porões.

Mas saí de Oxford sem sequer pensar em seguir uma carreira ligada a vinhos. Meus anos passados lá, de 1968 a 1971, aconteceram bem antes de ser possível gostar de Champagne e ser socialista ao mesmo tempo. Comer era um hábito burguês. Toda vez que Bernard Levin mencionava uma refeição especialmente saborosa ou um grande vinho na sua coluna para o *The Times*, a seção de cartas era entupida por protestos, nos dias que se seguiam. Não somente o público britânico ainda estava imbuído do espírito puritano de que comer e beber eram apenas parte de um processo para recarregar as energias, um ato tão levemente embaraçoso e digno de pouca atenção como se livrar dos dejetos que tal processo produzia, como tampouco tinha sido exposto, à exceção de gente como meus tios-avós, ao jeito mais hedonista da Europa continental. Fui percebendo que um número cada vez maior de meus contemporâneos, principalmente as mulheres que tinham sido pegas na armadilha de Twiggy, como eu, ia se tornando fascinado por comida, mas ainda sentindo culpa pelo fato. A expressão "foodie" ainda não tinha sido cunhada. Elizabeth David, que já escrevia prosa perfeita e flertava com a crítica gastronômica há duas décadas, ainda era vista como uma escritora de assuntos femininos. Comida e bebida não eram considerados assuntos sérios, talvez porque a fome ainda fosse um problema, ouso dizer, ainda maior que hoje em dia. Biafra, que sofria os efeitos catastróficos de sua tentativa de separação da Nigéria, era comumente citada naquelas cartas dos leitores do *The Times*.

De modo que, ao invés de seguir meus instintos e tentar encontrar um emprego numa área de que realmente gostasse, segui bobamente a multidão. Sequer pensei em procurar uma posição no glamouroso mundo da mídia – esse estava reservado para as pessoas cujos pais e amigos já eram da área – e achei que devesse me meter em algo chamado marketing (alguns anos antes e certamente teria sido publicidade). Mas queria fazer marketing de um produto de que gostasse, de modo que me arrisquei mandando currículos para apenas duas empresas. Uma era a agência de viagens Thomson Holidays, porque gostava de viajar; a outra era a United Biscuits, porque gostava de biscoitos. Dei sorte e me salvei de uma vida dedicada a recheios cremosos, provavelmente pelo fato de, na entrevista final, num hotelzinho de Osterley, na Great West Road, quando nos pediram para fazer uma lista dos candidatos que julgávamos aptos a obter a posição, eu ter automaticamente me omitido – mas pelo menos não me coloquei em terceiro lugar, como fez uma outra pessoa. Que, é claro, também era mulher.

III
VIRANDO ESPECIALISTA EM VINHOS

E assim me tornei uma estagiária de nível superior no crescente negócio do turismo de massa britânico, sem querer desempenhando um pequeno papel na apresentação da nação ao hábito de beber vinho, através de viagens baratas ao exterior. Em setembro de 1971, comecei um ano de experiência em vários departamentos daquela empresa de turismo, que funcionava na Greater London House, uma antiga fábrica de cigarros, com um pagamento anual de 1.400 libras (2.200 dólares), considerando-me sortuda por ter uma renda, afinal. Muitos de meus amigos prolongavam a agonia dos exames, quer acadêmicos, quer na busca de um subemprego.

Quase 25 anos depois, fui convidada para um jantar em homenagem aos diversos *sommeliers* das várias faculdades de Oxford, aqueles que tinham o poder para encher as adegas. O convite incluía passar uma noite de inverno num dos quartos de hóspedes levemente úmidos de um dos mais antigos dormitórios masculinos da universidade, que me permitiu a excitante novidade de poder vagar um pouco pelos cantos enevoados do lugar, sem estar atrasada para alguma aula, sentindo-me turista o suficiente até mesmo para ir assistir às Vésperas Corais e para observar, pelas janelas iluminadas da Biblioteca Bodleiana, o reconfortante calor da erudição, ao invés dos CDFs. Fui cercada por alunos em dúvida sobre entrevistas e ofertas de empregos. Ouvi alguém se gabar de ter tido uma oferta de 14 mil libras, exatamente dez vezes mais do que me ofereceram na Thomson Holidays, sendo que sete vezes tal valor teria acompanhado bem a inflação. Talvez meu novo emprego não fosse mesmo muito bem remunerado, em termos de puro dinheiro, mas havia outros benefícios.

Podíamos ocupar lugares vagos em vôos, desde que aceitássemos embarcar em cima da hora. Uma das secretárias costumava voar de Luton a Maiorca e voltar na noite do mesmo dia, simplesmente, dizia, para comer as refeições de bordo e pelo *free shop* dos aeroportos (cujos lucros constituíam, naquele momento, a principal *raison d'être* da Thomson e de sua linha aérea).

Graças à Thomson, descobri que há partes muito lindas em Maiorca, claro que nada a ver com a faixa de concreto chamada Arenal, dos anos 1960, que me mandaram visitar na minha primeira semana como guia, o passeio turístico clichê, num mês de novembro chuvoso. O uniforme das moças da Thomson naquela época era um vestido de *Crimplene* adorável, cor amarelo-limão e azul royal. Por ser claramente a mais descartável da equipe, nem me foi dado o luxo de um uniforme que servisse, embora tivesse que passar pela semana de teste obrigatória, nesta que era a experiência mais bruta do turismo de massa, e uma necessidade inescapável a todos os estagiários.

E ainda havia o problema do meu nome. Não valia a pena tentar ensinar a grafia correta por uma simples semana de trabalho e, de qualquer forma, dentre os hóspedes do Arenal Park, que tinham pago dezoito libras, com tudo incluído, por sua semana de viagens de ônibus e birita barata, quem se importaria que meu nome fosse o de uma heroína do romance *Precious Bane* de Mary Webb, mesmo tendo deixado tão forte impressão em minha mãe e em sua irmã, quando o leram ainda adolescentes? De modo que, naquela semana de concreto armado, cheiro forte de cigarros Ducados e *Sou de Glasgow* cantada no ônibus, virei Jan e pronto. Resolvi entrar na lama de vez e mandei pentear meu cabelo no salão de beleza do hotel.

Tendo freqüentado escola pública, mas tendo vivido num dos cantos com mais estratificação social de toda a Grã-Bretanha, cresci com pavor descomunal a qualquer tipo de preconceito ou esnobismo. Mesmo assim, meu igualitarismo foi severamente testado, como nunca antes, naquela semana no Arenal. A regra geral nesse tipo de turismo é que quanto mais caro pagam e quanto mais o sol brilha, menos os clientes reclamam. Encontrei-me do outro lado de ambas as categorias, e a depressão generalizada era acentuada pela natureza um tanto temperamental dos elevadores daquele parque turístico de muitos andares.

Embora o turismo estudantil tenha me levado a Beirute, União Soviética e Estados Unidos de fora a fora, com direito a mais terminais rodoviários da Greyhound de que gostaria de lembrar atualmente, esta foi minha primeira degustação dos pacotes turísticos. O que fascinou foi ver que parte importante desempenha neles o álcool, o vinho, em particular. Álcool com baixos impostos rivaliza com o sol, como a única atração do sul da Europa para gente do norte, que tem que pagar grandes somas aos seus governos pelo direito de beber em casa. A "festa de apresentação", a oportunidade que têm as agências de viagem de ampliar seus ganhos sobre a renda disponível dos clientes, vendendo-lhes excursões mais caras, não seria nada sem a promessa de ponches, sangria e Glühwein grátis. E, ao longo dos meus três anos na Thomson, testemunhei como os britânicos foram sendo gradativamente apresentados ao estranho hábito de beber vinhos nas refeições, no intervalo entre todos aqueles gim-tônicas e cuba-libres baratinhos. Os restaurantes de hotéis possuem plaquinhas com corrente e o número de cada quarto, que são penduradas nas garrafas, permitindo que o líquido seja consumido ao longo de mais de uma refeição. Dessa maneira, as garrafas se arrastavam ao longo de várias refeições, até mesmo ao longo de uma semana, sem qualquer discussão quanto à sua propriedade, mesmo a condição do conteúdo tendo se deteriorado bastante no calor de verão dos restaurantes. Agora que penso mais detidamente sobre o assunto, é um espanto que a revolução no consumo de vinhos na Grã-Bretanha tenha decolado.

Não me lembro de ter tido contato com qualquer grande vinho na minha incursão pelo mundo do turismo, mas a grande vantagem de unir-se a uma indústria incipiente é que dão a simples iniciantes como nós responsabilidades muito maiores que as merecidas. Depois de um ano, já trabalhava arduamente na criação do meu próprio pacote, chamado "Montanhas, Lagos e Fiordes". O componente norueguês foi deixado de lado, inteligentemente, logo que os britânicos descobriram como tudo era caro, especialmente a bebida, na Noruega, mas não antes que eu encarasse o desafio de levar um grupo de moças que trabalhavam com telemarketing para uma viagem "educativa" (isto é, boca livre) até uma diminuta vila de fazendeiros perto de Bergen. Mais acostumadas a zanzar por bares ensolarados do Mediterrâneo, seu desapontamento foi evidente, quando saíram de nosso chalé usando minissaias e procurando algum programa animado para fazer. Acho que não é nada surpreendente que tão pouca gente tenha reservado esse tipo de viagem.

Fui promovida de verão para inverno e organizei uma série de vôos, hospedagem e roteiros rodoviários que se tornaram a oferta da Thomson para os esportes de inverno. Andorra e Formigal, nos Pirineus espanhóis, foram um grande sucesso (álcool barato, mais uma vez), então acrescentamos uma aldeia na região, chamada Panticosa, para onde eu tive que levar um grupo de jornalistas, certa vez. Aprendi muito nessa viagem, penso sempre nela, agora que sou da imprensa e não mais dos que organizam viagens de imprensa. Na noite de sexta-feira, quando chegamos ao aeroporto de Luton, centro de toda a atividade de pacotes turísticos, fomos informados no balcão que o vôo estava com *overbooking* e que tínhamos que ser alocados (quanto jargão agüenta um guia turístico desesperado?). Um de nossos carros alugados quebrou no caminho entre Barcelona e a aldeia. Deixei o editor da *Travel Guide Gazette* no alto da montanha, depois que o teleférico tinha fechado, e ele não sabia esquiar. Grande parte do interior de nosso avião (pertencente a Thomson) caiu no colo dos especialistas em esqui do *Sunday Times*, do *Financial Times* e no meu próprio. Segui o conselho mais convencional: sempre que algo saía errado, eu aplicava mais álcool.

Mas, mesmo as viagens constantes nesse trabalho não foram suficientes para compensar minha natureza impaciente com tantas reuniões que envolvia. Além disso, era a época do "paz e amor" e minha antecessora no cargo tinha aberto um precedente perigoso ao largar tudo e ir para um *ashram* no Nepal (não sem antes posar para uma sessão estratégica de fotos para a *Travel News*, é claro). Também estava sentindo uma coceirinha e tinha que abandonar esse negócio de turismo. Mas havia alguma coisa sobre o subcontinente indiano que não me atraía. Não tinha o tipo certo de drogas recreativas.

Meu adorado professor alemão veio em meu socorro. Concordou ser uma excelente idéia que seu filho mais novo aperfeiçoasse seu francês. É verdade, um curso na Universidade de Aix-en-Provence parece bem razoável. Ah... que chato, a sede da fazenda semi-arruinada é muito afastada para permitir que se completem os estudos? Tudo bem, divirtam-se, então, meus queridos.

E nos divertimos, esporadicamente, durante o ano acadêmico de 1974-75. Alugamos uma linda pilha de pedras enfiada numa alameda de cerejeiras, no Lubéron. Peter Mayle ainda não tinha tornado a região mundialmente famosa, mas já era um parque de diversões para estrangeiros. Nossos melhores amigos eram um casal de idosos americanos (hoje em dia eu os chamaria, provavelmente, de pessoas de meia-idade) que se declaravam marxistas, mas que diziam não acreditar em partilhar seus próprios bens, e um poeta norueguês, que só podia beber em certas noites, por determinação de sua mulher, luterana radical. A conseqüência disso é que nas noites permitidas, ele vinha se arrastando pela nossa estradinha pedregosa, por volta das cinco da tarde, trazendo um número de garrafas inimaginável. Ele as carregava casa adentro, anunciando: "amanhã de manhã, vou me sentir muito, *muito* mal". Desde então, passei a considerar esse ponto de vista bem mais honesto que o de muitos britânicos e americanos, que fingem que a bebida não os faz ficarem bêbados, e que as ressacas não existem.

Mas o que esse ano de total abandono me ensinou foi que, se você for um determinado tipo de pessoa, não ter um emprego não é mais relaxante do que ter um. Simplesmente preenchia o tempo que me sobrava por não mais ter que me preocupar se alguém processaria a empresa por causa do número de metros que separavam o hotel do teleférico (houve um ou dois desses litigantes semiprofissionais que passavam suas noites comparando os prospectos turísticos de várias empresas com essa finalidade), me preocupando em saber se tínhamos óleo suficiente para as lamparinas e troncos para a lareira. A sede da fazenda não tinha eletricidade, havia uma cisterna bastante limitada e uma caixa d'água que vazava. Poderia tranqüilamente absorver toda a nossa atenção, e o fazia com freqüência, mas, em respeito ao Werner, tentávamos ler e escrever um pouco em francês, nos intervalos do fluxo constante de visitas (quase sempre de fala inglesa).

Minhas memórias predominantes desse canto da Provença são os odores –tomilho e alho silvestre, em particular, mais que a lavanda das lojas para turistas ou os pinheiros de Aix e mais para o sul. Em seguida, o dos aromáticos canteiros de manjericão cheiroso (praticamente desconhecido na Grã-Bretanha da época) plantados pelos habitantes, de carne assada direto na brasa, o pungente, mas adocicado aniz do *pastis*, o quase desagrável cheiro rançoso das azeitonas.

Aquela não era uma área vinícola importante. O vinho local mais comum era um tinto claro e o rosé Cotês du Ventoux, feito nas encostas do ventoso Mont Ventoux, ao norte, em cujas ladeiras nosso Tommy Simpson tinha pedalado sua última Tour de France. Tais vinhos, como os feitos na parte inferior do maciço do Lubéron, tinham acabado de receber a qualificação de VDQS, Vin Délimité de Qualité Supérieure, como a burocracia francesa cautelosamente o classifica, e não seria digno do status total de Appellation Contrôlée até 1988, bem a tempo da Mayle-mania.

Eu me sentia totalmente à vontade nessa mistura de cultura francesa com paisagem mediterrânea; minha cunhada budista tem certeza absoluta de que já tive experiências de vidas passadas no sul da França. Não me sentia francesa, devo admitir, mas me sentia totalmente em sintonia com dois aspectos muito importantes do modo de vida francês: suas relações com a comida e com a bebida. A parte excitante de viver ali não era a de experimentar grandes vinhos clássicos ou *haute cuisine*, mas a de estar num ambiente em que a comida e a bebida eram tomadas como fundamentais à própria vida, ao invés de serem desprezadas como desagradáveis ou relegadas como frívolas.

Uma semana depois de chegar, já tinha deixado de lado meus pudores britânicos a respeito de alimentação e quando nosso ano na Provença foi se aproximando do fim, e tive que começar a pensar num novo meio de ganhar a vida, decidi-me por encontrar uma ocupação que envolvesse um de meus dois grandes interesses, comida e bebida, não importava qual fosse. Nunca sonhei, entretanto, que teria tanta sorte para combinar uma delas com outra de minhas paixões. Anos depois, não tive qualquer problema para elaborar, num verbete para o *Who's Who*, quais eram minhas diversões favoritas: vinho, comida e palavras.

Sempre tive a necessidade de descrever tudo, seja oralmente ou por escrito. Como muitos outros, creio eu, não sinto que uma coisa tenha realmente acontecido, até que eu a tenha descrito para outra pessoa. Portanto, não por acaso comecei a escrever um artigo sobre largar tudo e passar um tempo à toa na Provença. Pelejei nele por semanas e finalmente enviei o texto para o caderno Look do *Sunday Times*. Perdi a carta que o editor na época, Ian Jack, mandou acompanhando meu artigo devolvido, embora tenha guardada, até hoje, como tesouro na memória, uma de suas frases: "mesmo assim, acho que você escreve bem". Nos papéis amarelados que tenho guardados, noto que alterei o último parágrafo, ressaltando o vinho barato e o sol como as principais vantagens daquele "exílio", e mandei o artigo para a *Honey*. Que tampouco o publicou, sábia decisão.

Veio então um verão de readaptação à vida inglesa. Trechos do meu diário, como "Gimme Shelter", "Abbey Road e depois cama, às 3 da manhã" e "acordei para almoçar", dão uma boa idéia do que foi o sul da Inglaterra no período, com a maior clareza possível. Há uma brusca mudança de tom quando vou para o norte, para passar uma temporada em Cumbria: "cogumelos silvestres com vovó" e "depois do jantar, todos jogamos croqué".

De volta a Londres, no outono de 1975, primeiro tive que reajustar meus ouvidos. Nada a ver com trocar o canto dos pássaros pelo ruído de tráfego pesado, àquela altura os franceses já tinham erradicado a população voadora da região fazia tempo, deixando o Lubéron tão silencioso que meu ouvido doía nos primeiros dias em Islington. Tive que me readaptar a ser uma bebedora de vinhos num país em que o governo taxava excessivamente cada garrafa, independentemente do seu conteúdo, mesmo que não me lembre de ter diminuído em nada meu consumo. Acho que minha estada na França tinha mudado meu gosto, mas nem tanto assim. Um vinho que me lembro de comprar nos supermercados de Earls Court, antes de ir para a França, era o Hirondelle rosé, a versão rosada de uma marca que pertencia a um dos engarrafadores que ia tomando proporções demoníacas no controle do mercado de bebidas na Grã-Bretanha. Hirondelle era promovido e anunciado agressivamente (pelo homem que atualmente representa os interesses do barão Philippe de Rothschild na Inglaterra). Suas origens geográficas eram mantidas deliberadamente vagas, de forma que seus donos, a empresa Bass, pudessem comprar vinho a granel mais barato, onde estivessem, para engarrafá-lo. Um preço final ao consumidor de meia libra por litro (garrafas grandes significavam ofertas, naquela época) ficou estampado na minha memória de compradora de vinhos, desde então.

Não é de se espantar que um ano de Provença não tenha me desviado do rosé, pois para o sul da França, em geral, e para os provençais, em particular, o vinho rosado não é ruim, sem graça ou defeituoso, mas simplesmente uma versão para climas mais quentes dos tintos secos. Então, o vinho que procurei no meu retorno a Londres foi o Listel Gris de Gris, rosa claro e seco, feito no Camargue, uma lembrança do brilho do sol no sul da França. Tão gostosos, os vinhos rosé...

Foi então que começou um dos mais felizes, ou pelo menos mais descompromissados, períodos de minha vida profissional, um outono fazendo frilas em busca de algo mais permanente e ligado à gastronomia. Brinquei com a idéia de abrir um negócio para fornecer almoços para executivos. "The City" estava repleta de moças com tiaras de veludo, que transformavam um curso no Cordon Bleu em algo lucrativo, servindo refeições em cubículos. Como uma delas me disse: "O lucro é garantido, se você servir sopa de cenouras pelo menos uma vez por semana".

Meu primeiro porto seguro foi a bíblia dos freqüentadores de restaurantes, e minha própria, o *Good Food Guide*. Depois de passar por uma espécie de prova escrita, me deram uma pilha de folhetos que deveria transformar em verbetes para o guia. A edição de 1976 contém várias de minhas paródias ao estilo do editor da época, Christopher Driver, mas só me lembro de ter escrito uma sobre o restaurante Lavender Hill, no sul de Londres, cujo proprietário, Robin Jones, mudou-se dois anos mais tarde para o Croque-en-Bouche em Malvern Wells, onde criou a – há controvérsias – melhor lista de vinhos do país (em 1996 ele fechou o estabelecimento, por tomar consciência de que as pessoas que se dispunham a pagar o preço do serviço para tomar bom vinho num restaurante não são do tipo que vão até a rural Worcestershire para comer). Lembro-me de ficar esfomeada enquanto trabalhava lendo cardápios e comentários de freqüentadores.

Também trabalhei num bar de vinhos em "The City", na verdade o bar mais próximo ao Vintners' Hall, um dos salões de guildas medievais e a sede espiritual do comércio de vinhos londrino, mas isto só vim a saber mais tarde. Os bares de vinhos eram um fenômeno urbano importante na Inglaterra dos anos 1970, um símbolo evidente da emancipação feminina. As mulheres eram mal vistas nos *pubs*, mas essa novidade de bares de vinho oferecia a elas um lugar de encontro, onde podiam consumir bebidas alcoólicas e saborear pratos levemente mais ousados que nos seus antecessores ninhos de fofoca feminina: os cafés e casas de chá da Inglaterra de subúrbio.

Whittingtons, que tinha esse nome por causa do sobrenome de Dick, era um bar de vinhos grande, especialmente pensado para atender às necessidades dos homens de negócio da "The City", ou seja, uma talagada de gim para dar a partida, às onze da manhã, quando começava o horário permitido para a venda de bebidas, e várias doses de Porto Vintage, até muito depois do fechamento oficial das portas. Dava uma ajuda no restaurante e na cozinha, ocasionalmente, mas tinha sido contratada basicamente como uma reputada *bar tender*. Ainda me lembro como me sentia livre à noite, quando saía daqueles velhos depósitos de carvão adaptados, e sabia que não levava para casa – ao contrário dos tempos das Viagens Thomson – um único pingo de responsabilidade.

No final de outubro, passei uma semana decisiva trabalhando no serviço de imprensa do Departamento Britânico de Canais, com a tarefa de cobrir as férias de um assistente, que tinha de recortar as notícias publicadas nos jornais e marcadas pela minha chefe temporária como relevantes para aqueles que cuidavam dos cursos de água britânicos. Não causei boa impressão nessa senhora. Não conseguia cortar certinho e, provavelmente, como só percebi depois, fazia chamadas telefônicas em demasia, nas horas que ficavam vazias entre minha empolgante obrigação de usar a tesoura. Quando não estava aparando meus recortes ou fofocando, ficava lendo as pilhas de material impresso que eram entregues no escritório a cada semana e, sem isso, talvez jamais tivesse me tornado uma jornalista de vinhos. Fiquei conhecendo dois jornais do comércio, *Campaign*, da fulgurante indústria da publicidade e, o mais prosaico, *UK Press Gazette*, para gente que escreve muito mais palavras por muito menos dinheiro. Em ambos havia um classificado intrigante: "REVISTA TÉCNICA que cobre o comércio de vinhos, procura jovem editor assistente. Conhecimento do negócio (diferentemente daquele que se consegue nos copos) é essencial, e proficiência em escrita ou jornalismo, uma vantagem decisiva."

Hoje me pergunto como tive coragem de me inscrever, mas fiquei tão contente por tê-lo feito quando tive minha entrevista com Simon Taylor, atualmente comentarista de corridas de automóvel na BBC. Dentre suas atividades na época estava a de editor da *Wine & Spirit*, da Haymarket, uma publicação mensal atraente, mas perigosamente minguada, uma das centenas de publicações comerciais cujos lucros ajudaram a comprar a famosa mobília de Michael Heseltine. "Tivemos muitos postulantes para essa vaga", me disse, "mas estamos tendo muita dificuldade para encontrar a pessoa certa. Ou são especialistas em vinhos e temos que ensiná-los a escrever, ou são jornalistas experientes e temos que fazer com que aprendam tudo sobre vinhos". Ele parou e examinou meu formulário de inscrição, cuidadosamente preenchido. "Claro que voce não é nenhuma das duas coisas. E, mesmo assim, é a favorita para o cargo."

Tentei parecer despreocupada, imobilizando cuidadosamente minhas sobrancelhas. O pagamento não era grande coisa (a palavra "jovem" no classificado deveria ter me feito supor tal coisa) mas, ei!, quem está se importando com esses detalhes quando uma vida de vinhos está pela frente? (Os milhares de empregados no comércio de vinhos devem ter tido o mesmo raciocínio, antes e depois de mim.) Pois, então, em 1º de dezembro de 1975, sem qualquer experiência relevante, comecei a trabalhar num escritório minúsculo, atulhado de papéis, num antigo galpão reformado na Foubert's Place, pegado à Carnaby Street.

Um ano depois, quando já tinha certeza de que mesmo que tivesse havido um tremendo mal-entendido, não seria mais despedida, puxei para um canto aquele excepcional editor de pensamento tão oblíquo, durante a festa de Natal, e perguntei por que diabos ele tinha escolhido a mim. "Foi o que escrevi para *Isis*, ou para o *Good Food Guide*?"

perguntei. "Ou o ano que passei na França, ou o trabalho para a empresa de vinhos?" (Para minha sorte, e do meu currículo, o bar de vinhos Whittingtons pertencia à companhia de vinhos Ebury. Sobreviveu à crescente catatonia do mercado inglês de vinhos por mais vinte anos.) "Não, nada disso, nenhuma dessas coisas", respondeu impaciente. "Foi porque você conseguiu gerenciar as excursões de esqui das Viagens Thomson. Intuímos que precisávamos de um bom organizador e que, mesmo não sabendo muita coisa, você logo se disciplinaria para aprender."

Mas ele deve ter imaginado que eu soubesse datilografar. Ainda bem que não perguntou. A revista, muito mais preocupada em captar pedacinhos dos orçamentos para publicidade da indústria de uísque escocês que do incipiente mercado de vinhos britânico, era dirigida na época por Colin Parnell. Um jornalista de carreira, nos seus quarenta anos, veterano de uma gama ampla de revistas da Haymarket (coisas do tipo *Que Carro?*, *Que Câmera?* e *SLR*), tinha conseguido melhorar bastante a *Wine & Spirit* no seu período, deixando, sem resistência, que o vinho tinto, em particular os vinhos de Bordeaux, fincassem saborosamente suas garras nele. Ele e Tony Lord, meu antecessor, frustrados pelo desinteresse de Haymarket em investir numa revista dedicada ao consumo de vinhos, pretendiam lançar a sua própria publicação, chamada *Decanter*. O que queria dizer que Colin, como editor da *Wine & Spirit* andava meio desligado, e meu verdadeiro mentor no início foi uma secretária, muito inteligente, que fumava sem parar, e ficava à mercê de um motoqueiro que fazia visitas freqüentes ao escritório, rangendo sua roupa de couro no pouco espaço que sobrava entre as três escrivaninhas, as estantes e arquivos, pilhas de revistas velhas e *layouts* e a adega de Colin, fechada à chave. Liz e eu observávamos tristemente Colin voltar de um almoço prolongado, cambaleando, depositar no tal armário uma ou duas garrafas que tinha ganhado de graça, para, então, desovar um editorial com uma facilidade invejável.

Nem posso imaginar o que o coitado do Colin pensou quando colocou os olhos em mim pela primeira vez. Naquela época, eu usava o cabelo num penteado encaracolado, pré-Rafaelita, resultado de um penteado em trancinhas minúsculas mantidas por pequenos elásticos em quantidade (que encontrei, cheios de cabelos, noutro dia, numa das minhas inúmeras caixinhas). Minhas roupas também estavam bem mais para cigana que para executiva. Recentemente, um já veterano vendedor de vinhos, dos apelidados de "Champagne Charlies", por fazerem propaganda de suas borbulhas circulando em lugares de alta classe, como bares, restaurantes e jóqueis-clube, usando ternos caros, puxou-me para um canto e sussurou: "Lembro-me de você quando estava na sua fase *hippie*".

Com toda certeza não devo ter parecido um material muito promissor na edição, escrevendo à mão e depois "catando milho" penosamente numa máquina. Voltei à Cumbria para o Natal, a cabeça cheia de prazos por cumprir, um cheiro de goma arábica e uma sensação de realização por ter conseguido redigir um relatório de uma página sobre o preço do uísque a granel para o período 1975/76. Havia ainda muitas páginas a serem preenchidas, sobre a administração das marcas de vodca, verbas de publicidade para Jerez, e produtos recém-lançados como o vermute rosa e algumas bebidas cremosas. Estava tão ocupada tentando preencher essas páginas, que nem me dei conta do pouco que tudo isso tinha a ver com o líquido que tinha passado a amar, o vinho.

IV
OS PRIMEIROS DIAS DE NOITES ENCHARCADAS DE VINHO

O pressentimento de Simon Taylor de que rapidamente eu encontraria os meios de compensar minhas deficiências óbvias estava correto e, no começo de 1976, tinha me matriculado no órgão educacional oficial do comércio britânico de vinhos, o Wine & Spirit Education Trust. Não foi um desafio dos maiores, mesmo para uma pessoa destreinada como eu. Brinquei com amigos, depreciativamente, que uma pergunta seria do tipo: "Valpolicella é (a) tinto, (b) branco ou (c) rosé" e, de fato, havia uma pergunta: "Valpolicella é (a) francês, (b) italiano ou (c) espanhol". Passei e imediatamente me matriculei no estágio seguinte. Era teórico, mas a parte prática é de longe a que mais conta em matéria de conhecimento de vinhos e tive que passar por duas degustações definitivas, logo nos meus primeiros meses.

Nunca me esquecerei da minha primeira degustação formal. Convites chegavam sempre à *Wine & Spirit*, mas geralmente traziam o nome de Colin impresso neles. No meio de fevereiro, entretanto, finalmente me permitiram ir a uma delas. Os vinhos de Ontário seguramente não eram as estrelas mais ilustres do firmamento dos vinhos, o que não diminuiu em nada meu nervosismo por ter que bochechar e cuspir junto com gente muito mais treinada que eu.

A degustação de vinhos parece e soa desagradável, e é impossível evitar esse aspecto grotesco, mesmo sabendo o quão divertido pode ser ou, pensando bem, nem tanto. Minhas aulas de vinhos tinham me preparado para o que fazer: girar a taça, cheirar, garatujar umas notas, bochechar, garatujar mais um pouco, cuspir – não era este o aspecto que mais me preocupava. O que me deixava ansiosa era que estaríamos vários degustadores fazendo isso em torno de uma mesa e que comentários eram esperados no final. E a dúzia, mais ou menos, de participantes, neste caso, incluía não só meu misterioso antecessor na *Wine & Spirit*, Tony Lord, mas o próprio semideus do vinho, o mundialmente famoso Hugh Johnson.

Lord revelou-se um jovem australiano agressivo, que estava aparentemente tentando compensar sua quase escravidão num galpão sob os arcos da estação de Waterloo, de onde, uma vez por mês, conseguia arrancar um número novo da *Decanter*. Johnson era sua antítese em urbanidade, mas, afinal, quem precisa ser agressivo, tendo acabado de escrever o clássico do mundo contemporâneo do vinho, seu definitivo *Atlas*, lindamente editado? Ouvi atentamente o que estes experientes degustadores tinham a dizer sobre os vinhos. E o mais surpreendente é que todos eles usavam expressões contraditórias e, mesmo assim, agiam como se estivessem no mais completo acordo. "É um tanto ácido, não é?" um deles dizia. "Totalmente, redondíssimo", retrucava o outro, enquanto um terceiro acrescentava, "para mim, falta um pouco de acidez". O que me deixava perplexa era que ninguém discutia. Pareciam ignorar as contradições intrínsecas das próprias afirmações. Sentindo-me mais segura, trabalhei meus pensamentos, concluindo que a avaliação de vinhos é um processo inteiramente subjetivo, que os profissionais vão em frente expressando o que pensam, impermeáveis a opiniões divergentes.

Foi uma lição inestimável e muito encorajadora. Mesmo nesta que foi minha primeira degustação profissional, arrisquei uns poucos e discretos palpites e ninguém se contrapôs! Na verdade, eles tendiam a concordar comigo, para, em seguida, expressar seus sentimentos, bem diferentes dos meus, é claro. Duas décadas degustando e falando sobre vinhos me convenceram de que sempre haverá tantas opiniões quantos forem os degustadores, algumas vezes até mais. Até hoje observo esse fenômeno, inconsciente e benigno, da contradição dos profissionais, em particular no meio ultraeducado dos degustadores britânicos.

No princípio de 1976, quando só tinha algumas semanas de *Wine & Spirit*, fui à minha primeira degustação de Bordeaux tintos, jovens, mas de muita classe, vinhos que causam alvoroço entre colecionadores e no mercado de vinhos finos. Tais vinhos, com tanta importância comercial, são em geral oferecidos *en primeur*, na primavera seguinte à sua elaboração e mais de um ano antes de serem engarrafados. A safra de 1970 fora uma maravilha, a de 1971, bem menos e as de 1972, 1973 e 1974 bastante desapontadoras (você poderia, estranhamente, substituir um nove por todos, menos o último destes setes). O mercado de vinhos precisava desesperadamente que 1975 valesse o investimento, de maneira que um grande comerciante organizou uma degustação gigantesca destes Clarets bebês, no final de março, em Londres. Todos aqueles homens de ternos em riscas-de-giz – o mercado de vinhos era incrivelmente masculino nessa época – assentindo de forma aprovadora sobre cuspidores, caixas de vinhos cheias de serragem e rastros escuros de vinho provado, murmurando que maravilha era aquela safra.

Agora, isto, diferentemente de toda nossa falta de concordância sobre os vinhos de Ontário, era algo que não conseguia entender. Estes vinhos – com seus rótulos modestos e feitos à mão, mostrando que eram meros *échantillons*, tirados diretamente das barricas, e não o produto final de cortes bem-feitos e maduros, que seria, de fato, engarrafado – tinham gosto de tinta de caneta para mim. É sabido que os grandes Bordeaux não são bons de beber nesta fase. Juntamente com o Porto Vintage, tratam-se dos poucos vinhos feitos para envelhecer longamente nas garrafas antes de amaciarem em sutis estágios de potabilidade. Os mais sérios apreciadores ingleses de Claret da velha escola obedecem o que chamam de "regra dos dez anos", pela qual as garrafas são mantidas rigorosamente intocadas até que cumpram sua primeira década de vida. A substância que protege o vinho tinto enquanto ele amadurece é o tanino, aquele elemento que resseca as bochechas, presente também no chá e nas cascas de amêndoas. É normal para um Bordeaux jovem ter acentuada presença de taninos, e decidir quando é chegada a hora de um vinho tinto ser bebido é basicamente uma questão de conseguir alcançar o equilíbrio perfeito entre os taninos em declínio, o *bouquet* em formação e a fruta evanescente (algo praticamente impossível de se fazer sem abrir a garrafa). Mas só valerá a pena o vinho passar por esse envelhecimento se apresentar bastante fruta, para começo de conversa, e, como os 1975 acabariam por demonstrar com os anos, eles eram demasiado tânicos e não tinham fruta suficiente para o processo. A classificação dessa safra só veio caindo, desde então.

Não sabia nada disso na época, e suspeito que teria achado exemplares de qualquer safra de Bordeaux *en primeur* excessivamente grosseiros para meu gosto, exatamente como a maioria dos neófitos em vinhos pensa. Bordeaux tinto jovem (e ambicioso) é um dos vinhos mais difíceis de apreciar. No entanto, muitas das garrafas mais caras e glamourosas numa loja de vinhos estão cheias dele. Sempre fico imaginando a quantidade de gente que paga uma exorbitância por esses vinhos para dar de presente, e depois se sente enganada pelo pouco prazer que proporcionam, a menos que sejam envelhecidos por anos.

Assim, tremulamente, debruçada sobre vinhos canadenses e sobre a mais rude de todas as safras de Bordeaux, com extremo cuidado, consegui passar da escuridão da mais completa ignorância ao lusco-fusco de um conhecimento incipiente sobre vinhos. Minha agenda do início de 1976 mostra uma freqüência cada vez maior de almoços com homens de relações públicas, em geral representantes das casas produtoras com mais fundos sobre as quais *Wine & Spirit* iria escrever alguma coisa. Havia páginas e páginas de revista a serem preenchidas, e poucos anúncios para cumprir esse papel, de modo que esses intermediários da publicidade deviam me achar uma presa bastante fácil, embora algumas das propostas fossem tão descaradas, que me deixaram para sempre com uma má impressão dessa profissão. Lembro-me de um dos executivos menos sofisticados, determinado a estabelecer uma conexão com a imprensa (como a mídia era chamada naquela época), ser suficientemente grosseiro a ponto de murmurar que, se me comportasse direitinho, ele me presentearia com uma garrafa de um uísque vagabundo e, caso me comportasse mal, ele me daria duas!

(Um outro departamento da Haymarket Publishing, com uma habilidade comercial consideravelmente mais bem afinada, era responsável por vender os espaços de publicidade. Como era – talvez seja – normal, eles eram deliberadamente vagos, quando o assunto era a tiragem da revista. O que não fazia muita diferença, até o dia em que um empacotador de garrafas de Scotch foi convencido a pagar para inserir uma de suas caixas de papelão dentro de cada exemplar de *Wine & Spirit* num determinado mês. Depois disso, durante meses, todo mundo no prédio tinha que driblar o sério risco de incêndio que foi o resultado desse episódio: uma incriminadora pilha de papelão extra nas escadas.)

Em abril fiz minha primeira viagem de imprensa, como convidada. Isso tinha muito mais a ver com meu gosto do que bancar a guia aborrecida no aeroporto de Luton. O propósito da coisa era nos tornar mais receptivos a uma certa marca de uísque, mas tinha sido organizada por uma dessas pessoas que sabem exatamente como gastar o dinheiro dos outros em benefício de prazeres gastronômicos próprios. Depois de um passeio tranqüilo pela região escocesa de Speyside, o Médoc do uísque, sob o sol da primavera, fomos instalados numa mansão georgiana transformada em hotel, com vista para o pântano de Culloden, perto de Inverness e começamos nossa noite bebendo taças e mais taças de Krug. A única Champagne de qualidade, à qual tinha sido exposta antes, tinha sido uma rara taça de Dom Pérignon, bebida bem tarde da noite com um dos Pink Floyds com quem costumava andar uma certa época e que, claro, tinha a exigência dessa luxuosa bebida entre as cláusulas do seu contrato. Mas, naquele momento, enfiada numa poltrona de couro macio, com minhas papilas gustativas no seu auge, pude entender o que faz de Champagne cara uma coisa tão cara! O puro sabor profundo, que leva anos para se desenvolver, o modo como cada gole permanece na sua garganta como uma cápsula agradável de calor que explode aos poucos, o jeito como ela desliza, ao invés de subir para o nariz. Acho que em algum momento mais tardio da noite nos deram uísque para beber, depois de uma demonstração de força dos ingredientes culinários escoceses na sala de jantar, mas, certamente, não consigo me lembrar.

Foi a primeira de várias visitas curtas à Escócia, pois uísque era a bebida mais importante anunciada na *Wine & Spirit*. No verão de 1976 voei novamente para o norte da fronteira, para visitar outro importante aspecto da indústria de bebidas, um imenso fabricante de vidro perto de Edimburgo, onde o céu cinza parecia novidade, um alívio bem-vindo para as temperaturas tórridas que atingiam inesperadamente o sul da Inglaterra. Nessa viagem, um jornalista de verdade, um sujeito do *Financial Times*, foi acrescentado ao nosso grupo de boca-livre, formado por gente da imprensa especializada. Fiquei muito impressionada com ele, pois parecia alerta o tempo todo, mesmo depois de jantar. Ele não se sentia obrigado a rir das piadas dos nossos anfitriões, fazia perguntas capciosas e tomava montes de notas. O homem da United Glass deu a entender que ele fosse um problema, o que me soou divertido.

Vagarosamente, mas com firmeza, fui ganhando confiança nas duas áreas, vinho e jornalismo, tendo apenas a pobre sofredora da Liz para perceber meus tropeções, no nosso escritório. Em julho, alguns vinhos começaram a fazer sua aparição nas minhas anotações, embora fossem só parte de um registro de compromissos, e não reflexões profundas: "conversa aborrecida de M. Frayn e depois Lynch Bages no Le Chef" para o dia 23 de julho de 1976.

A agenda também revela que, na semana seguinte, me levaram à minha primeira viagem vinícola internacional, tudo em 48 horas: "John Arlott, então Southampton-Le Havre. Chantovent. Almoço com vista para o Sena. Gewürz a bordo. Krug e arenque com John Arlott. Frenética. Glyndebourne." (O dia seguinte, uma sexta, só menciona uma visita mais prosaica, a uns exportadores no sul de Londres, e jantar no restaurante italiano Meridiana. A anotação de sábado de manhã diz simplesmente, mas de maneira eloqüente: "dor de cabeça").

John Arlott, o falecido grande comentarista de críquete, foi bem importante na minha carreira de jornalista de vinhos. Ele achou que na minha condição de jornalista de vinhos do sexo feminino, eu seria um assunto interessante para a sessão feminina do jornal para o qual ele escrevia sobre vinho e esporte, o *Guardian*. Disto resultou, de maneira indireta, eu ser convidada a escrever meu primeiro livro. Fui apresentada a ele por um amigo seu, com quem escrevera um livro, o especialista em Borgonha e importador peripatético de vinhos, Christopher Fielden. Naquela época, Fielden representava para a Grã-Bretanha os gigantescos negócios do engarrafador francês Chantovent. Ele nos convidara, a mim e a um jovem comerciante de vinhos, para visitar a sede da empresa perto de Paris, passando pela casa de Arlott, na pequena cidade de Hampshire, Alresford. Era uma antiga parada de carruagens e estalagem, ainda praticamente intacta, com sua entrada afastada da rua principal, e a adega original, a que se chegava por uma escada perigosa. Provavelmente era por esse motivo que John Arlott, então um sexagenário nada lépido, tentava trazer da adega tudo o que planejava beber naquela noite, preventivamente. Isso era bastante assustador, porque era um homem de apetites gigantescos, sua expressão mudando inesperadamente de sua usual depressão para uma gargalhada incontrolável que lhe tirava o fôlego.

Quando chegamos, a caminho da travessia de balsa do canal, numa linda noite dourada, subimos desajeitamente à adega (cujo conteúdo seria leiloado na Christie's, para que ele pudesse "escapar" para a ilha de Alderney e começar a colecionar tudo de novo) e, para nós quatro, trouxe seis garrafas de seu vinho favorito, o Beaujolais. John se identificava com os camponeses e vinhos descomplicados da região, então muito mais em moda do que hoje. Tudo de que me lembro é um coquetel enebriante de sua erudição (embora usasse seu conhecimento prazerosamente adquirido de esportes, poesia e literatura de forma bem leve), os belos e cuidadosamente relacionados itens de sua casa e a natureza flagrantemente frutada do vinho.

Por outro lado, lembro-me muito bem do almoço ao lado do Sena. Naquele tempo, como vinha sendo feito há séculos, os vinhos do sul da França eram vendidos a granel para as populações do centro e do norte do país, para economizar. De modo que Bonnières-sur-Seine era o lugar lógico para a grande engarrafadora da Chantovent, onde passei uma manhã inteira, inspecionando a primeira de muitas dezenas de linhas de engarrafamento estrangeiras às quais fui convidada a admirar ao longo dos anos. Para início de conversa, pode não ter sido o mais romântico dos produtores, mas comer no restaurante ensolarado do terraço, bem acima do amplo rio Sena, que corria sonolento lá embaixo, compensou tudo. Pedi o clássico francês, salmão com molho cremoso de azedinha, um prato que jamais cruzara o meu caminho, até então, com um Meursault dourado e muito encorpado, um vinho branco seco muito mais ambicioso que os cortes sem graça engarrafados na Inglaterra, que eram etiquetadas como "Chablis", que eram o mais próximo que chegara, até aquele momento, de um Borgonha branco. Meus companheiros de almoço pareciam inacreditavelmente corteses e divertidos, e tive que pensar como era sortuda por ter encontrado uma maneira de ser paga para fazer aquilo.

A viagem de volta, cruzando o canal para a Inglaterra à noite, não pode ser descrita como exatamente luxuosa (embora veja que tinha anotado cuidadosamente o que bebemos a bordo), mas o café da manhã que Arlott preparara para nos esperar o foi. Krug e arenque defumado devem formar a mais espetacular combinação de uma bebida de luxo com comida de subsistência (a versão defumada do peixe que meu tataravô ganhara a vida empacotando). Essa experiência proporcionou o capítulo de abertura perfeito para um livro que escreveria mais tarde, sobre como improváveis harmonizações entre comida e vinhos podem funcionar, desde que sob circunstâncias adequadas.

Chez Arlott, eliminamos a sujeira da balsa com uma garrafa de Private Cuvée, da Krug, mas John Arlott não era o tipo de cara que considerava uma garrafa para quatro uma divisão adequada, mesmo para o café da manhã, então pudemos compará-la a um outro produto que a Krug havia lançado recentemente, um Crémant, Champagne de pouco gás, supostamente criada particularmente para os almoços de negócios mais sofisticados. O Krug Crémant acabou durando apenas três ou quatro anos e, de fato, decidimos que o Private Cuvée era a essência da marca Krug. Se conseguia encarar arenque defumado às oito da manhã, então conseguiria encarar qualquer coisa. Mal podíamos imaginar que o tão adorado Private Cuvée logo se tornaria uma relíquia de priscas eras.

Não sabíamos, mas a Krug estava para lançar um rosé (tendo passado por cima de muitos cadáveres, para tal), um Champagne de um único vinhedo, totalmente Chardonnay e, causando ainda mais polêmica, a Krug estava amadurecendo em suas adegas, enquanto saboreávamos nosso Krug defumado, um substituto para o Private Cuvée, o Grand Cuvée – claramente mais leve, mais *moderno*, mais predominantemente Chardonnay – que seria lançado com muito alarde numa garrafa totalmente nova, com gargalo de ganso, em 1978, alguns meses depois da minha primeira incursão em profundidade pelas suas adegas. Adegas de Champagne, mais do que quaisquer outras, constituem-se de pilhas e mais pilhas de garrafas amadurecendo. Isso me ensinou a olhar melhor para o seu formato no futuro.

A Krug é dirigida por dois irmãos típicos. Henri, o vinhateiro sóbrio, e Rémi, o mais jovem, um maníaco que quer "Kruguizar" o mundo inteiro. Novos recrutas importantes para o grupo de Champagne Remy-Cointreau (que inclui Krug, Charles Heidsieck e Peter Heidsieck) são obrigados a visitar o seu membro mais glamouroso. Depois de passar dois dias tentando convencer a Krug a contratar um novo diretor executivo para Charles Heidsieck, Rémi virou-se para ele, durante o almoço e disse: "Agora, fale-me, e você, o que *você* acha do Champagne Krug?"

Hoje em dia me considero uma viajante freqüente, mas fico espantada quando vejo como consegui enfiar tantas viagens no meu primeiro ano na *Wine & Spirit*. Entre 29 de outubro e 15 de novembro, por exemplo, fui a Roterdã visitar uma fábrica de licores multicolorida, a De Kuyper's; passei um fim de semana meio à toa, na companhia dos Srs. Fielden e Arlott, na feira gastronômica de Dijon, e fui várias vezes a Mâcon num Ford Granada, participar da absurdamente perigosa corrida de carros do Beaujolais Nouveau, então no seu auge. A viagem a Mâcon foi a menos divertida para mim, pois era comandada por correspondentes de revistas de automobilismo e organizada pela Piat, não exatamente o mais legítimo produtor de Beaujolais, que logo ficaria famosa por produzir o Piat d'Or, o vinho de marca anunciado agressivamente, que eles afirmavam que os franceses "adoravam", até serem forçados a admitir que a maior parte deles nunca tinha sequer ouvido falar deles. Depois de horas na estrada, sob chuva, fomos instalados num daqueles hotéis de cadeias francesas, que mais parecem caixas de concreto e que os franceses tanto adoram, e nos serviram um tipo de comida de plástico, na qual são especialistas.

O fim de semana na feira gastronômica de Dijon, por outro lado, foi uma orgia animadíssima, como só a Borgonha sabe ser, e Bordeaux, na minha opinião, nunca é. Na manhã de sábado, John Arlott e eu fomos "entronizados" de forma memorável na Grande Ordem do Escargot de Borgonha, jurando obediência eterna à lesma borgonhesa e desprezando todas as demais (embora tenha sido informada de que qualquer escargot vendido na França hoje em dia estatisticamente deve ter vindo da Turquia). A lesma de plástico da Ordem pende de sua faixa amarela, pendurada no meu banheiro até hoje. No domingo, tivemos um almoço incrivelmente longo no campo, seguido de um jantar incrivelmente longo na cidade. John Arlott nos disse, com ar triste, quando apareceu na segunda cedo: "Logo que acordei, já sabia que deveria ter sido uma noite pesada, pela maneira cuidadosa como havia dobrado todas as minhas roupas." Não enfrentamos o nosso primeiro compromisso naquela manhã – sermos juízes de um concurso de bolos de Grand Marnier – exatamente com muito prazer.

Olho minhas fotos daqueles finais dos anos 1970 e mal posso acreditar no tamanho das minhas bochechas. Parecia passar a maior parte do tempo de minha vida comendo e bebendo – que, no final das contas, era justamente o que eu tinha planejado durante minhas férias na Provença. Apesar dos britânicos ainda encararem os prazeres da mesa com suspeita, eu parecia ter dado um jeito de viver rodeada unicamente de exceções a essa regra.

Mais ou menos por essa época, encontrei-me com um grupo de amigas da St. Anne. Uma delas, atualmente famosa no seu círculo de amizades por ter namorado um futuro presidente dos Estados Unidos, oferecia ajuda legal gratuita. Ela me fez sentir culpada. Outra, Sarah Maitland, já estava se estabelecendo como romancista. Ela me fez sentir com inveja. Mas a mais brilhante de todas – que era tão jovem em Oxford que depois foi para Cambridge fazer outro curso lá – tinha se tornado contadora. Ela nos falou sobre o seu trabalho e os lucros envolvidos. Uma semana, visitaria uma fábrica de papel higiênico e, ela nos disse, ficaríamos surpresas de ver o quão fascinante era aquilo. E uma vez ela tinha até sido enviada para a França, para visitar uma empresa de conhaque. Ela nos contou como tinha sido instalada num château com um banheiro de mármore e um pequeno *decanter* de brandy e alguns torrões de açúcar na cômoda. Ah, sim, isso soava exatamente como a minha visita à Martell que acontecera mais cedo naquele ano, nada de excepcional para mim. Ela me fez sentir muito, muito sortuda.

O bicentenário da independência dos Estados Unidos foi celebrado no ano de 1976, portanto, o verão particularmente quente daquele ano foi encharcado em litros de Champagne. Também foi o primeiro ano, dentre muitos, em que consegui combinar férias e trabalho. Para quem escreve sobre vinhos, a linha divisória entre as duas coisas nunca fica muito clara. Vinhedos crescem nos lugares mais lindos do mundo. Os produtores, em sua maioria, gostam de mostrar sua mercadoria, seja numa sala de degustação ou ao redor de uma mesa (o único produtor que visitei em toda a minha vida que não me ofereceu seus vinhos para degustar foi o falecido general Sir Guy Salisbury-Jones, um pioneiro da vinicultura inglesa contemporânea. Ele e sua mulher me ofereceram, educadamente, um cálice de Jerez, explicando que seus vinhos eram demasiado raros, sobre os quais incidiam altos impostos, portanto não os abririam). O negócio de vinhos também é genuinamente internacional e de muita sociabilidade, com conexões quase mafiosas. Portanto, como jornalista de vinhos, é possível encontrar, na maioria dos países, um simpático produtor ou importador ou crítico ou mesmo um simples fanático (isso era verdade somente em algumas partes do mundo, mas o vinho espalhou seus tentáculos tão dramaticamente nos anos 1990, especialmente no Extremo Oriente, que parece que hoje só as regiões polares estão livres de maníacos por vinhos).

Gente como eu, que passa muito tempo escrevendo sobre o tema, é ligeiramente mais bem recebida, mas não me lembro de nenhuma frieza na acolhida, mesmo quando eu era novata. Mesmo assim, imagino que não haveria destino mais adequado para minhas férias em 1976 que o norte da Califórnia. Desde minha primeira visita aos Estados Unidos, como estudante em 1969 – quando testemunhei o verão da chegada do homem à Lua, do escândalo de Chappaquiddick e Woodstock – uma parte de mim se enamorou do país e dos americanos. A maior parte dos meus amigos estavam na região de São Francisco e, durante boa parte do final da década de 1970, eu meio que queria viver na Costa Oeste, ensolarada e de coração aberto. Como sempre, associo tudo isso a cheiros especiais, o aroma quente e agradável, doce e resinoso, levemente carregado do sol batendo nas sequóias e um perfume de canela onipresente.

Oficialmente eram férias, mas vejo que no meu diário de férias havia uma lista de vinícolas a ser visitadas: Hans Kornell, Mondavi ("muito moderna"), Freemark Abbey, Beaulieu e um grupo que eu chamava de Moët-Henessy, porque ainda não tinha recebido o nome oficial de Domaine Chandon. Os tópicos que pretendia abordar incluíam a relação entre os intelectuais da Universidade da Califórnia, em Davis, e os vinicultores e vinhateiros sob sua influência (uma questão que seria de importância vital na década seguinte, quando as conseqüências dos conselhos de Davis sobre os enxertos – uma invasão da filoxera em grande escala – tornaram-se gradual e assustadoramente óbvias); a tendência dos tintos para os brancos (agora revertida); e os vinhos varietais contra os cortes genéricos, vinhos etiquetados por variedade de uva e não clássicos, como os que diziam Borgonha ou chablis, em geral de forma corrupta.

Fiz contato com dois jornalistas de vinhos em São Francisco, entre banhos de banheira e aulas de malabarismo e outras atividades alternativas. Ambos tinham escrito para a *Wine & Spirit*: Julius Jacobs e Gerald Asher, que era então o rei do vinho da revista *Gourmet*. Jay Jacobs teve a gentileza de me levar a um encontro de jornalistas de vinhos na Treasure Island, onde, de maneira descortês, tomei notas sobre "vinhos horríveis da British Columbia, Ontário, Ohio, Missouri e um *vino mirabile* do Arkansas".

O evento mais memorável, no entanto, foi um convite de Gerald, para um jantar, no qual me apresentou como "sua editora", tendo me avaliado sob uma taça Souverain Riesling-Gewürztraminer, antes. Era uma época muito especial para os vinhos californianos, quase fisicamente excitante. O gráfico de qualidade deles era praticamente vertical e as dezenas de novas vinícolas tinham acabado de confirmar a crença velada de que estavam por tomar a coroa francesa. Um importantíssimo concurso de degustação Califórnia vs. França em Paris, em maio, fez parecer que até os degustadores franceses preferiam os melhores californianos que os seus equivalentes franceses, desde que não soubessem de que vinhos se tratavam (o resultado foi que a maioria dos franceses passou a se recusar a degustar às cegas).

Foram também convidados ao apartamento elegantemente mobiliado de Gerald, num andar altíssimo da Green Street, de onde se via o pôr-do-sol na Golden Gate, nada menos que James Beard, o mestre da culinária americana, hoje nome de fundação e prêmio anual, e um jovem e promissor produtor de vinhos chamado Robert Mondavi[1].

---

[1] Robert Mondavi faleceu em 16 de maio de 2008. Em seu obituário, lê-se: "Robert Mondavi, de Napa Valley, fundador da indústria moderna americana de vinhos finos e um símbolo global da culinária e dos vinhos americanos, faleceu hoje. Ele tinha 94 anos." N.E.

Digo jovem, apesar de ele já andar então pelos cinqüenta, mas ele era um visionário tão cheio de energia que a juventude se agarrava a ele, e ainda se agarra.

O primeiro vinho servido na sala de jantar à luz de velas foi um com o curioso nome de Fumé Blanc, a versão amadeirada, rica em tostados e baunilha, que Mondavi oferecia para aquela uva tão desprezada, a Sauvignon Blanc da Califórnia. Depois, seguiu-se um Cabernet Sauvignon com profundo aroma de groselha, o Clos du Val 1973, uma vinícola muito recente, estabelecida pelos Portet, um jovem casal de franceses que tinha ligações com o Château Lafite. Em seguida, um clássico tinto de Graves, o Château La Mission-Haut Brion 1966 e um Sauternes dourado, de uma safra impecável, o Château Sigalas-Rabaud 1967.

Os Portet mostravam que os estrangeiros começavam a se interessar pelo vinho da Califórnia, mas eram os pesados investimentos da Moët, que tinha intenção de fazer um vinho espumante californiano, tal qual Champagne, que pareciam uma história real, de gente grande, para mim, no meu novo estilo jornalístico. A Moët & Chandon era, e é, o gigante da indústria de Champagne, e vê-la comprando, movendo a terra e plantando milhares de acres de uvas Champagne, importando fermento e prensas especiais da França e até mesmo trazendo um especialista em engarrafamento de 63 anos para ensinar aos americanos como sacudir o inconveniente sedimento do vinho espumante em direção à rolha, para a subseqüente remoção, era tudo extraordinário. E, até onde eu sabia, nada disso tinha chegado à imprensa internacional. Parecia que eu tinha tropeçado num pequeno furo.

Portanto, logo que voltei para a Inglaterra, montei o que tinha ouvido rapidamente numa história e, através do meu amigo Alex Finer, que trabalhava no *Sunday Times*, fiz com que a matéria chegasse à redação daquele jornal. Passei bem umas duas semanas mordendo a ponta do lápis, ansiosa. Mas, finalmente, ilustrada por um *cartoon* de Michael Heath, parodiando o *slogan* da Coca-Cola à época, "Tudo vai bem com Moët et Chandon", minha história saiu no jornal, na primeira página. É bem verdade que num canto meio morto e sem destaque, mas, e daí? Senti-me crescendo, tornando-me uma jornalista adulta, de verdade, e obviamente gostei tanto daquilo, que vejo que publicaram mais três artigos meus naquele outono – todos do gênero "pseudonotícias", fáceis de ler, nos quais os jornais de domingo são especialistas.

Foi também por aí que percebi que vinha me tornando mais exigente a respeito dos vinhos que bebia. Gostava da acidez eloqüente das Sauvignon cultivadas na região do Vale do Loire. Tive um flerte rápido com a Sauvignon de St.-Bris, famosa por vir de um lugar próximo a Chablis, sendo, portanto, classificada como Borgonha, e decidi que era chegada a hora de comprar vinhos em leilão. Não estou bem certa se algum dia cheguei a comprar algum vinho em leilão, com exceção de um lance aqui e ali em algum leilão beneficente, vez por outra. Não que a minha caixa de Sancerre 1973 Les Belles Dames de Marcel Gitton tivesse me desapontado sob qualquer aspecto (particularmente não mesmo a 21 libras), mas, desde então, tenho procurado comprar num estágio um pouco anterior da cadeia de distribuição. Nos leilões há intermediários, riscos e comissões demais para a minha natureza cautelosa. Também cansei da Sauvignon, exceto num dia muito quente, mas isso já é outra história.

A grande aventura na época era ir à caça de barganhas, com meu conhecimento de vinhos aumentado, ou melhor, sobrevivente, graças ao Wine & Spirit Education Trust. Levava horas até eu chegar em casa à noite, porque não havia nada de que gostasse mais do que ficar fazendo hora em toda loja de vinho por que passava, escrutinando as prateleiras em busca de algum tesouro esquecido ou algum preço mais amigável. Augustus Barnett, de propriedade de um tipo carismático chamado Brian Barnett, era o grupo mais interessante de lojas de bebidas na época, desafiando a cadeia Peter Dominic, de propriedade do Grand Met, cada vez mais moribunda, mas havia muito mais lojas de vinho independentes do que hoje, infelizmente. Ficava horas numa Augustus Barnett no Soho, e dava uma espiada na Milroy's também. O tipo de coisa que fazia meu coração disparar – imagine só – era o Rioja rosé, muito encorpado, porém seco, ou um Gigondas, toda a diversão de um Châteneuf-du-Pape pela metade do preço ou, também do sul do Rhône, uma coisa extraordinariamente doce, poderosa e frutada, chamada Muscat de Beaumes-de-Venise, então muito em moda entre os vinhos servidos em taça em restaurantes onde eu passava tempo demais.

A VELHA MANEIRA DE NEGOCIAR VINHOS

Quando não estava comendo e bebendo num restaurante (o restaurante da Tate Gallery, com sua culinária inglesa antiga e benevolente política de preços para os bons vinhos era o ponto de encontro do comércio de vinhos naqueles dias, enquanto o Langan's era o meu clube para o jantar), parecia estar fazendo a mesma coisa durante o almoço nos escritórios de algum vendedor de bebidas. No dia 30 de setembro de 1976, minha agenda tem a seguinte anotação: "Almoço: John Davy. Noite: recuperando-me". (Isso foi quando o comerciante independente, o homem quieto por trás de tantos bares de vinho discretos de Londres, com nomes como Boot & Flogger e Tappit Hen, me apresentou ao Château Grillet, o vinho branco do norte do Rhône, caro, porém inebriante.) Imagino que devo ter passado um ou outro momento no escritório, mas não é esse aspecto, particularmente, dessa era longínqua, que ficou gravado em minha memória.

No final da década de 1970, o grosso do comércio de vinhos ainda acontecia segundo um cronograma praticamente Eduardiano. O típico comerciante de vinhos era um cavalheiro que chegava ao seu escritório em torno das dez, lidava um pouco com a burocracia, dava alguns telefonemas e, então, saía para um almoço de três ou quatro horas, que não deixava de ser trabalho, porque era com outros membros do negócio e até mesmo clientes, ocasionalmente, antes de voltar para o escritório, meio tonto, para checar os recados, e voltar para casa. Sei disso porque era o que costumava fazer, com a diferença que eu costumava ficar no escritório até umas seis ou sete, quando ia encontrar um amigo ou uma amiga para um drinque, antes de ir jantar. As coisas devem ter atingido uma espécie de fundo do poço para o meu fígado, num dia de janeiro de 1977, quando estava pesquisando para um artigo sobre o estado do comércio de gim (e Londres era o lugar certo para fazê-lo). Tinha uma entrevista marcada para as dez horas, no prédio monolítico da Gordon's, perto de minha casa em Islington, um lugar onde burocracia e bebedeira se topavam de maneira bizarra. A essa boquinha matinal se seguiu uma degustação de vinhos organizada pela Stowells, de Chelsea, que, àquela altura, nunca tinha ouvido falar das caixas de vinho que são hoje sua especialidade, encaixando uma reunião rápida com o produtor espanhol *new wave* de vinhos Miguel Torres, antes de ir almoçar na Christie's. À tarde, minhas pesquisas sobre gim continuaram na Beefeater e à noite tive um jantar, longe de abstêmio, com um jovem comerciante de vinhos e sua esposa, jornalista de vinhos.

Um ou dois novatos no negócio tinham fama de estar agindo num ritmo diferente do que o da velha guarda. Começaram a circular rumores de que algumas pessoas estavam pensando em cortar a bebida no almoço, mas certamente não aqueles "no comércio". As empresas de destilados eram as mais chocantes, na minha opinião. Era absolutamente normal começar a beber de manhã, muito antes do meio-dia, isso quando se tratava do produto mais padrão das empresas, geralmente um nome já bem conhecido, que ninguém mais precisava degustar, muito menos os empregados. Na *Wine & Spirit*, às vezes encontrava jornalistas especializados em comércio de cervejas ou destilados e a fofoca entre eles parecia ser sempre sobre se o velho fulano já tinha sido arrastado para uma clínica de desintoxicação ou sobre as brincadeiras no meio da noite de algum colega que não tinha chegado àquele estágio ainda.

Curiosamente, nas minhas duas décadas no assunto de vinhos, presenciei pouquíssimos incidentes envolvendo excessos ou situações embaraçosas em relação a consumo demasiado da bebida. Sou uma observadora do meio e, portanto, parcial. Mas as pessoas do vinho me parecem simpáticas e alegres, de um modo geral, ficando cada vez mais simpáticas e alegres, à medida que a noite avança. Se as pessoas que fazem campanha anti-álcool surgissem na minha mesa de jantar, tarde da noite, não garanto que não ficassem chocadas, mas, se ficassem, seria apenas porque não aprovam a alegria, vozes altas e boas risadas. Quando sou entrevistada, geralmente sempre aparece uma pergunta que poderia se resumir em: "Quão bêbada você fica?" Seria idiota afirmar que, de algum modo, consegui escapar com tecidos orgânicos totalmente impermeáveis ao álcool, mas é uma pergunta difícil de responder. Sou conhecida por me repetir; esqueço muito as coisas e todo mundo sabe que fiquei famosa por ter entornado uma taça de vinho na cabeça de um colega jornalista (Nick Faith, no auge de sua pomposidade), certa vez. Mesmo assim, não vejo meu nome como sinônimo de embriaguez, nem o de muitos dos meus colegas jornalistas de vinhos. Somos geralmente autônomos e demasiadamente profissionais para sucumbir aos exageros com freqüência. Por outro lado, temos a desculpa perfeita para beber. Algum vinho toca meus lábios praticamente todos os dias ou, pelo menos, todas as noites.

Atualmente vou a somente uns dois ou três eventos do comércio de vinhos por ano, quando nos sentamos ao redor de uma mesa bem posta e bebemos cinco vinhos diferentes e falamos nos velhos tempos. Para muitos membros da velha guarda do comércio de vinhos em Londres, no entanto, o almoço não começava realmente até que a caixa "Benevolente" estivesse sobre a mesa. A organização beneficente do comércio de vinhos, The Wine & Spirit Trades' Benevolent Society cuida daqueles que estão passando por dificuldades. Toda vez que escuto esse nome, uma imagem de cavalheiros idosos em cadeiras de roda comparando anotações cirróticas em Eastbourne surge involuntariamente na minha cabeça, embora saiba que é genuinamente uma Causa Muito Valiosa. A organização teve a brilhante idéia de distribuir caixas de coleção da década de 1950 dentre os comerciantes e a prática mais comum era apostar na identidade de um Porto Vintage ou, às vezes, Portos, servidos depois de um longo almoço para tratar de negócios de vinho. A maior parte dos escritórios tinha um "escravo de adega", cuja função era decantar o Porto e colocar a rolha delatora dentro de um envelope, de modo que até o time da casa pudesse jogar – embora os "escravos", que não tinham direito aos almoços longos nem ao Porto, possam ter se sentido tentados a aprontar, vez ou outra. A aposta era de uma libra, normalmente, e a regra era que, se você acertasse o ano ou o fabricante, você poderia ficar com o dinheiro. Se você conseguisse acertar os dois, fabricante e safra, algo bastante raro, você ganhava uma garrafa – mas, se você caísse na categoria "comércio" e não na categoria "cliente", você simplesmente dividia o prêmio.

Havia, e ainda há, certas pessoas com uma *expertise* especial em Portos, compradores ou vendedores de grandes quantidades, ou comerciantes como Bill Warre, um descendente do epônimo fabricante de Porto, que certamente tem uma corrente de Porto, no lugar da corrente sangüínea. Mas, mesmo eles podem se equivocar facilmente. Seja lá como for, a Benevolent tem sido a beneficiária dessa prática, que continua até hoje, com uma freqüência cada vez menor e caixas de coleção cada vez mais dilapidadas. No entanto, hoje, via de regra, os convidados às mesas dos almoços de negócios de vinho são clientes abastados, mimados cuidadosamente, cujo conhecimento deve ser complementado, rapidamente, por um cartão com a lista de todas as possíveis combinações de safras e fabricantes (seria tão embaraçoso se um bom cliente insistisse que o Porto tratava-se de um Cockburn 1966, quando tal Porto nunca sequer existira).

Naquela época, havia muitos cavalheiros adoráveis no comércio de vinhos, alguns ainda estão por aí, lutando com unhas e dentes (cada vez mais manchados de vinho) contra as forças conjuntas e invencíveis dos supermercados. No final dos anos 1970, os cavalheiros de ternos riscas-de-giz ainda comandavam tudo. Os supermercados começavam a vender vinhos, mas, a essa altura, eles compravam a maior parte diretamente das listas do comércio estabelecido, com sua complicada rede de agências e importadores que vivia mudando. Os caras do supermercado eram vistos como pessoas úteis para vender, mas basicamente "novos ricos" ignorantes no mundo do vinho, que provavelmente nem sabiam como passar o Porto. Meu contemporâneo exato, Allan Cheesman, que começou a trabalhar na Sainsbury em 1972, vindo a se tornar o comerciante de vinhos de maior influência na Grã-Bretanha, ainda se recorda de ter ouvido de um jovem rapaz, atrás do balcão da ultratradicional loja de vinhos da Fleet Street, a El Vino (de propriedade de um membro conservador do parlamento), que ele não iria gostar do

Gewürztraminer, pois era um vinho muito complicado. O comércio britânico de vinhos, que dedicava quase uma semana inteira a cada ano para se reunir na Feira de Vinhos de Bristol, não fazia a menor idéia de que estava à beira de uma transformação total.

Então, por ora, era uma rodada de degustações de cortesia, almoços e recepções com comerciantes de vinhos e a imprensa, todos dispostos e disponíveis a cederem várias horas (mais ainda, se você levasse em conta os efeitos posteriores) para comemorar o lançamento de uma nova marca ou degustar os produtos de um pequeno produtor. Foi numa ocasião como essas que conheci Jack Rutherford, cuja empresa familiar de importação de vinhos finos – que estava desaparecendo rapidamente, sendo engolida pelo grupo Martini e seu cheiro de vermute – deu a Serena Sutcliffe, agora a Sra. dos vinhos da Sotheby's, um empurrãozinho no comércio de vinhos. A empresa de Rutherford tinha importado Louis Roederer por alguns anos e o velho senhor me contou que tinha um respeitável estoque de Champagne em garrafas de tamanho ultrapassado, um *pint* imperial. "O tamanho certo para um ou dois aperitivos", ele confidenciou, "mas muitas delas perderam o gás. Você ficaria espantada ao ver o que uma pitada de bicarbonato de sódio é capaz de fazer".

O comerciante tradicional britânico de vinhos não tinha qualquer escrúpulo de interferir no trabalho dos vinicultores de quem comprava (a palavra "winemaker" ainda não existia naquele tempo e a maioria dos produtores com quem se faziam negócios eram franceses). E por que deveria? Afinal, os ingleses tinham uma longa tradição de dominação no comércio mundial de vinhos. Eram mestres nisso. Só os holandeses, na sua época, importaram o mesmo volume da bebida, mas os britânicos praticamente podiam reivindicar a invenção do Jerez, do Porto, dos Madeira e dos Marsala e tinham determinado os rumos do Bordeaux por três séculos e desempenhado um papel fundamental no desenvolvimento dos Clarets e da Champagne. Isso emprestava ao comércio britânico de vinhos, ou O Negócio, como eles se autodenominavam, um sentimento de superioridade incrível. O negociador Charles Walter Berry, da Berry Bros & Rudd, foi considerado um tanto aventureiro quando fez um *tour* pelas regiões vinícolas da França, na década em 1930. Então, na década de 1950, Harry Waugh e Ronald Avery, que eram rivais da Harveys e da Averys, respectivamente, foram pioneiros ao escolher seus vinhos *in situ*, provando vinho jovem direto dos tonéis, ao invés de fazer os pedidos a partir de seus escritórios na Inglaterra.

Junto a André Simon, o famoso importador de Champagne e fundador da Sociedade Internacional de Vinho e Gastronomia, Ronald Avery é um dos grandes personagens que eu adoraria ter conhecido. Ele morreu logo depois que entrei na *Wine & Spirit*, mas permanece vivo em muitas de suas histórias pitorescas. Aos convidados desse excêntrico, em geral, eram servidos vinhos ou até mesmo Champagne maduros, "refrescados" com um toque de um mais jovem, ou Clarets jovens excessivamente rudes, amaciados com uma pitada de Porto Vintage. Sua cidade natal, Bristol, equiparava-se a Bordeaux e, quando recebeu uma grande delegação de comerciantes de vinhos de Bordeaux, serviu nada menos que um Château Rausan-Ségla da notória safra de 1896, uma das mais difíceis, mas submetida ao seu famoso tratamento "amaciante". Christian Cruse, o aristocrata de Bordeaux, cheirou, deu uma provadinha, concentrou-se, então cheirou e experimentou novamente. Então, voltou-se para Avery e disse: "Sabe? Acho que finalmente os 1896 estão ficando prontos para beber".

Uma vez a Inglaterra tendo entrado para o então Mercado Comum Europeu, ela teve que se submeter ao princípio da autenticidade, no entanto, os métodos magistrais de Ronald Avery ficaram mais difíceis de ser aplicados nas adegas da empresa de sua família (atualmente propriedade do grupo Pieroth de vendedores de vinhos *doorstepping*). A entrada da Inglaterra para o Mercado Comum Europeu, em 1973, representou um divisor de águas nos destinos do comércio inglês de vinhos, apesar de seus efeitos estarem apenas se insinuando quando meus almoços dentro do comércio de vinhos alcançaram o seu ápice, no final dos anos 1970.

Os engarrafadores ingleses de vinho, que costumavam forjar o Borgonha tão corriqueiramente, de repente tiveram que começar a obedecer a legislação européia para vinhos. O que representou um dilema, uma vez que a Borgonha também passava pelo seu próprio trauma, também conseqüência do quão fácil havia sido, até então, vender vinhos rotulados com famosos nomes da Borgonha, tivessem o gosto que tivessem. Ao longo dos anos, à medida que os agricultores de Borgonha aprenderam a usar os produtos agroquímicos e começaram a plantar clones novos da Pinot Noir, a única responsável pelo Borgonha tinto, com um rendimento muito melhor, os tintos da Borgonha foram se tornando cada vez menos tintos, e freqüentemente muito menos concentrados também. Apenas os melhores e mais caros tintos *Grand Cru* da região lembravam o típico líquido aveludado que os comerciantes ingleses (e suíços e escandinavos) mantiveram vivo. Os falsos Borgonhas do Rhône e da Argélia em nada lembravam o contemporâneo legítimo e os consumidores de vinho da Inglaterra (e comerciantes) tiveram que ser reeducados. Houve muita discussão no final da década de 1970 e começo da de 80 sobre esses Borgonhas novos insípidos e muitos palatos preferiam o estilo antigo. A própria Borgonha teve sua parcela de escândalos, pois alguns dos comerciantes da região estavam usando o mesmo tipo de receita que seus equivalentes britânicos; fazia um tremendo sentido comercial.

Passaram-se muitos anos até que a polícia vinícola britânica, apenas nove inspetores, trabalhando sob os auspícios da recém-formada Wine Standards Board (com sede ao lado do Vintners' Hall, na Upper Thames Street, 68 1/2), conseguisse eliminar as mais sujas teias de aranha de todos os comerciantes de vinhos na Grã-Bretanha – basicamente esperando o declínio do engarrafamento inglês. Com a incessante busca pela autenticidade e a diferença de custos entre importar a granel ou engarrafado tornando-se cada vez menor, hoje há apenas em torno de uma dúzia de engarrafadores comerciais de porte suficiente para colocar o número do seu código e um "W" delator, que indica um engarrafador inglês, nas suas rolhas (em 1991, havia 46).

Se sempre achei os comerciantes tradicionais de vinho adoráveis, mas um tanto isolados na sua estranheza, fico me perguntando "o que será que acham de mim?" Recentemente perguntei a Michael Broadbent, que foi o responsável pela ressurreição da venda de vinhos em leilões na Christie's em 1966, cujo palato e ternos impecáveis são indispensáveis a qualquer degustação que queira merecer o nome de séria em redor da Terra. Tenho o privilégio de ser sua amiga, o que permitiu que ele sorrisse e me respondesse: "Bom... tudo que sei é que pensávamos que você tinha uma inclinação para enaltecer o fato de ser mulher".

Sua resposta foi uma grande surpresa para mim. Não há qualquer anotação sobre isso na minha agenda, mas, é claro, estava lá. Agora que me estabeleci de alguma forma como uma figura ligada a vinhos, não me sinto nem um pouco excepcional por causa do meu sexo. Quando comecei, Jilly Goolden e Jane MacQuitty já eram jornalistas de vinho razoavelmente bem estabelecidas, Pamela Vandyke Price já estava no ramo havia anos. Logo Kathryn McWhirter e Joanna Simon se juntariam a nós e outras tantas mulheres que escreviam sobre vinhos, incluindo duas Masters of Wine, Serena Sutcliffe e Rosemary George. Mas deve ser verdade que, no final da década de 1970, eu andava pregando um discurso exageradamente feminista. Na verdade, todas as mulheres da mídia estavam fazendo isso. Só sei que nós, mulheres jornalistas de vinhos, ficamos tristes quando a linha matriarcal de editores da *Wine & Spirit*, que ia de mim para a minha assistente Kathryn McWhirter para a sua assistente, Joanna Simon, terminou quando Joanna entregou os pontos a Tim Atkin. Eles se tornariam os correspondentes para assuntos ligados ao vinho para os rivais *Sunday Times* e *Observer*, respectivamente.

Lembro de ter pensado, no final dos anos 1970, que, se eu fosse um homem da minha idade, escrevendo sobre vinhos, reclamaria da discriminação, dada a freqüência de artigos e colunas sobre mulheres no negócio de vinhos. E outra grande vantagem, naqueles dias corteses, é que, sendo mulher, você geralmente acabava se sentando ao lado do anfitrião ou de um convidado importante, facilitando, e muito, você conseguir um furo (a cândida Kathryn McWhirter, com seus tímidos olhos de alce, tinha muito mais energia e era muito mais dissimulada do que eu. Ela agüentava ficar até tarde da noite ouvindo as confissões, mais e mais reveladoras a cada momento, de vários homens do comércio de vinhos e destilados, antes de ir até o banheiro, para anotar tudo).

De todos os jornalistas de vinho na Inglaterra (e, em 1997, o Círculo de Jornalistas de Vinhos tinha mais de cem sócios), cerca de um terço é composto por mulheres. A proporção, na maior parte dos outros países, é muito menor e, nos países latinos, praticamente inexistente.

Se trazemos algo especificamente feminino à arte de escrever sobre vinhos, não posso afirmar. Aquelas de nós que têm crianças pequenas sentem-se disponíveis para viajar que nossos equivalentes masculinos, assim mesmo, teoricamente, temos pelo menos uma vantagem sobre eles, e não é a militante que vive em algum lugar dentro de mim que está dizendo isso. Todas as vezes em que se monitora com objetividade a habilidade de degustar, não necessariamente em se tratando de vinhos, as mulheres se saem melhor. Uma experiência típica seria pegar pessoas sem qualquer treinamento e expô-las a diferentes aromas e sabores, testando sua capacidade para reconhecê-los. Médicos especialistas reconhecem que as mulheres têm as faculdades gustativas mais apuradas, talvez tendo evoluído como conseqüência da responsabilidade feminina pela despensa desde os tempos pré-históricos. Aparentemente o auge da acuidade para degustar, em ambos os sexos, se atinge entre os trinta e os sessenta anos. As crianças têm paladar apuradíssimo, mas lhes falta a experiência e o vocabulário necessários para identificar e descrever as sensações e, por outro lado, o paladar é apenas mais uma das faculdades que tendem a decair bem acentuadamente quando atingimos a 7ª década.

Naquele momento, portanto, encaixava-me na categoria "Degustadora mais Privilegiada" (mesmo sendo um pouco jovem para tal, quando comecei a escrever sobre vinhos), mas que fique claro que não é nada pessoal. Não me considero uma degustadora particularmente dotada; acho que só seguia as instruções e, desde que me concentre, posso ser tão perceptiva quanto qualquer outra pessoa, seja homem ou mulher. Qualquer um que queira aprender a degustar vinho de forma consciente pode fazê-lo, à exceção única daquela pequena parcela da população que, por motivos exclusivamente médicos – acidentes ou doenças, por exemplo – têm olfato comprometido (*o* sentido importante na degustação de vinhos). Basta ter interesse suficiente para querer aprender, se concentrar naquilo que o palato e o nariz querem comunicar e tentar registrar essas sensações para que possam ser reconhecidas novamente. Para efeito de catalogação, pode-se associar uma descrição a cada sensação, mas isso só é absolutamente necessário para quem quiser seguir uma carreira como comentarista de vinhos. O resto da população pode muito bem se virar com nada mais sofisticado do que alguns sussurros e grunhidos de prazer.

Há as mais variadas razões para degustar vinhos, cada uma com suas habilidades e técnicas. A categoria mais comum de degustação de vinhos consciente (em contraposição a simplesmente tomar vinho, que qualquer um pode fazer) é a mais admirável de todas, degustar por puro prazer. Isso envolve apenas um momento de concentração para cada cheirada e gole, em reconhecimento ao esforço que a maior parte dos produtores de vinho coloca em cada gota de sua produção, e faz sentido, porque simplesmente enfiar alguma coisa com impostos tão altos, como o vinho, goela abaixo – como um número absurdo de pessoas faz – é jogar dinheiro fora.

A técnica neste caso é a clássica – girar a taça e aspirar, para estimular e apreciar os aromas voláteis do vinho, seguido de uma golada consciente que se gira na boca, antes de engolir. As perguntas essenciais são: "Este aroma é fresco e puro?"; "Gostei?" (de maneira a procurar outros vinhos semelhantes, ou evitá-los); "Do que este cheiro me faz lembrar?" (para tentar traçar relações com outros vinhos); "Os elementos básicos – acidez, doçura, taninos, álcool – estão em equilíbrio?" E, finalmente, "O gosto permanece depois de engolido o líquido?" Respostas afirmativas às duas últimas perguntas apontam um bom vinho, pronto para ser bebido. Vinhos de excelente qualidade, porém muito jovens, particularmente os tintos, costumam "curtir" o interior da boca, tal qual couro, devido à alta carga de taninos, que acabam se precipitando como sedimentos no processo de maturação dentro da garrafa. Vinhos comuns, do dia-a-dia, deixam traços muito ligeiros na sua passagem pela nossa boca, enquanto uma golada de um vinho de primeiríssima qualidade, multifacetado, pode ainda tentar provocar o palato depois de um minuto de engolido. Já ouvi falar de degustadores franceses que anotam os segundos de permanência dessa sensação na boca para cada vinho provado.

A razão mais comum para nós, profissionais, degustarmos um vinho não é maximizar o prazer que ele nos dá, muito pelo contrário: nós o fazemos para avaliar sua qualidade e atribuir-lhe um valor. Geralmente, sabemos exatamente que vinho é – estamos degustando-o em alguma linha de produção de um determinado comerciante ou produtor –, então nós usamos a degustação para aprofundar nossos conhecimentos sobre determinado vinicultor, vinhedo, região, uva ou safra. A maior diferença na técnica de degustação a trabalho ou por prazer (além do fato de que nós, profissionais, costumamos fazê-lo em silêncio, tomando nota) é a mais crucial para nossa saúde: nós cuspimos, ao invés de engolir. Imagino que deva ter me sentido inibida de cuspir em público alguma vez, mas certamente nem me lembro mais disso. Hoje em dia é corriqueiro estar reunida com meus companheiros em torno de uma cuspideira tomando notas, gargarejando e eventualmente comunicando, com o olhar, as sobrancelhas e grunhidos sobre bochechas inchadas com amostras de vinhos.

Há outras diferenças práticas entre a degustação profissional e a por prazer. Quando estou fazendo uma avaliação, procuro descobrir não só as qualidades, mas também os defeitos de cada vinho, de modo que degusto os brancos ligeiramente mais quentes do que a temperatura ideal para bebê-los. A coisa que mais me fascinou sobre os vinhos, logo que comecei, foi a ciência por trás da degustação, então logo percebi que, quanto mais quente está um líquido, mais seus conteúdos voláteis se liberam. E como o sabor é percebido melhor usando o olfato (ao passo que a textura é percebida na boca), faz sentido "errar" na temperatura, quando avaliamos um vinho (a contrapartida é que um resfriamento agressivo vai livrar um vinho ruim de seu sabor desagradável). O calor também faz com que jovens tintos tânicos apresentem um sabor um pouco menos tânico e os jovens brancos ácidos fiquem ligeiramente menos ácidos – e, uma vez que nós, escribas dos vinhos, infelizmente passamos muito mais tempo degustando vinhos que são jovens demais do que maduros demais, esse calorzinho pode ajudar.

Na prática, procuro degustar a maior parte dos vinhos a uma confortável temperatura ambiente. O cenário típico para uma degustação de vinhos numa adega gelada e úmida, cheia de barris, é também o mais desconfortável. Os dedos do pé e o nariz ficam congelados. O vinho tem gosto de tinta gelada e é escuro demais para observar a coloração de forma adequada. Em casa, costumo degustar ao redor da mesa, que fica em uma das pontas da nossa cozinha. Isso causaria arrepios em muitos dos jornalistas de vinho que conheci no final da década de 1970.

As crenças convencionais davam conta, e ainda dão, para muitas pessoas, de que deveria haver o mínimo possível de aromas que pudessem distrair a atenção na sala onde a degustação está acontecendo. Lembro-me que Pamela Vandyke Price costumava entrar numa degustação que acontecia normalmente num espaço público alugado, num hotel ou num daqueles salões das guildas medievais como um cão farejador. As narinas de seu (já naturalmente arrebitado) nariz se arregalavam de desgosto, e ela começava a murmurar, não exatamente a meia voz, se ela encontrasse um lírio num arranjo de flores, por mais lindo que fosse, ou se ela sentisse o cheiro de perfume ou de loção pós-barba, ou mesmo do fluido usado em lavagem a seco, em qualquer um de seus companheiros. Mas ela reservava o desprezo absoluto para qualquer pessoa, geralmente algum pobre produtor do sul da Europa, que não entendia muito bem o porquê daquele estardalhaço todo, que tivesse a ousadia de acender um cigarro dentro do seu raio de olfato.

Também perco a concentração se alguém acender um cigarro enquanto estou tentando degustar um vinho, mas acho que são os aromas intensos, repentinos, que causam os problemas, mais do que, por exemplo, o coitado do lírio. Do mesmo modo como a população de uma cidade que produz alguma coisa particularmente mal-cheirosa não o percebe, acho que todos nós nos acostumamos rapidamente ao cheiro de qualquer sala em que estejamos. Em reconhecimento às sensibilidades dos demais degustadores, procuro não usar perfumes no dia em que sei que vou degustar vinhos com outras pessoas, mas isso constitui uma proporção tão alta dos meus dias, que acabo esquecendo daquele toque do meu Eau d'Issey mesmo quando poderia colocá-lo. Como resultado, como acontece com a maioria dos profissionais do vinho do sexo feminino, dificilmente me dou ao trabalho de comprar perfume ou água de colônia. É uma pena que tantas pessoas com olfatos tão finamente desenvolvidos, que poderiam apreciar devidamente o trabalho dos perfumistas, tenham tão poucas oportunidades de fazê-lo.

No entanto, não resta a menor dúvida de que, mesmo que sejamos levados a dispensar o perfume adicional, nossas próprias auras naturais já são suficientes para nos distrair. Alguém numa degustação vai me passar um copo de vinho que essa pessoa acha memorável de algum modo, me incentivando a "degustá-lo (ou cheirá-lo)". Baseada em repetidas experiências, sempre procuro tomar o copo da pessoa antes de levá-lo até o meu nariz, para que não me distraia com o cheiro de suas mãos. Não que minhas mãos e meu corpo cheirem menos que os demais, estou certa, mas estou acostumada com o meu cheiro, o cheiro que sinto o tempo todo e, portanto, nem percebo (talvez seja pelo mesmo motivo que fumar como uma chaminé não destrua o palato, apenas some uma nova camada de odor que passe, felizmente, despercebida).

Pamela nunca fumou, apesar da preocupação de sua mãe em ensiná-la a tragar elegantemente, como ela mesma o fazia, e, ainda assim, ela paga um adicional para que suas roupas sejam lavadas a seco, sem deixar qualquer resquício de cheiro. Quando me juntei às margens do seu mundo, há uns vinte anos, e ela era a correspondente de vinhos do *The Times*, ela já era conhecida como a decana dos jornalistas de vinhos (por mais que ela odiasse essa classificação), uma presença dominadora, com cachos loiros, um sorriso malicioso e um queixo teimoso sobre a roupa colorida. No entanto, foi muito gentil comigo. Uma noite, no início de minha carreira como jornalista de vinhos, ela me convidou para o seu "ninho" em South Kensington. Acho que nunca tinha visto tantas garrafas de vinho numa residência; certamente jamais tinha visto tantos livros sobre vinhos. Enquanto tomávamos uma garrafa de Mosela, ela alegremente me disse que, mais cedo ou mais tarde, eu descobriria que há "um buraco muito especial no inferno reservado para editores".

Pamela exerce um poder bastante razoável no mundo inglês do varejo de vinhos. Uma recomendação no *Times* de sábado não era para ser desprezada e Pamela pertencia à escola de jornalismo de vinhos que acreditava em manter laços estreitos com o próprio comércio. Ela se opunha ferrenhamente a qualquer crítica por escrito (embora sucumbisse vigorosamente à crítica falada). Havia outros sócios do Círculo de Jornalistas de Vinhos cujas opiniões sobre vinhos específicos não tinham qualquer valor comercial, mas era de se esperar que o comércio de vinhos se reverenciasse a todos eles, e eles sabiam como capitalizar a situação. Os almoços tinham que manter um certo padrão e coitado do relações públicas se o encontro com a imprensa fosse mais seco do que a norma.

Passei por uma experiência muito útil logo no começo de minha carreira como jornalista de vinhos, num dia de corridas em Goodwood, patrocinado pela organização de comércio conhecida por Rhine & Moselle Shippers (ou seja, importadores de vinhos alemães). Todos viajávamos de trem, saindo da Victoria Station, e eu, àquela época uma novata no assunto, me alojei no canto de um compartimento, que logo foi lotado pelos negociantes e suas esposas. Assim que o trem deixou a estação, um deles se levantou, olhou em volta, e disse, com evidente alívio: "Não há quaisquer jornalistas de vinhos neste compartimento, há?" Então quer dizer que é isso que pensam de nós, pensei comigo, que somos uma cruz que tem que ser carregada?

E, desde então, tenho deliberadamente diminuído a importância dos jornalistas de vinho, a tal ponto que, lá pelo início da década de 1990, já estava menosprezando o seu poder. A maioria daqueles que escreviam sobre vinhos no final da década de 1970, com exceção de Edmund Penning-Rowsell, do *Financial Times*, e do já autor de *best sellers* Hugh Johnson, tinham uma pequena parcela do conhecimento sobre vinhos que os atuais jornalistas possuem. O protótipo dos correspondentes de vinhos de então era um escritor especializado, semiaposentado, talvez um editor literário, que tivesse sido dispensado, mas agraciado com uma coluna sobre vinhos que lhe garantisse acesso a vários bons almoços e boas viagens. O almoço era visto como a parte mais importante da degustação (ao passo que, hoje em dia, pouquíssimos jornalistas de vinho permitem que qualquer matéria sólida interrompa o fluxo de cem amostras). John Arlott era um comentarista de críquete tão talentoso que ele podia se dar ao luxo de ser modesto quando o assunto eram suas conquistas com o vinho. Cyril Ray escrevia de forma tão sublime, que não tinha pudores em confessar: "Jamais afirmo ser algum tipo de *expert*". E Derek Cooper, na época colunista de vinhos do *Observer*, tinha um faro tão bom para uma história, que não importava que seu olfato estivesse muito mais em sintonia com o uísque do que com o vinho. Quando o *Sunday Times* convidou a nós, um grupo de jornalistas, para uma degustação de vinhos misteriosos (que acabaram sendo os que nós próprios jornalistas tínhamos indicado) para um artigo na sua seção de consumo Lifespan, Derek recusou, dizendo: "Não vou fazer papel de idiota em público – e podem publicar isso". Isso me leva ao mais polêmico tipo de degustação que existe.

VI
Degustação às cegas

Sem dúvida, adivinhar a identidade de um vinho usando somente o paladar é um dos truques mais impressionantes que um ser humano pode apresentar. É visto como a prova definitiva de conhecimento vinícola. Gente de fora do mundo do vinho se admira e fica impressionada com este talento, possivelmente por demonstrar um conhecimento sobre coisas de que não fazem idéia. Os envolvidos no assunto chamam isso de degustação às cegas, e fico sempre espantada pelo número de pessoas neófitas que acham que a coisa envolve de alguma maneira tapar os olhos com alguma espécie de máscara (o que seria muito perigoso) ao invés de tapar a identidade daquilo que se está servindo.

Como já participei de tantas degustações às cegas, me impressiono muito mais com a habilidade, certamente bem mais comum, de identificar uma música ou um intérprete, ouvindo uma única frase musical, mas imagino que envolva mecanismos provavelmente semelhantes, algo como um terço de talento natural e dois terços de estudo e determinação, além de um pouco de sorte.

Desgustar às cegas, com a finalidade específica de identificação é um tipo muito especializado de degustação, de pouca utilidade prática, mas de grande valor de entretenimento. Parte-se do princípio de que experiência em degustações e uma boa memória são os elementos mais importantes numa degustação às cegas, mas a experiência pode atrapalhar, na minha opinião. Eu era muito mais talentosa na adivinhação dos vinhos nos anos 1970, quando minha memória palatal ainda estava livre do acúmulo de tantos conhecimentos. Cada novo vinho me deixava uma impressão límpida e clara, uma vez que tinha tão poucas experiências acumuladas, acabava por fixar facilmente as características de cada vinho provado sem comparações com centenas de outros. Depois de nossas primeiras degustações, à medida que vamos angariando mais experiência, mais impressões e vamos descobrindo mais e mais exceções às regras que pareciam tão claras no princípio, nosso paladar e memória, coitados, acabam confundidos.

É a isso que nós, profissionais do vinho, atribuímos o fato de errarmos bastante à mesa de jantar, sendo que nossos companheiros ou parentes acabam acertando. São as memórias e palatos deles, tão virgens, é óbvio. Michael Broadbent, veterano de inúmeros jantares elegantes, aponta algo parecido no seu livro clássico sobre o assunto *Wine Tasting*: "Não é incomum que a maior pontuação seja obtida por amadores, pois suas melhores performances acontecem num contexto ainda mais limitado (embora excelente): o das suas próprias adegas ou as de seus amigos".

Sendo a degustação às cegas meio complicada de entender mesmo para as pessoas do meio, suas nuances ficam ainda mais obscuras para os amadores. Para um amador, pareceria uma adivinhação melhor supor que um Bordeaux tinto 1988 fosse um 1987 do que um 1986. Mas os profissionais sabem que as safras de 1986 e 1988 produziram vinhos com muita intensidade de cor e de taninos, no mesmo estágio evolutivo, enquanto os de 1987 tiveram uma cor clara, os mais evidentes Clarets da década, ou seja, nada como os 1988. Já identifiquei várias vezes um Chardonnay de qualidade como tendo vindo de Borgonha, quando, na verdade, estou bebendo um Kistler da Califórnia ou um Cervaro de Antinori, da Itália. Milhares de quilômetros separam essas opções, mas as pessoas treinadas sabem como os vinhos podem ser parecidos, vindos muitas vezes das mesmas variedades de uvas e técnicas, até mesmo das mesmas mudas e barricas. Para os amadores, podemos parecer um belo bando de mentirosos e embusteiros.

É complicado para os iniciantes perguntar as coisas certas. Lembro-me, logo no comecinho de minha carreira, de ter sido convidada para almoçar com alguém que já era um velho conhecido, muito íntimo, e que teve vontade de me testar nesse meu novo campo de especialização (já havíamos compartilhado muitos Harvey Wallbangers e margaritas). Enquanto saboreávamos um rosbife, ele encheu minha taça com um vinho bem rubro e me desafiou a identificá-lo. Pela cor, eu arriscaria dizer que era um vinho jovem (azulado), feito de uvas de casca grossa (a cor intensa), tais como – Cabernet e Merlot, de Bordeaux – que eram as que eu podia nomear com alguma segurança naquele estágio. Dei uma cheirada e lá estavam aqueles inconfundíveis aromas que tinha aprendido a denominar "cassis" ou groselha, presentes num jovem Claret. "Bordeaux?" arrisquei. Steve deu uma olhadinha furtiva no rótulo, "Muito bem! Mas de que ano?" Afastei a taça, olhando-a contra meu prato branco, para ver se o halo mostrava algum pontinho de cor laranja, algo que me mostrasse envelhecimento, como tinham me ensinado nos cursos. Bem aquoso nas bordas, mas de cor vermelha, deveria ser jovem e nem de tão boa qualidade (os vinhos melhores são de cor muito intensa na sua juventude), imaginei que se tratava de algum Bordeaux mais comercial, com uns dois ou três anos de idade. "Sim, claro", retrucou Steve com impaciência, "mas de qual Château?"

Essa era mesmo capciosa! Se tinha mesmo um nome de château no rótulo, provavelmente deveria ser de um dos milhares de pequenos vinicultores da região de Bordeaux que podem usar essa palavra nas suas etiquetas. Depois de uma certa discussão pouco satisfatória entre nós, acabou por ser revelado que se tratava do corte bastante comercial de Mouton Cadet, misturado em tanques enormes, a partir de centenas de diferentes produtores espalhados pela região. Eis como transformar uma bebida feita para espalhar boa vontade em uma discussão.

Felizmente, enquanto neófitos se lembram de seus erros, os profissionais se lembram mais dos acertos, sobretudo por saberem como é difícil fazê-lo. Feitos notáveis são discutidos calorosamente; uma boa opinião correta no momento certo pode ser relembrada por anos e anos. Sempre vou me lembrar de Lindsay Hamilton, da Farr Vintners (comerciantes de vinhos finos), me contando que testemunhou quando Oz Clarke, meu colega de profissão e um degustador às cegas extremamente talentoso, ao ser dado um vinho que era, de fato, uma mistura de um Jaboulet 1982 e um Hermitage La Chapelle 1983, ficar em dúvida se seria um 1982 ou um 1983. Isso é, de fato, impressionante.

Nas raras ocasiões em que acertei mais que errei, isso geralmente foi lembrado e repetido para mim. Como o escritor de vinhos Bernard Ginester resumiu, "conheço gente que fez uma carreira baseada em dois ou três acertos inspirados". Às vezes me sinto assim.

Mas a única vez em que me senti sendo testada por um profissional, de verdade, foi quando visitei o Château Cheval Blanc pela primeira vez, a importante propriedade de Saint-Emilion, cujos vinhos foram se tornando os meus vinhos favoritos com o passar dos anos por seu equilíbrio e elegância. Estava fazendo pesquisas para meu segundo livro, *The Great Wine Book*, e queria, como sói acontecer, incluir o Cheval Blanc dentre as 37 propriedades cujo perfil eu traçava. O homem que dirigia a propriedade desde 1970, depois de administrar fazendas de cacau e borracha na África e no Extremo Oriente ("tudo igual a vinho, pode ter certeza"), era o arrogante Jacques Hébrard. Sua mulher era uma das Heritiers Fourcaud-Laussac, ainda proeminente e destacadamente mencionada na própria etiqueta do Cheval Blanc. Como combinado, cheguei bem cedo numa noite de 1981 e ele não estava nada receptivo. Respondia às minhas perguntas, mas não oferecia qualquer informação adicional. Deixou bem claro que um de seus passatempos era o de criticar livros escritos sobre Bordeaux. Quando me levantei para ir embora, ele, algo meio relutante, me convidou para jantar. Pouquíssima gente recusaria um jantar num Château *premier cru*, dentre as quais não me incluo, com toda certeza, por mais reticente que tivesse sido o anfitrião.

A anfitriã, Madame Hébrard, mostrou-se encantadora, assim como o gato branco como a neve deles (Chaton Blanc?) e a mesa de jantar estava de fato posta para três. Antes do jantar, assistimos ao pouso do primeiro ônibus espacial, num aparelho de TV que funcionava como pedestal para a réplica do pequeno avião que o pai de Jacques Hébrard pilotara ao atravessar o Atlântico, meio século antes. Mas ele continuou evidentemente emburrado até que fossem servidos os vinhos contidos em dois *decanters* sobre o aparador. Não é um grande feito adivinhar que no Cheval Blanc se sirva vinho Cheval Blanc. Minha tarefa, evidentemente, era a de adivinhar as safras. O primeiro vinho estava ainda cheio de vitalidade, com uma ponta de calor e doçura típicos de Saint-Emilion. Sua cor era ainda bastante intensa, mas já mostrava um notável halo cor de tijolo. O cheiro, ou "nariz" era ao mesmo tempo fascinante, sedutor e com bastante fruta. Tinha que ser uma robusta safra de meia-idade, mas aquele halo intenso parecia indicar que era mais maduro que um 1970, mas tinha gosto jovem demais para ser mais velho que isso. Era um vinho bom demais para ter sido feito em 1974, 1973 ou 1972, seria então, por acaso, um 1971? Monsieur Hébrard sorriu pela primeira vez naquela noite e sua mulher mostrou aprovação. "Aceita um pouco mais de cordeiro?"

Agora, rumo ao segundo *decanter*. O protocolo profissional determina que seja mais velho do que o primeiro vinho, o que se confirmou pela cor mais clara e um pouco mais marrom. Eis um vinho completamente amadurecido, pensei (embora tenha pensado a mesma coisa, quando voltei a bebê-lo quinze anos depois), que tinha um aroma tão adocicado, saboroso e encantador que poderia ser um 1966, mas era incrivelmente impressionante, muito poderoso e, por debaixo de todo aquele charme evidente, trazia muita coragem. Alguma coisa, uma força divina, me fez optar por 1964, um grande ano para Cheval Blanc, e não 1966. Meu anfitrião derreteu-se todo. Depois disso passamos uma noite agradabilíssima (e quem não passaria, com aqueles dois *decanters* como companhia?) e Jacques Hébrard se tornou o charme em pessoa, em todas as vezes em que nos reencontramos.

Já minha mais embaraçosa experiência numa degustação foi pouco depois dessa visita ao Cheval Blanc, em circunstâncias muito mais públicas. Terry Wogan estava no auge de sua fama e tinha um programa de entrevistas ao vivo, bem popular na TV, com grande audiência, no qual bastava ele olhar de maneira sedutora para a câmera, levantando uma das sobrancelhas, para fazer desmaiar ou gargalhar (dependendo do sexo) todo o público presente no Shepherd's Bush Theatre e mais os milhões de pessoas que o assistiam em toda a Grã-Bretanha. Por algum motivo (imagino que algo relacionado a cães treinados que sabem fazer truques, ou coisa que valha), ele nos convidou, a Hugh Johnson e a mim, para degustar vinhos na frente das câmeras, juntos. O sempre generoso Hugh, não foi a primeira nem a última vez, achou que devêssemos beber Champagne antes do programa, e providenciou uma garrafa comprada de algum local que pôde encontrar perto do estúdio, sendo que bebemos depressa, num camarim superapertado. Até aí, tudo bem.

Fomos levados finalmente para o palco, eu me sentindo cada vez mais zumbi e, depois de apresentações e da música de praxe, instalados num sofá, ao lado do qual, numa mesinha, havia dois copinhos de vinho para cada um, copinhos trazidos diretamente do inferno. Eram altos e cônicos, pesadões e lapidados, o tipo de coisa que deve ser encontrada numa sala de reuniões, mas nunca na casa de um amante de vinhos, pois não havia espaço para acumular o aroma delator, não havia a borda fina para permitir o contato íntimo com o vinho. E, como se não bastasse, os vinhos deveriam estar lá provavelmente desde o ensaio, sob os holofotes, e já tinham perdido todo o seu aroma. Bom, pelo menos essa é a minha desculpa para ter falhado em reconhecer um Château Lafite 1976, muitas vezes louvado como o "vinho do século", na frente de uns 5 milhões de espectadores.

Não preciso nem dizer que me saí muito melhor num programa muito menos importante, quando me pediram para identificar seis vinhos para a TV local em Newscastle, muitos anos antes, no começo de minha carreira. Quão menos conhecida você é, mais relaxada você consegue ficar para fazer uma degustação às cegas em público. Era o mesmo tipo de programa, que vai ao ar no começo da noite em Newscastle, mas num estúdio muito mais apertado. O assistente de palco veio na ponta dos pés, trazendo os vinhos numa bandeja, enquanto eu assistia à entrevista do convidado anterior, um meteorologista local na televisão nacional. Gesticulei para o assistente de palco e expliquei que, como ele havia enchido os copos até a boca, diferentemente do nível indicado para degustações (um quarto do copo), teria que dispensar a maior parte dos seis vinhos. Ele gesticulou de volta, indicando que não havia onde dispensá-los, deu de ombros e enxugou meia garrafa de vinhos variados nos trinta segundos que restavam antes de entrarmos no ar.

A degustação às cegas, como um show, me atrai cada vez menos, com o passar dos anos, por motivos óbvios (embora constate que a primeira vez que fiz a analogia entre isso e as palavras cruzadas, ambos impressionantes, mas que não servem para nada, foi em 1980, durante aquele teste do *Sunday Times* sobre nossa capacidade de identificar nossas próprias indicações, quando meu palato ainda era inexperiente o suficiente para me sair bem).

Há ainda uma outra razão para a degustação às cegas, no entanto, que é muito valiosa para qualquer profissional do vinho: avaliar a qualidade de um vinho (contrariamente a identificá-lo), sem saber qual é. A maior parte de nós, escritores de vinhos que escrevemos para os consumidores, reconhecemos que a melhor maneira de testar a verdadeira qualidade de um vinho é degustá-lo às cegas, lado a lado com os seus pares, e tentamos basear nossas indicações nesse processo, sempre que possível. Do mesmo modo, a melhor maneira de avaliar um vinho totalmente desconhecido – um vinho novo das montanhas de Attica, por exemplo – é degustá-lo às cegas, e tentar atribuir a ele o preço que você estaria disposto a pagar. Era baseado nisso que o iluminado comerciante de vinhos londrino James Rogers, sobre quem falarei mais depois, tomava todas as suas decisões sobre que vinhos comprar. Se mais varejistas seguissem o seu exemplo...

A degustação às cegas é uma experiência de humildade, ensinando-nos o quanto as etiquetas nos influenciam e como somos impressionáveis pelas reputações dos produtores, ao invés de avaliarmos as qualidades reais inerentes aos vinhos. Se recebesse metade do valor do preço de vinhos que trazem a palavra "Montrachet" e que causam desapontamento, caros desapontamentos, seria uma mulher muito rica. Os franceses se opõem veementemente às comparações entre seus vinhos e os de outros países feitas às cegas. Alegam que não faz sentido comparar maçãs e pêras. Não tenho tanta certeza. Se você quiser descobrir, digamos, a "Pauillaqueidade" de Pauillac, claro que não tem lógica degustá-los junto a cinco *top* Cabernets da Califórnia. Mas se o que você pretende é testar a hipótese de que os Pauillacs são uma melhor opção de compra que o Cabernet Sauvignon californiano, então uma prova às cegas entre eles pode ser um bom caminho, sobretudo se levarmos em conta que muitos profissionais experientes têm dificuldade em diferenciar grande parte deles.

Do mesmo modo como o mundo do vinho se transformou completamente nos últimos vinte anos, também mudaram os costumes envolvidos na degustação às cegas. Quando comecei, a degustação às cegas ao redor de uma mesa de um almoço de negócios entre comerciantes de vinho era uma coisa simples. Era basicamente uma questão de decidir se o vinho tinto era um Bordeaux ou um Borgonha. Se fosse Borgonha, você seguia gentilmente via um Côte de Nuits ou Beaune, e então decidia se era um vinho de alguma vila, um *premier cru* ou um *grand cru*, e acabava descobrindo a safra no meio do caminho. Se fosse um Bordeaux, você partia dos Quatro Grandes (Médoc, Graves, St.-Emilion ou Pomerol) e, se Médoc, como acontecia, na maior parte das vezes, qual dos "Pequenos Quatro" (St. Estèphe, Pauillac, St.-Julien ou Margaux). Muito raramente alguém servia alguma coisa realmente original, um Rhône ou um Bordeaux de fora das quatro pequenas cooperativas de Médoc, como Château La Lagune ou Cantermele.

Hoje em dia somente os anfitriões mais conservadores servem vinhos do mundo todo, muitos deles imitando tão perfeitamente uns aos outros, que quase não trazem uma origem geográfica reconhecível, tornando a degustação às cegas ainda mais perigosa. E uma uniformidade de aspiração varreu até os velhos valentes do Médoc, de modo que as diferenças tradicionais entre as cooperativas estão freqüentemente sujeitas à técnica da feitura do vinho.

Vale a pena repetir uma anedota muito comum entre os profissionais do vinho. As personagens mudam, mas a ideia é a mesma. Um profissional do vinho é indagado sobre quando foi a última vez que ele confundiu um Bordeaux com um Borgonha. "Ah, nenhuma vez... desde a hora do almoço."

VII
Primeiros passos mundo afora de uma sedenta viajante

Como editora da *Wine & Spirit*, tinha a desculpa perfeita, ou obrigação, de viajar e visitar os locais onde os líquidos eram produzidos.

Por razões comerciais e exigência do departamento de propaganda, passei boa parte do final dos anos 1970 visitando destilarias na Escócia, desde ir deixando a marca dos meus pés no afiado ar das Highlands, até o cheiro vegetal da cevada no chão para maltar, o calor da pipa, antes do aroma adocicado que lembrava cerveja, o cheiro penetrante do líquido claro que jorrava do alambique de cobre brilhante e finalmente o aroma úmido, turfado que emana de qualquer depósito onde o Scotch esteja envelhecendo. A Escócia, até mesmo as partes mais remotas dela, é pontilhada de depósitos anônimos, longos e baixos, alguns deles parecendo surpreendentemente modernos, cujo único propósito é propiciar um ambiente que seja suficientemente despoluído, úmido e seguro para envelhecer milhões de libras de uísque. Como acontece com a maior parte dos destilados, não custa quase nada produzir o Scotch; é muito mais o coletor fiscal do que a matriz característica do ar e da água, da turfa e da cevada locais que o tornam tão caro.

Sempre fiquei particularmente intrigada com esses representantes isolados do Ministério das Finanças (cujo ministro, à época, era Denis Healey). Naquela época, a maioria dessas destilarias de uísque *single malt* tipicamente aninhadas num vale, na periferia de um pequeno vilarejo nas Highlands, tinha pelo menos um coletor fiscal residente, num pequeno escritório separado, cujo trabalho era certificar que nem mesmo uma gota da produção altamente taxada da destilaria passasse despercebida. Nunca consegui conciliar esse papel de bisbilhoteiro interno com a intimidade que o coletor deve ter tido, tanto no trabalho como no lazer, com o punhado de homem que era pago para policiar (o comércio de Scotch deve apresentar uma das mais altas taxas de lucro por trabalhador, tão pouca é a intervenção humana necessária numa destilaria). Pelo que me lembro, eram poucos os gerentes de destilarias que precisavam de muito estímulo para materializar, sem qualquer sinal de timidez, sua reserva especial, não tão secreta assim, "o trago do destilador". Será que todos aqueles coletores fiscais eram abstêmios?

Cada destilaria tem, certamente, tanta individualidade e permeabilidade quanto o melhor château. As Highlands são lindas! O Scotch é um destilado fino. Mas não é a minha bebida, tampouco meu assunto preferido. Posso admirar o aroma pungente de um *single malt* bem amadurecido depois de uma bela refeição, e posso até apreciar um ou dois goles ao ar livre, ao norte da fronteira. Do mesmo modo, nas folgas de fim de semana em Moscou e Leningrado, organizadas pelos meus antigos empregadores, mais ou menos no mesmo período, descobri que um caprichado gole de boa vodca, bebido de uma só vez em meio à neve, é a maneira correta de enfrentar a selvageria do inverno russo. Mas, no dia-a-dia, os destilados me pareciam, e parecem ainda, fortes demais para o meu gosto, mesmo que diluídos em um pouco de água, como insistem os produtores de puros maltes que é a maneira correta de consumi-los. A bebida que fez meu coração disparar e minha comida ser mais saborosa sempre foi o vinho.

Descobri, com alegria, que o vinho é produzido em alguns dos lugares mais atraentes do mundo. Muito frio, e as uvas não amadurecem; muito calor desconfortável, e elas sentem falta de um pouco de frescor. O clima mediterrâneo parece favorecer tanto a elas quanto a mim. Os vinhedos também costumam ser, por motivos óbvios, no coração do campo (embora Paris ainda abrigue algumas poucas manchas de vinhedos; alguns vinhedos tenham vista para Viena; e, na Inglaterra, um conselho de Midlands estimulou a formação de vinhedos como uma oportunidade de emprego para jovens nas margens da industrial Dudley).

Também há alguma coisa muito especial sobre os formatos, as texturas e as cores das videiras e dos vinhedos, propriamente ditos. Não acredito que esteja sendo perversa em achar um encantamento estético na visão de fileiras largas de vinhas paralelas serpenteando pelos campos, sempre delineando os contornos, às vezes formando uma colcha de retalhos com os terrenos vizinhos. Muitas árvores frutíferas (que é, afinal, o que são as videiras) são plantadas em linhas retas, mas poucas têm uma folhagem tão prazerosa como as videiras. A simetria pontiaguda, quase mágica, das folhas parece espelhar a da hera americana, da qual a videira é parente. A videira, por outro lado, tem o adorno extra dos delicados filamentos e, é claro, o fruto suculento, em cores tão diversas, embalado em cachos de formatos tão atraentes e variados.

As uvas, mesmo as mais maduras, podem variar desde a pequena Cabernet Sauvignon, do tamanho de uma ervilha, de um azul quase preto, até a marrom-malva Pinot Gris, passando pela dourada Chardonnay, de tamanho médio, até bolas da cor e do tamanho de uma ameixa, como algumas uvas cultivadas especificamente para as mesas, e não para os tanques de fermentação. Quanto menor a uva, e a casca mais grossa, maior a proporção entre sólido e líquido, e, geralmente, maior a concentração de sabor no vinho final.

Durante o meu ano na Provença, em 1974-75, testemunhei o que para mim até hoje parece um dos maiores milagres da natureza: a transformação anual de um vinhedo de pequenas e sombrias cepas no inverno no exuberante dossel verdejante do verão, seguida dos dramáticos e definitivamente outonais dourados e vermelhos das folhas das videiras, quando a seiva cai e as plantas acumulam suas reservas de carboidrato para o longo sono do inverno. Já faz mais de vinte anos que não tenho a oportunidade de monitorar um vinhedo ao longo de um ano inteiro, mas espero fazê-lo novamente, um dia.

Uma de minhas primeiras viagens pelo mundo como jornalista de vinhos, foi, sem surpresa, até Bordeaux, a maior região de produtores dos melhores vinhos franceses e da qual, nós, britânicos, nos sentimos um pouco donos. Afinal de contas, faz apenas meros cinco séculos que cedemos a Aquitânia aos franceses. Vindo do nada, com somente dezoito meses de carreira no assunto dos vinhos, fui contatada por um produtor relativamente desconhecido na época, jovem e sem muita importância, Jean-Michel Cazes, da propriedade classificada como *cinquième cru* em Pauillac, o Château Lynch Bages (onde acabavam de substituir o carvalho por tanques de aço inoxidável, para a fermentação da difícil safra de 1975). Ele até hoje não me explicou muito bem como soube de minha existência, muito menos por que fui eleita para ser entronizada como membro da Commanderie du Bontemps du Médoc et des Graves, uma daquelas confrarias gastronômicas deliciosas, de que tanto se orgulham os franceses.

Na semana que antecedeu a minha primeira viagem à região vinícola mais famosa do mundo, tinha estado discutindo com Nick Clarke, um jovem Master of Wine, cuja ocupação, na época, era comprar bons vinhos para o Bass Charrington. A cervejaria monolítica tinha decidido, alguns anos antes, diversificar com vinho, assim comprometendo o mercado global, numa tentativa frustrada de driblar a inflação. Pessoas como Nick Clarke recebiam uma quantidade absurda de dinheiro, alguma coisa em torno de 20 milhões de libras por ano, já naquela época, para comprar tanto vinho de qualidade quanto conseguissem colocar as suas mãos. Clarke, que quase foi despedido por não ter comprado nem uma gota do medíocre, horrível e incrivelmente supervalorizado Bordeaux 1972, lembra-se de ter comprado Châteaux Mouton-Rotschild, *premier cru*, dez *tonneaux* de uma vez, no auge da sua época, entre 1960 e 1971. Era bastante comum, nessa época, comprar vinho nessa unidade, a tradicional medida de volume de vinho de Bordeaux, o equivalente a cem caixas com doze garrafas cada. Uma única decisão acertada poderia representar um grande investimento financeiro. A Allied Breweries colocou no seguro na Lloyds, o nariz de seu principal comprador, Colin Anderson, tão crucial ele era considerado para as suas fortunas.

Hoje em dia há centenas de possíveis compradores para cada caixa individual de um bom vinho sério no mundo todo, mas no começo da década de 1970, havia apenas uns poucos compradores principais de Claret *en primeur*, a granel, jovem, antes de ser engarrafado: as grandes cervejarias britânicas; a divisão de bons vinhos da Seagram's, Château and Estate, nos Estados Unidos; os monopólios escandinavos; e alguns velhos importadores na Suíça, Alemanha e nos países do Benelux. Nessa posição, a meia dúzia de compradores, a quem foi confiado gastar os orçamentos voltados a vinhos das cervejarias britânicas, poderia visitar até as melhores adegas da Borgonha e comprar praticamente todo o seu estoque – diferentemente de hoje, quando tem que formar uma fila e esperar pacientemente para descobrir quantas caixas lhe foram alocadas.

Nick Clarke lembra-se de poder encomendar quinhentas caixas do Chassagne-Montrachet engarrafado em seus próprios domínios da Gagnard-Delagrange, tão aberto era o campo e tão cheios os bolsos dos cervejeiros. As aventuras de Bass na terra do vinho cessaram, um belo dia, de forma abrupta, e nada discreta, por uma virada corporativa no departamento financeiro. Em junho de 1974, praticamente todo o seu estoque de vinhos de qualidade foi vendido num único leilão da Christie's, que ainda mantém o recorde do maior número de garrafas a ser oferecido de uma única vez: meio milhão, ou mais de 40 mil caixas. Até mesmo *premiers crus* estavam sendo oferecidos em lotes de cem caixas, a preços que faziam a alegria tanto das corporações como dos compradores individuais e de pessoas como Brian Barnett, que, depois disso, pôde oferecer o que foram certamente as melhores barganhas jamais encontradas na sua cadeia Augustus Barnett (a essa altura, eu, muito tolamente, ganhando pouco mais de 3 mil libras por ano na editora do Sr. Heseltine, achei 3,99 libras muito caro para uma garrafa de vinho para mim mesma, mesmo sendo um Château Petrus 1970. Já a belíssima adega de Edmund Penning-Rowsell, o crítico especialista em Bordeaux, foi enriquecida de maneira considerável pelas barganhas do Sr. Barnett. Ele sempre foi um comprador de vinhos muito mais sábio do que eu).

Três anos depois, um pouco antes da minha viagem a Bordeaux, e pouco antes da Barnett ser vendida para o grupo de Jerez e bancos Rumasa, que depois se revelou um grupo altamente suspeito, Nick Clarke ainda trabalhava para Bass, mas de um modo mais conservador, apenas enchendo as adegas de seus restaurantes e hotéis, quando e conforme necessário. O motivo que me levou a seu escritório, do outro lado da Regent Street, foi para ser informada sobre uma reunião que duraria o dia todo, para a qual eu havia sido convidada, no Château Lascombes, um *deuxième cru* de Margaux, que Bass havia comprado de Aléxis Lichine, nos seus dias de expansionismo vinícola, no começo da década de 1970. Mas quando contei a ele que estaria hospedada com

Jean-Michel Cazes no Château Lynch Bages no fim de semana anterior, ele me pediu que perguntasse "o que eles colocam no vinho". Essa meio piada havia sido inspirada por esse Claret específico, com excepcional exuberância e riqueza de sabor, provavelmente a minha primeira tomada de consciência da extensão da influência que uma localização específica (não o aditivo, Cazes me assegurou) pode ter no sabor.

Minha entrada em Bordeaux não poderia ter sido mais idílica. Sendo eu uma pessoa que jamais se daria por feliz com uma jornada simples, deveria chegar passando uma noite em Cognac, que, usando muito mais o lado *Spirit* do que o lado *Wine*, eu já havia visitado uma vez, graças à Martell. Enquanto a região do uísque na Escócia é toda animação, paletós de *tweed*, campos de turfa e urze selvagens, o ambiente na região de Cognac, logo ao norte de Bordeaux, no sudoeste da França, é quase languidamente delicado e límpido, como no balneário inglês de Bath. No caso de Bath, a explicação são as emanações dos vapores sulfurosos dos banhos romanos. No caso das cidades de Jarnac e da própria Cognac, pelo provável ar pesado de evaporações alcoólicas, pela concentração de depósitos de telhados escuros, cheios da bebida. Há muitos rumores nessa região de Cognac sobre a "dose para o santo", a proporção significativa, e bastante cara, do precioso conhaque que escapa das inebriantes Charentais para a atmosfera.

Segui para Bordeaux acompanhada por um jovem empregado da Courvoisier numa dourada e lindíssima tarde de junho. Naquela noite, a cidade parecia encantadoramente suave, com os delicados arcos de pedra e a elaborada estatuária imersa numa aura rósea. Deslizamos pelas pedras do famoso Quai des Chartrons, o cais de onde os vinhos saíam desde a Idade Média para o mundo. Vagamos pelo Grand Théatre e corremos pela larga Allés de Tourny, que parecia um lugar próprio para estar cheio de meninos e meninas brincando sob o olhar atento de uma babá. Esta era a face aceitável da prosperidade comercial e minhas impressões favoritas foram coroadas com um jantar simples, amigável, próximo ao límpido rio Garonne, ainda banhado por aquela luz dourada inebriante.

A decepção só viria na manhã seguinte, no famoso Médoc. Aqui estava a maior concentração de grandes propriedades vinícolas do mundo, castelos semi-assombrados e nomes de cidade desfilando pela janela do carro. Ainda assim, havia um ar pouco romântico, poucos aspectos charmosos, tão pouca hospitalidade no ambiente, que me senti traída. O Médoc é basicamente uma planície achatada, que se estende do noroeste, desde Bordeaux, espalhando-se em torno de um largo curso d'água acinzentado (o Gironde, em que os belos Dordogne e Garonne se transformam); do outro lado, um monte bem baixo. Há um arvoredo aqui, outro ali, e a arquitetura dos maiores châteaux tem uma certa pretensão grandiosa de neoclassicismo do século 19, mas se os vinhedos em si são arrumadinhos, de aspecto sem graça e conservador, os castelos estão invariavelmente fechados e com cara inexpressiva.

Nisto não vai reprovação alguma aos seus vinhos. O Médoc não se proclama um centro turístico, mesmo que hoje em dia um ou dois châteaux recebam turistas ativamente (sobretudo aqueles administrados por Jean-Michel Cazes, atualmente muitíssimo bem-sucedido). No final da década de 1970, Alexis Lichine foi hostilizado por colocar avisos solicitando ativamente visitantes pessoais ao seu *troisième crus*, Château Prieuré-Lichine, praticamente a única evidência de que o Médoc abrigava alguém com interesse de vender vinhos.

O outro sinal, num vilarejo alguns quilômetros adiante, em direção ao norte, pela mesma estrada estreita que serpenteia pelo Médoc, era (e ainda é) uma réplica gigantesca de uma garrafa de vinho nos terrenos do Château Gloria. Descrito por Edmund Penning-Rowsell como "imensa, horrorosa", anunciava, em letras garrafais (com o perdão do trocadilho), o fato de que os melhores vinhos do mundo são produzidos em St. Julien. Me contaram uma história há pouco tempo em Connecticut sobre essa garrafa que ilustra o que pode ser chamado de mentalidade "medoquiana". Ken Onish, que agora está tentando convencer os americanos a comprar vinho sul-africano, era um estagiário, nos anos 1960, ou aprendiz, no Château Lascombes, a propriedade *deuxième crus* na vila de Margaux, que Alexis Lichine estava para vender para Bass Carrington ("costumávamos vê-lo sentado na grama, acompanhado de homens de terno", ele me disse). Com apenas 23 anos, e calorosamente entusiasmado com sua recém-encontrada base francesa, achou que a lenda da garrafa gigante de St. Julien devesse ser incrementada. Numa noite, ele e uma menina inglesa, também baseada em

Margaux, saíram no seu carro, levando uma lata de tinta verde. A garota subiu nos seus ombros, apagou o "St. Julien" e pintou "Margaux" por cima. Retornaram, rindo, para Lascombes, felizes com o seu trabalho. Deviam saber que segredos e a vida num vilarejo francês são incompatíveis. Alguém tinha anotado o número da placa do carro de Onish e não tardou para que um carro cheio de policiais chegasse a Lascombes. Os dois suspeitos foram separados imediatamente – os caras tinham lido os livros certos – e logo, logo um deles deu o serviço. Não tinha como resistir à *pièce de résistance* dos policiais: uma amostra da fatídica tinta verde. "O senhor já tinha visto isto?" perguntaram ao jovem americano, mais sóbrio a cada minuto.

Disseram a Onish que fosse se desculpar com o proprietário do Château Gloria, o também incrivelmente bem-sucedido propagandista de St. Julien, Henri Martin (que mais tarde foi recrutado pelo Château Latour). O Sr. Martin, no entanto, ainda fulo de indignação, recusou suas desculpas, muito menos teve a delicadeza de admitir que aquilo não passara de uma pegadinha típica de jovens. O resultado foi que o visto de permanência de Onish foi cancelado e ele teve que deixar o país. Uma escapadela que acabou se transformando num escape a contragosto (o epílogo dessa história é que Martin acabou levando na brincadeira e que sua prole sempre fica hospedada com os Onish quando vão para os Estados Unidos).

Sabendo que St. Julien não tem nenhum *premier cru*, mas muitos *deuxième*, não posso deixar de pensar se a reação teria sido a mesma se os brincalhões tivessem substituído o nome de Pauillac, a próxima comunidade ao Norte e incontestável berço da qualidade dos vinhos do Médoc, por três dos cinco *premier crus* de Bordeaux, no lugar do sonolento e decepcionante Margaux.

Por coincidência, a Commanderie para a qual tinha sido convidada em Bordeaux havia sido fundada por Henri Martin, para imitar os Chevaliers de Tastevin da Borgonha, extremamente bem-sucedidos. Os franceses adoram essas confrarias, irmandades que participam de longas cerimônias envoltas em veludos vermelhos, geralmente voltadas a promover um determinado produto gastronômico e, paralelamente, a cintura dos *confrères*. Há centenas dessas associações, dedicadas a um certo tipo de biscoito ou à maneira de preparar dobradinha ou, no caso de minha distinção anterior, o caracol de Borgonha. A maior parte delas são invenções bastante modernas, apesar das vestimentas pseudomedievais, das insígnias e da pompa. É claro que nenhuma delas pode ostentar uma história tão longa quanto a dos Jurados de St.-Emilion, que tem suas origens no século 12 e que é hoje um *élan vital* particularmente ativo por trás dos vinhos de St.-Émilion, a cidade mais bela na rota de vinhos de Bordeaux. A Commanderie du Bontemps du Médoc et des Graves deveria ser a sua "rive gauche" (em relação ao largo estuário do Gironde), mas é, na verdade, apenas um ano mais velha que eu, tendo sido fundada em 1949. Mas não faz mal, parecia uma grande honra para a inexperiente editora da *Wine & Spirit*. Lá estava eu, revisando provas em um escritoriozinho escuro no Soho num momento, e perfilada num robe de veludo vermelho, juntamente com o embaixador japonês na França, esperando para fazer o juramento dessa ordem, que parecia tão impressionante, no momento seguinte.

Duas vezes por ano, na época em que as videiras florescem (a Fête de la Fleur) e no começo da colheita de uvas (o Ban de Vendange), a Commanderie se reúne num château voluntário e "entroniza" um grupo de novos membros antes, é claro, de entrar no verdadeiro negócio, uma refeição ainda mais farta e etílica do que a norma rural francesa dita. Nesse verão de 1977 – uma safra particularmente ruim, para dizer a verdade – os proprietários do Château Phélan-Ségur em St. Estèphe tinham concordado, nobremente, em nos entreter e a cerimônia de juramento deveria acontecer no seu *parc*, que é como os franceses se referem a qualquer jardim com árvores. Ficamos em fila, desconfortáveis em nossos robes, e esperamos a nossa vez, para participar do que parecia um teste horrível. Comendador Martin em pessoa surgiria, com um copo de vinho misterioso, e nos pediria, na frente de todos os demais que ali estivessem, para identificá-lo. O que as pessoas não podiam ver, mas a maioria deve ter imaginado, é que a todos nós foi dado saber, discretamente, é claro, de que vinho se tratava (quem imaginaria, para início de conversa, que candidatos adequados conseguiriam fazer uma degustação às cegas nessas circunstâncias, eu fico imaginando).

Nesse meu prolongado fim de semana em Bordeaux, rabisquei casualmente na agenda para a noite de sexta-feira "Pétrus 45", o que deveria ter sido uma apresentação memorável ao então produtor de vinhos mais caros de Bordeaux e à mais valorizada safra do século, acabou por ser uma lição de como o vinho pode ser, com demasiada freqüência, usado de forma inadequada. O herdeiro de uma fortuna americana, que Cazes não conhecia muito bem, comprara uma garrafa de seu famoso Pomerol. Ele e sua mulher, em visita a Bordeaux, convidaram-no para o ponto final dessa aquisição (a verdade sobre o vinho é a auto-destruição que um saca-rolhas inevitavelmente causa ao cumprir seu objetivo). Seus corações devem ter ficado um pouco apertados quando souberam que teriam a companhia de uma jovem jornalista inglesa, mas a mulher de Jean-Michel não deve ter ficado tão triste ao saber que ocuparia o seu lugar, afinal, ela já deveria ter passado pela sua cota de jantares como aquele. Jantamos no La Réserve, um restaurante interessante no que era, aquela época, o limite norte da região de Graves, nas cercanias de Bordeaux (hoje esse pedacinho do Graves tem sua própria denominação, Pessac-Léognan).

Adoraria dizer que foi uma noite encantada pela mágica presença do vinho, mas receio que a tamanha expectativa de todos pesou demais sobre a mesa. A mulher do comprador do Pétrus era uma abstêmia (o que não é nada raro, como se pensa) e o outro casal que viajava com eles se sentia um pouco oprimido por tanto papo sobre vinhos. Quem poderia culpá-los? O chocante é que não consigo me lembrar nada do vinho, somente um certo desconforto por achar que não era merecedora dele. Aquele monstro escuro, meio viscoso, nunca seria maravilhoso o suficiente para quebrar o desconforto social que pairava sobre um grupo de totais estranhos, unidos por uma única garrafa. Não bebemos somente o Pétrus, é claro. Começamos pelo mais famoso dos brancos locais, o Domaine de Chevalier. Mas nosso anfitrião, ao invés de partilhar seu vinho com os amigos, sentindo-se relaxado o bastante até para admitir que não sentira êxtase algum ao bebê-lo, usou seu poder de compra para nos atrair àquela mesa. Não é à toa que nos sentimos pouco à vontade. Lembro-me do meu jantar casual à beira do Garonne com muito mais afeto.

Hoje em dia, Jean-Michel Cazes, cujo tataravô chegara ao Médoc como bóia-fria, é uma das principais figuras de Bordeaux. Sob sua égide, a propriedade familiar vinícola, o Château Lynch-Bages, foi de vitória em vitória, chegando eventualmente a vencer até um *premier cru* como o Château Mouton-Rothschild, no mérito dúbio (porém grande triunfo mercadológico) de ter lançado um branco caríssimo como irmão do tinto da casa. (Quanto mais escrevo sobre vinhos, mais cautelosa fico em relação a generalizações, mas não posso pensar em um único branco produzido no Médoc que tenha algum valor. Costumam ser apenas expressões de vaidade ou de esperteza comercial.)

Cazes, como tantos proprietários bem-sucedidos hoje em dia, administra seu próprio negócio de vinhos e tem suas próprias marcas de Bordeaux tinto e branco que são cortes de vinhos comprados a granel no mercado de Bordeaux, como o Mouton Cadet. Mas sua principal distinção é o seu papel de administrador na AXA Millésimes, a divisão de vinhos da seguradora francesa AXA, que é dona de uma surpreendente gama de propriedades interessantes em Bordeaux, Borgonha, Hungria e na terra natal da Sra. Jean-Michel Cazes, Portugal. Esses interesses vinícolas, no entanto, por mais inúmeros que pareçam no mundo do vinho, aparentemente representam uma pequeníssima fração dos lucros da AXA, que foi erguida por um velho colega de escola de Cazes.

Nós, amantes de vinhos, sempre somos colocados no nosso devido lugar. Para algo que dá tanto prazer quanto o vinho, ele ocupa uma posição econômica consideravelmente baixa. Os sul-africanos, por exemplo, apontam, de maneira ligeiramente pesarosa, que sua nova vinícola mais pródiga, a Vergelegen, construída no topo de uma montanha e equipada sem que dinheiro fosse poupado, deve ter custado aos seus proprietários anglo-americanos o que eles ganham em alguns minutos de extração em uma de suas minas de diamante.

Talvez de maior relevância para os consumidores dessa bebida deliciosa sejam comparações entre o custo para se adquirir uma coleção de vinhos e o de se investir em arte. Sei de muitos entusiastas de vinho do sexo masculino que deliberadamente agendam a entrega das caixas delatoras de madeira com os nomes dos caros châteaux para um horário em que eles sabem que suas esposas não estarão em casa, e eles estarão lá, pessoalmente, para escondê-las num canto escuro, limpando quaisquer rastros de sua obsessão. Meu palpite é que eles justificam de forma agressiva, mais do que de forma defensiva, quando apontam o quão barato é o vinho sofisticado se comparado, digamos, à arte. Os departamentos de vinhos da Sotheby's e da Christie's são um mero dente na engrenagem de suas contas anuais, mesmo vendendo a parte do leão das reservas mundiais do vinho mais seriamente cativante.

Nas minhas escapadas cada vez mais freqüentes ao exterior, acabei tendo a oportunidade de experimentar um número considerável de grandes garrafas. Hoje em dia não acho que se abram tantas garrafas imponentes para jovens jornalistas. Londres ostentava um cronograma frenético de degustações de vinho organizadas por um dos muitos importadores que tentavam arrancar encomendas das centenas de comerciantes independentes que havia naquela época. Ao retornar de minha entronização em Bordeaux, por exemplo, fui em seguida a uma degustação de uma relíquia alemã maravilhosa da excelente safra 1959 – cor de cobre, com vivacidade de fruta – e outra, um ponto alto do calendário vinícola, nas adegas iluminadas à luz de velas de Lebègue, sob a estação da London Bridge, dos quase místicos, ricamente perfumados Borgonhas do Domaine de la Romanée-Conti. Degustamos as safras 1966, 1971 e 1973 dos Grands Echézeaux, Richebourg, La Tâche e, o mais raro dentre os Borgonha *grand cru*, o próprio Romanée-Conti. Não me dei conta, na época, de que tais deleites iriam se tornar mais e mais raros, e que nos meus primeiros anos como jornalista de vinhos degustei um número muito maior de grandes vinhos como parte da minha usual dieta de trabalho do que jamais faria depois.

No começo não tinha a menor idéia de que os vinhos mais velhos e, portanto, mais raros, com os quais os amantes de vinhos se deparam, provavelmente tenham sido degustados quando o seu caso de amor com os vinhos estava apenas começando, antes mesmo que tivessem adquirido alguma confiança como degustadores. Comecei uma memorável coleção de garrafas (vazias) no final dos anos 1970, esperando vê-la crescer cada vez mais. Ao contrário, no entanto, as grandes safras já não aparecem com tanta freqüência, e a maior parte das garrafas que abro hoje parecem menos significativas. As garrafas que repousam empoeiradas em cima de um armário recebem cada vez menos novas companheiras, no máximo umas duas por ano merecem ser acrescentadas a esta já histórica coleção.

VII
A SEDENTA OPERADORA DE TURISMO

Minha viagem para Bordeaux foi seguida por literalmente centenas de visitas a destilarias, fábricas de engarrafamento, vinhedos e cantinas no final da década de 1970. Nas férias em família sempre íamos para um chalé de pescador em Southwold, na costa de Suffolk, portanto, tinha ido para o exterior uma única vez, antes de terminar o colégio. Talvez tenha sido isso, juntamente com o fato de ter crescido numa comunidade pequena e relativamente isolada, que tenha me transformado numa viajante tão entusiasmada, que aceita tantos convites. Sempre estava tentando encher demais a minha vida (e isso não mudou muito). Minhas agendas mostram corridas de aeroportos para jantares, para degustações e de volta ao aeroporto.

Meus três anos na Thomhols, como operadora de turismo, me transformaram numa agente de viagens frustrada. Até hoje adoro tentar descobrir o melhor caminho para ir de A a B e me sinto super mal quando chego a um aeroporto e descubro que havia uma conexão melhor que a que eu escolhi. Adoro ficar debruçada sobre mapas e horários. Minha mãe diz que devo ter herdado isso de seu avô, que administrava várias companhias ferroviárias, e de seu irmão, que insistia em administrar a sua própria, em miniatura, dentro de casa, quando eram crianças, não deixando suas irmãs subir ou descer as escadas enquanto o sinal não mudasse.

Talvez a viagem mais luxuosa que tenha feito, praticamente sem chateações ligadas a trabalho e certamente sem nada a ver com inspeção de linhas de engarrafamento, foi uma organizada por David Russell, um *bon vivant* aristocrata, que representava gente como o barão Philippe de Rothschild e a Champagne Krug, insistindo que eles nos tratassem, a nós, escribas, tal qual os monarcas mais exigentes. Ele se aposentou recentemente e descobriu, um pouco para sua consternação, que a casa em Kent que arrebatou seu coração já vinha completa, com vinhedo e tudo. Os jovens jornalistas de vinho masculinos eram muito menos interessantes para ele do que as jornalistas do sexo feminino (e possivelmente vice-versa), mas eu o considerava um excelente companheiro de viagens e de jantares. Era o tipo de relações públicas que lhe contava a história inteira, com todas as falhas, mas fazia com que você gostasse tanto dele, que você respeitava sua confiança. Outros praticantes, mais brutais, eram criticados por forçarem declarações e vazamentos prejudiciais.

Essa viagem especificamente foi uma das mais ambiciosas de David Russell, uma espécie de Grand Tour do norte da Itália que, quase incidentalmente, incluiu os maiores fornecedores de vinho italiano de Bass Charrington, o Bolla de Verona e o Ruffino da Toscana. Veneza e Florença foram as estrelas do show, mas David não perdeu a noção de prioridade. Ele conseguiu convencer as pessoas que estavam bancando essas viagens que jornalistas de vinho, mesmo os que rendiam pouco, como eu, se sentiriam mortalmente ofendidos se lhes fosse sugerido voar em qualquer classe que não a primeira. Mas sendo a própria Mademoiselle Agent de Voyages, não aproveitei a primeira-classe da Alitalia, porque consegui encaixar alguns dias mágicos para assistir à colheita de uvas da Alsácia, em 1977.

Essa é a época do ano em que os vilarejos mais belos dessa região franco-germânica estão repletos de invasores além-fronteira. Suco de uva leitoso, que vira o estômago, meio fermentado, é servido aos litros nos terraços repletos de flores sobre ruas de paralelepípedo, acompanhado de nozes úmidas, da nova temporada. Aproveitar esse prazer e mais o da Itália incluiu pernoitar num trem de Colmar para Chiasso, uma viagem de ônibus até Milão e um passeio de táxi para Veneza, por favor. David Russell, que assumiu a responsabilidade já em Milão, não acreditava muito em trens. Da última vez que tinha estado em Veneza, eu era uma estudante, armada com um guia para as pensões mais baratas da cidade. Desta vez, fiquei no Gritti Palace, jantando num terraço que parecia flutuar sobre o Grand Canal.

Também integravam o nosso grupo Charles Mozley, um grande artista e ilustrador que David havia convencido a fazer alguns trabalhos para a empresa de vinhos da Bass Charrington, a Hedges & Butler, em troca, suponho, de quantidades significativas de vinho. Seus impressionantes pastéis dos châteaux de Bordeaux hoje em dia são peças de colecionador e participam de todos os tipos de barganhas com garrafas que eu gostaria de ter feito. No entanto, Charles era inconstante e, apesar dessa viagem ter sido praticamente imaculada, suas vontades tinham que ser atendidas. Na verdade, David Russell era especialista em atender as vontades de figuras difíceis, como Mozley, os Rothschild de Mouton, e Cyril Ray, um escritor elegante e cortês, que ele também adulou para ornamentar a face pública da Hedges & Butler. Cyril Ray, um historiador militar e jornalista de destaque, escreveu monografias sobre todos os tipos de produtores de vinho e aceitava encomendas de varejistas e atacadistas de vinhos sem pestanejar. Os hábitos e costumes do jornalismo de vinho eram discretamente diferentes naquela época.

Lá pelo terceiro dia do *tour* da Itália de Russell – Hotel Excelsior, Florença – estava pagando pelo meu itinerário exageradamente ambicioso: toda aquela exposição às brumas outonais pelo caminho, possivelmente o piquenique de David nos Apeninos. Estava sem voz. Super frustrante. Mais ainda porque eu tive que trocar um autêntico jantar florentino por água quente com mel no meu quarto.

Outra viagem memorável à Itália no final dos anos 1970, foi um *tour* na Toscana, pelos *castelli* e *fattorie* dos Chianti Classico, liderada pelo representante inglês do consórcio de vinhos David Peppercorn e sua noiva Serena Sutcliffe, a primeira união matrimonial de Masters of Wine. A mesa diretora das propriedades de Chianti Classico era um consórcio que se encontrava num emaranhado lingüístico tentando decidir como seu emblema deveria ser descrito em inglês: galo negro? frango? galo? Gallo Nero? O consórcio estava instalado numa mansão elegante, nos arredores de Florença, com jumps no jardim, para sua diversão e de seus mounts.

Esse negócio de sair por aí com essas pessoas altamente qualificadas é uma coisa que fica. Aprendi todos os tipos de coisas úteis, tais como uma solução de Steradent é uma das poucas coisas capazes de limpar a parte interior de um *decanter*; que na temporada anterior, a terrível 1977, os cultivadores de Bordeaux tiveram que pulverizar seus vinhedos contra o apodrecimento pelo menos dezessete vezes; que os produtores do Chianti Classico não estavam exatamente morrendo de amores pela idéia da restrição e burocracia envolvidas na suposta glória da denominação DOCG que surgia no horizonte; que os grandes comerciantes de vinho florentinos Antinori estavam fazendo experiências com um produto exótico importado de Bordeaux em seus vinhos: pequenos barris de carvalho da França (justamente quando os Cordier de Bordeaux estavam experimentando barris maiores, segundo Sirena). Tudo era muito fascinante, principalmente para alguém que estava querendo absorver o máximo de conhecimento vinícola o mais rápido possível. Dei ouvidos aos conselhos sobre que vinhos tinham se saído melhor nas degustações de Peppercorn e Sutcliffe da jovem safra 1976 (muito mais generosa, embora tivesse amadurecido mais rapidamente do que a safra de 1975) e acabei comprando uma caixa do carnudo La Lagune e do Branaire Ducru, muito sem graça, no meu retorno a Londres, a primeira de muitas compras de vinhos *en primeur*.

A última manhã era livre e podíamos passear por Florença. Não poderia deixar de me enfiar no Duomo e de me maravilhar no seu entricheiramento, no coração da cidade (com um clima tão mais apropriado agora que está livre do tráfego), mas, ao invés de mergulhar na Uffizi, busquei uma enoteca, uma das lojas de vinho especializadas que, desde então, se espalharam pela Itália. Passei uma hora bem alegre examinando garrafas e vinhos que só tinha conhecido no papel: um Gewürztraminer extremamente aromático do longínquo nordeste da Itália; o famoso Biondi Santi Brunello di Montalcino (a reserva de 1970 já custando 27 mil liras); Vin Ruspo, uma coisa excêntrica, rósea, de Carmigiano, na Toscana. Cuidadosamente comprei uma garrafa de Bricco del Drago 1974, uma de Carema 1971 e uma de Vino Nobile di Montepulciano 1971, ao preço de 7 mil liras cada, para levar para a minha adega que estava então começando.

Os lugares que inspecionei para a *Wine & Spirit* (inclusive Hereford, por causa da sidra; Normandia, por causa do Calvados; Clerkenwell, por causa do gim e Warrington, também conhecido por Varrington, por causa da vodca Vladivar) refletem fielmente os vinhos e destilados do mercado internacional da época. A Europa era o foco. A Alemanha ainda era importante o suficiente para engolir uma semana por vez, sobretudo a academia de vinhos do mosteiro cisterciense Kloster Eberbach, nas florestas do Reno, onde fui doutrinada sobre o modo germânico de vinho, juntamente com a estudiosa e professora de vinhos americana Harriet Lembeck e seu marido medicinalmente construtivo ("Bill nunca acreditou em Deus até o dia em que ele tentou criar um joelho", disse ela).

Passei boa parte do meu tempo na cidade d'O Porto e no vale do Rio Douro, no interior da região e em Jerez (ou, mais especificamente, na piscina do Hotel Jerez), centro do que era então um negócio de Jerez. Harveys Bristol Cream era um dos grandes sucessos do comércio de vinhos de meados do século 20, os lucros provenientes da exportação dessa mistura britânica adocicada subsidiaram a educação de toda uma geração de cavalheiros, comerciantes de vinho, tais como Michael Broadbent. Um Master of Wine, ex-colega da Harveys, Robin Don, acompanhou a mim e a outras pessoas numa inspeção da indústria vinícola da Catalunha, no nordeste da Espanha. As coisas ainda eram relativamente primitivas ali, nesses tempos. Enquanto descíamos pela escuridão e poeira até chegar a uma adega particularmente rústica, minhas narinas se incendiaram com um aroma pungentemente familiar. Robin Don viu minha sobrancelha franzir. "Vi-na-gre", ele sussurrou providencialmente no meu ouvido. Os Masters of Wine continuam educando, se não sempre aprendendo.

Minhas companhias mais constantes nas nossas *tours d'horizon* comerciais, que ocupavam boa parte do meu tempo quando estava na *Wine & Spirit*, eram dois colegas escritores. Meu antecessor, Tony Lord, era um deles, curtindo o seu papel de editor assistente, cada vez mais importante (e, paralelamente, em meio período, vendedor de espaços publicitários) da *Decanter*. Como convidado, Tony só pode ser descrito como um australiano, ou o protótipo do australiano: articulado e extremamente mal-comportado. Seu estratagema habitual incluía criticar seus anfitriões e produtos sem parar, enquanto pedia imensas quantidades daquilo que gosta de beber: cerveja. No papel, ele era um cordeirinho. Um ótimo jornalista, ele conseguia captar uma história entre um copo e outro e poderia sentar, na mesma hora, e regurgitar uma prosa precisa, legível, cujo único defeito era ser elogiosa demais.

Tony acabou voltando para a sua Austrália Ocidental (onde agora tem seu próprio vinhedo), mas, no final dos anos 1970, por mais improvável que isto possa parecer para os jornalistas de vinho mais jovens, que surgiram nos seus últimos anos de Inglaterra, ele ainda era um membro bastante agradável do nosso trio de viajantes do vinho. Outro jornalista de vinho, Steven Spurrier, conta que, certo dia, estava ele correndo no Clapham Common, pelos terrenos baldios enevoados do sul de Londres, às sete da manhã, num dia da década de 1980, quando Tony também tinha, surpreendentemente, ido correr. Da neblina surgiu Monsieur Lord, correndo em direção a ele, no mesmo caminho largo. "Saia da droga do meu caminho, Spurrier", ele resmungou, ao chegar mais perto. "Você não sabe que deve ficar na esquerda?" E, com esse cumprimento tipicamente rude, sumiu na bruma da manhã.

Minha abordagem, a propósito, sempre foi o oposto da de Tony. É provavelmente menos honesta e certamente mais covarde. Como visita, tento ser exageradamente bem-educada, mas, no papel, me acho desapaixonadamente objetiva, às vezes chegando ao ponto de ser cruel. Não sei de onde vem isso. Seria fácil culpar o jornal nacional particularmente cáustico e cínico para o qual fui trabalhar depois, mas tenho uma sensação horrível de que sempre escrevi assim.

O terceiro membro de nosso trio era Pat Straker, um nome não tão familiar para os consumidores de vinho, mas que é sinônimo das engrenagens do comércio inglês de vinhos pela sua editoria da revista semanal, a outra *Harper's*. Para muitos da velha guarda no comércio, uma coisa só tinha acontecido se tivesse sido gravada no órgão de Pat (geralmente palavra por palavra, como dizia o *press release*). O que mais chama a atenção no Pat é um nariz que parece ter sido resvalado por uma bola de críquete, o seu bom humor irrepreensível, um conhecimento muito mais profundo de vinho e do comércio de vinho do que deixa transparecer no papel e um número impressionante de filhos e enteados.

Pat, Tony e eu passávamos horas e horas juntos, sentados em aeroportos, inspecionando vinhedos cuidadosamente, tateando por adegas úmidas e a maldição de qualquer jornalista de vinhos em viagem: inspecionando linhas de engarrafamento. Para um entusiasta do vinho, as linhas de engarrafamento se parecem muito umas com as outras, mas, no final da década de 1970 e começo da de 1980, elas sempre representavam o investimento recente mais substancial de um produtor, então tínhamos que adorar o altar de sua rapidez e eficiência.

Até hoje, o sussurro "linha de engarrafamento" é o suficiente para evocar um tipo de maçonaria de sofrimento conjunto entre os jornalistas de bebidas que, de um modo geral, simplesmente não estão interessados em alguma coisa tão árida e mecânica. Muitos anos depois, no entanto, vim a descobrir um outro grupo de profissionais que encaram as linhas de engarrafamento como o aspecto mais interessante de qualquer vinícola, os *cameramen*. A linha de engarrafamento é, afinal, uma de suas pouquíssimas partes em que se pode contar com movimento.

Nós três passávamos tanto tempo juntos em aeroportos que as minhas anotações dessa época estão cheias de páginas com números, resquícios de um jogo de adivinhação de números que costumávamos jogar, chamado "Bulls & Cows" [touros e vacas] ("Bull" significava o número certo na posição certa, "Cow" era para número certo na posição errada). Ah... como a vida era simples então. Não que não fofocássemos – fazíamos isso, e muito – mas todos tínhamos papéis que não rivalizavam. Tony era o jornalista que escrevia para o consumidor, representando o que, à época, era a única revista de vinhos da Inglaterra. Pat era o Sr. Comércio Semanal e eu era a Sra. Comércio Mensal. Hoje em dia, existem pelo menos duas revistas para consumidores e uma porção de escribas, escrevendo colunas para jornais nacionais rivais. Durante anos, a rivalidade *Wine* vs. *Decanter* amargou as relações entre os escritores que, em sua maioria, escreviam para um ou para outro. Todos sentíamos um grande alívio quando a *Decanter* recrutava alguém do campo da *Wine* e, em seguida, vice-versa – de modo que, hoje em dia, as relações se tornaram bem mais normais.

A viagem de vinhos mais absurda que fiz foi para Paris, uma excursão organizada pela subsidiária de vinhos da Grand Met, para marcar o lançamento de uma nova gama de vinhos franceses bem normais, chamados Les Grand Vignobles. Essa viagem deveu sua existência à velha crença de que os jornalistas só dão uma notícia se devidamente subornados por uma bela refeição. Deveríamos voar para Paris para o almoço, uma vez que estávamos falando de vinhos franceses, certo? O problema era que se tratava de um vinho francês feito ao modo inimitável da International Distillers & Vintners, ou seja, engarrafado, como milhões de litros de Piat d'Or o seriam logo depois, em Harlow, Essex.

Era necessário, portanto, que viajássemos para Paris munidos de várias dúzias de garrafas dos "Não Tão Grandes Vignobles". Seu peso e fragilidade eram inconvenientes, mas nada que se comparasse à dificuldade de passar com as garrafas pela alfândega. Os franceses parecem achar praticamente impossível imaginar que alguém possa querer importar vinho para o seu país. Um exame cuidadoso das listas de vinhos e lojas de vinhos franceses confirma que a maioria das pessoas que alguma vez tentou acabou desistindo (embora misteriosamente os números do comércio mostrem que a França é o maior importador de vinhos italianos do mundo). Certamente os homens no Charles de Gaulle não ficaram muito impressionados pela peça publicitária da IDV, que deveria resultar numa foto-oportunidade envolvendo aquelas caixas de vinho sendo transportadas por Paris em algum tipo de charrete aberta. Posso estar errada, mas acredito que as garrafas tenham sido arremessadas no limbo alfandegário e que caixas vazias tenham sido fotografadas e todos respiramos aliviados por ter uma desculpa para pedir alguma coisa mais excitante para acompanhar o nosso almoço.

O roteiro de viagem mais sem graça foi um vôo às 8h35 da manhã para Turim (Barolo, Barbaresco) na manhã que se seguiu à festa do meu trigésimo aniversário, em abril de 1980. Naquela época, eu morava na elegante casa em estilo georgiano de von Simons em Islington, o professor alemão e sua esposa passando a maior parte do tempo próximos à universidade de Freiburg, no sul da Alemanha. O neo-zelandês Johnnie Gordon (a quem meu livro *Vintage Timecharts*, de 1989, é dedicado) e sua animada amiga, que viria a se tornar a assustadoramente bem-sucedida romancista Rosie Thomas, me ajudaram a preparar tudo durante o dia – não havia serviços de bufê naqueles dias, os anos 1980 estavam apenas começando.

Naquela noite, a casa alta, estreita, quase dobrou suas juntas de tanta gente. Minha escolha de vinhos para a noite era um termômetro dos tempos: o Morgon 1976, excepcionalmente carnudo e concentrado, de Jean Descombes (quem bebe *top cru* Beaulolais hoje em dia?), engarrafado pelo astuto Georges Duboeuf e um Riesling da Alsácia, com procedência de Trimbach (quem, além de mim e de Hugh Johnson bebe Riesling, de qualquer modo?). Então, com uma alta concentração desses dois líquidos ainda circulando na minha corrente sanguínea, encontrei-me no aeroporto de Turim com o chef David Chambers e várias cestas de vime cheias de vasilhas e salmão defumado farejados de forma animada pelos cães do aeroporto. Chambers e um colega tinham sido convidados por algum motivo para preparar uma refeição tipicamente britânica para acompanhar os bons vinhos de Piedmont – outra perda de tempo, tão lamentável quanto aquela do Le Grands Vignobles.

Estava ocupada, mas não tão ocupada para aproveitar um ou outro momento de reflexão. Eu tinha mesmo encontrado um jeito de ganhar dinheiro que incluía passar uma parte significativa do meu tempo em alguns dos interiores mais lindos do mundo, numa posição na qual pessoas hospitaleiras e, via de regra, interessantes pareciam dispostas a me deixar ainda mais feliz, me empanturrando de comida e bebida deliciosas? Talvez não houvesse nada de particularmente novo no que me ofereceram na França, era o tipo de comida a que muitos chefs britânicos aspiravam no final da década de 1970. Freqüentemente a diferença era apenas que, na França, os ingredientes eram escolhidos com muito mais cuidado e as técnicas aplicadas com mais confiança – embora fosse, de fato, em viagens de prospecção de vinhos que eu tivesse sido apresentada às lampreias negras de Bordeaux, ao *cèpe*, um fungo tão carnudo que até mesmo os franceses se dispõem a tratá-lo como uma carne honorária do que um simples legume, e à irresistível riqueza cremosa do *foie gras*, que meu próprio fígado parece estar finalmente rejeitando, mais ou menos concomitantemente com a opinião pública.

Comer mais para o sul da Europa pode ser menos refinado, mas era geralmente mais divertido. Por toda a Itália, eu fui descobrindo o quão diferente era a comida servida nos restaurantes italianos da Inglaterra da coisa real. E como os italianos têm um verdadeiro, e agora verdadeiramente contemporâneo, respeito pelos vegetais. Em Rioja, havia fitas prateadas, pequeníssimas enguias-bebês, servidas quentes e com alho em pratos individuais de terracota com um garfo de madeira, por causa de sua carga de eletricidade.

O interior de Jerez acabou por se revelar cheio da minha comida favorita. O único problema é que tudo era servido antes, ao invés de durante as refeições, que eram totalmente dispensáveis. Como venho do norte, tranqüilo e fresco, onde o "jantar" e o "chá" são servidos tão cedo que uma quarta refeição, uma infusão superdoce, repleta de carboidratos, chamada "ceia" é geralmente encaixada depois do jornal das nove na TV, sempre achei super luxuoso fazer as refeições bem tarde, que é parte do charme do sul da Espanha. Na Andaluzia pré-Comunidade Européia, o café da manhã raramente era servido antes das nove e os habitantes locais raramente se sentavam à mesa para o almoço e jantar antes das três e onze, respectivamente, depois de generosas *copitas* de Jerez e pratos de tapas. A visitantes das catedrais de paredes caiadas, tradicionais bodegas de Jerez, era dito que se não tomassem pelo menos uma (*copita* de Jerez), às onze (da manhã), teriam que tomar onze, à uma. O Jerez matinal era geralmente um Amontillado histórico, seco, amarelado ou, usualmente, um Oloroso tão semelhante ao *sherry* cremoso que os britânicos tanto amam como o Lucozade. Então, em algum horário entre uma e três (e novamente entre oito e onze), os pálidos e secos ressuscitadores do apetite, chamados Fino e Manzanilla lubrificariam prato após prato de amêndoas salgadas ainda quentes, folhas do suculento *jamón serrano* cor de carmim (certamente não tendo vindo da mesma criatura que as fatias encharcadas, rosadas, borrachudas daquilo que se chama de presunto na Inglaterra), azeitonas verdes saborosas, cubos daquela prima exótica da omelete, a *tortilla*, e adocicados moluscos salgados.

Na cidade d'O Porto (ou Porto, que é como os portugueses se referem tanto à cidade como ao seu vinho mais famoso e o Porto no qual ele é envelhecido e engarrafado), tive uma das experiências mais educativas da minha vida de jornalista de vinhos. Estava participando de uma grande festa dos países bebedores de Porto e entusiasmados do mundo para comemorar o tricentésimo aniversário dos comerciantes de Porto Croft – ou pelo menos o tricentésimo aniversário da chegada de seus antepassados a Portugal (as brigas comerciais da Inglaterra com a França no final do século XVII significavam que os jovens comerciantes dedicados iam buscar suas fortunas no norte de Portugal, resultando, com isso, no nascimento do Porto como o conhecemos hoje e, no final do século 20, uma rajada dessas comemorações anglo-portuguesas). Àquela altura, a empresa pertencia aos meus velhos amigos, a Grand Met, então tentando adequar este vinho antigo e, sob muitos aspectos, primitivo, na sua estratégia de marketing internacional positivamente moderna ("A marca ativa será a marca vencedora", nos dizia Ben Howkins, que, depois disso, abandonou o mundo das ações e orçamentos promocionais para cuidar dos interesses vinícolas de Lorde Rothschild, administrados mais intuitivamente).

Isso foi em 1978, apenas quatro anos depois da revolução em Portugal ter levado os planos de expansão da Croft a uma interrupção abrupta, ainda que temporária. Vagando pelas ruas d'O Porto, vi todos os tipos de razões para o fervor revolucionário. De repente me peguei no início do pensamento interminável que começa com "rapazotes com os pés descalços, traseiros de fora – que exótico". Havia até adultos que saíam mendigando pelas ruas íngremes de pedra d'O Porto sem sapatos. As crianças pediam esmola, carregando imagens de santos em gesso como um totem por ruas que ficavam à curtíssima distância da Factory House, a fortaleza de granito do século XVIII, onde os comerciantes de Porto se reúnem até hoje, e que ainda é considerada parte da jurisdição britânica, e não portuguesa.

Era uma coisa dolorosa, e talvez tenha influenciado todas as minhas visitas posteriores aos produtores de Porto, embora a entrada na Comunidade Européia tenha transformado o padrão de vida do português-padrão (embora a relação difícil entre comerciantes de Porto estrangeiros e os produtores nativos ainda continue).

Também me senti punida profissionalmente. Cheguei cedo uma noite, quando o resto do pessoal estava numa excursão por lá (provavelmente deveria ter algum compromisso urgente *en route*) e me dirigi ao deprimente restaurante do Hotel Infanta de Sagres para jantar sozinha. Fazia dois anos e meio que escrevia sobre vinhos nessa época. Tinha tido notas excelentes nas minhas provas de vinho, o curso administrado pelo Wine & Spirit Education Trust, então, é claro, achava que sabia tudo. Não falava português, mas consegui passear por todo o cardápio, porque havia algumas traduções em inglês (O Porto é, afinal, influenciada a tal ponto pelos ingleses que tem até seu próprio clube de críquete). Estava ansiosa para estudar a carta de vinhos e aprender mais sobre os vinhos de mesa portugueses. A carta era bem longa, mas quanto mais eu lia, mais eu percebia que identificava apenas duas palavras: Branco e Tinto. Havia claramente uma diferença enorme entre os vinhos que os portugueses exportavam (Mateus Rosé, Lancers e um ou outro Dão) e o que eles próprios bebiam. Praticamente o que fiz foi escolher uma cor e um preço e deixar o resto com a sorte. De repente me ocorreu que isto deveria ser o que a maioria dos consumidores tinham que fazer quando confrontados com uma carta de vinhos. Eu, particularmente, tinha passado horas em aulas de vinho e debruçada sobre livros que tratavam de vinhos: Mas isso era a minha profissão. Percebi o quanto pouco amigáveis costumam ser as cartas de vinho e foi provavelmente essa experiência que me inspirou a tentar criar alguma coisa um pouco mais útil quando me envolvi pessoalmente com a administração de restaurantes alguns anos depois.

Na semana seguinte a essa viagem à cidade d'O Porto, voei para Jerez de novo. O comércio de Jerez naquela época estava muito mais confiante do que o pequeno comércio de Porto, embora se falasse muito desse louco novo rico José Maria Ruiz Mateos, cujos empréstimos vorazes e cujo grupo Rumasa, envolvido com Jerez/hotel/banco, estavam revolucionando a velha e decente ordem.

O ritmo de minhas investigações internacionais de vinhos e destilados pode ter sido frenético, mas aprendi muito com essas viagens (muito diferente de minha escapada bem-vinda de minha cela em Foubert's Place e posteriormente dos escritórios da Haymarket na Kensington Square). E uma coisa puxava a outra, de forma maravilhosa. Foi apenas por causa de um fim de semana no Château Loudenne no Médoc que acabei indo para a Austrália já em 1981. Tinha sido convidada para aquele belo Château em Bordeaux no ano anterior pelo supercortês Martin Bamford, a cara vinicolamente aceitável da International Distillers & Vintners, que tinha espertamente convencido a empresa a instalá-lo em Loudenne e a montar o que era praticamente uma casa de campo inglesa lá, uma estação de uma vida muito mais graciosa do que a maior parte das pessoas no comércio de vinho britânico estava tendo.

Um homem com talento natural para a hospitalidade, tinha reunido um grupo muito agradável que incluía os Johnson-Hill, imigrantes prematuros de Hong Kong, que tinham comprado recentemente o Château Méaume, na "roça" do norte da região. Davam duro para realizar o sonho, relativamente comum, mas praticamente impossível, de torná-lo um concorrente sério às plantações classificadas do queridinho Médoc. Estávamos sentados no terraço do *chartreuse* baixo e róseo que dava para o Gironde (que, por mais engraçado que possa parecer, parece menos cinza quando se tem um copo de Champagne nas mãos), a bandeira do Union Jack tremulando. O assunto Austrália surgiu e eu repeti minha fala habitual de que adoraria ir até lá, mas preferivelmente sem ter que pagar a passagem. Ah, isso não é problema, disseram os Johnson-Hill. O presidente da Cathay Pacific é um grande amigo nosso. Tenho certeza que ele teria o maior prazer em lhe ceder uma passagem em troca de você escrever um ou dois artigos para a sua revista de bordo...

De forma semelhante, tenho certeza que Willie Landels me convidou para escrever para a sua glamourosa *Harper's & Queen* somente porque durante nosso primeiro encontro ele me perguntou aonde iria naquele fim de semana e a resposta era Cap Ferrat (ele não sabia que era para dormir num canto de uma cozinha de uma casa de verão velha de propriedade da família de amigos luxemburgueses sensíveis, porém simples, desde a época em que se podia comprar um hectare daquela jóia promontória da Riviera por alguns poucos milhares de francos). A conexão *Harper's & Queens*, como a viagem à Austrália, acabaria levando indiretamente a novos pastos, mas estes pertencem a uma nova era, os anos 1980.

IX

Minha própria marca impressa

Nunca tive um plano de carreira, e penso com freqüência no que teria acontecido se tivesse um. Minha vida profissional, ao contrário, foi totalmente reativa, em lugar de ativamente organizada. É isto que acontece com quem adota a ética da escola primária, que funciona com as pessoas colocando obstáculos que você tem que superar por obrigação. Pode ser que a ambição tenha um papel nisto, mas o livre-arbítrio seguramente não tem nenhum.

No final dos anos 1970, quando eu trabalhava na *Wine & Spirit*, tínhamos dois correspondentes americanos. Um deles era um jovem bigodudo que escrevia uma *newsletter* sobre as maquinações corporativas da indústria de bebidas. Ele achava que uma boa maneira de aumentar suas vendas na Grã-Bretanha seria nos alimentar com uma coluna que mostrava o ponto de vista dos americanos, cheia de dicas atraentes e, embaixo, os detalhes de como assinar sua *newsletter*. O fato de eu deixar, como editora da *Wine & Spirit*, que ele colocasse de graça esse anúncio na revista do que era um competidor em potencial dá uma amostra da minha ingenuidade comercial. E também dava uma amostra dos instintos comerciais do jovem americano que teve a visão e a frieza para montar esse esquema. Seu nome era Marvin Shanken e dali em diante foi transformando sua *Wine Spectator* de um *folder* impresso em duas cores na revista de vinhos com maior circulação e influência do mundo. Voltarei a falar dele mais tarde.

O outro colunista americano já estava lá antes de minha chegada a Foubert's Place. John McCarthy era um comentarista estabelecido do cenário dos destilados americanos e eu já me acostumara ao pânico mensal de que sua coluna não chegasse a tempo (há tanto espaço a ser preenchido numa publicação de orçamento limitado que não me lembro jamais de ter sequer pensado em recusar um texto). McCarthy era um veterano, publicitário nova-iorquino recentemente aposentado, seguro de si o suficiente para farejar uma tendência, mas em fim de carreira demais para criar ou desenvolver uma tendência. No início de 1977 ele fez uma "visita oficial" a Londres, quando finalmente nos conhecemos, depois de meses de correspondência cortês. Almoçamos juntos num dos muitos restaurantes "italianos" sutilmente decadentes que enchiam o Soho naquela época. Ele bebeu uísque com soda e eu meia garrafa de um Soave daqueles de produção massiva.

"Sabe de uma coisa?" disse. "A novidade nos Estados Unidos são essas *newsletters* sobre vinhos. Você deveria criar uma aqui." Mais ou menos nessa mesma época, um jovem californiano, Robert Finigan, andava causando certo rebuliço com um panfleto mensal ou bimestral com recomendações sobre o que comprar e o que evitar no mercado americano. Finigan começara no início dos anos 1970, sendo seguido, apenas alguns anos depois, pelo *The Connoisseurs' Guide to California Wine* e um séquito de publicações quase caseiras, algumas mais delgadas, mas com opiniões peremptórias.

Uma opinião como a de McCarthy em geral me soaria um tanto ambiciosa demais. Eu tinha um emprego de tempo integral, cursos de vinho para completar e uma agenda assustadora de viagens e de festinhas para cumprir (ainda não tinha me casado, de maneira que minha vida social e toda a caçada de pares que aquilo envolvia demandava muito tempo). Acontece que tinha provado para mim mesma que *era* possível encaixar ainda outra responsabilidade na minha vida, então passei a brincar com a idéia de realmente achar lugar para essa tarefa.

Depois de mais ou menos um ano na *Wine & Spirit*, fui sondada para assumir a editoria do *Wine Times*, uma pequena publicação trimestral dirigida por uma das forças menos reconhecidas no mundo contemporâneo dos vinhos. Tony Laithwaite tinha sido picado pela mosquinha dos vinhos em 1965, quando passara um tempo com uma família de vinicultores em vinhedos periféricos da grande St-Emilion, como parte de seu curso de geografia na Universidade de Durham. Voltou para casa determinado a ganhar a vida mostrando aos ingleses o verdadeiro vinho francês feito nas fazendas de camponeses autênticos, ao invés das misturas industrializadas.

Não foi o primeiro a ter a idéia. Já no princípio dos anos 1950, Frank Schoonmaker fora pioneiro disso nas suas seleções de Borgonhas engarrafados nos *domaines*, com foco no mercado americano. E, na mesma época, Harry Waugh e Ronald Avery tinham despendido imensos esforços para contornar a oferta-padrão das cadeias de lojas, importando diretamente da França para suas respectivas bases em Bristol. E Gerald Asher quebrava a cabeça para descobrir como ganhar dinheiro com sua Asher, Storey, sua importadora pioneira na busca de vinhos regionais franceses pouco conhecidos (sempre me divertiu muito que os vinhos franceses que não são nem Bordeaux nem Borgonhas sejam conhecidos como vinhos regionais franceses ou vinhos da França rural, como se os clássicos viessem de indústrias ou de cortes de várias regiões).

Para início de conversa, as conexões de Tony Lathwaite eram bem mais modestas. Ele literalmente dirigiu um caminhão cheio de vinhos decentes até sua casa e praticamente saiu vendendo o produto de porta em porta.

Mas ele tinha um trunfo para compensar. Fez contato com o iconoclasta editor do *Sunday Times*, Harry Evans, com a idéia de uma oferta de vinhos nas páginas do influente jornal. Se Tony fosse um sujeito convencional, com seu terno listrado, teria sido ignorado, certamente, mas o lado aventureiro de sua história atraiu Evans que o apresentou ao crítico de vinhos do jornal, Hugh Johnson. Foi assim que nasceu o Clube de Vinhos do Sunday Times, que existe até hoje, ao lado de todas as empresas de vinho que vendem por correspondência, que fazem parte do império altamente lucrativo de Laithwaite. Conservando obstinadamente a *persona* de ingênuo, com bochechas de anjo e meio desligado, às margens do comércio tradicional de vinho, Laithwaite se tornou um de seus poucos herdeiros sólidos.

Parte do processo tinha a ver com uma série de atividades associadas ao clube, bem como alguns serviços de cortesia, com ajuda decisiva da imagem, da imaginação e da atuação do seu presidente, Hugh

Johnson. Até hoje, Johnson sonha com planos que entusiasmam, quase sempre envolvendo algum tipo de viagem marítima potencialmente perigosa. Mas o que Tony queria conversar comigo tinha a ver com a *newsletter* trimestral do clube, a pequena publicação em preto-e-branco chamada *Wine Times*. Cyril Ray tinha sido seu editor até então, mas queria se aposentar. Eu toparia assumir seu lugar? O que era bom para o respeitável senhor de Albany (que Edmund Penning-Roswell encontrou certo dia na St. James's Street levando seus sapatos para serem engraxados na Lobb's), certamente seria muito bom para mim.

Um designer e artista gráfico experiente e talentoso estava a postos, Arthur Lancaster. Ele viria ao Duncan Terrace, eu passaria uma pilha de contribuições em diversos formatos e algumas possíveis ilustrações e, depois de um certo tempo para revisão, ele transformaria tudo miraculosamente numa publicação.

À medida que fui me acostumando a esse segundo papel editorial, ele foi se ajustando de modo perfeito ao meu trabalho diário na *Wine & Spirit*. Será que não daria para espremer um pouco mais o tempo e escrever e publicar uma *newsletter* mensal? Discuti o assunto com o filho do professor de alemão, David, com quem tinha compartilhado aquele ano fundamental de formação na Provença e aquele inesquecível Borgonha tinto. Ele tinha se tornado um banqueiro comercial das nove às cinco, louco por algum divertimento no fim de semana, algo mais interessante para comentar nas festinhas. Ele me ajudaria a lançar essa nova e modesta publicação. Concordamos em investir umas poucas centenas de libras cada um, gastas na produção gráfica e impressão dos primeiros números de experiência. Se tivéssemos um número mínimo de assinantes, tocaríamos a coisa.

Uma amiga ilustradora, Conny Jude (que foi contratada pela *Decanter* depois) desenhou uma lânguida e relaxada figura bebendo Champagne que se esticava no canto inferior direito da nossa capa, circundada por estrelas. Precisávamos também de um título, e o que escolhemos dizia muito sobre aquela época liberal: *Drinker's Digest* [Gazeta do ébrio]. Dinheiro para publicidade não tínhamos, então decidimos lançar o *Digest* simplesmente enfiando exemplares nas caixas de correio de endereços que pareciam chiques nos melhores bairros de Londres, coisa que fazíamos pessoalmente.

Foi assim que passamos vários fins de semana no outono de 1977 batendo pernas por Chelsea, Kensington e Islington. Suponho que dado o título jocoso de nossa escolha, não deveria ter me surpreendido tanto quando uma senhora em Highbury Fields, sob cuja porta acabáramos de deslizar a publicação gratuita, tenha nos seguido pela rua até poder nos devolver o jornalzinho, quase jogando-o na minha mão e dizendo: "Já existem problemas demais no mundo sem *este* tipo de coisa, muito obrigada".

Só de pensar em todo esse trabalho, além da *Wine & Spirit* e do *Wine Times,* me deixa cansada hoje em dia, sem contar as viagens, mas certamente eu tinha muito mais energia naquela época e bem menos responsabilidades em casa. A prosa de ambos, *Drinker's Digest* e *Wine Times,* era no estilo sem papas na língua. Do mesmo modo como curti a falta de responsabilidade nos meus trabalhos temporários após voltar para Londres, depois do ano na Provença, usei e abusei do meu status de aprendiz como especialista em vinhos, às vezes de maneira elaborada e exuberante. Como achava que ninguém me levaria muito a sério, escrevia exatamente o que pensava, mesmo que fosse algo meio provocador ou iconoclasta.

O foco da *DD*, como logo passamos a chamar a publicação, era essencialmente britânico. Os britânicos continuam experimentando um sentimento de culpa em gastar dinheiro com coisas de comer e beber até hoje. Ao contrário dos americanos, que queriam chegar ao melhor pela pista expressa, custasse o que custasse, os ingleses queriam encontrar pechinchas, na maior parte dos casos. Foi assim que decidimos passar os importadores e vendedores de vinho por um crivo e chamar a atenção das melhores oportunidades para nossos leitores. "Veja: 150 garrafas a preço de barganha", prometíamos na capa do primeiro número, em outubro de 1977, que trazia também uma animada resenha do novo livro de bolso de Hugh Johnson ("2 libras e 95 para os assinantes do *Drinker's Digest*"); um relato sombrio sobre a colheita de 1977 das uvas européias, e os primeiros verbetes para o guia alfabético de vinhos insólitos (Argentina, Austrália, Áustria).

"Você compra na Oddbins?" era a pergunta de nossa propaganda. Esperamos que sim, porque eles têm várias pechinchas. E algumas nem tanto... como o Château Fourcas-Hosten 1966 a 4 libras e 19. Nós lhe diremos onde comprá-lo por 2 libras", etc., etc. Um exemplo como esse mostrava, de maneira surpreendente, que a Corney & Barrow, a aparentemente sofisticada loja da "The City", podia sobrepujar alguns preços da cadeia sem frescuras Oddbins, tão independente naquela época quanto hoje em dia, mesmo que agora faça parte do vasto império de bebidas Seagram. Na parte dedicada a Champagne, mostrávamos onde encontrar Moët & Chandon NV por 3 libras e 79 e uma oferta ainda maior, Dom Pérignon 1969 por 8 libras e 60 (na Caves de la Madeleine de Steven Spurrier, em Fulham, cuja especialidade, ele viria depois a admitir, era perder dinheiro, mais que saber ganhá-lo). Na seção dedicada a vinhos de mesa, aludíamos apenas ao valor 0,89 libra, por garrafa, evitando, habilmente, fazer qualquer juízo sobre a qualidade de um vinho espanhol à venda na Barretts Liquormat, com o sugestivo nome de El Bullox.

Surpreendentemente, essa publicação tão amadorística conseguiu um lugar no mercado. Os assinantes davam a impressão de ser gente letrada e que gostava de caçar barganhas. Uma das primeiras cartas que recebemos veio da escritora Sybille Bedford, de Chelsea, que deu a impressão de ter entendido exatamente qual o espírito do empreendimento. Neville Abraham, um egresso da London Business School, que hoje em dia se tornou um dos principais *restaurateurs* de Londres, mas que, àquela altura, ainda não tinha percebido como era difícil dar sentido ao aspecto financeiro do negócio de vinhos, escreveu criticando que parecíamos dar muita atenção ao preço da bebida e bem pouca à qualidade. Ele acertara na mosca. O valor de entretenimento de uma lista mensal com nomes de vinhos, seus preços e onde encontrá-los era bastante limitado. Precisávamos de um tema mensal e até mesmo, algo bem revolucionário para a época, de algumas degustações comparativas.

Atualmente ninguém discute que boa parte do conteúdo das revistas e *newsletters* sobre vinho seja baseado em julgamentos às cegas de vinhos isolados que, de alguma maneira, se relacionam, embora esse conceito seja típico do final do século 20. A *Decanter*, a outra publicação periódica para o público britânico no final dos anos 1970 e início dos 1980, estava recheada de artigos maçantes, perfis de gente da área e tabelas de safras, ao invés de algo vulgar como degustações comparativas e temáticas (nessa época, ainda era amplamente divulgada a visão de que era indelicado, para não dizer impróprio, criticar qualquer vinho, produtor ou até mesmo importador, em particular; o mercado britânico de vinhos ainda era uma panelinha bem aconchegante).

Na altura do quarto número, o time editorial da *DD*, pretensioso e minguado no início, começou a progredir, achando seu caminho numa tímida, porém detalhada visão dos Borgonhas disponíveis no mercado, pelo preço que hoje parece inacreditável de menos de 4 libras a garrafa. Christopher Fielden foi recrutado, com sua autoridade de autor de um livro sobre a Borgonha, para manter minhas papilas gustativas na linha certa, e acabamos distinguindo claramente os vinhos que conseguiam ser ao mesmo tempo atraentes e autênticos dos que eram agradáveis, mas falsos ("algumas garrafas de muitos respeitáveis comerciantes provocavam uma considerável incredulidade", escrevi) e os vinhos que nem mesmo podiam ser recomendados. "Um Borgonha de estilo excessivamente britânico" era a ameaçadora nota de degustação do Chambolle-Musigny 1972 da Berry Brothers. A diferença era essencialmente entre vinhos frutados, delicados e de cor pálida feitos genuinamente com uvas cultivadas no norte da França e cortes mais alcoólicos, xaroposos e pesados, que levavam certamente um pouco de tintos do Rhône ou até mesmo da Argélia na mistura.

O número seguinte da *Drinker's Digest*, datado de fevereiro de 1978, marcou uma virada decisiva. Os dez vinhos tratados em detalhes tinham sido escolhidos dentre uma degustação de cinqüenta vinhos espanhóis, até então considerados de procedência exótica para qualquer vinho mais fraco que o conhecido Jerez. A primeira matéria, sob o deselegante título de "Vinhos para ficar de olho", falava de uma nova região esquisita chamada Rioja, e era completa até mesmo com um guia de como pronunciar seu nome ("mais ou menos como um escocês diria Ree-ocher"). Rosi e Anthony Hanson (classificado como um dos 99 distintos membros do Institute of Masters of Wine) nos ajudaram a degustar tais vinhos e essa prova marcou um tento na vida da minúscula publicação. Entretanto, as assinaturas continuavam em número tão pequeno, que toda vez em que eu ia buscar a correspondência na agência dos correios de Islington, o meu coração batia mais forte se visse que os envelopes precisavam de um elástico para manter o pacote íntegro. O marketing da *DD* estava precisando de uma certa dose de adrenalina.

Foi Michael Bateman, editor da então popular coluna Lifespan da revista do *Sunday Times* (que no final da década de 1970 ainda era anunciada como "revista toda colorida") que nos deu o impulso. Nossa degustação era exatamente o que aquele agressivo veículo de consumismo estava procurando (as degustações comparativas podiam e iriam se desenvolver na linha do "Qual o melhor pudim de creme?" que ainda nos acompanha até hoje).

Os resultados da prova de vinhos da Espanha da DD apareceram na íntegra na página, totalmente a cores, de número 26 da revista do *Sunday Times*, uma publicidade mais que necessária. As assinaturas cresceram notavelmente, fazendo as resmas de textos enviados de madrugada para a nossa gráfica, perto da prisão de Pentoville, parecerem mais cheias de propósito. Devemos ter sido eficientes em distribuir exemplares grátis para a imprensa, porque, quando a assinatura chegou a 5 libras e 50 por ano, já tínhamos sido elogiados no *Observer*, *The Times*, *Guardian*, *Time Out* e *Good Housekeeping*, muitos deles ressaltando o fato de que o valor da assinatura seria facilmente economizado em uma ou duas incursões às lojas de vinhos com as nossas dicas.

A página seguinte de meu caderno de recortes, após a página espanhola da revista do *Sunday Times*, mostra uma cópia amarelada de um artigo que saiu no *Guardian*, intitulado "Aromas e um olfato para as novidades", juntamente com uma foto que parece uma versão inflável de mim, excessivamente cheia de ar (menos rugas e bochechas de *hamster*, resultado de todos aqueles almoços e jantares). Era um perfil breve idealizado por John Arlott, que escrevia sobre vinhos e sobre críquete para o jornal. Ele tinha sugerido a um de seus colunistas que eu seria um bom assunto para o suplemento feminino, uma jovem fazendo um trabalho essencialmente masculino e todo esse tipo de papo. O artigo fez parecer que eu era muito mais importante que de fato era, embora tenha sido bem acurado em mostrar o que realmente pensava sobre vinhos: que deveria dar o maior prazer possível a um público mais amplo possível, com o custo mínimo cabível.

Como resultado imediato disso, recebi uma carta de um coordenador editorial, dizendo que queria fazer um livro de introdução aos vinhos, e que eu parecia ser a pessoa mais indicada para a tarefa. Escrevi uma sinopse e mandei para ele, apenas para recebê-la de volta, com o simples comentário de que a editora para a qual trabalhava tinha restrições morais quanto a publicar assuntos ligados ao álcool. Tenho ódio patológico de gastar tempo à toa, acirrado pelos anos em que tinha que encher as páginas da *Wine & Spirit* com tão pouco capital. Se não tivesse perdido tempo escrevendo aquela sinopse, nunca teria me ocorrido tentar publicar algo em capa dura (como Pamela Vandyke Price tinha previsto, para minha incredulidade). O presunçoso bordão do meu professor de matemática sempre volta ao meu pensamento para me assombrar: "os matemáticos são econômicos em seus esforços". Perguntei a uma amiga editora, Helen Fraser, naquela época editora de livros de não-ficção do selo Fontana da Collins, o que fazer com minha sinopse. Ela disse que precisava ter um agente e me apresentou a um charmoso amante de vinhos Claret, de nossa mesma geração, Caradoc King, que tinha saído pouco tempo antes da Penguin para se juntar à mais antiga agência literária do mundo, a A. P. Watt.

Caradoc e eu nos reunimos num dos muitos bares de vinho que proliferavam em Londres, dando início a uma feliz amizade que tenho, com relutância, que chamar também de relação comercial. Sempre tive a impressão de que ele reprova sutilmente minha abordagem liberal sobre a proveniência dos vinhos. Faz agora duas décadas que ele me pressiona para escrever um livro sobre Bordeaux e eu escapo servindo vinho que não é francês a ele, por precaução. Mesmo assim, ele tem enorme entusiasmo por todo projeto que envolva vinhos e aquela singela proposta de uma introdução ao tema não foi exceção. Com minha sinopse na mão, acabou por vendê-la, para a própria Helen, com um adiantamento de mil libras, se me lembro bem, e retirando cem libras por ter me apresentado à pessoa que me apresentara a ele mesmo!

O *Wine Book* foi lançado em outubro de 1979. Boa parte dele foi escrita nas férias de Natal de 1978, enquanto eu estava em Cumberland, quando adquiri dois vícios autorais que infelizmente nunca me abandonaram: lidar mal com os prazos, deixando tudo para a última hora, e ser desleixada, ou talvez inábil mesmo, para lidar com mapas. Adoro me debruçar sobre mapas bons e precisos, com rigor cartográfico, mas detesto, com todas as forças, desenhar ou revisar mapas nos meus próprios livros. Debbie Jarvis, que adotou o pseudônimo um tanto confuso para escrever sobre comida de Elizabeth Kent, foi a enérgica relações públicas do livro. Organizamos uma bem-sucedida degustação às cegas para jornalistas do sexo feminino, comparando um vinho bem conhecido com outro muito mais barato, que eu julgava melhor alternativa. De alguma maneira, ela conseguira que jornais tão diferentes quanto o *Telegraph* e o *Daily Mirror* escrevessem sobre o livro.

Fiquei surpresa pela atenção que esse livro magrinho de introdução aos vinhos recebeu. O que me espanta hoje, quando releio tanto o livro quanto velhas DDs, é a imensa leveza com que escrevia naquela época. Quanto menos você sabe, e esse é o ponto, menor a fronteira da sua ignorância. Nos anos seguintes, à medida que aprendia cada vez mais sobre o assunto, fui ficando consciente das exceções a cada regra e do quão pouco eu sei. E fui conhecendo mais e mais gente que sabe muito mais sobre áreas específicas do vinho, que conheço pouco. Isso murcha bastante seu ímpeto, e a arrogância juvenil – que se poderia chamar de estilo típico de revista dominical – vai desaparecendo de sua prosa.

O lançamento propriamente dito de meu atrevido *Wine Book* foi no Chelsea Arts Club. A festa foi notável por uma aparição surpresa de Reginald Bosanquet, locutor de rádio com fama de bêbado, cujo romance totalmente inventado com Anna Ford estava sendo publicado de maneira escandalosa pelo *Private Eye*. E a presença de John Arlott decepcionou profundamente meu amigo Johnnie Gordon, que passara toda a juventude na Nova Zelândia ouvindo seus comentários sobre críquete; acho que ele, de maneira um tanto injusta, esperava que ele tivesse a aparência de um jogador pronto para pegar no taco.

A sensação de idealizar e escrever um livro é sempre alardeada como muito emocionante. Não me lembro de ter ficado muito emocionada, talvez por estar tão ocupada me preocupando com o que publicar na próxima *Wine & Spirit*, no *Wine Times* e no *Drinker's Digest*. Certamente estava esticando meus parcos conhecimentos do assunto ao máximo, espalhando minhas opiniões e as poucas novidades de que dispunha por todos os lados. E o pior ainda estava por vir, nos anos seguintes, a década de 1980, a década de andar sempre no limite.

X
FIRMEMENTE À DERIVA

Dois encontros no final de maio e início de julho de 1980 – um ano fatal para mim sob diversos aspectos – iriam mudar completamente minha vida profissional.

A vida já estava bem agitada. Durante o mês de junho, eu parecia mergulhada em mais prazeres que os usuais. Muitas atividades que abarcavam trabalho e diversão ao mesmo tempo, como as reuniões de planejamento do que se chamava grandiosamente Under 40 Wine Trade Club [Clube de Comércio de Vinhos de Pessoas com Menos de 40] (que acabaria por perder as duas primeiras palavras, à medida que seus membros foram envelhecendo) e o primeiro encontro com um ator que começava a brincar com vinhos chamado Oz Clarke (tinha pedido a ele que fosse editor-convidado de um número da *Drinker's Digest*. Suas piadas sobre a Bulgária provocaram uma educada, mas nada bem-humorada, resposta do ex-comunista Edward Penning-Rowsell, que era "consultor" da *newsletter* naquele momento).

Foi nessa época que conheci uma pessoa que poderia ter desempenhado um papel ainda maior na transformação e adequação do relacionamento entre o britânico comum e o vinho, James Rogers. James era pouco mais velho que eu, tinha nascido numa típica família da alta burguesia do Surrey, proprietária da rede de supermercados Cullen. Tinha formação em contabilidade, mas isso não satisfazia seu lado criativo.

Entrara para a empresa da família em 1971, tendo pouco depois descoberto um vinho espanhol, Viña Ardanza 1964, Rioja, que o convenceu de algo que seus contemporâneos julgavam uma heresia: era possível achar bons vinhos fora da Borgonha e de Bordeaux.

James, como sói acontecer, chegou lá primeiro, mas posteriormente todos nós descobrimos a Rioja, o que aconteceria com os leitores do DD sete anos mais tarde. Se houve um vinho que quebrou a hegemonia francesa, no que concerne aos bebedores britânicos, não foi nenhum do Novo Mundo, mas da Rioja. Os tintos do norte da Espanha à venda da metade para o final dos anos 1970, que tinham sido produzidos nos anos 1960 e início da década seguinte, proporcionavam um imenso prazer adocicado, com sua agradável maturação prolongada em carvalho, com preços extremamente favoráveis em relação aos acanhados Clarets de pequenos châteaux, até então a bebida básica do consumidor-padrão de vinhos tintos na Grã-Bretanha. Deve ter sido a história da Rioja, quando se tornara refúgio para produtores de Bordeaux que tentavam escapar da praga da filoxera que assolava os vinhedos da França e metiam sua vinicultura numa grave crise no final do século 19, que deu alento aos tradicionalistas e fez com que a região parecesse menos remota. Sejam quais forem as razões, passamos a mergulhar na Rioja até o início dos anos 1980, quando seus produtores subiram os preços dramaticamente e diminuíram os padrões de produção, fazendo com que seus vinhos de repente passassem a ter um sabor magro e pouco atraente.

Isso não trouxe dificuldades a James Rogers, que seguiu em frente descobrindo novas provas de que as fronteiras do vinho iam além da França, Porto e Jerez – sempre em degustações às cegas e em busca de preços adequados, para não se deixar levar por rótulos e reputações. Na época em que o conheci, a Cullens era de longe um dos melhores locais para comprar vinhos no país. Ele trabalhava num canto empoeirado de um dos depósitos da empresa, num subúrbio de Londres e, naquele dia, me mostrou uma série de vinhos, às cegas evidentemente, provenientes de lugares então tão exóticos como Califórnia, Áustria, Chile, Portugal e, sua grande descoberta recente, um vinho que trazia na etiqueta: Cabernet Sauvignon da Bulgária (este último, servido como convinha num *decanter* sem identificação, era naquele momento o favorito entre os consumidores da Cullens, gente sólida da classe média, dedicados bebedores de vinho. Mais ou menos na mesma época Tony Laithwaite tinha também descoberto as barganhas búlgaras).

A diferença entre James e a imprensa especializada era que, ao invés de tentar empurrar seus vinhos em você, como fazia a maioria dos comerciantes, ele dava a impressão de que estávamos fazendo as descobertas em conjunto. Quando a empresa familiar foi vendida cinco anos mais tarde, ele se tornou um pioneiro no ensino da cultura do vinho.

Ainda em junho de 1980, tive um fim de semana memorável, que transformou minha ligação com o Southwold de um romance adolescente e cheiro de cerveja choca (a casinha que alugávamos era vizinha a um *pub*) em uma paixão avassaladora pelo vinho. Quando conversei sobre o assunto com Liz Morcom, minha contemporânea no comércio de vinhos, com quem passei muitas horas de provas e degustações no final da década de 1970, ela me chamou a atenção para o ritmo tão diferente que nossas vidas tinham na época. Deixávamos de lado o trabalho todas as sextas-feiras por causa do passeio para Southwold.

Foi ela que me lembrou de um almoço planejado em torno do seu ano de nascimento, 1953, que foi meu presente para ela no seu aniversário em 1980, no Duncan Terrace, para o qual pelo menos oito de nós dedicamos um dia inteiro da semana, sem pestanejar e sem a mínima reprovação de nossos patrões. Cada um contribuiu com algumas garrafas, inclusive um Laville-Haut-Brion do ano em que nasci, 1950, com tons dourados e verde-limão, um austero Pape Clément 1961, um Domaine de Chevalier 1953 (bastante correto), um Cheval Blanc 1953, engarrafado pelos então chefes de Liz, a rede de hotéis British Transport, que estava infelizmente já decadente, um carnudo e adocicado Aloxe-Corton 1953 e um Grands Echézeaux do Domaine de la Romanée-Conti 1952, que estava em ainda melhor forma, com todo seu potencial à mostra. Mas o melhor vinho do grupo foi um acastanhado vinho doce, Forster Jesuitengarten 1953, provando que, de fato, a Riesling é a maior uva branca do mundo, um ponto de vista que mantenho até hoje.

Numa ensolarada sexta-feira, três meses depois, fomos levadas de carro até Suffolk, numa inacreditável limusine com motorista, acompanhadas por Sheldon Graner, o homem que criou a empresa Majestic Wine Warehouses, e que hoje é motorista de táxi, Clive Coates (o patrão de Liz naquele tempo) e um membro de uma das mais tradicionais famílias produtoras de cerveja de Londres.

A viagem pareceu interminável, naqueles anos pré-auto-estradas, mas tínhamos bastante Champagne excelente e muitas fofocas do mundo dos vinhos para nos entreter *en route*. Uma degustação comparativa de Bordeaux tinto 1976 tinha sido organizada por Simon Loftus, importador para a Adnams, a grande empresa de comércio de vinhos, fabricação de cerveja e grande empregadora do Southwold. Provamos os vinhos na varanda caiada de sua casa, ao lado do pântano de Blythburgh, que tinha tanta atmosfera que chegou a ser usada como cenário para um filme de Peter Greenaway. Clive foi provocado (como continua a ser até hoje) pela sua recusa em degustar às cegas. Simon, com seu brinco de ouro avançado para a época, seus olhos ciganos, cérebro privilegiado e uma devastadora falta de tato, é ainda um dos grandes patrimônios do mundo britânico dos vinhos e um dos anfitriões mais generosos. Ele, Sheldon e alguns outros vinham planejando esse encontro por muito tempo.

Os "trabalhos" e *muita* discussão acabaram em torno das duas da tarde. Fomos então para um restaurante nas proximidades para um dos almoços mais memoráveis de toda minha vida, num jardim murado, um enclave de hedonismo na cidade predominantemente mercantil de Halesworth, ao som da agradável queda d'água de uma fonte. O pessoal do restaurante deve ter amaldiçoado nossa aparição tardia, penso agora em retrospecto, mas para nós o almoço foi mágico – o tipo de evento que não caberia na década seguinte, com seu ritmo frenético.

Sopa é o antídoto perfeito para degustações de vinhos, seja qual for o clima, porque ela dilui um pouco a corrente alcoólica. Bassett nos serviu sabiamente uma sopa fria de pepinos e hortelã e pão quentinho com nosso Château Sénéjac 1934, cor dourada, um Bordeaux um pouco ressecado pela idade, mas cujo aroma tinha algo da riqueza do meu amado Laville-Haut-Brion. Um Haut-Brion Blanc 1968, quase exageradamente doce, com fruta intensa, acompanhou uma galantine de pato, que continha pistaches, estragão e até mesmo kiwis, um tanto atrevido para os anos 1980. Peixe recheado com *sauce verte* agüentou firme o vivíssimo Condrieu 1976 de Vidal Fleury, enquanto nos recheávamos, nós mesmos, e nem mesmo tínhamos chegado ainda aos vinhos sérios.

E eles eram muito sérios, de verdade. O mais famoso deles era o Cheval Blanc 1947, uma lenda dentre os Bordeaux tintos, e pelo qual todos ansiavam desde a manhã daquele dia. Mas, quer saber de uma coisa? O vinho naquele almoço poderia ser um Beaujolais. De fato deveria ter sido um Beaujolais, pois um vinho mais ligeiro, simples, com um aroma claro e mais refrescante teria sido perfeito para beber ao ar livre num dia quente e ensolarado, melhor que aquela relíquia complicada, reverenciada e cheia de matizes riquíssimos (que tive o privilégio de beber outras três ou quatro vezes em situação mais apropriada). Esse descompasso característico entre grandes vinhos e um cenário e clima deliciosos é algo que me incomoda bastante, criada que fui para apreciar cada raiozinho de sol e acreditar que nada dá mais prazer que comer a céu aberto. A resposta a essa dissociação, na qual venho alegremente trabalhando ao longo dos anos em felizes tentativas e freqüentes erros, é a de nunca comer ou beber sob a luz direta do sol, mantendo uma vigilância estrita sobre a temperatura dos vinhos tintos, evitando que as garrafas se aqueçam. É claro que é preciso servir doses parcimoniosas e beber rapidamente. O Cheval Blanc 47 foi servido junto com um Pétrus 47, outro vinho de tesouro que, engarrafado no château, é no mínimo tão rico quanto o outro, mas menos refinado. Talvez por isso o Pétrus tenha se mostrado melhor que aquela garrafa de Cheval Blanc em especial, sob tais condições longe de serem as ideais.

Mas, que diabos, tivemos o almoço mais inesquecível de nossas vidas. Um grandioso e magnífico Château Latour 1949, um tinto com estrutura suficiente para agüentar as condições do ar livre, seguiu o cordeiro com os queijos, antecipando uma coisinha doce do Loire, trazida para nos tirar da letargia. Sobre esse Quarts de Chaume 1961, escrevi "acidez de mel, o faz mostrar-se vivaz e não enjoativo". O Tokay Essência 1934, o néctar caramelado mais espetacular da Hungria pré-comunista, conseguiu apresentar um toque de pólvora antes de algo que descrevi como "despedida a galope". E já estava mesmo na hora, devo acrescentar.

Difícil classificar esse fim de semana como tendo alguma coisa a ver com trabalho, mas vejo que no mês seguinte ainda consegui espremer um pouco mais a agenda social: a ópera *Falstaff* em Glyndebourne, uma coisa chamada Baile Cor-de-rosa, duas matinês na danceteria Rock and Roll em Leicester Square, um concerto em Blackheath, jantar no clube

Garrick com o dentista e importador de vinhos Robin Yapp, uma entrevista no programa de rádio *Food Programme*, um casamento, uma festa, um dia em Wimbledon passado sem ver a partida de tênis debaixo de chuva, um concerto de Joan Armatrading, uma ida ao teatro para ver *A Tempestade*, um almoço demorado num restaurante escondido no meio de Kent com o inspetor-chefe do guia *Good Food* e treze compromissos para jantar. Não é de espantar que toda noite antes de dormir eu tentasse fazer um resumo mental dos acontecimentos do dia.

A reunião importante que acontecera antes daquele singular junho frenético foi com o homem encarregado da produção impressa da poderosíssima Associação dos Consumidores. Ele queria lançar uma versão para líquidos do guia *Good Food*, chamado temporariamente (e desajeitadamente) de *Which? Wine Guides*. Será que eu teria interesse em editá-lo. Acho que esse foi o motivo da reunião, mas o resultado foi que, nas semanas seguintes, concordei em editar esse novo guia e a Associação dos Consumidores, a venerável porta-voz da parte mais inteligente da classe média britânica, concordou em comprar o *Drinker's Digest*.

(Sem saber, minha adequação ao cargo de funcionária da AC fora testada alguns meses antes, quando tinha sido convidada para almoçar com Christopher Driver e Aileen Hall, editor e inspetora-chefe, respectivamente. Fomos ao San Frediano na Fulham Road. Hoje em dia, por razões que explicarei mais adiante, comer com um crítico de restaurantes é fato corriqueiro para mim, mas naquela época ainda me fascinava ver o efeito que uma figura tão poderosa quanto Christopher exercia sobre os garçons. A resposta, neste caso, foi uma demonstração repugnante de subserviência e puxa-saquismo – incluindo trazer o vidro de azeite de oliva da cozinha, para provar que era, sim, um extra-virgem – tudo somente voltado para ele, a ponto de, tendo entornado café em todos os pires, só terem se ocupado de limpar o dele. No início, minha *newsletter* seria lida por esse zeloso cultor do inglês bem escrito. Um comentário a lápis na margem de um exemplar que guardei diz: "a mais criativa maneira de escrever idiossincrasia que já vi na minha vida").

O outro encontro "fatal" aconteceu em julho de 1980, e iria me proporcionar o tempo necessário para produzir do nada as quatrocentas páginas do guia de vinhos anual para a Associação de Consumidores. Tinham me soprado (Stephen Pile, que acabara de aceitar assinar a coluna diária chamada Atticus me contara) que o *Sunday Times* estava procurando um articulista de vinhos. Então, quando fui convidada para almoçar por Brian MacArthur, braço direito de Harry Evan, já tinha uma boa idéia do porquê. Além disso, eu fazia regularmente alguns frilas para o jornal desde que publicara um pequeno artigo sobre o Domaine Chandon em 1976.

O encontro foi num restaurante francês, geograficamente estratégico, no Gray's Inn. Lembro de estar consciente de que minha escolha do vinho seria decisiva: tinha que ser bom, mas demonstrar alguma distinção. Eu tinha estado numa festa na noite anterior e ficaria bem feliz bebendo somente água, mesmo assim escolhi um tinto do Loire, um Chinon, que ainda continua dentre meus favoritos, pela sua textura sedosa, seu aroma de farpas de lápis e sua refrescante presença de framboesa. A mágica funcionou (ajudada pela recomendação, por baixo do pano, de Hugh Johnson, o colunista anterior). Em agosto pude dar meu aviso prévio para o Sr. Heseltine, deixar a editoria da *Wine & Spirit* para Kathryn McWhirter, e dar início à aparentemente despreocupada e alegre vida livre de um autônomo.

Minha pauta no *Sunday Times* era bem esquisita. O jornal não tinha uma coluna de vinhos regular, pagavam-me um valor simbólico e meu trabalho era convencer os poderosos detentores de espaço no jornal, que chamávamos de barões, a ceder lugar para meus artigos onde julgassem mais apropriado. A maioria deles gostava de beber, mas gostavam mais ainda de torturar. O melhor artigo, na sua opinião, era o que envolvia mais sofrimento e inconvenientes para o jornalista. Afinal de contas, não fazia sentido ser um barão, a menos que houvesse alguns servos óbvios.

Michael Bateman, hoje editor gastronômico do *Independent on Sunday*, era uma exceção. Um excelente editor, sempre dava um jeito nas minhas mais descuidadas contribuições e tinha entusiasmo, sem restrições, à cobertura do mundo dos vinhos (e de comida também. Lembro-me de um "escravo" júnior, chamado Lloyd Grossman, amarrado a uma das mesas da Lifespan a certa altura). Seu único problema era minha falta de confiança congênita. Empurrado pela circulação gigantesca do *Times*, e pela quantidade de fundos sem limite do jornal (na era pré-Murdoch), ele pintava um quadro grandioso, a partir de, por exemplo, uma competição internacional em que confrontaríamos *premiers crus* com os melhores da Itália. Jamais conseguiria fazer isso, eu respondia, e lhe oferecia uma pequena crítica preconceituosa sobre os males do Jerez britânico.

E logo surgiria o problema de meu tempo livre, a farra dos anos 1980 foi bem animada para mim, mas seguramente bem frustrante para o crescente número de meus empregadores.

XI

UM NOVO MUNDO PARA OS VINHOS

Não há qualquer razão para organizar a vida em décadas arrumadinhas, mas o primeiro ano da década de 1980 marcou mesmo uma nova fase, não só para minha vida, como para o vinho.

Na esteira da bem divulgada degustação Califórnia vs. França, ocorrida em Paris, em 1976, os produtores californianos estavam a toda. Nada de exportadores passando o chapéu, cheios de expectativas, mas sim um grupo bem organizado, cheio de energia, coeso e com fundos, em torno de uma indústria de vinhos moderna, que produzia garrafas com etiquetas elegantes que, se tivéssemos sorte, poderíamos possuir um dia. Passei uma temporada na Califórnia, em 1979, pesquisando para um artigo para a revista do *Sunday Times*, sobre o surgimento do estado como produtor de vinhos finos. Enquanto estava por lá, deparei-me com a notícia de que Robert Mondavi e o barão Philippe de Rothschild do Mouton, de Bordeaux, iriam unir forças para produzir um vinho californiano com preço competitivo e que, esperavam, alcançasse, ao mesmo tempo, grande reputação. Essa foi uma das conquistas mais significativas para a Califórnia, depois da degustação em Paris – a primeira vez que uma aliança transatlântica dessa natureza havia sido criada. Uma pena brilhante para enfeitar o chapéu de Mondavi.

Houve uma enxurrada de degustações de vinhos californianos em Londres, em 1978 e 1979, mas o petróleo do Mar do Norte e o dólar relativamente fraco no começo dos anos 1980 aumentaram a demanda britânica enormemente. De uma hora para outra, o vinho da Califórnia parecia não só apetitoso, mas também acessível. A *Drinker's Digest* fez sua primeira degustação desses vinhos para o número de março de 1980, chamando a atenção que a Pinot Noir "não era ainda uma uva bem-sucedida na Califórnia, ainda que alguns dos poucos exemplares de qualidade venham das zonas mais frias, tais como o extremo sul do Napa Valley e o sul de São Francisco." A aura dourada da Costa Oeste começou a atrair o interesse de um novo tipo de importador de vinhos, em especial um jovem bastante atraente e com ótimas relações chamado Geoffrey Roberts.

O que chamava a atenção no interesse de Geoffrey pelos vinhos do Novo Mundo era sua formação. Um ex-aluno de maneiras impecáveis do Eton College – seu mundo começava na Sloane Square e acabava em World's End –, ele se formara advogado mas achara a profissão muito árida. Já trazia um bom conhecimento dos vinhos franceses mais clássicos, ainda que moldado apenas em sua adega particular, e ficara impressionado pela qualidade do que estava sendo feito na Califórnia. Afirmou-se como um nome bem-estabelecido nos círculos superiores do comércio de vinhos, auxiliado pelas imensas somas que seu amigo Christopher Selmes gastava em leilões, que deixavam entrever largos investimentos no nascente e promissor negócio de importação de californianos de Geoffrey.

Em 1979, Roberts conseguiu ser indicado como representante para o Reino Unido do mais dinâmico dos produtores do Napa Valley, Robert Mondavi, a força mais positiva e cheia de energia que já encontrei no mundo do vinho. Durante a década seguinte, ele visitaria Londres freqüentemente, sempre para alardear a excelência de sua safra mais recente, atrapalhando dessa forma a venda das três anteriores, que Geoffrey ainda tinha em estoque.

No dia 20 de março de 1980, o Sr. Geoffrey Roberts gentilmente nos convidou para que fôssemos ao Tallow Chandlers Hall, para a primeira degustação abrangente de vinhos de nomes como Joseph Phelps, Heitz, Château Montelena, Chalone, Château St. Jean, Mayacamas e, é claro, Mondavi. Hugh Johnson, os dois leiloeiros (respectivamente, Michael Broadbent pela Christie's e, naquela época, Pat Grubb pela Sotheby's) e todos os notáveis e bacanas do comércio de vinhos e da imprensa especializada estavam lá, assim como um agrupamento de belos jovens em ternos bem cortados para servir as taças.

O que achamos de todos aqueles vinhos?

Os Chardonnays nos pareceram um pouco fáceis e adocicados, alguns deles tendendo para excessiva presença de madeira, mesmo naquele estágio precoce de vida, mas esta nação de amantes do Claret não poderia deixar de perceber o excitante potencial dos tintos, mesmo que alguns fossem excessivamente tânicos. Fiquei particularmente impressionada pelo Cabernet Sauvignon Reserve 1974 de Mondavi ("essência perfeita da Cabernet", escrevi com entusiasmo), pelo Chardonnay Chalone 1978 ("muito mais intenso, encorpado e típico que os Chards até agora") e outro Cabernet 1974, o Mount Eden ("peculiar mas, M. B.").

Geoffrey elevou o comércio vinícola a um outro patamar de *glamour*, e colocou o bom vinho californiano em todas as cartas de peso. Ele tinha começado em um sobrado em Chelsea, e todos ficaram impressionados quando o negócio mudou para o distrito industrial de White City (que agora abriga o departamento de dramaturgia da BBC), onde a eclética companhia de Neville Abrahams, Les Amis du Vin, e a de Clive Coates estavam localizadas. Lembro-me de algumas reclamações de Geoffrey sobre o restaurante mais próximo não ser mais o três-estrelas Tante Claire, mas sim o Spud U Like.

Talvez Geoffrey tenha sido o passageiro mais bem-sucedido no bonde do vinho californiano, mas ele não foi, certamente, o único. Comerciantes de vinhos criaram agências por toda Costa Oeste. Willie Lebus e John Walter abriram um escritório pequeno e bem pensado, a Wine Studio, em Belgrávia, para atender produtores do calibre de Dick Graff, da Chalone. Nós, os britânicos, estávamos lisonjeados por esses produtores californianos entenderem que era importante exportar para nós (provavelmente eles perceberam que não havia a menor chance de convencer os franceses a levar o vinho californiano a sério e, por isso, encontraram em uma nação sedenta e sem indústria vinícola própria, com uma língua em comum, sua cabeça de ponte na Europa, um lar para seus vinhos). No lado industrial das coisas, a Grand Met estava importando grandes quantidades de cortes baratos sob a marca Almaden. A Seagram estava para assinar um contrato com Orson Welles para produzir uma série de comerciais de TV de divulgação das garrafas de Paul Masson, que haviam sido despejadas em profusão sobre a Inglaterra. E muitos de nós já estávamos babando pelos vinhos claríssimos, frutados e doces em uma conveniente garrafa com tampa de rosca – o Château La Salle do Christian Brothers que suplantava o Muscat de Beaumes-de-Venise.

Todo esse entusiasmo precisava de um foco. Um americano, Paul Henderson, tinha se aposentado da McKinseys, uma empresa de consultoria em administração, para abrir um luxuoso hotel-fazenda próximo a Dartmoor, no Gidleigh Park. Ele era um entusiasta dos vinhos californianos, mas vivia frustrado pela dificuldade de encontrar bons exemplares na Inglaterra. Estava tão animado com as perspectivas do especialista Geoffrey Roberts, que comprou praticamente metade do primeiro carregamento (e ainda possui mais ou menos uma dúzia de Cabernets do começo dos anos 1970 na sua carta no Gidleigh, como prova disso).

Mais tarde, ainda naquele ano, os Hendersons, os Averys, Hugh e Judy Johnson e Johnny Apple do *New York Times* e sua mulher Betsey se reuniram na casa de Harry Waugh, o grão-senhor do comércio britânico de vinhos, que havia dirigido a Harveys, de Bristol, no seu apogeu e era grande e antigo incentivador do vinho californiano na Inglaterra. Eles resolveram criar um clube para focar atenção nessa promissora expansão do universo do vinho fino e escolheram um nome em homenagem à uva californiana mais genuína.

Paul Henderson foi o primeiro secretário do Zinfandel Club. Em fevereiro de 1979, ele organizou um jantar no Garrick no qual o Beaulieu Vineyard Georges de Latour 1970 e o Heitz Carbernet Sauvignon 1968 foram as grandes estrelas. Em junho do mesmo ano, promoveu o festival do Chardonnay, contando com a presença de Robert Mondavi, no restaurante de Joseph Berkmann, na King Street. Participei dos dois jantares com grande prazer, na minha nada convincente persona de californiana. A Califórnia ainda era o meu segundo lar.

Não foi necessária muita insistência para substituir Paul, e me tornar secretária do Zinfandel Club. Umas das minhas primeiras missões (após um outro jantar no Garrick, onde um misterioso Zinfandel havia sido servido – um 1978 de Cape Mantelle, na Austrália ocidental, uma antecipação e promessa do homem que engendraria o Cloudy Bay Sauvignon Blanc, vinho emblemático da Nova Zelândia) foi organizar uma gigantesca degustação de vinhos californianos, em 24 de novembro de 1980, nas dependências da Embaixada Americana na Grosvenor Square.

Os vinhos foram trazidos por treze importadores ativos de vinhos californianos, inclusive um que era novo para mim, a K & L Associates. Conheci o L. naquela noite, um jovem chamado Nick Lander, que me contou que estava reformando um grande e velho restaurante no Soho chamado L'Escargot para abri-lo como um espaço especializado em vinhos americanos. Ele também viria a se tornar, como reclamaria inúmeras vezes desde então, o Sr. Jancis Robinson.

A preparação para os anos 1980 começou aqui: uma absurda concentração de eventos, emoções, deveres e devoções. Em 19 de dezembro, menos de um mês depois da degustação na Embaixada, quando Nick viajou até Hong Kong para passar o Natal e eu corri para o Norte, para o tradicional Natal de família em Cumbria, combinamos que eu voaria até a Califórnia no comecinho do ano para ajudá-lo na compra de vinhos para o restaurante.

Algo mágico acontece com os britânicos quando encontram temperatura amena em pleno janeiro, mesmo nos vinhedos do Napa Valley, normalmente cobertos pela névoa matinal. Até conseguimos nadar na piscina externa de um hotel que mais parecia uma paródia do Hotel California, o San José Hyatt, que acabou se tornando cenário dos nossos encontros amorosos transoceânicos. Por pouco tudo não acabou dando desastrosamente errado, quando nos reservaram quartos separados e não nos avisaram – por cinco horas – que o outro havia chegado. Superado esse pequeno contratempo, compramos não apenas os vinhos californianos que conseguimos encontrar, depois da invasão de importadores britânicos, mas também alguns Pinot Noir do Oregon, Riesling de Washington e até mesmo um Chardonnay Sainte Chapelle pesadão do Idaho.

Nick se viu forçado, inclusive, a recrutar alguns ajudantes nessa viagem. Robert e Claudia Hardy, um jovem casal que trabalhava no Wine Country Inn – onde havíamos ficado no Napa Valley – nos acompanhou até o portão de embarque do aeroporto de São Francisco, demonstrando entusiasmo em trabalhar naquilo que eles pensavam ser um "bar de vinhos" em Londres. Nick, conhecido por ser um empregador generoso, prometeu tentar obter vistos para que eles pudessem trabalhar como *sommelier* e *hostess*, respectivamente.

De repente, esse afastamento de duas semanas da minha mesa de trabalho se tornou uma atitude extremamente impetuosa de minha parte. Agora eu teria de pagar por todo aquele prazer com dias cheios de coisas para fazer. Na segunda noite depois do nosso retorno, conseguimos juntar energia para reunir o gabinete do Zinfandel Club (os Johnson, os Waugh e os Avery) para jantar no Duncan Terrace e para mostrar-lhes algumas garrafas que havíamos trazido. Dentre elas, um Chardonnay Kistler 1979 que me agradou bastante (produzido ao lado do Frei Ranch, que ainda não era propriedade da família Gallo), e um Sokol Blosser feito com Merlot do estado de Washington, que me surpreendeu especialmente por ser uma combinação particularmente bem-sucedida de uva e lugar.

Parte do motivo pelo qual Nick e eu apressamos o namoro foi porque durante todo o mês de fevereiro de 1981 eu estaria imersa na minha primeira viagem à Austrália, tudo graças ao gentil representante da Cathay Pacific. Peguei o vôo no aeroporto de Gatwick, após uma romântica noite sob as calhas nevadas no Gravetye Manor, mantendo nossa garrafa de Dom Pérignon resfriada no peitoril da janela. Olhando para trás, percebo que foi uma pena desperdiçar um mês inteiro de sol e calor, em pleno inverno inglês, e ficar sofrendo de amores. Falava sobre o Nick a todos aqueles que quisessem ouvir, e os australianos me pareceram particularmente tocados pelo fato de eu ter estudado em Oxford e ele, em Cambridge. "Suponho que vocês tenham se conhecido numa regata, então?" um deles perguntou.

Os vinhos australianos que conhecemos na década de 1970 e no começo da de 1980 na Inglaterra pertenciam a uma era totalmente diferente dos luminosos, suaves e ultramodernos cortes que vemos hoje. Em um claro contraste à novidade de importar vinhos californianos, os britânicos possuíam uma longa história de trazer vinhos da Austrália. Na verdade, a Austrália era conhecida em alguns redutos como o "vinhedo de John Bull", devido à quantidade de "vinhos fortificados", fortes e doces, comprados aos montes por algumas moedas, enviados à Inglaterra no começo do século 20. Os australianos vinham aprendendo a fazer vinho de mesa com pouco álcool a mais que seus equivalentes franceses e com o mesmo valor de frescor, graças à introdução da tecnologia de refrigeração.

Essa foi uma grande inovação que ocorreu em vários pontos entre as décadas de 1970 e 1980 em todas as regiões vinícolas mais quentes – que até então enchiam os mercados com um tipo de vinho branco (e rosado) castanho-escuro, de sabor intenso, que lembrava o Jerez. Então foi feito um investimento em refrigeração para manter as uvas, o mosto e os vinhos resfriados. Sem os benefícios da refrigeração artificial ou de algumas adegas profundas e frias, o suco das uvas tende a ficar marrom e começa a fermentar imediatamente – particularmente quando as uvas, sempre colhidas à luz do dia na era pré-mecânica, freqüentemente chegavam à adega escaldadas pelo sol do meio-dia. Como o processo de fermentação também gera calor, era bem comum as frutas recém-colhidas se tornarem quentes e efervescentes, massas amorfas de cascas, mosto e meio-vinho, antes que o produtor se desse conta. Muitos dos sabores mais interessantes eram literalmente fervidos e, se a mistura não esquentasse tanto a ponto de levar o fermento a um estado de torpor e o processo de fermentação fosse interrompido num estágio pegajoso, o resultado era um líquido sem graça, com cheiro de verniz, sem *finesse* ou valor comercial, freqüentemente com um aroma repulsivo. Todos os tipos de bactérias se proliferavam nos centros de produção vinícola mais quentes.

Com os equipamentos de refrigeração, os produtores poderiam fazer as coisas num ritmo mais lento. Tendo o controle sobre a temperatura de um tanque, eles comandariam o processo. Agora seria possível extrair o mosto da uva vagarosamente, aproveitando um pouco de sabor das cascas, enquanto o mosto mais delicado, de primeira sangria é produzido, mantendo-o separado do sumo mais adstringente que é obtido através do processo físico de espremer ou prensar as uvas. Pela teoria, quanto mais fria é a fermentação, quanto mais lenta ela acontece, maior é a chance de obter um vinho mais refrescante, com acidez adequada e aromas frutados e frescos.

O homem responsável por convencer os australianos de que vinho não é necessariamente uma bebida de "afeminados" foi o entusiasmado Len Evans, ou Lyn Ivens como é conhecido pela maioria dos australianos.

Um tipo arrogante, napoleônico, competidor inato, contador de histórias que progrediu de lavador de copos a gerente de hotel e de dono de restaurante a proprietário da Rothbury Estate, uma das vinícolas mais famosas do Hunter Valley. Len imprimiu suas marca na vinícola transformando-a em um espaço social exclusivo, animado, com grandes jantares e degustações às cegas. Quando estive na Austrália pela primeira vez, Rothbury estava passando por problemas financeiros por ter plantado muitas uvas tintas e poucas brancas – Len sempre esteve um pouco à frente do seu tempo.

Encontrei-o pela primeira vez para escrever seu perfil nos meus primeiros dias na *Wine & Spirit*. Fiz a entrevista no escritório sombrio situado no Soho, que servia como vitrine de vinhos australianos na Inglaterra (a Australian Wine & Brandy Corporation fechou o local em 1981, quando o Soho foi considerado um local de má reputação – naquele tempo, as pessoas acharam que Nick era louco de abrir um restaurante fino por lá). Naquele estágio, não conhecia Len o suficiente para perceber que ele era muito mais inteligente do que sua própria publicidade sugeria. Já estava claro, no entanto, que ele era um homem que acreditava no futuro do vinho australiano até o último fio de cabelo. Além de tudo, era um perfeito apreciador dos grandes vinhos do planeta. Na realidade, ele tinha planos de dominar o mundo.

No final da década de 1970, convenceu seu abastado amigo e sócio Peter Fox a comprar não apenas algumas terras no Napa Valley, mas dois châteaux em Bourdeaux, nada mais, nada menos. O Château Padouën ficava em Barsac, local produtor de vinho doce, enquanto o Château Rahoul, a base dos bourdeaux australianos, produzia Graves tintos e brancos. Graças às conexões de Christopher Selmes em Sydney, Rothbury, Rahoul e Padouën estavam na primeira degustação comercial de Geoffrey Roberts, assim como uma das produtoras de vinho administradas por um dos protegidos de Len Evans, Brian Croser, um jovem acadêmico do vinho que veio de sua própria operação vinícola em Petaluma para produzir a safra de 1979 para ele (Len) em Bordeaux. "Da safra de 79", anunciava o catálogo de degustação de Geoffrey, "Padouën é o *único* château da região de Sauternes a fazer a seleção individual de uvas, até mesmo o Château d'Yquem faz uma seleção por cachos". Essa citação é a cara do Len!

Nem imagino o quão eletrizante a vida de Len era, então. Esbarrei novamente com ele e com "Foxy", na Stanford Court, em São Francisco, no Halloween de 1979, quando eles deveriam estar à procura de algum investimento apropriado na Califórnia. Sempre associo Krug a Len. Onde quer que ele estivesse, estava, também, Krug, em quantidade. Bebemos baldes de Krug no hotel e, depois, fomos comer algo em Chinatown. Len gosta de festa!

Naqueles dias, os vinhedos e vinícolas australianas eram terras desconhecidas para estrangeiros. Hugh andara examinando a área e oferecera aos *Aussies* [australianos] uma frase bastante inspirada e muito citada sobre o Penfolds Grange Hermitage ser, de longe, o indiscutível *premier cru* da Austrália. Não muito tempo antes da minha visita, Edmund Penning-Rowsell tinha visitado o país, onde foi recebido por Len num Rolls-Royce e levado em seguida para um alcoólico passeio de barco pelo porto de Sydney – uma cena que eu realmente tenho dificuldade de imaginar até hoje. Mas poucos eram os vinhos de mesa australianos que chegavam à Inglaterra naquela época, exceto xaroposos tintos de Hunter, sob o nome de Arrowood e dois outros cortes bastante ordinários sob o inesquecível nome de Kanga Rouge e – depois de alguma concorrência do Bondi Bleach – o Wallaby White. Não eram exatamente vinhos para promover a duvidosa reputação dos vinhos australianos.

Cheguei a Sydney numa tarde de sábado australiana à moda antiga. O hotel Menzies, uma espécie de "transplante" das províncias inglesas do início da década de 1950 – exceto, é claro, pelos *shorts* – ficava no coração do distrito de compras, mas todas as lojas estavam fechadas. Na verdade, toda a cidade parecia estar fechada. Os carpetes do hotel cheiravam a Vegemite queimado. O pequeno cartão de boas-vindas da Australian Wine & Brand Corporation parecia assustadoramente formal. Sentia saudade do Nick e a diferença de fuso horário me deixava ainda mais desanimada.

Mas o domingo compensou tudo. Bob e Gwen Mayne me deram as boas-vindas oficiais sob a tutela da Wine & Brandy Corp. e me levaram em um carro – cuja placa era VIN III – para Berowra Waters, o famoso palácio das maravilhas de Gay Bilson no Hawkesbury River, onde só se chegava de balsa ou, para os exibicionistas, de hidroavião. Uma comida *à la* burguesia francesa melhor do que a que provei nas minhas andanças pelas regiões de vinhos na França. Bob trouxe uma caixa com alguns dos maiores "tesouros" da Austrália, feitos para afastar o mal-estar causado pela diferença de fuso, ungüentos como o gloriosamente poderoso e selvagem Hermitage (Shiraz) do Hunter Valley, do início da década de 1960 e um adocicado e cor de cobre Porphyry.

No dia seguinte, descobri a excepcional qualidade dos amadurecidos brancos secos do Hunter Valley, na forma de alguns dos exemplares mais antigos do então benevolente Lindermans – ainda um arquiconcorrente e não uma subsidiária da Penfolds (australianos consideram apóstrofos uma frescura). A esses vigorosos corredores de longa distância, feitos inteiramente sem a ajuda do carvalho, foram dados nomes como Riesling, Chablis e Borgonha branca. Esses vinhos eram feitos, na verdade, a partir da Semillon, uma uva transformada na *prima ballerina* da região, com um toque levemente tostado, quando plantada no Hunter e envelhecida em garrafas. Esse estilo de vinho, único não somente na Austrália, mas no próprio Hunter Valley, é freqüentemente esquecido na nossa era intoxicada de carvalho e Chardonnay.

Encontrei Lens Evans naquela noite e fizemos um passeio pelos principais pontos turísticos de Sydney, incluindo uma parada no restaurante Doyles on the Beach para saborear um peixe e, obviamente, uma visita ao seu parque de diversões do vinho, o Bulletin Place, que já serviu de cenário para degustações extravagantes e jogos de adivinhações sobre vinhos. Talvez houvesse, inevitavelmente, uma degustação acontecendo lá. James Halliday, que mais tarde viria a se tornar o maior crítico de vinhos da Austrália, naquela ocasião ainda era advogado de dia e sócio da vinícola Brokenwood nos fins de semana, me ofereceu uma taça do famoso Grange 1955, um vinho (já vendido por incríveis 85 dólares a garrafa) de untuosidade incrível que realmente me surpreendeu.

Um dos meus objetivos durante essa viagem, além de conhecer essa nova fonte produtora de vinho e o que ela tinha a oferecer, era fazer uma pesquisa para um livro que tinha que escrever ao longo do ano seguinte, mais ou menos – o que mais poderia vir depois de *The Wine Book* [O livro dos vinhos]? Era, é claro, *The Great Wine Book* [O grande livro dos vinhos]: uma coleção de ensaios sobre alguns dos melhores vinhos do mundo. Grange, Petaluma e Tyrrell's representariam a Austrália – o que foi um passo bastante ousado para a época, pelo qual fui punida severamente por Auberon Waugh quando ele fez a crítica do livro, dizendo: "falar do vinho australiano nivelando-o com um Lafite, enquanto ignora áreas inteiras da Borgonha, é um absurdo".

Passei uma manhã fascinante com Max Schubert, o criador do Grange. Ele me contou que ficara tão impressionado pelos vinhos que conhecera numa viagem de pesquisa a Bordeaux em 1949, que voltara inspirado para produzir vinhos igualmente concentrados e duradouros no sul da Austrália. "Adoraria ter usado as mesmas variedades de uvas que os franceses, mas não as tínhamos. O único Cabernet Sauvignon que eu conhecia naquela época estava nas nossas próprias terras, nos nossos vinhedos." Poucos anos antes da minha visita, a Penfolds havia colocado o Grange 1955 em uma classe chamada "Open Claret" na importantíssima mostra agrícola de Camberra. O Grange foi premiado com medalha de ouro, apesar de já estar na sua terceira década de vida. "Mas resolvemos aposentá-lo agora", Schubert me contou com tristeza.

A história do Grange hoje é bastante conhecida e deveria inspirar novos e ambiciosos produtores a experimentar algo diferente do que está na moda (o Grange foi inicialmente rejeitado pela Penfolds, considerado "um Porto seco" [dry Port] ou por ter "gosto de formiga esmagada"). Max Schubert morreu em 1994 enquanto eu filmava no sul da Austrália. Eu estava lá, vendo todo o enorme corso entrando no crematório de Adelaide durante seu funeral, uma lista de presença impressionante dos grandes e bons do vinho australiano.

O dia mais memorável da minha viagem à Austrália em 1981 foi também o mais longo. Começou com um vôo logo ao amanhecer da região de fala italiana de Griffith – parte da extraordinária e bem-irrigada região que produz a maioria do vinho básico australiano – para Wangaratta, ou apenas "Wang", como eles chamam por lá (na Austrália, abreviar é um esporte). Assim, pude passar a manhã com os irmãos Brown da Milawa, no nordeste de Victoria. John Brown é chefe de um negócio que já está na quarta geração. Pai de quatro filhos, extremamente equilibrado, ele me encontrou no aeroporto de *shorts* e Mercedes. "Aquela lá é a casa do Roger, e você pode ver o telhado da casa de Ross por entre aquelas árvores". Ross e Roger, como todos os quatro filhos, ergueram suas casas próximas à da sua mãe, onde tomamos café da manhã em um jardim de rosas bem cuidado. Havia melão, uvas Muscat da estação, geléia de *kumquat* da Sra. Brown e Vegemite servido elegantemente em um prato de vidro ornamentado.

Como todo mundo na Austrália no começo dos anos 1980, ou como, na verdade, a maioria dos produtores de vinho fora da França, o clã Brown achava que os produtores australianos tinham muito o que aprender com os californianos. Por isso, se mostraram muito interessados nessa nova uva, a Chardonnay. Os Tyrrell, da Hunter Valley, tinham obtido um sucesso estrondoso com essa uva, e agora os Brown estavam tentando cultivá-la também. O problema com a combinação entre o amadurecimento precoce da Chardonnay e os vinhedos de alta altitude cuidadosamente escolhidos (Milawa já está bem no caminho para os campos nevados da Austrália) era o perigo de geada. Eles haviam instalado borrifadores suspensos, para proteger as uvas com gelo e estavam ansiosos para fazer a primeira colheita no mês seguinte. "É uma bela fruta. Mal posso esperar para ver o vinho", me contou eufórico o filho de Brown, que também é um dos administradores da vinícola.

Dois anos depois do *boom* de Chardonnay, em 1983, a Austrália mal tinha 2 mil acres de videiras antigas o bastante para produzir uma safra comercial de vinho (duas décadas mais tarde eram mais de 14 mil acres, com o incremento de outros 5 mil por volta de 1996). É fácil esquecer o quão recente é o fenômeno Chardonnay. No começo dos anos 1980, essa variedade de uvas era praticamente desconhecida em lugares como Nova Zelândia, Chile, África do Sul (eles tinham plantado outro tipo, por engano) e no sul da França.

A revolução na forma de classificar os vinhos foi o elemento crucial para o sucesso da Chardonnay. Na Austrália, John Brown era um antigo adepto dessa atividade, nomeando um vinho de acordo com a uva de que era feito, ao invés de, *à la française*, apenas remeter ao lugar de onde vem. Embora a sua região fosse historicamente conhecida por seus vinhos estupendamente resistentes, a imaginação de Brown havia sido capturada pelo trabalho de De Castella, um vinicultor suíço radicado em Victoria que havia feito algumas experiências com novas variedades de uva na fabricação de vinho de mesa. Ele lembrava de ter ido a algumas degustações desses experimentos antes de abandonar a escola.

"Ninguém mais se interessava, mas eu achava que isso acrescentaria um pouco de interesse no jogo", era sua maneira tipicamente australiana de expressar um super entusiasmo.

Durante o almoço, provamos um Orange Muscat explosivamente adocicado, um Flora e um Ruby Cabernet, dois cruzamentos relativamente recentes, importados e trazidos da Califórnia através do sistema de quarentena, um Merlot 1978 (na verdade, hoje em dia, os australianos estão enlouquecidos em busca dessa uva tão chique de Bordeaux) e também um Cabernet feito de um único vinhedo, com um toque de hortelã e uma combinação de Shiraz e Cabernet do início dos anos 1970 antes de saborear três Rieslings, de colheita tardia de 1962 (os Brown se desculparam por não terem mais o Riesling doce 1953, que ainda estava em ótimo estado dois anos antes. Esse vinho tinha sido engarrafado em uma garrafa velha de uísque, com uma rolha caseira devido à escassez de material no período pós-Guerra). Além de tudo isso, havia seis variedades de brancos que levavam uma vida inteira para fermentar (mais de um ano para cada Semillon) porque eles resfriavam os barris de fermentação tão cruelmente e pré-filtravam o mosto da uva tão vigorosamente, que eliminavam, por centrifugação, toda substância sólida do mosto.

Nem o meu paladar nem meu cérebro estavam nas melhores condições, quando John Brown me deixou na próxima parada do itinerário da Wine & Brandy Corporation: a Morris of Rutherglen. Mick Morris era o mais improvável representante do conglomerado internacional Reckitt & Colman (que então possuía a vinícola da família) que eu esperava encontrar. O produtor mais celebrado da Austrália me cumprimentou, parecendo exatamente com Alf Tupper, o corredor de longa distância das historinhas de *Beano*, vestindo *shorts* sujos e uma camiseta mais suja ainda. Suas primeiras palavras foram típicas da reserva lacônica que caracteriza o homem australiano: "Vamos lhe estufar antes que vá embora".

Esse rincão quente do nordeste de Victoria é a resposta australiana ao vale do Douro, no norte de Portugal, famoso pela qualidade de seus vinhos peculiares, particularmente fortes e doces. Lá, os vinhos são feitos a partir de uvas ultramaduras, já quase no estágio de uva passa, o que estimula a fermentação antes mesmo da adição de uma generosa dose de aguardente à mistura viscosa e doce. Então, o corte é adicionado ao vinho mais antigo, para ser maturado durante anos em um sistema de *Solera* com barris antiqüíssimos estocados em galpões que lembram uma fornalha. Não conheço nenhuma outra vinícola no mundo cujas construções se autodenominem galpões. Tampouco posso imaginar produtor menos adequado para ter freqüentado a imponência da Casa Conciliar do Vinho do Porto, sede do comércio da região, onde Mick me disse ter jantado uma vez.

Ele iria me oferecer uma degustação não apenas dos seus próprios "Portos", Liqueur Muscat e Liqueur Tokays, mas também de todos os Portos da concorrência. O que tornou a degustação triplamente difícil foi a ambientação: não seria em uma sala com ar-condicionado, mas ao ar livre, sob uma armação de ferro ondulado para manter os vinhos à sombra, não exatamente em um local resfriado. Mick tinha reunido trinta exemplares (cuja média alcoólica era de 18 volumes). Argumentei com ele, lembrando-o de que estava bebendo desde cedo, então ele, caridosamente, reduziu a seleção para "apenas" 23 vinhos.

Eram vinhos *maravilhosos*! O Liqueur Muscat, particularmente, era inigualável: uma mistura de coquetel de Natal à base de Jerez natalino, Porto, Madeira e Muscat de Beaumes de Venise. Tornei-me fã desse estilo, desde então. Posso até sentir seu sabor agora, tão gravado ficou no meu palato. Eis aqui um bom exemplo da diferença entre provar e beber. Em muitas noites de inverno, eu me deleitaria com uma tacinha de Liqueur Muscat após o jantar. Mas ter que escrever algo inteligível ou fazer uma avaliação de todas essas coisas sob o calor escaldante da Austrália, após uma longa manhã de degustação, era uma experiência bem diferente.

Mantive o pique até o Morris Very Very Old Liqueur Muscat, quase um melado de cor escura e sabor marcante que ficou mais de setenta anos naqueles galpões, eventualmente sendo refrescado com vinhos de 1954 produzidos antes da filoxera. "Isso é só uma relíquia", Mick me disse, desdenhosamente. "Se você tomar uma garrafa inteira disso, ficará doente pra burro." Discutimos as todo-poderosas mostras australianas de vinho, onde as medalhas – respostas às preces dos vendedores – são concedidas, porém retidas por juízes que agüentam provar duzentos vinhos por dia – com os mais fortes sempre por último, é claro. Mick não cultivava ilusões. "Já vi juízes que chegam para provar os vinhos fortificados, mas já chegam super mamados, antes mesmo de começar." Eis uma sensação de fastio com a qual eu podia me identificar naquele momento.

Mas esse não foi meu último compromisso do dia. Ainda tinha um jantar com os oito mais proeminentes produtores de vinhos do local: Mick Morris e sua turma. A noite me ensinou mais sobre a Austrália rural do que qualquer degustação de vinhos. Fomos ao lugar freqüentado pelos produtores, o Corowa Bowling Club, estrategicamente localizado do outro lado do rio Murray, em New South Wales, o que significava que jogos e apostas eram permitidos no estabelecimento.

Uma dança de salão inofensiva era a principal atração para a maioria dos outros visitantes. Não havia apenas um órgão elétrico, mas dois! O casal que cuidava da música tocava junto há duas décadas. O traseiro da moça, apoiado no banco, era maravilhosamente forte – assim como os rapazes, com meias de lã até o joelho e abdomens enfiados em shortinhos esticados, que dançavam ligeiro, rodopiando e bailando graciosamente. Havia um espaço da largura de uma lata de Fosters [cerveja australiana] entre eles e suas parceiras, que chegavam usando vestidões floridos de náilon, cabelos com permanente e sandálias.

Não foi permitido às mulheres dos meus oito anfitriões juntar-se a nós. Foi dada a cada uma delas uma porção de fichinhas para serem gastas nas máquinas caça-níqueis e uma sugestão: divirtam-se, enquanto os homens cuidam daquilo que sabem fazer de melhor. Elas provavelmente me acharam estranha por querer passar uma noite inteira falando sobre vinhos, da mesma forma que as achei estranhas por não protestarem acerca da exclusão. Retiramo-nos para uma sala reservada para degustar, comer e pontificar.

Houve alguns vinhos de mesa esquisitos e outros não tão bons, feitos de uvas escaldadas pelo calor do interior australiano, que comprovavam o quanto a Austrália ainda tinha a aprender. O Campbell's Chablis, por exemplo, era feito, na verdade, a partir da uva Pedro Ximenez, a mesma usada para fazer os mais adocicados dentre os vinhos de Jerez ("as pessoas amam ou odeiam", observou o Sr. Campbell serenamente). Outro "Chablis" era produto de uma uva portuguesa chamada Dourado. Um poderoso Baileys Hermitage que me deram para provar já era importado por Tony Laithwaite para o clube do vinho do *Sunday Times*, enquanto um Shiraz 1975 da Stanton & Killeen, quase pesado, era "um clássico exemplo da bela e delicada Rutherglen Shiraz, produzida nos tempos antes de começarmos a exagerar na acidez", falou, melancolicamente, o Sr. Killeen.

Todos relembraram suas experiências no exterior. Mick Morris tinha estado no Douro, em uma "quinta" em Portugal, mas nem o produtor falava inglês, nem Mick falava português. "Ficamos sentados, sorrindo um para o outro." O Sr. Killeen tinha visitado Londres ("fiquei no Grosvernor Hotel. Não podia reclamar do serviço, porque não havia um") para acompanhar a venda do seu Liqueur Muscat a uma rede de lojas de vinho. No final das contas, os vinhos estavam sendo comprados pelos próprios funcionários da loja, a Oddbins.

Com a época da colheita se aproximando, eles trocaram algumas observações sobre o "fator de risco" durante o período da colheita. Colin Campbell confessou que ficava a noite inteira acordado, de olho nos resfriadores. Todos concordavam: "É a sua única chance no ano". "Aham!" disse o Sr. Killeen, enquanto tomava mais um gole do seu Moodemere Red: "o preço do sucesso é a vigilância constante".

Naquela noite, fomos advertidos de que a sempre vigilante polícia de New South Wales (mais rígida que os seus colegas de Victoria, quando o assunto é o nível de álcool no sangue) estava lá fora para conseguir o maior número possível de testes positivos no bafômetro, no curto trecho entre o clube e a fronteira. "Os rapazes estão na ponte", disse o gerente com um sugestivo aceno de cabeça. Bom, agora as esposas abstêmias mostrariam sua utilidade.

Quatro dias depois, em um dos restaurantes mais chiques dentre os 1.500 de Melbourne, meu dia no país estava para acontecer. Tinha sido convidada para um jantar organizado por Len Evans. Seria um evento oferecido à imprensa especializada local para pressioná-la a escrever coisas mais favoráveis a respeito dos pródigos vinhos tintos da Rothbury. O produtor foi o primeiro a se dirigir aos presentes, dizendo gentilmente: "Lamentamos que os nossos vinhos brancos venham sendo mais bem aceitos". Então Evans se levantou e olhou ameaçadoramente ao redor. "O que ele quer dizer é que estamos fulos da vida por vocês ignorarem nossos tintos".

Ele tinha o poder, obviamente, porque depois da refeição de catorze vinhos e cinco pratos, seria o mestre de cerimônias de seu famoso jogo de adivinhações, uma inteligentíssima invenção democrática do próprio Len, cujo conceito era bem simples. Todos no salão fazem a degustação de um vinho às cegas, levantando-se em seguida. Evans passa então a fazer perguntas cujas respostas são cada vez mais restritas (por exemplo, "Este vinho é francês ou não?" "Ele foi feito antes de 1975 ou depois de 1974?") e, enquanto isso, vai mandando as pessoas sentarem, exceto o vencedor. Freqüentemente, ele usa dessa oportunidade para chamar a atenção para o fraco desempenho dos participantes mais arrogantes ou exibidos. A graça do jogo é que todo participante, mesmo o mais novato, tem as mesmas chances de vencer até o mais determinado profissional.

Em algum momento entre o vermelho assado em tiras com gengibre e o timo de vitela enrolado em tomilho fresco (Melbourne é um dos centros da alta culinária faz algum tempo), um homem de rosto avermelhado, que vinha me encarando, inclinou-se sobre a mesa em minha direção: "Sei quem você é!" disse ele, com o olhar atravessado. "Você deve ser a piranha inglesa que provou 23 Liqueur Muscats com Mick Morris".

Não me dei conta, naquele exato momento, mas esse ritual de passagem facilitaria minha aceitação no universo machista dos estabelecimentos vinícolas da Austrália. Eles podem ter se tornado uma nação consumidora de vinhos, mas dividir uma cerveja ainda representava a real experiência de confraternização entre os homens australianos. Como não sou uma grande bebedora de cerveja, sempre me entusiasmaria, nos anos seguintes, o convite para ser jurada nesses importantíssimos encontros de vinhos na Austrália, para dar palestras e, de vez em quando, compartilhar o palco com o próprio Len. Se Hugh e Edmund foram meus primeiros padrinhos na Inglaterra, Len desempenhara esse papel na Austrália – que marcaria uma presença cada vez maior no cenário mundial.

Mas, naquele momento, no começo dos anos 1980, o novo mundo do vinho estava associado à Califórnia, muito mais sofisticada que os caipiras australianos, tanto em termos de vinho quanto de pessoas. Estava ansiosa para voltar para casa e ver como minha aposta pessoal no vinho californiano estava se saindo, lá no prédio do Soho.

XII
Um passo em direção à respeitabilidade

Logo depois do meu debilitante retorno da Austrália (depois de duas escalas, corri direto para o norte de Londres, para a casa de Nick, que estava abarrotada de amostras de vinhos e plantas arquitetônicas). Tinha plena consciência de que deveria mergulhar de cabeça no segundo *Which? Wine Guides*, o de 1982, para o qual tinha sido contratada como editora. Mas sentia uma certa dúvida. No ano anterior, tinha sido uma extravagância pintar o guia anual numa tela branca, mas encarar o mesmo gigantesco problema uma segunda vez não trazia consigo a emoção original. Senti como se já tivesse esgotado as piadas e que agora estivesse apenas corrigindo os meus erros. Preferi, sem muito entusiasmo, tentar convencer o editor do *Guide*, na Associação dos Consumidores, que havia ali um potencial conflito de interesses, uma vez que Nick era um importador de vinho e estava quase se tornando também um *restauranteur* e tudo mais, mas nada deu resultado.

Mesmo com tudo isso, a coisa acabou sendo muito mais fácil, graças à ajuda de uma amiga, a eficiente editora-assistente Rosie Thomas. Enquanto me ajudava com o primeiro e o segundo *Which? Wine Guides*, ela também escreveu seu primeiro romance, lançado habilmente por seu marido, e nosso agente literário, Caradoc King. *Celebration* contava a história de uma jovem jornalista de vinhos dividida entre o proprietário da vinícola Dry Stone, no Napa Valley, e o Barão Charles de Gillemont de Bordeaux. Eu adorei!

Juntas, Rosie e eu tentamos produzir um guia completo para a Inglaterra, do ponto de vista de uma amante de vinhos. Obtivemos relatórios sobre as regiões vinícolas vindos de uma lista de colaboradores que parece muito respeitável hoje: Liz Berry, Bill Bolter, Clive Coates, Ian Jamieson, Tony Laithwaite, Simon Loftus, Edmund Penning-Rowsell (o consultor do *Guide*), David Peppercorn, Jan Read e Serena Sutcliffe, todos já tinham escrito ou acabaram escrevendo livros sobre vinhos. Fico impressionada quando penso em como éramos ambiciosas e no quão pouco o formato mudou ao longo dos tempos – apesar de, com um certo alívio, ter passado a terceira edição (a de 1983) para as mãos de Jane MacQuitty.

Decidi, então, criar prêmios para os varejistas, e os separei em três categorias: por valor, serviço e abrangência. No primeiro ano, distribuí os três prêmios aos típicos comerciantes de vinhos dos condados ingleses, Tanners of Shrewsbury; Gerard Harris, administrada com grande habilidade juntamente com o Bill Inn em Aston Clinton por Florence Pike; e o Malmaison Wine Clube, de venda por correspondência, então a menina dos olhos de Clive Coates, que oferecia aos consumidores preços fantásticos graças à generosa administração do British Transport Hotel. A Farr Vintners, provavelmente o mais importante negociante de vinhos finos do mundo atualmente, foi citada (mas não condecorada), por oferecer em sua sede, na casa de Jim Farr em Old Hatfield, "uma deslumbrante seleção de vinhos de sobremesa da Áustria e vinhos do Líbano, Nova Zelândia e China". Hoje em dia, eles são tão especializados que às vezes encontram dificuldade em vender até o vinho alemão clássico.

Os supermercados estavam aos poucos se rendendo ao comércio de vinhos. Dei ao Sainsbury's um prêmio por valor e ao Waitrose um por sua abrangência (o Cullens de James Rogers para ambos, é claro). Mas, naquela época, eles eram os únicos supermercados concorrendo além da seleção da Asda e da Europa Wine & Beer Selection, então sob a direção de duas das cinco primeiras mulheres a obterem o Master of Wine: Sara Morphew e Liz Berry, respectivamente.

A Tesco ainda estava para entrar na briga, mas assegurei aos leitores que o Sainsbury's oferecia as melhores garrafas de vinho abaixo de

2 libras. "É nos vinhos da própria Sainsbury's – que agora chegam a noventa – que as melhores opções são encontradas. Eles estão entre os primeiros a destacar as grandes melhorias que estão sendo feitas na fabricação de vinhos no sul da França", escrevi. Nos anos 1960, essa enorme cadeia de supermercados tinha comprado todo o seu estoque de vinho de um único fornecedor – a maioria deles trazida em grande volume, a granel, e engarrafado na Inglaterra. Qualquer um pode imaginar a qualidade do vinho. Por volta de 1973, eles decidiram que seria melhor que o vinho fosse engarrafado na fonte. E em 1980, sentiram-se confiantes o suficiente para oferecer sua primeira degustação à imprensa. Já em 1997, eles estavam vendendo 2 milhões de garrafas de vinho por semana, o que era menos que sua grande rival, a Tesco. Hoje, a Inglaterra compra mais de dois terços de todo o seu vinho em supermercados, algo inimaginável nos anos 1980. Naquela época, o comércio britânico de vinho fazia de tudo para que os produtos, que eram importados através de uma rede de acordos complicadíssimos, *não* fossem vistos em mercados menores como as prateleiras de supermercados. Hoje, com exceção de um ou dois produtores extremamente nobres de Champagne ou Bordeaux, a maioria dos produtores bate à porta das salinhas desconfortáveis e sufocantes dos supermercadistas, em busca de uma horinha com alguns dos mais poderosos compradores de vinho do mundo.

Isso acabou por revolucionar a estrutura de comercialização de vinho, cuja origem remonta à Idade Média. Os intermediários, os importadores e os agentes britânicos foram substituídos paulatinamente pelos empregados das exportadoras. A estocagem não é mais feita em caras adegas sob as calçadas de Londres, mas no exterior, nos depósitos do produtor, até que o departamento de vinhos do supermercado estale os dedos. A imensa degustação comercial, na qual o importador apresentava (e esperava vender) toda a variedade de produtos a centenas de comerciantes de vinho independentes, acabou sendo substituída para nós, jornalistas especializados em vinhos, por maratonas de degustações oferecidas pela meia dúzia de poderosos varejistas que hoje dominam o mercado britânico. O foco de interesse mudou: não se trata mais do que a última safra rendeu em Médoc, por exemplo, mas sim para qual país inédito a Tesco enviou um vinhateiro-voador [flying winemaker] naquele ano. O *Which? Wine Guides,* oferecendo um certo status para os sempre alertas comerciantes independentes, tem um papel ainda mais importante hoje do que durante os meus dois anos à frente do projeto.

Enquanto isso, entre a primavera e o começo do verão de 1981, Nick estava envolto com os prazos dos empreiteiros, cálculos otimistas feitos no verso dos envelopes, amostras do carpete (que seria mencionado em muitas críticas sobre o restaurante) e longas idas a um depósito em Rainham para tentar resgatar materiais deixados pelo antigo Escargot Bienvenu quando fechou (multado pelo Departamento de Saúde Pública do Westminster City Council em 44 itens). O sobrado de cinco andares, construído em 1741 no Soho, um prédio tombado, foi a sede do primeiro restaurante "francês" de Londres. Isso ocorreu na década de 1920 e gozou de grande sucesso até o seu declínio, quarenta anos depois. O Escargot Bievenu era o tipo de lugar onde os padrinhos levavam os afilhados adolescentes acreditando se tratar ainda de um lugar da moda. Nick, percebendo logo cedo na sua curta carreira como importador de vinhos que a integração "vertical", ou seja, trazer de volta os clientes com dinheiro, seria a única forma possível de se dar bem, estava pensando em montar um pequeno *wine bar* para vender seus vinhos californianos. Seu amigo *designer,* Tom Brent, mostrou-lhe o sobrado abandonado e, a partir dali, os dois foram fisgados pelo local. No entanto, a licença para torná-lo somente um bar de vinhos tinha sido negada, o que forçou Nick a se transformar num *restauranteur.*

Por sorte, eu não tinha a menor idéia do tamanho do risco que eles estavam correndo, dois neófitos completos, ao abrir um restaurante de duzentos lugares durante a recessão do início dos anos 1980, e ainda mais em uma área de Londres fora de moda e, verdade seja dita, esquisita. Se eu tivesse tido alguma coisa a ver com aquilo, teria forrado as paredes do novo Escargot com motivos de coqueiros e comprado móveis da Habitat. Mas presumi que Nick sabia exatamente o que estava fazendo, e a idéia de Tom foi acatada – o que incluía o carpete azul ondulado, feito com um tear caindo aos pedaços, cadeiras de couro exclusivamente projetadas, que ocupavam muito espaço na sala (e custaram oitenta libras cada!) e o ousado tom esverdeado da parede.

Durante esse estágio de pura especulação, Nick estava alerta a todos os presságios. Ele estava super animado pela sorte inexplicável de ter conseguido os vistos de trabalho para os Hardy – aceitos em tempo recorde. No começo de maio, eles estavam instalados no apartamento que ficava no topo do prédio, equipado com os móveis que eu tinha escolhido para a propriedade que ia comprar antes de conhecer o Nick.

O grande golpe, no entanto, foi conseguir convencer Elena Salvoni, "a *maitresse* mais adorada de Londres", a sair do antigo Bianchi's (hoje Bahn Thai). Elena, com seu brilho contagiante e charme, tinha presidido, ao longo das décadas, centenas (senão milhares) de relações, lícitas e ilícitas, pessoais ou comerciais. Como muitos outros, Nick costumava comer no Bianchi's só porque ele acreditava que Elena fosse uma amiga. Num impulso, ele explicou a ela o que tinha em mente em relação ao L'Escargot. Pode ter sido o charme de Nick, ou sua oferta de participação nos lucros nesse novo negócio, ou talvez o fato dela ter sentido pena dele que a atraiu, e as centenas de seus devotos clientes.

Nick costumava me dizer que queria ter o melhor restaurante de Londres e ser o seu pior cozinheiro – uma dessas ambições, pelo menos, ele tinha conseguido realizar. Sua cozinha em Chalk Farm certamente era a prova disso. Sue Miles, por quem tinha admiração, por conseguir tocar seu próprio restaurante, foi contratada para encontrar os ajudantes de cozinha e, claro, o chef ideal. Sue sabia desde o início que o cargo pertenceria a Alistair Little, o jovem cozinheiro autodidata, estudante de Cambridge. A partir daí, seguiram-se muitas discussões sobre o menu.

Mas era preciso discutir a carta de vinhos, pois a adega do L'Escargot tinha sido limpa até a última garrafa, exceto por uma ou outra de um vermute de Chaméry sugestivamente chamado ZigZag, que era especialidade da casa. A consultora-chefe para vinhos do restaurante era correspondente do *Sunday Times* e editora do *Which? Wine Guide*. Inspirada pela minha experiência do hotel na cidade d'O Porto, estava determinada a criar uma carta de vinhos muito mais amigável do que as que se costumava ver em Londres: lacônicas, separadas por quesitos geográficos, com textos pomposos.

Ainda não se falava muito em gráficas domésticas, então, imprimíamos a carta somente duas ou três vezes ao ano. Mas era uma carta feita para ser lida. Decidimos ter relativamente poucos vinhos, e dividi-los por estilo – um conceito revolucionário naquela época. Nossos vinhos brancos eram cuidadosamente divididos em "suaves e frutados", "secos e minerais" e "Chardonnays amplos". Os tintos, em "suaves e frutados", "intensos e mais encorpados" e "Cabernet Sauvignons aristocráticos".

Outra inovação, muito estimulada pela noiva do dono, foi a descrição de cada vinho, em uma ou duas sentenças. Com o crescente conhecimento, por parte dos freqüentadores, e um eventual capricho, por parte da criadora da carta de vinhos, isso acabou se transformando numa prática dúbia. Mesmo assim, recebíamos inúmeros comentários de fregueses felizes por ter o que ler enquanto esperavam suas companhias ou as refeições.

Na correria frenética para o dia da inauguração, em 2 de junho de 1981, já tínhamos tido uma série de jantares-teste. Primeiramente para a família e, então, para os amigos – incluindo um jantar, com muita ousadia, para o Zinfandel Club. O restaurante, estreito e alto, tinha a terrível desvantagem de ter a cozinha três pisos abaixo dos clientes. Dois garçons abobalhados e dois porta-cargas elétricos eram absolutamente vitais para atender aos pedidos no prédio inteiro. Quando um deles quebrava, o que era freqüente, o restaurante virava um inferno. Logo no começo, o grupo de garçons era composto por vários pretendentes a atores que, mais tarde, acabaram ganhando papéis muito mais importantes, mas no começo da carreira, eles se divertiam fazendo papel de garçons abobalhados.

O dia em que o restaurante abriu as portas foi tão frenético quanto a inauguração de qualquer outro restaurante. A fisionomia de Nick combinava bem com o verde-pálido das paredes. Alistair enlouquecia no quartinho abafado e apertado lá embaixo. Alguns pedreiros ainda estavam fazendo ajustes no bar. Convidei para o almoço o meu colega e colunista do *Sunday Times*, Godfrey Smith, numa descarada tentativa de atrair alguma publicidade positiva. A irmã de Nick, Katie, estava nervosíssima como caixa do restaurante naquele primeiro dia. Ela viu o produtor de teatro Michael Codron ir embora devido à lentidão do serviço. Katie ainda se sente mal quando lembra da inauguração do L'Escargot. Eu pensava que meu herói tinha tudo sob controle.

Nick queria agradecer a Winston, o empreiteiro, por ter sido mais enérgico e prestativo do que se esperava. Então, no dia da inauguração, sentaríamos à mesa com ele e sua mulher – embora fosse quase impossível convencer Nick a ficar sentado por mais de um minuto. Mas como quase todos os vinhos da primeira carta eram dos Estados Unidos – resultado da nossa viagem de compras no início do ano – recebemos um convidado não esperado para jantar.

Quando cheguei ao restaurante, voando pela Charlotte Street, passando pelo Channel 4 pela primeira de muitas centenas de vezes, vejo o próprio Bob, o grande Mondavi, discursando no bar recém-inaugurado. Ele tinha chegado em Londres (voando num Concorde) naquele mesmo dia e tinha ouvido falar de um restaurante especializado em vinhos da Califórnia. Tinha passado então para dar uma olhada, e fora imediatamente convidado a se juntar ao nosso grupo. Com sua admirável franqueza, ele conseguiu fazer com que nos sentíssemos ótimos por ter tido essa idéia americana e, ao mesmo tempo, culpados por não termos nenhum exemplar da sua vinícola na carta. O jornalista do *The Times*, três mesas adiante, o reconheceu e se aproximou para entrevistá-lo para a edição do dia seguinte. Esse foi apenas o começo do teatro no qual o salão no primeiro andar e sem janelas de Elena estava para se tornar.

Conforme os dias foram ficando menos frenéticos e as reservas, aumentando, Elena reuniu um grupo de clientes regulares, que incluía Albert Finney, Alan Bennett, John Hurt, Michael Palin, Jeremy Irons, David Puttnam, Ed Victor, Melvyn Bragg e, sempre que estava na cidade, Ella Fitzgerald. Esse foi, talvez, o motivo pelo qual o L'Escargot tenha decolado tão rápido. Fay Maschler, a crítica de restaurantes mais celebrada de Londres, veio direto do avião, chegando de suas férias na Grécia, e escreveu uma crítica entusiasmada. Nick ficou em tamanho êxtase que enviou a Fay tantas flores que mal couberam no assento de trás de um táxi. Eu fiquei muito enciumada, quando deveria, na verdade, ter ficado aliviadíssima.

No entanto, era preciso fazer alguns ajustes, especialmente na carta de vinhos. Começamos a receber queixas de que nossos brancos californianos não eram secos o bastante. Numa noite, durante as primeiras semanas, um grupo de oito franceses entrou, pediu a comida, deu uma olhada na carta de vinhos e foi embora. Chegamos à conclusão de que seria melhor adicionar alguns itens à seleção inicial. Para a segunda carta, incluímos alguns estilos impossíveis de ser imitados, da Costa Oeste americana: Muscadet (muito popular na época), Sancerre (mais popular ainda. O típico vinho de restaurante), um Chablis, um Chassagne-Montrachet e três safras maduras do Château Léoville-Las Cases, para todos os clientes amantes dos Clarets e que procuravam um sabor mais nobre. Ao mesmo tempo, em homenagem ao nosso primeiro convidado do mundo do vinho, adicionamos um Robert Mondavi Reserve Cabernet Sauvignon 1975 e um vinho doce da Mondavi por sugestão de Geoffrey Roberts.

Mais ou menos um ano depois, Mondavi voltou ao restaurante para um almoço, dessa vez com a esposa Margrit. Fizemos uma adorável refeição na sala reservada do primeiro andar do sobrado, com uma vista absolutamente inadequada para as *sex shops* e para o antigo Establishment Club. Para acompanhar a sobremesa, servimos um pouco do seu Moscato d'Oro, um tipo de Moscato d'Asti da Califórnia. "O que é isso, Margrit?" ele murmurou. "Nós fazemos isso? Fazemos? Bom, quem diria? Eu não provava há anos." Tanto eu quanto minha cunhada estávamos apaixonadas por ele.

Graças a visitantes estrangeiros e à nata da sociedade atraída pela solicitude de Elena e pela comida sem igual, feita primeiramente por Alistair e depois por Martin Lam, o L'Escargot estava bem e verdadeiramente estabelecido. Outro fator que ajudou bastante foi a proximidade com a Saatchi & Saatchi, com o novo Channel 4 mais adiante, na Charlotte Street, o British Film Institute, trazendo todo o pessoal dos escritórios, os empresários dos artistas e pessoas no ramo da música e a Mitchell Beazley, do outro lado da rua, entrando no seu apogeu como principais editores de livros sobre vinhos do mundo.

Dá para imaginar por que achamos impossível encontrar tempo para o casamento. Ao mesmo tempo em que Nick batalhava por converter um sobrado abandonado e um investimento gigantesco em prazer para os outros e lucro para si, eu estava ocupadíssima trabalhando no *Grande Livro dos Vinhos*. Tinha inconscientemente esbarrado com a mais maravilhosa das ironias. Para escrever sobre todos esses grandes produtores, eu teria, obviamente, que passar algum tempo com eles e, inevitavelmente, provar seus vinhos mais preciosos. Isso diz muito a respeito da inquestionável hospitalidade do mundo do vinho, pois todas essas pessoas eminentes estavam dispostas a receber uma jovem inglesa que vinha escrevendo sobre vinhos há tão pouco tempo. Tenho certeza que nenhum deles tinha ouvido falar sobre o *Which? Wine Guide* ou sobre o *The Wine Book*, embora talvez o nome *Sunday Times* quebrasse um pouco o gelo.

Abril de 1981 foi inteiramente dedicado a Bordeaux, uma rodada exaustiva de *grands crus*. Nick conseguiu uma folga dos martelos e furadeiras da Greek Street e se juntou a mim na primeira metade dessa penosa viagem de pesquisa.

Pegamos um vôo numa sexta à noite e nos deliciamos com a mais luxuosa das refeições: um refinado e longo almoço de sábado, no salão ensolarado do primeiro andar, que abrigava o restaurante St. James, no centro da cidade. No domingo, fomos arrebatados na *brasserie* Les Noailles por dois Masters of Wine de Bordeaux, Johns Salvi e Davies, que nos convidaram a participar do programa dominical da dupla, uma performance vespertina da ópera *La Fanciulla del West* – durante a qual, um tanto "altos", caíram alegremente no sono.

O trabalho ainda não tinha começado até a noite da segunda-feira, quando fomos pesquisar e nos hospedar na La Mission Haut-Brion, casa do glorioso e duradouro Laville dourado. Tivemos um jantar tão bom, que acordamos tarde para o nosso compromisso com a arqui-rival Haut-Brion do outro lado da rua. Por causa da hostilidade entre as propriedades vizinhas, as estrelas do que então era a denominação Graves, ficamos constrangidos em admitir onde passáramos a noite. Assim foi o meu primeiro encontro com o imaculado e polido administrador da Haut-Brion, Jean-Bernard Delmas. Eu estava realmente impressionada. De todos os que têm a experiência de dirigir um château *premier cru*, a dele é de longe uma das mais duradouras e autônomas.

À mesa de mármore negro, servido por uma garçonete de uniforme, que trazia aperitivos de queijo quente, bastante peculiar para uma degustação profissional, provamos o Haut-Brion de 1979 a 1975, que Delmas admitiu ser ainda um tanto *pour-demain*, e confessou que achava que os vinhos produzidos nos anos 1970 nunca estariam prontos e que, de qualquer modo, era dos 1961, o primeiro ano de seus tonéis de fermentação de aço inoxidável, que ele mais se orgulhava. Monsieur Delmas não me deixou jamais esquecer a descrição que fiz dele no

Grande Livro dos Vinhos: muito parecido com um proprietário de casa noturna. Mas compartilhamos um interesse em comum em ampelografia, a ciência de identificar as variedades de uvas.

Esta seria uma semana de trabalho duro: terça-feira à noite, no Château Lafite, onde os belos 1962 e elegantementes acetinados 1953 ofereciam algum consolo pela estada no ultracafona Hotel France et Angleterre, instalado na barulhenta orla de Pauillac. Uma quarta-feira à tarde no Château d'Yquem; o Château Palmer na quinta, depois da partida de Nick e, finalmente, na sexta, como tudo tinha dado certo, Mouton, Latour *e* Margaux, um dia de tríplice *premiers crus.*

Mouton, um conjunto de prédios, ao invés de um único e grande château, exigia um passeio pelo famoso Museu do Vinho, tão badalado no guia *Michelin*. Antes de examinar qualquer coisa que tivesse a ver com vinho, cheguei ao museu depois de me arrastar pela estrada de cascalho e brita – cuidadosamente espalhados diariamente com um ancinho, de acordo com os desejos de *le baron,* sob as pombas brancas que praticamente voavam em reverência a ele. Fiquei maravilhada com o Bugatti no qual o barão Philippe de Rothschild (que possivelmente naquele momento estivesse se esquivando para o andar de cima, onde fica seu quarto-escritório) tinha completado a corrida de 24 horas de Le Mans em 1929. Havia uma foto dele sorrindo maliciosamente. Mesmo com óculos de proteção e chapéu, era facilmente reconhecível. Eu ainda estava para conhecê-lo e, quando o fiz, percebi que se tratava de um extraordinário visionário.

Fui ciceroneada por Raoul Blondin, o *expert* em vinhos que representava a Mouton. Do mesmo modo como os cruzeiros de luxo precisam ter tanto os "capitães" bronzeados e bonitos, que dançam e fazem toda a parte social, como os caras que, de fato, dirigem o navio, a Mouton tinha Blondin, com sua fisionomia bem delineada, sua boina e seus *bleus de travail* [macacão típico da França], sempre com uma opinião sobre vinhos e um amplo conhecimento da famosa e bem-dotada adega da Mouton. Seu trabalho era lidar com gente como eu e, mais importante, cuidar de todas necessidades vinícolas do próprio barão e de sua filha, Philippine, sempre que ela vinha para ficar na Petit Mouton, uma construção do século 18.

Deixei a propriedade dos barões, com uma certa relutância, para ser levada a um almoço com alguns homens do departamento de vendas e marketing, naquele momento ocupados despachando milhões de garrafas do Mouton Cadet (maravilhosamente batizado) pelo mundo, num restaurante executivo a uma distância impressionante. Lá, nos serviram uma generosa porção de *terrine* recheada com patê de *foie-gras* feito especialmente para nós. Cinco dias depois eu retornaria exatamente à mesma mesa com Michel Delon, do Château Léoville-Las Cases. O *patronne* me serviu a mesmíssima *terrine*, recheada com o seu golpe no meu próprio fígado, sem pestanejar.

Comparado à mágica e à dramaticidade do Mouton, Latour parecia sem graça e convencional (às vezes os vinhos de tais propriedades exibem essas características). A esta altura do passado recente irregular da Latour, o *premier cru* ainda estava nas mãos dos ingleses, em parte pela Allied, através da Harveys of Bristol, e em parte pela Pearson, dos proprietários do *Financial Times*. Um jovem membro da família, Clive Gibson, foi designado responsável. Fui cicereoneada pelo velho Jean-Paul Gardère, protegido de Henri Martin – famoso pela "garrafona" de St.-Julien –, e pelo jovem Jean-Louis Mandreau, que dividiam a mesma sala pequena e enfumaçada com vista para os vinhedos e para a torre da igreja de St.-Julien. Eles estavam para se mudar, e uma nova gestão seria adotada, para lidar melhor com a *richesse* dos anos 1980.

Na segunda-feira pela manhã, visitei o minúsculo Château Pétrus e tive um almoço memorável na frente da casa de Christian Moueix, em meio às árvores que margeavam o rio Dordogne. A bela casa estava sendo pintada em tons pastéis por alguns artesãos. A imagem lembrava o pano de fundo de uma opereta – exceto pelos vinhos, é claro, que pareciam mesmo parte de uma grande ópera. Eis o que escrevi a respeito do 1971: "Entendi o que eles querem dizer quando afirmam que você não precisa comer enquanto bebe o Pétrus". Muitas vezes recorri a similares textuais nas minhas notas a respeito do 1952, finalizando com a frase "veludo avermelhado e com textura".

Na terça-feira, Madame Dubois Challon me recebeu junto ao seu jovem produtor, Pascal Delbeck, *sommelier*, e uma garçonete já senhora, para um almoço para mim e para o Fourniers do Château

Cânon, que chegou ao ponto máximo quando provamos um milagrosamente jovem e concentrado Château Ausone 1849. Na quarta-feira, fui ao Château Léoville-Las Cases e me debrucei no *foie-gras* mais uma vez, antes de pegar o avião de volta e reencontrar Nick e os pedreiros.

A parte mais memorável da minha viagem foi o fim de semana. Château Margaux é, disparado, o prédio mais impressionante em Médoc, de acordo com o descrito numa monografia do final do século 19, a respeito do mais famoso *cru* de Bordeaux: "O Versailles dos vinhedos de Médoc. É um palácio no sentido pleno da palavra, modelado à maneira do Parthenon, em Atenas, com graciosas colunas dóricas, magníficos entalhes e uma verdadeira avenida real". Esse belo château, e todo o seu entorno, fora recentemente vendido pela família Ginestet, que já vinha há algum tempo enfrentando dificuldades em manter um *premier cru*. O novo proprietário era novato na área, um magnata grego dos cereais e produtos comestíveis chamado André Mentzelopoulos.

A soma que ele investiu no reparo dos vinhedos, modernização das adegas e reforma completa do château era o assunto do momento em Bordeaux. Mas, no final de 1980, ainda relativamente jovem, morreu e deixou a glamourosa viúva Laura no comando. "Ele sempre quis o melhor", ela me diria mais tarde. Logo após eu ter escrito, perguntando se poderia visitar a propriedade, a fim de colher informações para o *Grande Livro dos Vinhos*, ela estava folheando alguns papéis deixados pelo marido e, por algum motivo que não consigo entender, encontrou meu nome em uma lista de escritores de vinhos que deveriam ser convidados para o Château. Conseqüentemente, Laura – bendita seja – me convidou para um fim de semana *à deux* no recém-reformado monumento nacional que é o Château Margaux.

Foi uma diversão e tanto para alguém como eu, que adora uma boa conversa, boa comida, bom vinho e acredita, sobretudo, que o luxo lhe cai como uma luva. Essas fronhas cuidadosamente bordadas e passadas... o ramo de flores e os *croissants* amanteigados e quentinhos na bandeja no café da manhã... usar e abusar de produtos Roger et Gallet no banheiro... e Laura prometendo visitar o L'Escargot com entusiasmo para provar um dos pratos do Nick (mais tarde, tive a chance de comparar as acomodações com as semelhantes nos *premiers crus* Latour e Mouton e devo dizer que, enquanto as coisas no Mouton eram mais "dramáticas" – quem demoraria mais para fazer sua aparição noturna, Philippine ou Joan Littlewood? –, o Margaux leva o prêmio de château mais bem cuidado.

Paul Pontallier ainda estava por ser designado para cuidar da propriedade, então fui ciceroneada pela própria Laura e os administradores da antiga gestão do château no sábado pela manhã – mas não antes do pânico criado acerca de quais vinhos seriam servidos no almoço quando eram esperados Peter Sichel, Alexis Lichine (ambos proprietários de *crus classés* na comuna de Margaux) e o eminente consultor e enólogo do Château Margaux, o professor Emile Peynaud.

A adega de Margaux na era pós-Ginestet não estava exatamente bem provida, e, por isso, houve uma busca ansiosa por uma garrafa do vinho de Peter Sichel, o Château Palmer ("aquele é o seu château, não é?"). Finalmente um funcionário foi despachado para a Maison du Vin, a loja de vinhos do vilarejo para buscar "uma, ou melhor, duas garrafas de vinho de uma boa safra: 1976 ou 1970 ou 1971". Deve ter sido difícil para essa ex-rainha da beleza de Toulouse cair nesse arcaico mundo do vinho, ainda mais em uma posição tão proeminente. Mas ela usava o seu charme, e o que era, evidentemente, um pulso forte comercial. Já conhecia dois homens completamente loucos por ela. Provavelmente deve ter havido muitos outros.

Um deles era, claramente, o seu vizinho Alexis Lichine, o americano em Bordeaux, que nos convidou para um suntuoso almoço de domingo em sua cozinha coberta de panelas de cobre, no Prieuré-Lichine. Bom, ele convidou a Laura e certamente ficou desapontado por eu ter vindo junto para saborear sua garrafa do etéreo Château Margaux 1953, a safra mais famosa do século 20 (não sabemos ainda se a de 1983 irá se igualar a ela). O extenuante almoço seguiu um passeio dominical matinal pela propriedade, durante o qual Laura mostrou-se particularmente interessada pelo novo rebanho de vacas ("assim nosso adubo permanece *fresco*. Produtos comprados perdem nutrientes").

Antes de tudo isso, tivemos um jantar em Bordeaux, onde tive a oportunidade de ver Laura, a mulher de negócios, em ação. Comemos no Clavel com dois *courtiers*, que ainda são importantes na comercialização de vinhos Bordeaux, atuando como corretores e intermediários entre os proprietários de châteaux e seus clientes, os comerciantes ou *négociants*. Eles aconselharam Laura a colocar no mercado somente metade da quantidade vendida no ano anterior, como um gambito. Seu instinto dizia para vender o primeiro lote bem aos pouquinhos. Mas, o principal era que ela sentia que seu projeto especial, o recém-revivido branco com estágio em carvalho, o Pavillon Blanc du Château Margaux, merecia um valor de lançamento bem adequado. Os *courtiers* acharam a idéia um tanto arriscada e sugeriram o preço de 35 a 40 francos por garrafa. Ela se manteve firme nos 60 francos até o final da refeição, quando eles resignadamente desistiram de tentar convencê-la. "Os consumidores terão de esperar pelo menos cinco anos até provarem nossos vinhos tintos. Então, os brancos serão os mensageiros do novo regime do Margaux", falou, sorrindo.

Uma coisa ficou bem clara nessa minha absurdamente refinada viagem a Bordeaux: a rivalidade entre os châteaux *premiers crus* é ainda imensa, apesar de talvez não ser tão amarga quanto costumava ser. Quando o barão Elie de Rothschild estava no comando da Lafite, as histórias a respeito de como ele e seu primo Philippe tentavam derrubar o vinho um do outro (servindo-o com *curry* etc.) eram inúmeras – e, algumas vezes, fantasiosas. Agora que Eric, sobrinho de Elie e amigo de Philippine, filha de Philippe, da Mouton, passou a tomar conta da Lafite, as coisas mudaram um bocado. A elite de Bordeaux – Lafite, Latour, Mouton, Margaux e Haut-Brion – agora se enxerga mais como um clube, com direito a amistosos encontros em Paris (onde passam muito mais tempo do que em Bordeaux) para discutir regras – especialmente em relação a preços de lançamentos – e estratégias. Mas isso não os impede de levar muito a sério suas elevadas posições no *ranking* dos melhores vinhos do mundo (já ouvi a reclamação de um proprietário de um *deuxième cru* por nunca ser convidado para os encontros dos *premiers crus*) e, sobretudo, de querer produzir um vinho reconhecido como indiscutivelmente o melhor no maior número de safras possíveis.

Um dos poucos espaços abertos nos quais os *premiers crus* são comparados de verdade é numa pequena sala de jantar em Cotswold, para a qual Nick e eu fomos convidados pela primeira vez, muito convenientemente, no sábado seguinte ao meu retorno de Bordeaux, enquanto meus sentidos ainda vibravam com todo aquele estímulo de alta classe.

Edmund Penning-Rowsell residia há anos, juntamente com sua esposa, Meg, e sua adega, naquela belíssima casa de pedra a poucos quilômetros do Palácio de Blenheim. Mais conhecido como correspondente de vinhos do *Financial Times*, presidente da Wine Society e o mais notável cronista sobre os Bordeaux da língua inglesa, ele vinha sendo um colega generoso e incentivador desde que começara nessa área. Edmund já era consultor da *Wine & Spirit* na época do meu ingresso na revista e acabei convencendo-o a prestar consultoria também na *Drinker's Digest* e no *Which? Wine Guide*. Sua experiência e reputação impecável junto aos tradicionalistas favoreceram a tão necessitada dignidade para as publicações editadas por *hippies* inexperientes como eu.

Minha consideração por Edmund estava acima de tudo. O que mais me surpreendia era o quão gentil e aberto ele tinha sido comigo, desde o começo. Talvez porque nossas posições de status estivessem demarcadas claramente desde sempre. Nunca fui uma rival direta. Mas não consigo lembrar de qualquer ocasião na qual ele não tenha discutido vinhos comigo com genuína modéstia. "Ah, sério? Que interessante!" costumava dizer em resposta a alguma degustação descrita por mim. Ou, às vezes, "é claro que você conhece muito mais esse tipo de coisa do que eu". Com seus paletós de *tweed* constrastando preto e branco, bengala, chapéu *à la* Anthony Eden, devoção ao *Travellers Club*, costeletas *à la* Enoch Powell, qualquer um esperaria encontrar um tipo arrogante, linha dura, conservador. Ao invés disso, ele é até famoso por suas posições extremamente liberais e por ser um encorajador de jovens escritores de vinho que vieram até ele desde que o conheci (embora sua visão um tanto ruim o impeça de reconhecer muitos deles atualmente).

Antes daquele sábado de abril de 1981, ele tinha me convidado várias vezes para me hospedar com ele e Meg, e provar algumas das mais sofisticadas garrafas de sua adega, assim como saborear frutas e vegetais fresquíssimos de sua horta ao lado da mistura contagiante de inteligência e frivolidade de Meg. Este jantar, no entanto, não era lazer, mas sim trabalho, como ele mesmo fez questão de lembrar o tempo todo. Durante anos, Edmund vinha comparando os vinhos sempre ao redor da sua mesa de jantar (ele pertence a uma geração que acha que ir a restaurantes é um exercício de ultrajante extravagância), todos os *premier crus* da safra de onze anos atrás, sempre observando a convenção que diz que um Bordeaux *premier cru* não está realmente pronto para ser aberto antes da sua segunda década de vida. Os resultados desses jantares eram – e, na realidade, ainda são – publicados nas páginas rosadas da sua coluna no *Financial Times* (outro paradoxo: ele pessoalmente é assinante do *Marxism Today*), e parecem ser lidos minuciosamente pelas partes interessadas. No início dos anos 1990, por exemplo, classificamos o Château Haut-Brion 1982 em uma hierarquia abaixo da que Jean-Bernard Delmas considerava apropriada – e Delmas fez questão de deixar isso bem claro para Edmund.

Nós, degustadores, poderíamos ser acusados de gostar demais dessa atividade, mas não por qualquer variação de método. Chegamos a um ritmo que poucas vezes sofreu qualquer variação, desde o primeiro jantar em 1981. Tinha uma lista-padrão de pessoas – os Penning-Rowsell, Nick e eu, Michael e Daphne Broadbent – e um procedimento rígido. Edmund pede que cheguemos no horário do chá, para que possamos fofocar um pouco antes de pôr a mão na massa. Chegamos lá sempre às cinco e Edmund passa as próximas duas horas, ou duas horas e meia, imaginando por onde andam os Broadbent. Sabemos que Michael provavelmente está organizando sua mesa na Christie's, a uns cem quilômetros bem congestionados dali. Os Broadbent finalmente dão uma freada no cascalho dos Penning-Rowsell, Daphne tendo aterrorizado a via expressa da M40, e Michael, com o banco de passageiro no máximo de inclinação que sua BMW permite, tirando uma soneca. Eles passam correndo direto para o andar de cima, para trocar de roupa. Não que Michael seja descuidado no trajar ou algo do tipo, mas Edmund insiste no paletó e gravata.

Edmund teria trazido as garrafas mais preciosas da sua adega gelada e já as teria apalpado bem para verificar o quanto seu sistema de aquecimento central as teria afetado. As rolhas são retiradas com peças da sua coleção de saca-rolhas antigos. As garrafas, decantadas contra um abajur sem cúpula, com muitas aspiradas suspeitas e comentários sobre o eventual espaço excessivo entre o líquido e a rolha – que pode estragar o vinho devido à exposição excessiva ao ar. A diversidade de decantadores, alguns elegantíssimos do século XVIII e outros volumosos, grandalhões, do século 19, provocam quase tanta inveja quanto sua adega.

Depois disso, somos convidados a nos sentar ao redor da lareira de pedra, para apreciar uma garrafa de Champagne (ou, algumas vezes, quando o clima permite, junto ao jardim, que mais parece um cenário de conto de fadas), cercados de *souvenirs* trazidos de suas viagens, em especial as finíssimas porcelanas chinesas. Outros objetos antigos de cristal: *flûtes* delicadas, em forma de trompete, nas quais o vinho flui direto para o fundo do copo. Enquanto bebíamos, mordiscávamos biscoitos de queijo, porque uma das regras da casa dizia que tomar Champagne de estômago vazio fazia mal. Discutimos a qualidade do vinho – geralmente Alfred Gratien, Louis Roederer, Pol Roger ou Laurent Perrier, todos favoritos. Via de regra, a garrafa ficara na fria adega de pedra por alguns anos e o vinho começa a adquirir uma coloração dourada profunda e a se tornar mais substancial, normalmente se apresentando um tanto carnudo, muito além da simples espuma e refrescância.

Falando de carne, começamos a sentir o cheiro dela cozinhando e Meg nos leva entusiasmada para a sala de jantar. Como o resto da casa, esse cômodo revestido de pedra é coberto com papel de parede de William Morris. Kelmscott, o casarão onde o artista passava o verão, não ficava tão longe dali. Além disso, Edmund era membro-fundador da William Morris Society. A mesa está sempre coberta por uma bela toalha branca de linho grosso – pensar na responsabilidade da lavadeira ao lidar com aquele tecido me assusta um pouco –, que oferece o fundo branco necessário para julgar a cor do vinho (se houver algum tom amarronzado nas bordas significa que o vinho já maturou o bastante; roxo opaco sugere que ainda há uma vida longa pela frente).

No parapeito da janela, está o cálice gigante de Edmund e Meg, onde se lê gravado "*Beva con noi E P-R M P-R*". Há duas cristaleiras triangulares, de canto, cheias de taças, exceto aquelas que Edmund lavará cuidadosamente à mão na manhã seguinte, secando-as delicadamente com panos de prato da Wine Society, projetados para esse fim. Há alguns menus emoldurados, autografados, de algum lugar especial que marcara essa longa vida apreciando vinhos e jantares. Sobre a lareira, alinham-se algumas pequenas taças de prata, *taste-vins*, que agora brilham à luz das velas. Ao lado dos lugares à mesa, um cartão no qual Edmund tinha datilografado os nomes dos châteaux, na ordem de degustação definida. Ao lado do lugar de Daphne, há também uma tocha – um reconhecimento aos seus comentários sobre o quão inconvenientemente escura a sala é.

Quando começamos, em 1981, a provar a safra de 1970 (que sorte para nós, novatos), saboreamos o Margaux primeiro, por causa da sua performance lamentável antes que a família Mentzelopoulos assumisse o controle. Então vieram o Haut-Brion, Lafite, Mouton, Latour, Cheval Blanc e, finalmente, o Pétrus. Uma vez que o Haut-Brion é o único vinho não-Médoc e também o que tende a maturar mais rapidamente – independentemente do tempo em que fica naquele delicioso platô, ele é geralmente degustado antes de todos e é invariavelmente mais charmoso que os demais. Sempre agrupamos os três Pauillacs em ordem crescente de adstringência provável. Assim, o majestoso e tânico Latour não obscurece o estilo etéreo e evanescente (bom, dependendo do seu ponto de vista) do Lafite. Os estilos desses três reis do vinho tinto, Latife, Mouton e Latour, podem ser resumidos como elétrico, exótico e majestoso, respectivamente – embora Michael tenha sugerido que *cavalo de corrida, puro-sangue* e *pangaré* seriam mais apropriados para descrevê-los. Essa observação, a propósito, não desceu muito bem para o diretor da Pearson no comando da Latour, naquela época. A suposta preferência de Michael pelo Lafite – especialmente quando colocado em oposição ao Latour – tem sido um tema freqüente e muito discutido nesses jantares.

Da safra de 1976, quando o barbudo Pascal Delbeck reviveu as glórias do Château Ausone, o único vinho além do Cheval Blanc a ser considerado um *premiers cru* de St.-Emilion, Edmund incluiu esse vinho na nossa carta e, por isso, tivemos que revisar a ordem das degustações. O Margaux era tradicionalmente considerado o mais leve e "feminino" dos quatro *premier crus* de Médoc, teoricamente sem o toque tânico dos Pauillacs. Mas devo admitir que, a partir de 1978, a primeira safra sob a direção dos Mentzelopoulos, o Margaux tem se mostrado denso e espesso, de nosso ponto de vista de onze anos, e por essa razão, o colocamos logo depois do Lafite, mas isso implicaria na separação dos Pauillacs, e o Margaux não é normalmente mais denso que o Latour. Quanto problema!

Mexer com decantadores, identificados apenas com um número manchado, escrito em caneta hidrocor, vai se tornando cada vez mais difícil, à medida que a noite avança. Cada um de nós tem uma taça diferente para os vinhos à nossa frente, que, por sua vez, são servidos em duplas a cada prato que chega: os dois primeiros com a entrada; os dois seguintes, antes do prato principal; depois mais dois, ao final do prato principal e os restantes, tomávamos com queijos variados. Esse constante "reabastecimento" de taças era um convite a confusões em meio à tonteira, embora até então ninguém tivesse cometido uma gafe. De uma coisa todo mundo sabe: o vinho afrouxa a língua e diminui seu senso crítico. Por isso, conforme a noite vai seguindo, aumenta a vontade de falar de assuntos aleatórios, além do conteúdo de nossas taças (o que, é claro, acontece em todos os jantares, não importa quão finos sejam os vinhos). Edmund, o homem à frente da mesa e quem tem que entregar oitocentas palavras como resultado de nossas deliberações, precisa ficar chamando a nossa atenção inúmeras vezes. Meg, em especial, parece ter muito mais coisas interessantes em mente do que ficar comparando Lafite com Mouton, ao que Edmund fica constantemente repetindo: "Meg, Meg, concentre-se, *por favor*".

Michael prova os vinhos com um relógio ao lado, tomando algumas notas no seu famoso caderninho vermelho – muitas das quais serviram de ótima referência para ele mesmo e para seus leitores, ao longo dos anos. Sua experiência mostra o quanto o vinho muda quando é colocado numa taça – os vinhos mais finos sempre melhoram em contato com a taça, enquanto os mais superficiais se deterioram (esse, aliás, tem sido um contraste freqüente entre os vinhos do Velho Mundo e do Novo Mundo). Todo mundo tende a tomar uma posição nisso e naquilo, mas, às vezes, é preciso prescindir dela quando se vê de perto a forma como os vinhos evoluem ao correr da noite.

O menu é cuidadosamente limitado. Edmund tem a perfeita noção de que pratos combina ou não combina com vinhos finos (Meg é naturalmente mais anárquica nesse quesito, mas nem sempre tem êxito). Não deve haver nenhum prato de sabor muito forte ou ácido ou doce. Todos os queijos importados são vetados (incluindo a maravilhosa gama dos queijos franceses), com a única exceção do Cantal, que tem um gosto muito similar ao Cheddar.

Ao longo dos anos, tentamos fornecer – e Nick, cozinhar – uma crescente proporção do jantar. Daí nascem algumas discussões acaloradas, entre Nick e eu, sobre que tipo de *charcuterie* seria viável, ou se um queijo de cabra inglês *light* seria, ou não, bem-vindo. A parte final vem mais ou menos com a sobremesa, geralmente algum produto do pomar em forma cremosa. *Gooseberry fool* é a favorita! A parte mais importante da noite, no geral, é quando começamos a apontar nossas preferências. Nada desses sistemas modernos de pontuação do tipo cem pontos e assemelhados, tão populares em todo o mundo hoje em dia, nem mesmo na escala de vinte pontos. O sistema Penning-Rowsell (do qual temos que ser lembrados todos os dias) é aquele no qual cada um de nós coloca os vinhos em uma ordem e atribui um ponto ao nosso favorito, dois pontos ao segundo favorito e assim por diante. Esses pontos são adicionados a uma tabela, pelo Michael ou por mim mesma, e somados, de modo que, ao final, o vinho que tiver a menor quantidade de pontos é considerado o favorito geral e o que tiver maior pontuação é o lanterninha. Michael sempre confunde nossas cabeças, atribuindo a mesma quantidade de pontos a dois, três ou até quatro vinhos – mas, até aí, isso só demonstra o quanto é difícil pontuar algo tão variado e sensual como o vinho.

O "vencedor" geral, se é que podemos chamá-lo assim, depois de todos esses anos, é provavelmente o Cheval Blanc – geralmente um dos menos caros entre esses vinhos finos. Imagino que isso se dê graças à predominância de uvas Cabernet Franc e o contraponto da suave Merlot, que fazem com que ele amadureça mais cedo do que os Pauillacs, dominados pela Cabernet Sauvignon (e que, nesse estágio de maturação, ainda não são tão marcantes e dominantes quanto o Pétrus). No entanto, meu querido amigo Cheval Blanc é igualmente magnífico aos trinta, quarenta ou até cinquenta anos, que parece ter um poder de permanência também. Outros vinhos certamente se intrometem para roubar a coroa em alguns anos – Margaux em 1983, Mouton em 1986, por exemplo – mas poucas outras propriedades têm mostrado tamanha consistência.

Conforme Jean-Bernard Delmas tinha reclamado incisivamente, nossos resultados nem sempre refletem o senso comum sobre as reputações dos vinhos e safras atuais, nem os valores apresentados nas salas de vendas. Não haveria sentido em fazer esse exercício, se todos chegássemos à mesa de Edmund convencidos pela crença popular de que o "vinho da safra" deva ser o melhor. Se nosso pequeno grupo tem um diferencial é o de que somos livres de preconceitos – à exceção das opiniões de Michael sobre o Latour!

A inclusão do Ausone ao longo dos anos não foi muito bem aceita por mim, porque Edmund, geralmente, fica muito empolgado para que esvaziemos todos os *decanters*. Uma garrafa de Champagne e mais oito garrafas de vinhos tintos extremamente concentrados vão muito além do recomendado para apenas seis degustadores, e posso dizer, honestamente, que raramente tenho uma ressaca tão grande quanto a do dia seguinte a esses augustos encontros. Ao final, as taças são retiradas para um desvão que serve de aparador, entre a sala de jantar e a cozinha, onde fica também o gato dos Penning-Rowsell, Cós, que pode muito bem ter passado a noite tentando desesperadamente se esgueirar por entre esses cristais manchados de vinho, na tentativa de chegar aos outros cômodos da casa.

Antes de dormir, somos um grupo barulhento e risonho, mas, na manhã seguinte, ficamos todos tão quietos, lavamos e secamos tudo com muito cuidado, descrevendo sem entusiasmo o sono interrompido ou o sonho fantástico. Desde que compraram uma casa nos arredores de Bath, os Broadbent raramente passam a noite em Cotswolds. Então, normalmente, somos só nós quatro (mais as crianças) a tomar um café da manhã silencioso na mesma sala de jantar da noite anterior. O tamanho adequado do bule de porcelana marrom é escolhido dentre os seis conjuntos da casa e mantido aquecido sobre uma pequena vela junto ao jarro de leite quente. Temos que fazer uma escolha altamente política àquela hora da manhã: eleger entre a geléia suculenta e muito escura de Edmund ou a dourada, fluida e adocicada feita por Meg (meu momento preferido de todos os tempos naqueles cafés da manhã foi quando meu filho William, que tinha uns três ou quatro anos na época, veio até mim e perguntou, sussurrando alto: "*Egmund* é o menino ou a menina?").

Sempre fomos privilegiados e paparicados por termos podido sentar a esta mesa tão hospitaleira tantas vezes. Minhas lembranças favoritas são as das refeições servidas no belo jardim da casa. Era típico do Edmund, no almoço do dia após a degustação dos vinhos de 1971 – que por acaso era também o primeiro jantar *premier cru* após o nosso casamento – ele nos servir um Château Leoville-Las Cases 1971 (apenas para ver como os vinhos de menor avaliação se saíam) e um glorioso Château Pétrus 1952 – o mesmo ano do nascimento do Nick. O Pétrus tinha sido engarrafado pela Harveys of Bristol durante seu apogeu, pouco antes da chegada do Michael por lá. Comparando a garrafa do Pétrus com uma tomada como modelo de vinho aveludado, servida *chez* Christian Moueix, após uma visita a Pomerol, cheguei à conclusão de que durante aquele período, o engarrafamento feito na Inglaterra era tão bom – e às vezes até melhor – quanto o de alguns vinhos engarrafados nos próprios châteaux. Naqueles dias, poucos châteaux tinham uma linha própria de engarrafamento. Eles contavam geralmente, como alguns pequenos produtores o fazem, até hoje, com engarrafadores ambulantes de vinhos, longe de proporcionar a melhor qualidade.

Belle e Barney Rhodes, fãs ardorosos dos vinhos californianos, serviram, certa vez, duas garrafas diferentes da mesma safra de Pétrus em um jantar oferecido a John Avery e Christian Moueix, uma engarrafada pela Averys e a outra no próprio château. Nem John nem Christian sabiam da brincadeira. Para o delírio de todos, John Avery gostou mais do vinho engarrafado no château, enquanto Christian Moueix ficou com o engarrafado pela Averys de Bristol.

Saborear vinhos de alta qualidade junto a pessoas que entendem do assunto, ao redor de uma mesa sociável, relaxada, é a grande bênção do meu invejável *métier*. Ainda em 1981, senti que já tinha percorrido um longo caminho desde que fracassei ao tentar estabelecer algum diálogo com aquela embaraçosa garrafa de Pétrus 1945, na noite anterior à minha iniciação aos Bordeaux, em 1977.

XIII
O VINHO NA TELINHA

Durante boa parte do verão de 1981 fiquei pesquisando outros vinhos e buscando alguns personagens para o *The Great Wine Book*, incluindo uma temporada na Borgonha – o que me fez perceber o quanto aquela região era diferente de Bordeaux. Lá, as edificações são bem mais modestas, apesar de terem sido construídas dois ou três séculos antes das de Bordeaux. Têm um clima melancólico, medieval, mas são funcionais e habitadas, diferentemente dos magníficos e fantasmagóricos châteaux do Médoc (tanto que tive que entrevistar Clive Gibson, do Château Latour, em Londres, ao invés de fazê-lo em Pauillac).

A maioria dos domínios da Borgonha era administrada praticamente por um único homem (ou uma mulher, ocasionalmente). A pessoa que apresenta a propriedade é a mesma que faz o vinho, retirando, ela própria, pequenas amostras dos barris e oferecendo-as, inicialmente com a reserva de um fazendeiro. Se sua opinião sobre o tal vinho coincidisse com a opinião dela, ela se tornaria amigável (mas a idéia é sempre aumentar o índice de qualidade, por isso é imprudente se entusiasmar demais com o primeiro vinho).

No decorrer da nossa viagem à região leste da França em setembro, Nick e eu estávamos combinando nossas pesquisas: a minha sobre vinhos e a dele sobre cozinha francesa contemporânea. Por isso, houve dois dias nos quais conseguimos consumir o equivalente a seis estrelas do

Michelin. E isso era na época da *beurre blanc, écrevisses,* queijos que eram pura gordura e *foie-gras* sem limites! Nosso sistema digestivo devia ser muito mais resistente do que é hoje em dia.

Por volta de outubro de 1981, o L'Escargot já tinha estrutura suficiente para abrigar nossa festa de casamento (Bruno Paillard 1973) oferecida a um punhado de amigos à noite, e para os parentes, bastante diversos, como sói acontecer, um café da manhã mais formal. Ainda tenho uma fotografia da minha tia-avó, uma florista de reputação internacional, conversando animadamente com a minha sucessora na *Wine & Spirit*, Kathryn McWhirter, e outra do tio do Nick, Manny, de Liverpool, tentando bravamente encobrir toda a miséria humana com um discurso afetuoso no almoço entre famílias judias e anglicanas.

Já no final do ano, minhas vidas profissional e pessoal estavam bastante ocupadas – o que me faz perceber o quanto algumas pessoas são infelizes por trabalhar naquilo de que não se sentem parte. Durante o ano, três profissionais chegaram até mim com a idéia de me expor a uma nova mídia, a televisão. Até então, minha única experiência na TV tinha sido uma aparição rápida num *talk-show* de fim de noite na BBC 2 comandado por Tim Rice, juntamente com um comerciante de vinhos particularmente cortês, e Kingsley Amis, que tinha chamado o Cleval Blanc 1970 de "um tipo de rioja barato". Moleza.

O primeiro candidato a empresário de TV era um senhor maduro, extremamente bem-vestido (que eu viria mais tarde a perceber como suspeitosamente atípico), produtor de uma TV independente, que veio me ver acompanhado de sua assistente, uma mulher igualmente bem-produzida. Eles se sentiam muito à vontade na sala privada do primeiro andar do Duncan Terrace. Pegaram comigo uma longa lista de endereços e telefones de produtores de vinhos na França e, desde então, nunca mais ouvi falar deles.

Minha segunda colega em potencial para trabalhos na TV era Fay Maschler, que eu tinha conhecido em uma luxuosa viagem com o importador de vinhos Joseph Berkmann pelo universo do guia *Michelin* em Lyon, pouco antes de conhecer Nick (o que me rendeu uma ótima prática para nossa viagem gastronômica subseqüente). Ela estava elucubrando sobre a idéia de um programa de estúdio da BBC 2 chamado *Food and Drink*. Fomos encontrar Will Wyatt, o então chefe da BBC 2, para discutir o assunto e saímos de lá encarregadas de fazer o piloto do programa. Num estúdio da BBC filmamos os críticos culinários Paul Levy, Richard Olney e o chef Michel Roux, que mostrou como preparar um frango. O ator Leonard Rossiter (de *Rising Damp*) discorreu sobre sua paixão por vinhos. Falei para o pequeno buraco negro que é a lente da câmera sobre algumas injustiças na legislação sobre etiquetas de vinhos – provavelmente os cortes de vinhos da Comunidade Européia, ou seja, principalmente os italianos, que eram vendidos como alemães, por incrível que isto possa parecer como proposta comercial no final dos anos 1990.

Achei muito fácil falar para esse pequeno buraco negro. Para começar, ele não podia importunar ou responder, portanto, não oferecia qualquer ameaça, mas o mais importante é que esperavam que me dirigisse ao tal buraco. Sem imposição ou interrupção – diferentemente de se intrometer numa conversa de amigos em uma mesa de jantar para fazer um anúncio ou mesmo para dizer "oi" ou "tchau", enfim, coisas que eu ainda acho terrivelmente embaraçosas.

Will não ficou lá muito empolgado com o nosso piloto. "Muito elitista", comentou, referindo-se à minha demonstração de como abrir uma garrafa de Champagne. Talvez ele estivesse certo. Certamente tanto Paul Levy quanto Richard Olney não apareceriam nem mortos em alguma série popular que acabou, de fato, surgindo, com o título de Fay. Ela recebeu quinhentas libras por essas três palavrinhas (*Food and Drink*) e o programa, após alguns anos, veio a se tornar um dos mais populares da BBC 2, em parte porque preservou o formato dos shows da BBC 1. Só foi parar na BBC 2 porque a idéia de uma série de TV sobre comida e bebida tinha sido, então, considerada frívola e permissiva. A frase que mais me marcou naqueles primórdios foi "Urgh! Alho!"

Quando fui chamada para fazer algumas gravações para a primeira temporada de *Food and Drink,* tinha sido atraída para o canal rival da BBC 2, o Channel 4. O homem que me fisgou para o canal foi Barry Hanson, no auge naquela época por ter produzido o primeiro *hit* de Bob Hoskins: *Caçada na Noite*, um filme de ação, muito interessante, passado em Londres. Barry estava sendo financiado pela Goldcrest, uma grande produtora de filmes e de programas de TV dos anos 1980, situada em uma vila no Holland Park, responsável por filmes como

Carruagens de Fogo, *Gandhi* e seu eventual fracasso *Revolução*. Para a Goldcrest, uma série de TV sobre vinhos, em seis capítulos, *The Wine Programme*, era, relativamente, café pequeno, por assim dizer, e ninguém parecia estar preocupado em poupar dinheiro.

A grande sacada de Barry não tinha nada a ver comigo, mas sim convencer a transmissora a dedicar trinta minutos no horário nobre a um assunto tão polêmico como bebida alcoólica. A BBC, que ainda é relativamente dominada pelo legado austero de seu fundador, Lorde Reith, havia rejeitado toda e qualquer proposta envolvendo bebidas. Tinha havido, por exemplo, a exceção do filme sobre o leilão anual do Hospices de Beaune da Borgonha, que poderia ser disfarçado como um filme sobre viagens. Mas falar de vinho *per se* era visto como um assunto não só perigosamente alcoólico, mas também elitista.

Era típico do estilo fanfarrão do cabeça do incipiente Channel 4, Jeremy Isaacs, querer quebrar essa convenção. A voz da razão lhe dizia também para designar Barry Hanson para produzir a série chamada *The Wine Programme*. O vinho já não era mais uma bebida para alguns poucos privilegiados. A média de consumo *per capita* na Inglaterra havia praticamente triplicado para mais de uma garrafa por mês, entre 1970 e 1982.

Pude ver com meus próprios olhos o quanto o vinho se transformara em uma bebida democrática a partir do começo dos anos 1980. Estava claro que o tipo de pessoa que, como eu, gastava seu próprio dinheiro em noites de degustações como as organizadas pela loja de vinhos La Vigneronne, por exemplo, já constituía uma parcela razoável da população. Até os motoristas de táxi me contavam dos seus hábitos de consumir vinho ("a gente tenta não abrir a terceira garrafa, eu e minha namorada"). A bebida tinha se tornado a opção preferida das mulheres. Mas a percepção pública demora a assimilar a realidade: o vinho era, e possivelmente ainda é, muito associado a uma certa mística e ao esnobe.

Barry acreditava que a informação seria melhor assimilada se fosse transmitida por alguém que não correspondesse ao estereótipo de pessoa maçante e esnobe, o que me fazia uma potencial candidata a apresentadora da série. O que chamou a sua atenção, e de sua esposa, Susanna, foi, aparentemente, um artigo que havia escrito para a *Harper's & Queen*, chamado "Eu cuspo para viver". Mas tenho minhas suspeitas de que ele estava atraído mesmo pela minha conexão com a nova estrela no firmamento da culinária londrina, o L'Escargot. E, como todo mundo que trabalha com mídia, depois de uma certa idade, também parecia que conhecia Elena de longa data!

O próximo passo seria fazer um programa-piloto, uma espécie de introdução ao vinho, incluindo uma entrevista com o francês baseado no Napa Valley, Bernard Portet do Clos du Val, que eu tinha conhecido na mesa de jantar de Gerald Asher, numa empolgante degustação de vinhos franco-californianos. Também me filmaram pisando uvas na garagem de uma família italiana no subúrbio de Londres, onde viviam e produziam seu próprio vinho a partir de uvas trazidas pelo mercado de Covent Garden para esse propósito. O piloto foi aprovado tanto pela Goldcrest quanto pela notável editora do Channel 4, Naomi Sargant, que era responsável, tenho que mencionar, por programas educacionais.

O único problema era que, a exemplo das outras noivas recentes em seus trinta anos, eu estava grávida. Estávamos esperando o bebê para julho, mesma época em que a bela Princesa Diana daria à luz o seu primogênito. Estava determinada a passar as primeiras semanas do bebê fazendo uma coisa que as pessoas (embora definitivamente não o meu cético pai, tipicamente do Norte) começavam a chamar de "se conectar". Mas concordei alegremente em começar as filmagens em setembro de 1982, bem a tempo de acompanhar a colheita de uvas em Bordeaux.

É comum hoje na Inglaterra pôr a culpa por toda essa história de que maternidade é bobagem, tão popular no começo e meados dos anos 1980, em Shirley Conran (as americanas têm outros bodes expiatórios). Hoje, a segunda esposa de Terence Conran é uma crítica culinária amorosa, prendada, cheia de obrigações e limitações familiares. Mas sua primeira esposa, Shirley, por outro lado, havia publicado em 1975 um livro chamado *Superwoman*, no qual defendia a tese de que as mulheres podem e devem ter tudo (a revisão, *Down with Superwoman* [Abaixo a supermulher], de 1990, não teve nem metade do impacto quando foi publicada). Percebo agora que era enganoso e potencialmente prejudicial ao extremo sugerir que ter filhos era apenas uma outra realização ou uma atividade de lazer qualquer a ser encaixada entre tarefas executivas e cuidar dos assuntos domésticos, mas seria errado culpar Shirley Conran. *Superwoman* foi considerado um trabalho de grande influência, porque transmitia a mensagem na qual todas nós gostaríamos de acreditar na época. Eu e a maior parte de minhas contemporâneas achávamos que era completamente desnecessário, na verdade até ineficiente, fazer quaisquer concessões em nossas carreiras em prol da maternidade.

Isso significa que meu primeiro contrato de televisão, negociado muito penosamente por Caradoc e Barry – os universos da publicação e da televisão se mostrando igualmente desconfiados um do outro – possuía uma cláusula estipulando que deveria haver uma babá disponível ou babá substituta (Nick) toda vez que tivéssemos de sair do estúdio para filmar. A pobre Julia passou grande parte do terceiro ao quinto mês de sua vida em aviões, hotéis e sendo empurrada através dos vinhedos e adegas entre as mamadas.

Ser uma profissional autônoma significa não ter licença-maternidade ou um patrão solícito. Tinha voltado do hospital público de Sua Majestade há um dia ou dois, num terrível estado de tensão pela inédita responsabilidade da maternidade. Pela primeira e última vez na minha vida, eu realmente ansiei pela massagem mental de um gim tônica – um pouco antes da equipe do *Sunday Times* fazer sua primeira ligação. Com um bebê no meu peito, devo ter soado bem pouco entusiasmada com a história que eles queriam que eu produzisse. "Não se preocupe", disseram animados, "você tem até sexta!"

O *The Great Wine Book* estava sendo impresso naquele verão e eu já estava sucumbindo ao paparico de uma nova editora, Kyle Cathie, então trabalhando na Pan, que queria uma brochura sobre degustação de vinhos. Ocorreu-me a idéia de fazer um livro que tivesse em uma página a teoria e, na outra, exercícios práticos para corroborar a teoria. Eu tenho que assumir a responsabilidade pelo título um tanto inspirado, *Masterglass*. Deveria sair na primavera de 1983, quando o *The Wine Programme* estaria editado. Esse projeto ilustra, no entanto, meu lamentável hábito de responder positivamente a estímulos externos e não dar conta do recado depois.

E assim as coisas foram seguindo até que, na manhã de 27 de setembro de 1982, um motorista tocou a campainha da nossa casa em Chalk

Farm. Nick, Julia e eu estávamos nos preparando para minha primeira viagem de filmagem *in loco*, no Châteâu Margaux, minha casa no Médoc, fora de casa, onde ficaríamos apenas alguns dias. Enquanto isso, eu tentava, meio sem jeito, encaixar as perninhas da Julia numa das tantas roupinhas presenteadas por amigos.

No caminho para o aeroporto, tive a maior crise de consciência da vida. Tinha passado as últimas dez semanas em um confortável *ménage-a-trois*, fazendo algo no qual me mostrei definitivamente incompetente: cuidar de um bebê. E eis aqui mais uma prova disso: eu tinha deixado a roupinha por tanto tempo no cabide que já não cabia mais na Julia. No lugar de um macacãozinho elegante para sua chegada ao seu primeiro château de Bordeaux, a pobrezinha teve que usar a parte de baixo com uma presilha junto com a parte de cima meio amarrada em sua cintura (calculava o tempo necessário para as tarefas milimetricamente – outro de meus defeitos – e não havia tempo para procurar um substituto). E agora estava achando que seria uma apresentadora de TV inadequada também. Que evidência eles tinham de que eu seria capaz de fazer aquilo, pelo amor de Deus? Mal tinha conseguido assistir a mim mesma naquele vídeo-piloto. Sem falar que, fora isso, tinha que decorar todas as falas e como diabos eu iria conciliar o trabalho e, ao mesmo tempo, cuidar bem da Julia?

Quando olho, com o benefício do devido distanciamento, o cronograma das filmagens daquilo que eu acredito ter sido a primeira série de tevê dedicada aos vinhos, vejo que tudo parece relaxado demais, se comparado à estrutura enxuta que existe hoje em dia para atender a esses projetos de vídeo. Uma locação típica, nos dias de hoje, exige apenas uma pessoa responsável pelo cenário, outra pelo som, um diretor, um contra-regra, um pesquisador e um produtor-assistente. Nossa equipe no *The Wine Programme* era composta pelo diretor Paul Fischer, um *cameraman* que já sonhava com o cinema, seu assistente, *dois* operadores de som, um eletricista para cuidar das luzes extras (quando necessárias), um produtor-assistente, uma continuista e um maquiador – um luxo para equipes que saíam para filmar fora. Ah, Barry também tinha vindo participar do jantar que Laura Mentzelopoulos tinha oferecido a toda equipe na sala de jantar pintada com videiras no Château Margaux, certamente a primeira vez em que ela recebeu na sua sala de jantar uma pessoa com tantas tatuagens quanto o eletricista da equipe.

A primeira manhã de filmagens foi uma mistura de tarefas – o que eu deveria fazer primeiro? Alimentar Julia, me alimentar ou lavar meu cabelo? – mescladas com mais do luxo de que me lembrava do meu primeiro fim de semana com Laura. A governanta nos serviu um café da manhã ainda mais farto desta vez, sob um arrulho de aprovação de uma pombinha que gorgeava lá fora. Eu estava extremamente nervosa, mas talvez aquilo fosse um bom agouro. Um sol lindo brilhava forte sobre os vinhedos que circundavam o château, onde colocaríamos nossa claquete em ação pela primeira vez (que símbolo onomatopaico são as claquetes, um símbolo de ressonância, sobretudo agora, nesta época de gravações em vídeo, cujas deixas não são mais audíveis, mas dadas por *timecodes* eletrônicos).

O problema de abordar o tema vinho na televisão é que tudo relacionado a ele é muito lento. Quando há um movimento, tende a permanecer no mesmo ritmo por muito tempo. É somente durante a colheita, preparação ou prensagem que há bastante vai-e-vem nas cantinas e vinhedos, motivo pelo qual escolhemos vir a Bordeaux no fim de setembro. No vinhedo em frente ao Château Margaux aglomeravam-se colhedores de uva (nada de máquinas num *premier cru*), colorindo a bela manhã de outono, gentilmente acomodando os cachos em suas caixas, num exercício de esforço e prazer.

Os colhedores estavam de pé desde as seis da manhã e provavelmente começaram a trabalhar antes das oito. Já eram umas dez e meia e ainda não tínhamos capturado uma imagem sequer. Por volta das onze, tínhamos filmado um ou dois minutos que se aproveitasse (a expectativa era de terminar o dia com aproximadamente cinco minutos de filme, o que levava em conta a perda de tempo com as viagens, montagem e desmontagem dos *kits*, espera para o sol sair detrás de uma nuvem, para que o barulho do avião não ficasse gravado no som, retocar a maquiagem etc. etc. etc.). A equipe estava exausta. Estava também muito bem informada sobre os deveres de cada um (a Sra. Thatcher ainda estava por balançar os sindicatos trabalhistas da indústria de filmes). Sanduíche de bacon era o que tinha no meio da manhã em uma produção normal. Mas a nossa produção não correspondia, obviamente, a esses padrões. Seria possível ao menos que nossa produtora-assistente providenciasse um cafezinho?

Ela era uma mocinha divertida, ainda muito jovem para ter os pés no chão, e também muito inexperiente para prever o problema de comida e bebida quando se está em meio a um vinhedo. Por isso, ela precisou correr esbaforida até o mundialmente famoso château do século XVIII. Os franceses nunca entenderam muito bem esse desejo anglo-saxão por bebida quente e cafeína entre as refeições. Os colhedores não acreditaram quando a viram voltar da cozinha da Madame Mentzelopoulos com uma bandeja dourada carregada com xícaras delicadas e um bule de café de prata.

De alguma forma conseguimos atender à demanda de trabalhar no campo. Tinha chovido no fim de semana que precedera nossa chegada, por isso os vinhedos estavam enlameados. Os bons e velhos colhedores usavam todo o vestuário adequado, mas por alguma razão nenhum de nós havia pensado em trazer um calçado apropriado (mas, afinal, essa era a primeira vez que uma equipe britânica de filmagens vagava livremente por campos de videiras). Nick, enquanto empurrava o carrinho de bebê, deu uma esticada até a loja da vila para comprar nove pares de botas de borracha.

No terceiro dia, sabíamos que tínhamos imagens lindas – um senhor de boina, que passava naquele exato momento, andando de bicicleta calmamente pela famosa avenida do Château Margaux. Mas nossos planos mudavam a cada instante. Ao contrário da crença popular, a renomada safra de 1982 em Bordeaux não foi conduzida somente com dias de sol. No final da primeira semana de trabalho, tivemos de desistir dos nossos planos de filmar mais a colheita e, graças ao sempre hospitaleiro David Russell, consegui, de última hora, uma entrevista com o barão Philippe de Rothschild nos seus aposentos pessoais, um pouco afastados da estrada que levava ao Mouton. Na sua roupa de trabalho, pijamas de seda, ele parecia um perfeito canastrão. Mostrou-me o design das etiquetas dos novos vinhos que seriam feitos em parceria com Mondavi – a mesma cabeça com duas faces que acabou enfeitando o rótulo do Opus One, só que, naquele estágio, a idéia era chamá-lo de

Janus. Presumo que isso tenha sido antes de alguém revelar que Janus é um nome muito comum para *sex shops* na Inglaterra – e para pessoas cujo nome real é Jancis.

Esse processo extremamente técnico e artificial de filmagem parecia não ter nada em comum com a simplicidade das tradições bucólicas da colheita de uvas – uma observação que faço, sem jamais ter tido uma experiência pessoal. Tenho certeza de que esse é um trabalho duro (é por isso, precisamente, que nunca fiz), mas os colhedores de uva sempre me parecem felizes. Deve haver algum componente no ar dos vinhedos, alguma coisa tipo Prozac, que estimula a colher aquelas uvas perfeitas, levá-las da vinha ao balde (a colheita feita na chuva é extenuante, enquanto a feita no sol moderado é revigorante).

Por outro lado, tudo pode se resumir ao álcool, já que à noite são dados aos colhedores litros e litros de vinho (vinho básico) para beber – o que pode ainda estar fazendo algum efeito na manhã seguinte. Mas me dei conta de que há algo além disso: talvez exista uma satisfação em fazer parte de um ritual que mudou tão pouco ao longo dos séculos. Ou talvez seja essa sensação, como pude presenciar, mas não experimentar pessoalmente, de fazer parte de uma equipe que trabalha duro ao ar livre.

Em uma vinícola, na época da colheita, a atmosfera é muito mais carregada. A área de recepção das uvas, que passa praticamente cinqüenta semanas por ano absolutamente vazia, se torna, de repente, o foco de toda a atenção. Os barris de fermentação vazios, que passam a maior parte do ano taciturnos, passam a borbulhar, exalar calor, álcool, dióxido de carbono e o cheiro da casca das uvas. Os níveis de adrenalina dos produtores e dos empregados da adega, acostumados a ficar boa parte do ano ocupados com seus trabalhos nos hotéis da cidade, de repente atingem tais níveis que a maioria sequer precisa dormir.

Ajustar o nível de adrenalina sempre me pareceu um dos maiores problemas dos apresentadores de TV que trabalham fora do estúdio. Nessa primeira viagem, eu ficava doida pensando na alimentação da Julia, nas fraldas, na temperatura, se o seu choro estaria ao alcance do microfone, essas coisas. Não é à toa que o nível de adrenalina estava sempre alto. O trabalho normal em locações externas envolve horas e horas de espera por aquele momento mágico, quando todas as condições estão finalmente perfeitas e, por isso, esperam de você uma atuação magnífica.

Raramente há tempo livre suficiente para dar uma volta ou coletar material para um livro ou artigo. Acho que estou equivocada no que diz respeito a ser muito normal e deficiente de adrenalina. De lá para cá, entrevistei a filha do Barão Philippe, a baronesa Philippine de Rothschild, que fizera um curso para ser atriz, e fiquei observando, admirada, como, ao ouvir o zumbido da câmera, todos os músculos da sua face (especialmente os do canto da boca) pareciam guiados por centenas de fios invisíveis. Seus olhos brilhavam. Suas palavras se misturavam a um sorriso pronto enquanto seu corpo era invadido por uma linguagem própria.

Em Margaux, filmamos Edmund e Meg entretidos com o almoço, supostamente deliciados pela qualidade do vinho de 1953. Mas tudo se tratava de uma grande encenação. Em primeiro lugar, porque Laura queria que a equipe filmasse o comecinho do almoço, para que fosse menos invasivo. Na verdade, estávamos tomando e louvando com entusiasmo um vinho de uma safra bem menos interessante que a de 53, que Lichine tinha servido no ano anterior! Dia desses perguntei para o Nick se ele lembrava de qual safra era o vinho "falso", mas ele não quis ajudar muito. "Tudo que me lembro desses almoços é de estar faminto porque eu era sempre o último a ser servido, e, como Laura já estava fumando no momento em que eu estava terminando a minha primeira porção, nunca imaginaria aceitar uma segunda." Um dos hábitos que aprendi com os franceses é o de começar a comer no momento em que sou servida. Parece-me muito mais sensato do que deixar a comida esfriar. É bem verdade que no Château Margaux as primeiras porções são bem pequenas. Quando a primeira garrafa do verdadeiro 1953 foi finalmente servida com queijo (a essa altura, a coitada da equipe já estava vagando pela monótona vila de Margaux em busca de um almoço decente), estava estragada devido ao mofo, *bouchonée*. Por isso, abriu-se uma segunda garrafa.

Dois dias antes, o professor Peynaud, enólogo consultor do château, veio para o almoço e não fez a menor cerimônia em querer saber o que comeria para acompanhar seus Margaux 1971 e 1962, além do delicioso Yquem 1975. Eu o entrevistei – afinal se tratava de uma autoridade mundial no assunto – e conversamos a respeito de sua teoria de decantação. Sua teoria, embasada totalmente na ciência, de que você se arrisca muito mais do que ganha fazendo a decantação de vinhos bem antes de servi-los, criou imenso debate quando o programa foi ao ar, no meio do público mais tradicionalista. Até minha avó comentou que um dos seus amigos, dos confins de Somerset, havia gostado do programa, mas que não concordava com essa história de decantação.

Da minha parte, sempre tive um grande respeito pela ciência – mesmo que meu pesadelo recorrente seja ter que tirar nota A em física novamente. O ponto de vista de Peynaud tinha coerência. Geralmente, eu faço a decantação de vinhos já próximo ao momento de servi-lo, como é conveniente. Com vinhos de um mesmo grupo, como os jovens Bordeaux tintos ou os da região norte da Itália, normalmente faço a decantação antes da chegada dos convidados. Mas com os Borgonha eu sou extremamente cuidadosa, por causa da volatilidade aparente do seu aroma. Um Borgonha tinto pode parecer inodoro ou oxidado em menos de uma hora, embora os brancos se beneficiem tanto com o sopro de oxigênio, que preferimos decantá-los antes de servir.

Há uma corrente que sustenta a idéia de que abrir uma garrafa de vinho, deixá-la aberta por uma hora ou duas antes de servi-la, ajuda a melhorar o aroma. Mas, nesse caso, eu fico com os cientistas. Como pode uma reação entre o oxigênio e um espaço tão estreito quanto um gargalo afetar toda a quantidade de vinho na garrafa? Nos tempos remotos, isso podia ter ajudado a dissipar vapores nocivos ou os maus cheiros advindos do processo de engarrafamento, mas isso não é mais um problema nos dias de hoje.

Durante a estadia em Bordeaux, filmamos também a fazenda decepcionantemente sem graça que abriga o mundialmente famoso Château Pétrus e acabei fazendo uma entrevista com o jovem diretor Christian Moueix, numa tentativa frustrada de ouvi-lo criticar o comentadíssimo investimento da França em vinhos californianos, tal qual os feitos pela Moët e pelo Baron Philippe. Fiquei imaginando por que era tão difícil para ele tratar desse assunto. Então, fazendo uma retrospectiva, percebi que ele também estava, naquele momento, em processo de negociação para criar uma *joint-venture* no Napa Valley, que se chamaria Dominus, com Robin Lail, cujo pai havia deixado de herança para ela e sua irmã, alguns vinhedos de primeira. No começo dos anos 1980 parecia que todo o universo do vinho queria investir na Califórnia.

Outras filmagens no final de 1982 incluíram Champagne, onde descobri que as catacumbas úmidas, onde o Champagne é maturado (por mais invejadas que sejam por centenas de produtores de regiões mais quentes), não eram um ambiente apropriado para bebês de quatro meses. Já o Napa Valley, em novembro, parecia o lugar perfeito. Os Mondavi se afeiçoaram a Julia e vice-versa. Ela ficava passando deliciosamente de colo em colo ao redor da famosa mesa de almoço da vinícola Mondavi. Essa mesa, móvel como a do Barão em Pauillac, tornou-se um ímã para os comentadores de vinho de todo o planeta, devido à crença de Mondavi de que somente é possível apreciar a qualidade de seus vinhos, degustando-os juntamente a alguns clássicos indiscutíveis – Bordeaux *premier cru* e Borgonhas *grand cru*, vinhos que, de fato, passam raramente próximos a jornalistas do assunto.

Em uma noite após as filmagens, Bob Mondavi convidou a mim, a Nick e, claro, a Julia (em sua cadeirinha de bebê) para um jantar no antigo Miramonte, em Santa Helena. As atividades de filmagem e toda a lentidão eram muito cansativas, especialmente para alguém que ainda acordava no meio da noite para amamentar. E foi quando tudo isso me veio à cabeça, que me lembrei de que Paul havia marcado uma filmagem nas primeiras horas do dia seguinte! Pedimos nossa comida e observamos Mondavi pedir o vinho: "Nós queremos uma garrafa do nosso Chardonnay, um Château St. Jean, um Freemark Abbey, um Chappellet e um Cuvaison e, de vinhos tintos queremos..." "Espere um pouco, Bob, não exagere!" murmurei. "Só queremos um jantar bem levinho", argumentei. Ele olhou em volta, parecendo realmente chocado. "Você quer *aprender*?" perguntou, antes de virar novamente para o garçom e pedir outras seis garrafas.

A maquiadora, de longe a mais experiente da equipe, precisou dar mais duro do que o normal na manhã seguinte para cobrir minhas olheiras. Ela era uma mão na roda, me ajudou muito, porque também tinha uma filha e, por isso, sabia como ninguém mimar a Julia. Eu ainda odeio me ver no vídeo – como a maioria das pessoas sensíveis deve odiar, mas me lembro do quanto eu parecia diferente quando entrevistei Bill Jekel em Monterey sobre sua teoria de que o *terroir* não interferia na qualidade do vinho. Um sorriso de um lado a outro estampava meu rosto, que não tinha nada a ver com a irritação que os franceses manifestariam com essas declarações, mas tinha tudo a ver com o fato de eu saber que era o último dia de filmagens.

As pessoas sempre me diziam que eu parecia estar vivendo uma experiência maravilhosa, quando aparecia na TV mostrando diferentes regiões vinícolas do planeta. Fico empolgada com o elogio: houve certamente muitas coisas boas e também, no universo do trabalho em equipe, mais de uma ocasião em que nos confraternizamos e passamos bons momentos juntos (trabalhar em equipe é um riquíssimo contraponto à atividade solitária de escritor). Mas, como a maioria das pessoas envolvida nesse negócio sabe, há uma diferença enorme entre visitar vinhedos como turista, acompanhado da família ou amigos, e estar em um lugar estranho, executando um trabalho determinado, num tempo determinado, utilizando equipamentos caros, contando com a boa vontade do clima e lidando com os caprichos dos entrevistados.

De todo esse processo de fazer o programa, a parte de que mais gostei foi a feita nas salas escuras e pequenas no Soho: a edição final e a inserção dos comentários – tudo a uma distância conveniente do L'Escargot. Tão mais fácil do que todo aquele entra-e-sai de hotéis, esperar pelas condições adequadas, memorizar falas longas. Há uma mágica em como as filmagens podem se transformar com a simples inversão de duas seqüências, ou mesmo a substituição de uma palavra no comentário.

Os seis primeiros programas, de meia hora, estavam finalmente prontos para serem exibidos. Conseguimos um espaço no começo da noite, num dia de semana, embora começando nos dias mais quentes de agosto. Para minha total surpresa, *The Wine Programme* foi um grande sucesso. É bem verdade que os críticos de TV não tinham muito do que falar naquele mês, mas ao menos avaliaram a série com entusiasmo (pense bem, os críticos de arte devem ser o público-alvo perfeito para um programa sobre vinhos).

Passamos um fim de semana *chez* Penning-Rowsell naquele mês de agosto de 1983, com os Bolter de Bordeaux. Já havíamos passado um dia com Bill Bolter, negociante de vinhos, em setembro do ano anterior, no qual ele se mostrou muito paciente ao ser filmado numa aborrecida seqüência que envolvia carros, pontes e o trânsito de Bordeaux. O romancista Julian Barnes, até então desconhecido do público, mas uma figura inacreditavelmente heróica para mim, era escravo do seu aparelho de TV, trabalhando como crítico de televisão do *Observer*, o jornal dominical suficientemente liberal para aparecer todos os domingos, de manhã, na porta dos Penning-Rowsell. Ainda consigo me enxergar sentada no escritório, os raios de sol entrando pelas frestas, minha cabeça ainda palpitando por causa dos maravilhosos Clarets da noite anterior, lendo com incrédulo prazer o primeiro parágrafo da elogiosa coluna de Barnes e gargalhando no segundo:

"Tenho apenas uma pequena reclamação: a Sra. Robinson, em apenas dois programas, conseguiu banir do *Guinness Book* da TV o recorde que pertencia a Robert Kee pelo maior número de roupas trocadas em uma hora na tela (ganho durante o programa dele *Ireland – A Television History*). Sem falar que seu cabelo fica para cima e para baixo como se fosse um bombeiro entusiasmado em ação. Se houve algum continuísta nesse programa, ele deveria ser amarrado a uma cadeira e forçado a assistir à série *Sin on Saturday*."

O que mais chamou a atenção de todos os críticos de TV foram os meus óculos vermelhos gigantes. Eles eram, a propósito, a conseqüência do que Tom, um designer amigo do Nick, disse pouco antes de nosso casamento: que para cada rosto há um par de óculos perfeito. Como sou facilmente influenciável, levei o conselho a ferro e fogo, justamente quando tinha acabado de me livrar das minhas lentes de contato e um pouco antes de ter visto uma armação vermelha em uma vitrine. Eles pareciam divertidos e se harmonizavam com a minha mandíbula um tanto grande, mesmo que, pensando bem, eles parecessem demasiado exagerados. Mas, enfim, eram muito populares naquela época, até que presenciei, um tanto chocada, que as armações vermelhas tinham se tornado uma referência aos *yuppies* em programas de comédia. Antes da segunda temporada do programa, eu mantive o mesmo formato da armação, mudando apenas as cores. Mas, só no final dos anos 1980 é que percebi que já era hora de mudar e resolvi fazer uma visita à ótica Knightsbridge, que pertencia a um dos clientes mais assíduos do L'Escargot, Tony Gross. Eu queria algo mais discreto. "Ah sim! Estávamos esperando por você", disse ele ao me ver. "Primeiro, foram as secretárias, que entravam aqui à procura de óculos como os seus. Então, vieram as mães delas. Já está na hora de você mudar!" Aposto que ele estava se referindo a duas ou três clientes no total, mas eu captei o que ele queria dizer e, por isso, minhas armações foram diminuindo com o passar do tempo. Quem sabe eu usaria, da próxima vez, um daqueles óculos de mão, um *lorgnette* cairia bem?

Eu estava entusiasmadíssima por ser uma das responsáveis por esse relativo sucesso na telinha. Tinha essa sensação incrível de ser reconhecida nas ruas por pessoas que nunca vi na vida. Ainda que estivesse a quilômetros e quilômetros de distância do mesmo tipo de fama que tem uma estrela de cinema, por exemplo, acabei experimentando um tipo de reconhecimento suficiente para ficar lisonjeada, mas não o bastante para ficar incomodada. Os comentários indiretos são os mais espertos e os mais seguros, embora eu não tenha ficado nada lisonjeada com o comentário do oficial de imigração em Heathrow, que me devolveu o passaporte, dizendo: "É! Sabia que você era meio cheinha mesmo!"

UMA MARATONA DE DEGUSTAÇÕES, E UM 1787

Foi mais ou menos por essa época que as enormes degustações públicas ganharam notoriedade. Em 1983, em um curto espaço de tempo, fui convidada para uma apresentação gigantesca de excelentes Bordeaux, safra 1961, e, logo em seguida, da safra 1959 – que, naquela época, já estavam amadurecidos o suficiente para merecer "uma olhada", como se dizia entre os comerciantes de vinho.

Eu já estava absolutamente treinada para esses eventos, que geralmente envolviam amostras de mais de trinta tipos de vinhos. Houve, por exemplo, a apreciação de Suffolk de muito mais de trinta vinhos de 1976, ao que chamávamos de degustação "horizontal": diferentes tipos de vinho de uma mesma safra. A "vertical" era composta basicamente pelo mesmo vinho, mas de diferentes safras. Mas a degustação que me levou aos limites da resistência aconteceu mesmo no começo dos anos 1980.

Todo ano, Georges Duboeuf, o homem que tornou o Beaujolais famoso internacionalmente, com seus rótulos floridos e uma dedicação insana ao trabalho (que envolvia vinte horas diárias de trabalho) gosta de convidar seus principais clientes às instalações cada vez maiores de sua vinícola, em Romanéche-Thorins, para degustar sua última safra e selecionar os *cuvées* específicos, ou lotes de barricas, que eles eventualmente desejariam comprar. Duboeuf é um produtor de vinhos inato, um fenômeno ainda mais intensificado pela igual devoção da sua esposa à parte financeira do negócio. Com aquela ruguinha na testa herdada dos seus pais, ele não é exatamente o tipo mais expansivo. Ao invés de "Ei, amigo, seja bem-vindo!" ele prefere um "Vamos entrando, o que você acha desse Fleurie?" Ele é, certamente, daqueles que encaram o trabalho como uma atividade absolutamente envolvente, que exige o corpo e a alma – ele enxerga a vida social como uma extensão do trabalho e a vida familiar como um estorvo. Como resultado, produz alguns vinhos "extremamente bons" e inúmeros "perfeitamente bons".

Liz Morcom e eu fomos convidadas a degustar os vinhos de 1979 logo no começo de fevereiro de 1980. Como Georges é um tanto obcecado, tivemos que provar todos os vinhos de 1979: mais de cem Beaujolais com quatro meses de idade, desde os mais simples das terras baixas até o vinho mais majestoso das melhores vilas: os famosos Beaujolais *crus*, como Morgon, Moulin-à-Vent e Brouilly. Uma coisa é provar uma centena de vinhos de uvas e lugares diferentes – até o padrão dos melhores Bordeaux tintos se resume a Merlot e dois tipos de Cabernet, bem como uma inúmera variedade de *terroirs* – mas outra totalmente diferente é afogar seu paladar em mais de cem jovens Gamays, todos produzidos a menos de 25 quilômetros um do outro. O Gamay jovem é conhecido pela sua notável acidez com característica refrescante e muita fruta, que já no trigésimo (imagine no centésimo!) perde muito do seu charme e, particularmente, da sua diferenciação.

Caímos de boca no banquete servido entre a degustação dos tintos e dos brancos locais no *salon de reception* de gosto duvidoso, com um órgão, estátuas relacionadas a vinho, e uma balaustrada exagerada feita de *magnuns* duplas. Então, acho que fui eu que sugeri que, depois de toda essa maratona, um mergulho seria uma opção refrescante. Joseph Berkmann, o agente inglês de Georges, prontamente nos levou em seu Rolls-Royce a uma piscina coberta nos arredores de Villeneuve, onde, duvido, o traje de banho da Madame Duboeuf, que havia sido emprestado a mim, já tivesse sido visto alguma vez anteriormente.

Essa certamente foi a primeira maratona na qual tive que provar mais de quarenta ou cinqüenta vinhos de uma vez – e esse é um marco na minha história de degustações. Acredito que os degustadores podem elevar seus níveis de resistência ao aumentarem gradualmente o número de vinhos que conseguem provar em uma única sessão, a partir de, digamos, dois, até encontrarem o seu limite máximo. Atualmente, é comum eu provar mais de cem vinhos em uma única sessão – e às vezes quando é preciso dar uma nota aos vinhos, esse número pode ser ainda maior. Isso acontece basicamente quando os principais revendedores da Inglaterra oferecem as degustações, uma ou duas vezes ao ano, na esperança de agradar a nós, colunistas, com a maior variedade de produtos possível. Na verdade, essas maratonas de hoje exigem muito menos de mim do que provar cem Beaujolais da mesma safra. Mesmo que eu tenha desesperadamente tentado não engolir uma simples gota de álcool, não diria que chego à ultima amostra com a mesma objetividade energética com que provo a primeira. Eu sei disso porque costumo comparar o tanto que cuspi durante uma sessão com o tanto que servi (um experimento particularmente interessante, como você pode imaginar). Ainda que tente, inevitavelmente acabo engolindo um pouco do líquido, além de que tenho certeza de que uma parte do álcool é absorvida como vapor. Um prologando estado de análise imparcial combinada com a batalha contra a destruição do inimigo, o álcool – não é à toa que degustação é um negócio tão cansativo!

Percebi que vários fatores externos podem tanto afetar a habilidade de degustar e o modo que o degustador se sente depois de tudo isso, quanto o fator interno, o humor da pessoa. Você precisa estar disposto a se concentrar para degustar bem – beber é fácil, degustar é uma habilidade. Lembro-me de uma degustação às cegas organizada por Robin Young, do *The Times*, logo depois de uma em que tínhamos que reconhecer os vinhos que nós mesmos havíamos indicado. Não lembro qual o propósito dessa, especificamente, mas me recordo de que estava para escolher meu vestido de noiva ou levar adiante alguma importantíssima tarefa pré-nupcial e, por isso, não consegui me concentrar nas minhas habilidades de degustação.

O tempo e particularmente a pressão atmosférica têm uma enorme influência no ato de degustar. Em dias úmidos ou chuvosos, você se sente mais lento, preguiçoso, e a discreta mensagem do aroma do vinho não está bem apta a deixar a taça e se infiltrar no seu nariz. Por outro lado, em dias ensolarados e escaldantes, tudo – incluindo aromas, sabores e sentidos – parece muito mais afiado e intenso.

E, claro, existem as minúcias de se organizar uma degustação. Minha primeira grande degustação horizontal em 1983 aconteceu em um belo hotel situado na região central da Escócia chamado Houstoun House. Seus proprietários de então, Keith e Penny Knight, haviam celebrado o nascimento do seu filho, Sandy, adquirindo garrafas (ou caixas) dos melhores e mais importantes Bordeaux produzidos naquele ano. O rapaz tinha completado 21 anos em setembro e, num extraordinário ato de generosidade, convidaram alguns de nós para provar todos esses vinhos – juntamente com Sandy, àquela época já gerenciando o restaurante deles – numa grande degustação. Foi um ato de puro altruísmo, pois os pais ficaram responsáveis por todo o trabalho, o que incluía nos oferecer o "mata-borrão" comestível essencial na hora do almoço, acompanhado por um nada essencial e adequadamente leve vinho do Mosel. Penny Knight estava há três dias sem fumar dentro de casa, para limpar o ar da grande e arejada sala de visitas onde aconteceria a degustação.

Não foi o suficiente para o editor do *Wine Tasting*, no entanto. O ponto positivo em fazer uma degustação ao lado de Michael Broadbent é que ele é um organizador nato de degustações (hoje ele é mundialmente famoso por isso, então, se você estiver por acaso numa mesma degustação que ele, estará no lugar certo para provar vinhos finos em condições – as condições dele – indiscutíveis). A maioria dos convidados da Inglaterra – Michael, Pat Grubb (a equivalente de Michael na Sotheby's), John Avery, Clive Coates, Jane MacQuitty e eu – havia chegado de Londres naquela manhã. Michael caminhou pela sala de degustação, cujas mesas estavam cuidadosamente preparadas (um escocês e um inglês em cada uma) e torceu o nariz imediatamente. Muita fumaça no ar. Os Knight podiam ter mantido seus cigarros apagados, mas eles tinham com certeza acendido a lareira e isso deixou algum traço de cheiro pela casa. Portas e janelas foram abertas instantaneamente e os ventos fortes do estuário do rio Forth fizeram sua parte para criar uma atmosfera suficientemente limpa para os nossos narizes delicados.

Os 31 vinhos foram servidos em três rodadas, começando ao meio-dia, às 14h45 e às 17h30, com o tempo certo de mais de uma hora para apreciar a dúzia de amostras servidas de uma única garrafa. Havia sempre uma garrafa de reserva, caso algum vinho estivesse fora do padrão (a primeira garrafa de Pichon Lalande estava com cheiro de mofo e foi considerado *bouchonée*), e naturalmente os pais se deliciaram com um ou outro gole, pois é fácil extrair quinze doses generosas de amostras (ou 24 doses minúsculas) de uma garrafa comum.

Tudo foi feito com muita elegância. Pediram-nos para pontuar até vinte – uma novidade naqueles tempos – e deram-nos uma folha com amplo espaço para comentários sobre os quesitos Aparência, *Bouquet*, Sabor e Qualidade Geral. Esta foi a primeira das muitas vezes que precisaram me explicar como dar notas nas minhas observações (4, 5, 6 e 5 para os tais quesitos, respectivamente). Tudo me parece bem, mas acredito que dar notas em questões relativas a aparência seja invariavelmente um desperdício. A menos, é claro, que um vinho tinto normal esteja borbulhando, ou um branco recente esteja amarronzado e oxidado (o que vai eliminar a avaliação dos outros aspectos, conseqüentemente), ou o vinho esteja turvo – o que raramente acontece. Sempre acabo atribuindo pontuação máxima para aparência, mas gostaria mesmo de ter mais pontos disponíveis para apontar nuanças de diferenças no que cheiro e provo.

Esta foi uma excelente oportunidade para examinar a safra da qual sempre tinha ouvido falar, uma safra lembrada como uma das grandes safras com amadurecimento perfeito das uvas pela temporada de seca em Bordeaux (1961 é famoso por ter produzido uma colheita muito pequena, assim como a de 1984 – então isso não pode ser o fator crucial). Aos 22 anos, os vinhos ainda possuíam uma coloração forte, profunda, sinal de cascas grossas de uvas e durabilidade dos Bordeaux tintos, e, diferentemente dos meus monstruosos 1975 jovens, a maioria tinha tanta fruta madura, delicadamente perfumada, que mal dava para sentir os taninos macios que ainda davam base aos mais poderosos. Alguns dos vinhos menores, como o Calon Ségurs do grupo, estavam em declínio rápido, mas as cores e sabores visivelmente se intensificavam à medida que nos aproximávamos da terceira rodada, os Pauillacs.

O mais extraordinário acerca dos vinhos de 1961 é como são distintos dos demais, com uma combinação incomum de austeridade, charme e equilíbrio. Os vinhos de 1945 podem ser majestosos; os de 1953, 1955, 1962 e alguns dos anos 1980 podem ser charmosos, mas nenhuma safra (com a possível exceção dos negligenciados 1959) pode, ainda, rivalizar com a de 1961. Não consigo imaginar que os 1961 pudessem ser tão opulentos, quase em declínio, quando ainda jovens, quanto os próprios 1982 eram no momento exato em que estávamos em Houstoun House. Talvez os de 1990, uma safra que parece melhor a cada ano que passa, possam ainda rivalizar em valor com os 1961.

O problema com degustações horizontais, se é que pode ser considerado um problema, é que é difícil não se deixar levar pelas diferenças entre os representantes de uma mesma safra – o que é um fenômeno comum – e acabar por não formar uma impressão geral sobre a safra como um todo, que é o mais importante. Após cada rodada, ficamos horas discutindo os relativos méritos dos vinhos – bom, não exatamente discutindo, já que não havia um "debate" útil e precioso, mas sim a sucessiva comparação de diferentes pontos de vista, numa repetição de julgamentos subjetivos de cada pessoa, impossíveis de examinar.

Desnecessário dizer, mas nosso entusiasmo crescia à medida que o dia passava. Nosso anfitrião posteriormente notou uma "mudança de clima e ritmo, do austero silêncio da sala de degustação durante a primeira sessão para o clímax altamente dramático dos últimos vinhos". Os últimos vinhos, por acaso, eram os três *premiers crus* de Pauillac e o Pétrus, o mais famoso e imbatível Pomerol (o que nem sonhava, enquanto a gente degustava, é que os brotinhos dos vinhedos estavam se transformando em Merlot a menos de dois quilômetros do Château Pétrus – uvas que mais tarde produziriam a caixa de vinho mais valiosa que já comprei na vida, o Le Pin 1983).

Sobre o Pétrus 1961, escrevi, dentre outras coisas "não exatamente sulfuroso, mas não acompanha um cordeiro assado. Cheddar maturado, talvez. Pode uma coisa desta ser somente suco de uva?" Na Houstoun House, fiquei impressionada mesmo com esse vinho, o Latour, e com o Margaux. Quatro anos depois, quando o então iniciante Farr Vintners organizou a comparação às cegas, avaliada em £4.650, de vinhos de 1961 (novamente em baterias bem-organizadas), os mais impressionantes foram o Pétrus e o Margaux, com desempenho memorável do Palmer, Latour à Pomerol, Gruaud Larose e Ducru Beaucaillou. Pela comparação de Edmund Penning-Rowsell dos *premiers crus* de 1961 (uma feliz coincidência para complementar as comemorações dos seus setenta anos em 1983), Pétrus, Margaux e Latour também foram eleitos os favoritos – uma rara demonstração de consistência em diferentes sessões de degustação.

Como não era uma degustação às cegas, as provas no Houstoun House exigiam menos concentração e disciplina do que na oferecida pela Farr, e com certeza não trabalhamos além do necessário. Tudo pareceu divertido para nós (pelo menos, não sei quanto aos nossos anfitriões, que trabalharam duro) e já estávamos prontos para o jantar, onde teríamos mais vinhos de 1961, incluindo o famoso Hermitage La Chapelle. Não consigo descrever a alegria que dá poder sentar a uma mesa depois de um dia duro de degustação e saborear um vinho como ele deve ser saboreado de verdade, com comida e boa conversa.

Esse Hermitage era naquele momento o mais celebrado Rhône tinto jamais feito (Marcel Guigal ainda estava por fazer seu nome, pois a safra de 1978 do seu único vinhedo, Côte Rôtie, mal tinha sido engarrafada ainda). Isso é algo com o qual os mercadores sonham - eles dizem que o Hermitage é tão bom quanto um Bordeaux de 1961 e eu tinha tido a sorte de prová-lo uma vez, antes disso. Menos de um ano depois, comprei uma garrafa por apenas £30 em Dundas Arms, um *pub* com um hotelzinho em Berkshire, onde passamos uma maravilhosa noite de sábado com meus sogros. O mesmo vinho é hoje vendido a £650 a garrafa por alguns comerciantes. Mas a arca do tesouro dos Knight tinha mais de uma garrafa do vinho mais famoso já feito por Jaboulet, porque não há nada como uma degustação longa e demorada para deixar os degustadores ainda mais sedentos. Acompanhado com peito de faisão, então, parecia um veludo vermelho. A cor era mais intensa do que de qualquer outro Bordeaux que eu tivesse visto naquele dia e seu apelo era perfeito, hedonisticamente rico e adocicado, e ainda com uma mistura rica de sabores, um tipo de reverberação. Os únicos vinhos que se aproximaram do Hermitage naquele dia, por absoluta magnificência de cor e sabor, foram o Pétrus, o Latour e o Palmer, o *troisième cru* da vila de Margaux que fez um milagre em 1961.

O esplêndido Hermitage, com estilo Claret, havia sido precedido por um Claret tipo Claret de verdade, Léoville-Poyferré 1961, com um aspecto praticamente abatido em comparação com o real, e seguido por um Borgonha *grand cru* tinto. O Musigny 1961, da Faiveley, também era denso e suculento, mas "sumia" assim que era ingerido (pedimos que não cuspam à mesa de jantar, agradecemos a compreensão). "O que mais se aproxima de um bom Borgonha tinto nos vinhos que bebi recentemente", escrevi, com certo rancor. Honestamente, quem eu pensava que era para ser convidada, depois de tão poucos anos no assunto de vinhos, a julgar esses vinhos dos sonhos?

Bom, mas era certamente para julgar que tínhamos sido convidados. Keith Knight que tinha se formado, assim como Michael Broadbent, em arquitetura, acabou se revelando tanto um ótimo calígrafo e estatístico como um excelente anfitrião. Depois de alguns dias, recebemos um belo gráfico com as avaliações dos vinhos, feitas por nós, junto a um sumário mostrando que os preferidos do grupo eram, em ordem decrescente, Pétrus, Latour, Mouton, Margaux (classificado como perfeito por David Wilson, do vizinho Peat Inn), Haut-Brion e Palmer (diminuído por David Brown, outro famoso apreciador de vinhos da Escócia, dono do restaurante La Potinière). Cheval Blanc, Lafite e Grand-Puy-Lacoste apareciam depois de uma lacuna.

Após essa experiência, eu estava começando a tomar gosto por essas degustações de comparação. Se todas fossem tão animadas como a da Houstoun House, que ficou ainda mais interessante pela gentileza discreta dos escoceses, eu poderia dar conta do recado. Infelizmente, não foi o que aconteceu.

No decorrer dos anos seguintes, mais e mais degustações foram sendo organizadas sem sensibilidade alguma, nem em relação aos degustadores nem aos vinhos. Nesse período, às vezes a impressão era de que as pessoas, que gastavam mais dinheiro com vinhos, estavam determinadas a fazer desse momento o menos prazeroso possível. O mais comum era promover uma maratona vertical de todas as safras de uma determinada propriedade, mesmo todos sabendo que, ao misturar as melhores safras com as piores, as piores parecerão terríveis e, dentre as melhores, só haveria uma melhor – como resultado, todos os vinhos igualmente preciosos, perfeitamente produzidos, acabariam parecendo perdedores.

Houve ocasiões nos anos 1980, em que eu levantava de alguma degustação cheia de pompa e circunstância e implorava para levar uma única garrafa para casa, até mesmo as que tinham sido mal avaliadas. Por quê? Bom, eu sabia que se eu pudesse servir esse vinho isoladamente, ou talvez após um vinho desprentesioso, com comida e companhia adequadas, provavelmente o sabor seria delicioso.

Ao longo dos anos, criei o meu próprio e simples "medidor" para degustações de grandes vinhos. Se a maioria dos degustadores se aproxima da mesa, ou do lugar que for, onde ela vai acontecer, com sorrisos nos rostos, tenho certeza de que vou gostar. Se, por outro lado, eles parecerem tristes e desconfiados, então essa não é uma degustação para mim. Agora, que organizo freqüentemente degustações, tento lembrar aos amadores – eu não tenho a pretensão de instruir profissionais experientes – que o objetivo do vinho é dar prazer e que eles devem chegar às taças com isso em mente. Acho que muitos amadores ficam tensos nas degustações de vinhos por acreditarem que são eles que estão em julgamento, e não os vinhos. A degustação ideal tenta extrair o máximo de prazer que tanto os vinhos quanto os degustadores têm a oferecer.

Um número razoável de degustações enfadonhas ou conservadoras que testemunhei foram organizadas por colecionadores americanos, ou ex-colecionadores (de um lado, a religião, de outro, um divórcio caro iam desfazendo as coleções). Mesmo assim, aproveitei algumas das melhores refeições, vinhos, serviço e, especialmente, vinho vendido em taça nos Estados Unidos.

A degustação mais extraordinária em que jamais estive foi em 1986, organizada por um grupo famoso de colecionadores da Alemanha. O mais famoso deles era Hardy Rodenstock, um conhecido empresário de grupos de música *pop*, então com seus quarenta anos, que havia dedicado boa parte de sua fortuna a procurar – e beber – alguns dos vinhos mais finos do planeta.

Conheci Hardy e alguns dos seus companheiros suíços e alemães (tão devotados à causa quanto ele) em junho daquele ano em Mouton, onde provamos uma de suas famosas (ou infames, dependendo da casa de leilões a que você pertence) garrafas "Thomas Jefferson". Hardy nunca explicou onde ou como exatamente as encontrou, mas deixou escapar casualmente que tinha sido encontrada por trás de uma parede em Paris uma coleção de garrafas de vinho do século 17 que tinham sido compradas por ninguém mais, ninguém menos que o terceiro presidente americano – e o maior apreciador de vinhos de todos – Thomas Jefferson. A coleção continha alguns vinhos de 1784 e outros de 1787, dos precursores da Lafite, Margaux, Mouton e Yquem. Ele sabia que os vinhos eram para o presidente Jefferson porque havia um "Th. J." gravado nas garrafas, sabe?

Em dezembro de 1985, a Christie's vendeu algumas dessas garrafas: um Lafite 1787 (que ainda detém o recorde de mais cara do mundo: £105.000) ao falecido Malcolm Forbes. O vinho poderia ser vendido por £15 mil a taça, se alguém fosse realmente bebê-lo. Mas Forbes preferiu colocar, no estilo do grande senhor, a famosa garrafa numa mesa antiga no seu Museu Jefferson. Ficou por lá durante alguns meses, sendo admirado como presumidamente o melhor e mais caro vinho do mundo, até que alguém percebeu que o calor gerado por uma lâmpada próxima deve ter ressecado a rolha, e que deveriam ter caído alguns pedaços dentro do vinho, estragando-o pela ação do oxigênio. Assim, a garrafa de vinho mais cara do planeta, se transformou na garrafa de vinagre mais cara do mundo.

Nossa degustação do "Mouton do Presidente Jefferson" aconteceu entre a venda e a "morte" dessa famosa garrafa (o que, evidentemente, alegrou o coração daqueles que não poderiam sequer imaginar pagar £5 por uma garrafa de vinho – e até fez aqueles que, como nós, não imaginam gastar mais de £100, esboçar em um sorrisinho discreto). Hardy já havia provado um dos seus Yquem antigos, mas esta seria a primeira vez em que uma garrafa de vinho tinto da sua coleção dos vinhos de Jefferson seria aberta. Novamente, eu estava lá, incrivelmente sortuda, a única jornalista, usando minha credencial do *Sunday Times*, juntamente com outros dezenove degustadores. Hardy não só trouxera seus amigos, mas também um *sommelier* treinadíssimo, o que deixou com certeza o nariz de Raoul Blondin, mordomo do barão Philippe, ainda mais empinado, pois ele já vinha resmungando há um tempo sobre tais vinhos estarem completamente "*passé, zero*".

A garrafa de Branne Mouton 1787, num formato que lembrava uma ânfora, tinha sido despachada seis semanas antes, para ficar em posição vertical antes da abertura, e, assim, encorajar os sedimentos mais pesados que se espera encontrar após todos esses anos, a descerem para o fundo da garrafa. Disso, surgiu um problema para o pessoal da Mouton, porque todos os funcionários haviam sido treinados a deitar qualquer garrafa que vissem de pé (pelas razões que se tornaram tão aparentes no Museu Jefferson), por isso esse tesouro histórico precisava ser trancado a sete chaves nos recessos mais escuros da já desfalcada adega pessoal do barão. Sua safra mais antiga de Mouton, a propósito, se resumia a uma única garrafa de 1853 – o ano em que os Rothschild adquiriram a propriedade – comprada na Christie's havia alguns anos, embora Mouton tenha a melhor coleção de Bordeaux do século 19 da região de Médoc.

Nosso grupo era formado por alguns alemães em terno brilhante, o neto sardento do barão Philippe, Philippe Sereys de Rothschild, matando aula na faculdade de administração em Bordeaux, o mais alto escalão da Mouton Cadet e Michael Broadbent (Ufa! Agora eu sei que deveria mesmo ter vindo!), que apareceu no último minuto vestindo um blazer, calça de flanela cinza com gravata da Mouton e, como era de costume, teria de pegar um vôo de volta para Londres às 4h25, para um jantar naquela mesma noite. Não apenas o destino de Hardy, mas também o do departamento de vinhos da Christie's dependiam do resultado dessa degustação (depois disso, ainda haveria o teste com carbono para atestar a idade das garrafas, selagem com cera, análise caligráfica e, finalmente, a crítica do estado das garrafas – das quais apenas duas e uma metade já tinham sido oferecidas em leilões públicos, com o Yquem batendo recorde de preço pago por um vinho branco).

Blondin liderava o curioso cortejo da garrafa através da estrada de cascalho até a adega. Nós todos ficamos contemplando a garrafa, com sua capa de cera no topo e Michael, com seu caderninho à mão, perguntou: "Nível de vinho na garrafa? Ah, abaixo do gargalo? Muito interessante" (se você está pensando em vender várias garrafas do mesmo vinho, e Hardy provavelmente estava, é comercialmente inteligente deixar as com o mínimo de ar para as salas de leilões). A garrafa tinha uma etiqueta na qual se lia Branne Mouton 1787, em referência ao barão Bran(n)e, dono da propriedade no fim do século XVIII. Naquele tempo, a propriedade era constituída somente pelo Motte, uma minúscula colina em frente à sala de degustação, na qual o barão ocupou-se plantando Cabernet Sauvignon, na esperança de produzir um vinho de alto valor comercial, assim como havia feito a sua vizinha, a Lafite.

Marchamos em direção à luz para acompanhar o jovem *sommelier* pôr a garrafa em uma vasilha e começar a retirar a cera. Aquela vasilha era para o caso de algo dar errado – quem poderia garantir que uma garrafa tão antiga não se despedaçaria? Imagine ter conhecimento suficiente, nos seus vinte e poucos anos, para saber que você deve sempre pôr uma garrafa potencialmente "perigosa" em um suporte. Mas isso poderia ter sido desastroso. Fomos grosseiramente empurrados pelos degraus, seguidos de gritos de "Rápido! Rápido", em alemão, até onde Hardy tinha deixado o decantador que havia trazido – uma coisa estranha, no formato do busto de George Washington com uma rolha bizarramente enfiada na cabeça. Mas agora o vinho, livre de sedimentos, estava preso em um recipiente razoavelmente hermético.

Provamos o vinho em uma sala iluminada com vista para o pátio, o *sommelier* deitando o decantador e coordenando a quantidade compartilhada habilmente entre todos nós. Só uma espiada na densidade da cor, meio melado, amarronzado, já era o bastante para arrancar algumas exclamações de *"Extraordinaire!"* do contingente francês. Michael disse que parecia um vinho de 1900. Philippe ergueu sua taça e pediu permissão para levá-la ao seu avô, na cama, no andar de cima. O *bouquet* da pré-Revolução Francesa estava tímido no começo, mas logo espalhou uma nuvem doce por toda a sala. O mais impressionante acerca do sabor do vinho era seu peso e intensidade, como se tivesse, em algum estágio da sua vida, sido levemente fortificado (o que poderia ter acontecido, mas nenhum de nós iria desistir de uma simples gota sequer para cedê-la a laboratórios de análises de sangue frio).

Longe de ser uma relíquia frágil, o vinho possuía vida própria e poder. O *bouquet*, continuava a explodir nas taças maravilhosamente, evocando "biscoitos de gengibre mergulhados no leite" para Michael, "café delicioso" para Hardy e absoluta incredulidade para mim. De fato, o vinho foi ficando cada vez melhor por pelo menos 45 minutos após ser servido, um grande feito até para os vinhos mais jovens. Raoul Blondin não acreditava em seus sentidos. "Nunca provei algo assim", repetia, movendo-se em busca de uma última gota do decantador (que infelizmente havia retido as últimas gotas no nariz de George Washington). Ele estava tão animado que serviu o depósito de sedimentos da garrafa vazia em uma taça gigante e nos fez provar. "É delicioso! Não é amargo! Não se fazia clarificação naquele tempo". Quando a taça chegou a mim, estava tão impregnada de loção masculina, que fiquei com receio de não poder apreciar plenamente aquele sabor particular. Não havia dúvidas sobre a qualidade desse vinho.

Da cama do barão Philippe veio um comentário de deleite (os que trabalhavam na Mouton não esperavam nada menos que isso). Hardy sorriu e balançou a cabeça de forma enigmática. "A adega de Paris estava tão efetivamente bloqueada, quase completamente selada, como vocês podem ver." Para impressionar Michael, o vinho precisa ser muito, muito surpreendente, mas naquele dia ele estava comentando, animado: "achei que ele estaria um tanto ácido, um pouco estragado, talvez, mas não havia nem vestígios disso. Se havia alguma dúvida, esqueça. O vinho é genuíno. Sem dúvida".

O vinho que tinha algum vestígio de acidez e decadência era o *bonne bouche*, um Mouton 1858, também trazido por Hardy, para nos consolar caso o vinho de 1787 fosse um desastre. Depois do seu predecessor, o Mouton 1858 parecia tão leve, tão *moderno*. Os alemães foram examinar uma garrafa no porta-malas do carro de Hardy, um garrafão *jeroboam* de Château Pétrus 1945. Devo ter expressado alguma surpresa acerca de tudo isso para Michael. "Oh, os alemães estão bem mudados hoje em dia, andam com as torneiras abertas. São boas pessoas, têm um bom conhecimento. Passei três dias com Hardy na Alemanha no ano passado, e só tomávamos vinhos de 1928, 1929 e 1959."

Percebi a evidência dessa nova abordagem germânica na vizinha Petit Mouton, do século 19, a residência de Philippine em Pauillac, onde fizemos uma parada para almoço (os alemães se esparramaram sobre o delicado mobiliário Luis XVI). Um dos integrantes da equipe Mouton Cadet comentou sobre o Margaux 1865 que pretendiam nos servir e completou, audaciosamente: "mesmo que seja terrível, nós iremos bebê-lo". Hardy sorriu e deixou escapar que, em casa, ele tinha uma garrafa de cada safra de Mouton, de 1982 retroagindo ao grande 1945. Ele propôs abrir o garrafão de Pétrus 1945 para o almoço (devia ter mais umas três dessas em sua adega). Houve um silêncio geral entre os Mouton Cadets. Philippe Neto desfez o mal-estar com diplomacia e argumentou que seria uma pena abrir o Pétrus e bebê-lo naquele momento porque estaria muito pesado e tânico. A honra francesa estava salva, mas provavelmente os alemães se sentiram um pouco prejudicados.

Encontrei-me novamente com essa extraordinária gangue de hedonistas abastados no dia 30 de setembro do ano seguinte, na versão 1986 da degustação anual de Hardy, desta vez no Château D'Yquem. Este foi, de longe, o evento mais memorável e, possivelmente – apesar de ser difícil dizer –, o auge vinícola das perfomances de Hardy, pois se Hardy tem uma especialidade em sua adega, essa especialidade são os Yquem, os mais gloriosos e duradouros de todos os Sauternes.

Em resumo, sentamos à mesa em torno do meio-dia, em um dia quente de outono e levantamos às duas da madrugada. Foram servidos 66 vinhos, com uma dúzia de pratos preparados por chefs trazidos da Alemanha e de Bordeaux. Foi um curso de sobrevivência para nós e um trunfo de organização para Hardy. Fomos levados de nosso hotel em Bordeaux num ônibus, nos sentindo meio idiotas em nossas roupas de noite, naquela hora tão sóbria do dia e desembarcados no jardim, em frente ao château, vigiados por pedreiros de azul, consertando o telhado. Os chefs, que estavam lá desde as quatro da manhã, saíram das cozinhas para nos cumprimentar, com seus uniformes já cheirando a boa comida e reduções luxuosas. A caminho do grande salão, onde iríamos nos empanturrar de tanto talento culinário, passamos por um quadro de avisos no qual era possível ver todo o empolgante menu gastronômico para aquela noite, lindamente desenhado e ilustrado pelo próprio Hardy.

Durante o banquete, fomos mimados cada um com um suntuoso caderninho dourado, ornado com um laço vermelho, em que faríamos nossas anotações sobre cada vinho. Depois, nos dariam como lembrança uma garrafa gigante, especialmente produzida e etiquetada para a ocasião. Durante os primeiros pratos, eu estava sentada junto a Alexandre, o Conde de Lur-Saluces, nosso anfitrião-representante da Yquem. Para ele, embora já tivesse participado de degustações em Los Angeles, Bruxelas e Brisbane, esse era um evento único. Ele estava fornecendo muito menos vinho que Hardy, mas mesmo assim era a primeira vez que um evento dessa importância acontecia no próprio château neste único dia. Estávamos fazendo sérias incursões pelos estoques de vinhos antigos do château. Então, o conde percebeu um numeral romano na capa do nosso caderno de anotações. "O que significa este sete aqui?" perguntou a Hardy, que, a essa altura, estava sentado à frente dele e da condessa. "Significa que é a minha sétima degustação anual", falou sorrindo. O conde engoliu em seco. "Foi o que pensei", disse corajosamente. "E no próximo ano será a oitava", completou Hardy, de uma forma um tanto grosseira, pensei eu. Lur-Saluces mais tarde me confesssou que Hardy havia provado muito mais safras de Yquem do que ele próprio. "Ele provavelmente possui mais safras também", confidenciou. "O que o faz diferente é que coleciona para beber."

Esta era a primeira vez que Hardy promovia sua degustação anual fora da Alemanha. Ele havia convidado um americano, o organizador obsessivo de degustações, Bipin Desai, em reconhecimento à amizade transatlântica que unia os dois maiores grupos de colecionadores de vinhos finos do planeta, nos Estados Unidos e na Alemanha/Suíça. Um famoso colecionador holandês também havia sido convidado: ele estava perplexo porque Hardy havia escrito no álbum Château Yquem, ao invés de Château d'Yquem. "É como está no rótulo", explicou ele.

Havia alguns convidados maravilhados de Bordeaux, incluindo meu amigo da Cheval Blanc, Jacques Hébrard, o professor Pascal Ribéreau-Gayon, da universidade, o jovem Philippe Sereys de Rothschild, discutindo a safra atual com Lur-Saluces (eles haviam começado a colheita em Mouton e começariam na próxima semana em Yquem) e René Labert, do comerciante Dourthe. Ele é, inclusive, um dos pouquíssimos comerciantes realmente fanáticos por vinhos finos.

Não havia uma cuspideira à vista, mas o lugar estava cheio de água mineral (Hardy havia conduzido uma degustação às cegas das águas para saber qual delas se adaptaria melhor aos vinhos). Os vinhos eram de uma grandeza capaz de emocionar qualquer apreciador. Para começar, quatro vinhos secos alemães extremamente raros, incluindo um bizarro, Zeltinger Beerenauslese Trocken de colheita tardia, de 1976; quatro *grands crus* Borgonhas brancos do tipo Domaine Ramonet e dezesseis safras do Ygrec (o que era excessivo), o vinho seco e denso feito pela própria Yquem em anos mais escassos.

Tudo isso era para afiar o paladar para a primeira e mais importante rodada de Yquems: o grande, quase imoral, 1976; um agressivo 1858; um 1847, que foi a estrela do *show*, de tão vigoroso, doce, rico, macio, deslizando-se para os outros níveis do palato; um 1811 quase antiquado e, a mais rara das raridades, um frasco azul-esverdeado no qual se viam gravadas flores, folhas, cachos de uvas e o brasão da família Sauvage, que possuiu Yquem antes de Lur-Saluces assumir o controle, em 1787. O conde estava em êxtase. "Por *esse garrafe* vazio, eu te dou um beijo", disse ele a Hardy. "Por *esse garrafe* cheio... não sei o que faço."

Hardy tinha estudado os arquivos de Yquem e ficou sabendo que o czar russo havia comprado um barril de vinho 1847 por 20.000 moedas de francos de ouro. Ele também ouviu dizer que havia um depósito de tesouros dos czares na então Leningrado (quem seriam seus informantes?). Então ele foi atrás dessa informação, para saber se algum desses vinhos havia sobrevivido e – *voilà!* – voltou com uma única garrafa, cujo vidro era datado da metade do século XVIII. Um vinho que talvez já tivesse trinta anos de vida quando o Branne-Mouton 1787 foi feito. Havia um comentário de que este talvez fosse o vinho mais antigo já tirado de uma garrafa (há um barril antigo de Rüdesheimer Apostelwein 1727, mas que é sistematicamente renovado, nas adegas da prefeitura de Bremen, no extremo norte da Alemanha).

Michael Broadbent, o único inglês além de mim, foi o primeiro a levantar e dizer que os vinhos antigos precisavam ser primeiramente decantados e logo em seguida consumidos. Ficamos em silêncio observando o jovem *sommelier* retirar delicadamente o lacre de cera. A namorada de Hardy o abraçou. Houve um murmúrio de deslumbre e palmas quando a rolha emergiu intacta – embora tenha se desfeito logo em seguida, mas já longe do vinho. O vinho foi cuidadosamente dividido em oito taças, especialmente feitas de modo artesanal, em cristal soprado, entalhadas pela Riedel, companhia austríaca especializada. De longe, o vinho parecia um Claret, de uma cor vermelha profunda, amarronzada.

Cada mesa compartilhou uma dessas taças de história untuosa, cremosa, rica, com um tom levemente metálico que indicava que talvez estivesse começando a estragar. O vinho não "cresceu" na taça, teve que ser passado de um a outro rapidamente, aspirado e compartilhado como um sacramento. O 1847 servido em seguida era melhor, mas, até aí, era um século mais jovem. Resolvi naquele exato momento encher a minha adega com Sauternes, que irão permanecer deliciosamente jovens até o dia de bebê-los no meu leito de morte. As taças, tão especiais, foram leiloadas e sua renda revertida à caridade pelo bom e velho Michael (ele trabalha tanto!) e por volta das quatro e meia da tarde, com a luz outonal se esvaindo, os arrematadores sortudos estavam empacotando suas aquisições em caixas especiais e todo mundo estava ansioso para esticar as pernas lá fora. Mas não. O chef parecia nervoso, e, batendo em uma taça, lembrou-nos de que havia ainda o último prato a ser servido: *foie-gras sautée* com uvas frescas sem pele, para ser ingerido com um Yquem "bebê", de 1976. O jornalista de vinhos Jo Gryn, da Bélgica, virou para o conde e falou: "É um dia histórico, não é mesmo?" "Mais do que isso", respondeu (dez anos mais tarde, o conde veria sua família vender grande parte da propriedade para a Moët-Hennessy, enquanto fazia uma viagem pelo Extremo Oriente).

Eu e Michael, ingleses preguiçosos, fomos os únicos a fugir de fininho do *tour* pela adega que finalizaria a orgia. Enquanto os outros observavam as prensas e os barris sendo preparados para a safra de 1986 (que acabou sendo um grande sucesso), o contingente britânico tirava uma soneca sob as árvores numa tarde outonal que já desaparecia.

Fomos também os únicos frágeis o bastante para pedir uma cuspideira para a próxima sessão. O único recipiente adequado acabou sendo um vaso ornamental. Os degustadores alemães não gostam de cuspir tanto quanto os britânicos, e agora, pensando bem, acho que foi grosseiro perguntar se poderíamos cuspir na sala de jantar, mas, àquela altura, nossa preocupação principal era a auto-preservação. Lembro de ter tomado uma aspirina com uns goles de Lanson 1964 durante um dos outros intervalos.

A segunda sessão não havia começado até as seis da tarde. Devo ter bebido mais do que jamais bebera antes do pôr-do-sol, mas não me lembro de ter deixado tanto vinho na taça, tampouco. As janelas ainda estavam abertas com vista para os vinhedos. No céu, um azul pálido abraçava o pôr-do-sol. Uma brisa brincava com meu vestido – abençoadamente feito com Lycra. Hardy parecia sério. Ainda havia muito o que organizar.

Tivemos lagosta e *foie-gras* com uvas. Para acompanhar as garrafas gigantes de Bordeaux tinto 1966 – incluindo um *jeroboam* de um Canon robustamente maduro e saudável e um *impériale* de Calon-Ségur surpreendentemente bem-desenvolvido, de sabor clássico (que bateu um outro *jeroboam* sem graça de Lafite) – comemos *cèpes*.

Houve uma repentina mudança de humor com a rodada seguinte de vinhos porque Hardy havia decidido fazer uma degustação às cegas. Não uma degustação cega qualquer, obviamente, mas com onze dos mais finos Bordeaux tintos, todos em garrafas tipo *magnum*, que iam desde um Latour 1937 a um Lafite 1848! De repente todo mundo tinha que começar a prestar atenção a tudo e houve muita discussão sobre as minúcias das diferentes garrafas, já que muitos dos convidados de Hardy já eram familiarizados com esses vinhos.

Tudo que posso dizer é que o Pétrus 1921 e o quase tão delicioso Cheval Blanc 1921 eram tão maravilhosos quanto o Figeac 1929. O Mouton 1858 (nosso *bonne bouche* após provar o Branne Mouton 1787) e o Lafite 1848 eram excelentes. O Rausan-Ségla 1878 um pouco menos, assim como o Haut-Brion 1929 e o Margaux 1934. O Trotanoy 1928 e o Latour 1937 foram um pouco decepcionantes. Michael – incrivelmente – identificou seis dos dez vinhos (sabíamos o que estava sendo servido, mas não a ordem). Eu tive um desempenho patético, não acertei nada. Mas, francamente, àquela altura, meu paladar já havia perdido toda a sensibilidade. O escritor Richard Olney e eu fomos advertidos como crianças em um jardim-de-infância, já que ríamos da impossibilidade dessa tarefa. Enquanto isso, Hardy trabalhava sem parar com sua calculadora, tentando obter o resultado final da degustação (alguém deve ter inventando uma pílula com funções especiais para o fígado dele).

O Brane Cantenac 1978 (que ganhou esse nome do barão que havia possuído a Mouton) pareceu delicioso depois de todo esse trabalho duro.

Após uma pausa para as aspirinas, um flã de trufas com uma cobertura escura foi servido juntamente com mais quatro garrafas gigantes de Bordeaux tinto. A sala estava em silêncio, já que todo mundo estava ocupado comendo suas trufas, ruminando sobre seu desempenho como degustador às cegas. Michael animou nossa mesa fazendo comparações entre o ultra-opulento Pétrus 1979 ("seria um infanticídio prová-lo agora") e Sophia Loren. "Você os admira, mas não quer ir para a cama com eles." Achamos que a *magnum* dupla de Palmer estava ficando um pouco seca, mas Michael insistiu que a *magnum* cheia de vida de

Cantenac Brown 1947 cheirava a chocolate e uniforme de colegiais (o politicamente correto ainda estava engantinhando em 1986).
Então, algo surpreendente aconteceu. Àquela altura, já tínhamos comido e bebido bastante para qualquer padrão. Alguns já se sentiam enfastiados e começamos, traiçoeiramente, a pensar carinhosamente em nossas camas no Hotel Aquitania. No entanto, foram servidos mais três tintos com nosso Brillat Savarin (isso foi antes do Michael se tornar um fanático por vinhos brancos com queijo), dos quais o terceiro estava tão absolutamente sensasional, completíssimo, cremosamente rico, perfeitamente equilibrado e elegante, poderoso e delicado, que conseguiu até ressuscitar o meu espírito debilitado. Era um garrafão de Mouton 1929, feito sete anos depois do jovem barão Philippe de Rothschild assumir o comando da propriedade da sua tia, numa ação visionária. Naquele tempo, o vinho estava completamente fora de moda na maior parte da Europa (o que estava em voga, na época, eram os coquetéis) e absolutamente proibido nos Estados Unidos.

Esse foi pra mim o último sopro de energia reservada para aquela noite, mas, até aí, eu nunca tinha participado de um dos eventos de Hardy antes e não contava com os últimos sete vinhos doces servidos com duas sobremesas no final. Um Wachenheimer Goldbacher Gerümpel Trockenbeerenauslese 1937, de um vermelho-rubi profundo, complexo, tipo marmelo, pareceu o elixir mais revigorante que qualquer um poderia imaginar. Tão enérgico e, ao mesmo tempo, tão delicado.

Para fechar a noite (ao menos para aqueles que resistiram à tentação de provar os destilados que Hardy oferecia com o café), havia mais três vinhos com origem do Lur-Saluces e um 1949 da propriedade-irmã do Yquem, Fargue: ricamente polido, atrativo em sua leve rusticidade, com uma notinha amarga no final. E então, o canto de cisne para o resto de nossas vidas, os últimos vinhos que provaria antes de voltar à minha dieta cotidiana de Coonawarra Cabernet e Sainsbury's Corbiéres, duas das melhores safras de Yquem, 1937 e 1921. O 1921 era convenientemente o *prima inter pares*, de um profundo dourado acastanhado, cheirando a especiarias exóticas, discretamente seco, dando pistas de algo que ficou em segredo naquela noite. Fui completamente tomada pelo 1937, tão vivo e jovem, absolutamente intrigante e fascinante, com sabores que se escondiam debaixo de sete véus. Viramos a noite no exato momento em que tomávamos o 1937. Já era outubro, o mês da colheita! Um bom presságio, com certeza.

O Conde de Lur-Saluces levantou-se, ao que me parecia, admiravelmente firme, para cantar as glórias a Hardy. Ele ficou sabendo que alguns vinhos tinham vindo de Leningrado, outros da Inglaterra, da Escócia e de Caracas. Certamente não havia em Yquem algo que se equiparasse à coleção de vinhos que ele havia reunido naquela noite. Chaban Delmas deveria condecorar Hardy porque, afinal, eram pessoas como ele e seus amigos que estimulavam outros, como Lur-Saluces, a manter a altíssima qualidade dos seus vinhos.

Finalmente, levantamos todos da mesa e lenta e relutantemente, entramos no prosaico ônibus que nos trouxera pela manhã – ou alguém achou que Hardy iria dispor de umas carruagens douradas puxadas a cavalo para nós?

Você pode achar que as notas de degustação acima não fazem justiça aos grandes vinhos que tentamos descrever. A razão é simples e tola. Eu estava exausta e me atirei no primeiro assento que vi dentro do ônibus. O extraordinário produtor de cristais George Riedel, da Áustria, que eu não tinha conhecido antes, sentou-se ao meu lado e, alegremente ficou me falando durante toda a viagem de volta a Bordeaux sobre o esforço da empresa em produzir taças que se adaptassem perfeitamente a todos os estilos de vinhos, a forma como o líquido chega à língua, aos lábios e por aí vai (ao menos é o que entendi da conversa que tivemos – eu não estava em condições de processar muita informação naquele momento). O resultado disso, na minha pressa de fugir desse papo de vendedor e chegar logo à minha cama no hotel, foi que acabei deixando meu belo caderno de notas com todos os mínimos detalhes (que iam ficando cada vez mais confusos) sobre esses vinhos majestosos no ônibus.

Só me dei conta disso no dia seguinte, um pouco antes de correr para o aeroporto para pegar um vôo logo cedo para Londres (o que mais eu poderia fazer em Bordeaux, depois de todo aquele banquete oferecido por Hardy?). Graças a Deus e a Hardy, fomos presenteados com uma cópia do menu com a ordem completa dos vinhos. Sentei na sala de embarque em Mérignac tentando, energicamente, relembrar todas as notas de degustação sobre cada vinho. Ainda tenho esses rascunhos. Em relação ao Pichon Lalande 1953 está escrito: "Estou chocada em ter que admitir que não me recordo em absoluto desse vinho".

Ainda me sinto não-merecedora desses tesouros, tenho plena certeza de que poderia fazer justiça a eles se os provasse no mais esplêndido isolamento, tenho certeza de que minha capacidade física é um tanto diferente da de Hardy e de seus colegas colecionadores. Ele gentilmente me convidou para outras duas ou três degustações anuais, feitas dessa vez nas montanhas do Tirol austríaco e com uma caminhada entre as sessões, o que me pareceu mais sensato. Por motivos diversos, nunca mais pude ir. Adoraria repetir a dose, qualquer dia desses, embora eu esteja convencida de que não haverá outra safra tão extraordinária quanto a de 1986.

Nos últimos dez anos tem havido muita especulação sobre Hardy Rodenstock, suas razões, seus métodos e, em particular, a procedência de seus vinhos. Michael Broadbent e eu, por exemplo, já teorizamos horas sobre ele na linha de metrô de Picadilly. Hardy continua sendo uma figura misteriosa tanto na venda quanto na obtenção de vinhos, mas sem dúvida ele é uma pessoa excepcionalmente generosa e não dá nenhum sinal de que promova essas grandes degustações por publicidade ou status. Ele não bajula a imprensa porque sabe muito mais sobre vinhos do que qualquer um de nós jamais reunirá as condições financeiras para fazê-lo. Ele é um genuíno, diligente, fanático, um tanto enigmático *connoisseur*.

XV
Tentando domar o vinho

Lá pela metade dos anos 1980, eu estava muito, muito ocupada. Não com a vida social agitada da década anterior, mas com assuntos – e obrigações – muito mais sérios. Nick estava trabalhando duro para solidificar o sucesso precoce do L'Escargot, embora estivesse acometido por problemas de saúde e, principalmente, pelo surto de problemas financeiros. Lembro-me bem da primeira vez em que ele chegou em casa à noite reclamando das duas mulheres que chegaram para o almoço – nossa amiga, a jornalista Sue Sommers, era uma delas – e tomaram *nada, exceto água*. Isso o preocupou. Se tal prática virasse moda, os restaurantes cujo lucro dependia totalmente do consumo de vinhos seriam obrigados a cobrar mais pela comida. A idéia, aceita até então, era a de que todo mundo sabia quanto um açougue cobrava por um pedaço de carne, mas os preços estabelecidos na comercialização de vinhos eram segredo entre os negociantes (eu diria que hoje em dia o típico freqüentador de restaurante londrino compra muito mais garrafas de vinhos do que carne – e os açougueiros praticamente desapareceram).

Nick e eu discutimos várias vezes sobre a margem de lucro que agregaríamos aos vinhos da carta constantemente atualizada do L'Escargot. "Você não pode aumentar as porcentagens", era minha lamúria constante, enquanto ele tentava, pacientemente, me explicar as contas de lavanderia e gás.

Para minha sorte, a de Julia e a do próprio Nick, o restaurante já havia crescido o suficiente para não exigir mais sua presença em período integral. Na maioria das noites, ele podia jantar comigo – às vezes no restaurante ou, como era mais comum desde o nascimento de Julia, em casa. O incômodo maior durante esse período de nervos à flor da pele, eram os telefonemas no meio da noite. Eram quase sempre notícias de arrombamento, vazamentos, alagamento do frigorífico, ou algo que os britânicos estavam acostumados a perdoar, àquela altura, infelizmente: a detenção de chefs pela polícia, só porque suas peles eram mais escuras que o normal, nos motoristas de BMW.

Noites mal-dormidas à parte (com um bebê, já estava acostumada a isso), eu era obviamente uma das maiores beneficiárias do restaurante. A equipe era incrivelmente gentil comigo. Era um grupo excepcional, escolhido primeiramente pela personalidade de cada um, ao invés de simplesmente contratar alguém da agência de bufês do Soho. Percebi que nunca me faltaria boa comida. Tinha ali um lugar moderno onde era possível encontrar amigos e colegas e, eventualmente, fazer o lançamento dos meus livros. E, com o apoio de Nick, ganhei um espaço para experimentar vários tipos de eventos relacionados a vinho.

Rapidamente, o L'Escargot se tornou um lugar conhecido para degustações à luz do dia, especialmente na sala do segundo andar, com seu belo teto de vidro e uma abóbada em formato de barrica, bem acima dos telhados e saídas de incêndio do Soho, onde muitos comerciantes já vinham exibindo os seus produtos. Lá, comecei a promover as degustações comparativas às cegas que viraram parte do *Which? Wine Monthly*. A minha sucessora, Jane MacQuitty, deu continuidade à "tradição", muitas vezes ditando os tópicos de sua coluna no *The Times*, a partir do escritório de Nick. "Não, é *cor-de-granada*..."

Também à noite, o L'Escargot, com suas quatro salas imensas, distintas e independentes, era o lugar perfeito para realizar eventos relacionados a vinhos. No começo das atividades, os jantares de degustação – um fenômeno relativamente recente naquela época – ajudaram bastante a encher o restaurante em noites menos movimentadas. Participavam dos jantares produtores de renome mundial e autoridades locais no assunto, como o bom e velho Edmund Penning-Rowsell, sempre apresentando coleções dos seus vinhos favoritos. Em outras noites, organizava degustações nas quais eu tinha algum interesse em particular. Lembro-me especificamente de uma comparação às cegas de Barolos que haviam sido decantados há 24 horas, há doze, há quatro e outros ainda que não haviam sido decantados, para ver se fazia realmente alguma diferença (parecia não fazer, para dizer a verdade). O restaurante era um dos inevitáveis pontos de encontro do Zinfandel Club, de seu equivalente australiano, o Coonawarra Club, e da Forum Vinorum, considerada uma sociedade desatualizada, designada a fazer uma celebração dos melhores vinhos italianos (era comum, nessa época, até para os comentaristas de vinhos mais celebrados e de cabeça aberta da Inglaterra afirmarem que a Itália produzia um vinho irrelevante, ou que o problema na Itália é que era tudo tão complicado – embora essas reclamações viessem quase sempre de pessoas que adoravam fazer incursões pela língua e pela geografia intricada da França).

Naquela época, além de estar ocupadíssima com fraldas e babás, precisava achar uma casa maior por um preço razoável e havia também uma grande preocupação com a repercussão dos primeiros programas de TV, e a necessidade de já esboçar os próximos. Também estava finalizando o *Masterglass* e ainda tinha que satisfazer alguns dos muitos mestres que tinha no *Sunday Times*.

Logo depois de me tornar colunista no jornal, Rupert Murdoch comprou a *Times Newspaper* e tirou do velho e complacente regime de Thomson, e uma nova era para a publicação de periódicos na Inglaterra teve início. Harry Evans foi transferido para o *The Times* e substituído temporariamente por Frank Giles, o único editor que jamais tive, que afirmava ter algum conhecimento sobre a minha área de atuação. Um editor que tentava me conduzir na direção dos seus gostos pessoais ("que tal um artigo sobre Odette Pol-Roger?") é muito pior do que aqueles que não têm conhecimento amplo na área, mas que estimulam e não intervêm no seu trabalho.

Em 1983, Frank Giles foi substituído por um sujeito de fora e agressivo, chamado Andrew Neil. Na nossa primeira reunião, sugeri que seria uma boa idéia ter uma coluna fixa no periódico. Isso daria um motivo para a crescente turma de entusiastas de vinho comprar o jornal e, além disso, teriam um lugar de referência onde procurar informações, uma vez que as páginas belamente ilustradas da revista, nas quais eu freqüentemente aparecia, eram mais ou menos desperdiçadas por meus artigos, sempre difíceis de ilustrar. Não quis nem saber do assunto.

Alguns dos muitos almoços de colegas do jornal no L'Escargot incluíram um com James Adams, especialista em assuntos ligados à pasta da defesa e braço direito de Neil que, a essa altura, tinha a responsabilidade de cortar as imensas despesas do jornal, incluindo aí uma redução no quadro de funcionários. Era tarde demais, entretanto, para cortar uma coisa: eu tinha sido mandada pelo jornal ao porto mediterrâneo de Sète, para fuçar uma história acerca de importação de vinhos italianos pela França (isso foi um ano ou dois depois da famosa guerra de vinhos, que teve até carros de combate envolvidos e coquetéis molotov, como reação dos produtores franceses que tentavam proteger seu território das conseqüências da integração da França à área do Mercado Comum). Adams me deu uma bronca. Não por causa da desestimulante natureza da história que apresentei, mas devido às minhas modestas despesas de viagem. *Era realmente humilhante* pedir ressarcimento somente do hotel simples onde ficara hospedada e das refeições frugais que fizera. Isso abriria um perigoso precedente, ele me disse. Ah, embora eu tivesse sido contratada pelo jornal ainda nos tempos meio parados, nós, os *freelances* que não fomos dispensados, não tínhamos direito aos famosos privilégios como trabalhar somente 25 horas semanais, seis semanas de férias anuais e licenças constantes.

No começo de setembro de 1983, Nick e eu encontramos o lar perfeito, em Haverstock Hill, na disputadíssima divisa entre Belsize Park e Hampstead. A casa tinha sido ocupada pela mesma família desde os anos 1930 que, ainda bem, tinha feito pouca coisa no local depois da sua construção no período vitoriano – embora isso significasse que teríamos que gastar uma soma considerável com pintura, fiação, encanamento e um telhado novo.

Após um verão trabalhando feito um escravo no Soho, Nick precisava de um descanso. Então, pegamos um vôo – eu, ele e Julia – para passar uma semana em Chipre, curtindo os dias de calor em pleno outubro. Em uma cidade de clima quente, onde o controle de temperatura ainda era uma novidade, descobrimos que quanto mais barato (melhor dizendo, mais jovem) fosse o vinho, mais refrescante e apetitoso ele parecia. A pequena Julia, então com quinze meses, pulava animada na praia, com seu roupãozinho rosa-bebê – não demorou para que tivesse uma trupe de outras crianças ao redor.

Na semana após o nosso retorno, enquanto tentávamos calcular quanto dinheiro a casa nova iria absorver, me ligaram de uma agência de propaganda, assim do nada. Eles estavam trabalhando em um novo "café moído na hora" e alguém veio com a idéia de me usar como garota-propaganda do produto. Acho que deve ser fácil imaginar as paralelas que um redator sobrecarregado pode traçar entre ser um degustador de vinhos e um degustador de cafés.

Por uma fração de segundo, pensei em bater o telefone com um "Propaganda? Eu?", mas percebi que isso não acarretaria absolutamente nenhum impacto à minha autoridade como jornalista de vinhos. Talvez até me fizesse mais conhecida e, melhor ainda, ajudaria nas despesas da casa nova. A coisa mais importante então era conhecer o sabor do café. Perguntei ao rapaz ao telefone se poderia provar o produto antes de dar uma resposta. "O *produto?*" ele perguntou, incrédulo. "Você quer provar o *produto?*" Houve uma pausa de hesitação. "Acho que temos um pouco em algum lugar. Se não tivermos, pedimos ao cliente para entregar algum para você" (as agências de publicidade nunca confiaram muito no correio real). Logo depois, preparei o café, provavelmente muito mal-feito, já que estou muito distante de ser a mais entusiástica bebedora de café do mundo. Estranhamente, cheguei à conclusão de que o café tinha um gosto realmente bom, antes de ir me encontrar com a extraordinária equipe da agência, em Knightsbridge.

Eles me mostraram um roteiro com algumas linhas nas quais estava escrito "Jancis de helicóptero sobrevoando os Andes". Fiquei um pouco confusa. Onde isso seria filmado? No País de Gales? "Ah, não, iremos à Colômbia. No começo de janeiro está bom para você?" A partir daí começou um dos mais surreais, porém lucrativos, episódios da minha vida – e em boa hora! A equipe da Goldcrest podia ser generosa, mas o desperdício dos orçamentos das agências de propaganda desafia, ou pelo menos desafiava, o crível. Ainda iríamos dobrar o número de pessoal com a equipe local assim que chegássemos a Bogotá, e mesmo assim lotamos a cabine da primeira classe do vôo da British Caledonian. Dois representantes da agência nos acompanharam com a simples missão de transportar pacotes do Produto e mantê-los intactos para aparecer nos *closes* da TV (eles rechearam os pacotes com um pó branco muito suspeito, o que confundiu os oficiais da alfândega).

A melhor parte foi a compra antecipada das roupas. Um figurinista e eu passamos um ou dois agradáveis dias ziguezagueando por lojas tão sofisticadas quanto eu jamais havia imaginado, comprando um punhado de roupas para submeter à aprovação do diretor. Eu as guardo, na verdade, as uso, até hoje. Uma armação de óculos vermelha extra havia sido encomendada para mim, para qualquer eventualidade.

Quando chegamos lá, os terraços de secagem de café foram limpos para mostrar o pé de café perfeito e, quando os pequenos grãos vermelhos não estavam na perfeita posição para a câmera, outros eram colocados no lugar. Eu estava sendo tratada por uma das melhores maquiadoras da área, que insistiu para começarmos a trabalhar às cinco todas as manhãs – o que era perfeitamente compreensível, mas não muito bom para alguém que tinha acabado de descobrir que estava à espera do segundo filho. Ficamos lá em cima, nos Andes, não muito longe das plantações de coca, em Manizales: uma cidade grande, com uma igreja magnífica e uma frota de táxis amarelos antigos, aposentados das ruas de Manhattan. O barulho que faziam quando passavam pelos buracos nas ruas, à noite, lembrava Nova York de uma forma esquisita.

Do mesmo modo que quando filmávamos o *The Wine Programme*, fui apresentada mais uma vez às brincadeirinhas e rivalidades que são parte de trabalhos em equipe, mesmo sendo poupada de muitas delas pela minha gravidez e pelo fato de ser a atriz principal. Acho que a maquiadora ficou chocada por eu querer sair e explorar os restaurantes locais com o grupo, ao invés de ter um leve jantar de beleza (literalmente) em meu quarto de hotel – e isso deve ter tornado seu trabalho mais difícil na manhã seguinte. Fiquei surpresa ao constatar que as cartas de vinhos eram dominadas por um país cujos vinhos eu mal tinha provado antes, o Chile (o vinho argentino não era muito exportado antes dos anos 1990).

O jantar em grupo da última noite me ensinou uma lição. Fomos todos a um restaurante de frutos do mar, e a maquiadora confessou que tivera medo de trabalhar com uma não-profissional como eu. Enquanto isso, o *cameraman* começava a desembalar fitas cassete de uma mochila grande que havia trazido. Ele não apenas nos poupou do som ambiente com música bacana para nos divertir, mas, após o jantar, extraiu da mochilona duas garrafas de Krug 1976 que comprara no aeroporto antes da nossa viagem para a Colômbia. Que estilo! E que ótimo lugar para bebê-lo!

O café e a agência desapareceram sem deixar rastro (o nome, Master Blend, foi tomado mais tarde por uma variedade de cafés instantâneos), mas para mim foi tudo muito empolgante. Todo esse mimo sem dúvida me transformou na mais terrível *prima donna* da segunda temporada do *The Wine Programme*.

Susanna, a esposa de Barry, que havia assumido como produtora da série, tinha um problema sério nas mãos. O Channel 4 estava exigindo a segunda temporada o mais rápido possível, mas era uma perda de tempo filmar as vinícolas no hemisfério norte entre dezembro e abril (porque não há nada além de troncos nos vinhedos) e eu estava esperando o bebê para o final de agosto. Ela tinha, então, uma pequena janela entre abril e, talvez, junho para a filmagem, quando minha barriga já estaria grande demais (felizmente não fui questionada sobre como e porquê as mulheres grávidas não podem ser vistas na televisão em uma série de TV sobre vinhos, mas isso foi antes da Síndrome Alcoólica Fetal ser identificada, alardeada e espalhada pelo público. Acredito que essa decisão tenha sido tomada com base na sensibilidade do telespectador e nas convenções da televisão, mais do que propriamente com base em qualquer assunto relacionado à saúde, exceto, talvez, pela minha provável lerdeza. Naqueles dias, a televisão sustentava o mito de que a gravidez não existe).

Ficou decidido, então, que iríamos fazer uma viagem ao norte da Espanha e de Portugal no começo de abril. Depois dali, partiríamos para a Toscana no final do mês, aproveitando para filmar na Inglaterra no começo de junho (Simon Loftus, a quem filmáramos comprando *chianti* no Castelo di Volpaia, era agora mostrado caminhando magistralmente por Southwold) e talvez até um dia ou dois, no começo de julho, em algum vinhedo inglês, usando a exuberante folhagem de verão para disfarçar minha barriga enorme.

Não me lembro por que não filmamos no final de maio, mas sei perfeitamente por que o começo de maio estava fora da agenda das filmagens.

A próxima, substancial etapa a partir dos exames que prestei no Wine & Spirit Education Trust, nos meus primeiros três anos na *Wine & Spirit* era uma desejada – eu sei que soa um tanto curioso – qualificação conhecida como "Master of Wine". O Institute of Masters of Wine foi fundado nos anos 1950, como uma instituição educacional superior (em todos os sentidos) que promovia uma semana exaustiva de exames todos os meses de maio para selecionar alguns candidatos. Trinta anos depois, havia apenas pouco mais de uma centena de Masters of Wine, dos quais apenas dez por cento eram mulheres (Liz Morcom, Rosemary George e Liz Berry acabaram ingressando nesse grupo), mesmo que o número de candidatas aspirantes cresça além da conta todos os anos. Era um daqueles exames terríveis, nos quais a leitura criteriosa do material não dava a menor dica sobre a profundidade das respostas exigidas. As perguntas faziam sentido para aqueles de nós que haviam passado pelo teste mais difícil, o Diploma. Claramente, se o índice de aprovação era somente de dez por cento, devia haver muito mais trabalho a ser feito do que somente responder correndo. Fiquei maravilhada quando soube que não houve restrições à minha participação nos exames, no final dos anos 1970, pois eles eram abertos somente àqueles que faziam parte realmente do negócio de vinhos.

Então, no começo dos anos 1980, aqueles que dirigiam o instituto se depararam com a triste verdade de que os Masters of Wine não eram imortais. Alguns dos primeiros MWs (e outros não tão "primeiros", como o querido Martin Bamford, do Château Loudenne) haviam morrido. Os primeiros MWs fizeram as contas e chegaram à conclusão de que o Instituto, que já era considerado elitista e reservado pelos que estavam de fora, poderia secar e morrer se permanecesse limitado exclusivamente aos membros ingleses do comércio de vinhos. O resultado disso foi que, ao final de 1983, eles abriram as exigências de admissão também àqueles que viviam *do vinho* e como alguém que se saíra bem no Diploma em 1978, comecei a me deixar levar pela idéia de obter de fato um MW a partir de algumas poucas palavras de encorajamento.

Costumava pensar que, se não tivesse freqüentado a escola primária, não teria pensado duas vezes nessa horripilante possibilidade de trabalho duro e humilhação pública. Mas pensei e estou decididamente imbuída da velha necessidade de ver os itens ticados, cheios de M.B.

(muito bom) no meu caderno escolar (quanto mais biografias de escritoras leio, mais me convenço de que essa necessidade de se alcançar algo não tem nada a ver com educação, e provavelmente reflete algum tipo de escapismo induzido).

Durante toda minha vida profissional, se alguém me apresenta uma oportunidade, eu tomo por pressuposto (de forma errada, aprendi) que eles a ofereceram a mim porque sabem que eu posso assumi-la. Sinto-me então na obrigação de fazer uma tentativa. Estava me sentindo cada vez mais distante da realidade da produção do vinho, depois de toda essa brincadeira de ser uma apresentadora de TV. Eu tinha visto mais pincéis de maquiagem do que barris de fermentação nos últimos dois anos, e achei que não me faria mal me forçar a enfrentar todas as lacunas vazias no meu conhecimento sobre vinhos. Outro fator que contribuiu para isso, tenho certeza, foi a televisão e o meu mais recente livro, *Masterglass*, que acabaram me transformando numa "popularizadora" do vinho. Se, por algum motivo, eu fosse uma bem-sucedida Master of Wine, não haveria dúvidas: qualquer que fosse o resultado do meu trabalho, seria baseado no mais alto nível de conhecimento. Lembro até de um artigo no qual nós, jornalistas de vinhos, éramos comparados aos mais diferentes tipos de vinhos. Edmund era, obviamente, um grande e antigo Bordeaux, levemente austero, porém magnificamente valioso. Oz Clarke era, se não me engano, o Chardonnay adorado por todos. Eu era um frívolo e evanescente Beaujolais, agradável num primeiro instante, mas, será que duraria?

Eu sinto ainda mais por Nick pela publicação desse artigo, porque isso foi a última gota para me levar a tentar os exames de MW em 1984, o primeiro ano no qual me permitiram participar, e ele arcou com as conseqüências. Ele e quase todos os meus amigos estavam convencidos de que o que eu punha a perder ao ser reprovada era muito mais do que tinha a ganhar, caso fosse aprovada. Com o programa de televisão, a coluna no *Sunday Times* e livros como *The Wine Book*, *The Great Wine Book* (bastante premiado) e *Masterglass*, para não citar a experiência com o *Which? Wine*, não tinha que provar nada a ninguém, nem a mim mesma. Tive que admitir a secreta suspeita de que, na eventualidade da minha altamente provável reprovação na primeira tentativa (poucos candidatos passam pela primeira fase teórica ou "prática", ou seja, a degustação, logo na primeira tentativa; então ficam livres para se concentrar para a segunda fase, no ano seguinte), isso só aumentaria a enorme crença já estabelecida no comércio de vinho de que os jornalistas não têm tanto conhecimento quanto pensam.

Eu devia estar me sentindo muito confiante, porque concordei em filmar parte do meu exame para o Master of Wine para a segunda temporada de *The Wine Programme*. Talvez eu soubesse que poderia ser editado, mas ao menos assim pude combinar fazer o exame com a produção do programa e com ter um bebê – eu realmente devia estar louca. É claro que não tivemos permissão para filmar os exames reais, mas pegamos algumas cenas da sessão prática de degustação que ficaram idênticas.

O efeito mais sério da minha decisão, para mim e para aqueles que viviam ou trabalhavam comigo, era o volume de trabalho envolvido. Rapidamente sugada para dentro da confraria dos suplicantes, nós, os estudantes do MW, compartilhávamos notas de revisão dos candidatos passados, aprofundando-nos nas suas garatujas, tentando tirar algum sentido das equações. Estava claro que as questões dos exames eram muito capciosas na sua simplicidade ("Discorra sobre os méritos relativos dos vários tipos de vasilhames utilizados para armazenamento e maturação dos vinhos", por exemplo). Tínhamos que absorver e decorar um conteúdo científico sofisticado.

O exame de MW não é nem de longe profundo como a obtenção de diploma em enologia (produção de vinho), mesmo assim é muito amplo e requer um bom conhecimento de todos os aspectos relacionados à produção, consumo e marketing de vinho, bem como habilidade em escrever e – mais importante – degustar. A maioria dos candidatos acaba ficando pelo caminho porque são, por exemplo, extremamente bons em degustação, mas incapazes de escrever um ensaio. Outros têm um ótimo raciocínio, mas deixam a desejar na degustação (a realização dos exames em maio, em plena primavera no hemisfério norte, era particularmente cruel para os que sofriam de alergia).

Em 1984 havia alguns trabalhos sobre vinicultura, vinificação (fazer o vinho) e manuseio do vinho (uma reflexão desatualizada sobre o papel da Inglaterra como engarrafadora de vinho a granel) e os aspectos comerciais do vinho (um prato cheio para aqueles que ironicamente apontavam que um Master of Wine tendia a ser um ótimo comprador e péssimo vendedor de vinhos). Havia ainda um ensaio, que serviu de salva-vidas para mim e de redemoinho para muitos degustadores talentosos, e não menos que três trabalhos de degustações, durante os quais uma dúzia de taças nos eram apresentadas e éramos convidados a identificar e avaliar com a maior atenção possível. O aspecto mais cansativo da tarefa – hoje excluído do currículo – era ter que estudar cuidadosamente os códigos de todos os documentos de alfândega necessários para mover o vinho de um lugar para outro.

Porque o instituto começara como um pequeno núcleo de elite num comércio particularmente aconchegante, acabou herdando uma obsessão pelo segredo. Os trabalhos eram, compreensivelmente, numerados ao invés de nomeados. Assim, os examinadores não sabiam quem eles estavam avaliando (apesar de que, naqueles dias de correspondências manuais, eles deviam reconhecer a letra de alguns). Outro princípio importante era de que a identidade dos avaliadores também permaneceria um mistério. Por mais admirável que isso possa parecer, prolongou por anos – muito mais do que o necessário – a total falta de comunicação entre examinadores e tutores, que geralmente eram os candidatos aprovados recentemente.

Os MWs recém-chegados devem orientar seus pretensos sucessores porque conhecem os padrões atuais dos exames – que acabaram evoluindo naturalmente ao longo dos anos. Nos anos 1960, por exemplo, os candidatos tinham uma aula de duas horas chamada "Outros Vinhos da França", o que incluía as regiões de Rhône, Loire, Alsácia, todo o sul e as demais regiões fora dos já conhecidos circuitos de Bordeaux, Borgonha e Champagne. Devido ao crescimento constante de regiões vinícolas que vendem seus produtos ao mercado internacional de vinhos e por causa do amplo conhecimento sobre a ciência de vinhos que existe hoje em dia, os exames se tornaram mais complexos – e mais difíceis – a cada ano. Alguns membros da velha guarda (o que me inclui atualmente) talvez nem conseguissem passar nos testes atuais – o que gerou uma certa paranóia, com os MWs mais antigos tentando estabelecer regras regidas pela disciplina estrita e pela informação privilegiada ao invés de incentivar o entusiasmo, a abertura e os exemplos reais – como nos cursos preparatórios que muitos deles fizeram. Tudo isso mudou um pouco nos últimos anos, como também mudou a tendência dos novos Masters of Wine agirem de forma empertigada, como se tivessem saltado para o outro lado de um abismo e ingressado numa sociedade secreta, esquecendo rapidamente como era ser um simples estudante aspirante.

Certamente não há dúvidas de que as glórias refletidas no candidato aprovado no Master of Wine são inversamente proporcionais à falta de glamour atrelada à vida dos estudantes. No meu caso, foram necessárias horas e horas sentada em uma sala de aula sufocante pensando se eu não estaria ganhando mais se estivesse debruçada sobre meus preciosos arquivos de notas de revisão. Na minha agenda de 1984, os dias do curso de MW se misturavam a consultas médicas e visitas a possíveis creches para Julia.

Então, de repente, em primeiro de abril, apenas seis semanas antes do exame, voei para Barcelona para duas semanas de filmagem. Devo confessar que não estava totalmente comprometida com essa segunda temporada, o que acabou se revelando no resultado final do trabalho. Eu estava em parte sobrecarregada e em parte vivendo ainda aquela sensação esquisita de limbo, ou talvez de novas proporções, que vem com a gravidez. Barry e Susanna devem ter muitas vezes amaldiçoado o fato de terem escolhido uma apresentadora tão fértil – isso certamente aumentava a pressão que eles sofriam para cumprir toda a agenda.

Passamos todo o primeiro dia de filmagens com Miguel Torres, queridinho dos escritores de vinhos ingleses por ter publicamente quebrado alguns paradigmas na Espanha. Ele tinha estudado na França e, numa jogada arriscada, importava variedades francesas de uva como Cabernet Sauvignon, Sauvignon Blanc e Chardonnay para sua região-natal, a Catalunha. Todas as mulheres da equipe, incluindo-me, ficaram encantadas com seus olhos grandes e seu discreto charme de violinista enquanto o entrevistava em um dos seus vinhedos de grande altitude – uma tentativa de fugir do clima quente e da aceleração do amadurecimento das uvas nas planícies logo abaixo. No segundo dia, fomos a uma vinícola que representava a nova forma de fazer vinho na Espanha, a Raimat, uma ampla propriedade vinícola, bem em direção ao interior, em relação a Barcelona, de propriedade da gigantesca produtora espanhola de espumantes, Codorníu. A Raimat surgiu nas terras áridas graças a um empurrãozinho financeiro, a um conselho da Davis, na Califórnia, e à presença de um canal nas proximidades. Entrevistei o nobre proprietário da indústria, que havia produzido uma garrafa de Chardonnay como evidência da sua revolução. Com um sabor insípido, monótono e cor escura, estava provado por que essa uva era inadequada para a região, ou pelo menos para as técnicas disponíveis à época.

O ambicioso *cameraman* da primeira temporada havia conseguido uma vaga para trabalhar em cinema, por isso um jovem elegante, chamado Pascoe MacFarlane, havia sido contratado em seu lugar. Ele nos falou, durante o almoço na Raimat, sobre a última série na qual trabalhara que tratava de saúde e como isso o encorajou a começar a correr. Naquela mesma noite, dirigimos até Olite, em Navarra, um centro monástico de peregrinos na rota de Santiago de Compostela, onde o diretor Tim Aspinall (ele próprio um católico de ascendência espanhola) queria filmar uma passagem específica que representasse a aproximação entre vinho e religião. A cidade inteira, uma trilha contínua de passagens de pedra, com padres e freiras circulando a cada esquina, havia sido envolta por uma leve neblina. Isso oferecia uma incrível qualidade onírica a ela. Ficamos bem no centro, em um desses hotéis escuros, à moda antiga, pertencentes à rede espanhola de acomodações em palácios antigos, castelos e monastérios, os Paradores – enfim, uma forma do final do século 20 de ganhar dinheiro às custas dos remanescentes de um passado feudal.

Na manhã seguinte, Susanna recebeu uma péssima notícia. Pascoe havia saído para correr logo cedo, passou mal e morreu (depois descobrimos que sua família tinha histórico de doenças cardíacas). Tim, que havia saído para ajudar a planejar o longo dia que teríamos pela frente (como fazia freqüentemente), foi maravilhoso. Ele foi atrás do padre com quem pretendia filmar naquele dia e depois foi para o hospital mais próximo com ele e Pascoe. Tim conseguiu driblar a burocracia espanhola, mas ficou a cargo da pobre Susanna, a produtora, dar a notícia para nós e, pior, comunicar o fato lamentável à família de Pascoe – além de ter que decidir o que fazer depois.

Tenho certeza de que, em condições normais, pegaríamos um vôo de volta a Londres em seguida e retomaríamos as filmagens após um intervalo decente. Mas Susanna precisava ter em mente os seus prazos e a minha barriga, que não parava de crescer. No fim, outro *cameraman*,

Paul Summers, veio ao nosso encontro e, mesmo parecendo insensíveis, tentamos levar as filmagens adiante.

Minhas lembranças dos dias seguintes são turvas. Só consigo recordar de estar sentada em nosso ônibus, chacoalhando pela paisagem "lunar" do norte da Espanha, me sentindo inteiramente fora da realidade e preocupada com o jovem assistente de Pascoe, que era tão próximo dele que achou sua morte particularmente difícil de aceitar. Ele acabou pegando um avião de volta para casa e eu também fui encontrar com Nick e Julia para um revigorante fim de semana em família, para depois nos reunirmos novamente, e descarregar mais da metade da nossa munição, finalmente, no Vale do Douro onde fizemos um dos programas mais divertidos sobre as pessoas e os lugares envolvidos na produção de vinho do Porto. Foi na Factory House, na cidade d'O Porto (lá dentro, finalmente!) que aprendi que os ingleses à moda antiga são excelentes como assunto de documentários, porque eles estão sempre determinados a não fazer nada tão mal-educado como se incomodar com a câmera de TV. Recebi permissão para entrar na sala de jantar e acompanhar um dos famosos almoços de quarta-feira mas, por ser mulher, não pude sentar à mesa. Tive que entrevistar o diretor da associação dos exportadores de Porto daquela época, Richard Delaforce, de uma cadeira a um passo atrás dele.

Lá, no silêncio das plantações da região do Porto, em um terraço sobre o Douro, na Quinta de Vargellas, Gillyane Robertson, da Taylor's, foi tão indiscreta na frente das câmeras que, pela primeira e última vez, nos sentimos obrigados a mostrar-lhe o vídeo com sua entrevista antes de exibi-lo na TV, para permitir que ela consertasse algumas de suas revelações escandalosas.

Minha memória mais marcante dessa viagem a Portugal, porém, era de mim mesma tentando equilibrar minha barriga cada vez maior nos muros baixos e caiados nos arredores da vinícola Taylor, em Pinhão, estudando para os exames do Master of Wine com o livro de Emile Peynaud em mãos (ainda não disponível em inglês), martelando a cabeça desesperadamente nos textos sobre os mais variados tipos de fermentação. Era realmente um problema para os estudantes do Master of Wine em meados dos anos 1980 encontrar literatura sobre o assunto em inglês. Isso foi antes da Austrália, com o trabalho legítimo, equilibrado e útil do Australian Wine Research Institute, explodir no cenário internacional (naquela época a Austrália só exportava um milésimo dos vinhos que exportaria dez anos depois), e praticamente todos os materiais detalhados sobre cultivo da uva e produção de vinhos eram americanos.

Naquele estágio, a enologia e a vinicultura americanas eram dominadas pela Davis, o departamento especializado da Universidade da Califórnia nas proximidades de Sacramento – e que operava quase em isolamento total. As tradições européias eram tratadas, na melhor das hipóteses, com ceticismo, e com horror, na pior. Os princípios estabelecidos pelos eminentes professores nas décadas de 1950, 60 e 70 eram de que a natureza estava ali para ser subjugada, transformada e domada de forma a transformar a produção de vinhos em um processo comercial positivamente eficiente. A primeira tarefa do vinho era parecer perfeito tecnicamente, mais até do que interessante de beber. E assim, por exemplo, ninguém sequer sugeria o uso de algo tão instável como fermentos naturais, presentes na atmosfera de qualquer vinhedo ou vinícola. Em vez disso, eram usados fermentos especialmente desenvolvidos para esse fim, oferecendo resultados absolutamente previsíveis.

Curiosamente, pecava-se por excesso de zelo com a segurança. Porque existem riscos a altas temperaturas, todo o processo de fermentação tendia a acontecer numa temperatura um pouco baixa demais, resultando em um vinho rançoso, neutro. Tudo não passava de uma expressão natural da época, uma reação contra os maus hábitos relativos à produção de vinhos adquiridos durante a Lei Seca e também à recente produção caseira feita por imigrantes no fundo do quintal. Essa filosofia representava claramente apenas uma parte do grande painel da produção de vinhos – e nós, estudantes do Master of Wine, tínhamos acesso a livros da Universidade de Bordeaux, por exemplo, que abordavam todas as teorias modernas a respeito de práticas tradicionais centenárias. Preferíamos isso ao "Evangelho Segundo a Davis".

Já no final de abril, tivemos uma outra semana de filmagens na Toscana. Apesar de 1984 ter sido o ano em que o Chianti Clássico ascendeu ao ponto de alcançar a classificação burocrática de DOCG em lugar da mais comum D.O.C, estava terrivelmente frio e cinza na maior parte do tempo. Foi aí que descobrimos quantas horas caras de equipe de filmagens podem ser desperdiçadas rodando pelas estradinhas da região de Chianti, a menos que algum pesquisador tivesse estudado o território primeiro.

Os exames estavam se aproximando, faltavam umas duas semanas. Já era tarde demais para qualquer progresso relevante nos estudos teóricos. Mas nós, estudantes, estávamos determinados a deixar nossos paladares em perfeita forma para a bateria de exames que durariam três dias. Os cinqüenta e tantos de nós acabávamos pendendo para afinidades geográficas ou particulares e nos revezávamos na organização de degustações às cegas, uns para os outros, ou escolhíamos temas, trazendo uma ou duas garrafas de vinhos que os representassem. O mais importante era fazer a degustação cega e afiar as faculdades de degustação às cegas ao máximo. No meu ano, alguns dos candidatos eram o importador de vinhos Jasper Morris, Remington Norman (agora escritor), Maureen Ashley, que trabalhava na Wine Standards Board (um tipo de "força policial" do comércio de vinhos), Jane Hunt, que hoje representa os vinhos da África do Sul, como uma espécie de embaixadora itinerante, e Liz Robertson, que importou, dentre outras coisas, o primeiro vinho argentino rotulado na Inglaterra, o Franchette, mas agora está à frente do departamento de vinhos dos supermercados Safeway, com um orçamento de milhões de libras por ano.

Desde o começo do ano, aumentamos gradualmente a freqüência das nossas degustações cegas informais para, ao final, compartilhar o maior número possível de dicas e pistas usadas nas nossas deduções, pois há um número restrito de pessoas que podem ser aprovadas no Master of Wine: ainda é muito mais uma questão de Candidatos *versus* Examinadores. Faltando uma semana para os exames, nos encontrávamos para fazer degustações todos os dias, normalmente nas primeiras horas da manhã, para minimizar as interrupções das atividades diárias, tal qual um grupo de nós fizera na época do Diploma (foi então que descobri o quanto o sabor de menta das pastas de dentes era nociva para a degustação de vinho, assim como as bebidas ácidas, como suco de laranja. A partir daí, passei a substituir pastas de dentes e antissépticos à base de menta sempre que ia participar de uma degustação).

Quando os exames começaram, na terça-feira seguinte, pela manhã, parecíamos atletas, arrumados especialmente para mostrar a melhor forma no dia da corrida mais importante. Minhas habilidades de degustação nunca estiveram tão afiadas – embora eu venha alimentando a hipótese de que, com bastante prática, eu possa um dia trazê-la ao mesmo auge. A gravidez provavelmente ajudou mais do que atrapalhou. Diferentemente de um ou outro candidato que cuidadosamente deixa cair um pouco da amostra de vinho garganta abaixo, numa busca desesperada por algum tipo de inspiração, eu não tinha qualquer desejo de beber os vinhos que estava analisando com toda concentração. A minha única dúvida era saber se eu conseguiria sobreviver à elaboração de trabalhos com duas horas de duração cada um. Grávida de cinco meses, era quase impossível não ter que fazer aquelas excursões embaraçosas ao banheiro.

Em relação aos trabalhos em si, lembro de pouca coisa. Exceto que de alguma forma eu arranjei um jeito de incluir uma referência à heroína no meu ensaio. Ah, lembro também da Jane Hunt se virar para mim um pouco antes do trabalho sobre os tintos começar, dizendo: "não esqueça os Beaujolais" (eu havia esquecido completamente), e o primeiro vinho acabou sendo um. Achei que seria de grande ajuda, pelo menos na teoria, redigir uma longa lista de, basicamente, todas as opções possíveis para a dúzia de vinhos que eu estava para provar. Para o trabalho sobre os tintos, por exemplo, escreveria uma lista das principais variedades de uva e, em seguida, os cortes de vinhos mais importantes (Médoc, Rioja, Châteauneuf-du-Pape e assim por diante). Parte disso era para manter a calma e, parte, inspiração para quando os sentidos falhassem.

Quando nos disseram que podíamos começar a analisar as misteriosas taças, cuidei para descrever minuciosamente as cores e a intensidade, a forma como elas evoluíam nas bordas e todo outro tipo de pistas visuais, como o laranja escuro que parece tão peculiar ao Barolo amadurecido ou Barbaresco, ou o matiz esverdeado encontrado somente nos Madeiras, o amarelado que, nos anos 1980, delatava os vinhos australianos brancos. Então, para acalmar, era preciso dar uma respirada profunda: era chegada a hora mais importante – a hora de "cheirar" os vinhos nas taças. O que apreciava especialmente nas degustações às cegas durante um exame era a necessidade de silêncio absoluto imposta – por isso, não havia perigo de ser influenciada, como podemos facilmente ser, pelas opiniões de alguém muito confiante, porém, incorreto.

O que eu esperava, mas raramente conseguia, era obter inspiração logo na primeira e suave inalação, a que eu costumo chamar de "cheirada intuitiva". Há ocasiões em que você simplesmente sabe qual é o vinho, sem processar qualquer pensamento: "isto deve ser um Syrah, certamente vindo da França, provavelmente, com essa cor, venha a ser um Hermitage". O processo de degustação apenas confirma tudo isso. Em outras ocasiões – a maioria, no meu caso – quando você inala, sente apenas o cheiro indefinido de uma sopa embaralhada no olfato, uma massa de vinho. Muito deprimente se preocupar com isso naquele momento. Melhor voltar para ele, tentando comparar com alguma coisa mais óbvia na fila de taças e trabalhar criteriosamente, eliminando algumas possibilidades a partir de uma lista gigante, reduzindo-a a algumas poucas probabilidades. A essa altura, haverá normalmente pelo menos uma razão predominante para que o vinho em questão seja o A ou o B, e você até pode escrever as duas respostas, e como você chegou até elas.

O ponto positivo a respeito do exame de degustação da MW é que a maioria da pontuação é mais para análise e dedução do que para identificação. Portanto, contanto que você mantenha o sangue frio e descreva com absoluta objetividade cada uma das dimensões (doçura, acidez, tanino, álcool, equilíbrio e persistência), juntamente com os aromas que o pegam "pelo nariz", como costumamos dizer, você se sairá relativamente bem. Uma pergunta típica do exame de degustação é: "Os vinhos de 1 a 4 são feitos da mesma uva. Identifique suas origens geográficas o mais próximo possível e discorra sobre sua qualidade, fazendo referências, quando pertinente, a técnicas de produção de vinho". Nesse grupo pode haver um *premier cru* Borgonha branco (fermentação em barril, baixa produção), um Chardonnay chileno (com *chips* de carvalho, alta produção), um Chablis que não passou pelos barris de carvalho e um Chardonnay esbranquiçado da Califórnia, fermentado sobre as cascas.

Depois desse sacrifício, era hora de esquecer os exames e me dedicar somente ao *The Wine Programme* e ao *Sunday Times* até julho. Estávamos passando umas férias em Cornwall quando saíram os resultados. George Perry-Smith, que havia feito tanto para ressuscitar a reputação da culinária britânica na década de 1970, passou seus últimos anos cozinhando como um anjo no Riverside, em Helford – um conjunto de pequenos *cottages* caiados, com vista para a baía repleta de criadouros de lagosta e barcos a remo. Nos deram o quarto perfeito, logo acima da cozinha, com um pequeno espaço separado para Julia. Acordávamos todas as manhãs com o cheiro de pão fresco no forno (mais exótico do que o cheiro de *croissant* requentado) e nosso apetite era atiçado todas as noites pelo cheiro suave das sopas preparadas no Riverside. O próprio Perry-Smith ficava cruzando de um *cottage* para o outro, cuidando da elaboração incrivelmente detalhada de cada prato (Alt-na-harrie, no extremo norte da Escócia, é parecido, embora o isolamento dê um aspecto assustador ao local).

Estávamos sentados no terraço de pedra na frente da cozinha, tomando o café da manhã, quando o carteiro chegou e me entregou um grande envelope marrom. Isso era super empolgante, pois logo imaginei que bastaria um envelope pequeno para comunicar minha reprovação. E, de fato, lá estava: uma pequena carta de felicitações e uma longa lista de princípios e regras para os quais eu deveria jurar fidelidade (incluindo, especialmente, uma cláusula assegurando que eu jamais venderia vinhos falsificados).

Ainda lembro o quanto me senti feliz por ter, de alguma forma, conseguido. E o quão aliviado Nick deve ter ficado quando percebeu que esse tempo que passaram sem minha companhia ou atenção agora poderia ser esquecido de uma vez por todas. Prestar exames para a MW é mais ou menos como imagino que deva ser escalar o Everest: é melhor quando acaba.

Esse exame envolve um tanto de sorte maior do que qualquer outro. Houve um sopro de sorte para os meus 36 vinhos (acho que os exames tinham sido particularmente difíceis no ano anterior), e acabei sendo chamada para dar aula de técnica de degustação aos candidatos do ano seguinte. Para o meu eterno dissabor, eu os aconselhei a descartar de cara os Bordeaux tintos *premiers crus*, já que o instituto não tinha condições de oferecê-los em um exame. No ano seguinte, para provar a já consagrada falha de comunicação entre examinadores e educadores, os candidatos receberam nada menos que quatro safras de Château Lafite.

Hoje em dia, o instituto é aberto não só aos britânicos fora do mercado de vinhos, mas a qualquer pessoa em qualquer lugar do mundo que consiga escrever uma dissertação razoável sobre um dos três temas propostos naquele ano. Podem, inclusive, escrever em um outro idioma, desde que arquem com as despesas de tradução. Apesar de algumas generosas doações de produtores e revendedores, o instituto ainda sofre com a falta de recursos. Hoje em dia, existem Masters of Wine noruegueses, suíços, americanos, canadenses, australianos, neozelandeses e até franceses. Os exames acontecem quase ao mesmo tempo, levando em conta as diferenças de fuso horário, em Sydney, São Francisco e Londres (embora, por motivos óbvios, os *kits* de testes não sejam distribuídos até que o último trabalho tenha sido entregue pelo último candidato americano).

Sinto-me grata por ter prestado os exames em meados dos anos 1980, quando os vinhos australianos, por exemplo, tinham um gosto inconfundivelmente "australiano", os californianos denunciavam o clima relativamente quente em que tinham sido produzidos, os tintos espanhóis sempre cheiravam a carvalho americano e os portugueses eram inacreditavelmente tânicos. Embora os examinadores digam que tentam encontrar os vinhos mais representativos possíveis, havia um movimento universal que tentava imitar alguns arquétipos, especialmente os Borgonhas tintos e brancos, os Bordeaux e os Rhône tintos. Novos vinhedos surgiram em partes mais frias de regiões quentes, assim a distinção entre os vinhos do Novo e do Velho Mundo ficaram menos evidentes. O carvalho francês da melhor qualidade, o manuseio delicado das uvas, o controle da temperatura, a fermentação em barris e a batonagem das borras nos brancos são agora usados normalmente em todos os lugares do mundo, tornando cada vez mais difícil para um vinho se posicionar acima de todas as técnicas e impressionar os degustadores. Vou retornar a esse tema mais tarde.

Muitos MWs, depois da aprovação, acabam se transformando em escritores, e os cânones da literatura de vinhos foram ou vêm sendo incomensuravelmente enriquecidos pelo rigor de autores MWs como Maureen Ashley, Nick Belfrage, Liz Berry, Michael Broadbent, Clive Coates, Mary Ewing-Mulligan, Rosemary George, Anthony Hanson, Remington Norman, David Peppercorn e Serena Sutcliffe. Alguns dos mais recentes MWs, por outro lado, têm uma relação no mínimo distante com o negócio de vinho. Há até um advogado da Twentieth Century Fox, em Hollywood, que decidiu que iria tentar, no seu tempo livre. Será talvez mais um amante de vinhos com uma veia para escalar o Everest?

XVI

Divertimentos

O novo membro da família Lander, que me acompanhara pacientemente em cursos do Master of Wine, degustações e, finalmente, em alguns exames, era um rapaz robusto. William, a exemplo da irmã Julia, nasceu um pouco depois do tempo, no começo de setembro de 1984.

Na época, estava bastante ocupada com meus compromissos com o *Sunday Times* e fazendo algumas contribuições para uma revista terrivelmente luxuosa, muito cheia de enfeites – design típico anos 1980 – chamada *A La Carte*. Também escrevia para a *Cosmopolitan*, que estava tão empolgada com vinhos naquela época que até dedicava alguns dos seus populares cursos de sábado a degustações conduzidas por mim no L'Escargot. Aparentemente, eram tão populares quanto aquelas chamadas Assertiveness Training. No tardio reconhecimento à minha nova condição de mãe, acabei dando um tempo na atividade de escritora. Por isso, 1984 e 1985 foram os únicos anos, entre 1979 e 1989, em que não houve um volume sequer editado ou escrito por mim.

No entanto, havia um projeto, talvez inevitavelmente, que, se já não estava em ebulição, estava certamente em vias de ferver. No começo dos anos 1980 fui convidada para almoçar com os dois homens que representavam a Mitchell Beazley, que era naquela época a mais proeminente editora de livros sobre vinhos. A editora tinha sido fundada por James Mitchell e pelo falecido John Beazley. Seu maior sucesso editorial depois de *The Joy of Sex*, foi *The World Atlas of Wine*. A combinação da prosa impecável de Hugh Johnson com os mapas cartograficamente irrepreensíveis das regiões vinícolas mais famosas do mundo era um tiro certeiro. A primeira edição apareceu em 1971 e continuou a ser atualizada regularmente. O dominador James Mitchell e seu comparsa Adrian Webster (que acabou criando sua própria marca de livros de vinhos para Oz Clarke) haviam encarregado Hugh de escrever o famoso *Story of Wine*. Mas, como eles mesmos dizem, tendo dividido o universo do vinho em setores geográficos e históricos, perceberam que precisavam de alguém para fazer essa divisão de uma outra forma, por variedade de uvas.

Devem ter pedido ao Hugh para assumir essa tarefa, mas não sentiram muita firmeza. Era um projeto que tinha muito a ver comigo, embora tenha me sentido um tanto desconfortável no primeiro encontro. Autora de apenas um livro publicado àquela altura, me levaram ao moderníssimo Neal Street Restaurant, onde fui acomodada estrategicamente entre dois editores extremamente determinados e perspicazes. Nunca em toda a minha vida tinha me sentido tão ingênua, como a presa indefesa, encurralada por uma dupla de caçadores experientes com um equipamento muito sofisticado.

O livro foi colocado na geladeira enquanto eu filmava as duas temporadas do *The Wine Programme*, por razões muito mais relacionadas com a co-edição internacional (a especialidade de Mitchell Beazley) do que com a minha disponibilidade. Então, finalmente comecei a escrever as primeiras mil palavras do livro numa quinta-feira, 15 de novembro de 1984, dia do lançamento do Beaujolais Nouveau – e também uma data de decrescente importância no calendário britânico de vinhos. O livro foi finalmente publicado no outono de 1986, com um almoço de lançamento, o que se tornara praxe, à época, no L'Escargot. O título acabou ficando *Vines, Grapes and Wines*.

Esse não era o tipo de livro que eu conseguiria materializar em poucas semanas, como foi o primeiro *Wine Book*. Representava uma nova maneira de encarar o vinho. Até a palavra *varietal* era nova (americana), e o conceito de vinhos varietais ainda era incipiente. É claro que todo vinho é feito de uvas e as uvas têm uma variedade ou outra, como, por exemplo, as mais famosas, Chardonnay e Cabernet Sauvignon ou, mais comumente, Trebbiano e Grenache. Mas até a metade dos anos 1980, a maior parte dos consumidores sequer tinha ouvido falar desses nomes. A grande maioria dos vinhos era vendida pelo nome do lugar de onde vinham – Mâcon e Médoc, por exemplo – ou, na ponta inferior do mercado, como vinho de marca, tipo Charbonnier ("o litro do legionário") ou Nicolas, cujo corte mais interessante foi chamado de *Vieux Ceps* ("vinhedos velhos" ou "meias velhas", como muitos dos seus fãs o chamavam).

Dentro da Comunidade Européia havia agora um controle rígido sobre o abuso das denominações geográficas. Por isso, qualquer vinho rotulado como Chablis, por exemplo, tinha que vir dos vinhedos estritamente demarcados de Chablis e ser produzido de acordo com as regras locais. Essa é a idolatrada "Appellation Contrôlée" francesa, AC, o sistema em uso na França, que acabou sendo copiado pela Itália, como o sistema DOC, assim que o país passou a fazer parte da Comunidade Européia, e também na Espanha e em Portugal como DO. Nos demais lugares, no entanto, e especialmente na América do Norte, os velhos lugares-nomes europeus foram positivamente deturpados. Chablis era usado como uma estratégia de marketing para vender qualquer vinho branco antigo que fosse mais seco do que os vendidos como Sauterne (*sic*). Borgonha veio a ser usado largamente para denominar o equivalente tinto.

Austrália, Nova Zelândia, África do Sul, América do Sul, todos os produtores emergentes do Novo Mundo estavam usando os preciosos nomes europeus com tanta displicência que acabaram praticamente anulando todo o sentido. Por outro lado, as regiões específicas dentro desses novos produtores eram, em geral, muito recentes para ter conseguido estabelecer uma grande reputação para si mesmas – certamente nenhuma delas poderia ser usada para vender um estilo específico de vinho aos consumidores. Já fazia alguns anos que tínhamos estabelecido, por exemplo, que a Cabernet era *a* variedade de uva para o Napa Valley e Coonawarra. A saída então era recorrer à rotulação *varietal*, conforme idealizado pelo falecido Frank Schoonmaker, na Califórnia dos anos 1940. Nem os produtores nem os consumidores sabiam, naquela época, o que esperar de um Sonoma Chardonnay, mas uma vez que os consumidores se familiarizassem com o nome

"Chardonnay", eles poderiam ser convencidos a comprar de onde quer que viesse.

Chardonnay foi a galinha dos ovos de ouro dos anos 1980. Isso foi antes que alguém tivesse sussurrado que poderia haver alguma ligação entre beber vinho tinto e ter boa saúde. As vendas de vinho branco batiam as de tinto numa proporção de dois para um, e os produtores de todos os lugares – bem, em todos os lugares fora dos vinhedos cuidadosamente circunscritos da Europa – estavam se torturando por ter plantado tantas variedades de uvas tintas. Todos os tipos de *vieux ceps* com uvas que não estavam na moda, como Zinfandel, Mourvèdre e Shiraz, foram deixados de lado para abrir espaço para a Chardonnay, que se vendia sozinha. Nas mãos de alguns plantadores apressados, os vinhedos sofreram a afronta de ter mudas de Chardonnay enxertadas em suas raízes.

Por todo o Novo Mundo do vinho e por toda a região sul da Europa, incluindo o sul da França, houve uma explosão de vinhedos de Chardonnay. Plantadores de países como Austrália e África do Sul, que já haviam preparado a terra para o plantio, formavam filas impacientes em frente aos viveiros oficiais, desesperados por algumas mudas dessa variedade tão em voga. Alguns deles até contrabandearam suas próprias mudas.

Entender os nomes das variedades de uvas, em vez das denominações geográficas, era muito mais fácil para os consumidores. Por isso, não é surpresa que Chardonnay e Cabernet sejam muito mais conhecidos que Mâcon e Médoc. O perigo desse novo *varietalismo* já estava claro quando comecei a escrever *Vines, Grapes and Wines*. Com um bocado de variedades ganhando fama internacional, havia um risco real de que se abandonassem as espécies nativas mais obscuras, nem por isso menos adequadas e interessantes. O livro era, a seu modo, uma celebração das variedades no sentido mais amplo. O trabalho exigiu uma grande dose de investigação, no entanto, uma vez que a comunicação entre diferentes países produtores de vinho, e até mesmo entre diferentes regiões dentro de um mesmo país, era muito menos avançada do que é hoje. Poucos plantadores franceses da Ugni Blanc, por exemplo, sabiam que essa era a mesma variedade da popular Trebbiano italiana. Plantadores espanhóis foram ensinados a desprezar sua tradicional Garnacha, a mesma uva tão apreciada como Grenache Noir em Châteauneuf-du-

Pape. Levou anos para a Austrália começar a apreciar totalmente o valor do seu Shiraz, a mesma uva reverenciada por séculos como Syrah no Vale do Rhône e, hoje em dia, mais e mais em quase todo o sul da França. E por muitos anos a Califórnia e a Austrália venderam a preço de banana o produto dos vinhedos dos velhos imigrantes, ao qual foram instruídos a chamar de Mataró, sem perceber que se tratava da uva supermoderna conhecida por Mourvèdre no sul da França (ainda é possível encontrá-la a preços de barganha na Espanha, onde é plantada largamente e conhecida como Monastrell).

É óbvio que eu não poderia reunir todo o meu conhecimento pulando de vinhedo em vinhedo no mundo todo. Tinha que depender, e muito, da pesquisa em livros, comparando trabalhos já publicados, como os do incansável ampelógrafo Pierre Galet, de Montpellier, com os melhores textos disponíveis em outros lugares. O que me fascinava era perceber como a gama de variedades de uvas plantadas reflete a história de cada região vinícola. Os vinhedos australianos, por exemplo, possuem algumas variedades antigas de uvas portuguesas, provavelmente porque algumas delas tivessem embarcado junto nos navios rumo à Austrália que aportavam na Ilha da Madeira. Enquanto isso, os vinhedos chilenos refletem perfeitamente as uvas plantadas no começo do século 19 em Bordeaux, a fornecedora das mudas.

Os franceses eram – e ainda são – extremamente desconfiados com as *cépages*, como chamam as variedades e, mais especificamente, o *varietalismo*. Eles a vêem como um adversário organicamente evoluído do sistema de Appellation Contrôlée. Ninguém mais no mundo pode produzir um Chassagne-Montrachet, enquanto todos podem produzir um vinho classificado como Chardonnay, então por que diabos eles precisam se importar com o nome das uvas? Essa é a hierarquia francesa falando. Existem, obviamente, vastas regiões na França onde o Chardonnay pode crescer perfeitamente bem e, hoje em dia, atingir um preço superior ao do vinho de *appellation* permitido ali – o Languedoc é o mais perfeito exemplo, onde as *appellations* Minervois e Corbières são recentes demais para emplacar um preço alto e onde há fartura de espaço para plantar variedades de uvas mais modernas. Surpreendentemente, no entanto, a editora francesa Hachette decidiu traduzir meu livro e corajosamente o chamou de *Le Livre des Cépages*. No final, acabou vendendo extremamente bem por aqueles lados, provavelmente mais para profissionais curiosos do que para consumidores que recebiam, e ainda recebem, poucas informações sobre as uvas específicas que vão nos vinhos classificados geograficamente.

A Hachette promoveu um grande golpe de publicidade quando conseguiu me fazer aparecer num programa de televisão extremamente popular e francesíssimo, chamado *Apostrophes,* apresentado pelo idolatrado Bernard Pivot. O próprio Pivot é um grande amante de vinhos. Seu irmão possui uma propriedade em Beaujolais. Ele leu cada um dos livros discutidos no seu programa e acredito que tenha ficado genuinamente interessado pela novidade abordada no meu livro – além do fato, é claro, de ter sido escrito por uma inglesa. No entanto, a inglesa não estava parecendo ou se sentindo lá muito *sexy* quando apareceu na TV.

Eu tinha voltado da Austrália no dia anterior, e me encontrava naquele transe induzido pela diferença tão drástica do fuso horário e pelo extremo nervosismo. Também tinha estado num cabeleireiro parisiense desconhecido e tinha feito uma pequena confusão em francês: ao invés de pedir um tipo de cabelo para uma mulher de *meia-idade*, acabei pedindo um penteado estilo Idade Média. Meu pedido foi atendido à risca. Ficou muito estranho. Fui convidada para o *show* junto com outros quatro ou cinco escritores de vinhos, todos franceses, todos homens e todos mais velhos do que eu. O grande professor Emile Peynaud era um deles. O endiabrado Michel Dovaz, outro. A idéia era que trouxéssemos uma garrafa de vinho para ser degustada pelos outros, às cegas. Eu tinha trazido um Penfolds Grange da Austrália, hoje um vinho mundialmente famoso já com preço similar aos *premiers crus* de Bordeaux. Infelizmente – e esse é mais um exemplo de como eu deveria ter freqüentado os cursos sobre práticas positivas da *Cosmopolitan* – eles disseram que tinham acabado os *decanters*, e, por isso, meu vinho não poderia ser degustado às cegas. Meus colegas escritores já sabiam por antecipação que meu vinho não só deveria vir de fora da França, mas também que deveria vir de um lugar muito distante, como a remota Austrália. Isso faz uma enorme diferença se você é um francês provando um vinho pela primeira vez. Os narizes já mostravam uma certa reprovação antes mesmo de chegar perto da taça. O Grange acabou sendo taxado de "vinho de farmácia" e eu era uma garotinha inglesa muito tola por ter desperdiçado o tempo deles com aquilo. É difícil criar uma defesa convincente para algo tão subjetivo como o vinho, mesmo no seu próprio idioma. Na França, com o problema do fuso horário, era impossível, mas me disseram que ganhei a simpatia de tantos telespectadores naquela noite, que isso incrementou a venda dos meus livros consideravelmente.

Entre o começo e a publicação de *Vines,* tanto a minha vida pessoal quanto a profissional estavam altamente tumultuadas. A saúde de Nick vinha ficando mais frágil ao longo de 1985 e, por volta de setembro daquele ano, ele estava praticamente da mesma cor das paredes esverdeadas do L'Escargot. De todas as possibilidades, supúnhamos ser a colite ulcerosa diagnosticada ainda quando ele era um adolescente. Somente depois de terem cortado três metros do seu intestino, o cirurgião diagnosticou que se tratava do mal de Crohn, uma doença intestinal crônica, inflamatória, terrivelmente desconfortável que vem atacando indiscriminadamente o pobre Nick desde então. Até hoje, está proibido de comer cebolas, embora ele afirme que a primeira pergunta que fiz aos médicos depois da operação foi se ele ainda poderia tomar vinho.

A única cura possível é o descanso e ele precisava mesmo dar um tempo de algo tão estressante como administrar um restaurante daquele porte. Fomos passar uma semana de convalescença e reorganização – Nick com suas *siestas* e eu com meu protótipo de *lap top* – no luxuoso hotel Chewton Glen, que possuía funcionários atenciosos e estava localizado a poucos metros da costa de Hampshire. Nick odeia depender dos outros e, para piorar, eu sempre fui péssima como enfermeira. Por isso, alguns prazeres dos anos 1980 foram pontuados por dores terríveis. Ele ainda sofre num silêncio quase estóico. Nas minhas lembranças, os anos 1980 foram repletos de saídas repentinas ou de ter que sair duas horas antes de todo mundo.

Na primavera de 1985, a segunda temporada do *The Wine Programme* tinha ido ao ar (os críticos divergiam se a temporada "estava mais divertida do que a primeira" ou se "faltava um pouco da excentricidade da primeira"). O Channel 4 estava tão empolgado que até encomendou um especial de Natal, que foi filmado em novembro no Studley Pirory, um casarão do período elizabetano transformado em hotel nos arredores de Oxford, uma locação que dava o clima ideal para a ocasião. Com a participação de Simon Loftus, Martin Lam, Alice King, Nick

Davies, Jane MacQuitty e Bill Baker (que gentilmente trouxe uma garrafa de Château Pétrus 1961 para ser consumida diante das câmeras), era como se estivéssemos realmente celebrando uma festa em nossa casa.

Eu continuava a escrever sobre vinhos para praticamente todas as seções do *Sunday Times*: para a seção de notícias, numa pesquisa que mostrava, sem muita enrolação estatística, que pela primeira vez havia mais consumidores de vinho do que de cerveja na Inglaterra; para a sessão de negócios, que a Bollinger estava investindo na vinícola australiana Petaluma; para o *Atticus diary*, um parágrafo sobre a exigência feita por Margaret Thatcher para ter acesso a uma lista de vinhos austríacos contaminados antes de viajar para Liechtenstein nas férias; para o caderno LOOK, o artigo inevitável sobre mulheres e vinhos, e uma série de textos longos em um novo caderno chamado *Leisure and Lifestyle* [Lazer e estilo de vida], duas palavras típicas dos anos 1980.

A essa altura, os supermercados já haviam se tornado os maiores revendedores de vinhos da Inglaterra. De fato, em meados dos anos 1980, a Sainsbury's já vendia mais vinho do que qualquer outro revendedor, e os outros supermercados já estavam começando a trazer o produto para todo um novo segmento da população – até então descartado pelas lojas de vinhos finos e repelidos pelas mais decadentes. Um a um, revendedores e importadores foram fechando ou se unindo. Não tinham como competir com os preços dos vinhos baratos (o que compõe o grosso do comércio britânico de vinhos), muito menos medir forças com o poder de comprar de uma gigantesca rede de supermercados – embora, como eu havia apontado em um longo artigo para a revista do *Sunday Times,* eles meio que fossem o lugar menos indicado para comprar vinhos finos. Desde o aquecimento do mercado internacional de vinhos finos, a partir dos anos 1980, o tamanho da loja não significava nada na hora de tentar arrumar um lugarzinho para um top Borgonha. Uma longa história de comercialização, como a que os compradores tradicionais têm para contar, tem muito mais valor.

Várias pessoas no *Sunday Times* me estimulam a escrever sobre outros assuntos além de vinho. Suzanne Lowry era a meticulosa editora do caderno LOOK. Digo isso porque lembro da sua resposta para uma de minhas melhores ideias: "É um bom assunto, mas teríamos que encontrar alguém que pudesse *escrever* sobre isso". Ela me deixou escrever alguns artigos sobre comida, que, por pura sorte, acabaram me rendendo os prêmios Glenfiddich Food Writer of the Year de 1984 e o Drink Writer. Ao final de 1985, a nova editora do caderno, Genevieve Cooper me encarregou de escrever uma série de perfis de personalidades. Em janeiro de 1986, eu estava me preparando para ir até o Lake District para entrevistar o recluso Wainwright, escritor e ilustrador dos cultuados guias de excursionistas. Ajudou bastante o fato de eu ter passado tantos domingos na minha adolescência, graças ao ônibus para excursionistas que saía de Carlisle, subindo e descendo por essa bela parte da Inglaterra.

Outra possibilidade jornalística, mais interessante, foi lançada pela News International, a companhia de Murdoch, proprietária do *Sunday Times*. Como conseqüência por ter apreciado um artigo no qual eu ridicularizava a gastronomia australiana, um emissário de Murdoch da Austrália, Mike Hoy, veio encontrar comigo em casa. A News International pretendia lançar um jornal vespertino para concorrer diretamente com o *Evening Standard*, ele me contou. Eu toparia ser a crítica de gastronomia, o equivalente da minha amiga Fay Maschler? Lembro-me de ter pensado na hora que ele e o suposto editor do jornal, Charlie Wilson, estavam estranhamente insensíveis ao impasse jornalístico de eu ser casada com o dono de um dos restaurantes mais badalados de Londres.

Na verdade, como hoje sabemos, esse jornal vespertino londrino era pura invenção, uma artimanha para cobrir os passos dos funcionários mais confiáveis de Murdoch. Eles estavam, na realidade, montando um esquema de serviços gráficos totalmente novos, tecnologicamente avançados, para todos os títulos da News International, no edifício Wapping, claramente neutralizando a força dos sindicatos de gráficos de forma definitiva. A equipe inteira foi transferida para o prédio na calada da noite, no começo de 1986, e sofreu sérias desmoralizações por alguns meses, quando o Wapping foi tomado violentamente por piqueteiros. A empolgação nada carismática de Andrew Neil não ajudou e finalmente eu, a exemplo de outros escritores do *Sunday Times*, pedi demissão em setembro de 1986. Não muito depois, algum editor infeliz estava me sondando para voltar ao jornal porque eles, finalmente, tinham decidido instituir uma coluna semanal sobre vinhos no jornal. Eu recusei a oferta com um "muito obrigada". Se o episódio do Wapping foi um fator considerado na minha decisão? "É, imaginamos que sim", disse ele com certo desapontamento.

Fay me convenceu a juntar-me ao londrino *Evening Standard*, no qual por dois ou três anos eu adorei a comunicação que alguém que escreve sobre os hábitos dos consumidores pode ter com o seu público, especialmente se eles estão relativamente próximos. Enquanto isso, eu estava filmando a terceira temporada do *The Wine Programme*, incluindo uma bela filmagem em Jerez, onde eu tentava, desesperadamente, entusiasmar as pessoas sobre o verdadeiro *sherry*, a bebida seca e perfumada que se tomava em taças de vinho, normalmente acompanhada de comida – diferente da coisa licorosa que se servia em doses minúsculas nos *pubs* londrinos. Também produzimos um filme razoavelmente lírico sobre a Borgonha, uma região que se presta a esse tipo de enfoque, e incluímos um jantar no Lafon de Meursault quando Dominique, então um dos produtores mais admirados do local, ainda era relativamente novo na família e chamava a atenção desta região tão tradicional por ter realmente trabalhado na Califórnia.

Na primavera de 1987, quando a nova temporada já estava no ar, fui convidada a fazer parte de alguns projetos televisivos fascinantes – um ainda em projeto para a BBC2 (algumas pitadas clássicas disso e daquilo e um tipo de *show* de prêmios) – e outro, uma série de entrevistas para a Thames Television, um canal comercial e já prestes a sucumbir ao fracasso. "Design" era a senha para vender qualquer coisa no final dos anos 1980, e foi divertido ser atirada para uma nova especialidade. Eu ainda ouço a voz, levemente mais aguda do que é hoje, narrando alguns trechos de filme sobre o jeans Levi's, a garrafa da Coca-Cola e o Fusca, em sistemas de entretenimento de bordo. Aparentemente, esses "clássicos do design" eram resgatados de alguma prateleira do BBC Television Centre para preencher algum espaço embaraçoso causado por algum evento esportivo que terminou mais cedo do que o previsto.

A série da Thames era fascinante por uma razão diferente – menos pelo conteúdo, embora a autora Ruth Rendell e o artista australiano Sidney Nolan tivessem sido entrevistados perspicazes, e mais pela maneira como os programas eram feitos. Estávamos vivendo os últimos momentos das equipes de filmagens superpopulosas. A Thames tinha seus próprios esquemas para competir com aqueles que Murdoch tinha expulsado da Fleet Street. Para fazer esse simples programa diurno de meia hora com Ruth Rendell, por exemplo, tínhamos uma equipe com mais de vinte pessoas e uma *van* gigantesca com uma unidade de transmissão externa, praticamente uma sala de edição sobre rodas, freqüentemente apertada e arranhada pelas estradas e muros estreitos que davam acesso a seu *cottage*, no interior de Suffolk. Um dos membros da equipe chegava à locação num táxi de Londres, que ele dirigia, como segundo emprego. E ai de mim se desplugasse meu próprio microfone ou tocasse na minha própria maquiagem. Aquele era um trabalho especializado, protegido pelo sindicato. Mesmo aqueles de nós com as mais acentuadas tendências socialistas podíamos ver que havia algo errado ali. As refeições e os intervalos eram seguidos rigidamente. Mesmo que uma entrevista estivesse saindo super bem, faltando apenas alguns minutos para encerrá-la, a coisa ficava feia se esses minutos restantes coincidissem com o tempo determinado oficialmente para o café. E alguém "oficial" certamente gritaria "Corta!" para meia hora depois, terminada a pausa para o café, ter que passar novamente por todo o enfadonho processo de plugar fios, ajustar a luz, verificar o som e assim por diante. Se sanduíches de bacon eram o *leitmotif* dos cafés da manhã nas locações externas, então bolacha recheada de chocolate era a hóstia das pausas sacramentadas para o café. Lembro que, ao final da série, a dissolução desse tipo de rotina de trabalho estava palpavelmente iminente. Bastava observar aqueles vinte técnicos mastigando sua tristeza enquanto caminhavam silenciosos em direção às bolachas, justamente na cozinha de Sidney Nolan. Todos sabiam que uma barra pesada chamada redundância estava para cair sobre eles. Em circunstâncias assim, os entrevistados acabavam mais interessados nas equipes de TV do que o inverso.

Enquanto isso, no verão de 1987, Nick estava longe de uma saúde robusta e passou duas semanas em observação no hospital. Para alívio de sua mãe e de sua esposa, que já vinham cultivando essa idéia há algum tempo, ele decidiu que venderia o L'Escargot e se dedicaria a algo menos estressante. Foi uma decisão muito triste para o Nick (o que fez seu irmão antecipar a data do casamento, para que, assim como Nick e sua irmã, pudesse também fazer a festa no restaurante). Agora, analisando bem, o restaurante foi vendido numa época muito boa.

O legado mais duradouro da carreira de oito anos de Nick como *restauranteur* foi sua absoluta obsessão pelos trabalhos da cozinha de Martin Lam. De um ponto inicial de completa ignorância, ele foi totalmente fisgado pela arte de cozinhar e, desde então, tenho orgulho de dizer, vem cuidando de todos os assuntos relacionados à despensa da nossa casa. Não demorou muito e Nick foi contratado para escrever sobre gastronomia para o *Financial Times* e, depois de algumas semanas de irritação profunda tentando compartilhar uma única linha telefônica, adicionamos uma segunda linha e hoje trabalhamos em plena harmonia, dividindo o mesmo escritório e a mesma mesa às vezes. Nick sai para almoços muito mais do que eu, e eu viajo mais do que ele. Tirando isso, somos pais que trabalham em casa. Embora o mal de Crohn ainda volte para atormentá-lo, Nick agora tem tempo suficiente para demonstrar que ele é o marido e o pai mais perfeito que jamais pude imaginar.

XVII
A REVOLUÇÃO DOS VINHOS E A MINHA ADEGA

Quando nos casamos, em 1981, achei que finalmente pudesse ser capaz de montar algum tipo de "adega a longo prazo". No final dos anos 1970 eu começara a aumentar minha coleção de garrafas especiais que viviam para lá e para cá comigo, cruzando Londres de um lado para outro. De debaixo das escadas do porão em Islington para um depósito de carvão extremamente úmido no final de 1978, quando minha companheira jornalista de vinhos Jilly Goolden gentilmente me deixou compartilhar sua morada, para cuidar do seu pequeno apartamento no Chelsea por um mês. De lá para a sala de jantar arejada de um apartamento que eu dividia em Manchester Square e depois, finalmente, como pequeno dote de casamento, para uma pequena prateleira no corredor da casa de Nick, em Chalk Farm.

Felizmente, para mim, a nossa busca por um lugar onde pudéssemos nos assentar de vez coincidiu não somente com encontrar uma casa com um espaço subterrâneo frio e escuro (que eu converti de garagem de bicicletas em adega), mas também com a série de grandes safras em Bordeaux nos anos 1980. A primeira safra que compramos em certa quantidade, assim que foi lançada *en primeur*, foi a de 1982. Tínhamos inúmeras justificativas para comprar os vinhos, não somente pela badalação criada em cima do potencial da safra, mas também – e convenientemente – a coincidência do nascimento do nosso primeiro filho.

Naqueles dias, eu me sentia bastante culpada por comprar uma caixa que fosse de um Claret *premier crus*. Meu Deus, nossas dúzias de Chatêau Margaux 1982 e 1983 custaram aproximadamente £300 – uma quantia que justificamos pensando sempre que "poderíamos vender para pagar a mensalidade escolar". Na verdade, essas duas safras estão sendo vendidas por £3.000 e £1.700, a caixa, respectivamente (na época em que eu estava escrevendo este livro). Mas esse lucro sensacional fica absolutamente irrisório quando comparado ao que aconteceu com o preço da caixa do Château Lafleur 1982 que eu comprei por £135, em 1983, e do praticamente desconhecido Pomerol Le Pin 1983, pelo qual paguei £150 em dezembro de 1984. Hoje, a caixa do Lafleur 1982 está avaliada em mais de £5.000 e uma única garrafa do Le Pin 1983 pode passar de £700.

Eu sei que deveria me sentir triunfante com relação a isso, mas a verdade é que me sinto quase fisicamente abalada. Odeio a maneira como algo que comprei para oferecer aos meus amigos momentos inocentes de diversão e prazer, acabou se transformando em um bem que exige um gerenciamento. Não quero administrar minha adega, quero bebê-la! Quero me sentir livre para continuar tendo apenas uma vaga idéia de quantas garrafas de cada vinho há ali. Gosto da atividade fortuita de sair cheirando as caixas de madeira e as prateleiras de vinhos. Não quero a responsabilidade de cuidar de garrafas que valem centenas de libras. Odeio a idéia de que alguém não possa "se dar ao prazer de beber" algo. E, além de tudo, o vinho não foi feito para isso.

Estou tentando respirar fundo e pausadamente para não ter que me aborrecer com o fato de: a) ter permitido que um negociador de vinhos finos, hoje pedindo £5.000 por uma caixa de Lafleur 1982, a retirasse da minha adega por £1.400 há apenas três anos – o único vinho que jamais "vendi" – e b) ter bebido sete ou oito garrafas do meu Le Pin 1983 e só conseguir me lembrar de cinco delas. Estou repetindo o mantra de Edmund Penning-Rowsell, "você nunca deve pensar no quanto um vinho vale enquanto o bebe", e tentando desesperadamente acreditar nisso. Mas, até aí, ele criou esse mantra numa era anterior à absurda alta nos preços dos vinhos finos, na década de 1990. Recentemente ele vendeu tantos vinhos à Christie's que seriam o bastante para sustentar um leilão inteiro. Preferia o perfil do mercado antes da chegada tão inflamada desses novos compradores obcecados. Estou perdendo a batalha para me manter sã diante da minha adega.

Acho que não poderia vender minhas garrafas restantes de Le Pin, mas tudo que eu faria com dinheiro seria comprar mais vinho. Certamente não me arrependo do Château Latour 1970 que comprei com uma fração do que valia o meu Lafleur 1982, três anos atrás. Um vinho magnífico, ainda que maravilhosamente contido, o tipo de vinho que preenche um vazio muito mais útil da minha adega do que qualquer outro 1982, o queridinho das salas de leilão. Não, não preciso mesmo. De fato, essas comparações verticais do Latour – que me sinto afortunada por testemunhar – sugerem que você tem que esperar até 1982 para encontrar outro Latour tão majestoso quanto o de 1970 – ano em que até seu irmão caçula, o Les Forts de Latour, é excelente.

Esse ridículo aumento nos preços não tem causado nada além de angústia. Julian Barnes é outro proprietário de Le Pin. Nós saboreamos uma garrafa em 1991, logo após o comerciante Willie Lebus e eu a provarmos juntamente com outro Pomerol 1983 e preferirmos o Certan de May 1983, que hoje em dia é vendido por um décimo do preço. Mas depois que um ou dois colecionadores do Extremo Oriente se tornaram obcecados com o Le Pin e sua raridade, e acabaram elevando o preço do vinho ao mesmo nível dos super Pétrus, Julian e eu tínhamos empenhado muita energia emocional no "problema", questionando se deveríamos vendê-las e quando; o quanto o preço havia subido desde então; quando o mercado chegaria ao ponto máximo; em quais circunstâncias alguém poderia simplesmente abrir uma garrafa e assim por diante. O vinho foi feito para dar prazer e não remorso.

Tenho o pressentimento horrível de que as conversas entre aqueles que levam o vinho fino muito a sério vão, cada vez mais, girar em torno do dinheiro. Já encontrei muitos chatos que insistem em confundir apreciação de vinhos com apreciação financeira ("eu dei um jeito de conseguir a minha caixa por apenas £280 na Bonham's em 1985"). Desaprovo profundamente aqueles que deliberadamente acumulam vinhos para especulação. Fui me dar conta desse fenômeno, pela primeira vez, passeando pelos Trapps Cellars, um extraordinário – e úmido – conjunto de arcos de ferrovias sob a London Bridge Station, repleto dos vinhos comercializados pelas casas de leilão (o vinho normalmente fica descansando naquela paz melancólica por décadas, enquanto é trocado de mãos várias vezes entre proprietários dos mais diversos continentes). A visão mais estarrecedora foi uma pilha dos mundialmente famosos Hermitage La Chapelle 1961, que foi o nosso *bonne bouche* após a degustação de vinhos 1961 na Houstoun House. Havia muito mais caixas desse vinho, que já era raro, do que qualquer pessoa poderia sonhar em comprar para beber, todos etiquetados com um cartão cuidadosamente impresso onde se lia "Propriedade de Fulano de Tal". Mas agora que o preço dos vinhos já pode ser considerado "estratosférico", há certamente centenas de investidores de vinho à espera do tempo certo para vender suas garrafas e, assim, contabilizarem seus lucros.

Outro ponto intrigante é a falta de relação entre preço e prazer. Talvez não seja tão surpreendente que um exemplo de primeira linha de um vinho pouco conhecido possa ser muito mais memorável do que algo já conhecido, que é vendido por um preço dez vezes maior. Parte da emoção é a empolgação da descoberta e o sentimento de ter driblado o sistema. A variação de preços é incrível. A demanda surge misteriosamente, ao que tudo indica, movida pela moda ou por algum boato, mais do que propriamente pela qualidade intrínseca do vinho.

Um dos fenômenos mais estranhos dos dias correntes era a obsessão dos compradores pelos Bordeaux tintos produzidos em 1995. Uma vez na vida os produtores não exageraram na propaganda e, na verdade, foram pegos de surpresa pela extensão da demanda consumidora. A imprensa especializada não fez um grande alarde sobre a safra. Mas ainda assim a demanda foi gigantesca, e os preços continuavam subindo loucamente a ponto de se equipararem a algumas safras maduras, bebíveis, e comprovadas, como a de 1985. Os comerciantes de vinhos finos iriam atrair a atenção dos compradores para isso e, certamente, para alguns vinhos cujos estoques estivessem baixos e, talvez, sugerir aos consumidores que eles pudessem também comprar algo para *beber*, além dessa aposta num líquido jovem que ainda levaria alguns meses para ser engarrafado. Mas poucos aceitavam a idéia. Isso pode ter acontecido porque suas adegas já estavam repletas de vinhos já maturados, mas eu duvido. Grande parte da demanda vinha de consumidores recém-chegados ao negócio de vinhos finos – particularmente, mas não exclusivamente, do Extremo Oriente. Eles tinham ouvido de um amigo de um amigo que *a* safra de 1995 era a safra para comprar, e era só nisso que se interessavam. Eu mesma sei, de tanto ouvir burburinhos que povoam as degustações comerciais em Londres, que os espertalhões engomadinhos da Inglaterra estavam igualmente empolgados com as possibilidades dos vinhos de 1995 – talvez, em parte, porque esta fosse, indiscutivelmente, a primeira boa safra de Bordeaux desde 1990. As pessoas que já esperavam a oportunidade de começar uma adega há cinco anos, finalmente tiveram a sua chance, ou não precisariam esperar mais. Não pude deixar de traçar um paralelo com a reação de entusiasmo demasiado com os vinhos de 1975 que tinha testemunhado vinte anos antes. Mas também entendo que a diferença de preço entre os vinhos mais caros e os mais baratos do mundo havia se acentuado a tal ponto (ironicamente, num momento em que a diferença de qualidade é mais estreita do que nunca) que eu, provavelmente, jamais estarei apta a comprar os vinhos mais desejados novamente. Adeus aos *premiers crus, grands crus*, Penfolds Grange, Guigal, Côte Rôtie, os melhores italianos, e por aí vai.

Os Bordeaux e os Borgonhas atingem preços mais altos do que praticamente quaisquer outros – certamente mais altos do que a maioria dos vinhos do Rhône e Loire, praticamente todos os vinhos do Novo Mundo e do sul da Europa – e certamente esses vinhos não detêm o monopólio do prazer. O que eles têm é valor de revenda. É disso que são feitos os lotes nas mãos dos leiloeiros e do crescente exército de comerciantes de vinhos finos e corretores que têm tomado uma crescente fatia desse negócio (na Inglaterra, eles conhecem uns aos outros e o ponto fraco de cada um. Quando os negócios estão parados, o jogo favorito é ligar para uma dessas pessoas, que normalmente são extremamente avarentas, fazer uma vozinha em falsete e oferecer alguns vinhos valiosos "deixados pelo meu falecido marido em sua adega. Será que eles valem alguma coisa?" O objetivo do jogo é conseguir a oferta mais patética para os fabulosos vinhos imaginários para, em seguida, desmascarar o esquema e xingar o negociante, acusando-o de tirar vantagem da ignorância da pobre velhinha).

Bordeaux, dos cento e poucos châteaux na famosa classificação de 1855, das cinco divisões das principais propriedades (dali por diante chamadas de *crus classés,* ou "classed growths") ou seus equivalentes sem classificação do Pomerol, é, de longe, a mercadoria mais fácil de vender, porque seu status é facilmente assimilado. Porém, um bom tanto dos Clarets classificados feitos hoje em dia com o benefício de técnicas de vinificação mais elaboradas e fáceis de entender é apenas respeitavelmente clássico, ao invés de algo que lava a alma. Como um Porto antigo, os Clarets *crus classes* são irrepreensivelmente corretos, como uma estrela-guia que orienta tantos produtores e consumidores mundo afora. Mas somente as melhores garrafas conseguem fazer meu coração bater mais rápido e invadir a minha razão (diferentemente dos vinhos artesanais, que são talvez menos polidos, mas freqüentemente mais viscerais). Ano após ano, tenho aberto ou compartilhado garrafas de Clarets *crus classes*, que variam de safras respeitáveis a excepcionais, e constantemente não sinto qualquer emoção. Eles não têm falhas. Ninguém poderia devolvê-los e reclamar de algo. Mas eles sofrem com uma certa falta de brilho, carecem um pouco da absoluta qualidade de vinhos como Pichon-Lalande 1979 (com 1982 e 1983 à espera), Chasse Spleen 1978, Gloria 1970 e várias outras celebradas combinações de château e safra. Estou deliberadamente excluindo daqui os vinhos clássicos absurdamente caros, que custam milhões.

Os Borgonhas de ambas as cores alcançam partes que outros vinhos não conseguem. Um ótimo Borgonha é o vinho mais sensual, mas é ainda mais raro que um grande Bordeaux – além de ser uma compra muito, muito mais arriscada. Isso faz com que se valorize a previsibilidade um tanto diligente do Bordeaux. Mas quando um Borgonha dá certo – o que acontece para mim em todos os níveis de preço –, até as mais modestas apelações podem constituir uma alegria real, emocionante, cativante. Proporciona tamanho prazer, que incentiva a continuar provando. A produção de vinhos tintos na Borgonha sofreu melhoras tão boas, senão até melhores, que em Bordeaux. Mas a grande sacada está em saber exatamente quando abrir um Borgonha, seja tinto ou branco, tantas são as fases evolutivas pelas quais o vinho parece passar.

Por esse motivo, as caixas de Borgonhas em minha adega são abertas cedo e muitas garrafas de safras antigas são sacrificadas em experimentações sem sentido. Nos meus cadernos de degustação está anotado, por exemplo, como as garrafas de Nuits-St.Georges, da safra de 1982 feita por Jean Grivot de vinhedos cultivados por sua cunhada, Jacqueline Jayer (tendo o seu primo sido afastado numa típica manobra borgonhesa), foram melhorando até 1987, para começar a perder seus frutos no ano seguinte.

Naquela época, os comerciantes nos exortaram a comprar a safra de 1983 ao invés da de 1982, porque as uvas tinham cascas muito mais grossas e os vinhos eram muito mais "substanciosos" (isto é, pesados como botas velhas). O apodrecimento relativamente generalizado nunca foi mencionado. Não comprei nada muito nobre da safra de 1983, exceto uma caixa do modesto Savigny Champ-Chevrey 1983, da Tollot Beaut, que continuei provando com crescente insatisfação e desapontamento no decorrer do final dos anos 1980. Sobre a última garrafa, aberta em março de 1991, pude finalmente escrever: "Uma absoluta revelação. Esse vinho estava se mostrando uma coisa velha e teimosa, com um final muito tânico até esta garrafa, que estava divina. Redondo, suave, com toques de cogumelos e frutas no nariz e no paladar. Não tem mais para onde ir, alcançou o auge".

Enquanto escrevo, me arrependo do espaço da adega ocupado com Borgonhas 1988, que eu preferia tivesse sido preenchido com algo mais adequado para beber enquanto espero por eles e pelos vinhos ainda muito fechados de 1990. Entendo os amantes de vinhos que se recusam a jogar a roleta-russa que é comprar Borgonhas. Mas quando faço uma pesquisa nos meus cadernos de anotações, vejo uma busca patética e até certo ponto cruel pelo Grande Borgonha. Como um viciado determinado a duplicar uma viagem inesquecível a qualquer custo, me vejo continuamente escolhendo um Borgonha das cartas dos restaurantes e das listas dos comerciantes na vã esperança de que aquela será "a" garrafa!

Num dia do inverno de 1990, no White Horse Inn, em Chilgrove, a meca de Sussex para muitos britânicos loucos por vinhos, tentamos recriar a minha experiência com Borgonhas em Oxford com o máximo de fidelidade. Pedimos um Chambolle-Musigny, Les Amoureuses, da safra mais promissora depois da original de 1959, a de 1971. Esta garrafa de Drouhin, de um vermelho rubi muito rico, estava perfeita: rapidamente envolvente com seu toque de especiarias e deliciosamente equilibrado, mostrando muito da delicadeza dos Borgonhas (o Drouhin Griottes-Chambertin 1959 degustado três anos antes era ainda mais suntuoso; seu cheiro de trufas e alcaçuz ainda perfumava as taças vazias na manhã que se seguiu a um jantar excepcionalmente bom). Hoje em dia eu ignoro o mercado e sigo meu próprio nariz em busca de vinhos mais leves, pertencentes a safras menos admiradas, porque, justamente eles têm me dado um prazer mais genuíno. Nessa combinação de frutas, perfumes e *terroir*, o Borgonha tinto é muito melhor que o Bordeaux.

Todos aqueles que beberam vinhos maduros na década de 1990, mesmo aqueles com dez anos de vida, podem se considerar, num sentido muito particular, parte da história, pois vivenciaram um modo de fazer vinho muito diferente do que é empregado hoje em dia. Lá pelo final dos anos 1980, os tipos de vinhos que estavam sendo feitos, vendidos e bebidos nos mais importantes mercados do mundo, como Inglaterra, Alemanha e Estados Unidos, eram quase irreconhecivelmente diferentes daqueles líquidos distintamente reservados, servidos na maioria das degustações que freqüentei nos meus primeiros tempos na *Drinker's Digest*, dez anos antes.

A diferença mais marcante era o aparato tecnológico de que até o vinho mais básico, mais cotidiano, era feito. Com pouquíssimas exceções, a maioria parecia saudável (sem um aspecto hediondo e algo fosco) e tinha um cheiro *limpo*. Os níveis permitidos de dióxido de enxofre, usado como antisséptico pelos produtores, foram sendo sistematicamente reduzidos até que não pudesse mais ser usado para disfarçar a produção descuidada de vinhos, doces especialmente. Como resultado direto, aquele cheiro acre de antracito estava ficando cada vez mais raro nas salas de degustação.

A outra diferença visível nos vinhos disponíveis no final dos anos 1980 era resultado direto do *varietalismo*. Agora esses exemplares de vinhos acessíveis, classificados com famosos nomes de uvas francesas, começaram a aparecer, provenientes da Austrália, da Bulgária e do norte da Itália (na Inglaterra, a região que ia do Alto Adige até o Tirol austríaco esteve em voga rapidamente da metade para o final dos anos 1980). Os vinhos comum e de mesa vendidos somente com o nome da marca ou nome fantasia acabaram voltando, obviamente, para o fundo do barril, de onde, aliás, nunca deveriam ter saído.

Os varietais acabaram desabrochando e espalhando seu charme por vários lugares do mundo. A sutileza já não era mais uma virtude. Agora era a vez do aroma intenso, fortemente frutado, celebrar seu espaço. Os apreciadores de vinhos dispostos a gastar um pouco mais foram apresentados a um sabor novo, extremamente fácil de agradar: o sabor do carvalho, a madeira com a maior afinidade com o vinho. Não é preciso dizer que eles adoraram! O adocicado aparente, o toque de baunilha e a densidade extra que o carvalho proporciona ao vinho, de alguma forma, acabaram por substituir a doçura, que fez o Liebfraumilch e o Lambrusco tão atraentes para os recém-chegados no assunto, no final da década de 1970 e começo da de 1980.

Olhando para trás, o que era engraçado – e extraordinário até – era ver como os produtores manipulavam o vinho e o carvalho de forma tão errada, especialmente do meio para o final dos anos 1980. A verdadeira contribuição do barril de carvalho é física. Ele permite o intercâmbio exato entre oxigênio, vinho e propriedades características da madeira. É isso que estimula o vinho tinto a assentar-se gradualmente para adquirir suavidade e estabilidade extras. Se um vinho branco encorpado é manipulado de maneira relativamente grosseira, mas é fermentado em barris, parece deixar cair sua aspereza e parte da sua cor para emergir tão delicado e complexo como uma *prima ballerina*. Se, ao contrário, o vinho for fermentado em tanques – seguindo os princípios do final do século 20 de controle rígido de temperatura e abrigo contra oxigênio – para depois ser transferido para os barris, a tendência é acentuar a cor, o sabor e a adstringência que o carvalho proporciona.

Devido ao fato de a fermentação em barril ser uma técnica complicada e cara, os primeiros vinhos brancos em barris de carvalho que vimos da metade para o final dos anos 1980 eram produtos desse meio-termo deplorável: vinhos fermentados em tanques de aço inoxidável, envelhecidos em barril. Eles eram geralmente feitos por produtores que acreditavam que, se um pouco de sabor amadeirado era bom, muito sabor de madeira seria melhor ainda. Alguns deles eram monstruosos: um fedor impregnante de palito de fósforo molhado, davam a impressão de que precisavam ser mastigados ao invés de bebidos. Eles já chegavam às prateleiras com uma cor de ouro velho profunda. Outros escureciam rapidamente na garrafa. E o pior de tudo é que aqueles barris novos de carvalho (quanto mais novo o barril, mais sabor de madeira é dado ao vinho) tinham custado uma verdadeira fortuna para os produtores – uma fortuna que nós, consumidores, estávamos subsidiando no começo do nosso namoro com esse novo ingrediente, excitante e completamente envolvente.

Os barris de carvalho superaram o engarrafamento como investimento mais significativo. Muito alarde se fez até sobre a origem mesma do carvalho ("47% Allier, 40% Vosges e 13% Nevers") por produtores que viviam tão longe das florestas francesas que os fabricantes de barris poderiam falar qualquer besteira para eles. O que eles deveriam ter contado para os compradores era que, muito mais importante do que saber de qual esquina de que floresta a madeira provém, é há quanto tempo a madeira está sendo curtida antes de ser transformada em barril. E isso é o ingrediente-chave para a qualidade do barril, como se sabe, hoje em dia.

Mas o que constantemente me impressionava em minhas viagens pelo Novo Mundo do vinho – no final dos anos 1980, eu e, às vezes, o resto da família fizemos três visitas à Austrália, duas à Nova Zelândia, inúmeras à Califórnia e uma única ao Oregon – era como os produtores, ávidos por poupar um centavinho aqui e outro ali, pareciam preparados para gastar qualquer quantia em seus barris, às vezes até mesmo antes de entender totalmente como usá-los. Isso poderia facilmente dobrar o preço do vinho.

Outra razão para as extraordinárias fortunas empregadas na fabricação de barris era porque eles eram o "ingrediente especial" dos vinhos finos franceses, especialmente os Bordeaux e os Borgonha. Produtores das mais novas regiões vinícolas de todo o mundo se viram obrigados a importar sua própria porção das florestas francesas de carvalhos, gerenciadas pelo governo local. A teoria (inteiramente insana) era de que, se você comprasse barris do mesmo fornecedor da Domaine de la Romanée-Conti, então talvez o seu Chardonnay ficasse muito parecido com o Montrachet deles.

Hoje em dia – ainda bem! – muita da badalação em cima do barril de carvalho acabou. Há um consenso de que somente os vinhos mais finos, feitos mesmo para envelhecer longamente, merecem o investimento exigido em barris topos de linha. Há um crescente (e continua aumentando sutilmente) uso de alternativas mais baratas do que novos barris para vinhos feitos para serem bebidos jovens. Se os consumidores querem apenas um *gosto* de carvalho em um vinho jovem, ao invés de buscar todas as propriedades físicas que o carvalho atribui ao vinho envelhecido, então faz mais sentido usar algum agente para dar sabor, como um saquinho de cascas de carvalho como uma infusão no tonel de fermentação ou pedaços de carvalho pendurados dentro de um contêiner. E, do ponto de vista do consumidor, estamos agora vendo a previsível reação à febre do carvalho: vinhos sendo postos no mercado especificamente como "sem uso de carvalho" ou "não-madeirado" como se fosse um novo distintivo atrelado a esse novo conceito.

A revolução dos vinhos brancos no final da década de 1970, comandada pelos vendedores de equipamentos de refrigeração e que culminou num vinho super limpo, de sabor frutado cuja maturação em barris era uma prática inadequada, foi seguida por uma revolução na produção dos tintos. Isso deveu-se ao fato de que alguns dos mais influentes produtores de vinho tinto do mundo, especialmente em Bordeaux, viessem a perceber que o armazenamento de vinho a longo prazo estava se tornando uma prática em desuso – suspeita endossada pelo crescente número de pessoas vivendo em apartamentos com aquecimento central, por exemplo. Os vinhos excessivamente tânicos e usualmente ácidos, tão típicos dos Bordeaux tintos mais jovens, não devem ter incomodado ninguém na era eduardiana, quando era normal manter vinhos assim em adegas particulares por várias décadas, até que adquirissem um gosto suave. Mas isso certamente seria um problema na vida frenética característica do final do século 20.

O resultado foi uma profunda transformação no estilo dos Bordeaux tintos, assim como em outros tintos, gerando vinhos de coloração muito mais profunda e sabor muito mais intenso que eram, ao mesmo tempo, mais suaves e mais agradáveis de se provar, mesmo quando ainda jovens. Graças às pulverizações antiapodrecimento, que acabaram com o pânico na época da colheita, as uvas puderam amadurecer com mais propriedade. Assim, os vinhos apresentaram-se com uma acidez visivelmente menor e os próprios taninos presentes nas cascas, caules e sementes também acabaram amadurecendo, dando um gosto menos pungente ao vinho. Depois de colhidas, as uvas eram selecionadas de forma muito mais rigorosa que antes. Havia mesas de seleção ou esteiras na porta da adega, entre o caminhão e o tonel de fermentação, de forma que as uvas apodrecidas ou não totalmente amadurecidas poderiam ser tiradas manualmente (isso substituiu a antiga prática da caçamba de caminhão carregada de uvas).

Havia um cuidado muito maior com a temperatura da fermentação, processo que dura, em média, duas semanas, e que acontecia a partir de um breve aquecimento dos tonéis (para agitar as coisas), seguido de seu resfriamento deliberado, depois de alguns dias, para que nada de útil se perca na ebulição, o que pode facilmente acontecer se se permite ao fermento seguir o seu rumo natural de aquecimento. Alguns produtores reformaram suas adegas e vinícolas de forma que pudessem contar com a ajuda da gravidade, no lugar de um bombeamento mecânico poderoso, para movimentar o mosto e o vinho (alguns produtores australianos ultrapragmáticos têm uma postura cínica a respeito dessa prática).

Um dos elementos-chave para a produção de vinho tinto é a extração da cor, do tanino e do sabor das cascas. Produtores focados na qualidade têm sido particularmente cuidadosos nesse aspecto, misturando cascas e líquido nos tonéis de fermentação o mais delicadamente possível, geralmente utilizando apenas o vinho que irá verter das cascas naturalmente, excluindo deliberadamente o líquido mais agressivo (que é extraído das cascas restantes ao final, quando se faz a prensagem do vinho). Então, durante o envelhecimento em barril e o processo de engarrafamento, um gás inerte, como nitrogênio, vem sendo mais e mais usado para eliminar qualquer possibilidade de oxidação. Sendo Bordeaux o centro do mundo do vinho tinto, sujeito a furtivas (e outras nem tanto) espionadas de produtores de todos os cantos, essas técnicas passaram a ser adotadas, na medida do financeiramente possível, pela maioria dos produtores de vinhos tintos finos – e, certamente, por muitos produtores ambiciosos de vinhos similares aos Bordeaux feitos de uvas Cabernet Sauvignon e Merlot.

Foram exigidos alguns sacrifícios financeiros dos mais importantes proprietários de Bordeaux para adotar essa nova forma de produzir vinho. Após várias décadas vivendo um período de vacas magras, eles se cobriram de dinheiro, graças a uma combinação inédita que aconteceu nos anos 1980: a explosão de safras excelentes junto a um mercado mundial ávido por consumi-las. E mais: o consumidor não precisa mais confiar em informações filtradas pelo nada imparcial comentário do comerciante de vinhos. O desempenho dos produtores é totalmente monitorado, de forma objetiva, e está disponível a todos aqueles que quiserem pagar pelo serviço. Os produtores às vezes reclamam de eventuais avaliações ruins em publicações influentes ou revistas especializadas, mas ao menos esses canais de informação se constituíam (e continuam a constituir) um quadro de avisos internacional sobre o que está acontecendo nos vinhedos e adegas do mundo inteiro. As publicações ajudavam a apimentar a demanda, os comerciantes a alimentavam com suas provocações para que o consumidor comprasse enquanto durassem os estoques, as casas de leilões a atendiam, oferecendo mercado para estoques excedentes e uma arena para, às vezes, fazer dinheiro a partir da compra de vinhos (muitos investidores cheios de dinheiro foram atraídos a investir em Porto antigo pela concessão de descontos nos impostos, usando o esquema de expansão de negócios de Margaret Thatcher, só para darem de cara com o colapso do mercado no começo dos anos 1990, quando muitos estoques foram esvaziados rápido demais).

Sempre que visitava o Médoc na segunda metade dos anos 1980, ficava ansiosíssima para ver qual château estava de cara nova e tinha instalado uma nova sala de degustação com piso de mármore, quem teria o maior salão de recepções, a adega de barris mais *avant-garde*. Mas a única benfeitoria que poderia, de fato, afetar a qualidade do vinho, estava na área de armazenamento de barris. O único luxo do qual um produtor ambicioso não pode prescindir é ter um espaço adequado, resfriado, para manter o produto de cada safra o tempo necessário que as condições daquele ano exijam, antes de partir para o engarrafamento.

Mesmo no louvado Château Margaux, a instalação de uma adega de barris adequada só aconteceu nos anos 1980: cuidadosamente umidificada, com a temperatura controlada, sob o gramado da avenida que dá acesso ao prédio principal, de forma que o vinho pudesse ser engarrafado assim que estivesse pronto, ao invés de ter que dar lugar à próxima safra (o problema de encontrar ou construir adegas ou galpões suficientemente frios é maior no sul da Europa e na maioria das regiões vinícolas do Novo Mundo. Os californianos adotaram o sistema, nada econômico, de perfurar buracos gigantes nas colinas, especialmente, mas não exclusivamente, para maturar vinhos espumantes – uma tentativa de recriar as *crayères*, as cavernas de calcário da região de Champagne.)

Graças às várias bênçãos, outras nem tanto, da indústria agroquímica, as produções começaram a disparar na Europa. No final dos anos 1980, os Bordelais quase que se envergonhavam da quantidade de uvas que seus vinhedos bem cuidados poderiam ser induzidos a produzir, especialmente se o clima cooperasse durante o importantíssimo florescimento das vinhas. O resultado foi uma moda generalizada entre os produtores de Bordeaux de cortar, durante o verão, as uvas que eles achavam excedentes para os vinhos. Essa é a tão conhecida poda-de-verão. Isso não soa para mim como harmonia entre homem e natureza, está muito mais para homem determinado a não correr o risco de perder um centavo sequer cortando mais duramente no inverno.

Nos últimos anos, percebi que os defeitos dos vinhos tintos têm mudado. Antigamente, havia muitas uvas pobres, secas, mal amadurecidas. Hoje, alguns tintos são desapontadores por apresentarem, apesar da coloração intensa, um sabor instável. Isso acontece porque a cor, sugada da casca da uva pelo longo processo de maceração (ou possivelmente até por concentração física), não se iguala à intensidade do processo feito com uma uva madura e de qualidade. Na verdade, todo esse contato com a casca da uva pode ter tornado o vinho desconfortavelmente alto em tanino e definitivamente desagradável para beber.

A nova e mais suave geração de vinhos tintos, especialmente os *crus classés* de Bordeaux, não foram tão bem-recebidos no começo. Os que tinham uma adega cheia de vinhos tênues, feitos à moda antiga, demonstravam um interesse marcante em se perguntar em voz alta se esses novos vinhos iriam durar. Ainda é cedo para responder essa pergunta. Talvez algum Hardy Rodenstock do século 22 possa nos dar uma resposta. A questão, no entanto, vai ficando mais irrelevante a cada ano que passa. Ninguém que eu conheça está pensando seriamente em comprar vinhos para os seus filhos ou, pior ainda, para seus netos. De fato, ouço muitos compradores explicarem exatamente como pretendem abrir sua última garrafa da adega no seu leito de morte, como dizem ter feito André Simon, tão lucidamente. Tudo o que se exige de um grande vinho hoje em dia é que tenha uma vida entre dez e doze anos, às vezes nem mesmo isso.

O Bordeaux tintos, em grande parte feito sob a influência das novas técnicas, é certamente o maior componente único da minha adega relativamente pequena, que está para explodir: com suas mais ou menos cem caixas, algumas de papelão e outras na forma de caixotes de madeira. Sei que poderia armazenar meus vinhos em um armazém profissional, mas prefiro saber que eles estão sob meu próprio teto e livres de qualquer burocracia. Não sei se quero adotar toda aquela organização necessária para administrar estoques em lugares diferentes e em diversos estágios de maturação. Gosto da espontaneidade de poder pôr as mãos (teoricamente, pelo menos) em qualquer garrafa, a qualquer momento. Na prática, por outro lado, sei que mesmo sob meu teto, garrafas guardadas em cantos escuros estão sob constante perigo de não serem vistas. Por isso, não confio meu vinho a nenhum terceiro.

Além da adega, me abasteço de uma prateleira gigante sob as escadas, profunda o bastante para abrigar duas garrafas em cada um dos seus 120 buracos. Essa é minha espécie de "bandeja pendente", onde coloco os vinhos de curto prazo, aqueles que não precisam de adega. Lá também está uma seleção de garrafas mais "sérias", as quais posso alcançar sem ter que achar a chave da adega, cruzar o quintal e tropeçar no triciclo da nossa filha mais nova.

Dos Bordeaux, tenho uma coleção bastante aleatória dos principais *premiers crus*. Aquelas belas caixas de Claret tendem a ficar ali, ainda fechadas a prego, com a única exceção dos de 1985 que, de tão deliciosos nos seus primeiros oito ou nove anos, foram devorados com uma afobação indecente – apesar de algumas das poucas garrafas restantes sugerirem que os vinhos estão perdendo um pouco da sua maciez.

Os vinhos têm esse irritante hábito de mudar de caráter no momento em que você acha que já os conhece bem. Veja bem, noto que escrevi a mesma anotação de degustação "escorregadia como uma cobra" para duas garrafas de Eglise-Clinet 1985, mesmo tendo sido consumidas num espaço de quase um ano, no começo dos anos 1990. Não creio que tivesse usado essa expressão nem antes, nem depois, mas o que eu quis dizer é que esse Pomerol, apesar de cheio de vida e empolgante para degustar, parecia não ter *arestas*, ou algo que o valha. Não tinha um tanino perceptível, não tinha acidez que travasse o paladar, era simplesmente um brilho na boca. Das duas caixas que adquiri, só sobrou uma garrafa. Eu as comprei em 1987 por £120, mas esse é o tipo de vinho cujo estilo satisfaz o sonho do vinho moderno, pois hoje é vendido por mais de £1.300, a caixa (o Eglise-Client 1962, por outro lado, que também estava na minha adega, foi considerado um Bordeaux fedorento, feito à moda antiga).

Sei que nenhuma dessas safras dos anos 1980 está sequer perto daquela terrível virada, quando começam a enfraquecer e perder seu apelo. Portanto, posso envelhecê-los por mais algumas décadas. Talvez eu devesse me livrar daquelas caixas de Porto, safra 1977, que estão só ocupando espaço no fundo da minha adega, já que o nosso consumo para esse tipo de vinho é tão baixo.

Há certos vinhos, no entanto, que pareço beber no momento em que os compro. Foi o que aconteceu com uma ou outra caixa de um Pinot Noir particularmente bom da Martinborough, na Nova Zelândia. Eu realmente gostei do varietal borgonhês dos Pinots da Martinborough Vineyards, feitos de várias safras e acrescentei à minha adega algumas safras recentes do exuberante Pinot Noir da Ata Rangi. Pinots do Novo Mundo bem-sucedidos tendem a voar das suas caixas de papelão direto para a mesa de jantar, talvez porque eu saiba quanto prazer eles podem proporcionar – e quão improvável é que gerem uma fortuna como investimento.

A mesma justificativa é válida também para os vinhos finos da Alsácia, representados por Faller, Trimbach e Schoffitt. O Riesling da Trimbach, Clos Ste-Huné é um exemplo clássico de vinho alsaciano lentamente maturado, com tantos admiradores da sua irrepreensível pureza mineral que o preço vem crescendo regularmente, distanciando-se da categoria "puro prazer". Rieslings opulentos, Pinot Blancs superiores, Pinot Gris suaves e apetitosos Gewürztraminers são alguns dos vinhos que desaparecem rapidamente da minha prateleira. Esses brancos encorpados, perfumados, parecem tão *úteis*, tanto como aperitivo quanto acompanhados de todos os tipos de comida – mesmo aquelas que cairiam bem com um tinto vigoroso. Hoje em dia, no entanto, muitos deles estão mais doces do que eu gostaria, o que reduz um pouco a sua versatilidade.

Vinhos alemães da melhor qualidade são uma das especialidades da minha adega. São uma minoria, mas, posso assegurar, de um gosto muito refinado. Aqueles de nós que *sabem* que uma garrafa de Mosel Riesling madura é tão boa como aperitivo como qualquer Champagne não são muitos, mas nós todos nos entendemos muito bem, e aos nossos J. J. Prüms, nossos Von Schuberts, nossos Ernie Loosens e nossos Reinhold Haardts também. Também sabemos que esses vinhos demandam tempo. Um dos mais sublimes foi um J. J. Prüms Wehlener

Sonnenuhr Auslese 1971, aberto na noite de Ano Novo de 1988 – já quase dourado, mas que ainda continha um espectro esverdeado que podia denunciar um Mosel a algum desavisado. O vinho ainda estava tinindo de vida e juventude (os vinhos Prüm são quase efervescentes nos seus primeiros anos de vida), mas tinha um *bouquet* maduro, ao invés de um aroma jovem – não simplesmente de frutas, mas de minerais tostados, talvez algumas folhas de groselha ou até mesmo um pouco de tempero. Era tão delicado que praticamente dançava, no entanto, por baixo, havia um ótimo gostinho de extrato. Você poderia imaginar o quanto sobraria na placa de Petri do laboratório, caso você fosse tolo o suficiente para desperdiçar uma gota em experimentos científicos de evaporação. Havia uma doçura perceptível, mas o grande rebuliço da acidez viva o deixava de fora da categoria "Vinho Doce". Da marca delatora de envelhecimento, ressecamento das frutas, não havia um único sinal. Os vinhos alemães mais finos de 1959 demonstram o mesmo atributo até hoje. A única degustação que me arrependo amargamente de ter perdido, por causa de um problema no estômago, foi uma revelação dos grandes tesouros da Bremen Ratskeller em 1996.

A lenta evolução da minha adega se deve totalmente ao meu entusiasmo pelo Mosel Riesling, que coincidiu com a admiração pelos Bordeaux tintos de alta qualidade, uma vez que esses dois tipos de vinho amadurecem mais ou menos no mesmo ritmo imponente. Gostaria de ter mais algumas garrafas de Mosel 1983. Deveria trancar os de 1989 porque já estou envergonhada com a minha total incapacidade de manter fechadas por mais de algumas semanas as garrafas dos poderosos vinhos feitos pelas novas estrelas do Pfalz, como Müller-Catoir e Rainer Lingfelder. Eles têm muito mais substância do que os seus delgados primos do Mosel ao norte, e combinam o peso de um Borgonha branco com uma acidez cheia de vida e estrutura que combina facilmente com qualquer comida. Fico surpresa de ver como o vinho alemão raramente aparece na lista dos comerciantes de vinhos finos do mundo, quando há um potencial para provocar sensações impossíveis de ser obtidas em outros lugares.

De todos os vinhos finos do mundo, o delicado, durável e aristocrático Riesling do Mosel, cheio de vida, é o único que talvez jamais seja copiado. Não me surpreende que a Califórnia e a Austrália, por exemplo, não consigam igualar as condições climáticas ideais para o Mosel.

Mas fico surpresa com o pouco incentivo comercial para que tentem. Seria o baixo teor alcoólico, a leve doçura, a horrenda qualidade dos vinhos alemães baratos, ou o cheiro de combustível que afasta os apreciadores de vinhos do Riesling? A Inglaterra, provavelmente mais do que qualquer outro país além da Alemanha, tem uma longa tradição de apreciar os vinhos germânicos – mesmo que isso esteja caminhando rapidamente para o fim. Alguns dos nossos comerciantes de vinhos mais conhecidos construíram seus negócios com o "Hock and Moselle". O comércio da sala pública do hotel e da universidade foi, um dia, baseado nele.

Como nação, no entanto, não lidamos muito bem com o vinho italiano. Por alguma razão, salvo alguns poucos *experts* e entusiastas reconhecidos, permitimos que as melhores garrafas fossem parar nas mãos de consumidores abastados da Alemanha, Suíça e Estados Unidos. Toda vez que vou para a Itália, sinto como se tivesse recebido a melhor transfusão da minha vida. Não apenas o vinho, mas a comida também é de uma outra ordem, um sabor distinto para os padrões britânicos e franceses, além, é claro, de toda a emocionante experiência de estar visivelmente cercada por tanta história.

Quando volto para Londres, de onde quer que seja, geralmente sinto saudades do antídoto (algo descarado e do Novo Mundo, quando viajo a Bordeaux; ou algo não-borbulhante e tinto depois de alguns dias em Champagne). Mas a Itália é diferente. Tudo em relação à Itália, do pior ao melhor, fica cravado na minha pele. Eu volto de lá e me sinto esteticamente deficiente, porque o prédio mais antigo que consigo ver da minha casa tem apenas duzentos anos. Os objetos da minha casa e as roupas parecem sem graça. Até minha cor nórdica parece monótona, sem o glamour e o carisma latino. Minha dieta normal parece um pouco sem vida, e os vinhos que bebo com ela são produzidos de uma maneira bem diferente da dos vinhos italianos comuns, com sua pitada enérgica de acidez e amargor no fundo do paladar. Mas eu acabo desistindo da luta para continuar com meu romantismo italiano, já que vivo num país com tão poucos entusiastas pelo vinho de lá. "Que tudo desça pelas gargantas dos que falam alemão!" digo eu, depois de alguns dias. Talvez você precise pertencer a uma cultura que usa de casaco de peles para perceber a seriedade dos vinhos italianos?

Sinto-me menos triste pela falta de vinhos espanhóis e portugueses na minha adega. A arte de produzir vinho na Península Ibérica parece melhorar a cada safra, assim como o alcance de sabores e estilos disponíveis a todos os amantes de vinhos pelo mundo afora. Meus casos de amor com os vinhos ibéricos parecem fadados a uma vida curta e sempre foram guiados por alguma moda. Após a disparada do preço do Rioja, seguindo o nosso entusiasmo no final dos anos 1970, flertei com algumas garrafas de Torres da Catalunha – que sempre pareceram, ao estilo de Mondavi, estar a caminho de algum lugar, ao invés de terem chegado lá. Provei muitos tintos finos dos vinhedos nas proximidades de Lisboa, como o Camarate e o Periquita, antes de descobrir que as uvas do Porto também podiam produzir um vinho de mesa apaixonante no vale do Douro. E isso era um mero reflexo do que estava acontecendo mais acima no curso do rio. Por anos eu vinha tratando o famoso vinho espanhol Vega Sicilia como único, mas o ex-ferreiro Alejandro Fernandez colocou outro vinho da região no mapa: o Pesquera (certa vez ele apareceu no Groucho para mostrar seus vinhos, mesmo sem falar uma só palavra de inglês). Do meio para o final dos anos 1980, ele abriu as comportas para uma dúzia de aspirantes-a-bodega em Ribera del Duero (isto é, Douro), uma região da moda na Espanha, situada a noroeste de Madri. Embora eu esteja disposta a ser seduzida por qualquer coisa que venha dos produtores extremamente ativos da região, no momento estou empolgada mesmo é com os vinhos brancos da Galícia, sutilmente austeros e definitivamente nobres. As coisas na Espanha mudaram tão rapidamente ao longo dos últimos anos que ando um tanto reticente de comprar mais de uma garrafa, ou duas, de uma só vez. É o que acontece com praticamente todas as novas províncias produtoras de vinho que vêm emergindo no decorrer da última década. As práticas tendem a melhorar tão drasticamente a cada safra, que os vinhos mais novos são freqüentemente melhores que os antigos.

Por outro lado, temos comprado poucas quantidades dos melhores tintos feitos na Califórnia de vinte anos para cá, não importando o quão difícil isso é, quando o dólar está muito forte (foi bastante providencial que 1984, ano em que nasceu Will, nosso filho, tivesse sido um ano muito melhor para os Cabernet californianos do que para os Bordeaux tintos). Os americanos intrometidos tendem a enfraquecer tudo por aquelas bandas: Monte Bello fazendo parceria com a Mouton, a Dominus sentando na Cos. Mas os mais suntuosos Chardonnays californianos tendem a desaparecer rapidamente da minha prateleira. Eles são perfeitos para servir convidados da Europa continental.

Dia desses eu acabei encontrando no fundo da "bandeja pendente" a última garrafa de uma caixa de Kistler Dutton Ranch Chardonnay 1988, que não deixava nada a desejar, em uma degustação cega, em relação ao Ramonet Bâtard-Montrachet da mesma safra. Os Pinots Chalones dos anos 1970 e alguns brancos dos anos 1980 têm também nos servido bem, incluindo um Pinot Blanc 1984 um tanto tostado que devoramos em 1991.

Ainda precisamos incrementar nossa adega com vinhos australianos modernos, tirando algumas *magnuns* de Shiraz concentrado sul-australiano, já que a maioria delas parece estar pronta para beber assim que são postas à venda. Várias caixas de relíquias australianas trazidas de Sydney na metade dos anos 1980 proporcionaram um enorme prazer – mais ainda se servidas a apreciadores céticos, nunca apresentados às delícias de um amadurecido Clare Riesling ou Hunter Semillon e Shiraz (ainda imprudentemente designado "Hermitage" em seus rótulos).

Talvez o capítulo mais impressionante na história da produção recente de vinhos tenha sido a velocidade com a qual a Austrália se impôs no mapa-múndi do vinho, especialmente se considerarmos o pouco vinho que aquele enorme país produz. Ao final dos anos 1980, parecia, para pessoas como eu, que meus amigos tinham desistido dos vinhos europeus para sempre. Todas as festas, ao que parecia (embora talvez isso só acontecesse nos jantares da área noroeste de Londres oferecidos por pessoas com trinta e poucos anos), eram regadas por dezenas de garrafas do douradíssimo Chardonnay australiano. Assim, conforme os australianos plantavam mais e melhores uvas em locais cada vez mais adequados, a porcentagem de vinhos consumidos na Inglaterra provenientes daquela antiga colônia inglesa crescia cada vez mais, enquanto o consumo de vinhos franceses caía paulatinamente e o de alemães, despencava.

A chave para a colonização às avessas do vinho australiano mundo afora tem sido a impecável abordagem pragmática que o país estabelece com a ciência do vinho, mais *au courant*, mais fluída, pouco conservadora e menos dogmática que o antigo regime da Davis na Califórnia –

e turbinada pelas possíveis conexões muito mais próximas com uma indústria que é um décimo do tamanho do seu equivalente californiano. Produtores e cultivadores cuidadosamente treinados emergem das faculdades num piscar de olhos todos os anos, prontos para os desafios apresentados pelo comércio de vinhos do final do século 20, e com o entusiasmo de quem sabe fazer vinhos tecnicamente perfeitos. Isso também se aplica aos graduados em enologia e vinicultura na Califórnia hoje em dia, mas existem diferenças culturais enormes em meio a tudo isso. Os australianos não se incomodam com a introspecção ou o autoquestionamento. Eles são, na verdade, até bem convencidos. A indústria de vinhos é tão relativamente unida na Austrália que todo mundo mais ou menos concorda com uma política comum de produção de vinho. Não tem aquela crise de identidade que assolou os produtores californianos no final dos anos 1980 e que resultou naquele sobe-e-desce de estilos de vinho, especialmente nos brancos, que passaram de amadeirados para ocos antes de chegar ao estágio bem equilibrado dos anos 1990.

Além disso, os jovens australianos graduados consideram as viagens de longa distância (conhecidas simplesmente como oe – *OVERSEAS EXPERIENCE*) favas contadas. Ansiosos por experiências na área, e vivendo num país que precisa deles durante os meses de fevereiro e março (época da safra no hemisfério sul), esses australianos qualificados ficam livres para visitar as várias regiões vinícolas do hemisfério norte na época da safra, entre setembro e outubro. Desde o fim dos anos 1980, uma crescente proporção dos vinhos postos à venda na Inglaterra são feitos por esses "produtores itinerantes". Normalmente, são moças e rapazes empregados como técnicos em cargos muito atraentes e que aprendem um bocado sobre tradição e seus efeitos na "alma" do vinho, enquanto ensinam um pouco sobre higiene e os perigos de um almoço demorado para os habitantes locais. A maior parte dos milhares de franceses envolvidos nas centenas de vinícolas cooperativas no sul da França já ouviram falar de *les australiens* e sua influência cada vez maior na sua região.

A Austrália ofereceu o ímpeto e a *expertise* técnica que fortaleceram a tendência para os vinhos frutados (ao contrário dos franceses, mais austeros e referenciados pelo *terroir*), amigáveis e livres, especialmente os de preços baixos e médios. Essa obsessão por vinhos brancos com sabor forte, maturado em carvalho, e por tintos frutados "abateu" muitos dos vinhos do norte da Europa: vinhos alemães, é claro, mas muitos outros do vale do Loire, por exemplo, marcados por alta acidez natural, cor clara, baixo teor alcoólico (relativamente) e sem gosto de carvalho – tão distantes dos critérios de um perfeito vinho moderno. Com exceção dos seus próprios países de origem, mais especificamente suas regiões nativas, vinhos como Beaujolais, Bourgueil, Chinon, Vouvray e, obviamente, algo tão desafiadoramente antiquado – e provavelmente "imodernizável" – como o Jerez caíram no desgosto popular, apesar de terem sido todos particularmente populares nos anos 1970.

O que mais quero de um vinho na hora de bebê-lo (o que é diferente de degustá-lo) é que seja apetitoso e combine bem com a comida. Isso significa que, se tiver alto teor alcoólico, ou for muito amadeirado, essas características precisam ser muitíssimo bem equilibradas com a concentração de todo o resto. Quero que cada gole puxe o próximo, e não que me dê uma pancada no meio dos olhos ou nas narinas. A última coisa que quero é algo que tenha gosto quente ou de xarope ou que seja derretido pelo excesso de álcool.

Infelizmente, como a reputação do vinho tem sido mais e mais construída com base em degustações comparativas hoje em dia, há um estímulo para fazer vinhos que se destaquem entre os outros, que tilintem logo no primeiro gole, ao invés de seduzir a longo prazo (ou ao menos durante uma refeição). Isso causa um problema real tanto para os organizadores de competições de vinhos quanto, talvez de forma mais significativa, para aqueles de nós que querem ser cativados e não maravilhados.

Embora os pomposos vinhos franceses e os tímidos californianos existam, em termos gerais é o Velho Mundo que produz vinhos que exigem mais concentração do que admiração – vinhos cujo charme às vezes não é percebido logo na primeira inalada ou mesmo durante seu primeiro ano na garrafa. Em contrapartida, aquele imenso pedaço de terra colonizado por videiras até quatrocentos anos atrás, a que hoje nos referimos de maneira condescendente como "Novo Mundo", é amplamente responsável pelos vinhos mais honestos, óbvios e, no geral, mais evidentemente impressionantes.

Mais e mais o grande debate no universo da produção de vinhos – vendas e consumo – vem sendo reduzido a Novo Mundo *versus* Velho

Mundo, com a França normalmente representando a velha guarda e a Califórnia ou a Austrália, a nova (mais do que a América do Sul, que foi colonizada pelos produtores de vinhos europeus muito antes do que ambos). Às vezes parece que praticamente toda degustação organizada apresenta algum tipo de confronto entre Novo Mundo e Velho Mundo.

No final de 1987, essa questão já tinha evoluído para Califórnia *contra* Austrália, uma degustação elegante que eu mesma organizei para a revista americana *Condé Nast Traveler*. De alguma forma consegui convencer Alexis Lichine, Michael Broadbent, o italiano Ezio Rivella, o belga Jo Gryn, o francês Patrick de Ladoucette e o holandês Hubrecht Duijker a se reunir em Londres para uma comparação cega de alguns dos melhores vinhos de cada um desses pretendentes do Novo Mundo (a Austrália, em geral, e a Penfolds, especificamente, foram as campeãs). Anotei, ao final da reportagem, o veredicto de Ladoucette, depois da degustação: "a França, definitivamente, não tem porque se sentir ameaçada por *isso*."

Bom, logo no começo dos anos 1990 eles estavam, sim, sendo ameaçados pelos vinhos do Novo Mundo. Por anos, a França subestimou aqueles que desafiavam sua supremacia, ententendo o fato de produzirem indiscutivelmente o melhor vinho do mundo como prova de que todos os seus vinhos eram superiores. Tal arrogância deixa qualquer um furioso, talvez especialmente aqueles que, como nós, veneram o melhor da cultura vinícola da França (isso apenas confirma o preconceito daqueles determinados a superar a emoção e a liberdade trazidas pelo Novo Mundo). A longo prazo, acredito que a concorrência de fora, especialmente dos "novos ricos" audaciosos, irá se provar como melhor opção tanto para as regiões tradicionais de vinho quanto para os consumidores em todos os locais do planeta. E a médio prazo, vejo somente prazer pela frente, para aqueles de nós que estiverem interessados em acompanhar essa briga.

XVIII
FINCANDO RAÍZES NA TERRA NATAL

Enquanto a tensão crescia entre o novo e o velho mundo do vinho, eu estava involuntariamente me aproximando da arena onde a batalha seria travada.

Em 1987, quando a terceira e última temporada do *The Wine Programme* foi ao ar, escrevi um pequeno livro de ensaios sobre combinações específicas entre comidas e vinhos chamado *Jancis Robinson's Food and Wine Adventures* – a idéia era me preparar para uma publicação mais longa e definitiva sobre o tema. Quando chegou a hora de escrever a sinopse para a edição mais longa, percebi que já tinha dito tudo que havia para ser dito sobre o assunto.

Apreciar a combinação de vinho com comida é um negócio ainda mais subjetivo e variável do que apreciar vinho isoladamente. Acabei descobrindo que é perfeitamente possível beber praticamente de tudo enquanto se come o que quer. Nenhum raio vai descer do céu e atingir aqueles que ousarem tomar uma garrafa de Pauillac com filé de linguado (uma combinação na qual os Bordelais insistem). Mesmo os supostos inimigos do suco de uva fermentado, como molhos à base de vinagre, chocolate, ovos e pimentas, podem ser convencidos a despachar belos goles de alguns vinhos. Acredito que para cada prato há um vinho perfeito; mas, para a maioria de nós, a vida é curta demais para descobrir qual é. O único ambiente onde o cliente tem o privilégio de ser orientado quanto à combinação perfeita entre vinho e comida é o de um restaurante muito caro, com um menu estático. Os menus em restaurantes três-estrelas na França são geralmente muito curtos e só mudam com as estações. Por isso, seus *sommeliers* deveriam poder guiar os clientes à união perfeita entre sólido e líquido.

Meu livro seguinte abordou um tema diferente sobre o qual eu sou apaixonada, o álcool. Algumas pessoas me consideravam completamente louca por sequer pensar em um assunto tão polêmico, mas ainda hoje não entendo por quê. De qualquer forma, percebi uma mudança drástica nas atitudes dos consumidores em relação às bebidas alcoólicas — talvez já sinalizada por aqueles fregueses vespertinos nada cooperativos e um tanto aquosos do L'Escargot — e senti que, como alguém que bebe regularmente, não era tão absurdo assim querer saber o quanto o consumo de álcool regular poderia estar me fazendo bem ou mal.

Nessa época, a campanha anti-álcool nos Estados Unidos estava pegando fogo, ao mesmo tempo em que aumentava o espaço dado aos ingleses em jornais e revistas a esses neoproibicionistas, como eram chamados. Eu achava difícil acreditar que o álcool fosse tão ruim quanto algumas organizações sugeriam, mas queria uma desculpa para estudar e divulgar as reais condições médicas e sociais de toda essa coisa. Achava que mais e mais as pessoas que bebiam socialmente estavam sendo bombardeadas por propagandas tendenciosas sobre o álcool e que elas precisavam de uma avaliação objetiva do tema (algum ativista abstêmio poderia ter me acusado de estar longe da objetividade, em razão do meu trabalho, mas logo que o livro foi publicado, passei pela estranha experiência de ver minhas idéias compartilhadas por pessoas de ambos os lados desse debate violento e acirrado).

Fiz a pesquisa e escrevi esse livro ao qual, depois de muitas discussões acaloradas, dei o título de *Jancis Robinson on the Demon Drink* [Jancis Robinson e a bebida do diabo], antes do surgimento recente de tantas evidências entre a ingestão de vinho tinto e os baixos índices de doenças cardíacas. Mesmo assim, cheguei à agradabilíssima conclusão de que, com exceção de algumas pessoas geneticamente predispostas a serem fisicamente destruídas pelo álcool (uma minoria que certamente não inclui aqueles com uma vovó pinguça de noventa anos), beber socialmente não era nem de longe tão perigoso como tantos jornais e programas de TV sugeriam (muitos deles escritos por jornalistas que diariamente desprezavam suas recomendações). Os entusiastas do vinho que se deram ao trabalho de ler o livro – que era caoticamente organizado – ficaram animados com ele.

Mas acabei me metendo em sérios problemas quando Charlie Wilson, então editor do *The Times*, decidiu desmembrá-lo em uma série. Até tentei, mas não consegui convencer o jornal a me dar uma pista do que eles pretendiam publicar e fiquei horrorizada quando saíram os trechos, não só ilustrados com desenhos do tipo João Felpudo sobre o que supostamente acontece com você se você bebe demais, mas também com frases ou palavras isoladas, usadas de forma que somente o aspecto negativo do argumento era reimpresso. Acho que Wilson pensou que daria uma melhor "história" apresentar um apreciador de vinhos que apontasse, ele mesmo, os malefícios do álcool, ao invés de reproduzir fielmente o meu ponto de vista bem mais equilibrado. Como a maioria dos meus colegas do mundo do vinho liam o *The Times* com muito mais freqüência do que sequer considerariam a hipótese de comprar um livro por £9,95 sobre um ingrediente que eles adoram, mas sobre o qual conhecem pouco, tiveram uma impressão totalmente distorcida da mensagem geral do livro. Em uma reunião do comitê do Master of Wine que coincidiu com a publicação dos mais chocantes trechos do livro, eu fui praticamente ameaçada de expulsão. Durante meses e meses após o acontecido, eu continuava sendo esnobada pelos tradicionalistas nas degustações (a forma de congregação favorita do comércio de vinho). Lembro, inclusive, de um degustador veterano sussurrando um "como você teve coragem?" para mim, depois de cuspir o vinho numa cuspideira.

Os mais contemporâneos, no entanto, não pareciam ter o mesmo sentimento de traição e a geração seguinte é bem mais sensível e informada sobre os problemas e os benefícios do álcool, um pouco diferente dos seus pais. Isso não significa, é claro, que os jovens de hoje tenham estabelecido uma relação tranqüila com o álcool (ser jovem, para muitos de nós, significa justamente abusar de tudo em que pomos as mãos), mas acho que os jovens estão muito menos propensos a cometer o erro fatal de fingir que não estão sob efeito do álcool. Talvez o milagre social mais memorável que já pude testemunhar na Inglaterra seja a mudança, não só na atitude, mas também no comportamento relativo a beber e dirigir entre pessoas nascidas depois de 1960.

É muito claro que, enquanto meu tratado sobre o álcool foi, de longe, o livro menos vendido, ele foi, por outro lado, o mais retirado dentre todos os meus livros nas bibliotecas públicas. Talvez isso indique que as pessoas estejam, de fato, interessadas no assunto, mas se sentem envergonhadas em demonstrá-lo, então disfarçam retirando o volume no meio de vários outros.

Os editores às vezes me pedem para atualizar esse livro, mas é a safra de 1989 do corpo de obras de J. Robinson que os consumidores mais querem ver atualizada. Chris Foulkes, então editor geral de publicações sobre vinhos da Mitchell Beazley, me convenceu a escrever um livro sobre como os vinhos envelhecem, chamado *Vintage Timecharts*. Era um livro típico da Mitchell Beazley, dominado antes por gráficos do que por palavras. Neste caso, tratava-se de um incrível mapeamento da maturação de diferentes tipos de vinhos paradigmáticos, uma cobertura das últimas dez safras consecutivas em uma linha do tempo horizontal, e uma linha vertical indicando a qualidade (variando para cima em uma escala sem notas rumo à "perfeição"). Toda essa geometria e o fato do período de observação ter começado com a safra de 1978 – particularmente boa em muitas das principais regiões – tornaram o trabalho particularmente interessante para um matemático apreciador de vinhos.

A existência e aceitação desse livro abriram meus olhos para a pouca informação que o mercado de vinhos de então estava passando aos seus clientes a respeito de um dos mais importantes aspectos do consumo de vinho: quando abrir a garrafa. Até tão recentemente quanto o final dos anos 1980, a crença geral entre os consumidores era de que o vinho melhorava com o tempo, e que isso se aplicava a todos os tipos de vinho. Realmente, a maior parte das cartas que eu recebia de leitores da minha coluna eram mais ou menos assim: "Tenho três garrafas de Blue Nun Liebfraumilch que sobraram da minha festa de casamento trinta anos atrás. Quando você acha que deveríamos bebê-las? E, se decidirmos vendê-las, quanto você acha que elas valem hoje?"

A resposta é que praticamente todos os vinhos, seja qual for a cor, vendidos em qualquer quantidade (e a quantidade de Blue Nun vendida nos anos 1960 e 70 era grande) começa a se deteriorar poucos meses depois de terem sido engarrafados. Se hoje em dia as cartas dessa natureza são mais raras, e se os consumidores ingleses estão pelo menos mais cientes da realidade contemporânea de que a maioria dos vinhos é uma mercadoria efêmera, então o crédito é inteiramente dos supermercados, que há alguns anos tomaram fôlego e começaram a divulgar a moderna verdade cruel no verso das garrafas: "consumir em até seis meses após a compra", e coisas assim. Os vinhos, mesmo os mais básicos feitos na primeira metade do século 20 – quando a segunda fermentação, a malolática, e seus efeitos colaterais de aceleração de amadurecimento era pouquíssimo conhecida –, duravam mais, mas não eram, de forma alguma, mais divertidos de beber.

Os únicos vinhos que merecem estocagem, ou, no jargão "guarda", hoje em dia são aqueles que classificamos como especiais, cujos preços estão muito acima da média surpreendentemente baixa do mercado como um todo. Mesmo assim, eles variam enormemente em seu tempo de vida, de acordo com o tipo de vinho, como é feito, como é estocado, as características de cada safra e até mesmo o tamanho da garrafa.

Nos velhos tempos, o tradicional mercado de vinhos, que geralmente era quem vendia vinhos passíveis de envelhecimento, tinha aprendido o que sabia sobre o ciclo de vida de tais e tais vinhos, a partir de experiência própria e pelo conhecimento passado de geração em geração, por seus mentores, e deixou de observar o fato de que um número cada vez maior de seus clientes não tinha acesso a esse tipo de conhecimento privilegiado de outrora. As coisas estão muito melhores hoje, no que se refere ao consumidor final. A maioria dos comerciantes que vendem vinhos finos tendem a sugerir um período de consumo a cada um dos vinhos – outro exemplo de como o comércio de vinho foi lentamente se aproximando das necessidades daqueles que o mantêm vivo.

Um dos melhores efeitos colaterais de ter escrito o *Timecharts* foi ter uma desculpa extremamente boa para conduzir todos os tipos de degustações verticais de vinhos bastante inspiradores. Tomei o cuidado de escolher somente exemplares de ótima qualidade de vários tipos de vinhos, todos sérios candidatos ao envelhecimento, na medida do possível, viajei para provar os vinhos onde eles eram produzidos, *in situ*.

Em setembro de 1988 fiz uma memorável viagem à Borgonha para provar as últimas dez safras dos vários vinhos que eu mesma elegera a partir de alguns paradigmas borgonheses. Achei que os Beaujolais superiores, mais duradouros merecessem um lugar no mapa (e alguma atenção), então segui via Duboeuf e provei, entre outras safras, sua última garrafa de Morgon 1976, de Jean Descombes, o vinho que servira na minha festa de trinta anos há séculos.

Num nível muito mais elevado, os Borgonhas brancos *gran cru* tinham que ter o seu lugar de destaque, *bien sûr*, e foi assim que, durante a visita, conheci o famoso Vincent Leflaive, o chefe da família, o homem de sorte que possuía alguns dos melhores vinhedos para o Borgonha branco. Ao final da década da 1980, eu tinha a impressão de que havia bebido muito poucos Borgonhas brancos além daqueles produzidos na Domaine Leflaive, especialmente os charmosíssimos 1982 (uma safra não muito diferente da de 1992) e uma ou outra distinta garrafa do maduro 1977.

Vincent Leflaive era praticamente o dono da vila borgonhesa de Puligny-Montrachet, ao sul. Um simpático *playboy* com a reputação de agüentar os tolos com muito pouca paciência. Agendei o encontro com o sobrinho de Vincent, Olivier Leflaive, muito mais acessível e, na época, em vias de montar sua própria casa de comércio – uma resposta de Borgonha a essa era de vinhos voltados exclusivamente para a qualidade, e um bem-vindo desafio aos grandes comerciantes, então mais *blasé* e bem-estabelecidos. Quando finalmente consegui encontrar o escritório, alguns degraus acima de um pátio incrivelmente grande, porém, sem identificação, encontrei os dois Leflaives sentados atrás de uma enorme mesa vazia. Eles esperavam que eu sentasse do outro lado e apresentasse minha requisição por um pouco de sua atenção. Tive a sensação de estar tentando tirar um visto para um país extremamente xenofóbico.

"Você é casada?" perguntou Vincent, que, por sinal, era um dos pouquíssimos produtores que queriam saber exatamente que outros vinhos iriam aparecer no livro. Provamos o Chevalier-Montrachet na adega imaculada de Leflaive e, numa progressão histórica, a partir de um 1987 – retirado diretamente de um dos surpreendentemente poucos barris necessários para abrigar todos os Chevalier que os seus quatro acres produzem – até a sua última garrafa do vigoroso e perfumado 1978. Esse era o favorito de Vincent, mas Olivier preferia o 1986 e uma estrela, ainda que não totalmente formada, o 1983, que já tinha atingido o teor alcoólico de 13,8% somente a partir do açúcar natural das uvas (na Borgonha é comum adicionar um pouco de açúcar de beterraba ao tonel de fermentação para obter uns graus extras de álcool, um processo conhecido como *chaptalização*, derivado do nome de Chaptal, o ministro da agricultura que idealizara isso dois séculos atrás). Em 1988 esse vinho era apenas massivo e impressionante, apesar de muito jovem para sugerir qualquer sabor em particular. Todos concordamos, da boca para fora, que era um pecado sequer prová-lo naquele estágio (não podia concordar com aquilo inteiramente) e que ele só começaria a se revelar dali a uns cinco ou seis anos.

Em janeiro de 1997, tive a chance de checar minha previsão a respeito da maturação do Domaine Leflaive Chevalier-Montrachet 1983 quando foi servido, em grande quantidade, durante o jantar excepcionalmente grande oferecido pelos colecionadores Michel e Diane Klat. O vinho não tinha perdido nada do seu imenso peso e persistência, mas tinha adquirido um leve sabor oxidado de, digamos, começo da meia-idade. A cor tinha se intensificado, com um sabor único de nozes e minerais que só um excelente Borgonha maduro pode apresentar.

Anne-Claude, a filha adorada de Vincent, que assumiu o controle da propriedade desde a morte do pai, deve se orgulhar deste vinho – se ela tiver a chance de prová-lo. Poucos domínios administrados por famílias francesas têm o hábito de guardar deliberadamente uma certa quantidade dos seus vinhos para observar como eles envelhecem. Isso se aplica particularmente a grupos como o Domaine Leflaive, que pertence a diferentes membros da família, muitos dos quais estão interessados na propriedade somente pelos lucros que ela traz, ao invés de qualquer coisa mais cerebral ou hedonista.

As tensões familiares estavam apenas começando a despedaçar outro famoso domínio da Borgonha que visitei naquele setembro, o mundialmente conhecido Domaine de la Romanée-Conti, em Vosne-Romanée. Enfrentei essa toca de leões para conseguir pôr meu palato a serviço de uma degustação vertical de La Tâche, um vinho que, mesmo naquela época, era vendido por centenas de libras uma única garrafa, porque era considerado uma raridade. O escritor americano residente na Provence, Richard Olney, a quem eu tinha visto pela última vez num elevador de hotel em Bordeaux, logo depois da degustação da Rodenstock Yquem, quando trocamos umas mexidas de sobrancelhas, tinha mudado o foco de interesse de seus escritos do Yquem pelo DRC e, por isso, ele acabou se juntando a nós nessa luxuosíssima degustação.

Os co-gerentes do Domaine, representantes respectivos das duas famílias que possuíam o território e usufruíam dos seus lucros fabulosos, eram o culto Aubert de Villaine e a glamourosa Madame "Lalou" Bize-Leroy, sempre à beira de um ataque de nervos. Para manter a formalidade, eles receberiam os visitantes juntos, mas tensões e amarguras já estavam no ar no final de 1988. Lalou, por exemplo, desrespeitou a hierarquia durante a nossa degustação, revelando os vinhos de 1983. Talvez percebendo que seria logo expulsa do Domaine, ela já estava pondo em ação os planos para criar seu estabelecimento rival na mesma vila, comprando alguns dos melhores vinhedos da região – em alguns casos, até em empreendimentos contíguos com os vinhedos do próprio Domaine (isso lhe daria uma excelente desculpa para mostrar aos visitantes o contraste entre os vinhedos das duas propriedades).

Lalou já cuidava da Leroy, um bem-sucedido empreendimento de negociação de vinhos que ela e sua irmã – com quem acabou brigando – tinham herdado de seu pai, cujo invejável estoque de vinhos maduros e em maturação ainda é mantido em um depósito de pedra assustadoramente silencioso na vila de Auxey-Duresses. Mas Lalou foi esperta o bastante para perceber que os vinhos de negociação, cortes de vinhos produzidos por terceiros e comprados para ser engarrafados pelo comerciante, limitavam, cada vez mais, o seu charme. Hoje o consumidor quer saber o máximo possível a respeito da origem dos seus vinhos, e a reputação dos negociantes, de um modo geral, foi maculada pelas garrafas medíocres postas no mercado pelos menos escrupulosos dentre eles (pensei nisso oito anos depois, quando estava fazendo um programa de tevê sobre a nova obsessão dos supermercados ingleses com o rastreamento da comida que vendiam).

Inteligentemente, programei minha visita de forma que pudesse aceitar o convite de Lalou para degustar e jantar em sua suntuosa fazenda em Auvenay, nas colinas acima de St.-Romain. Tinha ouvido falar desse evento anual, mas aquela foi a primeira vez que o testemunhei. Conforme fui chegando a Auvenay, pelas estradinhas que cortavam a propriedade da fazenda, o sol ia se pondo atrás de árvores gigantescas e antigas. Tudo parecia muito *Grand Meaulnes*. Cheguei na entrada e vi praticamente *tout le monde gastronomique* de pé sobre o cascalho em frente à casa, se deliciando com uma taça de Bourgogne Blanc d'Auvenay. Lalou, em um longo rosa-choque, ia de lá para cá, dando as boas-vindas a pessoas como Georges Duboeuf, Paul Bocuse, o arguto escritor francês de vinhos Michel Bettane, seu colega belga Jo Gryn, Andreas Keller, da Alemanha, o colecionador de vinhos Bibin Desai (que tinha vindo de Los Angeles) e os sempre atrasados Michael e Daphne Broadbent.

Embora tivéssemos sido convidados para as "18 em ponto", não foi antes das sete que começou a escurecer e que fomos finalmente convidados para entrar e nos maravilhar com os arranjos gigantes de lírios perfumados e comida igualmente cheirosa nas mesas de *buffet* que interligavam os salões. No final, foi oferecida a ceia, que incluiu o *foie-gras* da própria Lalou, com uma finíssima fatia de pão, e risoto de lagosta, com uma quantidade visivelmente pequena de arroz. Mas antes disso, tínhamos que trabalhar. Tínhamos assentos cuidadosamente demarcados (o meu era próximo a Bettane, um degustador formidável) e nos foi dado um caderno de anotações feito com uma série de folhas com carbono embaixo, para registrarmos nossas "respostas" na maratona de degustação às cegas organizada tão cuidadosamente por Lalou, ela mesma uma degustadora precisa de Borgonhas.

Logo ficou claro que o jantar havia sido pensado como recompensa à humilhação ritualizada, o ponto alto da noite. Uma série de vinhos semelhantes ao Chambertin 1949 foi servida e deveríamos fazer o melhor para identificá-los, e, ao final, Lalou coletava todas as nossas anotações (ficávamos com a cópia em carbono) para que pudesse identificá-las e premiar o melhor degustador. Deve ter sido útil ficar com provas tão documentais que denunciam a fragilidade dos maiores especialistas em vinho do mundo, mas Lalou fez a coisa ainda mais constrangedora. Ela espreitou com agudeza sobre os ombros de Michel Bettane. "Oh, você pensa que é *isso*, não é?" sorriu triunfante para o poderoso crítico francês.

Depois de uma rodada dos ultrajovens 1985, ela passeou pela sala, fazendo um pequeno discurso improvisado sobre o quanto ela não tinha tempo de ler o que as más-línguas diziam a seu respeito – especialmente o passarinho que acusara seus vinhos de serem caros demais. Agora que ela está concentrando seus invejáveis talentos de vinicultora no Domaine Leroy, que vem sendo financiado por uma empresa japonesa cujo nome ela tem enorme dificuldade em pronunciar, já não oferece mais esses eventos. Mas estou feliz por ter tido a sorte de participar de dois deles.

O efeito mais significativo dessa visita à mais encantadora das regiões vinícolas da França não teve, diretamente, a ver com vinho. Durante meus poucos dias na Borgonha, decidi ficar no Auberge du Moulin, em Bouilland, uma vilazinha tranqüila no meio de um vale estreito e verde, liricamente pastoral, que corta a Côte D'Or ao norte de Beaune. Eu conhecia o restaurante estrelado pelo *Michelin* já há algum tempo, mas seus proprietários haviam recentemente cavado algumas salas em um celeiro medieval do outro lado da estrada (do jeito francês provinciano: instalando torneiras douradas e cópias de obras de arte iluminadas de cima para baixo). Eu me sentava a uma mesa no meu quarto, num de seus cantinhos, ouvindo o mugido das vacas no vale ao lado e tentando identificar as curvas de envelhecimento dos vinhos que provara naquele dia.

Sob a luz dourada de um fim de tarde, fiz um passeio pela vila e me encantei com a conclusão de que o interior francês era muito mais rural que o inglês. Lá, pequenas senhoras cochichavam com seus vizinhos com alguns ovos nas mãos, provavelmente recém-postos pelas galinhas estridentes que se empertigavam pela vila afora. Tomates eram deixados para amadurecer no parapeito das janelas do que parecia ser a rua principal. Não havia sinal de vigias por lá, a vila inteira, por si só, vivia em estado de vigilância perpétua, para o bem de todos os membros da comunidade. A bucólica paisagem desse vilarejo borgonhense afastado, com suas belas construções de pedra, era inesquecivelmente bela.

Voltei para Londres encantada com aquele charme rústico, uma sedução estética e gastronômica e, como naquele tempo uma libra esterlina valia muitos francos, as propriedades no interior da França estavam praticamente de graça (por causa disso, houve uma invasão de ingleses comprando propriedades francesas no final dos anos 1980, muitos deles atraídos pela ilusão de beber vinho a um preço barato, praticamente sem a cobrança de impostos. Alguns deles abandonavam tudo, para realizar esse sonho). Nick, ainda bem, ofereceu só um pouco de resistência e, no começo de 1989, decidimos que iríamos procurar um pedacinho de terra no interior da França para chamar de nosso, com a idéia de aproveitá-lo o máximo possível durante as férias escolares.

Embora fosse a Borgonha que tivesse me inspirado inicialmente, estava receosa de passar minhas férias em uma região vinícola que chamava cada vez mais atenção. Achava que nunca relaxaria porque a qualquer momento eu sairia por aí fuçando adegas e vinhedos em busca de novos conhecimentos. O mesmo valia para a maioria das regiões vinícolas clássicas, infelizmente, pois eram as mais bonitas. Mas havia uma parte da França visualmente memorável, que eu havia visitado e parecia tão entorpecida em relação aos vinhos que produzia que, com certeza, me proporcionaria a languidez de que tanto precisava: o oeste do Languedoc.

Lembro, em especial, do campo ao redor do Château de Gourgazaud, nas entrecortadas colinas de Minervois, uma bela propriedade para a qual o chefe da Chantovent, Roger Piquet, tinha se recolhido para sua aposentadoria precoce, aos cinqüenta e poucos anos. Eu tinha voltado lá para filmar o *The Wine Programme* e tentar (desesperadamente) coletar algum material para o meu artigo sobre a guerra de vinhos chamado "Choque! Horror!", para o *Sunday Times*. Já tinha fincado raízes no meu afeto. O que eu gostava lá era do ininterrupto movimento de videiras, brilhantes sob a luz dourada do fim de tarde, entre os rochedos aos pés das montanhas de Cevennes ao norte e a rusticidade das montanhas Corbières ao sul. Cada vila de pedra caiada parecia abrigar ao menos um château antigo, misterioso e desabitado, escondido pelas plantas do jardim que cresceram além do esperado, por trás de muros altos de pedra ou cercas arruinadas. E através dessa passagem maravilhosamente rústica entre a cultura mediterrânea e a atlântica fluía o Canal do Midi, unindo os dois oceanos, praticamente inalterado por 330 anos – exceto pela idade da dupla faixa de plátanos que o destaca na paisagem e oferece sombra àqueles que viajam por ele.

Poucas cruzadas de canal adiante estava a França mediterrânea, sem os estrangeiros (exceto nós) e os altos preços da Provence, mas com uma forte veia cigana, graças à proximidade com a Espanha, logo depois dos Pirineus, e o afluxo de gerações de espanhóis. Lá, Garcia e Sanchez são nomes muito mais comuns na lista telefônica do que Dupont e Blanc.

Mas o que estou dizendo? Você não iria gostar de lá. Não iria mesmo! Não há o cheiro de tomilho, lavanda e pinho que tem lá na Provence. E não há absolutamente nada para fazer. Não merece nem mesmo uma olhada, eu diria.

Nós, por outro lado, decidimos que iríamos até o sul da França na Páscoa de 1989 para tentar encontrar uma casa para comprar. Roger Piquet providenciou alguns especuladores para contar para os moradores locais quanto estávamos dispostos a gastar. Por uma estranha coincidência, absolutamente todas as propriedades que olhamos, de uma metade de um castelo medieval a uma cabana de pastor semi-arruinada, custavam exatamente aquilo! Decidimos que gostamos do castelo medieval e até fizemos uma oferta, mas o belga que representava a família proprietária (e que vivia num Château pelas imediações) decidiu aumentar o preço em cinqüenta por cento – o que, felizmente, abriu nossos olhos para o tanto de reforma que teria que ser feita nele.

Após dois ou três dias frustrantes no Languedoc, fomos visitar outra área que tínhamos em mente, a Gasconha e, em particular, o hotel familiar de uma estrela em Plaisance. Isso foi vários anos antes de abrirmos mão de ter carro em Londres, por isso Julia e Will ainda conseguiam ficar mais de meia hora dentro de um veículo sem reclamar. Fizemos uma bela viagem em direção ao sudoeste, pelos topos das colinas, contemplando os Pirineus nevados.

De dia, saíamos em busca de propriedades vazias, a maioria coberta de mofo e umidade, e à noite enchíamos as panças com gansos e patos preparados das mais variadas formas imagináveis, todos acompanhados do Jurançon branco – adorável, picante e altivo – do firme Madiran tinto e das garrafas acessíveis que o elétrico André Dubosq conseguia arrancar do pessoal das cooperativas locais da Plaimont. Mas tínhamos que admitir que tínhamos deixado nossos corações no Languedoc. A Gasconha era muito verde e úmida para nós, muito parecida com a Inglaterra.

Deveríamos pegar o avião de volta de Toulouse na segunda-feira à tarde, mas na manhã de domingo, aniversário de Nick, não resistimos em dar uma outra passada no Languedoc para ver se conseguíamos encontrar uma propriedade adequada. A essa altura já sabíamos que adorávamos o clima árido do Mediterrâneo e pudemos descrever o que queríamos no jargão dos corretores de imóveis: uma *maison de mâitre* (ou, como um amigo dono de uma casa do século XVII na Provence classificou mais tarde, "uma caixa do século 19"). Precisava ter um jardim, não poderia estar muito à vista e deveria estar localizada, preferencialmente, nos arredores da vila.

Por algum milagre, a última das três casas que vimos naquela segunda-feira, sob uma forte tempestade, meia hora antes de correr para o aeroporto, preenchia todos os nossos requisitos e Nick e eu voamos para lá novamente, ainda naquele mês, no meu aniversário, quando estávamos em Paris para o fim de semana, para assinar a papelada com o tabelião.

Fomos à Vinexpo em junho, a grande mostra internacional que acontece a cada dois anos em Bordeaux (uma alternativa mais interessante do que o Britain's National Drinkwise Day local). Os grandes jantares da feira, para os melhores e maiores do vinho, nos Châteaux Latour e Cheval Blanc foram encarados como um mero aquecimento para nossa viagem ao sul, em busca de móveis para a casa nova (apesar do fato da região do St.-Emilion ter usado o jantar da Cheval Blanc para dizimar seu estoque de grandes safras e o jantar da Latour ter sido estrelado pela Cristal 1981, Haut-Brion 1961 e Latour 1959 em *magnum*, e, para Nick, da emoção de ter sentado próximo ao ex-refém em Beirute Jean-Paul Koffmann, ouvindo suas histórias sobre como manteve sua sanidade recitando a classificação de 1855 para si mesmo).

Durante o primeiro ano da propriedade, agíamos como amantes insanos, voando para o sul da França sempre que conseguíamos alguns dias livres. Nossa mais longa estada por lá foi, e continua sendo, as férias de verão de julho e agosto, quando finalmente pudemos nos entregar à paixão compartilhada por tantos habitantes dessas nossas ilhas frias e cinzentas, comendo ao ar livre. Os habitantes locais, acostumados a comer em recolhimento, ficaram surpresos quando nos viram cobertos de agasalhos, comendo do lado de fora em pleno dia de Ano Novo. Os Penning-Rowsell gostam tanto de comer ao ar livre que, nos dias mais ensolarados do inverno britânico, sentam-se no pátio da casa e fazem suas refeições olhando para o jardim coberto de neve. É difícil até de *imaginar* neve, no verão do Languedoc. Ainda hoje costumamos mover nossa mesa de um lado para outro, entre o café da manhã, o almoço e o jantar, para aproveitar a sombra colorida das acácias rosa, e fazemos o impossível para conseguir manter a comida à sombra. Os cilindros plásticos a vácuo são vitais para manter as garrafas refrigeradas.

Nosso primeiro verão no Languedoc, em que passamos concentrados em retirar o papel de parede velho e na pintura nova, foi em 1989, o primeiro de dois verões especialmente quentes e secos na França (cujos frutos espero apreciar em várias garrafas ao longo das próximas duas décadas). Nós, com nossa pele delicada do Norte, estávamos suando em bicas naquele calor – e adorando! Como resultado, nossos hábitos em relação ao vinho mudaram consideravelmente.

Apesar de ser a região da França com mais história na produção de vinhos (a região de Narbonne era famosa pelos vinhos mesmo durante o Império Romano), a região de Languedoc ainda era considerada pelos franceses, nos anos 1980, um apêndice vergonhoso à gloriosa imagem da França como produtora de vinhos. Muito do vinho produzido por aqueles lados era resultado de vinhedos mal-cuidados, sobrecarregados, de origem inferior, plantados simplesmente para gerar oceanos de porcarias baratas para os trabalhadores das indústrias do Norte, que consideravam o vinho tinto vagabundo uma alternativa mais confiável do que a água e, por isso, o bebiam em grande quantidade.

Conforme esse hábito e mais especificamente seus praticantes foram morrendo, a França foi acumulando um inconveniente excesso de vinho nas mãos. Um dos benefícios mais óbvios do acordo de livre-comércio na Europa foi a compra de todo esse excesso de vinho pela Bélgica, para ser destilado e transformado em excesso de álcool industrial e também o estabelecimento de esquemas financeiros para subornar os cultivadores de áreas menos favorecidas para que se livrassem de seus vinhedos para sempre. Já estava claro para os poucos habitantes da região que levavam o vinho a sério que somente as terras empobrecidas das partes mais altas preferidas pelos romanos conseguiriam fazer vinho de boa qualidade. Os vinhos da Gourgazaud ficavam mais impressionantes a cada safra. Dois anos antes eu havia provado um ambicioso Minervois 1984 feito por Daniel Domergue, um dos produtores-historiadores mais apaixonados de Languedoc, que hoje conheço bem.

O problema com a imagem de Languedoc era que vinhos como o Minervois eram largamente superados por aqueles produzidos em milhares de hectares planos e férteis, que estavam longe do solo ideal para um vinho de qualidade. Um cultivador típico do Languedoc no final dos anos 1980 era um fazendeiro, com alguns vinhedos em terrenos completamente diferentes, herdados dos seus ancestrais. A cada setembro, ele fazia o possível para entregar a maior quantidade possível de uvas à cooperativa local. Grande parte dos vinhedos crescia pouco no verão (e mostrava seus troncos enegrecidos no inverno) e demandava poucos cuidados além das abundantes aplicações do pó azulado de sulfato de cobre sempre que chovia e aparecia o risco de apodrecimento. Aqueles dois verões extremamente quentes e secos não agradaram a esses produtores, porque a seca gera uvas menores, de casca espessa. Lembro da alegria descarada de vários cultivadores, com quem almoçamos em julho de 1990, quando o céu abriu suas torneiras e ficamos todos presos dentro de casa logo depois do nosso churrasco. Cada gota de chuva representava um pouco mais de dinheiro para ser gasto no ano seguinte.

De volta ao final dos anos 1980, havia poucas propriedades individuais como a Gourgazaud, onde o próprio dono fazia o vinho, mas eram relativamente raras e, certamente, só atraíam o interesse local. Não me arrependo de ter saído em busca de um pouco mais de conhecimento a respeito delas durante meu primeiro e longo verão em Languedoc com a família. Nick e eu, então sócios de uma das novas levas de produtores independentes de TV na Inglaterra, precisávamos terrivelmente de um pouco de descanso e diversão depois da exaustiva tarefa de tentar convencer a escritora gastronômica Elizabeth David, extremamente reclusa, a nos dar permissão para fazer um filme sobre ela (eu já tinha perdido uns três quilos na semana em que a entrevistei).

Diferentemente da Borgonha, onde até o mais modesto Bourgogne Rouge ou Blanc é vendido a um preço considerável, Languedoc permitia que me esbaldasse em vinhos acessíveis, de todas as tonalidades e estilos. Até mesmo em 1989 podíamos escolher entre um surpreendente espumante fino Blanquette de Limoux como aperitivo; centenas de brancos secos muito bem-feitos e *rosés* para os dias realmente quentes; mais tintos do tipo dos Bordeaux ultradigestivos e não tão alcoólicos do que se pode imaginar, de denominações como Minervois, Corbières, Coteaux du Languedoc ou alguns dos recentes e, em sua maioria, varietais Vins de

Pays. Para finalizar, um punhado de vinhos doces, alguns fortes como os Muscat dourados e outros no estilo vinho-do-Porto de Banyuls e Maury.

O proprietário anterior da nossa casa, um senhor aposentado de Lorraine, era, coincidentemente, um entusiasta dos vinhos. Ele não só já havia produzido um vinho branco dos vinhedos do jardim como também escavara parte da garagem para fazer uma adega. Eu percebi, no entanto, que sem um isolamento especial, aquele canto escuro não seria confiável para armazenar vinhos finos a longo prazo. Acho que ele considerava os vinhos locais um tanto ásperos para o seu refinadíssimo paladar do Norte. Ele certamente possuía uma coleção muito maior de diferentes garrafas do que, eu imagino, qualquer outra pessoa dessa vila, na região vinícola mais quantitativamente importante da França.

O vinho era absolutamente considerado favas contadas por nossos novos vizinhos, de tal forma que poucos deles faziam algo mais audacioso do que aparecer na cooperativa local, de vez em quando, com uma jarra plástica gigante, para servir-se da porção a que faziam jus como "*adhérents*", produtores/colaboradores, ou como clientes nada exigentes. O *vin ordinaire* local era realmente bastante comum, e as garrafas disponíveis no mercado da vila eram, além de comuns, ultra-industrializadas. Para mim, foi prazeroso sair por aí à procura das melhores garrafas dos *domaines* locais.

Não tinha vontade de levar parte dos meus vinhos "sérios" para a adega do sul da França. O processo teria sido extremamente cansativo, tanto por razões burocráticas quanto práticas. E também eu não queria transformar o nosso refúgio rural, nosso antídoto rústico contra a vida londrina, em um mostruário de vinhos finos. De alguma forma, parte de estar em férias significava consumir o melhor do vinho local, que pode ser ótimo e que raramente exige a mesma atenção e protocolo que as garrafas mais caras.

Mas uma mudança estava acontecendo no Languedoc. A primeira pista que tive disso veio antes mesmo de termos comprado a casa, durante a nossa estadia no hotel local, logo depois da Vinexpo (quando um importador americano irritado negociava, nervosíssimo, durante o café da manhã com um engarrafador local: "me dê Chardonnay, qualquer Chardonnay!"). Vimos um anúncio no jornal local, o *Midi Libre*, de uma garota em busca de emprego temporário para as férias e pensamos que talvez ela pudesse ser útil enquanto arrancávamos desesperadamente alguns dos catorze papéis de parede (que não davam para agüentar). Fomos conhecer a família de Nathalie e ficamos surpresos quando o seu padrasto falou que tinha uma conexão com vinhos também, pois estava comprando algumas terras para um produtor de vinhos australiano chamado Monsieur Eric.

Que revelação extraordinária! Um representante do Novo Mundo planejando invadir a Europa? Ao longo de toda a última década, tínhamos visto, cada vez mais, respeitáveis produtores franceses adquirindo, envergonhados, pedaços de terra na Califórnia, Oregon, Chile, Austrália, África do Sul, e Nova Zelândia. Com exceção da investida mal-sucedida de Lens Evans em Bordeaux há alguns anos, era a primeira vez que eu ouvia falar de um investimento "reverso". Fiquei intrigada, especialmente porque naquela época Languedoc era motivo de chacota entre os produtores de vinho, inclusive pelos próprios franceses. Acionei meus contatos na Austrália para descobrir quem era esse misterioso Monsieur Eric e consegui finalmente o número de seu fax em Montpellier. Monsieur Eric era, na verdade, James Herrick.

Herrick não se mostrou exatamente feliz com as minhas perguntas via fax. O que não é surpresa, uma vez que ele e seus parceiros australianos, que tinham feito um dinheirão vendendo vinhos australianos nos Estados Unidos, pretendiam discretamente invadir o Languedoc. Para eles, aquela era uma das poucas regiões da França com preços ainda acessíveis e com um clima confiável. Estavam para adquirir três dos extensos terrenos extremamente raros de vinhedos contíguos que existiam na região. Se os vendedores desconfiassem de que os australianos tinham grandes planos, o preço iria disparar imediatamente (tal qual aquele belga fez conosco, quando tentamos comprar o château). O fax de resposta, endereçado a Hercule Poirot, praticamente me dizia para ir me danar.

No inverno seguinte, os negócios de Herrick já estavam fechados e, só assim, pudemos conhecer esse personagem misterioso em território neutro, num almoço em Carcassonne num dia muito frio em janeiro de 1990, com sua glamourosa esposa californiana e um bebê tão pequenininho que ainda dava para James usar seu Alfa Romeo conversível. De lá para cá, tiveram gêmeos, mudaram-se duas vezes para casas maiores em nossa região e ele criou uma nova marca, a James Harrick Chardonnay, que foi um grande sucesso na Inglaterra. Para isso, usou um pouco de marketing e algumas técnicas australianas de cultivo e produção nos enormes vinhedos em Narbonne. Ele também forneceu material para metros e metros de bom texto, isso sem falar num cenário maravilhoso para uma série de TV.

Mas essa não foi uma invasão isolada. Logo depois, a gigante australiana Hardy's foi contagiada pela febre de dominação e adicionou uma vinícola dilapidada próxima a Béziers, a La Baume, aos seus territórios europeus – o que, por um tempo, incluiu a propriedade de Ricasoli, um verdadeiro dreno financeiro no interior de Chianti. Mais recentemente, a Penfolds, outra gigante australiana, varreu a região e decidiu embarcar numa *joint venture* com a Val d'Orbieu, o maior grupo cooperativo de lá. E a esses australianos têm se juntado um punhado de investidores estrangeiros e todos os tipos de produtores das melhores regiões vinícolas francesas do norte. Meu velho amigo Georges Duboeuf, como era de se esperar, já estava lá, mas nos anos 1990 foi seguido por vários outros, especialmente californianos, que hoje usam o Languedoc como base de produção para suas marcas.

O clichê mais comum referente ao Languedoc transformado é "Novo Mundo da França", uma referência ao fato de que muitas das terras disponíveis produzem os Vins de Pays da França, uma categoria especial criada pelos franceses para designar aqueles vinhos que não conseguiram alcançar um status de AC. Consumidores não-franceses e muitos produtores não são tão exigentes com relação a esses "country wines". Os compradores de vinho, que foram apresentados ao vinho por intermédio dos varietais do Novo Mundo, acreditavam que os Vins de Pays d'Oc Chardonnay ou Merlot pertenciam à mesma família e poderiam ser saboreados sem qualquer noção da geografia francesa. Para os produtores da França, o vins de pays têm a grande vantagem de ser penalizados muito menos por limites burocráticos. Os Vins de Pays podem ser feitos de uma variedade maior de uvas (vinhos secos de mesa feitos de Muscat, que antes era usada somente para vinhos de sobremesa, começaram a ser exportados para o Reino Unido a partir de 1989, por exemplo), com menos obstáculos nas técnicas de produção (incluindo a safra) do que os vinhos submetidos ao Appellation Contrôlée. Enquanto a qualidade dos vins de pays cresce, os franceses, mesmo aqueles que vivem a quase mil quilômetros ao norte, em Paris, têm citado cada vez mais o Languedoc e a região vizinha, a catalã Roussillon, como fornecedores dos melhores e mais acessíveis vinhos AC na França.

Toda vez que vou lá, fico sabendo de um novo *domaine* em Corbières, Minervois, Fitou, Pic St.-Loup, St.-Chinian, Faugères ou algum outro Coteaux du Languedoc ou Costières de Nîmes, que foi estabelecido ou ressuscitado.

Fico perplexa e secretamente encantada. Vou para o Languedoc em busca de um pouco de paz e sossego e, de repente, me encontro no centro do mundo do vinho. Mas essa é a graça da nossa casa; embora um dos lados dê para a vila, o outro tem vista para o sol, para as montanhas Corbière e um jardim murado que me permite, quase literalmente, dar as costas a qualquer tarefa associada ao meu assunto escolhido para me concentrar em alguns dos prazeres mais simples que ele proporciona: vinhos feitos com paixão e dedicação, mas com um mínimo de recursos e pretensão.

XIX
Descobrindo o estômago da França

Um dos muitos prazeres proporcionados por possuir uma base no sul da França era a liberdade que tínhamos para explorar o interior do país. Pelo menos em teoria. Na prática, era quente demais no verão para ir muito longe no nosso carro velho. E ainda havia o detalhe das duas crianças, que logo seriam três. Rose nasceu em março de 1991, uma safra nada inspiradora, tal qual a de Will, por isso ela teve que se contentar com alguns trocadilhos líquidos, como o vinho do Porto Quinta de la Rosa. Vejo que minhas notas sobre o Roederer Brut Premier, que provamos num hotel pelas redondezas antes de eu ir para o hospital induzir o seu parto, diziam "muito jovem, mas bem-feito e redondo". Juro que a avaliação do vinho foi totalmente sem ironia.

Quando ela tinha três semanas de vida, estávamos todos no Languedoc para a Páscoa, recebendo várias visitas de nossos amigos e vizinhos franceses e dos Hardys, que tinham trabalhado nos primeiros anos do L'Escargot e agora queriam viver um pouco a vida no interior francês. A combinação deles e de uma adorável avó *in situ* para cuidar de Julia e Will, sem falar no clima ameno da época da Páscoa, deu ao Nick, a mim e à portátil Rose a oportunidade de viajar um pouco mais para dentro do interior do que teríamos conseguido num dia quente de verão. Foi assim que conseguimos explorar nossas próprias reações à magnífica catedral de Albi e à imensa variedade de vinhos de Gaillac.

O produtor mais eloqüente, filosófico e famoso da *appellation*, Robert Plageoles, só diminuiu o passo ligeiro porque estava sendo entrevistado por uma repórter com um bebê. Não acho que realmente eu tenha amamentado a Rose no escritório de Plageoles, mas ela estava fazendo uma tremenda algazarra quando nos despedimos. No mínimo, essa visita me fez perceber que extraordinária região era aquela, mesmo séculos depois de ter tido seus vinhos taxados pela política protecionista e punitiva de Bordeaux (um bom tanto), rio abaixo. Como uma faixa central do Loire, os vinhedos plantados nas colinas verdes de Gaillac (que atraíram mais do que sua justa parcela de ingleses expatriados querendo ser produtores) produzem vinhos de todas as cores e graus de doçura e efervescência. Plageoles faz, inclusive, um *vin de voile* que lembra um Jerez de flor.

Naquela época, tanto Nick quanto eu estávamos escrevendo para o *Financial Times*, sobre restaurantes e vinhos, respectivamente – um *arrangement* estratégico e aconchegante. Devido ao fato desse jornal ser lido amplamente dentro e fora da Inglaterra, não tínhamos que confinar nossos artigos aos novos restaurantes de Londres ou ao que estava à venda nos supermercados britânicos. Isso significava que até mesmo nossa viagem a Albi ou à vizinha Cordes poderia ser convertida em um artigo para cada um de nós.

Usei a excursão da Páscoa do Languedoc do ano seguinte para provar grandes Borgonhas brancos em Roanne, como base para escrever uma coluna em outra publicação, mais especializada, para a qual estava escrevendo, naquela época, a americana *Wine Spectator* – coincidentemente eu já havia feito alguns trabalhos diretamente de Londres para essa mesma revista no final da década de 1970 e começo dos anos 80.

O jornalzinho de duas cores tinha sido lapidado e se transformado em revista pelo homem que, mais tarde, num golpe editorial de gênio (que também deve ter ressuscitado toda a economia da República Dominicana), viria a lançar a *Cigar Aficionado*. Marvin Shanken tinha me convidado para falar na edição de 1989 do seu anual e badalado The Wine Experience, que acontece alternadamente todos os meses de outubro em São Francisco e Nova York. Nunca tinha visto nada igual: o monumental Monsieur Louis Latour, em carne e osso, de pé em um estande, por duas noites seguidas, servindo taças do seu Corton-

Charlemagne para os 4 mil participantes. Rémi Krug oferecia o Grande Cuvée do outro lado do salão do Marriott Marquis. Corinne Mentzelopoulos e Paul Pontallier conduziam uma degustação de *premiers crus* do Château Margaux até o maravilhoso 1953 aos primeiros mil participantes que têm permissão para comparecer aos eventos diurnos. Eu tinha que falar para essas pessoas, um público que Len Evans descreveu como o mais difícil do mundo, sobre não-sei-o-quê. Certamente eu não tinha tido a vantagem de qualquer aditivo líquido, e era um horário ainda meio besta, tipo 9h30 da manhã de um domingo, com o Marvin irritantemente rondando o auditório durante toda a minha fala. O resultado, no entanto, foi que ele me contratou para escrever uma coluna, uma reversão do nosso compromisso na *Wine & Spirit* uma década antes.

Um fim de semana próximo a Roanne, com a família Robelin em abril de 1992 nos ensinou muito sobre o estilo de vida francês. É ridiculamente fácil, descobrimos, passar meses e meses na França, sem descobrir muita coisa sobre os franceses, à exceção de descobrir que os donos de lojas são extremamente educados e que isso é impressionante diante da obsessão deles, que beira a brutalidade, em relação à qualidade da comidas e que eles têm uma forma maravilhosamente lógica de numerar os códigos postais e as placas dos veículos (há até pouco tempo, quando o prefeito da nossa vila deve ter tido um excesso de placas de trânsito do qual tinha que se livrar, nosso endereço na França era uma única linha: o nome da vila e o número).

Os Robelin eram freqüentadores assíduos dos fins de semana regados a vinho que promovi durante anos em Gleneagles. Eles vinham da França para a Escócia em grupos de oito a doze pessoas incluindo família e amigos porque, eles diziam, não havia nada como uma oportunidade concentrada de saborear bons vinhos em casa (isso é verdade, até onde eu sei. O vinho como motivo de lazer é uma novidade na França. Até recentemente a degustação de alguma coisa tão básica e sem graça como vinho poderia ser colocada no mesmo patamar de uma degustação de, digamos, batatas: uma forma estranha de passar o tempo).

Os Robelin viviam entre Paris e a casa de campo da família, numa pequena vila nos arredores de Roanne, uma pequena vila que se acredita ficar nos arredores de Lyon, mas que, na verdade, fica sobre uma cadeia crucial de colinas que a coloca nas partes mais altas do vale do Loire do que no outro grande rio da França, o Rhône. Para os ambiciosos, Roanne é sinônimo de Troisgros, o restaurante mundialmente famoso construído pela família homônima, verdadeiros *amateurs de vin*, a partir de um modesto hotel de estação de trens.

Fomos convidados pelos Robelin *père et mère* para um fim de semana de comilança cujo ponto alto seria uma degustação vertical inédita de Meursault-Perrières, tradicionalmente o Meursault mais duradouro e denso de todos, feito pelo produtor mais respeitado da vila, Jean-Françoi Coche-Dury. A degustação aconteceu na tarde do sábado, no bem-iluminado e discretíssimo salão *art nouveau* extremamente bem-conservado de seus amigos, os Thinard, colegas de Gleneagles. As garrafas vieram da adega de piso de cascalho de Thinard, dos fundos da sua casa na cidade. Os Thinard e os Robelin tinham sido suficientemente sábios para estabelecer um entendimento precoce com esse produtor muito procurado de Borgonhas brancos, de modo que recebiam um lote decente de garrafas todos os anos. Eu admirava a pureza do estilo de produção de Coche-Dury há anos, sempre selecionando seus produtos dentre as melhores listas da Inglaterra. Certa vez, compartilhamos uma garrafa do seu corretíssimo Meursault 1986, que descia maravilhosamente bem aos três anos de idade, com Elizabeth David (que abominava Champagne, mas adorava vinho branco fino e seco).

O que fez a nossa degustação francesa ainda mais memorável foi a presença do senhor e senhora Coche-Dury em pessoa, que nunca haviam feito um exercício assim antes. Ele é um dos sujeitos mais discretos de Borgonha. "Não viajo muito porque não há ninguém que tome conta do trabalho quando eu saio", explicou. A robusta Madame Coche-Dury, Mlle. Dury em solteira, também faz parte desse pequeno e mundialmente admirado empreendimento familiar. De rosto longo e solene, às vezes lúgubre em seus gestos, e muito alto (o que causou alguns problemas para a família Dury e sua obrigação, como pais da noiva, de providenciar a mobília do quarto para os recém-casados), Jean-François Coche-Dury é normalmente comparado a um monge, pela sua dedicação extrema às nuanças de cada pedaço de terra e cada barril de vinho – não que haja muitos deles em sua adega, já que ele vende normalmente um terço da sua produção em contratos a longo prazo para os comerciantes de Beaune.

Provamos – num arranjo perfeito de taças, água, cuspidores e um pequeno bloco de notas, o essencial para uma degustação – todas as safras dos Perrières, de 1989 à sua segunda safra, a de 1976 (exceto a de 1980, que os Thinard não tinham comprado), e não encontramos um mais fraco entre eles, o que é um recorde para Borgonhas brancos. Até o fortemente chaptalizado 1984 (e, portanto, amadurecido demasiadamente rápido) estava trufado e carnudo (embora a primeira garrafa tenha sido prejudicada por uma rolha de má qualidade e estivesse evidentemente *bouchonée*). O gigantesco 1983 fora salvo das limitações daquela safra notória, tendo sido colhido antes que acontecesse o apodrecimento. "Alguns fizeram Sauternes naquele ano, não Borgonhas", disse Coche-Dury. De acordo com ele, o exoticamente oleoso 1986 provavelmente seria o melhor do lote, mas não estaria pronto antes de mais alguns anos, enquanto o riquíssimo e saboroso 1978 (descrito como tendo *le goût anglais*) vinha mantendo a sua glória por anos, sem mostrar o menor sinal de deterioração. Ele nos contou como o falecido Jean Troisgros, que esperava ver o 1978 totalmente amadurecido, costumava ir até sua adega e infalivelmente acertar todos os vinhos que colocavam para ele degustar, tanto a safra como o vinhedo. "Seu irmão Pierre é quase tão bom quanto ele", disse. "Ele pegou o barril mais tostado do 1981."

Ali estava um homem que entendia de carvalho. Coche-Dury contou-nos como ele comprava barris de três toneleiros para seus vinhos brancos e de outro para o tinto, sempre selecionando ele mesmo a madeira antes de curti-la. Ele lamentava o fato de haver menos de uma dúzia de pequenos toneleiros na Borgonha. "Os grandes não inspecionam a tostagem, sabe? Você tem que ficar de olho para se certificar." Ele nunca usava mais de 50% de barris de carvalho novos, mesmo para os Perrières, e geralmente menos de 10% para safras e vinhos menos concentrados. Ele reutiliza seus barris e os vende, mais cedo ou mais tarde, para o Domaine du Vieux Télégraphe, no Châteauneuf-du-Pape. Bem diferente de uma das maiores bodegas do Chile, a Santa Rita, por exemplo, que estava se gabando, mais ou menos na mesma época, de ter comprado 7 mil novos barris de carvalho em um único ano. Ouvir Coche-Dury sugeria que havia somente uma maneira de fazer grandes vinhos: conhecimento profundo e disciplina. Muito tocante.

Mas tão memorável quanto essas lições sobre vinhos, era a atitude desse grupo francês em relação à matéria sólida. Uma degustação para eles não é um evento árido, executado em tons sussurrados (para silenciar os degustadores franceses, você tem que colocá-los em jalecos brancos e chamá-los de enólogos). Pontuamos a degustação com grandes fatias de torradas que se dobravam com o peso de porções ainda mais generosas de patê de *foie-gras* dos Troisgros. Já quase no fim da degustação, uma *quiche lorraine* levíssima, recém-saída do forno. Pierre Troisgros, que parecia adotar uma postura um tanto distante em relação a esses eventos, apareceu em carne e osso, por volta das seis da tarde, com seu filho idêntico, Michel. Assim, pudemos começar a discutir o jantar, enquanto eles se moviam por entre os restos dos Perrières. Os Troisgros não são os semideuses pintados pelas revistas; são simplesmente moradores locais talentosos atendendo a uma demanda que se estende por uma parcela da sociedade muito mais profunda do que em qualquer outro país.

Pouco depois de uma hora de levantarmos da mesa de degustação, nos reunimos em uma sala privada desse renomado restaurante, depois de um passeio pela adega de Troisgros, pela loja de vinhos, loja de geléias e todos os badulaques que se espera façam parte do arsenal de um chefe três-estrelas hoje em dia. Não é à toa que os franceses gastam tanto dinheiro em roupas para chamar a atenção. Eles têm que aproveitar cada minuto que passam, sem estar com os pés sob alguma mesa, para se mostrar claramente para o mundo.

Despedimo-nos da mesa à uma da manhã, tendo devorado ainda mais *foie-gras* e sete outros pratos (incluindo meia lagosta cada um – desculpe, parece que eu só menciono lagostas e *foie-gras* nas minhas notas sobre comida). A cada vez mais funesta mesinha de lado estava apinhada de garrafas vazias de Borgonhas 1985 (uma garrafa de Bordeaux tinto foi sugerida, mas prontamente rejeitada. Raramente dá certo pular o Massif Central numa sentada só).

Por incrível que pareça, dormimos muito bem em nossos leitos resplandecentes na casa dos Robelin – melhor do que os Coche-Dury, sobre cuja acomodação houvera uma terrível confusão que só viemos a saber no dia seguinte. Só tínhamos tempo para um breve passeio pelas ruelas da vila, espreitando o fogo ardendo no forno à lenha do padeiro local, que trabalhava duro para preparar as mesas de almoço dominical dos moradores locais, entre nossos *croissants* e o que os Robelin chamavam de *brunch*. Essa refeição ao ar livre, sob o brilho úmido do sol de primavera, acabou se tornando uma festa tão grande e farta quanto o jantar da noite anterior, com rodelas de pães crocantes, pratos gigantes de frios locais, pedaços apetitosos de bife de Charolais, lentilhas macias e fumegantes de Puy (outra especialidade local) e não menos do que três tábuas de queijos.

Para beber, tivemos que provar toda a produção da Mas de l'Escattes, a vinícola perto de Nîmes de um dos filhos de Robelin, antes de nos dedicarmos a alguns grandes vinhos do Rhône da Condrieu, Guigal, Beauscastel, Vieux Télégraphe, Rayas e Fonsalette. Esses tintos eram vigorosos o bastante para se encarar uma degustação ao ar livre. Dois 1979 ainda dançavam no meu paladar enquanto voltávamos para casa pela auto-estrada: o Côte Rôtie, da Guigal, e um Meursault Rougets poderoso do próprio Coche-Dury.

Acredito realmente que os franceses sejam diferentes de nós e, por isso, é uma perda de tempo tentar reconstruir o tão alardeado "paradoxo francês" em nossa cultura. A maior lição que um francês *pode* nos ensinar é como relaxar com a comida e a bebida. E encarar tudo isso como um prazer no qual vale a pena investir com esforço, mas não medo. Ainda fico surpresa quando penso nos tantos rostos solenes, tensos, pasmos que vejo nas nossas degustações e nas mesas dos restaurantes chiques – como se a experiência de comer e beber fosse um teste do *consumidor*, em vez do *consumido*.

O encontro animado nos Robelin contrastou com a degustação de St.-Juliens em Nova York, exatas três semanas depois: toda safra (parecia como cada Château), de uma vez só, sem comida. Não foi divertido, e não percebi na época que estávamos apenas sendo usados como ralos por um colecionador que havia se cansado de suas coleções.

Lembramos do fim de semana mágico em Roanne dois anos mais tarde, em Berkeley, Califórnia. Levamos alguns velhos amigos (e quando eu digo "velho amigo" quero dizer antes dessa coisa toda de vinho) ao Chez Panisse, o restaurante que mudou os hábitos alimentares de uma nação. Nick viu Corton-Charlemagne 1991, da Coche-Dury, na carta de vinhos, a um preço relativamente modesto, considerando que aquele era seu único *grand cru,* do qual foram feitas menos de cem caixas naquele ano. Era uma daquelas garrafas mágicas, imprevistas, fortuitamente consumida, impressionante e, espero, lembrada por nossos amigos tanto quanto é lembrada por nós. Nick e eu fizemos um brinde à perceptível presença da falecida Elizabeth David.

Nossa viagem mais regular a partir de nossa base no Languedoc é uma que podemos, se necessário, fazer em um só dia, para a região vizinha do Roussillon, ao sul. Na verdade, essa região fez parte da Catalunha e se identifica muito mais com o nordeste da Espanha do que com o Languedoc (a despeito da paixão da literatura de vinhos pela expressão "Languedoc-Roussillon"). É notável como há muito mais variações regionais na Europa continental do que na Inglaterra, por exemplo. É certo que nossa arquitetura e sotaques mudam entre um canto e outro do país, mas não acho que haja muita variação cultural. Por outro lado, Roussillon sente, parece, soa e tem gosto de um outro país do Languedoc. Em todos os lugares se vêem as bandeiras amarelas e vermelhas, como prova do orgulho da ascendência catalã. Há aquele calor e intensidade que faltam ao Norte. Os vales de solo macio levam ao planalto árido, costeiro e coberto de vinhedos de Roussillon, cheios de árvores frutíferas famosas por produzirem os primeiros exemplares de cada estação na França.

As passagens estreitas de pedra de Collioure, à beira-mar, têm seu charme, especialmente fora da temporada. Os terraços íngremes infestados de vinhedos de Banyuls são tão dramáticos como tudo em Côte Rôtie ou Mosel. Mas o nosso destino favorito é a pequena cidade de Céret, famosa por suas cerejas, na primavera, e pelo Museu Picasso, no ano todo. A dupla atração para nós, em pleno verão, é o som refrescante da água correndo dos Pirineus pelas ruas margeadas por plátanos e o Les Feuillants, um restaurante aclamado no *Guia Michelin*, com uma *sommelier* extremamente bem-informada. Graças a Marie-Louise Banyols, pude acompanhar o destino dos vinhos de Roussillon ao longo dos últimos oito anos e acabei encontrando raridades como os *vin de table* brancos audaciosamente envelhecidos de Fernand Vaquer e os tintos modernos e ambiciosos do Domaine de l'Hortus e Canet Valette, muito antes do que seria de se esperar. Marie-Louise é uma guia muito mais útil do que qualquer coisa publicada em Paris. Na verdade, muitos dos mais perspicazes comerciantes de vinhos do mundo, como Kermit Lynch, de Berkeley, e Richards Walford, da Inglaterra, a têm usado, e a seus equivalentes em outros restaurantes, sistematicamente para encontrar alguns dos melhores vinhos dos seus catálogos.

Ao mesmo tempo em que começava a me apaixonar pela França, acabei fazendo outra loucura, quase tão duradoura. O querido Caradoc, meu agente literário, veio com essa idéia, durante um almoço com alguém da Oxford University Press, de fazer uma adição aos veneráveis, duráveis, definitivos, mas por demais discursivos, trabalhos de pesquisa da instituição, o *The Oxford Companion to Wine*. E quem melhor para editá-lo do que uma de suas clientes mais antigas? Já tinha declinado um convite para editar uma enciclopédia – parecia muito monótono conferir centenas de milhares de palavras. Mas senti uma certa atração para trabalhar em algo com tanta atitude quanto um *Oxford Companion*, uma série de artigos listados alfabeticamente, dos mais diferentes tamanhos, sobre tudo que um editor considera importante. Além do mais, admirava tanto o protótipo, *Literatura Inglesa*, que me senti lisonjeada – por meu próprio mérito – por ter sido considerada para editora e – pelo mérito do vinho – pelo comitê formal da universidade, que tem que aprovar qualquer novo título com a chancela "Oxford" no nome, tê-lo considerado um tema digno de um *Companion*. Penso que desde meus dias de estudante no Carlisle High School eu tenha nutrido um profundo (talvez agora um pouco obsoleto) respeito pela Oxbridge (nossos filhos prefeririam Manchester ou Newcastle).

Embora eu reconhecesse a atração de editar um *Companion*, e tivesse assinado um contrato para produzi-lo em cinco anos (comemorado com certa cautela num restaurante ao norte de Oxford com uma garrafa de Pinot Blanc 1986 da Kentz Bas), não tinha idéia de onde estava me metendo. Por sorte, nem Nick nem as crianças sabiam tampouco. O *Companion*, com um milhão de palavras, mil páginas em coluna dupla, doravante denominado "A Obra" (como os contratos dos editores costumam chamá-lo) iria controlar nossas vidas, certamente todo o começo da década de 90.

Em 1989, o primeiro dos meus cinco anos de contrato com a Oxford University Press, estava ocupada terminando o *Timecharts*, comprando a casa no interior da França e fazendo o perfil de Elizabeth David para o Channel 4. Tudo que fiz para "A Obra" nos primeiros dezoito meses foi elaborar listas e mais listas, escrever montes de cartas para potenciais colaboradores, entender a arte da referência-cruzada, aprender a usar um tique de pontuação bastante estranho conhecido como "a vírgula de Oxford" e, claro, sofrer constantes ataques de pânico no meio da noite. O problema com qualquer um que já tenha sido um jornalista é que há uma tendência de identificar o prazo final como a data exata na qual o trabalho deve ser entregue, ao invés de entendê-lo como uma data na qual tudo já deva ter sido feito (um pouco como entendemos os horários de partidas do trem como o horário em que devemos chegar à estação). Mas até eu podia ver que seria perigoso retardar o começo desse imenso empreendimento até o último minuto. Era fundamental colocar os colaboradores-chave em ação.

Assim que voltamos do Languedoc, em setembro de 1990, convidamos uma série de potenciais colaboradores para jantar. Hanneke Wirtjes foi a primeira, e pode ter sucumbido por causa do galo silvestre assado e da encantadora garrafa de Latricières-Chambertin 1959 da Averys, um achado de Bill Baker da Reid Wines ("talvez um toque de Rhône", escrevi, "mas gloriosamente rico, com boa durabilidade na taça. Agradável, poderoso, doce e sutil"). Wirtjes, essa acadêmica de Oxford dedicada, inteligente, abrangente e amante de vinhos, aparentava ter uns 22 anos, embora se referisse exaustivamente a sua atuação em Wadham, como ensinar "os jovens", tinha sido indicada pelo meu editor da Oxford University Press. Ela faria uma grande diferença para "A Obra", não só por contribuir com uma enorme quantidade de artigos históricos e bem-humorados, informativos, sempre altamente originais, mas também por preencher algumas lacunas de última hora.

Os contatos da Oxford ajudaram imensamente a encontrar o especialista histórico certo que cuidaria de cada tema – e me corresponder com eles foi um dos aspectos mais instigantes do projeto. Alguns já eram bastante eruditos tecnicamente, mas a maioria mandava suas contribuições em formatos que precisavam ser digitados, ensejando todos os tipos de possibilidade de erro, particularmente palavras em grego clássico, acentos e referências numéricas.

O próximo colaborador atraído para nossa mesa de jantar era a encarnação do *high-tech*. Richard Smart, o australiano cosmopolita, vinicultor, já havia concordado em ser editor para o assunto da sua área. Ele captou totalmente o espírito do projeto e, nos próximos três anos e meio, nos seguraríamos as mãos, um do outro, via disquete e fax continuamente. O problema maior era encontrar colaboradores para assuntos científicos, porque a maior parte dos candidatos em potencial escrevia em língua estrangeira e não tínhamos nem tempo nem dinheiro para traduzir uma quantidade tão grande de trabalhos. Richard e seu colega enólogo, o professor A. D. Webb, aposentado da Davis, Califórnia, contribuíram cada qual com pelo menos dez por cento do livro pronto, no geral.

Embora eu já tivesse selecionado os principais colaboradores àquela altura, e eu pessoalmente devesse escrever mais ou menos quarenta por cento do calhamaço, ainda precisávamos de todo tipo de colaborador, cujo calibre determinaria a qualidade geral dela, "A Obra". Já havia identificado o longo ensaio sobre vinhos na literatura inglesa como um artigo-chave: aquele que seria uma leitura prazerosa mesmo para aqueles que não fossem catedráticos. O artigo precisava ser escrito por alguém muitíssimo bem-informado. Tentei delicadamente convencer Julian Barnes a fazê-lo, mas sabia que seria inútil. Por isso, voltei minhas esperanças para outra grande conhecedora-romancista, Sybille Bedford. Nós a levamos para jantar no Hilaire novamente em setembro de 1990 (provamos um Corton 1982, Bonneau de Martray, puríssimo, mas pouco substancial e fraco), mas ela passou a bola para Richard Olney. Ele, por sua vez, me deixou animada, dizendo que ele e seu irmão produziriam os artigos, mas acabou ficando sem tempo, ou disposição. Finalmente, o bom e velho Bill Baker foi recrutado para preencher a lacuna e, como de hábito, preencheu com muita competência.

Nossa série de documentários do Channel 4 sobre comida e bebida foi ao ar em 1991. Em 1992, migramos para a BBC e fizemos uma série de perfis de dez minutos de alguns dos mais interessantes personagens do comércio britânico de vinhos (incluindo Bill Baker) chamada *Vintner's Tales*. Mas essas eram distrações menores se comparadas à enormidade do meu compromisso com a Oxford University Press. Senti como se estivesse literalmente em isolamento. Pelo menos isso – e a minha renda dramaticamente reduzida – estava em sintonia com o clima de recessão da época. O *Companion* representava as minhas amarras.

Obviamente o *lap top* Toshiba contendo "A Obra" ia comigo para todos os lados, incluindo Languedoc, onde passei boa parte dos dois verões trancada num escritório voltado para o Norte, ao invés de no jardim ou na piscina. Uma vez que eu tinha acabado de dar à luz de uma maneira mais literal, não era ruim não ter tempo para viajar durante os três primeiros anos de Rose. Mas depois de uma década produzindo um livro a cada doze meses, me sentia terrivelmente envelhecida e despreparada. Entre os outonos de 1989 e 1994, a impressão dos que estavam do lado de fora era que eu só me ocupava com minhas colunas no *Financial Times* e na *Wine Spectator* quando, na verdade, eu nunca tinha trabalhado tanto em toda a minha vida.

Lembro-me de me sentir num estado de tensão permanente. Eu levava uma das crianças para a escola e corria de volta para casa, consciente da tarefa de escrever ou editar estabelecida para mim para aquele dia. Meu objetivo era avançar 2 mil palavras por dia (sem contar a administração ou correspondência sobre contribuições já contratadas ou editadas). Examinava ansiosamente a correspondência que chegava e ficava aliviada quando chegava algum calhamaço de um dos colaboradores mais confiáveis. Os piores dias eram quando não havia nada para editar no estilo camisa-de-força do *Companion* e eu tinha que criar, de verdade, alguma coisa da minha própria cabeça.

Devido ao tamanho dela, "A Obra" (tinha que organizar as ilustrações também), achava que nunca conseguiria sequer chegar à metade. Nick deu todo apoio possível, sendo "pai solteiro" em tempo integral só para me deixar com o tempo mais livre. Minhas agendas de 1992 e 1993 são esparsas. Mas também não havia muito que registrar nelas. Ao longo de 1993, por exemplo, tive exatos seis almoços em dias de semana, longe do meu *lap top*: um dos primeiros Lunches for a Fiver no FT – o brilhante esquema de Nick para encher os restaurantes vazios de clientes satisfeitos em épocas mais paradas do ano; ajudando a julgar a competição de degustação em Oxbridge (que, naquele ano, quase acabou em briga por causa de alguns estudantes agressivos); um almoço no FT para comemorar os oitenta anos de Edmund Penning-Rowsell; almoço com Will e um de seus amigos no restaurante chinês da esquina durante as férias dele; uma magnífica degustação de vinhos australianos antigos organizada por Len Evans no Capital

Hotel; e o almoço na Clardige's para lançar um novo dicionário da Oxford (tempo precioso roubado do meu trabalho, de que muito me arrependi. Como esses editores esperavam que eu cumprisse o prazo?). Queria saber se eu parecia envelhecida como eu me sentia. Durante o dia, eu só existia para o teclado, embaralhando papéis e enchendo os armários de arquivos. Não posso imaginar como Margaret Drabble, por exemplo, tenha conseguido produzir o seu igualmente longo *Oxford Companion to English Litarature*, sem um processador de texto e um fax. Suponho que ela não tivesse que reunir contribuições de todas as partes do mundo, o que era um dos elementos mais fascinantes da minha "Obra" – especialmente durante os meses de verão, quando acordávamos e víamos resmas e mais resmas provenientes de, por exemplo, New South Wales ou Santiago do Chile, enviadas, ao longo da noite, por meio de algum satélite, para o nosso vilarejo na França. Um momento bastante problemático surgiu um ano antes do prazo final de novembro de 1993, quando percebi que meu *lap top* (comprado em 1989) não daria conta de armazenar o *Companion* inteiro. Isso acabou me forçando a transferir tudo para disquetes, algo que vinha fazendo sem qualquer planejamento até então. Senti-me inquieta na manhã em que todo o material que tinha reunido até aquele dia seria transferido para um computador mais potente.

Quando o outono de 1993 chegou, já próximo ao meu prazo final, em novembro, engatei uma quinta. Era tarde demais para desistir, e eu tinha um grande compromisso surgindo no horizonte para 1994. Não poderia nem pensar na hipótese de pedir uma prorrogação do prazo, por razões próprias, e, além disso, a equipe da Oxford estava dando muito duro e eles estavam super entusiasmados e animados, seria injusto desapontá-los. Quando finalmente chegou novembro, até mesmo os compromissos noturnos e de fim de semana sumiram da minha agenda e foram substituídos por referências absolutamente compreensíveis do tipo "N out" [N fora], em que N não estava apenas fora, mas filmando um concurso de culinária na noite anterior à entrega do meu "filho de um milhão de palavras". Acho que fui para a cama às três, depois de ter transferido tudo para um número incrivelmente pequeno de disquetes de plástico.

Depois de todos aqueles anos de esforço, eu estava determinada a entregar "A Obra" pessoalmente. Sentei no trem Thames Turbo em estado de exaustão catatônica. Em parte porque, antes de pegar o trem em Paddington, passei no hospital para visitar James Rogers, o comerciante de vinhos de cabeça aberta, menos de uma semana antes que até ele desistisse de lutar pela vida.

Nascimento, morte, exaustão. Como meu *lap top*, eu estava sofrendo de sobrecarga. Nenhum dos registros na minha agenda do final de novembro fazem qualquer sentido.

XX

Algumas garrafas muito especiais

A morte de James Rogers – seguida menos de dezoito meses depois pela do pioneiro do vinho californiano na Inglaterra, Geoffrey Roberts – ajudou a cristalizar alguns dos meus pensamentos a respeito de vinho. Somos todos, presumivelmente, imensamente afetados pela perda dos primeiros da nossa geração. Mas há outras considerações envolvidas na morte de um amante de vinhos. Lembro-me de ter jantado com Geoffrey (quatro meses antes da sua morte) e Sally Clarke em seu famoso restaurante em Londres (marcadamente influenciado, diga-se de passagem, por Alice Waters e, portanto, por Elizabeth David). Geoffrey era um anfitrião generoso. Ele já nos havia oferecido, duas vezes, o suculento Yquem safra 1962, e regularmente descobria relíquias finas californianas, especialmente do passado de Chalone (uma noite, no seu apartamento no Chelsea, com vista para o Tâmisa, ele fez uma degustação cega e, por brincadeira, despejou as duas metades da mesma *magnum* em decantadores diferentes e deixou que ficássemos horas tentando adivinhar a possível identidade do segundo vinho).

Na noite do nosso jantar no Clarke's, ele tinha trazido uma garrafa de Leflaive 1984 Bâtard-Montrachet, a primeira de uma dúzia que ele havia comprado, eu acho. O vinho estava *bouchonée*, o que deu muita raiva, pois sabíamos que debaixo daquele fungo havia um Borgonha branco magnífico. Ele prometeu compartilhar outra conosco, mas não deu tempo. Freqüentemente penso naquelas onze garrafas de Bâtard quando tento decidir o que abrir na minha própria adega. Nunca sabemos para *o quê* guardamos nossos vinhos.

Aprendi outra lição sobre vinhos na mesma mesa do Clarke's em 1993. Estavam as mesmas pessoas mais Gerald Asher. Por coincidência, tanto Geoffrey quanto nós tínhamos trazido uma garrafa de Mouton para beber durante o jantar. Nossa contribuição era relativamente modesta, uma garrafa de 1987, o mais bem-sucedido Bordeaux tinto feito a partir de uma safra mal-sucedida, a meu ver. Mesmo com apenas seis anos de vida, o vinho já estava relativamente maduro, bem-construído e gostoso – e acompanhou bem o nosso pedaço gigante de cordeiro do Devon e queijo Lancashire da Sra. Kirkham.

Geoffrey havia sido muito mais generoso e tinha trazido, já decantada, uma garrafa do queridinho dos comerciantes, um vinho com cem pontos de Parker, o Mouton 1982, um monstro de vinho exótico e tânico, que daqui a cem anos ainda vai estar disputando com o Latour 1982 para ver qual dos dois tem o sabor mais duradouro (eu apostaria no Latour). De tão intenso, na primeira cheirada pensei que se tratasse do Landonne de Guigal. Obviamente o vinho iria ficar sensacional, mas naquele estágio parecia estranhamente denso e sem expressão. Todos concordamos que preferíamos beber o suave 1987, à venda por um décimo do valor do 1982. "Como as sardinhas do Abe", subtítulo do elegante *Anatomy of the Wine Trade*, de Simon Loftus, existem vinhos para ser bebidos e vinhos para ser negociados.

No momento exato em que o Big-Ben badalou, indicando o novo ano de 1992, a tradicional década de descanso dos Bordeaux tintos havia acabado, os apreciadores impacientes já estavam planejando suas degustações comparativas dos tão badalados vinhos de 1982. O primeiro evento de que participei aconteceu em 22 de janeiro, um panorama dos melhores Pauillacs 1982, organizado pela comercializadora londrina La Vigneronne (também conhecida como Master of Wine Liz Berry). A única sessão de *premiers crus* de Edmund para os 1982 aconteceu em julho, e um jantar beneficente de gala no mês de fevereiro do ano seguinte, no Savoy, que foi precedido de uma outra comparação de *premiers crus* de 1982. Naquele estágio, os vinhos, em sua maior parte, ainda estavam incrivelmente opulentos (alguns estão se fechando nas suas conchas e endurecendo um pouco a esta altura), com profundidade de cor e sabor e tantas frutas exuberantes que era preciso se concentrar para perceber qualquer resquício de tanino e acidez.

No La Vigneronne, onde degustamos às cegas, essas degustações eram feitas especificamente para sérios adoradores de vinho. O Grand-Puy-Lacoste nos surpreendeu a todos pela sua pura concentração e acabou ganhando quase tantos pontos quanto o magnífico Latour. Mouton foi o terceiro, seguido por dois Pichons e o Batailley e o Lafite um pouco atrás. Na degustação de Edmund, pontuei impotentemente todos os vinhos entre 19 e 20, de um máximo possível de 20 pontos. Os mais pontuados foram Mouton, Latour, Cheval Blanc e, como um bônus, o Ausone. Margaux, um vinho indiscutivelmente delicioso, com uma safra mais consistente do que a *appellation* no geral, perdeu 0,25 ponto por sua levíssima, porém perceptível, acidez.

Antes do jantar beneficente no Savoy, em condições de degustação nada ideais (a *patronesse* do jantar, Fergie[2], rodopiava num vestido de seda verde), minha ordem de preferência foi Latour, Mouton, Haut-Brion, Lafite, Margaux e uma garrafa de Cheval Blanc, surpreendentemente inexpressiva. O Pichon Lalande 1982, servido com o jantar, também estava estranhamente um tanto sem forma, e bem menos atraente que o Léoville-Barton 1985. Muitos dos grandes vinhos passam por uma fase meio boba na adolescência e o truque, nesse caso, é saber quando essa fase acontece. Eis aqui um bom uso para a internet – muito melhor do que uma discussão recente no fórum de vinhos da CompuServe (obviamente sem qualquer motivação) sobre o tema "Jancis Robinson é sexy?".

Às vezes muito vinho bom é despejado em pessoas como eu com muita rapidez. Se um evento é todo planejado para ter apenas o melhor, então a tendência é tentar descobrir o pior dentre eles, ao invés de ficar apreciando a qualidade. O departamento de vinhos da Sotheby's organizou certa vez um dos jantares mais impressionantes, para o qual eles conseguiram convencer todos os *premiers crus* a levarem sua melhor safra. Então,

---

[2] A então Duquesa de York, chamada popularmente de Fergie. N.T.

150 de nós solenemente sentamo-nos à mesa para o jantar dos irmãos Roux com uma série de Haut-Brion 1961, Margaux 1953, Latour 1952, Mouton 1949 e Lafite 1945 – todas em *magnuns* ou *jeroboam*.

Qualquer um pode imaginar quantas negociações complexas entre os vários proprietários e os organizadores foram necessárias antes que esse *tour de force* de organização, grandiosidade e *showbiz* fosse alcançado. O ponto mais importante foi que não haveria competição entre os vinhos. Pode ser um pouco indiscreto falar isso, mas, no fim das contas, esses saltos de topo em topo de montanha são menos satisfatórios e certamente menos lisonjeiros para os vinhos do que uma escalada crescente de qualidade do começo ao fim da refeição.

Outra sucessão, dessa vez muito mais educativa, de *magnuns* magníficas foi servida em uma noite de 1993 no restaurante Les Saveurs, em Mayfair, pelos jovens rebeldes da Farr Vintners (que serão conhecidos como "de boys", enquanto viverem, tão escandalosamente inata é a sua "lenga-lenga de vendedor" incrivelmente bem-sucedida no negócio de vinhos finos). Steve Browett, de forma iconoclasta, queria fazer uma degustação que comparasse todos os *premiers crus*. Dois segundos depois de fazer essa proposta em Bordeaux, lhe disseram que os proprietários jamais concordariam com isso. Eles podem até se encontrar de vez em quando para discutir mercado e afins, mas são ferozmente, incontestavelmente, competitivos no que diz respeito aos seus vinhos.

Ele então fez a proposta diretamente ao Château Latour, que concordou em fornecer os vinhos da própria adega, para que estivessem em perfeito estado para uma grande degustação. O diretor comercial da Latour sondou seu equivalente na Mouton que, para o espanto de todos, também topou. Então, lá estávamos nós, sentados para comparar os dois *premiers crus* mais consistentes em mais de meio século. Um compêndio de grandes safras que nos trouxe de volta, cada vez mais vagamente, aos grandes vinhos de 1945. Eram Bordeaux, portanto, as safras exatas que, representando o atual regime de cada propriedade, tinham sido cuidadosamente escolhidas para superar a rival.

Testemunhamos a luta pela supremacia do 1982 (o que nenhuma das partes suportaria omitir), além das mais históricas de 1970, 1955, 1949 e 1945. E que briga! Todos esses vinhos constituem alguns dos grandes monumentos de qualquer degustação de vinhos concebível.

Os Latour eram magnificamente consistentes, exibindo sua musculatura e juventude com grande concentração de elementos reunidos ali, que iriam começar a emergir depois de algumas décadas na garrafa, com uma intrigante gama de sabores "masculinos", como couro e terra. Os Mouton, por outro lado, tendiam a ser imediatamente exóticos e opulentos, geralmente com sabores que iam de essência de cassis jovem (ainda temos guardada uma garrafa de licor de cassis feito pelo *maître de chai* da Mouton no nosso armário de bebidas). É como se eles capturassem os aromas dos bazares orientais ou, de acordo com a frase inesquecível de Len Evans, "bolsas de senhoras idosas" – "bolsas" no sentido mais atraente, é claro.

Havia uma certa aspereza em relação a essa degustação. Até três semanas antes, Latour tinha sido o único dos *premiers crus* em mãos britânicas e, por isso, todos sentíamos um certo orgulho refletido por seu excelente desempenho. A família Pearson, que também era dona do *Financial Times,* era sócia majoritária do château desde 1963. A fatia britânica aumentou quando a Harveys of Bristol também se tornou proprietária, mas de um pedaço menor. A Harveys tinha sido engolida pela Allied Breweries, mais tarde Allied Lyons, para quem a Pearson abriu mão da sua parte no final dos anos 1980 (logo depois que entrei no *Financial Times,* poupando qualquer preocupação a respeito de conflito de interesses).

A Allied levou David Orr, ex Cockburn, para Portugal. Sua safra inaugural, de 1990, gerou um Latour sensacional. Assim que ele começou a pegar o ritmo, saindo-se muitíssimo bem com a safra do ano seguinte, a Allied, agora muito mais interessada em uísque Ballantine's e conhaque Courvoisier, vendeu sua parte na Latour para o empresário francês François Pinault. Ele enviou uma executiva meio desligada para a degustação no Saveurs – era sua primeira missão oficial à frente da Latour. A Baronesa Philippine de Rothschild estava lá em carne e osso, no entanto.

Era fácil escolher as grandes estrelas das safras recentes: Latour 1990, Mouton 1986, ambas as de 1982, meu adorado Latour 1970 e, de fato, os Latour da década de 1960 – mas assim que chegamos aos 1955, todos eram sensacionais, literalmente: o doce e perfumado Mouton 1953, contrastando com o seco e mineralizado Latour 1952;

o Latour 1949, uma jóia (uma garrafa desta vez, não uma *magnum*) contrastando com a nota de café e torrefação do Mouton 1949, enquanto todos os de 1945 eram extraordinários.

A primeira garrafa de Latour 1945 estava levemente oxidada, um pouco sem graça e mofada. Até mesmo a segunda garrafa estava envelhecida, esmaecida, como algo que forra a boca em vez de despertar os sentidos. Mas todos os degustadores ali sabiam o bastante para não considerar o Latour 45 um vinagre: esses são apenas dois exemplos de um vinho que, em outras ocasiões, pode ser ótimo. O Mouton 1945 é uma lenda que tive a sorte de degustar três ou quatro vezes, e cada vez acho a sua relação com suco de uva fermentado mais e mais difícil de assimilar. No Les Saveurs, por exemplo, ele cheirava irritantemente à bala de hortelã-pimenta, com um toque de xarope de eucalipto para tosse, que é o aroma característico da Heitz's Martha's Vineyard Napa Valley Cabernet (esse não é o tipo de comparação que eu apresentaria para Philippine, porque provavelmente ela se sentiria insultada e certamente diria que esse tal Martha's Vineyard não existia em 1945 – quando o Napa Valley ainda era um enclave adormecido de plantadores de ameixas, do período imediato após a Lei Seca).

Depois de tudo isso, Julian Barnes, Nick e eu cambaleamos para fora do restaurante, presenciamos uma discussão entre cafetões na Curzon Street e tomamos um táxi, sentamos, com os olhos fundos e sem falar uma palavra durante todo o percurso até o norte de Londres.

A primeira vez que tive a oportunidade de comparar esses dois exemplares magníficos da magnífica safra de 1945 foi durante uma degustação com o pior *timing* possível, de que já participei. Edmund decidiu que seria um desperdício celebrar o ano de 1990 apenas com as usuais safras de *premiers crus* 1980 (uma safra bastante triste). O ano era uma boa desculpa para celebrar os 45 anos dos vinhos de 1945. Então, no final de junho de 1990, ele chamou os convidados de sempre para o lugar de sempre e para um jantar ainda mais generoso do que os de sempre.

Eu tinha descoberto no dia anterior que estava grávida de Rose e estava absolutamente exausta. Assim que chegamos à casa dos Penning-Rowsell, tive que deitar um pouco e, durante semanas, fiquei refém daquele torpor típico do começo da gravidez. O pior é que, de forma absolutamente inusitada, ao sentarmos diante daquela infinidade de vinhos de 1945, a última coisa que eu queria era uma taça de vinho – e como estava ainda nos primeiros dias de gravidez, achei que não devesse anunciar meu estado "interessante". Vejo agora pelas minhas anotações que, de alguma forma, consegui finalizar a refeição (e minha caligrafia estava perceptivelmente mais limpa do que o normal, provavelmente porque não tenha bebido tanto).

Naquela noite, achei que o Lafite era o mais impressionante, o mais evoluído dos vinhos e, como os Penning-Rowsell e os Broadbent, estava quase tão tomada pelo Haut-Brion – que, por sua vez, estava rico, suave e aveludado, sem o gosto típico de tabaco e tijolo que o Haut-Brion costuma ter. O Latour parecia ter o futuro mais brilhante à sua frente, com um final bastante seco, mas muito mais poderosamente doce e rico no paladar do que as garrafas apresentadas no Saveurs. O Mouton, por outro lado, que Edmund tinha comprado por £1 em 1949, tinha exatamente o mesmo sabor das *magnuns* do Saveurs. Minhas anotações até citavam o Martha's Vineyard e o xarope para tosse.

Edmund serviu as garrafas restantes de Latour 1945, compradas por 18 xelins cada em 1950, em seu aniversário de oitenta anos no Travellers Club, em março de 1993. Estava claro que aquele era o "Winston Churchill" dos vinhos: admirável, respeitável, mas a garrafa que me serviram naquela noite parecia um tanto seca demais, talvez excessivamente empoeirada. O vinho que o precedeu foi outro Bordeaux tinto básico, um exemplar glorioso de Palmer 1961, cedido gentilmente por Peter Sichel, o co-proprietário da Palmer, que parece ter um estoque infinito desse famoso vinho – ou talvez os Sichel sejam apenas particularmente generosos.

Foi o vinho que bebi (em oposição a degustar) primeiramente, mais ou menos nas mesmas circunstâncias em que tive meus primeiros contatos com o Cheval Blanc 1947, ao ar livre, sob o sol escaldante de Suffolk. Esse vinho mágico celebrou os quarenta anos de Simon Loftus, então um mero comprador para a Adnams of Southwold, em um pequeno almoço de aniversário no seu jardim. O mesmo vinho foi servido em grande quantidade num evento mais formal, o jantar de 1987 no Vintners' Hall, oferecido a Edmund para comemorar a sua aposentadoria como presidente da Wine Society, o negócio histórico das compras via correspondência, que é uma organização tão característica das classes profissionais inglesas.

O Palmer 1961 começou a ser decantado às cinco em ponto, o que acabou se mostrando um pouco adiantado demais para um evento que, inconvenientemente, era cedo demais para um jantar num lugar formal do centro de Londres. Lá, os *milordes*, senhoras e senhores eram chamados para o jantar às 7h30 em ponto, e os funcionários pareciam tão ansiosos para não perder os últimos ônibus para casa, que praticamente jogavam os pratos de queijo nas mesas. Naquela noite foi fácil descobrir o que tornava aquele vinho tão famoso, mas aquele epítome de elegância e opulência já estava esmaecendo quando foi servido.

O próprio Edmund acrescentou um exemplo brilhante na minha memória gustativa um ano depois: uma garrafa de Palmer 1961 diretamente da sua adega. Esse, sim, era grande, carnudo, insinuante, quase um St.-Emilion com seu sabor frutado. Era absolutamente completo. Tudo em equilíbrio perfeito, intensidade sem petulância. Esse deve ser o vinho que inspira Peter Sichel em sua cruzada individual contra a atual propensão do Bordeaux de arrasar todos os quarteirões possíveis. Mas quando ele levou ainda mais garrafas desse vinho a um jantar oferecido para duzentas pessoas, organizado pelos comerciantes da Colchester, Lay & Wheeler, devo admitir que minhas anotações contêm a expressão "Gina Lollobrigida".

(Certa vez li uma história de Miles Kington sobre como seu pai, um cervejeiro, o tinha despachado para Bordeaux para trabalhar uma safra e ver se ele pegava gosto pela coisa – que ele não pegou, de jeito nenhum – mesmo o ano tendo sido 1961 e a propriedade, o Château Palmer. *Incroyable, ça.*)

Sempre vou associar Palmer e Travellers a Edmund. Ele é de uma geração que acredita que os preços atuais dos restaurantes são absurdos e, por isso, faz suas festas em Londres nesse clube abafado de cavalheiros em Pall Mall (como sempre, ele combina não-conformismo com reverência total a certos protocolos). É um dos seus hábitos convidar seu editor do *Financial Times* para almoçar no Travellers uma vez por ano. Ele escolhe cuidadosamente uma garrafa de Claret adequada para a ocasião, direto da sua adega em Cotswold, e a traz para Londres, preferindo pagar a taxa de rolha do Travellers do que escolher um vinho jovem qualquer da carta do clube.

Há pouco tempo, o então editor do *Weekend FT*, Max Wilkinson, um dos colegas de Edmund menos interessados em vinhos finos, chegou no Travellers e o encontrou lá, nas escadas, em estado de grande agitação. "Houve um erro terrível", disse ele, "pensei que tivesse trazido uma garrafa de Palmer 1981 para nosso almoço. Já foi aberta, mas trouxe uma das minhas últimas garrafas de Palmer 1961 por engano". Se ele tivesse me ligado, eu teria corrido para lá à velocidade da luz, e teria apreciado o vinho dez vezes mais do que Max – ou talvez até mais que o próprio Edmund, dada a circunstância. Deve haver alguma regra proibindo mulheres no almoço, pensando bem.

Do modo como a vida funciona, não é somente com algumas pessoas em particular que você vai acabar compartilhando um número impensável de bons vinhos, mas há também lugares, em particular, onde isso acontece bastante também. Não me vejo exatamente como assídua freqüentadora do Waterside, restaurante de Michel Roux em Bray, mas o local está associado com a quantidade de vinhos finos que por ali passaram pela minha garganta, como as águas escuras do Tâmisa correndo lá fora, que se vêem das janelas. Hugh Johnson, Michael Broadbent e eu compartilhamos a mais fantástica garrafa de Palmer 1961 ainda outro dia, no nosso encontro anual vinícola com os colegas da British Airways. Essa foi mais uma garrafa trazida da adega dos Sichel, consumida com quase obscenas expressões de prazer. Pode haver o suficiente para que *todo mundo* já tenha provado isso?

Len Evans organizou um grande jantar no Waterside há pouco tempo que foi certamente mais notável para nós do que para ele, já que ele organiza jantares fabulosos onde quer que esteja. Era alto verão, por isso sentamos do lado de fora, em uma pequena tenda onde pipocavam as rolhas de Krug. Len tinha convencido um velho amigo australiano, Sam Chisholm, a vir até Bray, mas ele não ficou para o jantar – provavelmente porque tinha que arrebatar algumas empresas para seu chefe, Rupert Murdoch. O grupo que ficou se deleitou com outro daqueles magníficos Borgonhas tintos de 1959 da Averys (aposto que o meu

Chambolle-Musigny veio de lá) que Len tinha comprado de John Avery em suas recentes visitas à Inglaterra. Havia ainda uma garrafa muito especial de Bollinger 1945 trazida de sua adega em Londres por David Levin, do Capital Hotel. Era um daqueles Champagnes milagrosos que envelheceram na garrafa do jeito que você deseja que todo Borgonha branco envelheça, ficando mais denso e com o sabor mais profundo, sem perder nada de sua acidez refrescante. Esse Champagne ainda borbulhava magnificamente, apesar de estar separado por meio século das gentis células de fermento natural que morreram para permitir sua bela existência.

Também foi no Waterside que fomos convidados para jantar e conhecer um amigo de um amigo em 1989, um empresário inglês que estava começando um empreendimento de vinhos na Califórnia. "Eu poderia provar sua primeira safra de Chardonnays?" Bom, não nutri esperanças muito grandes, mas aceitei. A Califórnia era, e ainda é, cheia de gente rica que largou a faculdade para perseguir o sonho de ter uma vinícola. Mas esse Chardonnay 1987 tinha uma intensidade de cor e sabor incomuns. O amadurecimento intenso, algo tão comum na Califórnia, também mantinha um traço de acidez que, ao invés de se sobressair, como acontece normalmente com o ácido que os vinicultores usam para compensar os climas quentes, estava muito bem integrado. Era algo promissor que ofuscava o Chassagne-Montrachet Les Embrazées 1985 de Bernard Morey. O nome do empresário era Peter, hoje Sir Peter, Michael, e seus vinhos atualmente atingem altos preços nas melhores listas de vinhos de Manhattan.

Também tenho ótimas recordações de cada visita ao Gidleigh Park, o esconderijo de Paul e Kay Henderson próximo a Dartmoor, em Devon. Como qualquer um pode esperar de um membro-fundador do Zinfandel Club, ele tem uma coleção de primeira linha de vinhos californianos, incluindo algumas das melhores garrafas cada vez mais raras do começo dos anos 1970. Mas a grande graça aqui é a sua benevolente atitude em relação ao preço dos vinhos. Quanto mais você gasta, mais você economiza – bom, nem tanto, mas os preços de suas garrafas certamente recompensam aqueles preparados para escolher os vinhos mais finos. Isso é admirável, mas incomum. Qual o sentido de comer a melhor comida do país com gosto, se você acha que está sendo penalizado por preços altos demais nos vinhos que estão à altura de acompanhá-la?

Como Hugh Johnson, Michael Broadbent e o nosso amigo comerciante Bill Baker, acabei promovendo alguns "fins de semana de vinhos" em Gidleigh. Eram eventos bem diferentes dos seus precursores em Gleneagles e são basicamente uma oportunidade para Paul monitorar o progresso da sua adega. Compartilhamos um grande amor pelos Rieslings, em geral, e pelo Cls Ste-Hune, do vinhedo único da Trimbach, em particular, então essa era uma ótima desculpa para um fim de semana inesquecível. A impressionante qualidade dos italianos tintos de 1985 era outra. Ainda me arrependo de não ter pedido uma garrafa do vinho mais sensacional de todos, o Sassicaia 1985, que vimos na lista da Leith's em Londres, muitos anos depois, por apenas £70 a garrafa. Nem preciso dizer que, quando fui lá novamente, não tinha sobrado uma garrafa sequer.

Mas se há alguns lugares nos quais você pode confiar que vai encontrar bons vinhos, há outros onde vinhos inexpressivos têm um sabor sublime, justamente porque são tão inesperados ou tão diferentes do que você tem bebido, ou até por causa da companhia e das circunstâncias. Tenho ótimas memórias do Fumé Blanc da Mondavi, por exemplo, embora não classificasse um vinho relativamente amadeirado feito de Sauvignon Blanc como um dos meus favoritos hoje em dia. No começo dos anos 1980, quando ainda namorava com Nick, parecia brilhante e satisfatório, no entanto, e ele sempre me lembrará de nossa viagem de compras de vinhos pela West Coast em 1981.

Outra garrafa que percebi, mesmo quando a bebia, que não teria o mesmo encanto, se estivesse sendo consumida em casa, mas que tinha sabor de um empolgante néctar, sob o céu estrelado do sul, admirado por entre palmeiras no Taiti, foi uma de Champagne não safrado de Charles Heidsieck. Hoje sou uma grande fã da marca, revitalizada, mas esse vinho em especial, oferecido a nós sem razão aparente por uma aeromoça da Air New Zealand pouco antes de aterrissar em Papeete, fora feito antes do golpe de estado que mudou tudo nas adegas de Champagne de lá. No entanto, duvido que algum outro Champagne algum dia vá ser tão gostoso – embora eu seja constantemente surpreendida com a originalidade e delícia de cada safra de Dom Pérignon e quão bem as garrafas de Pol Roger duram. Não somente a 1959, mas uma 1921 e uma 1914 foram absolutamente sensacionais.

Outro vinho, consumido mais tarde na mesma viagem de 1988 pelo Pacífico Sul, na Nova Zelândia, pareceu tão incrivelmente maravilhoso, simplesmente porque tinha uma construção totalmente diferente daquilo que já tinha passado pelos nossos lábios desde que aterrisáramos. Vic Williams, escritor de vinhos e comidas de Auckland, nos convidou para jantar e generosamente abriu uma série de ótimos vinhos locais e alguns importados. O Krug estava delicioso. O Mata Elston Chardonnay 1984 me convenceu, de um jeito que poucas garrafas conseguiram até hoje, de que a Nova Zelândia consegue fazer vinhos Chardonnays que melhoram com o tempo. O Château Batailley 1979 era classificado pelos livros como *growth Claret*, ou seja, nada absurdamente impressionante. Mas o Côte Rôtie Guigal 1983 sacudiu a todos nós com seu exotismo e sua explosiva concentração de fruta madura – com uma doçura forte o bastante para despistar o impressionante nível de tanino. Era difícil, nessas circunstâncias, nesse canto isolado do planeta, onde então mal se plantava Sirah e as uvas escuras, em sua maioria, cresciam numa dificuldade tremenda, resultando em vinhos pálidos e com cheiro de folha e capim, imaginar que um vinho tinto pudesse ser melhor do que aquilo. Isso foi apesar de que intelectualmente eu soubesse que, caso me fosse oferecida uma taça de um dos vinhos mais caros do vinhedo único da Guigal, o Côte Rôtie, ou até mesmo algumas de suas garrafas comuns das safras de 1978 ou de 1985, eu teria ficado muito mais impressionada.

Ao longo dos anos, temos observado no Languedoc o quão empolgante uma degustação repentina de algo inteiramente novo na região, como o Jerez fino e fresco, ou algum Bordeaux tinto particularmente grandioso pode ser. Fizemos essa descoberta durante nosso segundo verão por aqueles lados, quando o escritor americano de vinhos, Alex Bespaloff, veio passar uns dias, carregado de garrafas, logo depois de alguns dias pesquisando *premiers crus* em Pauillac. Ainda não consigo imaginar os *premiers crus* como parte da rotina de Languedoc – ou de qualquer outro lugar –, mas transformei um forasteiro numa figura comum da vida no Languedoc. Um exemplar de um Moset Riesling bem feito parece tão perfeitamente refrescante no calor do verão, sua delicadeza contrastando com o peso da maioria dos brancos de Languedoc, que agora tenho carregamentos de vinhos de Ernie Loosen enviados da Alemanha direto para o sul da França, uma façanha desempenhada com uma miraculosa facilidade por alguém que está isolado do resto da Europa, tanto pelo mar quanto por uma barreira muito maior, a das complexas e insuportáveis taxas alfandegárias.

Você deve pensar, pelo que já leu até agora, que todos os vinhos que eu degusto e bebo são maravilhosos. Isso está muito longe da verdade, e eu odiaria beber somente grandes vinhos. Por causa do meu trabalho, acabei conhecendo alguns poucos empresários bem-sucedidos ou artistas muito bem pagos que podem se dar ao luxo de beber somente *premiers crus* todos os dias. Mas não os invejo nem um pouco. Para mim, parte da emoção contida nos chamados "grandes vinhos" é justamente o fato de ser algo especial. E parte da emoção proporcionada pelo vinho, em geral, é descobrir garrafas que custam uma fração do preço cobrado pelos que são universalmente aclamados como grandes e que proporcionam exatamente o mesmo prazer.

Um favorito de Languedoc é o cuvée Simone Descamps, do Château de Lastour, uma propriedade local multitarefa extraordinária que funciona como abrigo para deficientes mentais, pista para teste de carros 4x4, galeria de arte, restaurante e oásis de práticas ecologicamente corretas na França. Essas variedades de saborosos e intensos Languedocs antigos (incluindo alguns "venenos" de grande parte da região, Carignan) receberam o nome de uma secretária particularmente dedicada do banco que possui a propriedade, como parte do seu programa de reconhecimento pelo bom trabalho. Um dos truques favoritos do responsável – que além de enólogo, tinha formação em psicologia e freqüentemente participava do rali Paris-Dacar – é oferecer aos visitantes algumas doses cegas de Lastours tintos juntamente com alguns *premiers crus* Château Haut-Brion e pedir aos visitantes que identifiquem os Lastours. Eles erram sempre. Lá, na hora, eu errei também. Depois li numa das principais revistas francesas sobre vinho que um grupo de escritores parisienses havia se enganado também. Os *top* tintos da Lastours, que são vendidos ainda hoje na Inglaterra por £7 a garrafa, estão definitivamente abaixo do preço, mas, até aí, todos os melhores vinhos do Languedoc estão, à exceção de uma meia dúzia.

Em safras excepcionais, o Loire também pode produzir tintos abaixo do preço e certamente subestimados. Os suaves, perfumados e vigorosos vinhos de Anjou-Villages 1990 que Nick e eu apreciamos durante uma curta viagem à Bretanha, em 1993, permaneceram mais vivamente na memória do meu palato, por exemplo, do que muitos tintos finos conhecidos. No começo, eu estava um pouco chateada com esse longo fim de semana proposto por Nick por causa de um restaurante em Cancale, na costa norte. Todo mundo sabe que a Bretanha não é uma região vinícola, e eu não tinha a menor intenção de escrever sobre a cidra que eles faziam por lá. Além de tudo, faltavam apenas seis meses para entregar o *Companion* e essa viagem gastronômica iria consumir um tempo precioso.

Nem preciso dizer que a viagem foi esplêndida, literalmente cheia de maravilhas: o Mont-St.-Michel, observar a movimentação de pesca de mariscos ao longo da costa iluminada, a habilidade do chef Roellinger de integrar os temperos que a cada inverno ele ia buscar no Caribe, dando continuidade a uma longa ligação comercial com St.-Mâlo. Nos divertimos tanto que acabamos esquecendo duas gavetas cheias de roupas no hotel – e consigo lembrar até hoje o quanto a textura do Lebreton tinto 1990 combinou com as enguias *sautée* com batatas e escalopinho, e como a desenvoltura do vinho acentuou o cordeiro criado nas restingas abaixo do Mont-St-Michel.

Mas a França de modo algum detém o monopólio de garrafas que custam metade do que deveriam. A qualidade dos melhores e maiores vinhos da Austrália, Espanha, África do Sul e América do Sul tem crescido num ritmo que deve aterrorizar os franceses. Barganhas da Itália e da Califórnia são menos comuns, mas, por outro lado, já estabeleceram um séquito leal para as ofertas muito mais caras. O fato mais impressionante no mundo do vinho que observei ao longo desses vinte e tantos anos é como os vinhos bons e, às vezes, os grandes vinhos não vêm mais de um país europeu, mas de vários países dos cinco continentes.

Contrariamente à impressão dada nestas páginas, eu provo – embora não beba – uma quantidade enorme de vinhos *sem graça*, muito raramente provo uns vinhos extremamente ruins. O último vinho realmente ruim que me lembro de ter provado foi há uns quatro anos e isso revela algo sobre a melhoria generalizada nos padrões de vinicultura. Encontramos primeiramente a crítica culinária Sophie Grigson, quando filmamos sua mãe, a grande crítica de gastronomia Jane Grigson, relembrar o quanto ela tinha medo de Elizabeth David. Alguns meses depois, Sophie nos encontrou para um jantar à base de pato assado e Borgonha tinto (novamente), e nós a convidamos para assistir às sessões prévias da nossa série de documentários no Channel 4 sobre comida e bebida. Ela sentou-se do meu lado e assistiu ao primeiro filme, *Mad about Fish*, sobre um amigo nosso que fazia a ponte entre Londres e Boulogne-Sur-Mer num furgão fedorento abarrotado de peixes trazidos da França. Um ano depois, Sophie e o transportador de peixes estavam casados e, quando finalmente conseguiram organizar uma lua-de-mel no Equador, eles nos trouxeram de lembrança uma garrafa do vinho local, safra 1991, chamado Scheurebe, do Domaine de la Marquise (*sic*). Muitas coisas boas vêm do Equador. O marido de Sophie podia me falar muito sobre os peixes de lá, tenho certeza. Gostei muito do macacão e dos chapéus e luvas de lã feitos no Equador. Mas aquele vinho parecia ter sido usado como tempero tanto do peixe quanto das meias de lã. O cheiro me lembrava o dos primeiros vinhos que conheci: fedidos, daqueles que fazem você quase desistir de provar outro vinho na vida. Foi uma garrafa verdadeiramente excepcional, e agradeço muito a William e Sophie por terem adicionado essa informação à minha experiência e cultura.

Alguns vinhos têm um cheiro desagradável, simplesmente por causa da estocagem ou porque estão muito velhos. Alguns industriais poderosos, amantes de vinhos, me convidaram para um de seus jantares, não faz muito tempo, e um deles trouxe uma quase ânfora, coberta por crustáceos, que apresentava uma cor negra brilhante, azul e de bronze, sob a luz indireta do chique apartamento no qual aconteceu o jantar. O vinho tinha sido achado entre os destroços de uma antiga embarcação mercantil holandesa, e concluiu-se que deveria ser dos anos 1730. Fomos servidos com grande cerimônia, uma pequena taça para cada um. O vinho tinha uma impressionante cor marrom-escuro. Infelizmente, também tinha um impressionante *cheiro* de marrom-escuro. E, pior de tudo, estava com gosto de água do mar. Difícil escrever uma nota elogiosa de degustação a respeito desse vinho.

Esse vinho não tinha sido feito para durar tantos anos numa garrafa, e até recentemente isso se aplicaria aos vinhos de quase todos os lugares do mundo, à exceção dos Bordeaux, vinho do Porto do vale do Douro e alguns dos melhores brancos do Loire e da Alemanha. Vinhos fortificados ou muito doces em geral duram muito mais. Um potente xarope amarelado feito de uvas amadurecidas e secas na ilha vulcânica de Santorini, na Grécia, em 1895, continuava vivo e pulsante quando o degustei, apesar dos seus 101 anos de vida. Os Jerezes geralmente não melhoram na garrafa, mas os de estilo rico e escuro levam bastante tempo para deteriorar (diferentemente de *finos* e *manzanillas*, que começam a desaparecer rapidamente no momento em que são retirados da película especial que se forma sobre eles, a flor, fruto da fermentação, que os protege). Um Jerez escuro, antigo e seco, engarrafado em 1951 e arrematado em leilão por um amigo de nosso anfitrião por £4, estava simplesmente delicioso quando o bebemos, ao final de uma refeição, no começo dos anos 1990. Tinha aquele sabor de uva seca e aquela textura quase rançosa que os vinhos adquirem quando são envelhecidos por muitos anos na madeira. Nós definitivamente subestimamos a versatilidade e a nobreza de um Jerez.

Pode ser realmente muito difícil para algum fanático por vinhos nos dias de hoje pôr as mãos em algum exemplar realmente antigo. Os comerciantes de vinhos finos e as casas de leilão gostam de manter etiqueta em cada caixa de clássicos amadurecidos como Porto e Bordeaux, e coleções de garrafas mais antigas de outros tipos de vinho dificilmente existem. Alguns produtores da Borgonha, como Mme. Bize-Leroy e Jadot, têm coleções sérias de safras antigas, embora essa prática tenha pouca continuidade na maioria das outras regiões. Champagnes envelhecidos podem ser deliciosos, mas não é um tipo de vinho feito para envelhecer. Houve um grande alvoroço no final dos anos 1970, quando alguém convenceu a família Touchais, da Anjou, a liberar o estoque de brancos finos e antigos do Loire e se alguém um dia oferecer a você um vinho doce, mas ácido, de cor dourada que tem um cheiro agradável de palha molhada e mel, posso apostar que irá se tratar de um dos vinhos da coleção de mais de mil garrafas de Anjou Rablay 1928, engarrafados pelo restaurante de frutos do mar Prunier, em Paris, e leiloado pela Christie's em 1982. O velho Monsieur Prunier comprara esse vinho em quantidade, mas se viu roubado pela depressão econômica e pela moda dos vinhos secos.

Grande parte das regiões fora da França, do vale do Douro, de Jerez e Madeira simplesmente não têm a mentalidade histórica para preservar garrafas excepcionais. Mesmo as duas grandes regiões da Itália, Piemonte e Toscana, têm sofrido (ou talvez se beneficiado) com a enorme revolução na vida dos vinhos atuais. Uma degustação histórica de vinhos antigos da Toscana, no começo de 1996, só mostrou o quanto as coisas estão melhores hoje do que no começo do século passado. Outra degustação vertical histórica, bastante inusitada, desta vez de Rioja, naquele mesmo ano, conseguiu colocar em campo duas garrafas de 1871, uma das quais estava em excelente forma – mas a bodega Marqués de Riscal é uma exceção na Espanha. O Marquês, um diplomata espanhol que aprendeu uma ou duas coisinhas sobre vinho quando atuou em Bordeaux, praticamente criou o Rioja quando a filoxera devastou a região francesa. A maior parte das regiões vinícolas, mesmo as européias, não têm longas histórias para contar. A idéia de fornecer aos consumidores internacionais garrafas provenientes do mundo todo para serem mantidas em suas adegas é relativamente nova.

Tive sorte de provar um ou dois vinhos antigos sensacionais de regiões que consideramos, em diferentes graus de precisão, novas em produção de vinho. André Tchelistcheff, avô da moderna indústria californiana de vinhos e o homem-do-vinho mais sábio que já conheci, trouxe certa vez duas garrafas extraordinárias de vinho tinto antigo californiano para tomar durante um jantar conosco em Londres. O "Calwa" Hillcrest Cabernet 1916 estava decrépito e poderia ser usado para temperar nossas saladas. Mas o Inglenook 1943 Cabernet Sauvignon estava simplesmente extraordinário. Todos que estávamos à mesa – Hugh e Judy Johnson, Helen Thomson da O. W. Loeb, James Rogers, Sally Clarke e nós – fomos privilegiados por ter nossos paladares expostos àquela garrafa histórica, em cuja elaboração Tchelistcheff tivera participação decisiva.

Como outra garrafa histórica do Napa Valley Cabernet consumida àquela mesa, a Beringer 1937 não era uma cópia de Bordeaux, mas definitivamente um vinho californiano com uma densidade de encher a boca e um tempero que provava que, como os grandes médoc, essa combinação específica de uva e lugar pode oferecer vinhos não apenas duráveis, mas que continuam a crescer depois de aprisionados por anos em uma garrafa. Na verdade, não consigo pensar em nenhum outro lugar no mundo mais adequado para se produzir vinhos duráveis tipo Cabernet do que o Napa Valley – fora, é claro, os lugares mais privilegiados de Bordeaux, em Médoc e Pessac-Léognan.

Os melhores vinhos tintos australianos que cruzaram o meu caminho, graças, em grande parte, a Len Evans e também a um jantar organizado por um generoso colecionador de Melbourne para Nick e eu em 1988 não eram tipo Cabernet Sauvignon, mas Shiraz, ou melhor, Hermitage como era chamado na Austrália, antes dos australianos darem de cara com o orgulho francês e o sistema de *Appellation Contrôlée*. Seus vinhos massivamente quentes, com cheiro mineral, estão a milhões de quilômetros da austeridade intelectual de um Cabernet fino. Freqüentemente penso em como o vinho desperta os sentidos, o olfato, em particular. Entre os brancos, o chardonnay envolve o degustador em uma nuvem, enquanto outras variedades mais aromáticas, como o Riesling e especialmente o Sauvignon Blanc, cortam como um florete. Do mesmo modo, o impacto do Cabernet é cortante, mas os australianos antigos são mais fumegantes, embaçados por um prazer sensual, uma nuvem de poeira do deserto. A jóia da Penfolds é o Bin 60A 1962, um vinho que foi ainda maior que o Penfolds Grange Hermitage 1955, servido logo antes, na memorável retrospectiva de australianos de Len Evans em Londres, em 1993 (inspirada na sua irritação com muitos escritores ingleses que classificavam os vinhos australianos como corredores de curta distância, ao invés de longa).

O Bin 60A é um vinho para confundir todos aqueles agarrados ao conceito de que todos os grandes vinhos devem necessariamente expressar a característica de um lugar no globo, já que possui um corte de uvas que crescem a mais de trezentos quilômetros umas das outras, em Barossa e Coonawarra. O perfume se espalhou pela suíte de hotel onde o provamos. Tão bom quanto a garrafa do famoso Lindermans Bin 1590 1959 (que nomes prosaicos!), da própria adega do Len, o melhor vinho que o Hunter Valley jamais produziu. Muito, muito rico, esse vinho feito principalmente de Syrah, poderia conter também Pinot Noir, embora essa uva não se adapte ao vale escaldante. Ganhou muitos prêmios nas classes "Claret" e "Borgonha" nos eventos de vinhos australianos.

Não provei nenhum outro grande vinho de nenhum outro país do Novo Mundo, mas a safra de 1959 certamente ofereceu sua justa parcela de emoções no hemisfério norte. Duas surpresas que cruzaram meu caminho foram os vinhos espumantes da Huet de Vouvray, no vale do Loire: um espulmante cor-de-rosa descoberto por Danny Meyer, para o seu Union Square Café em Nova York (onde sempre encontro vinhos novos) e o outro, um Huet Mousseux 1959 milagrosamente dourado, apresentado pelo dono do restaurante RSJ, em Londres, um fanático por vinhos do Loire, quando fomos jantar lá, no verão de 1992. Tínhamos acabado de estar em uma festa oferecida por um colega do *Financial Times* que, diferentemente do jornal tão determinado em ser discreto, escolheu servir coquetel de Champagne. O que era extraordinário a respeito desse antigo resquício borbulhante do Loire, é que ele ainda tinha toda a doçura e força de um coquetel de Champagne, mas, neste caso, era produto de uvas supermaduras, saborosas, ao invés da adição de conhaque e açúcar.

Outro grande 1959 é o Château Latour, um vinho clássico que gentilmente me seguiu durante o final dos anos 1980 e começo da década seguinte, de forma que eu pude monitorar seu grandioso progresso. O sabor mantinha a essência de jovialidade do château, quando fui até lá para escrever uma matéria sobre os cortes que seriam usados na safra de 1987 (o diretor da Pearsons de então, Alan Hare, me acusou de ser responsável pelo 1987 não-tão-maravilhoso, porque eu os havia distraído durante o processo de seleção). Identifiquei a *magnum* servida às cegas em 1991 como um excelente Bordeaux muito jovem (foi seguido por outro Vouvray 1959, uma versão doce e suave da Marc Brédif que, de tão bom, acabou ficando à altura das trufas de chocolate de Sally Clarke). Uma garrafa servida em um jantar três meses depois havia sido decantada cedo demais para impressionar, mas uma garrafa trazida para o nosso jantar abençoado, em fevereiro de 1992, estava divina – *muito* mais evoluída do que a *magnum* de doze meses antes. Absolutamente magnífica. Bastante concentrada e majestosa na profundidade de cada camada de sabor.

Em outro jantar, organizado por um homem que hoje é responsável pela Football Association, foi servido o Krug 1959, o vinho cremoso que provamos quando fomos visitar os Krug no ano de nosso casamento. O vinho se mostrou o melhor da coleção de Champagnes Krug das safras terminadas em 9, apesar de um 1929, ainda cheio de juventude espantosa, ter chegado perto.

Esses são alguns dos melhores líquidos extraídos de uvas cultivadas por gerações passadas aos quais meu nariz e minha boca foram apresentados. Nem todos os vinhos antigos são bons vinhos, e não há nada mais triste do que um vinho decrépito. Conheço uma ou duas coleções baseadas em envelhecimento e já fui convidada várias vezes a compartilhar muitas garrafas passadas do momento de serem bebidas, o que me deixa um sentimento de tristeza e desencanto. As condições de armazenamento são tão obviamente importantes quanto as expectativas. Os profissionais do vinho que se deparam com garrafas veneráveis regularmente são confiantes a respeito de garrafas decepcionantes, mas sinto uma grande responsabilidade quando um amigo – um real, não alguém do meio dos vinhos – me convida para compartilhar uma garrafa muito especial, possivelmente a garrafa mais especial que ele jamais provará na vida. Será que a garrafa vai ter o desempenho esperado? Será que eu vou?

Dois amigos escritores, Alex e Linda Finer, já eram casados quando os conheci em 1970 e agora moram por aqui. Eles gostam de comer e beber bem, mas jamais sonhariam em comprar algo com um preço tão estratosférico quanto um Château d'Yquem para consumo próprio. No entanto, quando se mudaram para um novo apartamento em Hampstead, no começo dos anos 1970, e descobriram que o antigo proprietário tinha deixado uma garrafa de Yquem 1945, não foram tolos de jogá-la fora. Tampouco foram pobres ou nada românticos a ponto de vendê-la. Ao invés disso, disseram que iriam guardá-la para uma ocasião especial, o nascimento do primeiro filho, talvez. Eles esperaram por essa criança, com grande determinação, por mais de vinte anos, o que não fez mal algum ao vinho, exceto que aquele líquido doce, denso, guardado horizontalmente, começou a vazar pela rolha. Alex pediu meu conselho para resolver o problema, mas foi num horário por demais tardio para que eu desse o devido valor à gravidade do problema, e eu falei, alegrinha, para manter a garrafa na horizontal, quando deveria tê-lo aconselhado a colocar uma nova rolha ou, no mínimo, a colocar a garrafa na vertical. Num domingo ensolarado de 1994, quando oito de nós nos reunimos para comemorar a conclusão do arrastado processo de adoção, a garrafa estava apenas quatro quintos cheia. A rolha estava viva, com brocas ou alguma outra forma de vida selvagem. Nem preciso dizer que se desintegrou completamente quando foi extraída. Nenhum técnico em alimentos poderia sequer sonhar em consumir o líquido sob ela. Nenhum amante de vinhos conseguiria pensar em fazer outra coisa.

No fim das contas, o Yquem é um vinho tão robusto que parecia completamente intocado pelo ar e pelos fungos aos quais tivera sido exposto. Alguns dos outros convidados não eram tão fãs de vinho doce, e devem tê-lo achado muito cremoso e melado. Mas eu estava totalmente fascinada por sua riqueza e concentração. Seu truque era conseguir combinar a textura do mel, mas sendo um vinho. Na realidade, era fascinante provar aquela delícia dourada do fim da guerra olhando o pôr-do-sol sobre Hampstead Heath enquanto beliscava o patê de *foie-gras* que eu trouxera especialmente de Bordeaux (de onde mais?) no começo daquela semana. Uma experiência rica em todos os sentidos, a qual achamos tão agradável, que abrimos o Rabaud Promis 1960, uma garrafa "estepe" que eu trouxera – com alguma culpa – para o caso do Yquem estar estragado graças ao meu conselho descuidado. Esse evento especial reuniu todos os elementos necessários para degustar uma garrafa especial: baixas expectativas, alguma comida deliciosa, sem gastos enormes, grande companhia e uma boa desculpa. O resultado disso? Felicidade.

XXI
Livre de Amarras

O padrão da minha vida profissional mudou drasticamente a partir do minuto em que entreguei o *Companion* – ou pelo menos no minuto em que terminei de responder as dezessete páginas de perguntas dos editores extremamente educados da Oxford University Press. Ao invés de passar quatro anos curvada sobre um processador de textos, de cara lavada, de *leggings* e camiseta, eu seria libertada para o mundo do vinho, maquiada, na maior parte do tempo, com o cabelo recém-penteado e roupas monitoradas pelo orçamento oficial da BBC. A Eden Productions estava prestes a embarcar em seu projeto de longe mais ambicioso: uma série de dez episódios filmada em todos os lugares produtores de vinho, orçada em £1 milhão. O projeto dependia não apenas do apoio financeiro da BBC, atrelado a um livro para a BBC, mas também de uma grande fatia daquilo que Nick tinha ganhado ao vender o L'Escargot. Era uma situação totalmente diferente daquela em que eu era apenas uma apresentadora do *The Wine Programme*. Estávamos arriscando uma parte considerável do nosso dinheiro e, além disso, iríamos trabalhar como produtores. No meu caso, tinha a estranha sensação de ser o títere e o titeriteiro, ao mesmo tempo. Sabendo que seríamos responsáveis por todo e qualquer pedacinho do filme, por exemplo, me deixou mais louca do que nunca para fazer tudo direitinho.

Embora parecesse ousado e dinâmico, esse projeto era, mais uma vez, inteiramente reativo. A maioria dos projetos de televisão nascem durante um almoço, mas esse quase morreu em um, no Clarke's, em 1990, com Alan Yentob, administrador na época da BBC2. O objetivo do encontro era discutir a série com blocos de dez minutos, chamada *Vintner's Tales*, mas, sob uma suculenta garrafa de Au Bon Climat Chardonnay Reserve 1987 do sul da Califórnia, Yentob me perguntou um tanto triste se não havia algum projeto mais substancial que eu gostaria de começar a planejar também. Naquela altura, senti que o *Vintage*, o programa de abordagem histórica e internacional de Hugh Johnson tinha atrapalhado um pouco os planos para algo grande e nobre – e, além disso, eu sabia que tinha o *Companion* para terminar. Então, declinei.

Passou, portanto, mais de um ano, agosto de 1991, até que o *Jancis Robinson's Wine Course* nascesse, novamente a partir de um estímulo externo. Em um dia quente de verão no Languedoc, atendi o telefone no nosso *hall*, onde fazia eco, e me dei conta de que se tratava de alguém da BBC Wales sugerindo uma série de programas abordando as variedades de uvas. A idéia de Barry Lunch era uma criação brilhante, que acabou nos permitindo, num único programa, visitar mais de uma região – e, dessa forma, variar a locação, a arquitetura e o clima. Também iria refletir minha paixão por variedades de uvas e minha convicção de que conhecer as uvas mais importantes é o caminho mais fácil para aprender alguma coisa sobre vinhos. Graças a mudanças da equipe, à estrutura labiríntica da BBC e à atordoante dificuldade de conseguir financiamento para produções de TV internacionais, levaria mais de dois anos e meio até que começássemos finalmente a trabalhar no *Wine Course*. Mas, por mim, tudo bem.

O conflito entre o Novo e o Velho Mundo dos vinhos estava chegando ao ápice num *timing* perfeito para a nossa série. Inevitavelmente, isso virou o tema principal de muitos dos episódios. Mas, antes que pudéssemos embarcar em nossa viagem de doze meses de filmagens, tentando capturar o máximo possível da safra de 1994 no hemisfério norte e da de 1995 no hemisfério sul, tínhamos a tarefa de encontrar escritórios e contratar equipes para o programa. Escolhemos o sócio de um amigo nosso como produtor/diretor. Até então conhecíamos

David Darlow como alguém sempre apto a produzir um recibo ou uma nota que se adequasse a qualquer data e locação para qualquer um que precisasse justificar suas despesas. Ele se tornou um produtor de programas de TV igualmente confiável e chamou Tony Bulley, um homem suave, para ser diretor-assistente, para nos consolar, quando ele endurecesse. Nossos preciosos metros e metros de filme ficaram sob a responsabilidade do respeitado *cameraman* Ernie Vincze, que veio com histórias sobre ter trabalhado com Merchant Ivory e feito filmes sobre antropologia, que envolviam dormir em redes com os nativos civilizados da selva amazônica. Nós o alertamos para o fato de que o *Wine Course* seria bem menos emocionante do que suas aventuras. Mas, depois da minha primeira viagem de pesquisa à Austrália, eu mesma já não tinha tanta certeza.

A primeira das sessenta e tantas viagens necessárias para fazer o programa começou com um ensaio de pré-filmagem às seis da manhã, num dia no começo de março de 1994, no aeroporto limpo, quente e com cheiro de eucalipto de Adelaide. Essa é uma cidade tão insignificante para aqueles que, diferentemente de nós, não estão interessados em vinhos e artes, que o estacionamento do terminal internacional é normalmente fechado exatamente uma hora após a chegada de cada vôo.

Esse primeiro dia da minha viagem de pesquisa foi dedicado a me acostumar às nove horas de diferença de fuso horário, portanto não tinha pressa alguma. Decidi pegar o ônibus para a cidade e descobri que o motorista era um daqueles australianos típicos, que, na verdade, tinham vindo da Inglaterra há apenas cinco anos, mais ou menos. "Aonde você vai?" ele me perguntou. "O Hyatt Regency? Oooh! Upa-lá-lá! Eles são tão insuportáveis lá... até os funcionários comentam." Aí ele assumiu um sotaque que eu supus ser dos australianos finos: "Nenhum dos nossos clientes usa os ônibus convencionais. Aí eu digo a eles: vocês costumam limpar seus traseiros depois que vão ao banheiro? Pois eu sim!" Enfim, isso era a Austrália.

Um mochileiro alemão subiu no ônibus e ofereceu sua menor nota, de cem dólares australianos, para pagar a passagem, que custava quatro dólares. "Esse é um mau começo da sua viagem a Adelaide, meu caro", disse o motorista, balançando a cabeça. "Sei que não é sua culpa. É da menina que faz o câmbio. Aquela lá é burra como uma porta."

Perguntei se a localidade de Glenelg, no subúrbio da costa de Adelaide, ficava longe do aeroporto. "Nem um pouco, senhora, posso acertá-la com meu mijo", ele respondeu, completando com um toque de orgulho: "Desculpe, mas nós, australianos, não medimos as palavras". Curiosamente, ele mediu, sim, quando fez um comentário sobre uma praça no centro da cidade, Victoria Square, com sua imaginável concentração de aborígenes desabrigados. "Cuidado!" ele nos alertou, "os aborígenes fazem suas necessidades a céu aberto". Finalmente, depois desse colóquio, ele me deixou no ponto de ônibus do outro lado da rua, insistindo em carregar minhas bagagens pela avenida North Terrace, com seis faixas de tráfego pesado. Os homens australianos não são nada se não forem pragmáticos, diretos e *muito* não-europeus.

Não poderia haver contraste maior com os australianos que filmamos: relaxados, quase fleumáticos (eles ficariam *passados* se fossem pegos fazendo algo tão formal quanto pôr uma mesa). Diferentemente da hospitalidade que encontramos na Alemanha, um dos nossos primeiros locais de filmagem. A tensão é inevitável na primeira vez em que uma equipe sai junto no primeiro dia de um longo projeto que envolve árduas jornadas, condições precárias, mudanças de planos, tempo imprevisível e uma apresentadora – especialmente se o *cameraman* e o diretor nunca tiverem trabalhado juntos, porque essa é uma das relações mais cruciais e íntimas, embora obscura.

Logo na primeira semana de filmagens, em maio de 1994, fomos apresentados ao estilo brutal (ou seja, sem almoço) de direção de David Darlow. Havia um nervosismo e o ar fervilhava quando começamos a filmagem, em Epernay, em Champagne, ou melhor, vários metros abaixo dela. Quando David voou de volta para Londres com os rolos preciosos de filmes na bagagem de mão, o resto de nós cruzou a fronteira da Alemanha para a segunda semana de filmagens que seria a primeira experiência de Tony Bulley trabalhando com o *cameraman* Ernie Vincze.

Teria sido suficientemente difícil sem o helicóptero. Tony é um excursionista afiado, tão esmerado em planejamento quanto na leitura de mapas, e tinha passado boa parte da sua semana de pesquisa calculando os melhores ângulos panorâmicos. Ele tinha encontrado um terraço próximo a um castelo em ruínas no topo de uma montanha com vista para o Mosel, e, acertadamente, achou que daria uma ótima seqüência de abertura se Ernie me filmasse falando para a câmera, a partir do terraço, para depois abrir para o céu, circulando a torre e por sobre o rio tortuoso e suas margens íngremes. David estava a mil. Esse foi apenas o começo da empreitada que ele e Tony fizeram para transformar nossa série sobre vinhos em um programa cheio de transporte: balões de ar quente, aviões antigos, trens, um iate, um caiaque, cavalos, mulas, motocicletas, *jet skis*, uma ambulância da Primeira Guerra, todos os tipos de automóveis, incluindo conversíveis esportivos com câmeras na lateral e um caminhão de doze rodas para viagens a longa distância. Tudo isso era posto em ação, em nosso nome, já que David e Tony estavam frustradíssimos por causa do estado essencialmente imóvel do vinho (eles acabaram produzindo séries sobre desastres aéreos e guerras, respectivamente. Com certeza devem ter sentido falta do vinho, então!). Os helicópteros são particularmente difíceis, porque são muito caros para alugar e muito perigosos. Tanto Tony quanto Ernie haviam perdido amigos em acidentes com helicópteros recentemente, e eles conversaram longamente a respeito na véspera da filmagem, para se preparar para a façanha.

Não estava preocupada até aquela engenhoca frágil se aproximar do terraço. Parecia haver um par de pernas pequenas penduradas em um lado completamente aberto. Aquelas pernas pertenciam a um *cameraman* extremamente caro de quem a série dependia – e logo no começo da empreitada! Aparentemente os *cameramen* são amarrados com algum tipo de arreio, mas eu só soube disso bem depois. Eu só achava que tudo aquilo era uma loucura, e parecia estranho ficar falando intimamente sobre minha grande paixão pelos Rieslings para um baita helicóptero a alguns metros. No final, a filmagem ficou ótima, e teria ficado melhor ainda se o sol tivesse resolvido brilhar naquele dia, mas foi uma experiência de tirar o fôlego para todos nós, que envolveu distância, perigo físico e *walkie-talkies* (que os franceses, depois vim a saber, chamam de *talkies-walkies*).

Estávamos todos tão cansados, física e emocionalmente, da rigorosa rotina de filmagens na Alemanha, que estávamos longe de ser os melhores candidatos para a formalidade da hospitalidade alemã. Até alguma coisa com a promessa de ser um "jantar muito casual" *chez* Ernie

Loosen, o "garoto rebelde" da Bernkastel, acabou sendo algo que envolveu uma toalha de mesa branca magnífica, pratos negros gigantes, uma legião de taças de cristal enormes junto a cada assento. Houve algum mal-entendido sobre exatamente quantos membros da nossa equipe de seis viriam e, toda vez que a campanhia tocava, Ernie fazia um esforço imenso para não parecer surpreso, enquanto sua esposa Eva subia e descia as escadas para abrir mais caixas e, assim, poder, com o máximo de discrição, pôr mais um lugar à mesa, digno de uma revista de decoração. Fomos bebendo safra após safra, incluindo um fino Pinot da Califórnia da Williams Selyem (a quem filmaríamos três meses depois), mas, continuávamos sentados, um tanto desajeitados, ao redor da toalha branca da mesa.

A toalha branca parece determinar a vida social alemã. E cadeiras de espaldar reto também. Você pode passar uma semana inteira no Mosel, na casa de alguns dos produtores mais prósperos sem pôr os olhos num sofá ou numa poltrona, ou qualquer coisa mais confortável do que aquelas cadeiras acolchoadas. Você senta reto e não relaxa. Até o salão de Ernie Loosen consistia em duas mesas grandes, cobertas com toalhas de mesa, cercadas pelas cadeiras de jantar.

Alguns dias depois, quando o Dr. Manfred Prüm convidou a mim e à incansável pesquisadora Robin Eastwood para um jantar, sabia que não deveria convidar mais ninguém para ir junto. O entusiasmadíssimo Manfred e sua esposa loura, de trança, Amei Prüm, são os atuais guardiães de uma das propriedades mais admiradas e invejadas de Mosel. A J. J. Prüm fica ao lado do rio verde calmo, na vila de Wehlen. De um grande terraço em frente àquele casarão de pedra do século 19, dá para ver além do rio a colina azulada que abriga o famoso vinhedo de Sonnenuhr [relógio de sol] e o dito cujo, que um dia já foi bastante utilizado pelos trabalhadores dos vinhedos. Basta uma olhada para a casa para saber que aquele não é um lugar onde as pessoas entram e saem a qualquer hora.

Robin e eu estávamos ansiosas para fuçar a famosa adega do Dr. Prüm, mas tivemos que dirigir do local de filmagem em Rheingau para chegar lá. Graças à síndrome do "só mais uma ceninha" e a um caminhão de cerveja particularmente imenso na estrada, chegamos ao castelo Prüm com uma hora de atraso. Por uma hora, os Prüm ficaram sentados em seu salão com o outro convidado, o escritor Stuart Pigott, em cadeiras de espaldar reto ao redor de uma bela toalha de mesa bem passada, na qual foram dispostos cinco taças delgadas e um descanso prateado para vinhos. Durante uma hora eles conversaram e ficaram olhando para as taças vazias, brilhantes, que acenavam para eles. Para ingleses sedentos, tamanha polidez e contenção pareciam fisicamente impossíveis.

Quando finalmente chegamos, Manfred foi encantador: "Vocês tiveram um dia muito estressante?" perguntou com seu jeito sorridente. Ele nos guiou por um corredor em estilo vitoriano, com chifres de cervos pendurados, até o salão. Fez as apresentações formais (Stuart nos olhando com um olhar compreensivelmente atravessado) e perguntou, como se de repente tivesse sido tomado por uma outra sensação, o que gostaríamos de beber antes do jantar.

Robin, que estava dirigindo e segue uma dieta muito rigorosa, estava provavelmente tentada a pedir um chá de camomila, mas mostrou uma certa contenção germânica. É óbvio que aquele homem, que faz alguns dos vinhos brancos mais duráveis do planeta e possui garrafas de dois séculos de vida na sua adega (incluindo dúzias do cremoso Beerenauslese), sabia exatamente por qual garrafa aquele suporte prateado estava esperando ansiosamente. O costume alemão é, assim como o dos borgonhenses ou dos ingleses na hora do chá, começar pelo pão com manteiga até chegar às tortas, neste caso, começar com um Kabinett seco e seguir numa lógica magnífica pelos levemente mais doces Spätlese e Auslese para o altamente carregado, com textura de mel, Beerenauslese e, em situações muito, muito, muito especiais, o super-rico-ultramaduro Trockenbeerenauslese.

Eu entendo a lógica da escalada de qualidade (e qualidade nos vinhedos gelados da Alemanha é igual a maturação) quando é preciso escolher uma ordem de vinhos, mas você tem que estar bem certo de que os vinhos da primeira seqüência não serão tão tentadores e que seus hóspedes estejam entusiasmados, para que a nuança da última e mais valiosa garrafa não se perca. Várias vezes reli minhas notas de degustações em casa, depois de um generoso jantar de vinhos na noite anterior e descobri que escrevi detalhes importantíssimos sobre o primeiro vinho, às vezes um jovem vinho mediano, mas me perdia nas informações a respeito do *premier cru* de trinta anos servido com o queijo. Às vezes se resumia a um prosaico "huummmmmmm".

Então, com o Dr. Prüm, que acreditava em alcançar o topo da montanha a partir da base, começamos com um Wehlener Sonnenuhr Kabinett da mais mediana das safras "recentes", a de 1977. O objetivo dessa garrafa era demonstrar que ele podia extrair, como que por mágica, elegância e frescor robustos a partir de ingredientes que, em outras mãos, produziriam um vinho aguado, mirrado. Uma conversa educada acompanhava a garrafa. Dr. Prüm acredita que o próximo vinho só deve ser servido depois de terminada a última gota do atual. Portanto, foi somente quando já estávamos na sala de jantar, decorada com brocados verdes, comendo salmão com panqueca de batatas, que nos serviram o Wehlener Sonnenuhr Spätlese 1981. Era um vinho jovem, com treze anos de vida, um puro-sangue com mais músculos que o Kabinett, talvez por ter sido feito com uvas maduras, colhidas tardiamente. Manfred estava provocando nossos paladares para a grande garrafa da noite, uma raridade antiga, feita com uvas ainda mais maduras, um Auslese da safra cinco estrelas de 1949. A sublime essência do Mosel latejou, prenhe de pêssego e damasco, mas com um fundo mineral. O vinho não foi servido com algo doce, tampouco tratava-se de um "vinho para conversar" (preciso dizer que Manfred não consegue distinguir bem essas duas palavras), mas com carne de cervos das colinas Hunsrück, a alguns quilômetros dali. Uma combinação sensacional que mostrou como o extrato do Mosel de alta qualidade compensa o baixo teor alcoólico dos vinhos, que às vezes são um terço menos alcoólicos do que a maioria dos demais vinhos.

Depois disso, o Beerenauslese 1976, extraordinariamente rico, com cheiro de pêra, não parecia pronto para ser servido ainda, mas mesmo assim foi belo, dançante e revitalizante. Amei, com sua bela trança sobre o ombro e seu sorriso de olhinhos apertados, nos ofereceu *sorbet*, sem muito entusiasmo, àquela altura, mas ela já não esperava que aceitássemos – nenhuma sobremesa poderia, em absoluto, melhorar a sensação daquele líquido maravilhosamente complexo. A Robin e eu voltamos contentes ao hotel, concordando que os garotos não teriam gostado tanto quanto nós.

*

A maioria das pessoas que filmamos no *Wine Course* eram pessoas que eu já conhecia. A filmagem serviu de desculpa para dar um rosto a nomes famosos como Aldo Conterno, na Barolo, e Alejandro Fernandez, na Pesquera, em Ribera del Duero. Mas havia uma figura na qual eu jamais tinha posto os olhos, tampouco tinha lido alguma coisa a respeito, mas sabia que, se conseguisse convencê-la a aparecer para as câmeras, ela seria uma estrela.

Parecia bastante improvável. Eu vinha tentando conhecer Madame Descaves há catorze anos. Quando vi pela primeira vez o nome "Maison Jean Descaves" em uma van que fazia entrega no Château Margaux, a veterana da comercialização dos Bordeaux tinha apenas 78 anos. A adega privada dos *premiers crus* tinha várias lacunas quando o château foi comprado pelos Mentzelopoulos em 1977 e, como era de costume, pediram ajuda para a fonte mais confiável e discreta, a comerciante mais antiga e discreta da região. É típico do modelo de comercialização da Descaves, que Madame Descaves conseguisse vender safras antigas do Château Margaux para o próprio proprietário.

Existem algumas pessoas que levam uma vida respeitável por tanto tempo que seus primeiros nomes simplesmente somem. Aqueles que brincaram com eles no pátio da escola já estão mortos há muito tempo. Seus amigos do começo da fase adulta também já partiram. Eles sobrevivem para ser reverenciados somente por aqueles que os chamam de Sr. Fulano, Coronel Sicrano ou Sra. Beltrana. Madame Descaves é um desses seres milagrosos, que nos dão a esperança de chegar à décima década com satisfação e prosperidade.

Ela tinha uma vida tranqüila, como convém a uma senhora de noventa e tantos anos[3].

Mas, desde a morte do seu marido, também comerciante de vinhos, no começo dos anos 1970, sempre foi assim. Ela odeia que pensem que está em busca de publicidade. Vive sozinha (*seule* e *métier*, um meiotermo entre um trabalho e um ofício. São suas palavras mais usadas) em

---

[3] Madame Descaves morreu em dezembro de 1999, aos 97 anos, dois anos depois da publicação original deste livro. N.T.

uma casa gigantesca sobre três depósitos em Cours de Médoc, na região de Chartons, que já foi uma das docas mais movimentadas de Bordeaux.

Desde a primeira vez que ouvi falar dela, achei que renderia um ótimo perfil, mas ela nunca tinha concordado em me encontrar. Sempre que eu lhe escrevia, recebia uma resposta muitíssimo gentil, escrita à mão, explicando que estava muito ocupada no momento, ou estava doente, ou qualquer outra desculpa. Quanto mais eu ouvia a seu respeito, mais intrigante ela se tornava para mim. Um comerciante inglês me contou que certa vez ligou para Madame Descaves para perguntar sobre a compra de uma grande quantidade de um determinado vinho. Eles discutiram o preço e Madame Descaves ganhou. "Posso ter um prazo para comprá-los, Madame?" ele perguntou. "Mas é claro!" ela respondeu. "E quando esse prazo vai expirar?" questionou ele novamente. "No momento em que eu desligar o telefone", disse ela firmemente.

Enquanto estávamos preparando o *Wine Course*, eu lhe telefonei de Londres, mas ela alegou que havia caído da escada de pedra que liga sua casa ao prédio onde trabalha e que, portanto, estava *trop villaine* (muito feia) para encontrar um estranho. Quando a Robin foi fazer a pesquisa em Bordeaux antes de chegarmos, eu lhe passei todos os detalhes sobre Madame Descaves, mas o mais perto que ela chegou foi conseguir entregar um buquê de flores na porta do Cours du Médoc.

Eu já estava conformada que nunca conseguiria uma audiência com o *monument historique* de Bordeaux, mas já ao final das nossas filmagens em Bordeaux, no dia antes de pegar o vôo para Londres um pouco antes do resto da equipe, achei que seria válido fazer uma ligação de última hora perguntando se ela poderia me receber na minha última manhã na região. Para meu espanto, ela concordou. Ainda não sei por quê. Na noite anterior filmamos um jantar no Château Margaux com alguns negociantes alemães que a conheciam por intermédio dos seus negócios. Eles me avisaram que ela me despacharia em três minutos ou me deixaria sair cambaleando do extraordinário escritório-salão depois de inúmeras garrafas de Champagne, a qualquer hora do dia.

Às 10h05 da manhã seguinte, fui solicitada a escolher entre Ruinart ou Laurent Perrier, e eu fiquei enfeitiçada por aquele ser extraordinário que podia afirmar ter 74 anos de experiência naquilo que está no sangue da cidade: o comércio de vinhos. Quase em delírio, abri a garrafa (Laurent Perrier, embora tenha sido uma escolha difícil) e servi o cremoso néctar matinal em duas *coupes de Champagne*. Aquelas taças rasas, amarronzadas, com entalhes estão bastante fora de moda hoje em dia nos círculos dos vinhos, mas fazem parte do universo da Madame Descaves, assim como o globo terrestre desatualizado e o fax desarmoniosamente colocado sobre a escrivaninha floreada do seu escritório barroco.

Madame Descaves trabalhou com seu marido, Jean Descaves, de seu casamento aos vinte anos até a morte dele. Não faria sentido, para ela, cambalear todos os dias até o escritório para folhear papéis durante uma hora, enquanto alguém mais jovem administra esse excepcional negócio. Ela vive sobre os depósitos que guardam seu inigualável estoque de 37 mil caixas dos "Grands Vins de Bordeaux Authentiques", como ela descreve na sua lista de preços. Quando você liga para a Maison Jean Descaves, é a voz brusca, masculina que atende. Como ela ostenta no seu cabeçalho à moda antiga, um tanto arrogante, "*Sans Engagement*", ela possui três linhas telefônicas e é capaz de manter uma conversação em duas delas ao mesmo tempo, com um visitante em seu escritório, enquanto deixa outro visitante de molho em outra sala.

"Então, o que você quer? Não tenho tempo de ler para você os meus preços. Doze *magnuns* de quê?" ela bufa em um pesado aparelho telefônico. "Então é uma *magnum* dupla de Pape Clément." Normalmente, o telefone é jogado na mesa no meio da negociação, enquanto ela se inclina sobre a lista de preços, murmurando os valores. "Tenho o 1982 por 725 francos. Ou você pode comprar o 1981 por 575 francos. Dinheiro ou cheque, tanto faz." Ela faz uma expressão triste quando tem que explicar ao cliente como chegar ao Cours du Médoc.

"Sou uma das maiores compradoras de *grand vin*. Os châteaux sabem que posso pagar. Nunca precisei de bancos. Os outros ficam com inveja porque eu pego sempre a primeira leva. Mas não gosto de publicidade, levo uma vida tranqüila. Não saio. Nem mesmo quando o barão Philippe de Rothschild me convidou pessoalmente para jantar. Minha receita para viver feliz é viver escondida." Ela lançou um sorriso orgulhoso para mim. Grande parte da conversa girou em torno do problema que mais a preocupa. Quem irá assumir os negócios depois dela? Ninguém da família Descaves está sequer remotamente interessado. Sete pessoas trabalham para ela, e essa sucessão é um dos tópicos recorrentes entre a aristocracia dos vinhos de Bordeaux. Ela vinha há algum tempo preparando um homem nos seus sessenta e poucos anos a quem se referia como *jeune homme*. Mas, para seu desapontamento, o Claret se provou um conservante menos eficaz para ele do que para ela. Ela falou que sempre estava sendo cortejada por companhias que tinham interesse em comprar sua firma. "Isso vai acontecer algum dia", disse, suspendendo os seios sob a roupa de seda. "Eu prefiro franceses a japoneses."

Ela descreveu como levou um tombo certa noite, rachando a cabeça de tal modo, que precisou de três transfusões. Foi encontrada pelo inquilino do segundo piso. "Se não fosse por ele, teria morrido naquela noite." Mas naquele verão de 1994 ela parecia absolutamente indomável, como uma bela senhora de 74 anos, e não noventa e tantos, apenas um pouco mais encurvada, e cabelo castanho, movendo-se decidida por seus domínios, alternando-se entre sua geladeira cheia de Champagnes e Sauternes, e o escritório externo onde Ingrid, ou "*ma petite*", tentava não se perder no meio da papelada gerada pelas técnicas de vendas de Madame Descaves.

Quando já tinha passado cinco minutos com ela, sentada e nervosa em frente à sua mesa, ouvindo um francês ao estilo Edith Piaf, dirigido ora a mim, ora às ligações telefônicas, e ora à mulher que de algum modo ganhou acesso à toca da Madame Descaves usando um pouco da solidariedade feminina (ela queria comprar uma garrafa especial para comemorar o aniversário do marido), eu estava em êxtase. Ela pode ter sido muito chata nos seus primeiros cinqüenta anos de vida, mas agora ela era um tesouro nacional, completamente segura de si, senhora do seu amado *métier*. Conhecê-la me deixou ainda mais frustrada por ela nunca ter aparecido, até onde eu sei, em algum filme.

Então, pouco antes de sair, e porque eu sabia que a equipe ficaria em Bordeaux um pouco mais, mesmo eu indo embora dali a algumas horas, resolvi arriscar mais uma vez. Para minha surpresa, ela consentiu não explicitamente à idéia de ser filmada, mas ao menos à possibilidade da equipe vir ao seu escritório naquela tarde. Eu sabia que aquilo significaria ter que rearranjar a agenda deles completamente, em pouco tempo, algo que tentávamos evitar, mas eu sabia que valeria a pena.

Após nossa despedida, depois que ela me puxou e pediu que a beijasse, dei alguns telefonemas, sob o efeito do Champagne e rezei para que David Darlow a achasse tão cativante quanto eu. E ele achou, é claro. O pesquisador naquela tarde era o charme em pessoa, com um francês perfeito, e conseguiu conduzir bem a entrevista por trás das câmeras. Mas Madame Descaves não precisava de nenhum estímulo. Sua personalidade e sua conduta atrás daquela mesa era tudo de que precisávamos para fazer uma das seqüências de filmagens mais arrebatadoras (no verão de 1997 ainda estava forte. Ela tinha vendido parte da sua empresa para um rival impecável, de forma a assegurar a continuidade do negócio após sua morte e, com sagacidade, respondeu à alta nos preços em Bordeaux comprando £250.000 dos vinhos que foram a base de toda a sua vida, em Londres).

Embora filmássemos esporadicamente por uma semana ou duas de cada vez ao invés de continuamente, conseguimos trabalhar quase que exclusivamente com o mesmo grupo fechado: um dos dois diretores; Ernie Vincze, o *cameraman;* e dois bebedores meio frustrados de uísque e cerveja, Jonathan Earp, seu assistente, e o responsável pelo som, Simon Clark. Como quase todos os técnicos, eles estiveram em todos os lugares, fizeram de tudo e ainda eram calmos, tranqüilos, difíceis de impressionar. Devido ao mundo do vinho ser cheio de personagens coloridos, eles ficavam constantemente intrigados com algumas pessoas. Mas um, em especial, realmente os agitou: Francis Ford Coppola, porque, para eles, o cineasta era um grande homem. Ficamos todos empolgados quando o diretor concordou em ser filmado em sua propriedade vinícola no Napa Valley. Isso adicionou um "quê" à nossa lista de entrevistados e expandiu a perspectiva de alguém capaz de ver a indústria de vinhos tanto pelo lado de dentro quanto pelo lado de fora.

Em agosto de 1994, num fim de tarde, saímos da Highway 29, em direção ao Oeste, e dirigimos por uma estrada enorme e poeirenta até chegar a uma casa grande, branca, do tipo que os americanos chamam de "Vitoriana", um modelo para as tantas cópias modernas de boa parte da Disneylândia, prensada contra as colinas do lado oeste do vale. Aquela era a antiga propriedade Inglenook, construída há mais de cem anos pelo comerciante finlandês que logo se tornou pioneiro do vinho, Gustave Niebaum. Foi comprada por Coppola em 1975 como casa para a família, com os lucros gerados pelo filme *O Poderoso Chefão*. Foi somente quando estávamos preparando o equipamento de filmagem na ampla varanda, antes da entrevista, que percebi o quanto todo mundo estava nervoso. Eles iriam se apresentar para um grande jogador no jogo deles. Gastamos boa parte do nosso precioso estoque de rolos de filme real, porque, como o diretor Tonny Bulley falou, indignado e deixando um longo espaço entre as três últimas palavras, "não vou usar *videotape* com o Francis Ford Coppola!" E o que ele faria com aquilo? Havia alguma chance de ele ficar tão impressionado com aquilo a ponto de convidar um deles para participar de um filme naquele exato momento? Eu poderia estar fantasiando, mas eles também estavam. Nunca os vi tão nervosos.

E houve outro problema que, para variar, dizia respeito a eventos sociais à noite. John Skupny, o então gerente da empresa de Coppola, a Niebaum-Coppola, havia convidado a mim, e "mais um", para ficar para o jantar no qual, me disseram, o cozinheiro seria o próprio Coppola. Era uma responsabilidade e tanto. O protocolo sugeria que o outro convidado devesse ser Tony, mas, por outro lado, ele vivia dizendo que tinha que ficar com os rapazes, e Robin, a pesquisadora, iria curtir tanto o jantar...

No final, fomos eu e Tony e, um tanto culpados, desejamos boa viagem aos outros, que teriam que dirigir de volta pela longa estrada e comer outro sanduíche de frango no Rutherford Grill, que ficava ao lado do hotel-fazenda fajuto onde nos hospedamos no Napa Valley durante as filmagens.

A entrevista foi bacana. Alguém teve a ótima idéia de colocar um belo vaso de rosas, uma porção de tomates-cereja e uma garrafa do melhor vinho de Coppola na mesinha ao lado das cadeiras brancas de vime. Noventa minutos depois da nossa chegada, meia hora depois dos nervos serem apertados ao máximo, Coppola apareceu no *deck* com uma camisa havaiana cor-de-rosa, discutindo os malefícios das etiquetas de advertência sobre os efeitos do álcool e a excepcional qualidade de vida do Napa Valley, influenciada, segundo ele, pelo *karma* presente da população indígena que habitou o local. Sim, a entrevista foi bacana. Ninguém cometeu erros graves, ninguém foi convidado a participar de uma produção mais glamourosa – mas a noite que se seguiu foi muito mais fascinante.

Antes de mais nada, Tony e eu fizemos o que todo visitante de vinícola faz: conhecer a vinícola. A vinícola da Niebaum-Coppola não era a exibição de nenhum arquiteto do final do século 20 ou uma viagem do ego do seu dono. Era ainda o celeiro original construído pelo próprio Niebaum. Surpreendentemente, havia domos no teto antes mesmo de Coppola adquirir a propriedade, e também alguns relevos ornados e dilapidados ao redor dos beirais vitorianos. Aquilo havia sido construído como protótipo de vinícola antes que o imenso château de pedra de Niebaum estivesse pronto, para desempenhar seu papel como vinícola Inglenook e, subseqüentemente, fora usado como estábulo e ponto de abrigo para as carruagens. Hoje em dia, metade daquilo tudo voltou a funcionar como simples vinícola, enquanto a outra metade abriga uma base de produção para os negócios de maior interesse de Coppola.

Dentro daquela extraodinária fábrica multiuso, as unidades de produção de filmes e roteiro eram separadas da vinícola por uma simples porta de vidro. Skupny afirmava notar a impressionante simbiose sempre que as trupes de atores chegavam. No começo, eles grudavam o nariz no vidro, observando os barris com curiosidade. Depois eles ficavam seriamente envolvidos, degustando e emitindo suas opiniões. O produtor e o responsável pelo vinhedo, por outro lado, podiam ser vistos facilmente carregando equipamento pela propriedade. Um outro celeiro está carregado de *souvenirs* da carreira de Coppola, incluindo algumas armas tribais do sudeste da Ásia para lembrá-lo de *Apocalypse Now*.

Para alguém que já conseguiu tanto, incluindo fama internacional e Oscars, ele era incrivelmente normal, sem a afetação de Hollywood. O Mount St. John, agora brilhando sobre nós no entardecer dourado do Napa Valley, era claramente uma boa troca por Beverly Hills.

Coppola então falou da sua intenção de ir até Pinewood ao final daquele ano para fazer uma versão em desenho animado de *Pinóquio*. Quando ele vai para Londres, ele se hospeda numa casa simples, mas estilosa, no Soho, que ele adora – especialmente o Bar Italia, um ponto de encontro de uma mistura heterogênea de futebol e viciados em cafeína. Ele pareceu um pouco chateado por não ter conseguido ainda seu cartão de membro do Groucho Club.

Na antiga vinícola de Madeira provamos, com vontade, amostras do barril dos robustos e descompromissados vinhos de 1993. Coppola saiu vagando por ali, provavelmente enojado pelas minhas cuspidas ("parece tão feio, nunca fiz isso", explicou com uma expressão aflita, mas ele tinha o tipo de postura que permitia essas demonstrações de dignidade). Sua perceptiva esposa americana-irlandesa, Eleanor, que é responsável pelo gerenciamento diário da propriedade, nos mostrou o sótão do celeiro, que havia sido totalmente isolado, forrado com um tapete Art-Deco e equipado com uma confortável sala de projeções e uma pilha de máquinas de edição que fizeram Tony chorar de inveja.

Tivemos que sair daquele teatro de sonhos e, relutantemente, voltar à casa, passando por uma casa de brinquedos de plástico no jardim, pela piscina, pelos eucaliptos aromáticos e pelo antigo carvalho inclinado e retorcido em frente à casa.

Na adega com piso de cascalho de Coppola, que ficava no porão da casa, nossa tarefa era encontrar um Inglenook Cask Selection Cabernet 1958, enquanto provávamos alguns exemplares da sua pequena produção de vinhos brancos, um Chardonnay neutro e o Viognier de segunda safra.

Finalmente retornamos à cozinha enfumaçada para dizer ao chef Coppola, naquele momento se inclinando sobre um caldeirão de água fervente, que estávamos prontos e, sim, ele poderia pôr a massa para cozinhar agora. Coppola, como cozinheiro de massas, sente-se muito à vontade. Um séquito considerável de amigos, familiares e colegas estava se ajeitando ao redor da enorme mesa na sala cujas paredes eram revestidas de madeira, que parecia não ter mudado nada desde os tempos de Niebaum. Coppola é muito italiano e louco pela vida em família. "Você deveria ter filhos", disse com severidade ao seu enólogo consultor Tony Soter, completando, para o meu bem-estar que "o único problema com a família é que você não os vê o bastante". Havia um grande retrato do seu filho Gio pendurado sobre a lareira principal. Ele tinha morrido num acidente de esqui aquático havia muitos anos. Os vinhedos que ficam exatamente em frente à casa foram batizados em sua homenagem.

Com o *rigatoni* ao molho de tomate veio o tinto da casa, e mais evidências da importância da família. A etiqueta do Coppola's Edizione Pennino Zinfandel foi modelada com base nos rolos de partituras que eram vendidas pelo seu avô materno, Francesco Pennino, assim que ele chegou nos Estados Unidos. Ele nos mostrou a coleção desses papéis já amarelados com muito orgulho. Dois diamantes – um deles trazendo a pintura da Baía de Nápoles, terra natal de Francesco, onde ele inicialmente deixou a mulher e dois filhos para buscar fortuna em Nova York, e o outro, a da Estátua da Liberdade – são unidos por uma faixa fina, uma alusão ao que no começo do século 20 representava a comunicação, não via telefone ou fax, mas através de cartas docemente dolorosas.

A mãe de Coppola, outrora *Signorina* Italia Pennino, vivia em um dos lados da grande casa branca e sentou-se do outro lado da mesa, em frente aos dois Tonys, eu e nosso anfitrião. Ela parecia ainda bastante lúcida e desejou um boa noite com real empolgação antes de subir as escadas (ela nasceu sobre o teatro da família, o Empire Theatre no Brooklyn; *Signor* Pennino tornou-se muito bem-sucedido no negócio de filmes e música, embora tivesse proibido todos os seus seis filhos de ir para Hollywood).

Aquele Zinfandel era exatamente o meu estilo de vinho: sincero, robusto, feito ao estilo das famílias italianas, com verdadeiro prazer. É o tipo de vinho que faz você se sentir saudável conforme vai bebendo. E a pungente história da família provavelmente acentuou o apelo. Em seguida veio o Rubicon 1979, a segunda safra assinada pela nova propriedade Niebaum-Coppola. O excelente tinto, um corte de Cabernet que tinha sido feito com a ajuda de André Tchelistcheff, hoje em dia alcança preços altos em leilões de caridade. Consigo imaginar esses dois homens inteligentes se dando extremamente bem, uma vez superado o efeito repressivo de suas admirações mútuas. Foi gentil Coppola ter mostrado suas safras recentes, não tão bem estruturadas quanto a de 1987 que provamos diante das câmeras, mas foi realmente muita gentileza abrir o Inglenook 1958, feito na mesma terra da atual propriedade Niebaum-Coppola e com uma fascinante história de engarrafamento. Essa maravilha suave e frutada foi servida com costeletas de cordeiro, alecrim, favas adocicadas e apetitosas vindas direto da horta, tudo elogiadíssimo, com toda razão, por FFC. Depois vieram muitos e muitos queijos (nada daquela *formaggiofobia* americana) e *biscotti* para acompanhar a *grappa* caseira (ainda com o rótulo não aprovado).

Coppola estava num humor expansivo. Ele dizia querer mais espaço para poder expandir suas filmagens, mas queria também realizar seu sonho de colocar a grande propriedade Inglenook, de Niebaum, em forma novamente. Frustrado por possuir somente parte do que já havia sido uma grande propriedade (como testemunha tínhamos a garrafa de 1958), ele queria o antigo château de pedra Inglenook, tão torturantemente próximo e agora praticamente abandonado mesmo, e os 65 hectares restantes de vinhedos. Ele me pediu para tentar convencer a Grand Met, a quem pertencia aquele quebra-cabeça, a vendê-la para ele e, assim, reunir novamente uma propriedade de mais de 120 anos de existência. Talvez essa tenha sido a razão pela qual eu havia sido convidada para o jantar. Talvez tenha sido por isso que nos ofereceram o 1958. Se foi por isso, basearam-se na compreensão errônea de que seria capaz de influenciar as pessoas que gerenciavam aquela gigantesca corporação multinacional com base em Londres. As intenções de Coppola eram obviamente nobres, no entanto, e ele estava sempre tão bem informado com o que era importante sobre vinho, que prometi que tentaria.

Skupny ergueu um brinde com sua *grappa* à certificação de "orgânica" dada à propriedade naquele exato dia – embora a propriedade tenha sempre sido administrada daquela forma naquele pedaço de chão quente e seco, onde qualquer excesso do famoso pó Rutherford, objeto da curiosidade de muitos amantes de vinhos, funcionaria muito mais como uma ameaça do que o tipo de peste e doenças dos vinhedos que necessitam de tratamento químico.

Tivemos ótimos momentos. Falamos um pouco sobre vinhos, muito sobre filmes e mais ainda sobre família. Coppola me conduziu a uma mesinha onde estava a fotografia de três mulheres: sua mulher, rodeada pela linda filha (hoje, ao contrário da tradição familiar, vivendo em Hollywood) e sua mãe irlandesa. "Veja o que a infusão de genes italianos faz às suas feições", ele exclamou, apontando para a mais jovem das três gerações.

Tony e eu percorremos o caminho até o hotel a pé, sob a névoa que se alastrava desde San Francisco Bay, cochichando sobre as histórias e observações de quem disse o quê para quem. "Não acredito que tive uma discussão com Francis Ford Coppola", disse Tony alegremente, "e eu disse a *ele* que filme é muito melhor que *videotape*".

Quando cheguei em casa, escrevi devidamente para o presidente da Grand Met, George Bull, sobre quem eu já havia escrito um artigo nos tempos da *Wine & Spirit*, para apresentar o caso de Coppola. Nunca obtive uma resposta, mas Coppola, num golpe de sorte, conseguiu o que queria três meses depois. Graças ao *Drácula de Bram Stoker*, pôde bancar a empreitada. Ele provavelmente não iria querer o manto, mas com suas posses atuais ele poderia se considerar ele mesmo um conde, *Il Conte di Napa*.

Viajar o mundo do vinho para fazer programas de televisão inevitavelmente tem suas vantagens, mas tem a enorme, e às vezes dolorosa, desvantagem de estar separada da família. Isso era inevitável durante um período, mas fizemos de tudo para que as filmagens nos Estados Unidos fossem agendadas para as férias de verão de 1994. Nick e eu conseguimos trocar de casa com uma família na República Popular de Berkeley, ao norte de São Francisco. Assim poderíamos passar quase três semanas por lá, com nossos filhos e velhos amigos antes da chegada da equipe de filmagens.

Esse era o plano, mas no final, lisonjeada por ter sido convidada daquele lado do Atlântico, eu acabei dedicando um fim de semana de nossa temporada em Berkeley para fazer outro programa, dessa vez para o canal americano de TV a cabo, Food Network. A idéia do *Grape Expectations* (*sic*) era apresentar uma versão de vinhos do popular programa de avaliação de filmes *Siskel and Ebert*. A cada meia hora, vinhos de três diferentes segmentos de preço eram provados e avaliados com um *Buy* [compra] ou *Pass* [passa] por um par de especialistas em vinhos. A TVFN decidiu que definitivamente queria que um desses jurados fosse uma mulher e argumentou, por mais estranho que possa parecer, que não conseguiram encontrar ninguém adequado nos Estados Unidos.

No caminho para a Costa Oeste, eu passei alguns dias de treinamento, esquivando-me do calor, em Nova York, onde fica a sede da emissora, aprendendo sobre café da manhã de negócios (no qual alguns clientes têm tamanha obsessão sobre o que eles consideram a melhor mesa, que acabam convencendo o *maître* a pedir a uma mulher sozinha para mudar de mesa num restaurante vazio) e pulando da Saks para a Donna Karan com um consultor de moda que escolheria as roupas que eu iria usar. Até hoje me arrependo por não ter me dado conta de que poderia ficar com as roupas. Se tivesse, teria me concentrado muito mais. Havia tão poucas datas disponíveis nas quais tanto eu quanto o meu co-anfitrião, Frank Prial, estaríamos livres, que toda a galera teve que ser trazida para a Califórnia, que era onde estávamos.

O plano era filmar treze programas, seis horas e meia de televisão, em um estúdio no sul de São Francisco, em menos de dois dias. Não era à toa que meus colegas do *Wine Course* desdenhavam dos horários apertados da TVFN, fazendo gestos de mãos imitando tesouras, como se estivessem cortando pedaços na sala de edição. Na série da BBC, dedicamos dezoito meses e quilômetros e mais quilômetros de filme precioso aos nossos dez programas de trinta minutos.

Certamente ninguém poderia acusar a equipe da TVFN de ter feito um super planejamento neurótico. Os detalhes do meu visto de trabalho haviam sido resolvidos meia hora antes de eu sair da nossa casa temporária em Berkeley para o estúdio. Os vinhos de que precisávamos como "ração" foram obtidos na última hora em alguma loja de São Francisco. E só às 19h30 do sábado – após nosso primeiro e longo dia de filmagens – quando percebemos que precisávamos de uma garrafa de um Champagne de alta qualidade para o programa de domingo, fizemos com que um vendedor de bebidas, que funcionava dentro de uma locadora de vídeos, ganhasse seu dia, comprando sua única garrafa de Dom Pérignon. Os custos com a produção não eram a maior das prioridades, e eu não lembro sequer de ter sido solicitada a fazer alguma coisa duas vezes – um contraste e tanto com o trabalho perfeccionista envolvido no documentário.

A grande atração daquele trabalho para mim era que muitas garrafas de vinhos realmente finos tiveram que ser abertas, graças à sábia insistência do diretor para que ao menos uma "garrafa dos sonhos" fosse aberta a cada programa. A parte de que mais gostei foi quando Frank, o nosso diretor inglês, Tony Hendra, que por acaso é um amante de vinhos, e eu bebemos os restos do Château d'Yquem 1970, do Domaine de la Romanée-Conti Grands Echézeaux 1991, do Château Latour 1981 e do Pavillon Blanc de Château Margaux de 1990 junto ao jantar de peixe de vinte dólares em Palo Alto no sábado à noite.

A filmagem real foi muito cansativa, especialmente para Frank, que não cuspia. Como tínhamos que provar duas dúzias de vinhos por dia, perguntei covardemente se poderia cuspir ao invés de engolir depois da degustação. Tony Hendra, saído da revista *Spy*, achou isso tão divertido que transformou a cuspideira de prata numa peça central do cenário, mas acabaria se arrependendo depois.

Durante o segundo dia, meu paladar foi exposto ao Château Pétrus 1988 (que vale centenas de dólares), Dom Pérignon 1985, Porto Dow 1996, Mouton 1966, Pichon-Lalande 1983, o fabuloso Hermitage 1990 Sizeranne da Chapoutier – e, oh!, um Cabernet Sauvignon da nova propriedade da Gallo (um "passo" de cinqüenta dólares, eu acho). Alguns desses vinhos tinham acompanhado nossa comida chinesa, entregue no próprio estúdio. Embora eu fizesse o máximo para cuspir os vinhos, ao final do dia me senti um bocado tonta com a sucessão de contrastes à qual tinha sido exposta de repente.

A tontura se transformou em descrença quando, ao final desse exaustivo fim de semana na escuridão do estúdio, eu fui conduzida (agarrando meu inesperado novo guarda-roupa) e piscando sob a luz do sol brilhante da Costa Oeste, para uma limusine de dez lugares que me levaria de volta para casa. Tenho certeza de que aquilo foi um mal-entendido por parte de um diretor de estúdio super zeloso, mas mal podia esperar para mostrar às crianças os assentos de couro negro, os decantadores de vidro ornado e tela de vídeo. Numa cidade universitária tão inteiramente natureba quanto Berkeley é provável que limusines enormes sejam sempre encaradas com suspeita, eu percebi, sorrindo. Azar deles! Ajeitei-me para curtir a vista através das janelas fumê, com o *skyline* de São Francisco brilhando por detrás da água azul do mar agitado quando cruzávamos a baía e as taças de Champagne batendo toda vez que passávamos por algum obstáculo na ponte San Mateo. Eu estava ansiosa para dar um banho na Rose, então com três anos, e pensando em como agradecer ao Nick por ter sido pai e mãe durante todo o fim de semana.

O ritmo de filmagens parece insano, e foi bastante cansativo, mas o que realmente atrasou as gravações foi a insistência do produtor executivo em colocar uma apresentadora de TV para servir nossos vinhos e, com uma dificuldade imensa, pronunciar seus nomes.

Quando viemos fazer uma segunda temporada do programa, em Nova York dessa vez (e sem roupa nova), ela havia sido dispensada e conseguimos terminar os catorze capítulos em um dia e meio. Eu ainda insistia em cuspir, mas Tony achou melhor não fazer disso uma atração. Quando as estações do meio oeste assistiram à primeira temporada, argumentaram que mulheres não cospem, especialmente na casa de estranhos, e exigiram uma cara reedição do *show*.

O único entrave é que, enquanto *Siskel and Ebert* fica mais movimentado quando os clipes de filmes são mostrados, a única diversão do *Grape Expectations*, além de ficarem nos ouvindo pontificar, era o momento no qual erguíamos as taças contra o fundo branco. Não exatamente o ápice de um drama, tudo bem. Fico mais surpresa quando conheço alguém que diz que adorava o programa do que pelo fato de não termos feito uma terceira temporada.

Após essa longa e divertida viagem aos Estados Unidos, tivemos tempo para ficar apenas duas semanas no Languedoc e mais alguns dias para preparar as crianças para o retorno às aulas antes de estar fora novamente, atrás das colheitas de uvas na França, no setembro especialmente chuvoso de 1994.

Odiávamos filmar na chuva. É molhado, deprimente, difícil e nada fica tão bonito quanto realmente é quando há luz abundante. Graças ao perfil do nosso programa, de comparar e contrastar o Novo e o Velho Mundo, esse clima infeliz ao menos acentuava as diferenças climáticas e adicionava um certo contraste às imagens. Precisei usar as botas de plástico de Henri Jayer (muito chiques, marrons) e fizemos grandes tomadas de apanhadores de uvas enlameados tomando banho de mangueira e meu guarda-chuva acabou se tornando um pouco uma das estrelas do programa.

Conforme o outono ia terminando, seguíamos filmando colheitas mais e mais tardias em regiões vinícolas cada vez mais frias, como em Ribera del Duero, Áustria e Piemonte – tudo na mesma viagem culturalmente confusa que foi quase abortada por um funcionário intrometido da Alitalia no aeroporto de Viena (como diabos poderíamos despachar nossas quarenta malas e submetê-las à inspeção da alfândega em menos de uma hora, pelo amor de Deus?!).

Na parte espanhola da viagem, eu mesma dirigi do aeroporto de Madri até a vila de Pesquera, nas estradas desertas que margeiam de cima a baixo a parte montanhosa. Fiquei fascinada por aquela paisagem de grandes vales pontuados de coníferas, cercados por rochas que parecem tão brutas que até deveriam ser lapidadas ou lixadas para parecerem mais aceitáveis. Onde quer que houvesse um assentamento, não se via um vestígio sequer de planejamento. O homem fez o que pôde para arruinar aquela paisagem, mas falhou completamente. As construções baratas pareciam tão temporárias comparadas ao trabalho da Natureza.

Quando cheguei ao platô do Duero, percebi que não precisaria ir até a América do Sul para encontrar vida camponesa à moda antiga. Aqui estava ela, na paisagem espanhola super dramática: cavalos ainda sendo usados como principal meio de transporte para cultivar o solo. Quando filmamos Alejandro Ferdandez de Pesquera era um feriado nacional. As ruas estavam tomadas por meninas em belos vestidos bem passados e sapatos brancos que brilhavam. Vi um senhor voltando para casa no horário do almoço com um grande garrafão de vinho em seu carrinho de mão.

O norte da Espanha parecia tão mais primitivo do que o norte da Itália, onde a visão correspondente era a de crianças em carrinhos enfileirados, sendo arrastados pelas lojas que vendem couro em Alba, tudo aberto até altas horas da noite, tanto as lojas quanto os olhos dos bebês.

Comemos admiravelmente bem no Piemonte, melhor do que em qualquer outro lugar das nossas filmagens. Todo pequeno café da vila acabava querendo nos servir prato após prato, cheios de estilo, até um momento em que tínhamos que pedir para que parassem com aquilo. De fato, facilitamos as coisas ao chegarmos exatamente no meio da temporada das trufas. O cachorro caça-trufas que encontramos para as filmagens pertencia a um homem que nos explicou como os cachorros precisam ser claros para que possam ser vistos na escuridão. Durante a noite, a hora de procurar trufas, as florestas são tão movimentadas quanto as autoestradas, como ele explicou com tristeza.

A idéia era que o produtor mais famoso de Piemonte, Angelo Gaja, e eu fôssemos filmados comendo trufas juntos (tudo bem, fazer o quê? eu disse), em uma tarde chuvosa de domingo. O primeiro restaurante que ele sugeriu ficava no antigo quartel-general dos fascistas, em Treiso, todo com pilares quadrados, tal qual a mandíbula do Angelo. Às quatro da tarde, o gigantesco salão do restaurante ainda estava lotado, crianças correndo de um lado para o outro e as avós, com mãos na cintura, assistindo a tudo, condescendentemente. Subimos no nosso carro e esticamos até a próxima vila, Neive. Angelo de repente levou as mãos à cabeça. "Por que não tinha pensado naquele lugar antes? É perfeito!" disse. "Há uma pequena loja de vinhos do outro lado da estrada, um lugar interessante, cheio de vinhos alemães". O lugar também estava cheio de turistas alemães, gastando uma fortuna em vinhos e trufas, pesadas em pequenas balanças. Os donos do lugar, amigos de Angelo, puxaram uma pequena mesa e rapidamente serviram dois pratos de risoto para nós no canto da loja. Ele deu as costas para o grupo de pessoas e começou a ralar grandes lascas de trufas brancas – que valiam uns trezentos dólares, eu calculei – no meu risoto. Sua resposta aos meus protestos quanto ao preço (eu estava sob o orçamento da BBC, afinal) foi um largo sorriso e um "seja *felice*, minha querida!" No minuto em que terminamos e Gaja se levantou, ele foi agarrado por compradores de vinhos suíços e alemães, angustiados pelas implacáveis portas de metal controladas por computador que guardam sua propriedade contra os visitantes sedentos.

Então chegou novembro. Era tempo de ir para a Austrália, aproveitar a famosa mostra de vinhos em Hobart, a pequena capital da Tasmânia. Mas antes filmamos vários dias na Nova Zelândia, agendados para aparecer no nosso programa sobre Sauvignon Blanc graças a Cloudy Bay e outros.

David Darlow foi para lá antes de nós para deixar tudo arrumado. Ele pôde nos cumprimentar numa saúde de fazer inveja, no exato momento em que saíamos arrastados do vôo mais nauseante que já tivéramos – num avião de quatro assentos que voava a uma milha a menos do que o máximo permitido – sobrevoando o estreito da Tasmânia a partir de Wellington, depois de um tortuoso vôo de 35 horas saindo de Londres (foi pior ainda para os fumantes dentre nós, que eram obrigados a apagar os cigarros a cada escala. Um deles, nossa produtora recém-noiva, tinha sérias dúvidas, na última parte da viagem, em meio a uma tempestade, se conseguiria sobreviver para realizar o seu tão sonhado casamento).

Na manhã seguinte, aquele sádico que contratamos como produtor nos atraiu para um bote no estreito de Marlborough, e estávamos trabalhando duro antes de perceber. Foi particularmente divertido quando a hélice do motor ficou presa nas redes de salmão e nós ficamos lá, sendo levados pelas correntes, longe da câmera e da equipe, que estava encalhada em pleno estreito, no meio de uma fazenda de salmões.

Voamos da Nova Zelândia para Hobart, Melbourne e Adelaide, onde experimentei a estranhíssima sensação de estar na Austrália sem o mal-estar causado pela diferença de fuso horário. Nunca tinha passado tanto tempo no horário da Austrália. Não encontrei o meu motorista de ônibus favorito, mas todos nós estávamos maravilhados por estarmos aproveitando aquele sol brilhante, fazendo uma refeição ao ar livre, em pleno novembro.

De volta ao inverno rigoroso de Londres, havia ainda a "pequena" tarefa de escrever um livro de trezentas páginas para acompanhar a série, mas os modernos processadores de textos deram uma forcinha – é como se eles fossem feitos para acalentar os autores com prazo definido.

No começo de março, parte da edição inicial do programa já havia sido feita. Eu, como uma pão-dura do Norte, estava me contorcendo porque quase noventa por cento de tudo que filmamos estava sendo descartado: normas de um documentário. Nós sabíamos, ou ao menos pensávamos que sabíamos, onde cada coisa se encaixava e o que queríamos extrair da nossa última locação, o exótico Chile na época da colheita de 1995. Tinha estado de passagem aqui, um ano antes, tentando encontrar candidatos para a nossa câmera, sem ter a menor pista daquele outro mundo que é a América do Sul. Como europeu, você se sente muito, muito distante aqui. E graças às diferenças de fuso horário e às comunicações relativamente precárias, você pode ficar incomunicável por tempos e tempos, especialmente se você se mete no interior, como nós.

Havia um clima de "férias chegando" no ar, estragado apenas pelo fato de Simon, que cuidava do som, ter sido fisgado para o Himalaia.

Portanto, não era o mesmo grupo que passou por tantos problemas e encarou tanto trabalho duro. Tony era o diretor desse último segmento, uma vez que David estava de volta à Austrália para capturar algumas cenas da colheita junto a outra equipe. Um jovem escritor britânico de vinhos, que estava vivendo há algum tempo em Santiago, Richard Neill, fez o papel de pesquisador e organizador, apresentando-nos a algumas contradições do país. Nunca imaginei que fosse ver alguém estacionar uma charrete puxada a cavalo no estacionamento da locadora de vídeos Blockbuster, mas isso reflete bem o estado da economia chilena quando visitamos o país. Os ricos estavam ficando muito mais ricos e os pobres estavam ao menos começando a experimentar algo daquilo que o final do século 20 tinha a oferecer.

Graças à mágica qualidade da luz no Chile, uma mistura de brilho e cintilação, conseguimos cenas maravilhosas e algumas músicas sugestivas. Conversamos com alguns personagens fascinantes (a maioria não-chilena, para o desgosto de Richard) e, certo dia, conseguimos filmar alguns belos cenários numa jornada pelos Andes que nos levou até a fronteira com a Argentina. Tony tinha ficado encantado quando fizera a pesquisa nesse lugar esquecido por Deus na semana anterior e tivera seu passaporte "saudado" por um oficial da fronteira: "Ah! Nick Leeson, certo?"

Foi bom terminar essa jornada longa e estressante em grande estilo, e fizemos questão que a última noite fosse de celebração. Lembrando daquele fabuloso Krug que tomamos na nossa última noite na Colômbia, onze anos atrás, eu também trouxera de Heathrow duas garrafas de Champagne, de surpresa, e as tomamos todos juntos no jardim subtropical do hotel em Santiago, antes de sairmos para o nosso último jantar. Mas, ao invés de parecer um néctar, o Champagne parecia estranhamente fora de lugar e inapropriado. Tentamos identificar os motivos, mas o fato é que todos estávamos enjoados de vinho por causa da terrível qualidade e condição dos vinhos servidos no Chile. Os chilenos equacionavam envelhecimento e qualidade. Se um vinho fosse amarronzado, estilo Jerez, então deveria ser bom. Eles eram extremamente desconfiados do sabor de fruta. Por isso, não valia a pena pedir as garrafas que eram oferecidas, mesmo em hotéis sofisticados como o Santiago Hyatt, onde as limusines se enfileiravam e os compradores da Oddbins se escondiam.

Acabamos voltando nossas atenções para uma alternativa local mais estimulante, os *pisco sours*. Pisco é a bebida nacional do Chile, um destilado aromático, transparente, feito a partir de uvas que têm um sabor maravilhoso, desde que misturado com suco de limões calcários do Chile e bebido no Chile. Naquela última noite, saímos pelo bairro de Bellavista, em Santiago, e saboreamos uma longa e perfeita refeição sul-americana (com muito milho e feijão). De lá, saímos pelas ruas agitadas, onde malabaristas, espetáculos de teatro amador e dançarinos transexuais aos montes podiam ser vistos. Passeamos, boquiabertos, até que finalmente nos sentamos num bar na calçada de uma encruzilhada num lugar seguro.

Já perto da meia-noite, Jonathan, o único da equipe que tinha estado presente em todos os dias em que filmei (Ernie tinha tido que voar de Bordeaux para ver a formatura do filho em Cambridge, por exemplo), virou-se para mim e falou: "Jancis, você parece triste". Então brotou o maior dilúvio dos meus olhos que só poderiam, eu acho, ser lágrimas. Eu assoava, e fungava, e esfregava o nariz, e me atordoava novamente até que o único chileno do grupo chamou um táxi para me levar de volta ao hotel. Chorei no caminho até o meu quarto, na cama até finalmente adormecer. Quando acordei na manhã seguinte, chorei mais um pouco. Não conseguia parar. Precisava desesperadamente de uma voz sã que fechasse aqueles dutos de lágrimas, então liguei para o Nick, em casa, em Londres. Mas nem ele nem as crianças estavam em casa. Minha mãe, em Cumbria, deve ter ficado muito surpresa por receber um telefonema lá do Chile, quando em algumas horas eu já estaria voando de volta para casa. Quando já estava no avião, não estava mais chorando, mas funguei o tempo inteiro e quando finalmente pousamos em Heathrow eu já estava bem, forte o suficiente para carregar junto à bagagem um cesto para roupa suja muito estranho que eu comprara de um artesão na beira da estrada.

Deve ter sido uma poderosa combinação de pisco, saudade de casa e o fato de ter me livrado daquele trabalho todo. Ficar me preocupando com tudo e com todos, sentindo-me tão terrivelmente responsável, deve ter representado um fardo maior do que imaginei. Finalmente, no entanto, parecia que tínhamos mesmo conseguido!

XXII
Cinqüentenários

É a chegada do novo milênio que está fazendo todo mundo ficar mais atento às comemorações? Ou é porque eu venho há tempos sendo uma parasita do negócio de vinhos que mais e mais pessoas me convidam para compartilhar suas garrafas especiais com elas? Realmente não sei. O que eu sei é que 14 de dezembro de 1995 foi um dos dias mais extraordinários da minha vida. Sir Cristopher Mallaby e sua esposa francesa eram tão empolgados com vinhos finos quanto se pode esperar do embaixador da França a serviço de Sua Majestade. No começo daquele ano, ele fora lembrado por Hugh Johnson e Peter Sichel que 1995 seria o qüinquagésimo aniversário da fantástica safra de 1945: uma colheita que produziu tantos vinhos finos por toda a Europa que foi considerada como celebração da natureza da paz que acabara de se estabelecer. Não seria uma boa idéia, eles sugeriram, organizar um jantar na sua magnífica embaixada em Paris, no qual alguns dos melhores 1945 seriam bebidos junto a representantes das nações mais importantes envolvidas no processo de paz e nós e, claro, alguns colegas?

Fiquei absolutamente emocionada por ser considerada uma colega, ainda mais que meu primo diplomata, Michael Arthur, outro tataraneto de James Forfar Dott, o tanoeiro, estava atuando em Paris naquela época, morando na bela casa na entrada do castelo, onde ficava a embaixada e onde eu poderia ficar hospedada.

Mas havia apenas dois problemas com esse encontro de sonhos. Um é que coincidiria com o almoço de Natal da cúpula da BBC. Isso parece ter pouco a ver com a história mas, se você é uma produtora independente de televisão e depende basicamente dos rendimentos proporcionados por uma das emissoras mais importantes do país, seu instinto diz para não recusar convites da BBC, especialmente um tão importante.

O jantar para celebrar os vinhos de 1945 estava agendado para começar às oito no centro de Paris. Em circunstâncias normais, mesmo com a hora que se perde voando de Londres a Paris, teria sido uma jornada tranqüila, da mesa de almoço para a de jantar. Mas – e esse era o segundo problema – estávamos em dezembro de 1995. Paris estava imersa em uma greve dos empregados da indústria como não acontecia em anos. O transporte público estava parado. Os jornais estavam repletos de histórias de pessoas que andavam cinco horas para chegar ao trabalho ou que dormiam nos escritórios, e engarrafamentos de mais de trinta quilômetros na periferia. Era impossível saber quanto tempo levaria do aeroporto até a embaixada, contando que o vôo que partiria às quatro da tarde não sofresse qualquer atraso.

Escolhi cuidadosamente uma roupa que servisse para os dois eventos. Cheguei no BBC Television Center propositalmente cedo, direto da reunião de fim de ano do Will, porque sabia que teria que sair cedo. Para meu horror, descobri nessa reunião anual, normalmente freqüentada por notáveis figuras dos programas da BBC durante o ano, que ficaria sentada no lugar de honra, ao lado do presidente do conselho de diretores, Marmaduke Hussey. Eu fiquei empolgada, sobretudo pelo seu bate-papo informal tão agradável, mas envergonhada de deixar um lugar vazio na mesa mais importante tão cedo. Por outro lado, como "Dukey" concordou, não seria muito difícil escolher entre ficar para o pudim de Natal da BBC e aumentar minhas chances de provar um Pol Roger 1945, o aperitivo previsto em Paris. Saí do Television Centre esbaforida para conseguir um táxi, tentando reconhecer que safra de Roilette Fleurie fora servida com o peru.

Graças a Deus, o vôo saiu no horário e tocou o solo nevado do Charles de Gaulle pouco depois das seis da tarde, horário francês. Apressei-me em direção à cidade dentro de um táxi me sentindo otimista. Durante a primeira metade do percurso tudo correu muito bem, mas depois de uns vinte minutos o trânsito parou totalmente. Parecíamos estar debaixo daquele anúncio da Grundig há horas. Motoristas de caminhão saíam de suas cabines para trocar histórias horríveis. Nos arrastamos em direção aos quarteirões de apartamentos na periferia da cidade. Eu imaginei que fosse chegar aos portões pesados da embaixada lá pela meia-noite, perguntando se eu poderia, por favor, entrar e beber o que tivesse sobrado no fundo das garrafas.

Lentamente, agonizantemente, a estrada de quatro faixas deu lugar aos boulevards de três. Os quarteirões de apartamentos altos deram lugar aos prédios habitacionais de seis andares que formam o centro de Paris. Eram 19h30 e eu estava avançando devagar para o centro da cidade, mas ainda a três ou quatro quilômetros do meu destino, pensei, depois de espiar através da escuridão as indicações no meu pequeno mapa de ruas. Paguei o número gigantesco de francos que apareciam no painel e desci na parte sul, o mais rápido que pude.

Andar era preferível do que ficar aprisionada dentro de um carro naquelas circunstâncias. Senti-me livre e triunfante quando cheguei aos portões da embaixada às 20h30, quase cedo, segundo os padrões franceses. Após largar minha pequena bagagem na cama da casa de meu primo, corri pelo pátio para a entrada principal, que para muitos de nós ficaria para sempre associada à queda de Margaret Thatcher cinco anos antes. Foi naqueles degraus que vimos sua reação às notícias de que uma votação crucial em Londres a havia rejeitado. Foi aqui que soubemos, e ela não, que tudo o que a esperava dali para frente, daquele momento em diante, eram discursos compridos e textos autobiográficos. Enquanto cruzava o cascalho, não resisti a dar uma corridinha do tipo "poderosa" balançando a bolsa, do mesmo jeito que ela fazia. Estava me sentindo ótima: tinha conseguido!

E lá estavam eles, dando uns goles nos Champagnes de "abertura", não ainda o profundamente saboroso Pol Roger 1945, mas "somente" uma *magnum* de Pol Roger, safra 1979, dos seus melhores cortes, um Cuvée Sir Winston Churchill, um nome bem apropriado para as circunstâncias. Era possível imaginar mais ou menos o que iríamos beber só de olhar para a lista de convidados da embaixada: Christian Pol-Roger, é claro; os primos Eric e Philippine de Rothschild (presos por duas horas em sua limusine); Peter Sichel, co-incentivador, é claro (nos assegurando do Château Palmer); o cortês Anthony Barton, que havia trazido seu Château Langoa-Barton; Alistair Robertson, do Porto Taylor (um ótimo vinho de ficar ansiosa para provar); mais importante para esta celebração da paz, Egon Müller, do Saar alemã e Jean de Castarède da região Armagnac. Hugh Johnson e Michael Broadbent, sem os quais uma festa séria de vinhos nunca está completa, estavam lá e, como todo mundo, tinham uma história de peregrinação pelo trânsito para contar. A única convidada que não tinha desculpa para estar atrasada, a glamourosa Pamela Harriman, da embaixada americana, no prédio ao lado, fez uma entrada apropriada e eu tive a inquietante experiência de aparentemente parecer invisível mesmo quando apresentada àquela famosa devoradora de homens. O Primeiro-Ministro francês, Alain Juppé, e o embaixador da Alemanha tinham sido convidados, para acrescentar alguma dignidade diplomática, mas estavam engajados em problemas maiores, da balbúrdia social na França à assinatura do acordo de paz na Bósnia com Clinton e Chirac, que também estava acontecendo em Paris, naquela noite.

Senti-me absurdamente privilegiada quando caminhamos até o salão Borghese, que é hoje a sala de jantar da embaixada. O que eu havia feito para merecer um convite para um evento desse porte? Um *grand cru* Chablis da Simonnet-Febvre e um Chante Alouette da Chapoutiers foram servidos com o primeiro prato (salada) e foi esse Chablis cinqüentenário a grande revelação. Como as pessoas ousam usar o nome desse vinho tão nobre em qualquer porcaria meio seca? Um colega empenhado em combater esses vinhos falsificados, o meu co-astro de TV, Frank Prial, do *The New York Times*, chegou durante esse primeiro prato. Ele tinha vindo apenas do outro lado de Paris, mas feito a coisa certa quando se deparou com o dilema social desafiador. Com as greves, a embaixada havia mandado o Rolls-Royce apanhá-lo, mas o carro ficou inevitavelmente preso no trânsito. Frank conseguiu conter o impulso de saltar do carro e fazer o resto do trajeto a pé, o que seria mais eficiente. Não sei se eu teria feito o mesmo.

Com o *foie-gras* (tinha que ser) levemente frito veio um Schloss Johannisberg Auslese e as duas últimas garrafas do vinho que o próprio Egon Müller fez a partir de um corte de tudo que ele produzira naquele ano fabuloso do vinhedo de sua família, o Scharzhofberg, no

Saar. Ele contou, de forma emocionante, como voltou do *front* russo e encontrou as ervas daninhas muito mais desenvolvidas que as próprias videiras que, de tão negligenciadas, produziram uma safra minúscula. Talvez seja por isso que a melodia tão elevada desse vinho seco, ainda jovem, de 1945, tenha sido tão eloqüente, embora a riqueza pulsante do Auslese cor de cobre se adaptasse melhor à doçura do prato.

Aubert de Villaine havia mandado um Grands Echézeaux das adegas do Domaine de la Romanée-Conti para promover a passagem perfeita, suave, com um perfume desafiador dos brancos para os tintos. A variedade dos Bordeaux 1945 estava prodigiosa: Langoa e Palmer seguidos por três Pauillacs *premiers crus*. Hugh, como diretor da Latour, havia convencido seu novo proprietário francês a fazer algo realmente decente. Ambos os *troisième crus* comportaram-se bem nessa companhia. Eu teria ficado muito nervosa se estivesse no lugar de Anthony Barton ou Peter Sichel, embora eu creia que eles tenham usado a ocasião como desculpa para abrir outra garrafa rapidamente. Peter Sichel tinha trazido consigo alguns trechos dos diários da famosa família de comerciantes de Bordeaux, os Lawton. Num dos extratos lia-se: "Uma péssima geada nesta manhã. Hitler está morto."

Os três excelentes Pauillacs tinham ficado ainda mais polarizados, o Lafite, dançante e etéreo, alcançando alturas que só um Lafite na sua melhor forma consegue ("assim como Eric: acanhado, elegante, endiabrado", escrevi); o Latour era mesmo o Winston Churchill dos vinhos: poderoso e cavalheiresco; o Mouton, com eucalipto e cassis óbvios no nariz, tão doce e alcoólico que era quase um Porto. Sobre o Mouton eu escrevi "E-N-O-R-M-E... e pensar que era apenas um *deuxième cru* quando foi feito!" O Doisy-Daëne foi um ótimo acompanhamento para a torta de amêndoa, mas foi derrotado pelo Taylor's 1945. Alistair Robertson, da Taylor's, estava sentado do meu lado e me contou como havia sido removido de Portugal para o norte da Inglaterra durante a guerra, e quantos no comércio de vinhos do Porto duvidaram que 1945 daria uma grande safra. "Mas foi lacrado por anos e anos e emergiu com um sabor assim." Esse era meu tipo de Porto, tostado com uma bela camada de experiência, com um toque de madeira e um halo brilhante como uma jóia, ao invés de uma mistura sem graça de álcool e açúcar.

Contendo o ímpeto, recusei o conhaque e o café e estava maravilhada ao voltar para minhas acomodações na casa da entrada, passando pelo pátio (sem imitações da Thatcher desta vez), quando avistei a Madame Christian Pol-Roger, que provavelmente comera um sanduíche como jantar, esperando pacientemente pelo marido no carro, luvas de couro ao volante, esperando para levá-lo de volta para casa. Esse é um outro teste em que eu falharia.

Outro efeito colateral inesperado do meu trabalho é o *entrée* social que ele proporciona. Quando comecei a pensar em vinhos no começo dos anos 1970, o assunto parecia tão frívolo, que eu morria de vergonha de confessar em público o meu interesse. Mas, ao longo dos últimos dez anos, mais ou menos, vinho (e comida) têm se tornado uma atividade de lazer tão respeitável, com o mesmo tipo de associações culturais que a ópera e as belas artes, que as pessoas que eu normalmente apenas admiraria de longe, caso o vinho não nos tivesse aproximado, tornaram-se bons amigos.

O sinal mais óbvio disso é o romancista Julian Barnes, cujo trabalho sempre admirei, não apenas suas críticas elogiosas da televisão. Ele não apenas escreve lindamente, mas consegue comunicar, numa página impressa, melhor do que a maioria dos escritores da ficção contemporânea, que ele também pensa e sente.

Nos encontramos pela primeira vez na metade dos anos 1980, em jantares organizados pelo escritor Paul Levy, projetados como degustações verticais seletivas de propriedades relativamente modestas como os Châteaux Poujeaux e Haut Bailly. A primeira vez que fomos jantar com ele e sua esposa, a agente literária Pat Kavanagh, havia um outro tema, um Rhône do sul, que havia se tornado a paixão mais duradoura de Julian. A estrela do *show*, também apreciado por outro literato amante de vinhos, Auberon Waugh, foi o vinho que viria a ser servido no jantar de aniversário de 45 anos de Julian, o Les Cèdres 1962, o *top* Châteauneuf-du-Pape, da Jaboulet.

Não conheço ninguém que tenha adotado os vinhos com tanta dedicação quanto ele tem feito ao longo de mais de dez anos. Uma boa parte da sua casa é reservada para abrigar uma coleção de vinhos que é muito maior que a nossa. Ele passa muito mais tempo do que eu checando catálogos de vendas e comparando as listas dos comerciantes, organizando jantares e buscando garrafas especiais. Outro grande freio em seu trabalho literário (ou talvez, uma adição a ele, não os li) são seus faxes transatlânticos para um amigo também amante de vinhos, o romancista americano Jay McInerney. Eu percebo que há muita competição masculina nessas amizades, rivalidades de quem bebeu o quê, mas bons e velhos vinhos estão dando a esses dois homens de letras um enorme prazer.

Conhecemos Jay no verão de 1988 em um jantar dos Cabernets californianos de 1974, no qual o Sterling Reserve foi o melhor, juntamente com um menos impressionante La Mission Haut-Brion. Desde então, Jay tem feito visitas regulares a Londres. O autor de *Bright Lights, Big City* tem até experimentado escrever sobre vinhos na – pelo amor de Deus! – revista americana *House & Garden*. Mas se Jay pegou a rota óbvia para aprender mais sobre vinhos, Julian mostra todos os sintomas de uma verdadeira devoção, para não dizer fanatismo.

Um jantar típico com Barnes começa com algum Champagne especial, mudando rapidamente para uma garrafa de um Alsace de altíssima qualidade, para, então, chegar no assunto sério, que parecem ser duas garrafas de tintos maravilhosos por pessoa, antes de passar para, muito possivelmente, um Porto. Nick sempre brinca comigo que, quando Julian propõe uma data para um jantar, eu fico nervosa, checando o compromisso da manhã seguinte. Mas essas são ocasiões feitas para meu velho amigo dos tempos de Lubéron, o poeta norueguês para quem parte do prazer é o conhecimento de que a dor certamente virá depois.

Esse anfitrião generoso e convidado atencioso inflige dores mentais e físicas. Ele adora trazer magníficas safras de tintos para sua mesa, decantados em uma garrafa de Sauternes para, então, com expressão dissimulada, ouvir você se afundar cada vez mais em areia movediça, totalmente irrelevante, enquanto tenta descobrir o que é. A primeira vez que ele fez isso, logo depois do nosso jantar com Jay, com vinhos californianos de 1974, eu afirmei categoricamente que o Latour 71 que ele tinha trazido era um Cabernet californiano. "Você não está dizendo isso com base no que você acha que eu tenho na minha adega?" perguntou gentilmente. "Não, não", assegurei, antes que ele contasse, ainda com sua expressão dissimulada, em qual grande garrafa de Bordeaux ele gastara aquele dinheirão todo.

Mas Julian se destacou ainda mais como anfitrião nas comemorações do seu aniversário de cinqüenta anos. No domingo à noite que se seguiu à data exata, em janeiro de 1996, ele nos ofereceu não somente um, mas dois dos melhores vinhos que jamais provei na vida. E, melhor ainda: os vinhos não foram servidos às cegas. Uma *magnum* de Dom Pérignon 1975 foi apenas uma prévia – "carnudo, cheio de vida, mais *cabana* do que o 71 que tínhamos provado no Ano Novo", foi o que escrevi na manhã seguinte a respeito. Acho que em vez de *cabana*, eu quis dizer *bacana*. O Laville-Haut-Brion 1966 era um excelente Bordeaux branco seco, uma escolha bem pensada tendo Simon Hopkinson e eu em mente. Tinha um cheiro pesado e oleoso, com um gosto forte e encorpado, que o tornou o acompanhamento perfeito para a erva-doce com echalotas *sautée* em azeite de oliva, mas não teria sido tão divertido bebê-lo sozinho.

Após esse começo emocionante, vieram as duas *magnuns* de nada menos que Pétrus, de duas safras realmente muito boas, que só um *connoisseur* poderia valorizar – um 1967 seguido por um 1964 (anos excelentes em Pomerol, mas não necessariamente para o Médoc, o que, de forma injusta, faz a reputação de um ano). O 1964 levou horas para se abrir, mesmo depois de servido em nossas taças. Ainda parecia muito denso e rubro, muito menos evoluído que o 1967, e só começou a se exibir enquanto saboreávamos o 1967. Esse vinho jovem estava no auge de seus poderes, pura densidade, opulência e aquele deleite absolutamente perfumado. Havia apenas sete de nós, e isso mostrou toda a virtude de ter uma *magnum* inteira para se esbaldar nela. Assim que o 67 começou a perder um pouco do seu corpo e a se tornar indistinto no fim do palato, o 64 entrou magnificamente em cena, muito mais tenso e estruturado que o 67, um estilo bastante diferente de vinho, mais Médoc por um lado, mas com uma vida muito mais longa diante de si. Era um Pétrus na sua concentração máxima, embora a nossa já não estivesse lá essas coisas.

Mas havia mais por vir: o sabor acobreado do Climens 47 que estava maravilhosamente doce, rejuvenescido com um leve toque cítrico e ácido, e – como se merecêssemos ou precisássemos – um *decanter* cheio de Cockburn 1912 que parecia um pouco seco no final, mas com um apelo extraordinário, uma relíquia de um mundo onde Sarajevo ainda estava para assumir alguma importância histórica.

Supreendentemente, Julian decidiu comemorar seu aniversário novamente, com as mesmas pessoas, um tipo de final-de-ano-do-aniversário, como ele explicou, embora já estivéssemos em fevereiro de 1997. A *magnum*-estrela dessa vez foi o Cheval Blanc 1955, servido resfriado para que não perdêssemos nenhuma das facetas depois que fosse aberto. Era um vinho tão completo, tão "nutritivo", que o cordeiro servido junto com ele ficou quase supérfluo. Não que aquele vinho de 42 anos de idade fosse monumental, intenso ou alcoólico. Era mais que isso: era tão harmonioso que dava vontade de enfiar seu nariz numa bacia dele. Tínhamos provado uma garrafa da mesma safra um ano e meio antes num bom restaurante no Languedoc para comemorar o aniversário de quarenta anos de um amigo. Estava deliciosa, mas esta *magnum* parecia ter avançado mais três graus. O Cheval Blanc Calvet 1952 servido junto, também às cegas, parecia muito mais límpido. Era quase impossível acreditar que aqueles dois vinhos tinham vindo da mesma propriedade. Era um vinho magnífico, mais para intelectuais do que para hedonistas, mas receio que nossos intelectos sejam normalmente sobrepujados por nossos sentidos ao final da primeira (eu) ou segunda (todos os demais) garrafa na casa de Barnes.

Nick e eu achamos que devíamos ficar até que os Sauternes fossem servidos – depois de um surpreendente Château Montelena Cabernet 1976 que tínhamos levado. O Yquem da grande safra de 1947, a qual Julian tinha claramente adotado como preferida à sua própria 1946, estava denso, escuro e, ao invés da doçura exageradamente óbvia, tinha uma enorme massa e substância, vivificadas com alguns toques distantes de casca de laranja. Essa combinação de vinho e safra é muito, muito especial realmente. Embora não tão marcante e doce como o Yquem 1945 que eu provei, apesar das brocas, era o tipo de vinho – para não dizer compra – que somente um anfitrião muito dedicado e generoso poderia compartilhar.

Aquele, sim, é um homem obcecado. Ele deixou escapar que tinha recebido uma entrega de *magnuns* de Cheval Blanc 1955 naquela mesma manhã. Ele havia encomendado na semana anterior e o caixote tinha sido entregue por engano em um endereço similar, que, perigosamente, continha uma adega, e pertencia a um outro amante de vinhos. Simon Hopkinson tentou educadamente reformular a pergunta com a qual muitos de nós estávamos nos debatendo: "Como você pôde sair e comprar mais vinhos ainda mais caros para hoje à noite, se você já tem três adegas repletas no andar debaixo?" Mas tanto ele quanto Julian não conseguiram encontrar as palavras certas, e eu tenho certeza que a chegada do Porto não colaborou muito para encontrar uma resposta para a atração tão essencial por vinhos por alguém que sucumbiu a ele com tanta disposição.

XXIII
Escrevendo sobre vinhos

Nunca perdi meu gosto por um furinho de reportagem, e durante meus últimos meses no *Sunday Times*, em 1986, fiquei satisfeita em apresentar ao público inglês um novo fenômeno no mundo do vinho, um ex-advogado americano chamado Robert M. Parker Jr. Ele tinha começado uma *newsletter* chamada *The Wine Advocate* em 1978, um ano depois do surgimento da querida *Drinker's Digest* e fez dela uma publicação tão peremptória, que foi acusada de dirigir o mercado americano de vinhos sob um único palato.

Sua única proposta de vendas era, além das inúmeras anotações, dar pontos aos vinhos numa escala de cem. Era uma idéia tão hostil para os tradicionais britânicos amantes de vinhos que, em 1985, quando Hugh Johnson recebeu as provas do primeiro livro de Parker, sobre os Bordeaux, ele pensou que os números fossem marcas de impressão para a edição.

Fui até Bordeaux, em meados de março, para encontrá-lo e vê-lo em ação, avaliando os 1985 recém-nascidos. Quer dizer, *o* 1985. Château Margaux foi a única propriedade tranqüila o bastante para permitir que um terceiro testemunhasse um encontro tão importante quanto aquele: quando Parker, anualmente, empresta seu paladar aos jovens Bordeaux. Encontramo-nos no domingo à noite, antes das duas semanas em que passaria debruçado sobre os 1985. Hoje em dia, como naquela época,

Parker degusta cem vinhos diariamente, todos jovens – um castigo para o sistema olfativo e o sistema nervoso. Em Bordeaux, ele teria que começar saindo do nada glamouroso Novotel, cinco châteaux antes do almoço e muitos outros depois.

Sua autoconfiança foi o que mais me chamou a atenção. Desde os meus primeiros dias na *Digest*, quando me sentia tão inexperiente que precisava de alguém como Anthony Hanson no meu calcanhar, por assim dizer, tinha chegado à conclusão de que as avaliações mais úteis de um conjunto de vinhos vêm de um único paladar, ao invés de um painel de degustadores. Quanto mais pontos e opiniões são adicionados à lista, maiores são as chances de não gostar de um vinho excepcionalmente bom, trazendo-o para o inócuo meio-termo da avaliação coletiva. Os painéis de degustadores podem facilmente ter esse tipo de efeito confuso, porque todos os vinhos recomendados irão facilmente agradar a todos, enquanto as garrafas realmente interessantes acabam ficando em segundo plano. Isso faz desses painéis um instrumento interessante para, por exemplo, estipular quais vinhos serão servidos numa empresa aérea, mas eles podem facilmente enganar os consumidores amantes de vinhos. Consumidores de vinhos lucram mais, segundo meu argumento, quando acompanham as opiniões de um crítico individual e tentam entender como elas se relacionam com suas próprias opiniões – exatamente da mesma maneira como filtramos o que ouvimos de um crítico de cinema ou teatro, por exemplo. Não se engane: o julgamento de vinhos é tão subjetivo quanto o julgamento de qualquer outra forma de arte.

Justamente pelo fato de eu ter absoluta consciência disso, e também tenho consciência de que posso errar, faço minhas recomendações com certa hesitação – muito menos confiante que Parker, por exemplo – sabendo que as preferências pessoais, sensibilidade e até o próprio vinho podem variar (embora, curiosamente, quando, anos depois, ambos fomos convidados para um famoso grupo francês de degustação para avaliar uma grande variedade de Bordeaux tintos, fui eu, e não Parker, que teve a duvidosa honra de degustar de forma mais próxima às normas do grupo).

E tem outra coisa. O que torna escrever sobre vinhos tão gratificante para mim é a chance de descrever onde e como os vinhos são feitos e, especialmente, as pessoas que os fazem. Para mim, vinho é muito mais que um simples líquido numa taça: o líquido é apenas um meio de ligação com uma história fascinante, um lugar no globo, um ponto no tempo, uma moda na produção, uma discussão entre fazendeiros vizinhos, rivalidade entre colegas de longa data ou, talvez, novos proprietários orgulhosos que querem construir sua marca a qualquer preço.

Parker, por outro lado, parece completamente imperturbável por dúvidas e mal se interessa pelos contextos humanos e geográficos que são parte do vinho. Sua vida é descrever sua reação a uma sucessão de taças. Ele vai para Bordeaux toda primavera, porque os *bordelais* superprotetores nem sonhariam em deixar amostras dos seus vinhos jovens cruzar o Atlântico. Ele viaja ao Rhône todos os anos, porque é a única forma de ficar informado sobre o que acontece por lá. Mas ele dá a nítida impressão de que preferiria ficar na sua casa em Maryland, tendo uma infinidade de taças de vinhos jovens, passados por uma portinhola, para avaliar. Enquanto eu me considero uma jornalista de vinhos, ele sempre se pôs na posição de crítico de vinhos.

Por isso fiquei curiosa para descobrir o que deu a Parker essa confiança de oráculo. Ele parecia não ter escrúpulos de castigar algumas vinícolas (algumas vezes com desastrosas conseqüências para seus donos) ou escrever para seus leitores que, sem sombra de dúvida, o vinho X, que ele provou apenas cinco meses depois de ser misturado ou envelhecido em barril, que dirá engarrafado, seria um dos melhores vinhos da safra. Com base nisso, eu esperava conhecer alguém talentoso, trabalhador, mas arrogante.

Mas eu estava errada. Não era arrogância que o alimentava. Nós nos encontramos num jantar qualquer em um restaurante de Bordeaux coberto com aquele torpor de domingo à noite. Era divertido jantar com ele. Tínhamos muitas fofocas para fazer, afinal. Pude ver, num piscar de olhos, que ele tinha a constituição ideal de um degustador: senso crítico útil, pode-se dizer. Uma cabeça jovem num corpo de estadista, de fala ligeira (tão rápido que nem faz a distinção audível entre "*winery* e *wine writer*), relativamente sério, sensível a críticas, muito cínico a respeito dos americanos e um tanto reverente com os franceses (sua adorada mulher, uma professora de francês, desempenhou papel importante na sua conversão aos vinhos) e uma ótima companhia para jantar.

O que eu deveria ter percebido a respeito da abordagem de Parker é que ele é mais inspirado pela raiva do que pela arrogância. Como uma criança da geração de Ralph Nader, ele se vê como um intruso e um campeão isolado dos consumidores de vinho. Quando começou a se interessar por vinhos – ele me confessou naquela noite – estava cada vez mais convencido de que o público americano estava sendo injustiçado. Muitos dos escritores de vinhos de lá, ele percebia, estavam simplesmente escrevendo o que seus agentes mandavam. Eles dependiam de viagens grátis, refeições grátis e garrafas grátis, porque nenhum deles era capaz de ter uma vida decente vivendo só de escrever sobre vinhos. Desses, um ou dois estavam crescendo também trabalhando como agentes de vinhos. Ninguém estava realmente *criticando* o vinho. O que o fez realmente explodir no começo da *Wine Advocate* foram seus ocasionais ataques à selva chamada Manhattan para fazer com que os mais importantes escritores de vinhos prestassem atenção na sua nova publicação. Ele ofereceu a um dos seus mais conhecidos representantes um almoço elegante, com algo muito mais elegante ainda para beber, só para descobrir que, em seu próximo encontro, o jornalista de vinhos visado não o reconheceu. Como é evidente na história da palavra escrita, não há incentivo maior do que uma índole provocadora.

No dia seguinte, nos encontramos na nova sala de degustação de Margaux, com o livro de Parker distraidamente sobre a mesa, ao lado de uma floresta de taças cintilantes. Parker chegou com um terno esportivo e um sobretudo de lã à prova d'água, com o supervisor Archie Johnston, da Nathaniel Johnston (ele tem uma rede de compradores fixos na França), e foram saudados por Paul Pontallier, que estava à frente da produção no Château Margaux fazia apenas três anos.

Aquele era um momento importante para o destino dos Château Margaux 1985. Como Parker reagiria a essas primeiras amostras dos tonéis, que ainda não tinham sido misturadas, determinaria como o vinho seria visto pelo mercado e qual preço seria adequado. Foi impressionante, considerando que aquele homem havia publicado seus primeiros textos sobre vinhos há apenas oito anos. Também fiquei impressionada por sua determinação de falar francês perfeitamente, sem importar o tamanho do esforço empenhado nisso. Pontallier queria primeiramente falar com ele sobre as amostras dos diferentes barris de

1985, quatro Cabernets e dois Merlots, mas Parker não resistia a enfiar o nariz diretamente nas taças. Tinham ouvido falar que ele gostava de degustar em silêncio, ou ao menos no silêncio pontuado apenas por barulhentas inspirações de ar. Então, houve apenas alguns murmúrios respeitosos vindos de alguns funcionários da casa. Alguns visitantes ocasionais eram levados a ficar fora de seu alcance auditivo.

Parker gostou mais da grande e forte amostra número seis. Pontallier arriscou-se ao sugerir que a número cinco tinha mais a cara de um Margaux. Com uma mistura inteligente de algumas amostras, Parker criou uma taça daquilo que, para ele, seria o corte ideal e todos provaram com reverência.

Deram-lhe para provar ainda os 1984, 1983 e 1982, o mais jovem com muitas desculpas. Babamos com os últimos dois, que até hoje continuam sendo estrelas em sua constelação estrelada. Parker sublinhou que o tipo de tanino era muito diferente nas duas safras. Pontallier arriscou-se mais uma vez, educadamente, e com um sorriso nos lábios, tentando arranjar coragem para sugerir que as análises mostravam que eles eram idênticos. Provamos o caríssimo Pavillon Blanc, a menina dos olhos de Laura Mentzelopoulos, como um descanso, e então – ops! – o caderninho vermelho de anotações de Parker foi subitamente fechado, jogado para dentro do bolso e percebemos que a audiência estava chegando ao fim. O grupo seguiria agora para a casa de meu amigo Michel Delon, do Château Léoville-Las Cases, mas fui barrada, e só me restou acenar desamparada um adeus do pátio.

O grande dom de Parker, além de sua forte constituição e confiança inabalável como degustador (e, em qualquer grupo, o degustador mais confiante se torna o juiz do gosto), é sua habilidade de sintetizar, chegar a conclusões a partir daquilo que seus sentidos lhe dizem, e comparar essas impressões com as de outras pessoas relevantes. Seguindo na mesma trilha, eu me arrisquei a extrapolar nossa pequena degustação do Margaux 85. Pontallier estava certo que a quinta amostra tinha a elegância, o estímulo, o perfume pelos quais o Margaux sempre fora famoso. A sexta amostra, a favorita de Parker, tinha muito daquilo que ele gosta de encontrar em um vinho: grande, concentrado, ligeiramente espesso, pronto para maturação.

Tenho um enorme respeito por Paul Pontallier, e estou aqui fazendo mais uma observação geral do que especificamente sobre o Château Margaux 1985: a moda em Bordeaux, nos últimos dez anos, tem sido, sem sombra de dúvida, fazer mais e mais vinhos aos moldes de Parker, ao invés de ser absolutamente fiéis às suas origens geográficas. Por causa da tradição pela qual os châteaux classificados escolhem, toda primavera, exatamente quais lotes de vinhos vão para o corte principal (o resto pode ser engarrafado como "segundo vinho", como Les Forts de Latour ou Pavillon Rouge de Château Margaux, ou simplesmente vendidos a granel) e por uma série de fatores, como data da colheita, temperatura de fermentação e detalhes a respeito do envelhecimento em carvalho, poderem ser manipulados, há uma grande oportunidade para que o dono do château dite, até certo ponto, o estilo de vinho que ele faz. Na região de Médoc, com suas enormes propriedades, não se fala sobre engarrafar as vicissitudes da natureza a cada ano. Assim, como região, foi perfeitamente adaptada à *parkerização*, e não apenas porque depende crucialmente do mercado internacional. Desde o começo dos anos 1980, quando Parker realmente adquiriu proeminência – especialmente depois da sua previsão sobre a safra de 1982 – as diferenças entre, por exemplo, um St.-Estèphe e um Margaux foram ficando cada vez menores, mesmo que a qualidade geral da produção de vinhos tenha melhorado. Com a habilidade veio a uniformidade, e tenho certeza que Parker está orgulhoso somente da sua parte ao encorajar a primeira característica.

Naquele rápido encontro, pude ver o quanto Parker era (e é) um degustador diligente e afiado. E quando, em abril de 1987, fui designada pela revista americana *Condé Nast Traveler* a escrever um perfil de Parker *in situ*, na sua modesta casa nos arredores de Baltimore, fiquei ainda mais impressionada pelo fato de que, embora ele seja um degustador que trabalha duro, ele sabe perfeitamente para que o vinho é feito: para conviver junto, para debruçar-se sobre ele, sentado a uma mesa com boa comida e boa companhia.

Ele é chamado de Dowell, ou apenas Dow pelos mais chegados, por causa do seu nome do meio, McDowell. Sua mulher, Pat, é do tipo cheio de vida, e deve ter aberto algumas portas para ele no começo ou, como ele costuma dizer, "quando eu trabalhava na obscuridade", quando o único argumento certeiro para começar sua *newsletter* era a vantagem de impostos para comprar vinhos.

Quando estou em casa, escrevendo, lembro do Parker, ou melhor, da sua sogra, toda vez que vou ao banheiro. Simplesmente porque é lá que eu guardo a concha gigante que a mãe de Pat Parker me deu naquela noite, da sua coleção montada nos dias em que ela e o marido velejavam pelo Caribe.

Agora isso compromete minha relação com Parker? Uma vez que ele ocasionalmente escreve sobre meus livros e vice-versa, somos talvez próximos demais a ponto de dar conselhos objetivos aos nossos leitores? Ele me deu alguns vinhos deliciosos durante minha estada em Maryland: Comtes de Champagne 1976, Pétrus 1971, uma garrafa magnífica de Latour 1966, La Missioun Haut-Brion 1964 e o Chasse Spleen 1949 engarrafado na Inglaterra, e metade de um Yquem 1980.

Seis meses depois, nós o convidamos para um jantar em nossa casa, expondo-o a algumas preciosidades: Bollinger RD Tradition 1976, Dom Pérignon 1976, e alguns australianos que, julgava, ele não conhecesse ainda, Leo Buring Rhine Riesling Watervale 1973 DWC 15, Lindermans Hunter River Burgundy 1970 Bin 4000, mais o fantástico Châteauneuf-du-Pape Chante Perdrix 1961, Taylor 1948 e o vinho botritizado da Thévenet, Mâcon-Clessé 1983. O Bollinger estava grosseiro, um desapontamento. Uma semana depois, recebi um telefonema do importador inglês da Champagne que tinha ouvido, através do proprietário da Bollinger (com quem Parker havia encontrado em Nova York), que aquela garrafa não estava de acordo com o sabor dos *Le Grand Palais du Monde*. "O que Parker falou exatamente?" perguntou ele. Será que ele ficou tão desapontado assim? O resultado é que a Bollinger despachou outra garrafa desse vinho extremamente caro para Maryland a fim de eliminar a nota baixa de degustação.

Há um evidente contraste entre as opiniões britânicas e americanas sobre a relação entre os escritores de vinhos e aqueles de quem eles escrevem. A linha oficial de Parker, hoje seguida pela grande maioria dos escritores americanos de vinhos, é que o crítico de vinhos deve se manter o mais distante possível daqueles que fazem e vendem o vinho, para não ter seus julgamentos atrapalhados por questões pessoais ou contaminar o paladar com emoção.

Isso é mais difícil do que parece. Como vamos aprender sobre vinhos se não passarmos algum tempo com aqueles que o produzem e o vendem? E as pessoas do vinho são, por definição, anfitriões generosos. Para eles, a maneira mais natural de apresentar alguém aos seus vinhos é fazê-lo com comida. Isso pode eventualmente provocar um contato perigoso do escritor não somente com o produtor (raramente produtora) e sua mesa, mas também com sua família. Será que nossas faculdades críticas são realmente influenciadas pelo contato com a bela esposa, com o pai sábio ou com uma criança particularmente encantadora?

Na prática, como Parker sabe melhor do que qualquer um, é impossível atuar como escritor de vinhos sem algum tipo de contato com aqueles sobre os quais escrevemos. É perfeitamente possível agir como ser humano na companhia deles e, ainda assim, ser um comentarista isento quando chega o momento de avaliar suas mercadorias. Assim como Parker depende de certas pessoas para facilitar seu punitivo cronograma de degustações, e todos os escritores americanos e britânicos que conheço devem algumas refeições ao comércio mundial de vinhos, na verdade, eu me sinto mais culpada por causa da minha *falta* de cumplicidade do que o contrário. Acho que muitos produtores e comerciantes ficam surpresos pelo modo como pareço amigável ao vivo e tão objetivamente fria no papel.

Como está claro, eu tenho problemas na minha relação com o comércio de vinhos. Há muitas pessoas simpáticas envolvidas. Algumas delas vendem ou produzem vinhos extremamente preciosos, outras vendem ou produzem bons vinhos, outras ainda, vinhos razoáveis, e outras ganham a vida com vinhos que eu jamais sonharia em recomendar.

No primeiro Natal em que trabalhei na *Wine & Spirit*, uma das importadoras mais antigas de Londres me enviou uma caixa de garrafas do nada. Se eles não tivessem enviado, jamais saberia quão ruim os vinhos deles eram. Tudo isso para comprar um elogio. Hoje em dia, dúzias de garrafas não solicitadas chegam lá em casa toda semana, como acontece com todo escritor de vinhos que conheço, onde quer que eles estejam no mundo (na minha porta, em Londres, eu faço parte daquelas listas de entrega que circulam pela cidade sempre num mesmo circuito, da casa de Atkins, do *Observer*, até a de Simon, do *Sunday Times*). Alguns dos pacotes são despachos rotineiros de supermercados e grandes cadeias atacadistas para todos os correspondentes nacionais de vinho. Muito, muito poucos deles vêm direto de algum grande produtor. A maioria chega de alguma vinícola obscura, e, freqüentemente indiferente, com contas de impostos e armazenamento embutidas. Acabo me sentindo obrigada a provar praticamente tudo que chega (com exceção de uma ou outra garrafa de Lite Lambrusco branco – pois não consigo imaginar como isso seria de interesse para os leitores do *Financial Times*), mas acho que apenas uma, a cada cinqüenta garrafas, é interessante o bastante para me fazer querer beber mais além da simples amostra rotineira. Os beneficiados pela minha política de que a vida é muito curta para beber vinhos que não sejam deliciosos são aqueles amigos que têm um paladar menos exigente e que não se importam de colecionar garrafas rearrolhadas e um ou outro evento beneficente. Na casa de Parker conheci o montinho silvestre onde seu assistente regularmente derrama as sobras. E a grama é realmente mais verde lá.

A diferença real entre os escritores americanos e britânicos é que muitos dos últimos têm, ou tiveram, algum envolvimento comercial com o negócio de vinhos. Falando no geral, quanto menos maduro é o mercado de vinhos, mais próximas são as conexões entre aqueles que comentam e aqueles que vendem, porque é tão difícil ganhar a vida sendo escritor de vinhos. Conheci um importador da África central que me contou o quanto era bom ser o único, num raio de centenas e centenas de quilômetros, a saber alguma coisa sobre vinhos. Seus clientes se agarravam a cada palavra que dizia e a cada recomendação que fazia. Na África do Sul, Nova Zelândia e especialmente na Austrália há ainda um considerável intercâmbio entre escritores, produtores, comerciantes e consultores. A Inglaterra não pode ser considerada exatamente um mercado imaturo – comercializamos vinhos há séculos – em parte é por isso que os americanos acham tão difícil entender por que tantos escritores ingleses foram convocados diretamente dos importadores. O argumento americano é de que isso torna a crítica demasiadamente vulnerável.

O nosso intelectual mais celebrado, e um dos poucos que conseguem levar uma vida confortável somente escrevendo sobre vinhos, Hugh Johnson, é bastante aberto com relação à sua diretoria à frente do Château Latour, com seu envolvimento com as compras por correspondência do Sunday Times Wine Club, seus investimentos com o produtor de Bordeaux Peter Vinding-Diers na Royal Tokay Wine Company na Hungria e, é claro, sua infinidade de cristais e parafernália para vinhos na loja da St. James Street. Como a maioria dos comerciantes de vinhos, ele não consegue entender o porquê de tanto barulho sobre esse assunto. Os comerciantes britânicos de vinhos são pessoas decentes e nem pensariam em favorecer seus próprios produtos, pensam os ingleses.

Certamente não poderia haver camarada mais decente do que Hugh Johnson. Juntamente com Harry Waugh, ele é o protótipo do cavalheiro dos vinhos, apesar de muitas das vendas que figuram em seus livros sugerirem uma grande perspicácia comercial. Ele tem sido indescritivelmente generoso comigo.

De vez em quando um jovem jornalista é despachado para a bela casa dos Johnson num dos lugares mais bonitos de Essex para seguir cada passo do grande escritor bem de perto. A idéia é que eles voltem com alguma história sobre como fizeram suas pernas bambearem ao confrontá-lo com seus complicados conflitos de interesse. Vira-e-mexe, no entanto eles retornam confusos, por causa de seu entusiasmo e cordialidade. Ele pode fazer dinheiro com suas investidas na produção e revenda de vinhos, mas convence que é movido por um entusiasmo infantil, ao invés de um desejo exagerado por sucesso. A idéia de sair navegando por aí numa antiga embarcação reconstruída ou por uma velha rota do comércio de vinhos com um grupo do Sunday Times Wine Club ainda o enche de emoção. Sempre que vejo Hugh ele está acabando de voltar de uma viagem para algum lugar onde existem carvalhos *parawana* de trezentos anos ou algum cenário sensacional ou algum Riesling extremamente puro ou coisa parecida. Hugh é, antes de mais nada, um entusiasta, como fica evidente no modo como ele escreve sobre vinhos, o qual toda uma nova geração de escritores pode achar, em determinado momento, totalmente isento de críticas, especialmente sobre a França. Na Inglaterra houve uma polarização simplista sobre o pensamento de que "se o vinho é francês, então deve ser bom" instituído pela escola de Johnson e Broadbent e o "se é francês, deve ser porcaria", da escola dos protagonistas do Novo Mundo dos vinhos.

Eu vejo os senhores Johnson e Broadbent com mais freqüência hoje do que antigamente e acabei me juntando a eles e ao Master of Wine Colin Anderson numa consultoria para a British Airways. A British funciona em instalações bastante vigiadas, nas proximidades do aeroporto de Heathrow, por isso, cada uma das nossas vinte ou mais degustações ao ano envolve uma jornada que começa na linha do metrô de Picadilly Circus, com Michael, ou na M4, com Hugh (Colin dirige até lá direto de Dorset). Isso nos proporciona muitas horas de fofocas na ida e na volta desses encontros do nosso grupo divertido e coeso de degustadores. Degustamos de modo muito diferente. Para Michael, deve ser um choque beber vinhos do final do século 20. Sua principal crítica é de que há vinhos demais considerados "especiais", embora seus padrões de vinho sejam por demais clássicos e raros para serem servidos aos milhares de passageiros que voam com a British Airways. Com sua vasta experiência em comprar grandes quantidades de vinho para o mercado, Colin faz as vezes de nosso controle de qualidade, sempre a postos ao menor sinal de cor estranha, perfume, volatilidade ou oxidação incipiente. Hugh, como cabe a um entusiasta, elege alguns grandes favoritos entre aqueles que degustamos às cegas, e pode ser bastante difícil dissuadi-lo de suas opiniões (digo isso baseado em uma longa experiência).

Se Hugh tem algum calcanhar-de-aquiles, é a injúria que ele reserva para aquele negócio de pontuar os vinhos numa escala de cem, apontando um dedo nada discreto para Parker. Da metade para o final dos anos 1980 houve uma polarização transatlântica de opiniões sobre a pontuação de vinhos, com a maioria dos profissionais do vinho na Inglaterra – e Hugh Johnson especificamente – desdenhando esse sistema bruto de pontuação, que oferece uma ilusão de precisão em que isso não é possível. O raciocínio é que o sistema pode ser útil para consumidores não sofisticados como os americanos, talvez, mas é supérfluo para aqueles que verdadeiramente entendem a variação entre diferentes garrafas e paladares. Os *consumidores* britânicos, por outro lado, se mostraram mais entusiasmados com a idéia de "beber em números". Aqueles que ganham a vida com o vinho podem se permitir um tempo para lidar de perto com as nuanças de centenas de diferentes tipos de vinhos, mas muitos daqueles que têm dinheiro para gastar com suas adegas, acham o sistema de pontuação fácil e rápido de entender.

Acho isso tudo muito deprimente. De todas as nações, a Inglaterra conseguiu estabelecer uma reputação de grande conhecedora, em parte por causa da língua inglesa e seus escritores amplamente publicados, em parte porque, graças às casas de leilões, Londres se transformou num centro de negociações tanto de vinhos finos quanto de outras mercadorias não tão líquidas. Seria triste ver o comprador de vinhos inglês transformado num zumbi que vai atrás de tudo aquilo que lhe dizem para comprar. Meu objetivo (mais ou menos vão) sempre foi esclarecer e animar as pessoas o máximo possível para que assim elas possam fazer as próprias escolhas, baseadas nos seus próprios gostos. Mas cada vez mais chego à conclusão que não importa o quanto eu tente instigar confiança nos consumidores de vinhos, a grande maioria deles só quer que lhes digam o que comprar.

Uma certa proporção, aqueles com uma paixão real por vinho, e com dinheiro bastante para sustentá-la, se tornam alunos de pós-graduação de Parker. O curso inicialmente envolve comparações das suas próprias impressões com as do grande professor, resultando em confusão e baixa auto-estima quando falham em alcançar uma pontuação exata. Mas a maior parte dos estudantes conclui o curso entendendo que isso é inevitável e acabam ganhando uma nova confiança no seu próprio gosto.

Fico imaginando se a Inglaterra conseguiria produzir um Parker. A característica britânica de autodepreciação e ironia não combinariam facilmente com o toque *parkeriano* de onisciência. O máximo que temos é o nosso Clive Coates, cuja *newsletter* The Vine oferece notas de degustações úteis entre alguns vinhos franceses jovens, especialmente os Borgonhas. Mas ele comete mais equívocos em seus julgamentos do que Parker e adota uma abordagem tipicamente britânica, menos objetiva.

A abordagem americana tem que ser exaustivamente afiada e exige um alto grau de tolerância dos que checam os fatos. Os jornalistas britânicos argumentam que seu brilhantismo natural de pensamento e expressões bem colocadas superam a necessidade de serem metodicamente aplicados (e cada um deles que já escreveu para uma revista americana tem ao menos uma história de checagem dos fatos para contar). Somos menos sérios e, provavelmente, mais preguiçosos. Uma certa preguiça pode ser vista hoje em dia nas colunas sobre vinhos da Inglaterra, que freqüentemente parecem listas de compras, com uma pequena conexão temática entre as "barganhas" recomendadas. A julgar pelo que é publicado nos jornais nacionais, o indivíduo comprador de vinho é mau, e está interessado exclusivamente em vinhos vendidos pelo menor preço possível, o que, com certeza, não está certo.

No entanto, não são só as colunas sobre vinhos, mas os livros também estão cada vez mais dominados por meras listas de garrafas recomendadas, o que sugere que cada vez menos pessoas compartilham da minha romântica fascinação com o contexto no qual um determinado vinho é produzido. Quem sabe o consumidor moderno de vinho, tipicamente com pouco tempo, só queira mesmo ter uma breve sensação?

Um homem que consegue balançar o Atlântico em termos de abordagem, sendo tanto erudito quanto legível, é Gerald Asher, o inglês que foi trabalhar no comércio de vinhos americanos e hoje escreve regularmente na revista *Gourmet*. A maioria das palavras elegantes em seus longos artigos são dedicadas não ao vinho em si, mas às histórias por trás de tudo disso – o que é inteligente, já que as palavras são elementos tão pobres para descrever um sabor. Muitas das percepções que se unem para formar nossas impressões de um sabor estão profundamente enraizadas no nosso sistema nervoso. Não podemos extraí-las e compará-las com as de outra pessoa ou com qualquer escala objetiva, como a musical, tão útil para a comunicação musical, ou o espectro que valida nossa percepção das cores. O mais próximo que conseguimos chegar de uma descrição de sabores (o que na verdade percebemos como aromas, seja provando bebidas ou comidas) é buscar comparações de sabores. "Cheira a framboesa com um toque tostado", por exemplo, ou, no caso de muitos profissionais franceses, uma descrição muito mais longa e imaginativa do que isso. Mesmo deixando de lado a utilidade dessas descrições (e não consigo imaginar que alguém queira porque queira ter certo tipo de vinho porque cheira a framboesa e a queimado), sabemos o quão aproximadas e inadequadas elas são.

Existem, na realidade, milhares de componentes no cheiro de qualquer vinho bom, e o cativante é o seu efeito cumulativo tão característico, juntamente com a interação, persistência, variação com o tempo e com o que quer que estejamos comendo ou pensando. Os profissionais do vinho usam um vocabulário comum, mas terrivelmente impreciso. "Especiarias", por exemplo, é uma palavra largamente usada para descrever uma das características mais comuns e poderosas do cheiro de um vinho feito a partir de uvas Gewürztraminer. A palavra começou a ser usada não porque a Gewürztraminer tivesse cheiro de algum tempero em particular, mas porque *gewürz* é a palavra alemã para *apimentado* (e é usada como prefixo para essa característica da uva Traminer). Esse é apenas um exemplo do jargão inútil do vinho.

Além desses elementos de sabor, os vinhos têm dimensões que são normalmente fáceis de medir objetivamente e geralmente sentidas na boca, tais como nível de álcool, acidez, doçura residual e nível de tanino. Em geral, essas dimensões são realmente úteis para compradores potenciais de vinho. É importante perceber o estilo ou a construção do vinho porque essas são as características mais importantes. Algumas pessoas não gostam sequer de um toque de doçura nos seus vinhos, outras têm aversão àqueles muito adstringentes, outras se sentem fisicamente irritadas pela alta acidez. Por todas essas razões, tento descrever detalhadamente as dimensões do vinho, mas tento evitar a longa lista de comparação de sabores. Posso até gostar de personificações interessantes como "velhinha trepidante com senso de humor malicioso", mas sou extremamente cuidadosa com esse tipo de coisa, por razões óbvias. Prezo muito o fato de que minha única caracterização em programas de humor não tenha tido nada a ver com vinho, mas tenha sido apenas uma gozação sobre meu prazer em pendurar roupas no varal na minha casa do Languedoc.

Por isso, a vida de nós, escritores de vinho, não é completamente isenta de problemas. Como praticantes de qualquer ofício, temos nossas rusgas internas, nossas diferenças de técnicas e credos. Por causa disso, e porque estamos incorporados a um território tão incomum, é extraordinário como se torna fácil esquecer o quanto temos sorte por podermos dedicar tanto tempo de nossas vidas a algo que muitos associam com diversão. Todos os escritores de vinhos, críticos, comentaristas, seja lá como se auto-designem, devem se beliscar todos os dias antes de começar mais um dia deste trabalho privilegiado.

XXIV

Vin Fin

O mundo do vinho hoje é irreconhecivelmente diferente daquele que investiguei no começo dos anos 1970. O número de países com um pezinho na produção de vinhos cresceu ainda mais desde 1993, quando finalmente terminei o *The Oxford Companion to Wine*. Para a segunda edição terei que acrescentar tópicos sobre a Coréia, Tailândia e Vietnã. Os supermercados britânicos hoje em dia oferecem garrafas de países que passaram a exportar recentemente, como o Brasil, Canadá, Peru e China. Uma proporção considerável de novos bebedores de vinho em todo o mundo, talvez a maioria atualmente, nunca se familiarizou ou se interessou pelos pormenores e nuanças da geografia do vinho francês. O mundo da produção de vinho, conforme apresentado aos candidatos do Master of Wine nos anos 1960, que começava em Reims e terminava em Jerez, raramente mencionando o nome das uvas, faria pouco sentido para eles.

Hoje, os bebedores de vinho do mundo – e consumidores de livros e programas de TV sobre vinhos, como Nick e eu descobrimos animadamente – estão espalhados por todo o planeta.

Até muito recentemente, no final dos anos 1980, nós, os escritores europeus, complacentemente regurgitávamos a afirmação categórica de que o chinês, por exemplo, nunca se voltaria para o vinho por causa de uma cultura profundamente calcada no conhaque e nas bebidas à base de arroz. Desde a metade dos anos 1990, no entanto, o mercado internacional de vinhos finos foi virado de cabeça para baixo e entrou em ebulição por causa de uma nova geração de asiáticos apreciadores de vinho, alguns dos quais vêm consumindo uma razoável proporção dos vinhos mais finos do mundo na nova geração de bares de vinhos em Taiwan. Isso se refletiu na minha própria vida, depois de viagens recentes e esclarecedoras à Tailândia e Vietnã, lugares aos quais nem em um milhão de anos eu poderia imaginar que o vinho fosse me levar.

Os amantes de vinhos são muito mais variados socialmente também – um fenômeno muito empolgante – mas isso não significa que eles tenham menos respeito pelo vinho do que seus antecessores. Acho que podem ser genuinamente mais discriminatórios comprando com base na qualidade natural do que por nomes e reputações. Espero que sejam um pouco mais confiantes como compradores do que aqueles que costumavam simplesmente deixar a escolha de vinhos nas mãos dos seus próprios e únicos comerciantes.

O vinho certamente adquiriu uma retumbante respeitabilidade na minha existência, tanto como lazer ou como *raison d'être*. A idéia de que, como jornalista de vinhos, eu pudesse ser condecorada doutora-honorária por uma respeitada universidade nunca teria me passado pela cabeça quando comecei, mas já não parece tão absurda em 1997. Quando o vinho domina uma pessoa, ele tende a enfiar suas garras profundamente na sua pele. Uma de nossas pesquisadoras do *Wine Course* abandonou sua carreira de vinte anos na televisão para se dedicar ao negócio do vinho, após nossas filmagens em Borgonha e pelo Rhône. Eu sorrio quando penso que exatamente 25 anos depois de descartar automaticamente a idéia de uma pós-graduação em vinhos, minha afilhada mais velha, Hester McIntyre, tenha deixado Oxford com seu diploma em história para seguir imediatamente para o comércio de vinhos (não tive participação nenhuma nisso, me dói admitir). Tremo, por outro lado, quando penso que o sonho de ser alguém que cultiva uvas se tornou tão universal que acordamos numa manhã no Languedoc e descobrimos que a antiga *cave* próxima à nossa casa tinha sido comprada por um contador vindo dos arredores de Londres, que desistiu de tudo e veio com sua esposa e família viver esse sonho. Hoje vejo que Lay & Wheeler estão importando a primeira safra deles, um líquido que nos foi passado pela cerca para analisar, tirado direto do barril. *Isso não estava nos planos de férias!*

Talvez devêssemos ter investido em um dos muitos vinhedos que nos foram oferecidos quando compramos a casa no Languedoc (muitos deles se tornaram pedaços de terra vazios, graças ao "incentivo" do governo para se livrar dos vinhedos excedentes). Ou talvez devêssemos ter comprado a bela casa de pedras vizinha quando ela nos foi oferecida pelos irmãos idosos que um dia fizeram seu vinho ali, mas eu fiquei assustada porque: 1) eles falaram que só com dinamite seria possível remover os antiqüíssimos tanques de concreto e 2) não tenho qualquer vontade de produzir meu próprio vinho. Conheço meus defeitos muito bem e tenho absoluta consciência de que não somente não sou nem um pouco prática, como também me falta a tranqüilidade para ser uma agricultora. Detestaria ficar à mercê dos elementos.

Para mim, uma das partes mais empolgantes desse novo mundo expandido da produção de vinho, pela qual anseio, será a gradual descoberta de qual variedade de uva é mais adequada para essa e aquela nova região. Isso já começou com a Cabernet em Napa e em Cononawarra, por exemplo, mas espero curtir os frutos de muitas e muitas outras combinações.

Recentemente provei uma evidência – finalmente, depois de todos esses anos – de que a Welschriesling *é* provavelmente a melhor uva na região de Ljutomer, na Eslovênia. Finalmente consegui provar um exemplo puro, não adulterado desse vinho, ainda tão manchado na minha memória por todas aquelas garrafas marrons adocicadas e sulfurosas etiquetadas como Lutomer Riesling do ano anterior na London Wine Trade Fair. O gerente da cooperativa local sorriu orgulhosamente para mim quando provei a sua cativante essência das montanhas eslovenas. Foi um momento marcante na minha odisséia pelo mundo dos vinhos, apagando para sempre lembranças de um líquido que fizera de tudo para afastar a mim e a centenas de britânicos de vinho sob qualquer forma.

A presença daquele orgulhoso contingente esloveno na feira, ao invés de ser incluído em algum vasto organismo comunista de exportação bem burocrático que costumava representar o vinho iugoslavo, ofereceu uma das raras confluências entre vinho e política. Somente em raras ocasiões vinho e política se encontram. A mais importante delas nesses meus vinte e tantos anos, foi o papel do vinho na reabilitação internacional da África do Sul. Não consigo imaginar que em meu envolvimento com vinho haverá algo similar à esperança extraordinariamente universal e ao sincero otimismo com a condição humana gerados pelas imagens da libertação de Nelson Mandela e das primeiras eleições multirraciais do país em 1994. De todas as regiões vinícolas que visitei pelo mundo (que hoje deve incluir a maioria), o Cabo da Boa Esperança é de longe fisicamente a mais bela e socialmente a mais emocionante. Não que a diferença social no negócio de vinhos esteja confinada às regiões mais óbvias. O que me provocou o maior choque quando filmamos recentemente no Napa Valley, a região mais glamourosa de vinhos, eram as antigas tábuas de lavar roupas exibidas casualmente pelo supermercado mexicano do outro lado do nosso hotel.

Existem ainda regiões vinícolas que eu adoraria visitar e várias que estou impaciente para revisitar. Minha fantasia é de que, quando Rose se formar, Nick e eu vamos fazer um *tour* pelos vinhedos, adegas e melhores restaurantes do mundo, numa semi-aposentadoria, finalmente conseguir o equilíbrio exato entre recepção e transmissão de informações.

Conforme as garrafas, os livros e os anos foram rolando e eu fui ficando mais velha e supostamente mais sábia, encontrei na responsabilidade e respeitabilidade um peso crescente. No ano passado até me chamaram de *decana*, pelo amor de Deus! Eu preferiria não fazer julgamentos "sábios" sobre vinhos e regiões vinícolas, prefiro muito mais desfechar um ataque intuitivo e exibido sobre suas desvantagens, ou me empolgar despreocupadamente com seus atributos. Mas eu sinto, talvez erroneamente, que esse tipo de coisa seria inapropriado no *Financial Times* ou vindo do editor do *The Oxford Companion to Wine*. Não adianta ter herdado da minha mãe o terrível e inconveniente desejo de agradar. Agora sei o que Ron Hall, que já foi meu mestre no *Sunday Times*, quis dizer quando afirmou que os colunistas escrevem toda a sua melhor obra antes de sua quinta década. Maturidade é algo bom para o vinho, mas eu, de minha parte, valorizo essa qualidade muito, muito menos num escritor de vinhos.

Posfácio

Quando Jancis Robinson esteve no Brasil, trazida pelo crítico Josimar Melo para dirigir duas degustações, uma visita de certa forma histórica para as gentes do vinho, e com toda certeza inesquecível por uma dessas reviravoltas do destino, ou porque um São Gregório, protetor dos vinhedos, resolveu piscar um olho para mim, tocou-me a gratíssima tarefa de acompanhá-la: São Paulo pra cima e pra baixo. Como o trânsito da cidade é conhecido pelo seu caráter indomável, foram talvez mais horas em deslocamentos viários que vinícolas, o que deu chance a ótimas conversas e à descoberta que aquela inglesa quase mítica, autora de todos os livros de consulta que habitam as prateleiras de enófilos pelo mundo afora, é dona de um requintado senso de humor bem britânico, fora um apetite bem aguçado, não saltando refeições. Foi num almoço com um fã de muito tempo, o editor Alexandre Dórea, enriquecido pelos vinhos trazidos por Otavio Lilla e Sofia Carvalhosa, que surgiu a idéia de publicar este livro pela DBA e o convite. Ela não levou a coisa muito a sério, argumentou que o livro era demasiado inglês, que dizia muito pouco fora do limitado espaço das ilhas britânicas. O leitor que chegou até aqui viu que não, ela não tinha razão, pois este livro é uma aula de vinhos e de como pouco a pouco a vida de quem os ama acaba por se confundir com eles. Como um dos tradutores do livro e responsável pelo texto final, achei que cabia escrever este posfácio como uma forma de fazer justiça ao mais entusiasmado dos editores, sem cujo empenho o livro não existiria em português, e também dividir as virtudes desta tradução com Júlio Gurgel, pelas horas e horas que ele dedicou a decifrar a prosa bem charmosa, mas complicada, de Jancis Robinson, fazendo que ela falasse "brasileiro". Escusado dizer que os defeitos do texto são de minha inteira responsabilidade. Quando pedi a Jancis uma notinha para prefaciar esta edição, ela me respondeu imediatamente e glosou o título das memórias de Auberon Waugh: "Will this do?" Sabendo que ela recém-terminara a nova edição do *The Oxford Companion to Wine*, dedica-se ao seu site o tempo todo e ainda está metida na revisão do *The World Atlas of Wine*, que aparecerá no próximo ano, respondi que sim, que aquilo bastava, embora gostasse que ela escrevesse muito mais, pois sempre queremos mais, os seus leitores. Como achei que ela errou a mão, no prefácio, em me atribuir papel de tanto destaque na edição brasileira deste livro, espero neste posfácio fazer justiça aos verdadeiros donos da façanha, pingando uns iis finais.

Luiz Horta, São Paulo, dezembro de 2006.

NOTAS SOBRE A TRADUÇÃO: Optamos por traduzir Bourgogne por Borgonha, mas manter Bordeaux e Jerez com as grafias originais. A palavra Sherry causa bastante confusão e a Xerez já cai em franco desuso. Quanto aos nomes das uvas nos permitimos um leve germanismo, pois nos pareceu a forma melhor de nomeá-las, assim Cabernet e não cabernet. A opção foi pela escola de tradução que torna o texto o mais fluido e legível possível, contrariando uma péssima corrente recente na área das traduções, que procura ser tão literal que os textos costumam não fazer sentido algum em português. Esperamos que o leitor pense o mesmo.

J.G. e L.H.

Dados Internacionais de Catalogação na Publicação (CIP)
(Câmara Brasileira do Livro, SP, Brasil)

Robinson, Jancis
Confissões de uma amante de vinhos / Jancis Robinson ; [tradução Júlio Gurgel, Luiz Horta]. -- São Paulo : DBA Artes Gráficas, 2008.

Título original: Confessions of a wine lover.
ISBN 978-85-7234-349-7

1. Escritores de vinho 2. Vinhos - Degustação 3. Vinhos e vinificação 4. Vinhos - Guias 5. Robinson, Jancis I. Título.

08-08224   CDD-641.2092

Índices para catálogo sistemático:
1. Etnólogos : Memórias 641.2092

Os direitos desta edição pertencem à
DBA Dórea Books and Art
al. Franca 1185 cj. 31/32
01422-001 São Paulo SP
tel: (11) 3062 1643
fax: (11) 3088 3361
e-mail: dba@dbaeditora.com.br
www.dbaeditora.com.br